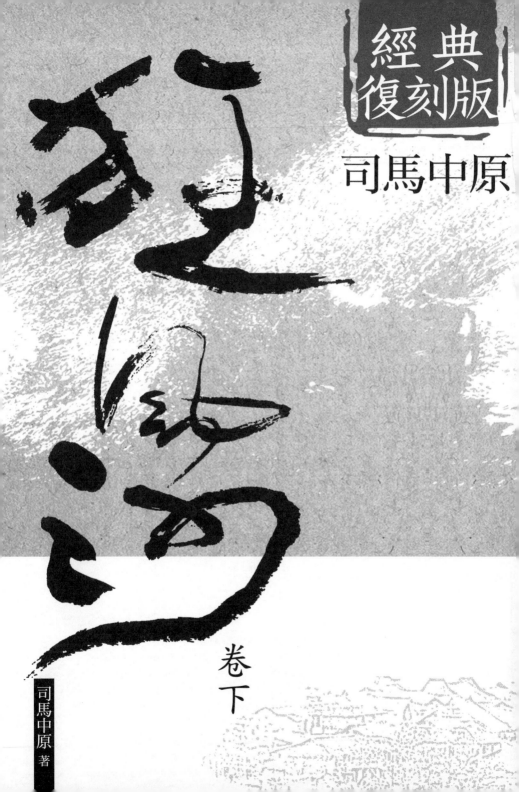

經典
復刻版

司馬中原

狂風沙

卷下

司馬中原 著

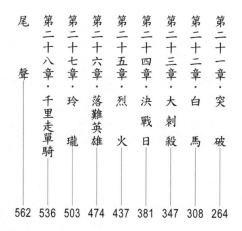

狂風沙

卷下

目錄

第十五章・風暴

這一天的早上，關八爺就在老賬房的扶掖下勉力掙扎起來，坐在長廊下的金漆靠背椅上，寂寞的冥想著許許多多糾結難分的事情。他覺得有生以來，從沒有這樣痛苦過，孤絕無望過。

在早先，他雖然從沒設想自己是什麼樣的英雄豪士，至少是個無名的勇者，但他這才發覺，一個血肉之軀的人，力量究竟薄弱得可憐；沒有石二矮子、大狗熊那幫把生死看成一陣煙的烈性漢子在身邊，自己僅僅是拖著一條發潰化膿的傷腿，就呼天天不應，喚地地不靈到這種程度?!……

眼看著遠遠的鹽市將遭巨劫，眼看著業爺在這種緊要的辰光臉蓋黃土，眼看著小牯爺拉槍去圍撲羊角鎮，使一條路上的人白白的流血，自己除了託老賬房程青雲傳話外，竟別無他法可想?!

愛姑穿著黑衣裙，像一隻寂寂停落在廊間的黑蝶，拽起裙角，蹲在藥爐前面輕輕搧著爐火，水藥在瓦罐裏頂動蓋子，翻翻滾滾的沸騰著，老賬房程青雲捧著水煙袋，在一面往復的踱著步，步聲緩慢而沉重，充分顯露出他的心思，正跟關八爺同樣的受著煎熬。

「我說八爺，不是我這張老嘴愛囉唆，真箇的，」他沉沉鬱鬱的吐著煙霧說：「真箇的，我覺出您的委屈，您的苦楚，真是太深了！當您為了救人來求萬家樓時，姓萬的這一族不該如此冷落您，我這外姓人半輩子端的是萬家的碗，說話輕飄飄的不壓秤，這話原該由珍爺來說的，可惜他不在鎮上……了！」

「就算菡英姑奶奶在鎮上，我相信她也會講這話的，」愛姑低聲的，幽怨的說著，微帶僵涼的尾音飄散在廊間，煙似的，夢似的……

「她是萬家樓有是非的……人……若有她在，至少老七房會聽她。」

「我倒不把冷落放在心上。」關八爺嘆說：「我這祇是爲鹽市急，爲牯爺急，他不肯相信我，硬要率著槍隊去圍撲羊角鎮，這太無端了。私仇私怨隨時可了，何況羊角鎮那幫人跟萬家樓談不上仇恨！北地各族不連成一氣去援鹽市，鹽市一完，又是一片苦海滔滔，等北伐軍過來，誰知要等多久？難道萬家樓祇求自保，不顧北洋軍朝萬民頭上騎？……牯爺是不該如此淺見的！」

「萬家樓變了，八爺。」老賬房說：「我總有這麼一種不吉的預兆，覺得每換一個族主，光景就黯淡幾分。牯爺的氣量狹，眼裏祇認姓萬的，心裏更狹得祇容下他老二房，您跟長房、七房相處得投契，他冷落你，我看就是存心的。我以爲，他跟業爺報仇什麼的，全是幌子……他是不願朝鹽市伸援手，怕鹽市敗後有麻煩，所以他才去圍撲羊角鎮。我說八爺，假如他吃掉那股人，不定他會跟您翻下臉，您就太孤單了……」

關八爺搖搖頭：「不必爲我掛心，老爹。我關八自信無負於人，我從沒爲自己想過。」

老賬房沉默下來，腳步聲越來越沉遲了。

關八爺突然從老賬房的話裏想起什麼來，也皺起眉，默默的思忖著。時明時暗的陽光像金雨，陣陣潑灑在長廊外方磚舖成的側院裏，春天在許多盆景碧色的葉片上舞躍著，許多細碎的春的靈光，落在藥罐中細細的唱著。

彷彿有一陣煙般迷離的感觸飄來，眼前是多美好的春光！自己從沒閒坐在這樣沉寂的廊下望過春，等覺著春來，春早已到欲老欲去的時辰了。也許我關八命裏就沒有一刻的閒情一攬春情，一賞春景的了。但有更多人該有這樣的春天！他們該有這樣的春天……

熬藥的氣息飄過來，熱霧在廊頂徘徊著，藥味很香，自己心裏卻很苦澀。微轉過臉看了愛姑一眼，她裹在黑衫裏的身體是這樣飽滿豐潤，她的臉是這樣年輕，她是一朵春花，卻由自己將她摘葉在雨裏，任由命運擺佈，任由惡漢欺凌，而今，春天離開含憂帶悒的眼眉是多麼遙遠？……

他飄忽的思緒在內心的悲嘆裏飄開，牽到業爺被害的事上來，想到業爺時，他不得不想到保爺，想到雙槍羅老大和老六合幫那班慘死的弟兄，因為這些事全都發生在萬家樓。這七個房族裏，從各方的傳聞、事實揉起來看，都有著不和睦的跡象，老六合幫遭殲，萬家樓有人搭線，保爺中槍身死，有著騎白疊叉黑騾子的內奸，業爺被暗害，更想得到是萬家自己人幹的，這許多疑點，迷漫成一片神秘的霧幕，不能不使人把疑心落到牯爺的身上。

權勢和錢財確是最大的禍根，它往往把清白的人心給染污了，熏黑了！自己熟知萬家樓的族中情形，長房是久任族主，難免使其他房族有怨聲，少數幾個年輕的長輩裏，珍爺是個閒散淡泊的人，祇有老二房的牯爺有野心，旁人害保爺、害業爺的可能不大，唯有牯爺有利可圖；再說，以五千銀洋買殺保爺，也惟有謀權圖利的人才能做得出來。如果這些事不是牯爺幹的那還好，若是牯爺幹的，以這種殘忍毒辣的心性，怎肯拉槍去助鹽市?!要是他圍撲羊角鎮得手，轉回來該對付的就該是自己了！

要想弄清這事，就得暫時忍藏在心底，表面上不動一絲聲色，等候機會緩緩試探，拿不深不淺的話頭撥動他，觀顏察色，見機而作，也許牯爺並不如自己所想的人?!……這些困擾著人心的思緒，使關八爺心裏分外覺得沉重，也使他覺得異常的疲乏。他深深嘆出一口氣，悠悠的閉上了眼。

疲乏，是的。鐵打的金剛也經受不了許多年江湖路道上的恩恩怨怨和無盡的風霜，疲乏使人想從這些火與血，生與死混成的急漩裏拔離出來，愛心卻又把人反捲進去，愈旋愈深。誰願終年雙掌瀝血，把火光掛在眼眉上?誰不伸長頸項，仰盼著夢裏的承平?!但那是遠遠遙遙的，承平的影子晃動在火與血的那一邊。

老賬房程青雲吸完一袋水煙，望了望關八爺，悄聲對愛姑說：「八爺他盹著了，且別驚動他，我去北柵門那邊探聽探聽，看看有沒有槍隊的消息……」

「我曉得。」愛姑說。

老賬房退出去，整個側院祇賸下陽光和花顏，祇賸下深深的靜，祇賸下自己和八爺兩個人了。多少年前，在北徐州，自己曾夢過這樣的情境，夢見八爺從凶險的江湖上急流勇退了，在遠遠的地方有一座古老灰黯的宅子，被一些枝葉婆娑的古木圍繞著，多苔的院牆上，盡是纏繞的藤蘿，開著暗紫花朵的藤蘿上，停駐著被鳥聲喚醒的春天……

這樣的春景春情落在關八爺的眼瞳裏，連鎖的撞擊起許多傷懷的情境，那些很難消逝的情境雖已在流淌的時光中遠去，且由於歲月迢遙，在內心深處變得灰黯迷離了，但他確信永難忘卻那些情境，並把它烙在心裏。

許多年來，在多風險的江湖路道上，時時刻刻腳踏生死兩條船，不單要護衛著自己，還要肩承著跟隨自己闖道的弟兄們的安危，無論是白天或是黑夜，連靜思溯往的時間都很難獲得，使那些可貴的情境也像趕長途的浪者的臉，蒙滿了僕僕的風塵？那時刻，即使陷身危境，一點兒也不覺悲愴，這一閒靜下來，回首前塵，懸思黎庶，卻感到天地空茫，一身無寄，一情一景，觸景傷懷了……

「又是……一年春景了……」他在內心裏喃喃著。普天世下，誰有心腸賞景迎春？尤其在兵連禍結的北方，滿眼見的是春草埋白骨，春花染血紅，一年一度的長長的春荒，餓得人兩眼泛青泛黑，而那些殘民以逞的北洋官府，還視若無睹的向民間暴斂餘糧。

春埋在陰暗霉濕的監牢裏，春裸現在精赤著上身被鞭撻的欠稅人骨稜稜的脊蓋上，一條條淤青帶紫的血痕。……從關東雪野一直迤邐到遠遠的南方，哪一處脫得了兵燹瘟疫和水旱災荒？人謀不臧，使大好的春天反成爲死亡的陷阱，用回思拭去久遠記憶裏的塵埃，那些血淚混和的情境歷歷如在眼前；那些情境代替了春天……

在北徐州的大牢裏，自己帶一身棒傷，日夜踡屈在一灘霉濕的麥草上，曾昏昏迷迷的想過那些，隔著一道道冰冷的鐵檽子，祇能看見沉黯的拱廊的齒形簷口和一道灰色的高牆，唯一的綠意懸掛在一棵隨風搖曳的無根草上。那棵高懸的無根草，彷彿拴著千萬人的命運。無論如何，他們該有一丁點兒春天，一丁點兒裹腹的粗糧，一丁點兒種子，但他們恁什麼全沒有。

自己曾親見過催糧課稅的兵勇，惡煞似的揚著皮鞭，押解著一群欠糧欠稅的鄉民，那些人裏，有著拖白鬍子的老人，有著蓬頭跣足的婦女，有著尙沒成丁的孩童，他們一律被長繩捆紮著手背，像一群將被送往屠場去的牲畜，在無數無數地方土設的監牢裏，他們被凌辱，被拷打，被禁囚……連一餐粗糠牢飯也得折成錢加在欠稅單上，誰有力量能挽得苦難滔滔？自己有一天不死，就一時一刻擺不脫這種煎熬。

穿著黑色孝衣的愛姑熬妥了藥，挑開罐蓋，細心的放置一隻牙筷在罐口中間，再理平一張藥紙封住罐口，使濕巾包裹罐耳，將藥端離炭爐，悄悄走過來，在關八爺躺椅邊的矮腳小几中央的藥碗上傾進熬好的藥汁，她一面傾著藥，一面翕動嘴唇，喃喃的默禱著，巴望八爺的槍傷早日痊癒，如今，她日夜焦急記罣的也就是這一宗了。

久久以來，關八爺在她心眼裏，就是一尊使人敬愛的神，在她還不甚解事的歲月裏，她常聽見爹從各處帶回來的關於他的傳說。依照傳說的描摹，他比得過許多唱本中歌頌的歷史上的英雄。自從在灰黯的監牢中初次見著他，自己心裏就添了許多癡心的幻想，幻想有一天，他能用神異的力量夷平這人間殘暴的囚獄，有一天，他能把爹和自己牽出這座血水匯成的泥淖。

幻想總是空無的，在夜暗的馬燈的斑駁碎光裏，在他半醒半睡的呻吟和囈語中，爹爲他褫脫滿染鮮血的衣褲，使細棉蘸著創藥塗抹他的傷處時，自己曾經不住的咬緊牙根，興起一陣陣牽心的戰慄。即使他是摘星降世的罷，在人間，他也得挨受倍於常人的苦難……他到底不是神，他有著跟常人無別的血肉之身。

他不是神，當她遭受卞三和毛六那干人施暴的夜晚，她曾哭泣著，在絕望中喊過他的名字，但那祇換得赤裸裸的兇漢們噴著酒臭的獰笑，沒有什麼能遮覆她所受的羞辱，那夜她失去的是普天下弱者的保衛，不單是一己的貞操。

後來當她被賣進娼門，她曾無數次呼喚他，在絲弦彈唱的酒席筵前，在被淚水浸濕的枕上，在貪婪的狎客的懷裏，在被孩童們嘲謔的街頭，在她傷心噓淚的時辰，她曾盼望從他那兒得到拯救，因爲那日子不是她要過的，暴力那樣搬弄著她，總擲給她無所選擇的既成的命運……。

日子那樣流過去，燒紅的命運之爐，把她像其他女人一樣的熔鑄成同一種模式，風騷淫冶的娼妓的模式，這世界和她的呼吸對於她，都是一種逼迫，逼迫她用這種模式生存。

沒有誰能拯救她了，任是誰也祇能救出她飽受摧殘的身子，無法洗淨她內心留下的傷痕，她不再癡癡巴望著關八爺，她要倚靠自己；但人靜時仍然念著關東，不知關東究竟有多遠的路程，祇知那是一塊滿是冰雪的邊陲的荒土，荒土上有著她淚雨滂沱的夢，有時她竟忘卻己身所遭受的，把關懷注念留在夢裏，擔心著年邁的爹和那豪士的飄泊，她一點兒也沒怨過他不來搭救自己，因爲他不是當年無邪的心裏所幻想的神。

他不是神，如今劫難一樣落在他身上，曾經跟隨他縱橫江湖的漢子們，全都離散了。發膿潰裂的槍傷使他難動難行，儘管他心志堅韌，念念不忘被困的鹽市，他卻再也無法親率著人槍去赴援了。

藥碗上的熱霧像香篆般的縷縷飄浮起來，游過他石塑般的沉思的臉，他眉宇間隱含著重重的沉悒，已無復當年的豪氣英風，誰能知道江湖上無盡的風霜淘盡了多少豪傑英雄？……變幻無常的人世常出乎人的料想，誰知有這麼一天，自己反而親手爲他伺奉湯藥？反而分擔他的苦楚？

「您的藥，八爺。」過半晌，她才悠悠的說。

「噢，」關八爺這彷彿才從沉思中醒轉，歉然的望著愛姑。由於自己越獄，偕同她老父去關東，才使她陷入悲慘的噩運，如今自己非但沒有報恩，反在這種無助的辰光讓她爲自己的病軀勞神，真令人有難堪的傷痛，滿心有話，一時也吐不出了。

愛姑兩手奉過藥碗，關八爺正待伸手去接，萬梁舖外響過一聲馬蹄聲，一個店夥出現在小院的圓門外邊，叫著老賬房說：「程師爺，程師爺，小牯爺在街廊前拴了馬，待要見八爺呢！」

「牯爺他一個人？」老賬房問說。

「不，」那店夥說：「一共好幾匹馬，有幾位好像是羊角鎮那邊的。」

關八爺推回藥碗，反手撐持著身子，精神一振說：「快請牯爺進來罷，我日夕就等著見他。傷痛在身，恕我不能迎候了。」

沒等那店夥去請，順著石砌的通道，踏踏的走進來一群穿短靴的漢子，穿著皂衫的小牯爺一身有些狼狽，手裏彎拗著一支短短的藤鞭走在前頭，他緊身排扣的黑襖，有好幾處被樹枝撕裂了，露出銅色的胸肌和肉球滾突的大臂，他的靴面上黏著好些草蒺藜，他兩眼有些泛紅，但還勃然有神，但他那張臉卻有著一絲困頓的神情。

兩個揹匣槍的槍手護衛著他。跟著來的是板著臉孔的小蠍兒，以及幾個揹匣槍的漢子。他們一眼望見關八爺，面孔便變得軟活起來。

「這場誤會不知怎麼個解說法兒了，八爺。」小牯爺背起手，在關八爺面前來回的踱步說：「我是張飛賣肉，有一斤算一斤，有一兩算一兩的脾性，八爺您可先甭怪我。……您來時，正碰上業爺出事，照推斷，是朱四判官一夥人幹的，珍爺恰巧不在屋裏，我吞不下這口氣，就忙著召集槍隊，要跟四判官豁著拚一場，誰知……」

「我該告訴您，牯爺。」關八爺說：「他早……死……了，祇怪我帶著槍傷，沒能自去見您。」

「不，」小牯爺說：「這怪不得八爺，祇怪我當初報仇的心太急切，沒先來看望您。……

等到有人在三里彎發現羊角鎭放出來的哨馬，不單是我，全萬家樓都以爲業爺是死在羊角鎭這夥人手裏，因此，我把槍隊拉出去，打算猛撲羊角鎭，誰知在半路撞著他們，糊里糊塗就幹上了。槍一響，兩面倒人，罪可落在我頭上了！」

「八爺您沒事，咱們算是放了心。」小蠍兒走過來俯身說：「這幾天裏，鹽市那邊風聲緊得很，江防軍業已冒著雨開攻，我就是放心不下您，才寧願開罪萬家樓。業爺怎麼死，跟咱們無關，話經講明，如今祇等您一聲吩咐，咱們就好……」

「既然這樣，」關八爺略一沉吟說：「那你就火速先把人槍拉去赴援要緊，北地各大戶能集多少槍枝，我會跟牯爺再商量，我塗張便箋你帶去鹽市，呈給方德先方爺，他怎樣使用這撥人，他自會有個安排。……若見著方爺，煩請告訴他，就說我在這邊會盡力而爲，能集齊多少人槍算多少，那時我若走不得，抬也得著人抬到鹽市去，死活跟他們相聚就……是了！」

關八爺費力的說完這番言語，小蠍兒兩眼就淒淒的濕了：「咱們這就照八爺您的吩咐行事。……您這兒不需留兩個人伺候著？」

「我想不用了。」關八爺說：「你們不必爲我掛懷，我這腿雖發了膿，想來還不礙大事，程師爺，就煩取紙筆來罷。」

小蠍兒挪過矮腳几，關八爺從老賬房手中接過紙筆，勉強扭過身體，在老賬房的扶持下振筆疾書；許因爲創口疼痛，加上心情凝重，使他手臂微起戰慄，一紙未竟，額上已滾著汗珠。

寫妥了信，遣走了小蠍兒，見小牯爺仍然勾著頭，背著手，搖著馬鞭在廊前的方磚地上踱步，便溫和的說：「牯爺您請坐，我這腿傷害人，待您太簡慢了，真是……」

老賬房挪過另一張背椅，小牯爺並沒落座，攤開手苦笑著說：「八爺，您的來意，老程他業已跟我說過了！當初萬家樓遇危難，承您拔刀相助是事實，萬家各房族迄今沒敢忘恩，您有事須咱們出力，依情依理，咱們都不能推諉。不過您來時，正遇上族主業爺出事，內外各事都得由我親自張羅，一時怠慢了您，您能不計較這些，萬家樓的族人就夠感激了……」

「我是替鹽市的那些無辜百姓討援的，」關八爺微揚起臉，懇切的望著小牯爺說：「北洋軍虐民施暴，早就逼得人活不下去了，鹽市這次以護衛保壩，抗捐抗稅拉槍自保，聲勢業已響澈了半邊天，如今北洋的江防軍大軍壓境，鹽市人槍再強，民心再盛，也祇是座……孤城……但它的得失，跟北地各處唇齒相關，它能否守得住，端看各處能否及時應援，故此我關八兼程北上，不顧槍傷在體，來萬家樓籲請拉槍應援，牯爺，您想來看得明白。」

關八爺微喘著說完這番話，竟蹙著雙眉咳嗽起來；默立在廊柱後的愛姑轉身出來，端起藥碗奉上說：「八爺，您甭光顧著說話，您的藥都快涼了。」

「您坐著談罷，牯爺。」關八爺接過藥碗，並沒就喝，祇管央著小牯爺說：「我正急著，怕您把業爺的死錯推在羊角鎮那幫人頭上，聽說您拉著槍隊出柵門，我真怕雙方誤會，在這種緊要的辰光接起火來，……剛剛小蠍兒來時，我大感意外，可是誤會冰釋了?!」

「不瞞八爺說，我引他們來見您，純是被逼的。」小牯爺不勝懊喪的說：「我領萬家樓槍隊好幾年，竟不知他們一個個全是不中用的飯桶！……在旱泓西，半夜裏跟他們碰上，雙方一接火，我手下就亂成一團糟，逃的逃，散的散，死的死，亡的亡，還有不少被擄的。等我退守三里彎高地，手邊祇落下兩百人槍不到，……萬家樓從沒在土匪手裏敗得這樣慘過。及時小蠍兒出面招呼，我才確信朱四判官在您腳下伏屍了，……他們脅著我要見八爺，他們可算是見著了！我說八爺，若不是衝著您的名字，我決不會跟他們善了！」

「我敢以性命擔保，」關八爺忽然睜眼直視著小牯爺的臉，眼裏暴射出稜稜的威芒，鄭重的說：「我敢擔保保爺業爺弟兄的橫死，與朱四判官這夥人無關，牯爺您若是信得過關八，有一天，我會挖底刨根，就在萬家樓裏找出真兇！」

關八爺這話一出口，老賬房程青雲驚異的抬起臉，兩眼大睜著，半晌閉不攏嘴來。一邊的愛姑仍然微鎖著眉，眼光極快的掃過了小牯爺變色的臉。

就在他臉色一凜的剎間，他弄折了手邊的藤鞭，不過他臉孔變化得極快，眨眼又換上一付猶疑不解，大感困惑的神情，用微僵的嗓音吐話說：「八爺八爺，我這直性人，可真沒法子打破您的悶葫蘆，您是說？——是說萬家樓?!……業爺麼，倒還是一宗懸而未決的無頭案，但保爺他，明明是被朱四判官使亂槍擊殺的；再說，當時祇有您跟菡英妹子在身邊，您該是個活證。」

「唉！」關八爺忽又閉上眼，搖了搖頭：「照理，這話原輪不著我來說的，我……終究是個外姓人。每經過七棵柳樹，望著那七棵交纏合抱的樹木，望著鴿群飛繞的宗祠的脊頂，我這外姓人的心裏就塞滿了感慨！我總覺得，長房理族務太久，難免惹起其他房族的嫌怨，今天的萬家樓，早已不像往日了……」

「或許是旁觀者清，當局者迷。」牯爺勉強笑著說：「萬家樓七房族同祀宗祠，四時八節，各族集會在宗祠裏祀宗祭祖，長房雖是族主，各房族仍有執事，族規爲各房稟照祖先遺訓共立，任誰也沒有獨斷之權，不知八爺所說『嫌怨』兩字，何由而起？……即使房族微有怨嫌，據理力爭有之，入祠互控有之，無論如何也談不上……詭謀兇殺，八爺的話，著實令人費解了！」

「這事該由老六合幫被殲算起，」關八爺說：「雙槍羅老大跟長房交誼深厚，萬老爺子在日，萬家樓氣勢那麼煊赫，緝私營決不至於敢在萬家地面上惹事，等萬老爺子一倒下頭，若沒有通風報訊的內奸，七棵柳樹決不會起那場血案……牯爺，不知您是怎麼個想法？」

「八爺說的雖然有理，但祇是推斷之詞，」小牯爺喉嚨跳動一下，僵硬的說：「也許那祇是巧合……嗯，……巧合，這世上的巧合太多了！若是反轉來推論，那人斷送了羅老大，對他有何好處呢？」

「志在爭權！」關八爺斷然說：「那人心機之詭詐，我走了這多年的江湖還沒曾見到過。……當然，正如牯爺您所說，我祇是推斷之論罷了。」

關八爺這話一出口，落座不久的小牯爺捏著斷折的藤鞭霍的站起身來，緊鎖著兩道又黑又濃的眉毛，復在廊前的方磚地上低著頭踱起步來。老賬房程青雲癡癡的手捧著水煙袋，吸也沒吸，任煙絲自燃著。不言不語的愛姑又退至廊柱背後去，感觸不禁的扶著廊間凝冷的石欄。一片死寂籠罩在這一角庭院裏，祇聽見小牯爺橐橐的靴聲。

即使對方吐話無心，聽在小牯爺耳內也成爲有意了。若依關八這種口氣，十有八九他已經對自己起疑，關八這種抽絲剝繭的推斷，雖沒指明兇手，卻已使自己暗捏了一把冷汗，目前他雖帶著槍傷，仍是一隻病虎，不是一隻沒角的綿羊，假如換旁人，除掉他不難，但關八在萬家樓各族人的心目裏，自有他不墮的聲名，若想憑白的除掉他，可就極爲棘手。話又說回來，今天自己不先除掉關八，日後關八一定會找上自己，單就老六合幫被殲而論，關八就不止一次口口聲聲念著報仇了。

內在陰鷙的性格使小牯爺在表面上絲毫不露聲色，一面在思忖著對付關八爺的法子，一面踱著開口說：「假如八爺您推斷得準，我一樣容不得這種內奸……不過，咱們總得要拿得著一些佐證，不能捕風捉影的就栽誣了人，不知八爺您以爲如何？」

「我早已勸告過業爺，要他加意留神。」關八爺喝了湯藥，放下藥碗說：「牯爺想必還記得，上回朱四判官夜捲萬家樓時，他們是走暗道進圩崗的。……有個騎白疊叉黑走騾的傢伙，事前曾跟四判官手下的五閻王碰過面，答允在擊殺保爺之後，交送大洋……五……千！就在土匪擊殺保爺時，在宗祠背後的石板巷裏，五閻王點收了那筆巨款。所以保爺不是死在土匪的槍口上，實在是死在那五千大洋上，我敢說那五千大洋是萬家的錢。」

「噢，」小牯爺黑黑的臉膛剎時變青變白了，不知是驚懼還是氣憤，使他發出一聲低沉的咆哮，像一頭被激怒的黑豹，露出兩排劍立的白牙：「我不知幕後竟有這種樣的事情?!八爺您是聽人傳說？還是?!——」

「朱四判官死前親口對我說的。」

「啊！八爺，那麼萬梁……他……他也是……」站在廊柱背後的愛姑突然轉過臉來，哭著吐出她內心深處的悲哀。她知道從關八爺口裏吐出的話，沒有半個字是虛浮的，她想起那夜慘遭槍殺的萬梁，腑臟翻騰，心裏起了油煎一般的絞痛。

她總想著，萬梁是個誠厚人，不該落入過鐵（為刀矛槍銃擊殺俗稱過鐵）的命運，假如萬梁是被土匪殺的，那祇能怨天不開眼，而萬梁竟是跟保爺一道兒被萬家房族裏的奸徒花錢買去了性命的！她從沒想到過這一層，沒想到萬梁死得這樣的冤屈，一陣疾湧而來的暈眩猛然敲擊著她的額頭，使她伸手擁住一支廊柱，緩緩的屈膝跪倒下去，她悠悠的閉上眼，睫毛間凝著顆粒晶瑩的淚珠。

「妳是怎麼了？」程青雲惶急的趕過來。

小牯爺瞥了愛姑一眼，眼光裏帶著憎嫌的意味。

「萬梁他祇是白陪著保爺入葬而已，姑娘。」關八爺說：「我雖然有負秦老爹的付託，沒能早日爲姑娘做些什麼，但則萬梁屈死之冤，我關八祇要有口氣在，我會爲妳申雪的，妳權且強忍悲愁等著罷，……這日子該不……會太久的了！」

小牯爺一隻手觸了觸匣槍的槍把兒，在一刹的驚懼與激動中，他真有拔槍擊殺關八的念頭，但他迅即轉朝關八爺笑笑說：「八爺，這事依我想來極易處斷，祇要找著五閻王追根刨底，就不難找出真兇了！」

「假如五閻王在世上，我會找著他，把這事踩探清楚。」關八爺說：「有關保爺業爺的事，用不著我插手，萬家樓族人自有公斷，而老六合幫的那筆血債，萬梁的屈死，不容我不肩承。……可惜的是五閻王業已……死了！要查明真相，還得費一番精神。不過，這本賬我得把它暫時擱在一邊，目前我求著牯爺的，還是在於如何拉槍銃，救鹽市！我帶傷來奔萬家樓，也正是爲著這個。」

「我不是存心推諉，八爺。」小牯爺停住身，緩緩的說：「我知這是一宗關乎全族成敗的大事，我未便擅自作主專權，即使這回把槍隊拉去攻撲羊角鎮，半路上，一場火接下來，人命放下來十多條，這就夠忙的了。拉槍援鹽市，硬抗北洋軍，兩軍陣上的傷亡不說，萬一鹽市不保，江防軍直捲向北地來，萬家樓全族脫不了一個造反的罪名，那時刻，誰能挽得了既成的劫運?!」

「凡人做事，都得要看當爲不當爲，」關八爺嘆說：「我想不單是柴家堡，不單是萬家樓，凡是有良心有血性的人，都不忍坐看鹽市陷落，不願聽江防軍殺戮善良，假若人人不先退求自保，北方幾千里地面上，怎會容得北洋各系橫行，弄得一片血腥?!」

「我懂得這道理，八爺。」小牯爺這才又坐下身來，靠近關八爺說：「我說過我不是存心推諉，我祇是請八爺稍待幾天，寬心療傷，也容我開宗祠，集眾議，把事情攤在桌面上，要大夥兒仔細商量。這事不能勉強，我祇能把八爺您的意思轉達一番，願去救鹽市的，有多少算多少，有個結果之後，我再來跟您回話就是了。」

「看光景，也祇有照牯爺他的方法辦了，八爺。」老賬房在一面插口說：「槍隊上人，一般也都有家小拖累著，若說守圩崗，抗土匪，那倒簡單，若說拉到遠地去赴援，卻也要經過一番商量。」

「槍傷把我纏困著，」關八爺眉宇間罩上一層黯然的神色，嘆喟說：「我祇好在這兒坐聽牯爺的回話了。我盼牯爺抽空兒去趟柴家堡，把我這番心意說一說，看那邊意思如何？……總之，人槍越集得多越好。」

「這我盡力照辦，」小牯爺爽快的回說：「八爺，外面的槍隊撤回來，死人也等著我料理，我不能久耽擱，這就先告辭了！」

目送著小牯爺跨過圓門遠去的背影，關八爺緩緩的搖了搖頭，一臉寂寞悲淒的意味，他一時說不出內心紛繁的感覺，祇覺得軟弱和空茫。

幾天來，他躺在病榻上，無時無刻不渴望著會見牯爺，希望有機會直陳大義，能使救援鹽市的事當時有個結果，看來，小牯爺祇有熱心攻撲羊角鎭，口口聲聲去為業爺報仇，若不經小蠍兒一番解說，免不了弄到兩敗俱傷的地步。小蠍兒那股人能及時拉去援鹽市，萬家樓又何嘗不能?!自己不敢說小牯爺有心躲避，至少對拉槍赴援的事擺下了一付勉強的嘴臉，句句話活搖活動的不落實。……等到他開宗祠門，召集族人一商議再商議，也許人槍沒拉齊，鹽市就被江防軍攻陷了。

這使人不由不追想起往昔，假如保爺和業爺在世，決不至如此猶疑，自己受冷落事小，鹽市的危境不解，著實令人坐臥不安。自己如今是被軟軟的困在這一角庭院裏，獨對著不忍多看的春天。

「小牯爺今天似乎不太怎麼對勁兒，」老賬房這才咕嚕咕嚕的吸起水煙來：「往常他不是這個脾氣。」

「他可不還是跟往常一樣的暴躁?!」愛姑說：「祇是當著八爺的面，他再暴躁也強忍著，沒好發作出來罷了!……我看出他似乎有些不太樂意八爺。」

「也許他嗔怪我太愛招攬閒事罷?」關八爺吐出一聲沉遲的慨嘆：「他若把鹽市被圍撲看成身外的事，那……他可就錯……了!」

雖然他覺出萬家樓內部的混亂和自己處境的艱難，但他仍堅信著自己的一腔誠意能化除偏見，鹽市獨抗江防軍的消息，自會逐漸傳遍北方，儘管多少年來，萬家樓僻處一隅，僅求自保，但這場滔天的風暴，也許會使他們領悟到——單求自保已經是不可能的了。

而他不慣臥床等待，他必須及早痊癒。

鹽市的風暴果然向北地鄉野捲騰過來。

在好些年裏，這塊荒落落的大野上，有的祇是股匪的侵擾，官兵的虐民屠殺，無數條性命斷送在股匪的槍口和刀尖上，無數條性命斷送在血雨如錢的土設的囚牢裏，有些較大的集鎭上，雖設有商團民隊，各處較大的村莊，雖都砌有土堡角堡和碉樓，但也祇徒具形式，抗禦小股土匪偶或有之，從沒聽說過有任何的地方，敢憑一城一地之力獨抗北洋官軍的。鹽市拉槍集銃，喊出護鹽保壩之初，風聞這消息的人，無不暗揑著一把汗，總擔心著防軍一出，鹽市必遭血腥屠殺。

直至鴨蛋頭兵潰之後，人們才喘過一口氣來。江防軍北調時，略見鬆弛的人心又被擰緊了，誰都知道江防軍是孫傳芳手裏的一張硬牌，他既打出這張牌來，足見他決心要解決鹽市，割掉生在他背脊上的爛瘡，使他好專心應付南方的戰事；要不然，他犯不著如此小題大做，把精銳的重兵北調的。……等到江防軍總攻鹽市，展開驚天動地的大戰後，人們這才認清了鹽市的實力不可輕侮，雖然人員武器遠遜對方，但人人捨死，鬥志高昂，照樣挺得住孫傳芳大軍的攻撲。

這樣的事實，大大的鼓舞了在野的民心；由於久遠年月中衍傳下來的觀念，使人們習慣認爲官府就是天，才使得掌握著兵權的北洋各系軍閥們藉此横行無忌。而這種觀念被鹽市單獨舉兵抗暴的壯美行爲擊碎了，被鼓舞的民心猶如經過春風吹拂春雨滋潤的野草，一經茁長，滿原皆綠，這種巨大的、無形的力量，卻是江防軍根本無力剷除的。……

圍繞著鹽市進行的激烈戰事，像一股大旋風，牽動了近百里的地面，人們懷著激動、興奮的心情，把聽來的關於鹽市的戰訊輾轉傳播著，說起張二花鞋怎樣智賺毛六，窩心腿方勝怎樣取得鉅款，說起鐵扇子湯六刮的豪勇和機智，石二矮子如何伏擊江防軍團長，最後總把傳說的重心放在豪士關八爺的身上。

關八爺的名字經常掛在人的嘴邊，關八爺勇義的行爲像撒種般的落在人們的心上，在許許多多鄉野的傳說當中，人們直把他當成活佛，就差焚香上供，頂禮膜拜了。人們總直感的近乎迷信的認爲江防軍之所以破不了鹽市，是因爲關八爺統領著一干俠義的人物，在鹽市上奮力抗爭的緣故。因爲人們仍固執的相信著——祇有俠士才能抗得了官兵，而像關八爺這種樣的俠士是上應天星的。

「天要倒孫傳芳，鹽市才顯出關八爺來的！」

「八爺是條神龍，遇『江』必活，孫傳芳偏偏調來『江』防軍，這也是因緣氣數，合該如此，江防軍永遠是捉不住關八爺的！」

在久遠的歷史進程中，民間流佈的傳說就已經具有了這樣一種特性，部份平樸的事實僅是它的核子。當它開始流佈的同時，就好像在雪地上滾球一樣，加添了多種神秘的、誇張的、想像的描述。到後來，每個轉述那些傳說的人，都自由的加上了他們內心潛藏著的希望，使那些傳說中充溢著廣大民間神秘的願望，也代表了民間潛在的反暴力的精神……雪球愈滾愈大，那些後來加添的附麗的描述，反而掩蓋了原有的事實，使事實降爲次要的了。

這樣一只神秘的魔性的雪球，無休無止的日夜滾動著；在城市的茶樓、酒肆、街頭或書場上，在鄉野的行林邊，麥場前，在婦女們浣洗衣物的青石跳板上，它滾動著，在人們的工作中，交易時，起床後或入睡前，在耳語裏，煙霧裏，披上人們的亢奮和嘆息……

這雪球一樣毫無阻擋的滾進江防軍兵勇們的耳朵，再由他們嘴裏吐出來，使那些背井離鄉、爲幾塊大洋兵餉賣命的漢子們預感到，攻撲鹽市是逆天行事，使他們眉尖上鎖住不吉不祥的兆示。

不知是誰傳出來的，說鹽市舉槍前，孫大帥就患了心疼病，不惜重金請到一位術士替他卜算命運，那術士算出心應心，大帥患心疼，正主後方起變，而這變亂正應在鹽市上。

連塌鼻子師長也被這些謠言纏困著，他明知這些傳說對他極爲不利，但他根本無法阻遏它們的流佈。他也曾以各種不同的嚴苛手段鎮壓過，甚且抓過一些流佈這類傳說的兵勇，在陣前就地槍決，割了頭掛在木桿上示眾，同時張貼過很多「妖言惑眾，殺無赦！」之類的告示，但那仍然是於事無補。

也就在傳說紛紜的時刻，北地的許多村鎮墟集上，都出現了頭戴白色細草帽，無論長衫短褂，都僅扣三粒鈕扣的士紳（這些均為暗受革命薰陶的革命黨人），到處數說著孫傳芳的劣跡和祟洋禍國的野心，慫恿人們繼關八爺統領鹽市舉槍抗暴之後，也拉起槍結起隊來，抗稅抗捐，不再向北洋官府繳納田糧，更呼籲人們拒抽丁，拒拉伕，寧願餓死在荒年也不應北洋軍的募勇。

這些鼓動，這些呼籲，正一針見血的刺在北洋暴政的要害上，因爲北洋各系軍閥頭子們，大多是抱著憑藉槍桿兒打天下，以軍爲政的夯貨，哪兒懂得修明政治，解民危，舒民困，探求民隱，收攬天下民心?!他們終日淫奢醉飽之餘，爲想爭更大的權，佔更大的地，摟更多的錢，享更多的福，就不管三七二十一的任意開征，儘量搜括民脂民膏，供其添槍購火，擴充軍備。

這樣無視民間荒旱饑饉，一味嚴苛榨稅的行爲，最惹民怨，那些虎狼般蠻橫的差役，以及各地防軍遣出的催捐隊，經常出現在街口村頭，挨宅挨戶的擂門逼稅，死下人來可以不收殮，欠捐欠稅是非繳不可。眾多無力繳納的，當場就繩拴鍊鎖，牽牽結結像驅趕一群牲畜，鞭子抽，棍子劈，槍托搗，送進那些土設的囚獄去當押頭，非等清了捐完了稅不放人。……

開初人們是那樣含淚苦忍著，哭地呼天，問老天怎不幫助他們，使每畝田地每季多產幾斗糧？使他們得免受這種非人的苦痛。但總是呼天天不應，喚地地不靈，彷彿天和地也都離棄了這群哀哀無告的蒼生，讓他們赤裸裸的承受一切人間的苦難，上天無路，入地無門！……到後來，常有人被非刑打死在土牢裏，也有怕催捐隊抓人，當門上吊的；也有些離鄉背井逃離故宅的，怨氣結昇天頂，使太陽全變了顏色。

任意開征僅是暴政的毒害之一，其苛虐的程度尚遠不及抓勇抽丁，北洋地面上，根本無役政可言，前朝留下的征丁制仍然保留著，實際並沒按制施行，由於戶政不修，抽丁制事實上無法施行，但北洋將軍們亟需兵勇去流血賣命，祇好兼採招兵募勇和胡亂抓兵兩種辦法，雙管齊下的殺伐本元。

他們招兵募勇，多半趁著荒旱年景，當人們忍饑受餓，鬻妻賣子，走投無路時，大張募兵帖子，誘人人去吃糧賣命，比較起來，暫能捱得活命總比餓死道旁要強些，所以咬著牙頂花名去了。這類的兵勇兩眼漆黑的朝前捱日月，哪還有什麼前程功名之想?!每經一場火，能保得腦袋不挨槍就是好的了。

至於胡亂抓兵，那更是苛虐到極點。北洋的官府和散佈在各地的爪牙們，始終不放過那些成年的漢子或初具壯丁模樣的少年。若是富戶，他們就藉機敲索錢財，若是貧戶，他們就動手抓人了。……多少人家有過那樣痛傷的記憶，像火燒的烙痕般的印在人霉濕的心上；更深寒夜裏，一家人和衣睡在麥草鋪上，雖說祇擁著一床多蝨蟲的破絮，夢裏也有著遠遙的希望的溫柔，忽然傳出槍托搗門聲，乒乒乓乓像擂著急鼓，方從夢中驚醒，虎狼惡吏業已破門而入了。

在數盞搖曳的燈籠光下，婦女們掩面觳觫著，眼睜睜的看著她們的夫兒在掙扎中被繫上鐵鍊，牽猴般的叮叮噹噹拖走了，一直等到沉重的鐵鍊聲消失在夜暗裏，一直等到她們從渾噩的魘境中醒轉，明白那是抓兵時，她們已經失去一切了。多年戰亂所造成的冷冰冰的事實告訴她們，遭北洋官府抓去充當兵勇的人，千百人裏難得有幾個能活著還鄉……蹬足搥胸的嚎哭罷，即使眼淚裏裹著血絲，即使哭啞了喉嚨，將含血的淚匯成滂沱大雨，也救不得心上肉上的親人了！

在這些傷心人的眼裏，明天的太陽將是黑的，明天的日子就是沉淵，而她們必得頂著變黑的太陽，跌進深黑無底的明天的沉淵。荒涼的野地上，多的是巴根野草，她們和無人過問的野草同一命運！她們得默默的忍受乾旱，忍受水澇，忍受寒風冷雨和霜雪，沒有人關心這些遍野的悲劇，正如沒有人能顧及荒原間連天野草的枯榮。……

至於被鐵鍊鎖走的漢子們，他們被安排妥了的命運更加淒慘，遇上較好的役官，算是他們走運，照例是加了一付單銬，脫光身子從上至下詳細受檢，權算驗明正身，然後每人領取一件滿是灰污血漬的棉大衣，套在精赤的身體上，用牛馬般的苦活換取兩餐鹽水飯，等候各處接新勇的差人來，好分批撥補。

假如遇上較差的役官，名堂花式之多，連地獄也將爲之失色。一送進來，就得打指模，印腳模，狠敲一頓，再來個背銬，然後像烙印牲畜一樣，在脊背上使燒紅的烙鐵打印，除了一套棉大衣外，精赤的身體不准加一根布紗，以防趁機逃遁，連睡覺翻身都得要奉准。那身強體壯的，怕他們弄脫鐐銬，一律是使尖刀挑穿琵琶骨間的鎖洞，串以粗鐵鍊，杜絕他們潛逃的念頭。

有些嚴苛的役官採用連坐的方法，那就是一人潛逃，責打全營，倒吊、灌水、皮鞭、跪稜石，……種種花樣從頭到尾玩遍，非弄到鬼哭狼嚎不舒心暢氣。……可憐那些丁勇們悲屈的泳過這些非刑的鼎鑊，悲慘的歲月更是悠長；一紙發配單把他們提走了，使他們遠離根生之土歸向長途，誰知道今夜在哪兒停？明朝在哪兒歇?!誰敢問這一遭是發配到福建還是江西?!

他們不算什麼，他們祇是一些枯敗的滿是傷痕的葉子，飄在歷史之外的黑暗的風中，他們是一群無名無姓的「非人」……

說不上什麼樣的悲慘了，悲慘總是不自覺的，悲慘總飄搖在他們身後的煙裏和雲裏。用酸切切的緬懷去描摹往昔，描摹幾張熟悉的人臉，想在久已乾涸的眼中喚回一絲絲人性的悲懷和濕潤。即使忍受悲酸，也比面對著遙遠的空茫要好些。因爲在往日，他們總有些人的生活，人的記憶。

與妻子共守的寒夜中的一盆爐火，談說新歲之初南天門大開的故事，雖不敢企望神仙賜下財富，總巴望明春略有豐足的收成。餘糧豐足時，雙簷及地的矮茅屋裏，同樣洋溢著無憂的笑聲，依稀可憶的春聯，寫的是「斗酒隻雞談笑樂，五風十雨樂豐年」，但那些那些，從被抓那夜起始，就永遠的失落了。……

從清早跋涉到夕暮時，瘦影連著瘦影，復連著瘦影，發配前幾個月非人的生活已磨蝕了他們的血肉，使他們裹在棉大衣裏的身體變成包著青筋和瘦骨的活骷髏。

他們當中，有一些生著爛瘡，有一些鬧著痢疾，有一些帶著新近被毒打的較重的棒傷，走路一跛一拐的，比爬山更爲艱難。在刀刺、槍托和皮鞭之前，他們走也得走著，爬也得爬著。明白了呻吟、號泣、哀呼和央懇是沒有用的，在沉默的長路上，他們學會了比長路更爲沉默，長路曾馱負過無數朝代中這樣的「非人」，而他們則幾乎馱負了整個東方的苦難的歷史，他們的存活就是暴力存在的象徵。……

鄉野上的人們都曾眼見過這些非人在路上，細弱的長頸上豎著骷髏樣的青白色的頭顱，他們臉容總是同樣灰敗，同樣木無生氣，深陷在眼窩中的眼茫然的大睜著，眼神分散，顯出一股魯鈍、呆滯的意味，瞳仁深處，偶露出一股鬼氣的幽光。

他們從破袖中露出的手臂，像剝了皮的柳枝般的細弱，使人擔心風也會把它們吹折；他們的腕間留著深深的被細蔴索緊捆的紫痕，由於被捆太久，整個手背都呈血瘀，變成青黑顏色；他們的腳步軟弱無力，裸露的小腿骨外，儘是條條鞭痕，就那樣顛躓的又有點兒機械的聳起肩胛，朝前挪走著。在比他們生命更長的路上，他們必須迸出全身所有的力氣征服腳下的道路，否則便會被活活的扔棄在那裏死去。

「驢Ｘ的笨胚！走不動，老子當場叫你啃草根！」

很多人聽過押解壯丁的兵勇們這樣叱罵同時鞭打那些非人。人們不會忘記這些，別人的親人這樣被烙於他們的眼，使他們追想起被發配到遠處的父兄，怒火曾燒紅他們的眼瞳。這些久久潛藏在人心深處的怒火一經點燃，便以燎原之勢狂燒起來，而關八爺就是第一個在廣大民間點火的人。

躺在安樂椅上的塌鼻子師長卻一點兒沒有想到這些，這些雞毛蒜皮是不屑一想的，他想的是大帥的心理。幹穩這個師長，秘訣不需要旁的，但得要揣摸清楚大帥的脾氣，了解他最近的情緒。

最近南方的戰事節節失利，大帥想來準是不開心，盤算著找幾個人斃一斃。攻破鹽市的限期已經過了，發力總攻也攻不下它，反弄得滿城都是抬回來的傷兵；假如這種情形再繼續下去，說不定大帥點卯正點在自己的頭上了。所以除了先拍一通：「本軍奉令攻撲鹽市，初次施擊即獲大勝，擄得叛匪多人，斬獲頗豐，爲求早日破敵，全軍正冒雨激戰中……」的告捷電報外，還得要想辦法早點兒攻破鹽市才行。

「我說師座，這份告捷電祇是緩兵之計。」參謀長說：「既在『激戰』中，大帥他就惱火，一時也奈何不得您，——兩軍陣前，照例是撤不得主將的！假如跟著就把鹽市攻下來，就是誤了限期，大帥一樂，必定不罰。不過，要是鹽市久久不破，這玩意兒就不容易騙過他了！」

「攻！攻！攻！」塌鼻子光火說：「我他娘說攻就攻，一再攻！攻到底了！」

既然要不顧一切的攻鹽市，就得要到北地的鄉野去徵軍糧，徵軍草，搜馬料，掠牲畜，這一來，鹽市以北近百里的地面都受到了波及。

如果在往常，習慣被防軍敲索壓逼的老民總是逆來順受的，最多是敢怒而不敢言罷了！但這一回可不同了，各鄉各鎮竟然拉槍集銃，打起抗稅團、抗捐隊、保鄉隊、自衛團等等的地方旗號，公開拒繳軍糧軍草。有些集鎮，如臨大敵的封起四門，擊殺江防軍遣出的督糧官，有些村落的刀會，在曠野和督糧隊逼近搏殺，把已經被逼出的糧草重又劫了回來。

這些消息由殘兵逃回來稟告，輾轉傳進塌鼻子師長的耳朵裏，氣得暴叫如雷，大吼著：「分兵出去；分兵出去擊殺這些不知死活的叛民！」

但他並不知道，整個江防軍也像他本人一樣，患了欲舉無力的毛病，三個團都被鹽市吸住，根本無法分兵了！即使這樣，善拍馬的參謀長還是吩咐各團抽調小股兵力，開到北地去濫殺，弄得難民遍野，殊不知這樣一來，好比使杯水去潑旺火，結果是愈潑火頭愈高了！

單就小蠍兒領著的這一股人，打起救援鹽市的旗號一路朝南，沿途各處都有聞風推糧送草的鄉民，有帶著三五桿零星槍枝，自願投效的鄉勇，有從更遠處趕來匯合的刀會，有無力臨陣赴死，但卻在路旁焚香祝禱的老婦人。

其中更有自稱姓阮的剃頭匠，剛從鹽市北面不遠，一座被江防軍焚毀的小村落裏逃難出來，一支毛竹扁擔挑著兩個筐籮，一頭挑的是瓢盆鍋碗，另一頭挑的是兩個孩子；他老婆赤著一雙大腳板，聳著一對大奶盤，躬著個牛腰粗的包袱捲兒，跟著他的擔兒走，走到半路上，遇著大陣人槍踩荒南走，就歇下擔子揚聲問說：「噯，諸位扛槍的爺們，你們可是開下去打江防軍的？」

「你猜中了！咱們正要去砸那幫雜種的鍋！」

那個聽了話，猛可的跳起來，順手抹下擔子上的毛竹扁擔，跟老婆說：「這個擔兒妳權且照管著，我跟他們回頭去打那些龜孫去！我雖姓阮（與『軟』字諧音），可也不能軟不叮噹活一輩子，妳就容我去硬一硬罷！」說著，也不管老婆怎麼樣，拖著扁擔就一路踩荒跟下來了。

從南向北逃的成千累萬的難民群裏，有不少抄起單刀木棒，加入小蠍兒這一群的。一路上，他們談論著鹽市的情況，也談著關八爺所創的種種事蹟；姑不論日後鹽市是否守得住？姑不論北地日後的遭遇如何？關東山這名字已經像一條橫過苦難深淵掠起的大閃，照亮了他們悲慘屈辱的面顏。現在他們醒著，他們要自己掌握住自己的命運！

從鹽市中撤出的婦孺老弱，以及遭受波及的鹽市附近鄉莊上的難民群，像一陣悽惶的鳥雀，在春天的繁華背景中隨處飛著，在無意之中，把傳說的種子播撒下去，他們之中的大部份都逃到四十里大荒蕩南端的沙河口田莊。

他們一樣把沿途啣來的傳說的種子播撒在這裏……

萬家樓剛把業爺的死訊帶到珍爺的耳裏，驚愕的珍爺也想不透業爺的死因，在妹妹菡英面前，他亟力隱忍著，把這不幸的消息瞞了下來，祇藉口說是宗祠的祀期近了，打算在近期回去一次。他知道菡英的病情很重，受不得意外的刺激，他不能再讓她承擔業爺慘遭暗殺的悲痛了。但還沒等他成行，成千的難民群就湧進了田莊。

從珍爺的田莊起步朝南，是一片約有二里寬的緩斜坡，斜坡上大塊肥沃的青沙田旺生著各類稼禾，斜坡的最低處，就是碧汪汪的沙河的流水，從七里灘轉注入浩盪的鹽河去。從田莊的宅子裏任何朝南的窗口，越過短牆和村外的護籬，都望得見閃光的沙河和白沙的河岸，遇上晴和的日子，更能望得見遙懸在天際的鹽河上緩緩移動的帆檣。從移住到沙河口之後，病裏的萬菡英就愛憑窗遠眺在天際游移的帆影，所以她擇居在有著敞窗的南樓。

幼年時，她在這塊田莊上住過很多時日，有很多小小的童稚的記憶埋在這片閃著金色碎光的沙土上，老年的農婦們爲她講述過很多故事，講她的遠祖七太爺是怎樣買下沙河口的，講夜來歇泊在河口的東下的運鹽船。她喜歡聽這些故事，故事裏所蘊含的新奇曠邈的韻味，尤其令她心醉。

較大一些的時候，她會坐著佃戶們放下田去裝禾的牛車到河口附近的沙岸邊去，看農戶在生著水蘆的沙渚間逐兔，看在近水處結屋而居的漁人在河口的迴漩間張網，逢著春秋水漲，鹽河總那樣忙碌著，終日流走著各式的貨船和鹽船，順風的船隻滿張起飽飽的帆篷，每一節帆都被風兜得鼓鼓的，從遠遠的天邊飛移過來。初時像一片蝶翼，轉眼間就暴長起來，擋住了眼前的一角天空。

她曾驚奇的仰視過那些高聳的巨大的桅桿，以及像傳說中城堡一般的帆面，但祇是一刹的印象，轉瞬間，長風和流水就會把它們推送到遠處，消失在另一面的天邊。逆風和逆水的船隻駛得那樣緩慢，那樣艱難，彷佛除了船伕，除了貨物，那上面還載負著另一些什麼——也許是飄泊的愁情罷！

櫓手們赤著膊，凸露出泛油光的紅銅帶褐的肌膚，費力的撥動櫓柄，身體隨著咿呀的櫓聲的節拍起伏著，一面總有意無意，時斷時續的哼著櫓歌，有一股不可解的沉愴從那樣斷續的歌聲中迸出來，落在水花飛濺的河面上，浪花平息時，他們去了，去換佔另一塊地方的另一角天空。

有時候逆風，不能單靠櫓催船，精壯的船伕們就拋索拉縴，水漉漉的縴繩橫過脊樑，纏繞在他們臂腕間，他們拚力朝前傾側著身體，赤著雙足，在河岸上跋踄著，讓微藍的天光描出他們雕塑般的影子，配合著齊一的發力的腳步，他們唱著蒼涼而雄渾的縴歌，歌聲散入無邊的大野，歌聲在水面上波流，彷佛融入蒼穹化爲天籟，但他們仍然遠去了，在河面上再難覓得船身劃過的浪痕。……而這些這些，都沉澱在心裏，變成沉沉的默想。

即使關在萬家樓的深宅大院裏，即使餐餐佳肴美食，衣衣緞疋綾羅，但她不能或忘幼年感受的河上的光景，她捧讀民間的唱本，捧讀歷史上的詩章，彷佛就有悲涼的弦音劃過耳際，散向寂寂的虛空。

很早就這樣想過：時間就是一條不知所來不知所去的長河，人生就是河上的船，順風順水的風帆，逆風逆水的櫓和縴，也正像人生的順境和逆境一般，無論是處在順境逆境，無論是輕閒、忙碌、歡笑或是悲愁，都那樣匆忙的逝去，了無痕跡。

史頁上有多少志士，多少豪雄，墨蹟斑斑的一生也祇換得後世人煙雲一嘆。……她不願常被這份不相干的閨閣外的愁情纏繞著，她也無法親身去體會江湖道上真真實實的淒涼，她總朦朧的覺得，人生似乎不必要那樣翻雲覆雨，過份講求功名利祿，也不必要過份傻傻的欲與天爭，糾結起數不盡的血淚恩仇；她不願去揭示這份朦朧，爲了擺脫愁情，她儘量避免獨坐沉思，讓滿心滿眼都是空虛的夢幻。她專心的學著刺繡描紅，有時到郊原去踏青訪勝，有時在賽會時一顯她的巧思；有時她畜鷹試獵，有時她也學著騎馬，……在沒遇上關東山之前，她是明媚快樂的，她用那份快樂掩蓋了一份朦朧邈遠的輕愁。

關東山掌心握著的，是一個完全與她人生情境相反的，槍和火，死亡和鮮血，信與義，誠與勇，恩與仇交叉重疊，綿延無盡的世界。他並不癡，也不傻；他不逞血氣，不顯英雄，他根本沒向那世界要求什麼或欲取得什麼，但那世界的整體重量卻都卸落在他的肩上。

她愛著他，即使他推拒了婚事，她心裏仍然滿是他的影子。爲了關心他，她不得不探究早先她所懷有的朦朧感受，她要從那裏起始，學著進入他所懷有的人生境界，體驗他的痛苦和他的悲涼。

她覺得關東山的影子正像她童年所見的風帆的影子一樣，巨大而神奇，一剎間留於她的仰視。但和蒼穹比映時，他又顯得不勝落寞，不勝孤單。她曾癡情的想著，用她深切的愛挽住他不再浪跡天涯，她願和他共守著一個小小黯黯的窩巢。她旋即明白那是不可能的。他的世界不在巢中，他是忘我疾翔的蒼鷹，他高出人間，高過山嶽；他穿過層雲和暴雨，他祇屬於千萬代生靈仰望的無字的蒼穹！……

儘管這樣，她仍然時時想念著他，在夢裏聽見風嘯和馬鳴。她也曾無數默祝過，盼望遙遙遠遠的未來，有那麼一天，在人間，在世上能夠眼見一場真的太……平。因為那日子方是他停翅歸巢的時候。

她病著。她小小的磁罐裏裝的是嘔出的血，一絲絲彩線似的鮮紅。但她躺椅邊的小案上，總放著一隻雕有銅獸的古香爐，終天燃著小塊的沉檀，淡色的檀煙成篆形，上面寫著她鮮為人知的夢境。

在長長的春日的白晝，陽光瀉進敞窗，鳥雀在附近看不見的林叢中喧語，她總愛遠眺著鹽河上游動的風帆，風帆上有著她過往的記憶，也有著關東山的影子，……無論如何，她覺得真實的人生在亂世，真是說多麼蒼涼就有多麼蒼涼。

由於沙河口靠近鹽河，離鹽市也不過順水揚帆兩日的途程，田莊上經常都聽得到關於鹽市的消息。一般的傳說都顯示關八爺正在那座被困的危城裏，她雖然不再夢想牽他進入另一個與世無爭的世界，但她卻關注著那座危城。日子流過去，鹽河上風帆絕跡了，圍繞著鹽市的是一片火紅的戰雲。有一天，她終於看到了遍野的難民和遍野的炊煙。

「珍爺在哪兒？」她問身旁的女僕說：「鹽市是不是被江防軍攻破了？」

「珍爺他在後倉房裏，打點著撥糧救饑的事情。鹽市聽說打得很兇，這些都是從鹽市裏面先撤出來的。也許守城的保鄉團恐怕一旦破城，老弱婦孺跟著遭殃，所以就都先遣散了！」

她忘情的站起身，走到敞窗前，手扶著窗邊的木檽子，環視著禾苗沒膝的郊野，成千成百的逃難人牽成許多條蛛絲，朝田莊附近麇集過來。牽著牲畜的，扶著拐杖的，抱著孩子的，揹著大包裹小行囊的，推車的，騎驢的，挑擔兒的，好一幅淒慘的流民圖，在她眼瞳裏蠕動著。一種悲憫的情懷從她胸臆間朝外湧溢，她眨動的眼睫忽被淚珠霑濕了，她站著，祇是站著，任和緩的春風吹著她的髮，牽動著她的衣衫。

隔著淚光，她看見綠禾的波浪，看見穆穆的沙河的流水仍然像無憂的往昔，祇多了這一群群扶老攜幼的難民；春光就失去它應有的明亮和暢快的顏色了，而這些流民正狠狠的踩過她的眼，在她心頭留下無數深深黑黑的奔逃的腳印。

她撫著胸口，心裏飽飽的像塞著些什麼，一絲異樣的腥甜漾在她的唇間，眼前一陣輕黑，她又咯出一口血來。她用汗帕包了血，仍然沒有動，一縷淡淡的笑意浮自她的唇邊。風暴，是的，這人爲風暴曾圍繞著，猛襲著關東山，考驗著他的愛心，冶煉他的耐性；而今天，她同樣觸及了這些，她一點也不驚異也不駭懼，一個新的真實世界的黑門開敞著，引她進入，她恍然領悟到她所愛的不止是關東山，而是他的整個人生世界中的一切，一切冤屈無告的、忍苦受難的生靈。她知道自己的病是無望了，也許今世不會再見著關東山，但她能與他共著同一精神世界，在這個世界裏，她也許還能盡力做些什麼……即使是這樣，她已經生死無憾了。

「妳下樓去告訴珍爺，」她轉身喘息說：「等他撥妥了救饑糧，就說我要見他……」

而珍爺正在後倉房外忙碌著，他沒想到鹽市的戰火燃得這樣旺，這樣猛烈，壯丁稟告他沙河口一帶地方湧到的難民近萬時，他立即有手足無措的感覺，首先他得集齊沙河口田莊上所有可用的槍銃刀矛和壯丁，防備著萬一有小股江防軍西上擾襲，或者是流竄不定的股匪趁機搶掠。這些難民既湧匯到這裏，他得盡力保護著他們，不使他們受寒，……這一串紛亂待理的事纏住他，使他無法返回萬家樓弔喪了。

他一向是個優柔文弱的人，平素辦事，多半先跟妹妹菡英商量，由她作主處斷；但如今她病成這樣，他不忍煩擾她，使她帶病勞神。

他在陽光下督促長工們羅糧，心裏卻有空洞迷茫的感覺。但他明白，在這場猛然襲來的風暴裏，他必得學著獨自站穩腳步，要不然，就會被狂風吹倒。

關八爺曾所預言的風暴，畢竟捲到萬家的地面上來了。

第十六章・魅 影

在北地捲騰著的風暴，並沒能及時搖撼到四十里大荒中間古老的萬家樓，多少年來，一切天外的變動和北洋軍各系間的傾軋和紛爭，在萬家一族人眼裏都是無關痛癢的，最多在茶樓酒肆間像說故事般的轉述一番，興起一陣唏噓和慨嘆，然後，那些事便像化成遠去的輕煙，被人們逐漸遺忘了。

追本溯源，萬家一族人的心理，是兩種因素融和後逐漸造成的；在久遠的日子，萬家七位高祖在世時，雖然虜廷已然入主中原，他們棄官歸野，就訓勉萬家子姪，永世不作虜臣，不受虜祿，私心仍奉亡明爲正朔，所以代代衍傳，都養成冷眼觀外世，一心務稼穡的風尙。及至虜廷傾覆後，北地爲北洋各系紛紛割據，攻城奪地，圖利爭權，更使族人們冷了心腸，直認爲凡是官府衙門總佔三分霸道七分混帳，那些北洋將軍色厲內荏，不敢過份壓逼荒湖蕩裏這塊硬石頭，所以當北地遍野哀鴻、民不聊生的年月，力求自保的萬家樓成了唯一的世外桃源。……

萬家七個房族裏，凡是年歲大些的，都還抱緊了萬金標老爺子曾經說過的話頭——不管它官裏的哪派哪系掛什麼羊頭，咱們是一概不聽它的！祇要它不找著咱們催捐派稅，動刀動槍，咱們決不多事，天下滔滔咱們管不了，但在萬家地面上，即算是針尖大的小事，咱們也該手摸良心，弄得它一清二楚，黑白分明！……

就這樣，祇求自保的心理牢不可破的套在族人頭上，比孫行者戴的緊腦箍還緊上三分！即使是萬家年輕一輩人，也很少有人經過外事，踏出這一角荒天，總以爲四十里荒湖不見血，就算是萬家的太平年景。假如就據此論斷萬家樓自私，那倒也不盡然，北地鬧大荒，萬家放過急賑；北地鬧流民，萬家也收容過飢病的人群；在萬老爺子父子主事的這些年裏，萬家庇護過不少的江湖豪士和被北洋官府壓逼的良民。……祇有一點是萬氏族人不自知的——他們總抱著處身世外的心情。

而這一回，關八爺給他們帶來了前所未有的難題。

從萬梁舖退出來的小牯爺把關八爺的意思傳揚出去，萬家樓的各街各巷，凡是人群麇聚的地方，就紛紛的起了議論。不錯，關八爺本人和他領著的六合幫，曾在萬家樓危急的當口伸過援手，豪氣懾人。話又說回來，當初萬老爺在世，對他關東山何嘗無恩？

關八爺捨死忘生管外事，正跟萬家的祖訓背著走，明裏不便說，暗裏總怨關八這漢子太癡太傻。至少在萬家樓這塊地方，關八爺的名頭沒有在天外那樣響，也不致高得使人人仰望。在這兒唯一使人仰望的不是關八爺，卻是高高聳起的，頂著蒼穹，負著流雲的宗祠的樓頂。

議論掛在人嘴上，族人們在談起猶疑事時，都習慣的踱進茶館去，佔它幾張方方的八仙桌，泡它一盞濃濃的盞兒茶，叼著煙，抱起腿，各佔一方，各抒己見，話頭兒說得順時就眉飛色舞，話頭兒彆扭起來，就拍桌子打板凳，抬上一場大槓。靠近宗祠邊，正當高樓的樓影下面，石板巷裏有座窄門面鼓肚子的尙家茶樓，是萬家這些愛談閒的族人們麇集最盛的地方，在那兒，議論是夠多的了。

靠近西邊窗口的一張方桌上，擠了五六個人，因恐偏西的日頭晒臉，窗外撐起一面遮陰的蘆棚，宗祠高樓的樓影，正倒立在窗口不遠的陽光下面，從窗間浮游出去的葉子煙和水煙的霧霧，縷縷流過樓影，彷彿是一陣暗色的飛沙似的。有幾隻看來異常奇幻的鴿子的影子，在樓影上踱動，透過屋中的熙攘，恍惚還能聽見牠們刷翅的聲音。

「老二房說話，總像有意跟關八爺作對似的，依我看，八爺那種人，決不是輕易拖咱們下水的人，若就這樣批斷人家，我萬小喜兒是不心服的！」一個戴瓜皮帽兒，修長白淨的後生說：「板牙叔，你講句良心話，鹽市上千上萬的人就要叫送上砧板了，就是他關八爺不來，咱們難道就忍心坐視麼？」

「這……這話很難講得，」大板牙勾著頭，一味玩弄著茶盞蓋兒，不斷使上唇包裹他那排永也包不住的大牙，朝裏面吸著口水：「你呢，在族裏算是個晚輩，當家作主的事兒又沒你的份，用得你焦心這些？……牯爺也祇把意思傳到，連他也沒擅拿主意，是非黑白，橫直宗祠裏各房好聚議，朝東朝西，由大夥兒決定就罷了，你究竟年事輕，不懂事，這樣說話，不是得罪老二房麼?!你說是不是呢？尙老闆？」他轉朝對面斑頂的胖子說。

「嘿嘿，」茶樓的主人笑了笑，不疼不癢的一句話，把大板牙的話頂回去了：「這是萬家的事，我們外姓人，自然更不方便說話了。」

「關八是付天生飄泊的命，」大板牙捏著煙桿朝裏裝煙：「專門惹麻煩。他為人怎樣，咱們姑且不論，單就上回來說，珍爺親把菡英姑奶奶終身許託給他，當時祇要他有個『允』字，如今豈不是萬家的姑太爺?!……至少也不致於說動鹽市稱兵，逼至枯樹林血鬥，弄出這許多事故來。他當初頑石不點頭，氣病了菡英姑奶奶，擷了萬家的臉面，如今弄了一屁股臭屎，竟要咱們來揩，……這一點，我自信批斷得沒錯。」

「小喜兒，你當著我的面貶駁老二房，我也不怪你，」老二房的萬樹抱著膝頭開腔了：

「但你總得說出個理來！我這人可不是亂說話的，我說他關八有意弄權術來挾制萬家樓，決不是無的放矢，……你想想，鹽市就是求援，儘可捎函送信來，用不著關八他藉著土匪的勢迫著咱們。如今業爺屍骨未寒，宗祠的兩廊下，又躺下十多具屍首，這些死在土匪手裏的人命賬，難道跟他無關？」

「要咱們拉槍援鹽市，跟孫傳芳分庭抗禮，這事萬萬冒失不得，」老四房的萬歪眼兒是以怕事聞名的，說話時也縮著頭，彷彿怕天上飛下一塊磚來砸著似的：「咱們上有老的，下有小的，不能跟隻身闖盪的關八爺相比，他玩命玩慣了，掉下頭不過碗大的疤，咱們犯不上開罪北洋軍，拉到鹽市去頂槍子兒。……再說，南方革命軍像什麼樣兒，有誰見著來?!」

「你們全是畏崽不前的人，」萬小喜兒的喉嚨大了：「畏崽不前也還罷了，最不該扯出些歪理來糟蹋關八爺。……不錯，他半生闖盪江湖，頂槍玩命，他帶傷來求萬家樓拉槍援鹽市，可曾有一毫私心?!依你們說，他藉著土匪挾制萬家樓，既然他有這種存心，他何不直捲萬家樓?反而遣走了那幫人槍，獨留在這兒?!」

在周遭喧嘩的空氣裏，這張桌面上的氣氛卻在一片寂默中凝結起來。很顯然的，萬小喜兒的話把另幾個激惱了，茶樓的尙四看出這種僵局，抽腿走開去招呼另外的茶客去了。

「我……我說，小喜兒，」萬歪眼兒一生氣，兩眼更歪得厲害：「你一心要摟關八爺他的粗腿，你儘管摟去，又沒人攔著你可不是?!人各有志，志各不同，虧得槍隊不是你領，族主不是你當，你總不能強著旁人去鹽市送死！……你好好的損什麼人?!」

「這全是推諉話，我聽了真不受用，」萬小喜兒說：「我強著你們這些畏崽鬼上陣，一個個翹著屁股挨槍，真還怕丟了姓萬的人呢！……我先把話說在這兒，假如宗祠聚議沒結果，我一個人也去鹽市，甭讓天下人看著萬家樓全是脊樑朝天的軟貨！」

「你說話可得要有個分寸，」萬樹兩眼有些發赤說：「小喜兒，我該拎著你兩耳告訴你，……你這樣說話是目無尊長。你說他關八怎樣怎樣，你可知他爲何要留在萬家樓？」

「我的大叔，我剛剛就在問你呀?!」

萬樹嘿嘿的迸出兩聲冷笑，一臉不屑的神情：「你若真心平氣和的問我，我早就該跟你說了，……關八這種行徑，不要說老二房看不下，忍不得，我敢說，凡是姓萬的都該覺得羞辱，……他是跟萬梁家的寡婦萬小娘有那麼一腿！他竟在萬家七房族的眼前姘上那個風塵出身的女人。你想想，這可不是把咱們姓萬的放在他腳底下任意搓揉踐踏麼？咱們不管她當初出身是怎麼賤法兒，她既跟萬梁來到萬家樓，她就是萬家的人，你小喜兒也不能不認她是你的寡嬸，關八姘你寡嬸，你倒反摟他的粗腿，你還有臉在這兒責難人，這種事，也只你小喜子一個人幹得出來。因爲年紀太輕，也許還不懂得知羞?!」

萬小喜兒聽著這番話，乾瞪兩眼說不出話來，彷彿被人劈頭一棍打昏了一樣。他眼裏亮著的世界忽然變青變黑了，祇有萬樹那張陰沉繃緊的臉孔，在當面擴大著，旋轉著，使人自覺暈眩。

這之前，他從沒聽人說過關八爺半個不是，他不能相信這是事實，儘管萬家樓街坊上一些長舌的婦人們常在背後議論著寡嬸萬小娘。說她當初在鹽市賣笑爲生的故事，說她那種人決難熬得寂寞寡居的日子，他始終覺得在寡嬸悒鬱的雙眉間，緊鎖著一種鮮爲人知的傷心的往事，她決非是尋常的娼女，萬家樓無知的愚婦們解不得她身後的淒涼……

「這……這全是謊……話。」他頹喪的說。

「嗯，」萬歪眼兒自管搖晃著扁平的腦袋：「我說萬樹，你這話委實說得有些離譜，連我也不敢相信了。咱們的族規你是知道的：但凡寡婦在宗祠立誓不嫁，若再與人相姦，就是一個『死』字，你無憑無據講這話，可不是鬧著玩的！」

「好了，好了，我萬樹的話不可聽，你們就站到街頭巷尾聽聽去，」萬樹那張臉始終陰著冷著：「誰不知關八當初在北徐州坐大牢時，就跟萬小娘有首尾了！……說不定業爺的命案，姓關的還脫不了關係呢！」

「我明白了，」萬小喜兒推開長凳說：「這裏頭一定有人惡意中傷，先造謠言污了關八爺的名頭，栽倒了關八爺，你們就不用拉槍去援鹽市了！……但則關八爺如今祇是個帶傷的人，要栽他，明明白白的栽他也很容易，偏生沒有那種膽子，卻用這種卑鄙的手段，這種行徑是瞞不過明眼人的。就算牯爺相信這個，在沙河口還有珍爺跟菡英姑奶奶沒死呢！」

萬小喜兒說完話，逕自扔了兩個子兒茶錢在桌上，穿過嘈雜的人群和煙霧，掀開竹簾走出去了。

人在屋裏坐久了，又帶著幾分悶氣，乍走進陽光裏，就覺得半下午的太陽有些白灼灼的照眼，他停住腳步定了定神，才轉臉朝正街那邊走過去。石板舖成的小巷很深很窄，兩邊全是磚砌的高牆，萬小喜兒一面走，一面低頭盤算著；想著業爺蹊蹺的死因，想著萬樹傳出的污衊關八爺的種種謠言，越想越覺得在萬家樓一般人所看不見的暗角裏，正有一個魅影站立著，就像陽光勾描出的高樓的樓影一般的巨大，它一步一步的朝人逼過來，幾乎把人壓得透不過氣來了！……

我萬小喜兒，一個長房的晚輩，在萬家樓不算什麼，連在宗祠裏講句話的資格都沒有，就能在街坊上講句公道話，也是人微言輕，飄飄盪盪像根鵝毛似的沒斤兩，明知有人圖陷關八爺，我能怎樣呢？

萬小喜兒的腳步慢下來了。

假如沒人出頭辨是非分黑白，任由人誣陷，他萬小娘跟關八爺就是一疋白布也禁不住人言污染的。萬家的族裏的習俗是野蠻的，早年就有過活例——被人們指爲通姦的外姓人和萬家的寡婦，叫族人拖出來，渾身剝得精赤著，使一層薄被單裹著，抬放在板門上遊街，然後割下男的腦袋塞在女的兩腿間，把她釘了手足，將門板停在西邊的土地廟前，任人去看通姦者的下場，……沒有人理會她的呻吟，沒有人投給她飯食飲水，讓她就那樣死去，讓狗拖她，鳥食她的屍體，直到血肉化盡，變成一具白骨嶙嶙的骷髏。

萬小喜兒回想著多年前的情境，渾身不由格楞楞的打起寒噤來。接著，他腦子裏浮起更多幼小時日曾經聽過的傳言。那些傳言都化成了一些顏彩濃烈得近乎陰慘的畫面，在眼前的空幻中閃動著……被鞭打的裸體，被釘在門板上隨水漂流的女屍，在一片囂罵和啐責中鳴鑼開道的聲音，高喊著姦夫淫婦的名字，引動了一層層滾動的人頭。……

也許他們不敢這樣明目張膽的栽誣正直的關八爺，但他們足可對付萬小娘那樣的弱女子。陷在萬家樓的關八爺即使有三頭六臂，怕也救不得她了！……

午後的窄巷沒有行人，太陽光從背後來，斜射在兩面高牆上，那一列列縱錯的古磚壓著古磚，灰蒼蒼的色調充滿霉意，彷彿朝中間壓迫過來，壓著自己的一條瘦影，在一片沉寂裏，腳步踏過橫鋪的石板，便迸起一聲聲奇幻的步聲，咚咚的迴響著。

忽然他想起遠在沙河口的珍爺兄妹來，眼前便掠起一道希望的光；儘管珍爺生性孱弱，但他總是個明白事理的人。在萬家樓，他是僅有的長輩之一，丟下一句話來自有它的份量；菡英姑奶奶更是爽性人，祇消有她出面祖著，就不會有人敢枉指萬小娘，加給她莫須有的罪名了。

「我何不備上牲口，走一趟沙河口呢?!」他心裏嘀咕著：「雖說是荒天凹野，路程曲折些兒，拉直了算，這兒到沙河口也不過十八里地，傍晚起腳，明早五更天也就到了。春末走夜路，露冷風涼的，正長精神……」

他終於走出了窄巷，一點兒也沒留意到在他背後，正有個鬼祟的人影，躡著腳跟蹤著他。

他走出窄巷，深深的吸了口氣，暫把滿腦子紛繁收拾起來，現在，他覺得唯一要做的事，就是拐回家去備起牲口，立即到沙河口去見珍爺。

但在倘家茶樓裏，那些議長論短的人們，並沒有誰留心人群中多了誰或是少有誰？煙霧和茶盞上昇起的熱霧在樑間嬝繞著，他們談著業爺離奇的死，談著槍隊中被羊角鎮那撥人擊斃的十多條人命，談著不知是誰傳出來的關八爺和萬小娘之間的姦情……群情就像是狂風推捲的疾浪，那浪頭一旦湧起來就很難阻住了。

「援鹽市關咱們屁事？他關八祇是藉著這個名目來萬家樓罷了，他火拚掉朱四判官，收了那撥土匪是何存心？還不是想走黑道，趁勢抓槍?!」

「無論當初他怎樣助過萬家樓，咱們姓萬的可也沒薄待他，……菡英姑奶奶人品貌相，哪點兒不配他關八?!他摘了萬家的臉面，反轉過頭來姘萬家的寡婦，他這是存心辱人！」

「牯爺該替咱們作個主，問他關八爺一聲——這十來條人命該怎麼辦？那撥土匪既是關八的人，他就該一肩承擔。」有一條嗓子高過前幾條嗓子吼著，那是老二房的萬振全：「去宗祠的廊下聽聽一堆苦主的哀哭罷！咱們還援什麼鹽市?!咱們該先找關八替族裏的死者償命！」

「甭嚷甭嚷，」大板牙伸著頸子，伸手指著矮石牆外的廣場說：「那可不是牯爺來了？」喧嘩的聲音沉落了，好幾個人從茶樓裏挑簾子走出來，就見小牯爺騎著馬，帶著幾個護從，急急匆匆的從正街轉到方場上來了。

自從率著萬家樓槍隊在旱泓西吃了癟，小牯爺本人就很少露過臉，單是老二房那一支，就怨他不該輕易放過小蠍兒，十幾條人命鬧在那兒，苦主們全都嚎啕著，要牯爺替他們作主。而槍隊上有人稟告他，在萬家樓南邊，荒野上湧來了大批的難民。

看樣子，他們是從荒野上回來，馬匹經過疾馳，馬毛上有著一綹綹的汗漬，馬蹄馬腹全都染著灰塵和沙粒，顯出困頓的神情。……牯爺騎馬到方場上，瞧見矮石牆那邊的尙家茶樓門前麇集著的人群，便一抖韁繩，催馬靠近矮石牆，隔牆發話說：「快集槍銃，先把柵門卡緊罷，鹽市北邊來的難民太多，亂鬨鬨的一片分不出賢愚，不能聽任他們入圩崗。另得分隊下鄉去，到田上去護青莊稼，著人分別收繳他們的零星槍枝……他們既到萬家地面上，就不能滋事……」

「牯爺，您光忙著外事，祠堂裏躺著的死人怎辦？」萬振全手捺著矮牆說：「羊角鎭那批凶神雖走了，他們的頭兒關八還在萬家樓，好歹總得有個交代。」

「先料理難民要緊，」小牯爺說：「要是聽任他們作踐農田，秋糧甭想再收了。這些難民祇是第一批，不把他們手裏的零星槍銃收掉，日後越聚越多，饑餓起來，他們真能開槍。……其他各事，稍後再談。」

「我說，牯爺您可別忙著走，」萬振全喊說：「關八要咱們拉槍集銃，拋下萬家樓去援鹽市，聽說您答允他等召各房族集議再說，如今該是時候了！」

小牯爺手抓著馬韁繩，遲遲疑疑的說：「不錯，祇不過……總要等著珍爺他從沙河口趕回來才好，要不然，我著實擔不起獨斷的擔子。」

「那……倒沒什麼，」大板牙伸著細頸子插口說：「該怎樣，就怎樣，橫直凡事都有族中公議，有擔子大夥兒分擔，不差一個珍爺。珍爺不在，老七房還有旁人呢。我以為，這事不能再耽擱了，明早就得開祠堂門，找各房族議事，再晚，大夥兒就都等不得了！」

「對，」有很多嗓子附和著：「這事不能再耽擱了！咱們得給關八一個交代，他也得給咱們一個交代。」

小牯爺露出一股勉為其難的樣子，緩緩的點頭說：「既這樣，日後珍爺就是有話說，也是罪不在我，……我總不能逆著大夥的意思。如今先趕夜忙著安頓難民，明兒大早，響鐘開祠堂門就是了！」

說完話，他一領韁繩兜轉馬頭。當他背朝著人群時，他嘴角兩邊漾起一縷刻毒的笑意。——不錯，這一切正都如他預先所安排的樣子。

他就要這樣不動聲色的把關八剷掉，……至少得讓他報復不了自己。他抬頭瞧瞧西邊的天色，日頭正斜斜下沉，業已到黃昏時分了。

黃昏的天色落在沙河口野炊處處的曠野上，野煙融進天頂的霞雲裏，那光景很夠淒涼。太陽落進西天的臥雲背後去，臥雲像彩帶般的橫懸在寬而曠的運鹽河上游的遠處，那透過雲層的夕照，呈現出一片朦朧幽黯的淡紫色的柔光，沉沉鋪貼在這塊斜斜展佈的凹野上，彷彿在光中滲有無數細微的霧粒，在無風的大氣裏凝止。

沙河在默默的流著，無波無浪的流著，淡得幾乎沒有顏色的極高的天空，總覆著河面的流水，把一些緩緩變化的霞雲的影子投落在河中。

有無數難民歇在沙河旁的白沙平灘上，散散落落的人影一直牽進遠處的蒼茫；一隻牛在一堆火邊吽吽的叫著，一群狗在濕沙上追逐著，微茫中響著嬰孩的啼號。煙柱一條條的伸向天空，在高處結成如雲的頂蓋，那些野炊洞口騰跳起來的火焰在這裏那裏搖閃著，各自映紅一小塊空間，映亮一些人臉，一些情境，一些低垂的眼眉。

在一處火堆邊，幾隻繩捆的箱籠，幾付扁擔挽著的滿盛雜物的竹筐籮，幾隻行李捲兒和一些零散的小包袱當中，歪斜橫倒的躺靠著十多個人，一個皺臉的老頭兒像蝦米似的駝著腰，蹲在他自己赤裸的腳跟上，不聲不響的吸著葉子煙。逐漸轉暗的暮色從四面八方攏過來，從他微微瞇著的眼瞳裏擠著壓著他，使他原本瘦小踡屈的身體更像是若有若無的幻影。

亮在曠野的紅火在他生著黑痣的眉毛上跳著，煙頭上的紅火更不時映著他鬆弛臉孔上桃核似的皺紋。他用掉了牙的癟嘴咬著煙袋嘴兒，大口的叭著煙，弄出特、特的聲響，口涎從不關風的嘴角流出來，順著煙袋嘴兒朝下滴，使他不得不時時歇下來，使短褂的衣襬擦抹著那些口涎。當他那樣扭動肩膀時，才覺得麻木的肩胛上有著被扁擔磨壓的酸痛。

「到底是老了，」他喟嘆著說：「骨頭硬了！熬不得變故，經不得風霜……了！」

「金老爹，您有六十了罷？」說話的是個捲起褲管，揹著竹笠的年輕農民，有一條較粗的盤滿虬筋小腿，說話時，有一種愚拙的味道：「真虧您還能挑得這麼重的擔子，走得整天的路。」

「你說什麼？……噢，你說我六十？」老頭兒耳朵有些不太靈便：「我大兒子要是不早夭，今年也快傍六十啦，我今年整七十九。整七……十……九了。」他重複的說著。

每提到他自己的年紀，他就有一種空洞的感覺；——整七十九了，是的，整七十九了！他確曾活過這數字所顯示的年月，但那裏面所含的是些什麼呢？

他一動不動的蹲坐在他自己的腳跟上，叭著煙，周圍推推湧湧的暮色，像要把人吞噬似的撲向他，往昔的歲月彷彿也就像這個色調，這個容貌，黑滔滔的洶湧著，像夢中的一河惡水。他並不怕面對這些，祇覺得有些憎惡。也不是憎惡著自己貧困饑寒的日子，而是憎惡著貧困饑寒之外的那些不該有的風濤帶給人的苦楚，他咀咒過這種魔性的、硬套在人頭上的命運……

他不是個糊糊塗塗的、過一天了一日的人，當旁人問及他們的年紀時，也得掐著指頭反覆推算幾遭。他不會忘記他活過的日子，他背得熟那些用天干地支代示的年月，更不會忘記每過一年，在他的年數裏添上那一年，……七十九，七十九，沒想竟會恍恍惚惚的活過七十九年了。……他叭著煙，不用抬眼，也看得見沉沉的煙霧飄過他的眼眉，無數黑忽忽的日子，也像煙似的飄過去了！

煙似的，他已經懶得去回憶那許多屬於自己的日子，總覺那像是一張刻著桃符的木板印出來的，一張一張都是那個模式。加上季節的變化，也不過是春耕夏作，秋收冬藏，有些比較清晰的記憶並不是他存心想記的，比如某年的太歲方位？幾牛耕田？幾龍治水？某年鬧過旱？某年鬧過澇？某年鬧過蝗災？等等的，他祇是抱著一個農民的呆板習慣的心性，依著年歲推移直覺背誦出來罷了。……

儘管遠去如煙的日子那樣單調刻板，但他總滿意把這一生刻進那個模式裏，雖然有些混沌，可也有一份微醺。從混沌裏撈起一把可記的事來，就像是一抹紅彩，襯灩那張桃符的筆觸，……那年娶老伴兒進門，自己才十七歲，爹典了二畝地張羅那場喜事，新娘進門前後，自己竟像活在一場大霧裏，覺得喜氣就是那種嘴上說不出、心頭癢蠕蠕的那種朦朧，在燈下看新房，從床帳被褥到衣櫃箱籠，全新得那麼堂皇，那麼耀眼，望在眼裏，腳步就彷彿飄起來，像踏在軟雲上；偷偷的關上門，獨個兒摸這樣，摸那樣，綢被面兒和新緞袍，都柔滑得使人心跳。坐著，躺著，或是繞室徘徊著，濃郁的新鮮的油漆香，總會把人牽領到明天的夢裏去。

……

從喜日起始，自己頭一遭懷有過一生完整的夢，媳婦，兩畝好沙地，一頭膘壯的牛，一群黧黑得像泥蛋似的兒女；他該擁有這些，這夢想是由她帶來的。掀開她鳳冠前的瓔珞，在深夜燭光前端詳她時，他就用眼神說出那種夢想了。……她進門不久就有了喜，他樂得就像點下一塊莊稼，並且看著它出土一樣。第一個男孩出世時，是飄著瑞雪的隆冬，他騎著驢，頂風冒雪走了七里地，去鄰村塾館裏央請老塾師取個學名兒；老塾師架起玳瑁邊的老花眼鏡兒，攤開紅紙帖兒，筆頭把人眼牽得滴溜打轉，就是不肯朝下落，忽然抬頭望著飄漾飄漾的雪花，吟唱說：「瑞……雪主豐年，嗯，孩子就叫金瑞雪罷。」

瑞雪，瑞雪，好一個瑞雪！懷揣著老塾師寫妥的紅紙帖兒趕回去，就像懷揣一爐炭火似的，渾身上下不打一處發熱，竟忘記棉衣全叫雪水浸濕了。……瑞雪生後第二年，日子順得像張帆的船，一年兩季大豐收，充實了家家的倉廩，說買田麼，還不夠，買條牛該是敷敷有餘的了?!誰知那年加了稅賦，三下五除二，餘下的祇夠買條瘦牛罷了。

若說一生裏真正可記的，總共也就祇這麼一把了，惟其有過這些，更顯得失落的傷心。……如今踡縮在這塊凹野上，游絲般的恍惚思緒隨著煙霧飄昇，心裏有些被硬烙上去的記憶的傷痕，彷彿重新迸裂開來，發出陣陣的隱痛。

也就在幾天前，整個村子被江防軍縱火焚了，兩三里外見紅光，火蝗蟲在人頭上紛紛飛舞著，多少年輕人的美夢，都像當年的自己一樣，化成一場煙雲。

詛咒著兵燹罷，詛咒也是徒然的；日子像磨盤似的旋著轉著過，自己親歷的這一甲子有零的歲月，已不知經過多少遭了！兵燹奪去了瑞雪的命，災荒埋葬了老妻，苛捐逼得人典田賣地，土匪牽走了那頭牛，到如今，逃與不逃都像是無關緊要了。

但滿眼初經大難的年輕人，奶孩子的婦道，爲何仍要受這種煎熬?!蒼天難道是打了盹？閉上眼不看這惡毒毒的人間……

「喝碗稀湯罷，金老爹。」年輕的莊稼漢說：「我點了幾畝麥，顆粒還帶著漿，就叫江防軍芟倒了！我們村子靠近鹽市西的大渡口，大片秋禾全叫江防軍逼著砍盡了，怕秋莊稼長起來，容易中伏，他們不單掃光了秋稼，還堆牆倒屋，夷平了整個村子，村上沒逃得及的漢子，全叫抓了伕，日夜紮長梯，拼木筏，打算仰撲高堆，搶佔樊家渡呢！」

老頭兒默默的聽著。

「我吃不下什麼。」他說：「我心裏飽脹脹的。」

「老爹，我愁著往後的日子怎麼活呢？」莊稼人的憔悴的妻子說：「兩個孩子都在病著，不用說瞧看了，連饑全顧不得他……」她的喉嚨有些哽咽。

「人麼，」老頭兒鬱鬱沉沉的：「活著總得……要受煎熬的。有人問我說：『老爹，您這一大把年紀了，還挑著擔子逃難兵災麼？』……我就跟他說：『我不甘心在這種亂世，乖乖的自個兒爬進……棺材！我要大睜兩眼看著，看著老天再睜眼，從地上收走這些魔星！』……」

「人逃到沙河口來，不會餓死的。」黑裏有平靜的男人的聲音說：「這兒是萬家樓老七房珍爺家的產業，聽說珍爺正在田莊上，……往年這兒常有外地饑民來拾麥度荒，珍爺照例都撥糧賑濟的。」

「嗨，」莊稼人的妻子用感恩的聲音唸佛說：「寧在饑上得一口，不在飽上得一斗，急難中能得人賑濟一口糧，也能活得人命啊！」

天已經沉黑下來了，已殘的炊洞中的餘火更顯得殷紅，沒有騰跳的火燄的炭塊，祇映得出丈許方圓的一塊空間，逃難的人們彼此偎得更緊了。有人拎著木桶去河邊汲水，河上已搖晃著稀疏的星影，偶有孩子的驚哭聲從一群一群的人群間迸起，旋即被做母親的用溫寂的眠歌拍落，變成魘著般的嚶嚀和抽搐，去萬家田莊的人還沒有回來，有些人在疲睏中踡臥在火邊睡了，有些還在談說著，互述各村遭江防軍蹂躪的情形。

也有人談說著近日裏江防軍跟鹽市雙方的攻撲，說江防軍的馬隊曾兩度撲佔洋橋口，毀掉橋北端的磚堡，保衛團的統領陣亡了，守洋橋的鹽市的槍隊也損失不少人，等鐵扇子湯六刮領著大群單刀手圍堵上去，雙方一夜拉大鋸，馬隊裏祇回去一些散韁的空鞍馬。……在小渡口，江防軍兩攻不利，仍然撲不進那些險要的谷道，在樊家渡，鹽市扼守的人槍不足，危象環生，祇怕很難久守。

不知是誰提起關八爺來，引起一陣謎樣的猜度和煙樣的嘆息。

「天保佑他罷，」一個老婦人拍著地面，啞聲的呼號說：「關八爺就是三頭六臂罷，也保鹽市守得住麼？可憐鹽市一破，壩上死傷不說，江防軍爲了要出怨氣，不知要枉殺北地多少人呢?!」

「天佑不若……人佑。」金老頭兒挪了挪身子：「假如年輕力壯，能掄得刀叉棍棒的，都學著關八爺那樣，捨死忘生的起來打北洋，我不信江防軍能逞得凶，施得橫?!連孫傳芳也作興睡不穩他的大煙舖呢！」

「老爹說得對！」年輕莊稼漢挫著牙說：「我真恨不得立時掄根扁擔去砸扁那些龜孫！」

「祇要人人有這個心就行，也用不著胡急亂來。」另一條嗓子說：「你等著罷，我敢說日內北地各鄉村就會有鳴鑼聚眾，拉槍赴援的，咱們順著大溜回頭，一道兒去拚江防軍才有力量。俗說：一根筷子易折，一把筷子難折，正是這個道理。」

誰還待說什麼，斜坡頂端的遠處卻亮出了好幾盞馬燈來。

「天已入黑一會兒了，萬家田莊上還有誰拎著燈下野湖？」莊稼漢的妻子把手招在眉上，瞇眼望著說。

「也許是莊丁出來巡更罷？」金老頭說。他的一鍋煙早就吸空了，還一口一口認真的叭著：「我是人老眼花……了，祇隱約瞧見燈火亮，光刺刺的一片，可分不清有幾盞啦。」

馬燈光朝前蠕動著，越來越近了。

「是萬家樓的珍爺一路施糧來了，萬家的小姑奶奶也在車上。」從田莊裏奔回來的人走過河灘，一路叫說：「除了糧，還有整車烙妥的乾麵餅呢！」

「咱們逃難來，可真累慘了珍爺，」另一個說：「他中晌就放車下野湖，業已忙累了老半天……了！」

在饑餓、疲倦、悲愁中的人群一聽著這消息，立即騷動起來，有好些人歡叫著，舞動未熄的火棒子，迎接著珍爺和他背後的糧車。棒頭散迸的火星在黑夜裏開花，象徵著他們舞動著的希望。……

但更爲突兀的事情，卻在珍爺兄妹進入河灘上成千難民群中時發生了，因爲在南邊不遠的鹽河南岸——最多相隔里許的地方，一粒槍彈在夜空中掠起一道紅弧，緊接著，人們便都能清晰的聽見密集的槍聲。略爲有經驗的人一聽，就能判斷出那是大規模的槍戰，因爲沒有幾百桿槍，造不出那種氣勢，幸好槍聲起在河的南岸，有一條水滿的大河阻隔著，才使大夥兒沒慌亂成一團。

即使這樣，文弱的珍爺卻白了臉，一面吩咐騎牲口的莊丁們分頭到沿河各處去探聽消息，看河南岸究竟是起了什麼樣的變故？一面強打精神，站在車轅上朝難民群喊說：「我是萬家樓七房的萬世珍，這是我帶著病的妹妹菡英。……這回說動鹽市舉槍抗北洋的關東山關……八爺，跟我算是至交。如今江防軍壓境，撲不下鹽市，反侵擾各地鄉莊，累得諸位鄉親友好拋家撇產投到敝莊來，無論諸位跟在下見過面沒見過面，不是村鄰也都是地鄰，人說：急難不分家，我不能讓諸位在沙河口受委屈，田莊上倉裏有糧，我開倉。地裏有莊稼，我分堆。要飽齊飽，要餓齊挨。……萬家樓因我那長房主事的兄弟世業遭人暗算剛倒下頭，族事一時亂著乏人理，沒能及時拉槍援鹽市，我相信，早晚我們就會拉槍……」

珍爺一時情急，當眾說出業爺的死訊，手扶著車轅的萬菡英就像突然受到雷擊一樣的呆怔住了，但她並沒暈倒，祇覺得有些心慌眼黑，喉間漾漾的作噁心。她嗽回了一口血痰。她是慧黠的人，立即就想到珍爺爲什麼把業爺的死訊瞞過她！……她不能再把自己的病體當成他的累贅。

不錯，保爺業爺兄弟跟自己情逾骨肉，一個溫厚儒雅，一個正直善良，都不該遭這樣的下場。業爺這樣慘遭橫死，令人想來倍覺痛傷；但適才她聽過曠野上許多逃難婦人的哭訴，那些死在江防軍刀尖上的她們的親人，哪一個不樸拙?!哪一個不善良?!正由於鹽市這場動亂的風暴，才使她覺得有一道巨浪打在她身上。她甘心承受這些，因爲這世界曾是關東山獨立肩承過的，她活著一天，她願意爲他盡力分擔。

當珍爺說完話，自覺失言望著她時，她裝著沒留心聽他說什麼，伸出手去撫摸著一個靠在她身邊的農婦懷中嬰兒的臉頰。她笑著背轉臉對著珍爺，使汗帕點去眼角的熱淚。

「煩請諸位暫行坐地，我好著人按口數分糧分餅。」珍爺說：「南邊槍響，不知起什麼變故?聽槍音，像在早先北地鹽船常時寄泊的琵琶灣附近，離腳下還遠。……假如江防軍擾河北，我勸諸位明早退進敝莊去，結合人槍，力求自保，總能擋他一陣。」

「珍爺請放心，咱們決意不再逃了!」

「咱們祇要有棍棒，寧願死拚!」

「跟珍爺回，」騎牲口的莊丁一路奔來報說：「槍戰是在琵琶灣，那兒昨夜來了大批運鹽船，江防軍不知怎樣得著消息，從三河岸那一線抽調小鬍子那旅裏的一營人，撲過來截鹽，船上押鹽的漢子集起近百條槍，疊起鹽包來跟他們接上了火。他們怕挺不住，失了鹽，業已差人過河來向咱們求援來了。」

「人呢?!」珍爺說。

「人是步行，等歇怕就要到了。」莊丁說：「一共來了三個人，其中一個渡河時帶了槍傷。」

珍爺捻著他隨身佩戴的那支三膛匣槍的黑絲線編結的槍穗兒，偈促的望著妹妹。自打生出娘胎，他從沒真正的弄過槍打過火，他常年佩槍，祇是萬家樓年輕長輩們多年來的習慣，防身的意義還不及裝飾的意義重。他滿心明白處在這種辰光，一個有血性的漢子應該怎樣！但他總覺自己在這方面是個一無所長的人——除了挺身上去挨槍，他不知怎樣號令？怎樣守？怎樣攻？他甚至不會使用匣槍。這並不能表示他如何懦弱，因他祇是這種樣的人——槍一響就分不清東西南北的書生。

「妳覺得我該怎樣？菡英？」

「你不能退縮。」萬菡英望著他。她完全明白他的徬徨，她的眼是濕的，眼光裏有著無限深的愛意。她不能不對他這樣說：「在萬家樓，您是長輩裏最年長的人；在沙河口，您是莊主，無論如何，你非出頭作主不可！」

「那，也祇有這一條路了！」珍爺咬著牙，緊擰著槍穗兒說：「菡英，妳病成這樣，我這做哥哥的，沒能好生爲妳延醫療疾，反而累妳爲我……我說菡英，這回我拉槍護這撥鹽巡去鹽市，若是不幸碰上槍，不必爲我料理後事；若是活著進鹽市，我要找著關東山，跟他死在一起，算是跟他……相交一場，殊途同歸了！」

文弱的珍爺說出這種慷慨的話來，不但萬菡英撲向他，忍不住一腔悲酸，泣不成聲，凡是周圍聽著的，也都撲簌簌的流滾出如雨的熱淚。但珍爺祇是默默的挺身站立著，反手輕撫著妹妹的柔髮，連一句安慰的言語也說不出來。

他那樣挺身站立著，忽然覺得久久以來困抑著他的那種壓力，那份痛苦，已經從他的兩肩上卸脫了，祇因爲他決意去做明明該做而遲遲不做的事情。一剎前，他仍是驚於槍聲的弱者，如今他卻成了勇士。

他站立著，在他遠祖所傳的屬於他的基業上，他內心變得澄明、冷靜、坦然無憂。遙遠的星光和眼前的燈火照著他，他的影子正像穆然聳立的宗祠的高樓一樣，他豁然領悟到豪士關東山爲何能赴湯蹈火坦若平陽?!爲何敢以一肩獨承天下之憂?!……祇要有義膽仁懷，任誰都踏得進那個世界。

「珍爺，鹽船上差來求援的人來了。」

有人舉起馬燈，燈光照在那三個渾身濕淋淋的漢子的身上，中間那人大張兩臂，擔在兩邊兩個漢子的肩上，人矮下去一大截，軟軟的兩腿在白沙的平灘上一路拖著。他的傷在右肩窩下方，子彈也許是射穿了肺葉，血不從傷口淌，反而從嘴裏倒溢出來，血水帶著黏性的泡沫，全黏在衣領上。

「先幫他們把受傷的抬上牛車，送回莊裏去罷。」珍爺說。又轉朝那兩個人說：「鹽市被圍不止一天了，運鹽船爲何還冒險朝下放?總局難道不怕開罪防軍?還如數朝下撥鹽?」

「咱們是包運的，老爺。」一個說：「不能因鹽市開火，咱們就封了船，空碗底兒朝天，總局祇要撥鹽，咱們就敢運。鹽是湖西萬民少不得的，缺鹽如缺糧，咱們沒想到防軍硬來截它。……您聽這槍聲響得多急，咱們人槍少，又窩集在灣窪子裏展不開，夠危急的。」

「我們馬上拉槍過去，」萬菡英扶在珍爺的肩上，緩緩的喘息著：「你們先騎莊上的牲口去報信罷。」

珍爺一行人起更時分回莊，立即就把田莊上的人槍集齊了，難民群裏，也有人在各處響鑼聚眾，喊起年輕力壯的，帶著槍銃刀矛，跟沙河口的莊丁匯在一道兒，拉去琵琶灣赴援。

二更天，這一支新拉起的槍銃隊在珍爺的率領下，到達鹽河北岸，甚且連珍爺也沒有夢想過，他竟會在一個更次裏拉起這麼多的人來?!黑裏他也弄不清有多少人?多少槍枝跟著他走?

祇覺得人喊馬嘶，遍野都是人。

到達鹽河岸後，他們引葵桿爲火把，照亮了數里長的河面，鑼聲、鼓聲、螺角的鳴聲，憤怒的呼喊聲，完全掩蓋了河南岸的槍聲……運鹽船朝東起行，那一營江防軍也朝東撤退了，這支槍銃隊也越過沙河，順著鹽河北岸朝鹽市捲過來。

第二天下午，他們到達鹽市北岸時，一共有了七千多人，因爲一路曠野的難民聞到人聲和鼓角，隨手抓起一宗棍棒，就都跟著回頭了。他們不能算是槍隊銃隊，他們祇是一群噴著怒火的不願再逃難的難民。

這些人像滾雪球般的滾在一起，沿著運鹽河北岸的高堆，西自大渡口，東到小渡口，紮下了十里連營。他們還在像春草怒茁般的不斷長大……

他們替後背薄弱的鹽市把牢了後門。

也就在珍爺初拉槍的初更天，騎著一匹瞎了右眼的小毛驢兒趕夜路的萬小喜兒，卻在半路上遇到了鬼。

十九歲的萬小喜兒在當半樁小廝時，就在萬梁管事的鹽槽兒裏幫忙打雜，萬梁看待他像看待兒子，他跟萬梁也極投緣。鹽槽兒裏常有零星散腿兒靠車過夜，那些北地來的侉漢們愛談鬼怪，就像他們愛吃大蔥一樣，丟兩張厚草蓆在疊得高高的鹽包上，在黑忽忽昏濛濛的壁洞燈下面，幾個人靠牆半躺著，吸著發霉的大粉包煙捲兒，或是各揣一隻裝白酒的錫壺在懷裏捂著，就津津有味的談起鬼來了。……

自己當初夾在裏面聽鬼話的興頭，遠不及吃零食的興頭高；那些侉漢談到興高采烈時，往往一反平素吝嗇的習慣，顯得份外豪氣，他們會直著喉嚨喊說：「小喜兒，央你買盤燻燒，捆蹄，一包五香蠶豆，外帶一碟鹽水豆兒！」秋天他們也叫買過大螃蟹，冬天他們愛吃噴香的兔肉。……就那麼聽著聽著的，聽鬼話也把人聽上了癮。

好些年裏，他曾聽臉孔不同的鹽梟們講過無數的鬼話，有些是輕佻的，有些是怪異的，有些是極端恐怖的，他即使不去專心記憶那些故事，可是，當他自己處身在某種真實情境中時，有一些合乎那種情景的鬼故事，就會自然而然的回到他的腦海裏來，並且活化成某種鮮活的形象。現在，他是騎著一匹瞎了一隻眼的毛驢趕夜路，那麼，他想起來的，也正是一些趕夜路遇鬼的傳說了。……

他備妥牲口離開萬家樓時，正是太陽甩西的時刻，那時他一心祇想到去沙河口見了叔祖珍爺，怎樣跟他稟事，也怎樣吐吐他鬱在心裏很久的委屈；萬梁叔死後，經珍爺保舉，業爺拔擢他在鹽槽裏當管事，繼了萬梁叔的位置。若論一把算盤一桿秤，萬家樓還沒有比他更純熟的人，他是在槽兒裏多年磨練出來的。

若論輩份年紀，萬家叔輩可真是太多太多，從拖白鬍子的老頭到三歲娃兒都有。長房主事時，從不論這些，輩份高低祇在「禮」上比，不在「事」上論，誰有能耐幹什麼，誰就幹什麼。而老二房裏多的是酸葡萄，不論對長房，對晚輩，都是明諷暗兒，尤獨在業爺死後，除了小牯爺一個老長輩，老二房的那些爪牙們更擺出一股得勢忘形的嘴臉，令人難以忍受。

這回造謠中傷關八爺，明眼人就該看得出，全是老二房那支房族裏的陰謀，自己一時猜不透它的真正用意？若是說給明事理、通人情的叔祖珍爺聽，他也許能洞燭老二房那些奸人的腑肺……

開初他雖沒想到鬼，但等日頭沉落下去，四野昏暗時，他趕著毛驢越過五叉路，翻過紅草坡時，眼看著昏煙四合的坡脊上綿延的墳頂兒，心裏就有些起毛了。……萬家樓東南角，是四十里荒湖蕩兒中頂荒涼的地方，萬家一族不知有多少代的墳塋，全都叢葬在紅草坡朝南的地段上，這些萬姓的鬼魂都還不太可怖，因爲傳說裏的家鬼雖會顯魂作祟，終不會害到本家子孫頭上；怕就怕在再過去一段地，卻埋葬著一干當初跟隨土匪總瓢把子鐵頭李士坤攻撲萬家樓時凶死的土匪們，那些傳說中犯金凶過鐵器，斷頭缺腿拖胳膊的傢伙，閻羅王拒收，地藏王不管，長年飄蕩的冤鬼游魂，那才真是又噁心人又怕煞人呢！

……萬小喜兒，我說你這個夯貨，……萬小喜兒一面大聲的呼著趕驢哨兒，得兒，得兒，嘟嘟，得兒嘟，想用他自己的聲音替自己聊壯膽子，一面卻暗自責罵自己道：你早不走，晚不走，爲何偏趕著黃昏日落時起腳，正在三更半夜鬼出墳的時刻經過那個倒楣的惡鬼窩來?!

埋怨是沒有用的，天黑得怕人，月亮不知在哪兒?!幾粒隔著高霧的疏星光眨眼，也昏昏濛濛的照不亮什麼。倒楣的星，說它照不亮什麼，它偏就照得出一座座荒墳的影廓，總之，自己越怕看見荒墳野塚狐仙屋，它愈把那些玩意送到人眼上來。眼珠朝東轉，東邊也是墳，眼珠朝西轉，西邊也是墓，一股逼人的鬼氣，全都化成冷露寒風，浸著你，吹著你，使那森森冷冷的感覺一直鑽進人骨縫裏去，不但毛髮朝上豎，連骨頭也都有些酥軟了。

……回頭罷，萬小喜兒……

……鞭著毛驢兒夾奔兒跑，不一會就望得見萬家樓裏的燈火了！明兒大清早再從原路過，去沙河口見叔祖也不算晚呀！何必打著牙顫硬充人熊?硬著頭皮去鬥鬼窩裏的那幫惡鬼來?!

許許多多這樣的聲音，在萬小喜兒的心裏翻滾著，一陣風劈面兜過來，他真想拎轉韁繩，打著毛驢兒朝回跑了，但那陣風也把他從渾噩中吹得清醒些。

在一剎清醒之中，他想起自己衷心敬仰的關八爺和善待自己的小嬸兒，他們正被可怕的謠言捆縛著，那謠言比傳說裏的鬼魂更可怕得多。老二房的那些可惡的小爪兒們，像萬樹、萬振全那幫人，滿腦子歹毒的邪主意，即算他關八爺再有聲威，再有能為罷，好漢怕癩漢，癩漢怕邪皮，他一個療傷的人，隨時都可能遭人下暗手整掉性命……

他就唸唸有詞的用自語慫恿自己說：「萬小喜兒，你可不是當年在鹽槽兒裏打雜的小廝了，聽鬼話兩腿不敢懸在黑裏，怕小鬼伸出冰涼的鬼爪兒掐你小腿肚兒，走黑巷總縮著脖子，怕大鬼伸著頭朝你後頸上吹氣，你如今業已十九歲了，放著正事不辦，怕走黑路就回頭，那算得什麼?!」

這麼一路走，一路自言自語的慫恿著，寬慰著，倒也又走下一截不短的路來。不過這種寬慰過久了，藥性散了，又慢慢的不靈光了，嘴裏儘管唸唸有詞像唸咒語一般，心裏卻想的是各種恐怖的、怪異的鬼故事，耳朵裏卻儘聽著梟鳥的嚎哭，紅狐的啾鳴，以及風吹草動的聲音……心神一恍惚，人又昏昏沉沉的陷進恐怖中去了。

傳說說的什麼來?……有一個高顎骨，厚嘴唇，臉上有幾粒稀麻子的鹽梟講過，人走到亂塚堆裏，野鬼迷住人的故事。說野鬼迷人，總先繞著那人打一圈兒輕煙似的鬼旋風，然後扯過兩處風頭打一個死疙瘩，那人就像被裝在鼠籠裏的老鼠，不到雞鳴五更天，是走不出那個迷陣的了。……

另一個看起來從不會亂扯謊的老頭兒，硬說他曾有三次被鬼迷過。他講起被鬼迷的情形，用一種像被扼住脖子樣的恐怖的啞聲，說他就覺一陣鬼風，像鞭抽的陀螺繞著他那麼一轉，他就陷身在上不見星辰，下不見草木的黑霧裏，人到哪兒，霧到哪兒，休說伸手不見五指，就是鼻子撞在墓碑上，也看不見墓碑的影子。

在另一些傳說裏，趕夜路遇鬼，卻不以旋風迷人，有些鬼靈總不肯現出全身，有時單見一截兒穿白袍的脊背，在迷煙般的月光裏或隱或現的飄漾著。有時單見一雙小小的花鞋在空裏划動。另一些鬼愛在路上攔人，你走他也走，你停他也停，你若找他聒話，他一樣跟你聊天，你怎麼看他都像生人一樣，不過事後你再一回味，他講的都是鬼事，你再仔細一看，他旁的地方都像人，祇不過少了一個下巴頦兒罷了……

即算你當時沒叫嚇死，回家也有你病的，俗說：「看見大鬼害場病，看見小鬼沒有命！」那可真是假不了的，但凡看見鬼的人，不是走楣運，就是火焰低，要不然，鬼也怕人頭上那股剛陽之氣的。

腦袋這玩意也真邪?!久遠時日聽人講說過的那些故事，那些傳言，甚至連自己平素也記不起的，今夜晚都像擺古董攤兒似的列出來了！萬小喜兒也曾一再告訴自己，不要在滿心發毛的時刻窮想這些，那不聽話的腦袋可偏要「助紂爲虐」，招來許多鬼形鬼像亂嚇人。

並不是萬小喜兒愛起疑心，總覺胯下那匹小毛驢兒有些不太對勁，毛驢這種牲口最惹鬼，據說牠們全是陰陽眼，能見著人眼看不見的鬼魂，但凡騎驢走黑路，不用你問附近有鬼沒鬼，祇消瞧瞧你胯下的毛驢的動靜，心裏就該有數了。……

小毛驢兒不太對勁可不是?!休看牠瞎了一隻眼，牠那隻好眼靈活得很；牠要是沒看見什麼邪物，怎會豎起兩耳，不時驚得打蹶兒?!兩條前腿躑躅著，像有條索兒在前頭絆著牠一樣。翻過紅草坡，路更荒得簡直不像是路了。

那樣遼闊的荒天凹野裏，疏星朦朧，夜霧漫橫著，長葉叢叢的蒿草擦著驢肚腹，沙沙的響著，即使偶然有一兩陣風來，也吹不散在草窩中凝瀰著的陰濕淫霉的氣味，彷彿那一層群鬼聚居的荒角落兒，至少有千年沒見過太陽。

前面該是當年鐵頭李士坤的那夥土匪叢葬的地方了，萬小喜兒揉揉眼，看見幾團碧綠碧綠的鬼火，像長了翅膀似的，在遠處的荒墳間啣逐著，燐屑似的光粉拖曳得長長的，像一窩撒野的老鼠；有幾團鬼火亮灼灼的，大得像幾盞鼓肚子燈籠，原在路邊草溝裏竊竊的聚議著什麼，一見到毛驢兒踏過，就一窩蜂的搶上來，咬著驢蹄兒打滾，活像一群討債的主子追討多年不償的欠債一樣！

可憐那匹毛驢兒吃不住嚇唬，四蹄打軟走不動，竟夾著尾巴，嘩嘩啦啦的撒出一泡騷溺來。

「得兒，得兒，嘟嘟，得兒……」萬小喜兒嚇得渾身豎汗毛，慌亂無主的催著驢，祇管順起趕驢棍直搗驢屁股，任你怎麼搗，那匹毛驢沒撒完溺，就是不肯起腳。而那幾團鬼火正在抱著驢蹄子不放；萬小喜兒心想：糟！糟！這回明明白白是遇上了鬼，可不再是腦子裏浮游著的幻念了。

他一急，手底下更加發力，搗得毛驢兒唔昂唔昂的哀叫起來，叫聲驚飛了一陣宿鳥，萬小喜兒看不見那些鳥雀，祇聽見一些驚鳴和刷刷拍翅的聲音。

「我的老天，你得保佑保佑我萬小喜兒，」萬小喜兒誠惶誠恐禱告說：「我不是暗室虧心那種人，從來沒謀算過誰，更沒開罪過鬼神，我這是十萬火急的趕去沙河辦正事，你不能讓這些惡鬼不分青紅皂白的纏著我，平白的耽誤了我的行程！」

許是因緣湊巧，正當萬小喜兒禱告完時，身後刮起一陣風，把原抱緊驢蹄子不放的鬼火吹開，像被鞭抽似的滾進荒路一邊的草叢裏去了，而胯下的毛驢不用催打，竟又自箇兒撥動蹄子朝前走著了。

這陣風使惶懼中的萬小喜兒精神一振，果真以爲冥冥中真有神佛佑護著他，使他安心不少。儘管不遠處的樹林裏有夜貓子怪聲嚎叫著，夜遊的惡鳥哇哇的噪過人的頭頂，綠瑩瑩的鬼火仍在荒塚間追逐著，他卻不像方才那般害怕了。

而這種情形持續得並不太久，剛穿過那片可怕的墳場，咄咄的怪事又來了。

這怪事發生在毛驢走動時的蹄聲上。

萬小喜兒無意中發現，毛驢踩著路，得得的蹄聲總是一前一後交疊著的雙音，就像是身後不遠的地方還跟著另一匹牲口一樣。前面得、得，後面跟著得、得，前面的蹄聲響得快，後面的蹄聲也跟著響得快；前面的蹄聲慢下來，後面的蹄聲也跟著慢下來了。

既然發現這種怪事，萬小喜兒就換來換去側轉過臉，留神細聽。沒錯！聽上一百遍也絲毫沒錯，身後不遠的地方，硬像有一匹牲口在走動著。這種怪事，不由又引起他的疑惑來。半夜三更，在這條蒿草半人深的荒路上，除了自己一個人和一匹毛驢之外，哪還會有人跟自己同樣的騎驢趕黑路呢?!自己出門時急急匆匆的忘了帶盞馬燈，難道後面的人也是那麼巧，趕黑路不帶燈籠?!

……也許是驢蹄子敲打出來的迴音罷？

不，不！怎麼聽也不像是迴音，依照平素的經驗推斷，在這樣空曠的荒野地上，不算太響的蹄聲傳不遠，不可能有什麼迴音撞回自己的耳朵。就是放開喉嚨大聲喊叫罷，聲浪傳至遠方去，也得相隔半晌，迴音方能從遠遠的天腳的林木中波撞回來；而且迴音總是擴大的，奇幻的，曖昧難分的，決不至聽得這麼清晰，身後的蹄聲決不是什麼迴音。

既然不是迴音，那又會是什麼呢？……萬小喜兒心裏略一遲疑，脊樑骨又酥酥的發了麻了，不用說，鬼！那一定是鬼！

自己弄不懂，鬼爲何要死死的跟著自己?!真要遇上鬼的話，自己倒情願在面前遇上，那就好像一把鋼刀架在人脖子上，跑也跑不了，避又避不脫，乾脆橫著心，兩眼一閉，任由它宰割去，那樣反而痛快些。這好！再怕人也沒有比鬼在腦後緊緊跟著你更怕人的了！

幼時聽故事，聽到惡鬼追人，伸出冰塊似的鬼瓜兒拎起人的後衣領，噓呀噓的朝人後腦窩下面的頸毛上吹氣，吹一口，使人遍身發麻，吹兩口，使人心裏發冷，三口氣吹下來，人就叫他吹得昏昏糊糊，像掉在冰窖裏一樣——就會嚇得自己把後衣領高高翻起，死死的護住後頸子，害怕真有那麼一種惡鬼，在自己身後噓氣。即使人還坐在煙霧沉沉的屋子裏，身邊還晃著許多張闊笑著的人臉，自己也會不停的哆嗦著，膽子縮得比壁洞裏菜油燈的燈焰還小幾分。

現在不再是故事，那個鬼正在身後追躡著自己，得，得，得，得，分明是另一匹牲口的蹄聲，清清楚楚的響著。萬小喜兒屢想回過頭去瞧瞧究竟，但總提不起這種勇氣。那麼，祇有打著毛驢，讓牠快跑罷。但總是沒有用的，那蹄聲仍然陰魂不散似的刮著人的兩耳。

眼前的夜霧更濃了……

夜霧把荒野緊緊的包裹著，神秘的墨黑塗去了僅有的一點兒星光，萬小喜兒眼裏見不著路影；領不穩韁繩，祇能任由那匹毛驢兒自家摸著黑路走，恍惚覺得驢身顛躓了幾下，荒草的長葉拂著自己的腰和手背，敢情是毛驢離了路，走下草溝來了？

等到聽見驢蹄絆著什麼，骨碌骨碌響，這才又想到毛驢定是踩到荒田裏來了，三弄兩不弄的，方向也迷失了，空自睜大兩眼，也分不清東在哪兒，西在哪兒?!……得得，得得，倒楣的蹄聲仍然在身後響著，響得人心撲撲跳，彷彿要從人嘴裏迸出來。

「我的老皇天，你千萬領領我罷，……看樣子，我萬小喜兒已經遭鬼迷了！」萬小喜兒叫苦不迭，近乎哀告的低語說，希望再會有那麼一陣風把濃霧吹開，把那種怪異的蹄聲吹走。

但這一回，連天也不靈了。

濃霧是黏黏濕濕的，帶著一股腥氣，那怪異的蹄聲越來越近，直貼在人的耳門上。

我該怎麼辦呢?萬小喜兒惶急的尋思著。即使老天爺不肯佑護我，我也不能任由這惡鬼迷住。……聽說單凡惡鬼都是怕見燈火的，祇怪自己上路前太粗心，不但沒帶馬燈，連個火褶兒也沒帶在身上；胯下的驢背囊裏，祇有一根蔴繩和一把插在皮鞘裏的小攮子，若是遇著什麼強人，也許有些用處，可是遇著鬼，這兩樣東西有也等於沒有，壓根兒派不上用場！……無論如何，害怕也沒有用了，祇好彎腰去摸驢囊，把刀和繩摸著，揣在懷裏。管你人來鬼來，你不沾我的身，咱們兩沒賬，你若是沾惹上來，我不先給你一攮子再講！

人到走頭無路的時刻，反而沉著起來了。

天也許過了三更了，毛驢踩荒走了這一大陣兒，把自己帶到哪兒了呢?耳聽著溫寂的小風絞打著樹葉兒響，前頭該到了雜樹林了！假如方向沒摸岔，前頭真是雜樹林的話，那麼，腳下離沙河口祇有十里的路程了。

這一截兒路還算安靜，除了一前一後的蹄聲弄得人心起疙瘩之外，再沒有別的動靜。毛驢兒朝前走著，有一截樹枝掃過萬小喜兒的肩膀，萬小喜兒橫著伸手去摸摸，摸著些靠得很緊的樹幹。

不錯，這兒正是雜樹林，有一年，自己跟萬梁叔騎驢到沙河口去，曾穿過這片茂密的林子，這片雜樹林可真不小，足足綿延有六七里地，葉片封住人頭頂，陰陰的不見陽光，那時是順著林空裏的一條荒路走的，這回在濃霧捲騰的黑夜裏，毛驢走離了道兒，準是走到密林深處來了，牲口一闖進密林，得、得的蹄聲就消失了，林裏是悶濕的，常年落下的葉子堆積著，腐爛了一層又加上一層，驢蹄兒踩在上面，軟乎乎的像踩在棉花上一樣。

奇的是前面的驢蹄聲一消失，後面的蹄聲也聽不到了，難道人叫鬼迷住，鬼又叫雜樹林迷住不成?!正在胡思亂想的當口，忽然聽到自己的左邊起了幾聲驢叫，唔——昂，唔——昂，叫得挺響的。緊接著，眼角的餘光被一閃一滅的火亮螫刺了一下。

嗯?蹊蹺!蹊蹺!這到底是怎麼回事兒?!

萬小喜兒暈糊糊的腦袋像被鐵鎚敲擊了一下。

他屏住氣，在樹叢後面兜住牲口，悄悄的轉過臉去，朝方才亮起火光的地方凝神呆望著。等他這樣去望時，那怪異的火光已然熄滅了，但火光在他眼瞳留下的殘餘影像還沒有完全消失，他不得不很快的把剛才的許多想法完全推翻。

事實很顯明，自己身背後跟著的，根本不是什麼惡鬼游魂，而是一個神秘的夜行人。傳說雖然很多，有些傳說裏也有鬼騎驢趕夜路的，但鬼所騎的驢，都是焚化到陰司去的紙驢，有形無聲，絕不會昂頭嘶叫，驢背上若是個鬼，避火還來不及，哪會亮火?!

依照當時的火亮判斷，這人準像自己一樣的摸迷了路，因爲身上帶有火刀火石和裱心紙（較草紙精細的一種紙，極燃性甚強，北方多用其搓為火紙媚兒）捲成的火褶兒，故所以兜住驢，打著了火褶兒晃著照路的。

但這人是誰呢?!

萬小喜兒想起來，這條路從萬家樓到沙河口，是一條外處人走不到的僻路，這個人若不是自己族裏的人，也該是老七房田莊上送糧來的長工或是佃戶。他若是族人或長工、佃戶，爲何自己催驢離得萬家樓時，沒發現身後有人騎著一匹牲口在趕路呢?

記得那時太陽沒落山，自己還曾回望過，荒路上並沒見到人影子。想來想去，判定這人是在自己催驢翻過紅草坡時，由墳塚間跟出來的。那麼，這人爲何要匿在那鼠洞狐窟遍佈的荒塚裏，等自己經過後，反跟在人背後摸黑呢?即使他沒有不利於自己的心意，也必有另一種不欲人知的鬼祟的行藏。

忽而又搖著頭，轉念道：萬小喜兒，你的疑心病未免太重了，作興人家路過墳塚，揀塊石碑座兒，坐著歇歇腿的呢?!天下有幾個人像你這樣怕鬼的?各人走各人的路，也犯得著這樣的胡亂猜疑?!……那邊騎驢的漢子，要真是族裏人去沙河口辦事，或是老七房的長工佃戶送糧趕回程的，自己就應該過去打個招呼，兩個人一道兒趕夜路，也好談談聒聒，一來解解寂寞，二來有個人聲壯膽氣，何等不好?

萬小喜兒打定主意，想等那人再晃亮火褶兒時，就先開腔招呼招呼，他兩眼就沒離過剛才亮過火褶兒的地方。誰知那人自從晃亮過一次火褶兒之後，半晌沒再聽著一點兒動靜，彷彿也像自己一樣的匿在樹後窺伺著什麼。

霧氛還是把周圍包裹著，無邊的黑暗都壓在一種可怕的死一般的沉寂裏，連一絲風也沒有了，耳朵能聽著的，祇有露滴從高處葉子上落在低處葉子上的微音。這種黑暗、死寂，充滿不祥預感的氣氛，又改變了萬小喜兒一時的想法，腦子裏的念頭一打轉，就轉到不妥的一面來了！

萬小喜兒最先想到的是業爺的死。

一直到今夜爲止，業爺的離奇的死因還是個謎，這謎底正該藏在這條荒路上；業爺是在從沙河口趕回萬家樓時遇害的，他被人沉屍的水塘，就在紅草坡的坡腳下面，較爲偏西一點。依自己的記憶，十多年來，祇有萬家樓北的三里灣和七棵柳樹那一帶靠近蘆葦蕩邊的地方，經常出變故。但南柵門外的這條路，雖說是荒得怕人，卻從無悲慘的事故發生，業爺好端端的在這條路上被人謀殺，可見這條路上有著歹毒的人。

俗說：欺人之心不可有，防人之心不可無；又說：人心隔肚皮，虎心隔毛衣。一點兒也沒錯。誰知這半夜騎驢的傢伙是何等樣人？存的是什麼心？……不等弄清楚了，千萬不能冒失，打一聲招呼不怎樣，說不定因此弄丟了性命呢?!

這樣悶悶的等待了一會兒，就見自己的右邊那個火褶子又亮了起來，顯見這個人在晃亮一次火褶子之後，從左到右，已經繞著自己藏身的地方兜了大半個圈兒了！這人不像是在摸路，卻像在找尋自己。

這一回，火褶兒亮得久些，一絲火光在濃黑中迸起，被霧氛和密密的樹幹隔著，變成無數游迸的光針，一絲絲，一簇簇，一蓬蓬的向周圍的黑裏遁逃著。那些光針的彩色在游迸中不斷閃變著，紅的、黃的、藍的、紫的、綠的，映亮了一塊磨盤大的空間。

萬小喜兒瞪大兩眼看著；火光也祇亮了一剎功夫就熄滅了，黑暗從四面八方重新迅速聚攏，吞噬了那塊被火光照亮的空間。在那一剎凝視中，萬小喜兒沒能看得見那人的臉，祇從樹幹的縫隙間，看到一隻舉著火褶兒的手，和兩隻搖動著的驢耳朵。那人頭顱的黑影巨大而奇幻，在樹幹朝光的一面上移晃著，彷佛在張望中找尋著什麼？

……不妙！這傢伙恐怕存心想謀算我！

一種本能的直感掠過他的腦際，使他探手入懷，摸出那把帶鞘的攮子來，抽出攮子，反握在腕底，微微戰慄的等待著。

……假若你想謀算我，你就是隻笨驢！——你最不該晃起火褶子，讓我在暗中看見你。……

沒等萬小喜兒想完，火褶兒又亮了；這一回火亮離自己藏身的地方更近，也不過三四丈遠，方向卻轉到了自己的身後。那人似乎正背對著自己，他的巨大的肩影擋住了火苗，這麼一來，卻使萬小喜兒能夠清楚的看出他騎在驢背上的上半身的輪廓。一等萬小喜兒看清了那人的黑色輪廓時，他猛的一震，驚得幾乎叫出聲來。

因爲那人正是老二房的萬樹。

在萬家樓，提起老二房的萬樹來，無人不知他是個兇橫的潑皮，萬樹的曾祖跟小牯爺的祖父是嫡堂兄弟，他曾祖在世時，家業倒頗具規模，可惜他曾祖死得早，到他愛抽鴉片、愛喝老酒的祖父手上，家產就逐漸凋零了。他祖父臨終前，宅子又遭了一次火劫，更使他家趨向沒落。

他爹萬世熊，官稱邪皮大老爹，背地裏，連三歲孩子都叫他大邪皮；邪皮大老爹旁的本事沒學到，自幼就學會喝酒賭錢抽大煙，賣田地，進賭場，刨底財，購煙土。上半輩子倒活得落落大方，到後來，連典當都無物典當了，就賴在別家的鴉片煙鋪上白抽，或是到煙鋪去替人刮煙槍，刮些煙灰吞食了過癮。沒錢儘管沒錢，酒壺還是照樣揣在懷裏，一天幾次跑到萬粱鋪裏去賒酒，賒了永不還錢，儘嚷著叫賬房掛上！

有回萬梁舖的夥計收年賬，收到邪皮大老爹的宅上，邪皮大老爹罵說：「我欠你們的賬？萬梁舖倒欠我一口棺材，我正待向他討呢?!」那夥計被他罵跑的第二天，有人發現邪皮大老爹倒栽在萬梁舖的酒甕裏自殺掉了，臨死還白喝了人家一頓酒。

萬樹傳他爹的代，生來就夠邪皮，他爹死在萬梁舖，他不肯收殮，以苦主爲名告到萬老爺子那裏，硬栽誣他爹是萬梁舖逼債逼死的，除了一口大棺材和整個喪葬費由萬梁出錢之外，他還訛了一筆銀洋。……萬樹從他爹手上沒接過旁的家業，祇有一付鴉片煙具和一隻專賒酒的錫酒壺。但因他長得壯實，專靠訛人吃飯，喝的是霸王酒，吃的是霸王飯，連老婆全是在長房佃戶家裏訛來的，那村姑跟萬樹過了幾個月，既吃不消拳頭，又捱不得餓，趁夜捲逃掉了，及至小牯爺領了槍隊，才分派他看管柵門，吃族裏飯混日子。

萬小喜兒是在萬家樓長大的，哪還不知這些底細，故此一瞧出來人是紅眼萬樹，就知自己遇上了極大的麻煩了。

講關八爺跟小孀兒通姦的謠言就是從萬樹口裏吐出來的，他爲何憑空造出這種謠言呢?!若說是想誣陷小孀兒，那還有些因由，因爲他老子死在萬梁舖的酒甕裏，他記恨萬梁叔不該要夥計向他爹討欠債，再者，萬梁叔的繼子治邦跟他是近支，他早天誣陷了小孀兒，讓產業轉到孩子手上，他好訛詐一筆錢花用。但則他誣陷關八爺那樣正直的人豪，就毫無因由了！

火光又熄了，萬樹的影子也叫黑暗吞噬了，他這樣追躡著自己，又是爲什麼呢？萬小喜兒想：也許是今天在尙家茶樓時，他記恨我拿言語衝撞了他？也許他夥同老二房的幾個潑皮誣陷人，不准誰插手管事，他這是來截住自己，不容我把這消息透露給珍爺。

他沒有動。他緊握著攮柄的手掌心不停的朝外沁汗，把攮柄弄得黏黏濕濕的；雖然他知道，憑他的力氣絕對拚不過紅眼萬樹，但他相信，若論機警靈活，他都要比萬樹強得多。他不想趁著霧夜悄悄的牽著牲口遁開，因爲有許多懸而不決的啞謎，都要他在今夜面對著紅眼萬樹時一一的揭開。

「小……喜……兒！」萬樹在那邊說話了：「你在哪裏？你這個鬼精靈！」那個悶著沒答腔，攏一攏驢韁繩，使毛驢兒朝後退了兩步。

「你可用不著這樣避著我，」萬樹又說。他那經常酗酒的喉嚨是嘎啞的，鬱鬱沉沉的飄過來，聽著簡直不像是人聲，卻像荒塚裏的鬼嚎。

「我沒避著誰，我在這兒！」

「好！」那邊傳出撕心裂肺的笑聲來：「算你有種，小喜兒！……你知道今夜你是跑不了的，在這座雜樹林子，當著我萬樹，鬼也救不了你。你早點出來認命罷，免得讓我多費手腳了。」

「你打算把我怎樣？」萬小喜兒說：「我倒想先聽一聽，我絕不跑。」

「那敢情好。」萬樹說。聲音逐漸貼近了不少。

萬小喜兒一抖韁繩，雙膝一夾，使毛驢朝斜裏走出幾丈地，一面繞行著，一面答話說：「樹叔，有話你儘說罷，你若不把話說明了，你也休想碰著我一根汗毛。你究竟打算把我怎樣?!」

「我要……成全你，」萬樹冷冷的說：「就在腳下把你擺平。你若不願死，你就放開喉嚨喊叫罷，看誰能來救得你？」

萬小喜兒沒料到對方竟會這樣的開門見山，事情落在頭上，心裏反而不怕了，抗聲回說：「我就是這幾十斤重的一塊料兒，你要收拾我，方便得很，有句話我得先說在前頭，……我這做晚輩的決不先動手，你要是今夜順順當當把我放倒，那自然沒話好說，假若明年今天是你的周忌，可不是我萬小喜兒有意殺你的，日後我見了牯爺，也有話好講。」

「你還想整頭整臉的見牯爺?!」萬樹笑得淒淒慘慘的：「我說，小喜兒，你甭再做那種霉夢了！——你拿什麼來拚我手裏的廿響快機？」

萬小喜兒不再開腔了，他知道紅眼萬樹講的是實話，他手裏攮著的這一把三寸長的小攮子，實在抵不過紅眼萬樹手裏的快機匣槍，假如沒有黑夜和濃霧護著自己，蒙住了對方的兩眼，萬樹祇要理起短槍橫潑一梭火，自己決計逃不出他的手掌。若說就這麼不明不白的死在紅眼萬樹的手裏，著實是死不瞑目，他非得另拿主意不可。

「你走不了，小喜兒，」萬樹的聲音在響著：「你就將挺屍在這座雜樹林子裏，沒有人會找著你的屍首，餓鴉會啄食你的爛肉，癩鷹會叨走你的肚腸，食屍蟲會蠹盡你，祇給你留下一把骨頭！」

「少替你自己唸咒罷。」萬小喜兒說。

「好小子，你是臨死還在嘴硬！」萬樹罵說：「我先讓你嚐嚐快機的滋味罷！」

萬樹雖然這樣罵著，但是並沒發槍，因爲他始終把不定萬小喜兒藏身處的遠近和高低；霧是這麼濃法兒，雜樹林裏黑得像個萬丈深的地穴，霧把人的聲音都改變了，自己聽見萬小喜兒說話，餘音嗡嗡的，彷彿靠自己很近，又彷彿離自己很遠；彷彿那聲音是從頭頂上落下來的，又彷彿那音響是從地心昇起來的，繞著自己打轉。

萬小喜兒是個精靈鬼，怕話講多了，暴露他處身的位置，遭自己發槍打他，所以他總把一句話分幾次說，你沒料著他會開口，他卻開了口；你以爲他會講話，他卻又變成一隻悶葫蘆。

萬樹盤算過，他的快機匣槍裏雖然壓了滿膛火（廿粒子彈），但在這樣星月無光、霧氣騰騰的黑夜裏，在這種樹幹密集的林叢中，十粒槍火祇頂得一粒用。

就拿萬小喜兒來講，你兩眼漆黑的見不著他，把機鈕撥在慢機上，一發發的打點放，無論如何也不會那麼碰巧打中他；即算把機鈕撥在快機上，想穩穩當當打中他，也非得摸準他在哪兒！攫著機會橫起槍潑他半條兒火，假如一次撥火撥空了，餘下的槍火只夠再撥一次，那，槍就成了空槍啦！

他兜著驢不動，像一隻逼鼠的狼貓似的。

他扳起快機匣槍的機頭，等著機會。

「你怎不——放槍來？——萬樹叔？」萬小喜兒的聲音又在響了，一句話分成三段，在三個不同的方向說的，話音落下去，人可不知又轉到那裏了？

「我打算讓你多活一會兒。」萬樹無可奈何的說：「我若要早動手，在你驢過紅草坡時就該動手的了！」

「那，——你爲何——不動手呢？」萬小喜兒的聲音像牽著線的蜻蜓似的旋繞著。

萬樹沒答腔，他滿心全是懊惱。

就是了，爲什麼在他驢過紅草坡時不動手呢?!……那時顧慮太多了，紅草坡離萬家樓太近，人人全能聽得見槍聲，那時天還沒完全落黑，怕遠處、黑處，有人瞧見自己追殺小喜兒，反誤了大事。

小喜兒是長房的人，無故被二房放倒，長房必不甘休，萬一追根刨底，牽起業爺的那宗懸案來，可不是鬧著玩的。所以要殺小喜兒，必得要揀荒僻之處下手，自己才會想到這片雜樹林的。

一路上，天雖黑，還有驢蹄聲可循，誰知一進了這片倒楣的林子，就像有誰在使魔法似的，把蹄聲掩住了。原先多少還有些星光，一進林子，連星也沒了，祇有惡毒毒的濕霧，這些，全是早先沒料著的；如今，小喜兒像隻遁進黑穴的老鼠，自己倒像是一隻空守在穴口的呆貓了。

「我說，——萬樹叔。」聲音好像在左邊。「你爲何……要殺我呢？」聲音又轉到右邊去了。小喜兒的聲音柔軟得近乎哀懇：「咱們，一筆……寫不出……兩個……萬字來，何況……我是個……晚輩，……」

這樣哀懇的聲音把正在懊惱的萬樹弄得心煩，便皺起眉頭說：「甭說了，小喜兒，你爽快點認命罷，你過來讓我打兩槍，我回去好報賬。……咱們不妨把話說明了，所以有今夜，全是你自己惹出來的！牯爺他買通各房族裏的許多人要對付關八，關你小喜兒的屁事?!明早宗祠就要聚議，那場合不能要珍爺到場，你偏要今夜驢放沙河口？你這不是存心跟我萬樹過不去，你是在拆牯爺的臺！……冤有頭，債有主，你死到陰司作鬼，該找那爲頭的，可不要找我萬樹。我祇是奉命行事，大不了算是……幫兇。」

「嗯，嗯。」萬小喜兒聲音悠悠的，像在品味著什麼，過半晌才接了一句說：「我這才算明白了……」話似乎吞吞吐吐的沒說完，就寂然了。

「你明白什麼？」萬樹說。

「我明白業爺是牯爺殺的！牯爺怕關八爺弄清真相，所以處心積慮的要把關八爺除掉！……牯爺除了業爺，是為謀奪族長那個位子，為了爭權，對吧？」

「你不必問我，」萬樹說：「那是牯爺的事。你也甭藏藏躲躲的跟我窮泡，如今天快四更了，泡到天亮，你也脫不了是一個『死』字，惹火了我，多補你半梭火，要你身上多幾處血窟洞。」

「誰藏藏躲躲來著？」萬小喜兒說：「你開槍罷，我挺著胸脯迎著你的槍口——萬家樓虎狼當道，我就想活，也沒那個臉皮活了！」

萬樹把快機匣槍瞄準了萬小喜兒聲音發出的所在，——估量著是右側方三四丈遠的地方，他不相信對方真會死心眼兒朝槍口上撞過來，但事實破除了他的猜疑；他雖看不見，卻聽見毛驢直撞過來的聲音，他一壓扳機，快機匣槍吐出一串幻花似的藍焰，槍響後，他聽見對方叫了一聲：哎喲！又聽見毛驢摔倒時哀嘶和撥蹄的聲音。他估量著對方定是中了槍，從驢背上摔開去了。

但這還不夠，他必得翻下牲口爬過去，摸著萬小喜兒，試試他的心窩和鼻息，再晃著了火褶兒，瞧瞧他身上的槍眼。假如沒死透，就得補他幾槍，把這宗差事辦得功德圓滿。

他很快的翻下牲口朝前摸過去，摸著癩皮的樹幹和一些低矮的打上人臉的枝條；在一處積著水的窪穴邊，他摸著一條溫熱的、猶在痙攣的毛驢的後腿，當他手掌抓住那條後腿時，毛驢的尾巴鞭著地，那條後腿還不情不願的掙縮了一下，彷彿要踢他的樣子。

……驢是摔在這裏，那麼，人也該摔在這附近了?!

萬樹頓了一頓，留神凝聽一會兒，他想著萬小喜兒中槍後，若不立即就斷氣，總會發出些輾轉翻側或喘息呻吟的聲音，而他聽不見一絲動靜。

……這小子也許死了！我該晃起火褶兒來瞧瞧他躺在哪兒?!……不不，這小子也許躲在黑裏裝佯，等我晃火時，他就會撲過來奪槍。我不能亮火開他的眼，還是摸黑的好。

萬樹正想著，忽然聽見萬小喜兒在那邊傳出極端微弱的哼聲，祇哼了兩聲就咽住了，想必業已在那兒咽氣了。

……作孽，作孽！臨到這種辰光，那樣臨終的咽息聲，也刺進了萬樹的鐵石心腸，使他心裏很不是滋味；也不是懊悔，也不是憐惜，他說不出那是什麼，他祇是有些疑惑，疑惑自己在今夜究竟做了些什麼?!他有些恨小喜兒，恨他長到十九歲了還是個傻蛋，若不是這個傻蛋在尙家茶樓裏大嚷大叫的惹下麻煩，自己也不會騎驢摸黑、充軍似的在這黑穴裏苦熬通宵了！……

著實想想，自己並不怎麼恨他，小喜兒這回死，是死在他那不識時務的毛脾氣上，雖是不識時務，也還算得直性人，眉清目秀的小喜兒，平素對長輩都彬彬有禮，極其恭謙。就拿自己來說罷，在萬家樓各房族裏，連本門的老二房在內，有誰正眼瞧過你萬樹來著？有誰管你喊聲萬樹叔，把你當做人看?!當面不理不睬，轉臉都罵你紅眼的潑皮！算來算去，祇有小喜兒從不僭越，一口一聲萬樹叔。即使有一回在賭檯上，自己做鬼牌，賴了他一筆賭注，這小子紅下臉嚷嚷，也還帶個「叔」字。

如今他是……完了！誰知他竟會死在自己的槍口下面?!……我說，小喜兒，我他媽的萬樹可不是出心要殺你，我端的是牯爺的飯碗，不殺你不得過身！我這支快機匣槍也是牯爺給我的，我上回賴了你的那一筆賭注，趕明兒買些紙馬燒了還給你，這回罪不在我，你得寬諒點兒，咱們陰陽兩世沒賬。

萬樹一面胡亂想著，一面站起身來，朝小喜兒呻吟處摸過去，嘴裏喃喃說：「甭在那兒慘兮兮地傷我的感情了，小喜兒，待我摸過來補你兩槍，早點兒把你……超度……了罷！」

正說著，腳下忽然絆著了什麼東西，萬樹並沒栽倒，卻朝前跳起來，打了個踉蹌；萬樹失聲叫了個啊呀！原以爲腳步踏實後，可以穩住身子，誰知腳下像片蜘蛛網，連著又被絆了一傢伙；這一回明知要跌倒，但也收不住前傾的身子，咕咚一聲就仆倒下去，嘴唇撞在一塊凸起的樹根上，著著實實跌了個狗吃屎，胸脯撞在地面上，撞出一聲悶哼來。

「見他娘的鬼了?!」直到回過氣，萬樹才這樣罵著：「什麼倒楣的東西？害得老子栽筋斗？」

忽然他明白過來。——他一隻手的手掌摸著了一條繩子。沒有旁人會幹這種事，原來小喜兒早已不在驢背上，卻悄悄的不知從哪兒扯出這根倒楣的繩子，從這棵樹幹拴到那棵樹幹，顛顛倒倒拴了好多道，自己看不見，誤絆在繩索上，反著了他的道兒了！

「小喜兒！」萬樹的殺機湧在心裏，吼著罵說：「我攫著你時，我要把你渾身打爛掉！」

小喜兒沒答話，呼的一棍橫打過來，正打在紅眼萬樹右手的手腕上，萬樹的手腕一麻，撒手把快機匣槍丟掉了，急忙換手去摸時，小喜兒的腳尖比他更快，伸腿一撥，祇聽得撲擦一聲，那管匣槍也不知叫踢飛到哪兒去了，兩個人都聽見匣槍打在一棵樹幹上的聲音。

萬樹十拿九穩的有把握幹掉小喜兒，全仗恃著那管快機匣槍，做夢也沒想到潑出去半梭火，祇打死了一隻沒人騎的笨驢，並沒刮著小喜兒一根汗毛，等小喜兒在黑裏露了面，正是需得用槍的辰光，那管槍竟遭對方打落後踢飛了。

手裏沒了槍，萬樹這才羞惱交迸，雙手緊抱住小喜兒的腿，發力朝懷裏一拖，把小喜兒拖住了。原以為經自己這麼一發力，小喜兒該倒下來的，誰知對方準是抱住了一棵樹幹什麼的，再用力也拖他不倒。

紅眼萬樹拖不倒小喜兒，恨得牙根發癢，就張開那張滿是粗硬短髭的鬍子嘴來，狗啃骨頭般的一口咬住小喜兒的腿肚兒。他咬得那麼兇猛，一口下去，自覺牙根都陷在肉裏。

在這一瞬間，他血管裏潛流著的兇猛而殘忍的野性迸發了，一種無名的盲目的憤懣和怨毒牽住他每一條筋肉，他忘掉在剛剛聽著萬小喜兒疑似的呻吟時所想的那些，如今他的心，比林中的夜更為黑暗。他咬緊對方的腿肚兒，雙臂像鐵箍般的箍住對方的膝彎和腳踝，咬著，並且撕扯著，彷彿所有的怨鬱，所有的憤懣，都從牙根裏順暢的快意的流溢出來，這種黏附於原始人性中報復性的快意，使他變成一匹餓獸。

他用牙齒撕扯著，他的唇咬觸著被牙齒洞穿的褲管，一股熱濕的液體從那裏流出來，流進他的腔裏，帶著一股腥甜的銅鏽味，他知道那是對方的鮮血。但對方也夠有種，即使被咬成這樣，卻連哼全沒哼一聲。萬樹正咬得起勁時，沒料到雙手抱著樹幹的小喜兒還有另條腿好用，小喜兒咬緊牙強忍住那份疼痛，雙臂用力抱樹，懸起另一條腿來，猛可的直踹在萬樹的鼻樑骨上。

這一踹的滋味夠瞧的，比被咬腿肚兒還要加倍。萬樹沒料著劈面踹來這個猛疾的飛腿，就覺臉上挨什麼硬玩意猛敲了一記，兩眼金星亂迸，滿耳竟是嗡嗚，嘴也不知在什麼時候鬆脫了，兩手也跟著鬆開了。

鼻樑骨這玩意最嬌，根本吃不住碰撞，對方這一腳正踹在地方，一剎時，酸甜苦辣各種滋味佔全了，不但鬆開小喜兒的腿，而且整個身子都被踹離了地方，滾在另一些糾纏的繩結上。

濃霧仍在瀰漫著，惡毒毒的黑暗仍然掩著人的眼瞳，兩個面臨生死關頭的人，整個世界都縮小到祇有丈許方圓的這一塊地方，腳下的林葉是鬆軟霉濕的，到處都有雜樹凸露的根鬚在絆著人，都有低垂的橫枝拂打著人頭。密集的樹幹隨時碰撞著人的肩背，而且地面上還遍佈著萬小喜兒拴結的、縱錯的繩索。……兩人都看不見什麼，但在這當口，人心裏總有另一隻神秘的眼睛睜著、醒著，不需經由視覺，直接感及這些。

經過短暫的相搏，萬小喜兒的腰和腿都帶了傷，萬樹的鼻樑腫得平塌塌的跟臉頰平齊，鼻血點點滴滴的灑在衣襟上；他的右腕遭到棒擊，整個手掌都淤了血，麻木的伸著；他的臉孔扭歪著，筋肉不斷生出抽搐和跳動來。游離的思緒沒有了，連互相咒詛的話語都是多餘的了！除了搏鬥之外，其餘的感覺都遲鈍了，麻木了。

赤手空拳的萬樹，雖然面門上狠捱一腳，使他有一刹昏迷，但他很快就清醒過來，翻起身，掄拳朝萬小喜兒那邊橫掃過去，他沒打著萬小喜兒，卻打著了一叢灌木，打得枝葉簌簌響。

萬小喜兒手裏空攢著小攮子，卻顧忌著，不肯出手刺殺萬樹；他究竟是個奶氣沒脫的人，出世以來，從沒揎拳抹袖跟人交過手，更甭說生死相搏了。他既踢飛了萬樹手裏的快機匣槍，他就沒有殺死萬樹的念頭，他祇想早點制倒萬樹，擺脫他的糾纏，趁黑遁奔沙河口去；即使天亮後萬樹能撿回他失落的匣槍，他也沒有那個膽子追到沙河口田莊上去行兇。

而萬樹這個渾蠻的漢子，可不是輕易制得倒的。

兩人盲目的糾纏著，打著，踢著，撕著，扯著，誰都急切的想把對方制倒，誰又都急於擺脫對方的糾纏；對萬小喜兒來說，他不願白白的耽誤了他去沙河口的行程，讓萬樹把他窩死在這兒，對萬樹來說，除了怨毒和憤懣外，新升起的恐懼，卻促使他不願再捱下去。

經過一段纏鬥之後，兩人全都逃不脫對方的糾纏了，黑暗匿得住身形，卻匿不住彼此間牛一樣的喘息，兩人就靠著彼此的喘息聲，各把對方纏緊。

這兩個出手相搏，初時萬小喜兒靠著身子靈活，佔了不少便宜，萬樹這隻蠻牛卻屢吃大虧，明明摸準了小喜兒存身之處出拳，一拳搗出去，打著的不是小喜兒，卻是癩皮的樹幹；明明照著他的喘息之處撲過去，卻撲在死去的毛驢的身上。渾身的傷痕不知多少？打出來的還不如碰出來的多。不過，纏鬥了一陣兒之後，萬小喜兒疲頓下來，因為力氣比不過萬樹，慢慢也就挨上了對方沉重的拳頭。

……我不能叫他給窩住！……萬小喜兒想：萬一被他窩住，單憑他那兩條鐵箍般的胳膊就能箍死我！

……我不能像這樣皮也不貼，肉也不靠的跟他打散打，我非得抱住他，把他放倒了死扼不可！要不然，任他像條黏乎乎的泥鰍似的亂竄，不定就叫他竄掉了?!……萬樹心裏打的是另一種算盤。

兩人經過幾度滾纏和滑脫，萬小喜兒終於被身粗力強的萬樹撳倒在地上了。他的頭枕在一支凸露的樹根上，胸脯被對方騎壓著，愈是挺腹掙扎，萬樹壓得愈緊。

「我要……活活的扼斷你的頸子，小喜兒！」萬樹喘息著罵說：「我剛剛業已說過——任你玩什麼鬼花樣，踢掉那管槍，你還是走不了我的手。」

不容小喜兒開腔，萬樹的兩手就緊扼住小喜兒的頸子，扼得那個在身下亂打挺，嘴裏吐出呃呃的聲音。

「你還不甘心？奶奶的。」萬樹放開手，又抓住小喜兒的頭髮，把那顆腦袋拎起來朝樹根上亂撞。正在這時候，萬小喜兒一隻胳膊猛的一揮，那把三寸長的小攮子，就整送進萬樹的肚子裏去了！

這好比兩人開賭，萬小喜兒這一攮子，就決定了萬樹是個走楣運的輸家。

萬小喜兒在半昏迷中，兩手作本能的掙扎，在掙扎時，無意餵給對方一攮子，萬樹就覺腹部一發麻，渾身跟著軟了下來，回手一摸，摸著的是一隻刀柄和一截突突跳的肚腸，連一聲媽全沒叫出口，就倒地打起滾來。

也不知經過多麼久，萬小喜兒清醒過來，發覺黯黯的晨光在頭頂的葉隙間洗著人眼，殘霧一綹一綹的逃著，天已經破曉了。他費力的側過臉，望見昨夜兩人相搏時所留下的痕跡，彷彿是一場噩夢。

噩夢的夢境竟是如此的可怖？留在他凝定的癡睜不瞬的眼瞳裏；遠處的霧氛還沒退，他所能看見的，祇有眼前這塊空間。最先他看見萬樹，就匍匐在自己身邊，身子半側著，兩腿蜷屈，雙手捺在肚腹間的攮柄兒上；他腫成青紫色的臉孔歪扭著，一口牙白爍爍的呲得怕人。

毛驢兒躺在水窪邊，屍身已經僵硬了，肚腹上，頸項上，都有掛著血跡的彈孔，牠上半個身子全躺在血泊裏，那些鮮紅帶赤的血漿已經半凝了；牠也像萬樹一樣的呲著牙齒，顯露出臨死前那種痛苦的掙扎。

在樹幹的空隙處，積著灰黃色敗葉的地面上，好像被鋤頭翻掘過，到處都是打鬥時留下的腳印和滑倒、翻撲、滾纏的痕跡，自己拴起的繩索間，地面上更淋著許多血跡，有些樹的外皮被擦落了，露出青白色的裸幹。萬樹騎來的一匹大青驢，卻仍然在不遠處徘徊著。

萬小喜兒雖是醒過來了，但他不能轉動身子，他祇覺得腦後麻麻木木的脹痛，顏面的內層也像針刺蟻走一樣，有許多當時並沒感覺到的帶傷的部位；腿肚兒、手肘、兩膝和腰桿，都疼得使人難忍難熬，他盡力的撐了一撐，發覺他腦後枕著的樹根上，也黏著一片血跡，而且鮮血正從耳門裏滴出來，便又兩手一軟，跌臥在地上。

腦子是紛亂的，像有一群迷失在霧裏的蜜蜂，營營的振著翅，使他一時無法清晰的回思昨夜的情形。他也記不起何時使攮子戳殺萬樹的了！無論如何，釘在萬樹腹間的那把攮子是自己送出去的，萬樹死了！萬樹被自己殺死了！這卻是千真萬確的。

他必得靜下來，好生盤算盤算，他覺得昨夜的事情發生得太突然了。但他很難定下心神，來擺脫眼前所見的慘景，即使他閉上眼，萬樹齜裂著牙齒的臉孔，仍鼓瞪兩眼出現在他的感覺當中。

他去沙河口的當時，祇是疑惑著有人要陷害關八爺，萬樹這一來，可把謎底全揭露了，原來背後的主使人，就是叔祖小牯爺！如今他已經殺了紅眼萬樹，自然無法再回萬家樓，按理講，祇有先去沙河口，把實情明告叔祖珍爺，然後抗風（即避避風頭之意），亡命去外鄉。但如今，他渾身帶著傷，後腦像裂開來一般的劇痛，連爬動都感到艱難，十多里路程的沙河口，彷彿比天邊還遠了……

恐懼、悽怖、傷心和絕望敲擊他，使他又暈厥過去。等他再度醒轉時，霧氛業已被陽光掃盡了，有一些細碎的陽光的圓點，寂寂的照在臉上，林鳥在恍恍惚惚的鳴叫著，身下的腐葉層中，有熱濕蒸著人的背脊，使人更覺昏沉。

當他的意識重回時，立即又被眼前的慘景觸動了，陽光照著萬樹和毛驢的屍體，照著遍地血跡，更顯得觸目。他自覺不是接近這些，而是接近了死亡……

我不會就這樣死在這裏罷？他心裏這麼自問著。

不！……心裏有個聲音回答他：我說，萬小喜兒，你千萬不能死在這兒，就算傷重得活不成了，硬爬也該爬到沙河口去，死在叔祖珍爺的面前。

是的，是的！疑問消失了，更有聲音在慫恿著他：爬起身來，小喜兒！你若不去沙河口，非但關八爺跟小蟠兒要遭陷害，祇怕日後連珍爺也會走上業爺的老路了！

這樣的慫恿化成無數針刺，扎進他昏沉的腦袋，他終於掙扎著，盡力撐起了上半個身體，緩緩爬過萬樹的屍首，直到他牽住萬樹留下的那匹青驢的韁繩。

爬上驢背時，他嘴裏漾著甜腥的鮮血。

但他總算是個贏家。

整個夜晚，萬菡英都在忙碌著。

沙河口的田莊各處，都被難民中的婦孺老弱擠滿了，珍爺的大宅院裏，不但各房各屋擠著人，連院子裏，牲口棚裏，草垛腳邊，草垛頂上全睡著人。田莊上和難民群中，凡是能拿得槍使得棒的人，都跟著珍爺護鹽船追潰兵去了，但這些婦孺老弱仍需有人來照料，她雖然病著，但她仍得肩起這付沉重的擔子。

首先，她把田莊上年輕力壯的村姑農婦們召聚起來，替難民們騰折空屋，安架鍋灶，舖起許多用秫楷**（高粱桿的俗稱）**打成的通舖**（舖位相連的長舖）**，分男別女，讓難民們安歇；她又收集起闔莊所有的馬燈和燈籠，燃亮了，懸在各屋的簷前和通道上，爲他們照光。然後她漏夜親訪那些難民，問明他們姓名居里，要老賬房記錄下來，好列冊分糧。凡是她覺得珍爺該做的，她都替他做了。

田莊的前後大倉全開放了，那些寬大的四十八層糧褶上，有人整夜在唱斗羅糧。

不單是成千的難民的食宿要她操心，珍爺領出去的那些人，也要靠田莊上備車供應糧草食物，她沒有經遇過這樣驚人的大戰陣，但她曾看過農戶們的大械鬥，參加械鬥的漢子們蜂湧的出莊去，婦道人家除了燒香唸佛之外，照例要架大灶，燒飯烙餅，儲辦乾糧，送出莊頭，讓那些漢子們輪替的抽換下來用飯。

依照這種習慣，她想到這跟大規模的械鬥沒有什麼不同，不過所打的不是鄰莊的農戶，而是北洋的江防軍罷了。

二更時分，沙河口田莊上的糧草車就開始朝東滾了，幾十輛牛車拉有半里路長，冒著少見的遍野大霧，朝北滾過沙河上的卞家大石橋，滾向東面的鹽河堆去，而許多架在麥場邊的大灶，仍在烈火熊熊的忙著烙麥餅，準備第二批牛車好載運乾糧送上火線去。

起霧之後，夜氣是浸寒的，她仍然穿著淡色湖州緞的夾襖兒，沒加坎肩，在人群麇聚的麥場邊走動著，一些也不覺得疲勞、睏頓和寒冷。不知是誰爲她端了一把座椅來，她不想坐下，她完全忘了她原是個病人。

這樣的霧中的夜色，是她從沒經歷過的，甚而超出了她所曾擁有過的夢想；無數盞燈球在霧中輝映著，使那濃濃的霧氛變成一片閃跳著七彩光刺的流液，像落在地面上的彩雲，那些燈火與灶火的光團在遠遠近近的地方搖曳著，閃跳著，顯托著幢幢的人影。

既不是興奮，也不是悲涼，她望著這些，內心說不出是什麼感覺，她總覺在今夜的濃霧中，人們醒著，有一種巨大的魔性的力量，把許多原本互不相識的人綰結在一起，每個人的心頭都亮起這樣的火焰，——要燒破什麼似的火焰。

火焰也正在她的心裏旺燃著，她恍惚能看得見那種活生生的抖動著的火苗，明亮而暢快的顏色從心裏昇到眼裏；大灶下面的柴火燒得那樣猛，到處都是烙餅的濃香，農婦們把那些烙妥的麵餅裝進竹籮，抬到村頭去等著裝車，老年的難民們也都在幫著燒火，一面低聲談論著。在一處灶火旁邊，她佇立著，煙氣騰騰的灶火是紅的，儘管濃霧捲掩，它仍能照亮一小塊空間，照亮一些生動的人臉。

一個臉孔黧黑，滿頭灰白頭髮的老婦人，坐在灶口邊的一把乾麥草上，使鐵筷撥弄著柴火；一個瘦削駝背的老頭兒在另一邊用長柄的鈍斧劈著木柴，較遠處，露天架著一張白木長案，幾個農婦坐在案邊的長條凳兒上，忙著和麵做餅。

「十幾年了，」老婦人說：「十幾年沒起過這般大的大霧……」她有些忡忡的，彷彿在憂心著什麼：「人全說，這種大霧，主兵凶的。」

「妳家裏，有誰跟珍爺上去了？老大娘。」老頭兒雙手抱著斧頭柄，頂在胸口歇了歇勁，攤開手掌來，啐了口吐沫在手心搓著。

「我孫兒小滿子，」老婦人說：「他是豬年生的，今年剛滿十八歲，粗蠢得什麼似的，槍也不會使，他爹跟珍爺去打江防軍，他也鬧著去……了！我倒不擔心他爹，祇擔心那個小傻子。」

「妳儘管放心，」老頭兒說：「天呈異象，該應在北洋兵頭上，孫傳芳的氣數……完了！不出今年，他一定垮臺，不信妳就瞧著罷！塾館裏的老塾師講的，民如潮水，可以載舟，可以覆舟！一點兒也沒錯的。咱們做老民的，一向順服慣了，北洋官府若不到惡貫滿盈的程度，怎麼會連一個奶腥沒脫的孩子，也掮起棍棒喊打?!到得這種辰光，他們就算大勢已去了！妳孫兒準沒事，妳放心罷。」

「單巴望這樣……」老婦人說：「天佑關八爺罷！」

老頭兒又掄動長柄斧劈起柴火來，叮咚的斧擊聲跳進霧裏去，更從霧裏撞來空空的迴響。……萬菡英聽著，自覺一朵朵明亮的小火焰吐在他們的話裏，彷彿是一些金色的幻蓮一樣。她真想採擷一把那樣的幻蓮，捧在掌心把玩著，因那些幻蓮，全是被鹽市的烽火催開的，關東山的名字業已化成一道長風，從許多人的嘴裏吹到更遠的地方。雖然不知他人在哪裏，但他人在哪裏已無關重要了。……她順著麥場走過去，人們仰望著她，朝她發出感激的微笑，但她並不覺得她做了些什麼，她感激著他們用一朵朵金色的火焰溫暖了她自己，至少在今夜，她被許多從他們心上迸出的火焰燭照著。

從鹽船上泅來求援的那個掛彩的漢子死了，他殭涼的屍體挺在麥場邊的碾盤上，一群不相識的農婦圍繞在那裏，喃喃的祝禱著，一邊蹲在地上爲他焚化紙箔，黑色的紙灰在濃霧裏變得凝重了，一片一片的釘在人的衫裙上，像一些日暮時覓地棲止的倦蝶。

「姑奶奶，您怎的也不去歇一歇?!」一個農婦拉著她的袖子，近乎哀懇的說：「妳是帶著病的人。」

「第二撥送乾糧的車子該收拾著起腳了，」她說：「前一撥糧草車也該到鹽河堆了，我盼早些聽到那邊的消息，再說，雜事多得像亂蔴似的、我怎好任大夥兒漏夜忙碌，獨個兒跑去歇著？」

雜事多得真像是一捆亂蔴，處處都離不得她，眼前新異的夜色像是一道護符，護住她的病體，使她能勉力撐持著，決定了很多事情。這是無可推諉的，這裏是珍爺的田莊，珍爺走後，她就是田莊上唯一的主人，她不單要收容和安置這許多逃難的人，更要供應珍爺領出去的槍隊的糧草和食物，即使有些事情是她沒曾經歷過的，她也得盡力的擔承。

五更初起，有一些騎牲口的莊丁趕了回來，也帶來了珍爺的口信，著他們稟過小姑奶奶之後，盡撥倉裏的存糧運上去。莊丁們用誇張的聲音，講述他們護鹽船追潰兵的經過，這些經過，很快就被人們興奮的傳述著了。

「你們有跟江防軍接火嗎？」

「咱們根本沒見著江防軍的影兒，但見遍野都是人頭，——人們聽說有民間的槍隊追潰兵，不管三七廿一，就抄著刀叉棍棒跟上來了！」

「咱們最先不過幾百人，嗚鑼響角的，一路吆喝過去，一夜的功夫就聚起近萬人。」另一個說：「如今算是穩穩的佔住了鹽河的北大堆和朝北三里沙礫地，一條長堆上，徹夜都響著人聲。不論咱們槍枝怎樣缺少，單憑這種氣勢，也夠江防軍喪膽的。咱們祇是缺糧草，珍爺說，若祇靠沙河口一地的糧草，最多能撐十朝半月，所以珍爺要咱們回來稟上小姑奶奶，最好早些跟牯爺碰面，能得到萬家樓和北地大戶的糧草接濟，赴援的這撥人槍，就能越過橋船口，跟鹽市的民團會合了。」

萬菡英聽著這些，她心裏被一種強烈的激奮鼓舞著，她想不到從沙河口拉出去的那一股人槍，會在一夜之間掀起一股驚天動地的狂潮；她沒能親去鹽河堆，眼看這股狂潮，但她能想像到那些悲憤人群蜂湧匯結的景況！她恨不能立即備上馬趕回萬家樓去，把這樣的消息傳告族人。她相信萬家七房族，都該拉起槍隊去鹽市，並且撥出大宗糧草來接濟鹽河北大堆上的那些人群。

但她忽覺眼前一黑，天和地都急劇的旋轉起來。

天亮時，她躺在臥房裏雕花的銅床上。

這一角世界是安靜的，婢女把長窗的窗幃扯起來，遮住霧後的朝陽，使她的臥房被一股淡藍色的柔光包裹著，銅床前的金漆立几上，置有一隻小巧的鏤有古式花紋的銅香爐，爐裏燃著她喜歡常時點燃的沉檀，一縷縷極輕極細的篆形檀煙，在她的帳間嫋繞著。靠近窗前的方几上，安著藥釜，婢女正在爲她煎著湯藥。

她睡著，睡得並不安靜，常在夢中轉側，並發出模糊不清的囈語；她久久蒼白得像雲母石般的兩頰，反而現出少有的紅暈。……

沒有什麼音響驚動她的夢，一架精緻的西洋座鐘在長几中間答答的走動著，發出有規律的微音。她枕邊的白磁痰罐裏，仍貯著她被扶掖回房時吐出的鮮紅。她的身子對著妝臺，妝臺的圓鏡映出她的臉，蓬鬆的柔髮掩住她的半邊臉頰，更從她耳邊垂懸，舖展在枕角邊，像一蓬閃著烏光的波浪；在紅綾的被面掩映下，她原本暈紅發熱的兩頰更顯嫣紅，像一朵易開易謝的紅花，展放著她病態的灩色。

她睡著。但田莊上所有的人們都被她發病倒下的消息驚動了！在這些老弱的人群裏，大半都是飽受憂患的，半輩子逃荒避難，他們覺得從沒有遇到過比菡英姑奶奶這樣年輕的姑娘更好的人，也從沒遇到過像沙河口這樣拯飢救溺的田莊，肯爲難民們日夜照料，大開倉廩；他們牢牢的記著這些，他們是難以忘恩的那一類人。

「天不該讓她患上咯血的毛病，一朵花似的年紀就咯紅，朝後的日子怎麼過法兒……?!」

「有人去請醫生沒有?」

「醫生業已去接去了，還在鹽河西南的鮑家村。」

而她聽不見人們的關心、焦慮和嘆息，她在夢裏夢見彩雲落在地上，許多許多金色的、透明的小火焰在雲上開著，開成一朵朵金燦燦的幻蓮將她圍繞著。她滿滿的擷取了一握那樣的幻蓮，移向陽光，忽然那些花朵生了翅，飛舞起來，朝她展露出燦爛的微笑。她踏著雲去追逐那些越飛越高、越飄越遠的幻蓮，恍覺自身輕飄飄的，每一步都踏不穩，踩不實，每一步都踏進了虛空。……

在一身如絮的飄盪之中，她又聽見沉雷在天邊的層雲中滾繞著，發出轟隆隆、轟隆隆的巨響。那不是雷響，而是從無數喉嚨的綰結中所興起的呼吼，喊著那個人的名字，——關東山！關東山！關東山！關東山！聲浪巨大綿延，一直波傳向天的極處去。那種聲音是一種蒼涼的醒喚，悲壯的搖撼；像鞭人的狂風，擊人的驟雨，和天相接著，和地相連著，……漸漸的，聲音的狂濤仍然排山倒海般的洶湧著，但再不是呼叫著那個人的名字了。……

關東山！關東山！那個逐漸會被人遺忘的名字是在歷史之外，人們總這樣習慣頌歌一些史書上列載著的聖賢英傑的名字，卻很難去掘發歷史之外的荒湮者。一些無名者所懷的愛心，所受的煎熬，以及他們生時的慘淡，死時的蒼涼……關東山！關東山！普天世下，祇有一個人把這名字刻在心上，而她卻陷在空虛無際的雲中。

有什麼在推著她，使她在惕怵中睜開了眼。她醒後，覺得有血塊塞在喉嚨裏，想伸手去摸痰罐兒，這才發覺兩手都鬆軟無力，連小小的痰罐也捧不起了。她匆忙的捏起一方汗帕掩住嘴，發出一串輕咳來。這當口，她聽見婢女在房門前跟誰說話的聲音。

「我實在不忍跟她去稟事了，」婢女的聲音幾乎是哀哭著：「可憐小姑奶奶她昨夜整夜沒闔眼，病勢再行發作，吐了半痰罐的血。她這才歇息沒幾時，怎能再讓她爲雜事操心?!……再這樣下去，真要索了她的命了。」

「這……這可比不得一般的雜務。」那人聽來像是田莊上管事的老魏：「那萬小喜兒是從萬家樓來的，渾身帶著傷，他說有要緊的事要見珍爺，我告訴他珍爺不在，他說要見小姑奶奶。」

「您總得再等一歇。」婢女說：「她不知醒沒醒呢?得等她醒後喝了藥，我才好跟她去說。」

「那萬小喜兒在路上受人狙擊，渾身上下全是血，後腦血涔涔的，伏在驢背上非但不能動，連吐話都有些艱難，還是經人扶下來的。」老魏的聲音有些急促：「看樣子，他是等不得……了。」

她又咳嗽起來，一串那樣輕輕的長咳使她手中的汗帕被血塊染紅了，雕著喜字紋的銀製帳鉤，在她咳嗽時顫巍巍的晃動著，連帳沿的長條流蘇穗兒都漾起了波浪。她的咳聲打斷了兩人的話，婢女匆匆的走到床沿說：「姑娘可是醒了?莊上魏爺在外邊……」

「我知道，」她打了個軟弱的手勢說：「先幫我開開窗，我要透口氣，……妳問聲老魏，小喜兒，他在哪裏?」

「姑奶奶妳醒了，」老魏在門外說：「小喜兒傷得重，我業已著人把他抬放在繩床上了；

如今他人在大廳裏，等著見姑奶奶，他說話吐字都很含混，後腦裂傷很大，兩耳滴血，祇怕……捱不久了。」

「扶我起來，」她朝婢女說：「我想不出萬家樓如今會有什麼樣的變故？在業爺死後，不是還有牯爺當家作主麼？」

「事情也許正由牯爺起的，」老魏說：「老二房主族事，連咱們外姓人都覺得不妥，單看牯爺手底下那些混世爺們的霸道，也就受不了啦。據小喜兒說，關東山關八爺如今帶傷歇在萬家樓，老二房想暗中誣陷他……」

「你說什麼？老魏……」她忽地撐起身子，用兢戰的嗓音問說：「你說關東山？他怎樣？」

「他帶傷歇在萬家樓，——小喜兒他是這麼說的。」老魏說：「詳情我也弄不清，小喜兒他會告訴妳的，姑奶奶。」

關東山帶傷歇在萬家樓，這消息使她震驚，萬小喜兒帶傷奔來沙河口，更使她覺著蹊蹺！她一點也猜不著在這段日子裏，沙河口田莊之外發生了多麼大的事故?!湧起了多少譎詭的風雲?!但她直接的意識到，假如萬家樓不生意外的事故，萬小喜兒決不至於夤夜來投，她必得要揭開這難解的事實背後的真相，在未明真相前，她是一時一刻都憂懼難安。

當她在婢女攙扶下走進大廳時，繩床上躺著的萬小喜兒的形狀使她大吃一驚，往昔白淨秀逸的小喜兒簡直變成一個血人，不但渾身的衣衫破碎，傷痕累累，甚至連那張臉也淤腫得變了樣兒，乍看分不出是誰來了。

他的後腦枕在軟枕上，濃黏的紫血印在枕面上，耳眼裏還在不停的朝外滴血，從後腦勺到兩邊耳根，都腫得很大，腦後的痛楚使他顏面泛出呆滯的神情，腫得歪歪的嘴也半張著，口腔裏也溢著血，順著唇角，一滴一滴的流滴著。他全身僵硬，直直的躺在那裏，不像是活人，卻像是一具凶死的人屍；他整個的臉孔上，祇有那雙眼睛活著，發出幽幽的慘淡的光。她勉力俯身去看視他時，那雙眼緩緩的斜移，看著她，他的嘴唇動了一動，但沒發出聲音。

「鮑家村的鮑老醫生來了，姑奶奶。」

萬菡英沒有動，祇對老魏說：「煩你去招呼醫生罷，頂好是先陪醫生來，瞧瞧他的傷勢。」又靠近小喜兒，低聲說：「小喜兒，你這是怎麼了？怎會渾身傷成這樣？是在半路上遇上了強人？」

「牯……牯爺他……指使萬樹叔……追殺我！」小喜兒噏動汪聚著血的嘴，舌頭攪動著血漿，吐出微弱的聲音說：「在雜樹林子……我卻把他給……殺了，騎了他的驢來……」

「牯……爺?!」她後退半步，手撫著心，極力忍住咳說：「牯爺為何要指使萬樹追殺你？」

小喜兒閉了閉眼，半晌才說：「牯爺要設計……誣陷關八爺，指他跟萬梁舖的小孀……兒……通姦，怕我……到沙河口來……報信。……他們追殺我好滅口，事先不讓珍爺……知道。」他的眼淚從眼角滾流出來，滴在枕面的血印兒上。

萬菡英呆呆的瞪著眼，彷彿掉進噩夢一樣。

她簡直不能相信這些。她不信牯爺會做這種卑污事，不信像關八爺和愛姑那樣的人，也會被污言陷住！但這話是由萬小喜兒親口說出來的，他是個誠厚的孩子，傷重垂危的時辰，怎會對自己編造謊話?!

「八爺帶著什麼傷？」她問說：「他怎會北去萬家樓的？」

「八……爺他是從羊角鎮下來的，」小喜兒的聲音更加微弱了：「在那兒，他收了朱四判官的人，……肩和腿，都在跟朱四判官比槍時帶了傷。……他要萬家樓拉槍援鹽市，牯爺怕……開罪北洋，面上答允了，暗裏卻拖延著。」

「就算拖延著，牯爺也不至於要設陷關八爺啊?!」

「牯爺倒不是……為這個。」小喜兒的喉嚨跳動一下，嚥回一口血，頓著不言語了。

「那又為什麼呢？」

小喜兒吸了一口氣，咬著牙說：「姑奶奶，妳記住告訴珍爺……業業業……爺是死在小牯爺手裏，他為爭權當族主，暗殺掉業爺……他怕關八爺追究，所以要先整倒關八爺……這全是我從萬樹嘴裏聽出來的。」

「醫生，醫生……」老魏剛陪著醫生進大廳，那婢女驚惶的尖叫著，因為暈厥過去的，不是吐話的小喜兒，卻是聽話的萬菡英。

她聽了小喜兒的話，兩眼就頓然發青發黑了，婢女一把沒攙扶得穩，她打了半個盤旋，靠在一支紅漆的廊柱上，紅暈從她臉上消失，她的額頭和兩頰，白得像紙一樣。也就在這時刻，遠遠的萬家樓的宗祠裏，各房族正聚集著，商議著幾項由小牯爺事先佈置妥當的事情。

第十七章．北伐軍

在萬家樓宗祠東面第二條街中段的窄巷裏，有家小小的棺材舖兒；這家棺材舖兒小雖小，可是走遍萬家樓，卻無人不知萬才棺材舖兒的。

在偏遠的北方，行行都有忌諱；惟有開棺材舖兒這一行，忌諱最多，所以一般學木匠的，除非萬不得已，總不願靠死人吃飯，幹這門喪氣的買賣。在一般神奇怪異的民間傳說裏，有很多是傳講著關於棺材店的故事的，而且，彷彿連鬼靈們對於這些吃鬼飯的，也有著一份嘲謔。

萬才棺材舖兒出名，是因為在萬家樓這個鎮上祇此一家，別無分舖，無論誰倒下頭，都得躺進萬才棺材舖打製的棺材。

萬家各房族的子孫們，多少總有那麼一種傳統的意識，認為他們的遠祖是大明的武將，他們既是將門之後，所以寧願落魄街頭，也不幹下五門行業。就拿景況凋零的老二房來說罷，寧可多有幾個訛吃騙喝的萬樹那樣的惡漢，也不願正正經經幹點活兒營生。因為這樣，所以凡是在萬家樓開茶樓、檔子店，經營剃頭、補碗、磚瓦匠，開設紮匠舖、石匠舖的，全是外姓人，其中祇有這個棺材舖兒是姓萬的開的。

萬才家境困窮，不願靠族人幫襯施捨過日子，自幼就揹著小包袱出門，在三河南岸學得這門手藝，回來後開起棺材舖兒來。設舖之初，族人們也曾竊竊私議過，認為姓萬的有姓萬的門風體面，就是窮得上無片瓦存身，下無立錐之地，使漿糊糊著瘦脊樑倒貼在宗祠的石牆上，也不該開棺材舖兒，靠死人吃飯。

不過，這些閒言也祇能在背地說說。萬才就是這麼一付拗脾氣，不聽那些閒言閒語，若有人當面說他開棺材舖兒如何如何，他就會粗脹著脖頸，鼻孔衝著人臉嚷說：「我萬才開棺材舖兒，向不剝死鬼們的頭皮，一分錢一分料兒，爲人不作虧心事，夜來哪怕鬼敲門?!我祇要不把宗祠裏的祖宗亡人牌位劈了當燒火柴賣，誰也管不著我！」

就因爲萬才一拗到底，萬才棺材舖兒不但開下來了，那些閒言也隨著歲月的流淌被沖淡了。

事實上，人煙繁盛的這座鎭集，也真需要有這麼一家棺材舖兒，在萬才沒開棺材店之前，鎭上殷富的人家，但凡上了年紀的，都早早備辦上好木料，請木匠來家打妥壽材，每隔一年加一次油漆，準備萬一倒下頭來，有現成的壽材好入葬。而一般人家備辦不起那種施施大棺，總在人臨嚥氣的辰光，找人放牛車到四十里大荒之外的鎭集上去買棺木，不但路途太遠，運送不便，而且頗爲耽誤時間；這種情形，在萬才棺材舖開張之後，都消除了。

日子淌過去，日子對萬才來說，總是那麼索然無味、平淡無聊的，在那座深井般的狹長無窗的舖子裏，無分是晴天雨天，春天秋天，都是那麼一付陰沉冷黯的嘴臉，像一個寡情無義的晚娘，有時抬起頭來，望望滿是霉綠雨痕的剷牆和懸滿蛛網的褐黃帶黑的樑頂，忽然覺得自己是個滑稽可笑的人物，笑裏也有著刻骨的悲哀；這黑沉沉的舖兒就是一口大棺材，自己是在大棺材裏替人打著小棺材。……

尖鑿兒扁鑿兒，像長喙的啄木鳥般啄著一段一段的木頭，空空曠曠的聲音撞在古壁上，迸出的聲音和撞回的聲音奔擁在一起，把人推著擠著，叮咚叮咚，叮咚叮咚，鑿尖忽又不光是鑿著木孔，連人心也快叫它鑿空了。黃瘦的小學徒剛學會使用粗刨子，在長長的坐凳上刨著棺材板，刨花兒在刨孔中朝上湧起，疊塔般的堆好高，再絲絲縷縷落下去，散佈在地面上，使沉遲悶鬱的空氣裏瀰滿了各種木材混合的氣味，——永遠是那樣一成不變的死亡的芬芳，好像有意要給死者們那麼一點兒安慰。

日子那樣淌過去，在叮咚叮咚的雕鑿和敲擊中，春天和秋天，陰天和晴天都被敲走了，棺材打了一口又一口，賣出一口又一口，在萬才開舖後將近廿年的歲月裏，萬家樓也不知有多少張熟悉的臉子裝進自己手製的長匣子裏去了?!……愛在萬梁舖裏抱著酒壺買醉的也好，愛在尚家茶樓雙手抱著膝蓋，蹲在長條凳上談古論今的也好，貧的、富的、怯懦的、豪強的，形形式式的人生都在這一方長匣子裏擺平了。

若說看人生，沒誰比萬才看得更淡泊的了。

一口一口的棺材打妥了，分門別類的放列成排，最上等的大棺當算千年翠柏或深山香木挖成的獨木棺，北方平原地不產這樣的巨木，當初學手藝時，也祇聽師傅傳說過，說那種香木從揚子江上游，幾千里外的深山裏，經伐木人砍伐了，趁山洪暴漲時跟著急流沖至江口，經專人截撈起來，轉售給從下游來的木材商，木材商把整批購得的巨木紮成碩大的木排（即木筏），順著浩蕩的江流放下來，俗稱放排，又稱走排。

吃這一行飯的人，全把性命交給了洶湧捲蕩的大江，他們懷著鉅款出遠門，即使沿途不出岔事，從搜購木材到紮成木排，順著江流放到下游來，總也要經過好幾年的時間，……有時運氣不好，木排放過三峽時觸上礁石，或是陷死在淺灘上，那就得靠老天保佑了。

在那些傳說裏，把那些放排人一路所經歷的艱難，形容得比唐僧去西天求經還要難上幾分，那些江精，那些水怪，磨盤大的鬼漩渦，鵝毛也照樣沉底的寒水潭，使聽的人都不寒而慄了。但那些傳說象徵些什麼呢？對於一家棺材舖來說，祇是用它對顧客們誇張一口上等棺材爲何索價奇昂的理由罷了，金打銀裝的棺材又如何?!脫不了裝進一付臭皮囊，無聲無息的埋進黃土。

可哀嘆的倒是世上一般人，他們不知惜生，單知憐死，關心死後無知無覺的一把骸骨，遠勝過關心生時悲慘的歲月；聽過那種香木大棺的故事之後，被那種富麗堂皇的柩材惑住了，甚至連終日啗飯不飽的窮漢，也朝夕夢想著死後能睡得起那樣一口棺材。……傳說總是誘人的，說是死人睡進香木棺裏，蟲蟻不食，陰寒不侵，百年不壞屍首；說是香木主生吉祥菌和通天草，護得住墓穴的風水，能夠納福兒孫。但除非棺材舖主爲了大宗買賣有意騙人，這些都是蠢得可憐的了！

千年萬載如何如何，若真是繫在棺木上，那?!那歷朝歷代有權勢和錢財的都該萬世發達了？傳說魏時的曹操有八十一墓，到頭來依然免不了被人翻屍盜骨，遜清一朝裏的西太后，該算是煊赫了罷，一旦江山易主，金鑾寶座傾頹，連皇陵都叫人偷掘得像狗啃似的，哪還有半點兒生前的威風?!……這些卻喚不起那些癡蠢的人們的了；睡不上香木大棺就退而求次罷，次一等的大棺還有香松四塊瓦，柏木圓心六合頭，十合頭，家境略差些兒的人家，至少也爭個圓心十三段，十五段。至於十八段，那是普通的，再下去就是搓木棺，白木棺和薄皮材了。

叮咚咚叮，叮咚叮咚，在老木匠萬才的眼裏，幾乎所有的棺材都是一個樣子，大祇是大在外殼兒上，再大，裏頭也塞不得兩個人。有些棺木打製起來極費精神，打妥後，抬上架兒打底漆，再使桐油、石灰、糯米汁澆嵌棺縫，然後再上外漆，再抹桐油；有些棺木，棺頭棺尾都要雕花嵌壽字，單就雕花來說，沒有十朝半月的功夫，雕不出細緻的花式來，彷彿不雕花不嵌壽字，死人睡進去也不肯安心做鬼的樣子。

愈是逢到亂世，人們愈是著意於爲自己備妥一口喜材，可是愈到亂世，真能無疾而終，睡得上等喜材的人愈少了！萬老爺子入葬時，自己還打製過幾口柏木圓心十合頭，後來木料跳著漲，祇能打十三段和十八段；再後，連買得起十三段和十八段的人家也不多了，祇好多打搓木棺和白木棺罷，自己也覺多打這些棺材，替死人家裏省了錢，打得也夠安心。

不過，頭髮業已變得灰白的萬才，既不瞎又不聾，當然聽得北地的各處村野上的光景，知道祇有在荒天一角的萬家樓，一般人們死後才有口棺材睡，其餘的地方，死下人來能有兩張蘆蓆兒捲捲，上不露頭下不亮腳，壙坑挖深些兒不遭狗刨就算是好的了！

有人講到這些光景時，總嘆著對萬才說：「也許再過一段日子，兵荒壓到萬家樓，這兒的人們也睡不起棺材，那，你的棺材舖兒也就該關門大吉啦！」

「由著它去罷，」萬才總這麼說：「我覺得人雖不必爭著去睡大棺，白花一筆蠢錢財，可也不願見成群野狗啣著人骨頭走，那樣拋屍露骨，也不成個世界了！」

去冬鹽市拉起槍來護鹽保壩，南北交通除了必要的米糧外，其餘的全斷絕了，拿錢也買不著製棺的木料，祇好就手邊的存材使用，打了些白木棺。這回小牯爺領著槍隊去打羊角鎮，羊角鎮沒打成，反被小蠍兒那夥人放倒十幾條人命，每人睡去了一口白木棺。

自己並不是講什麼忌諱，十幾個凶死鬼一道兒睡進自己手打的棺材，在早年還沒曾遇著過，雖說棺材錢由各房族攤公份兒，沒花死者的錢，自己可也覺著不能從死人頭上賺一文。甭說一文不賺，還把應得的手工錢扣掉，算是爲他們白辛苦半個月。饒是這樣，牯爺還責說自己開價太高，——他就不知木料漲成什麼樣?!這筆棺費撥下來，連買料兒也不夠有的。

幹這行幹得久了，連師傅帶徒弟，都養成了這麼一種職業性的習慣，——白天打棺材，夜晚把棺材蓋兒抬著一翻，就當著床舖，倒頭呼呼大睡。若是在亢熱天，就揀通道邊有風處的棺材睡；若是遇上寒天臘月，祇消把棺蓋移開一半，壓根兒就睡在棺材裏面，四面全有棺板擋著寒風，即使蓋條薄被，渾身也能暖出汗來。

大批棺材賣出去了，師徒三個祇有兩口白木棺好睡，兩個徒弟佔一口，一個睡棺心，一個睡棺蓋，萬才自己佔一口，棺蓋上舖著小褥墊兒，棺心裏放著燒酒壺。買不著木料打棺材了，斧錘鑽鋸暫時收拾起來，塗了黃油掛在牆上，這才覺得自己的生命，原就是那種呼吸似的叮咚叮咚，兩耳聽不著那個，人就像臨終嚥氣一般，悶得要炸肺；兩個小學徒也閒得手腳沒處放了，抓起掃帚來掃舖兒，叫萬才叱住了。

「替我滾在一邊，你們這兩隻渾蟲！」他罵說：「平素笨得驢似的，連條墨線也牽不直，鑿眼鑿不齊整，落刨不知輕重，如今還沒歇業呢，稀罕你們掃店?!」

也不是存心要責罵誰，祇覺棺材舖兒總得像個棺材舖兒的樣子，坐凳附近，刨花木屑蓋住地面，到處散佈著零碎的木頭，唯有那樣，這陰黯的舖兒裏才有著遍地春花那麼樣的一種繁華，假如連這點兒繁華都掃盡了，祇剩下兩口冷丟丟的棺材，莫說是人，祇怕連鬼都待不住了。

「替我去打兩角子晚酒，」他躺在棺材蓋兒上，反手從棺心裏拎起錫壺，交代小學徒中的一個說：「多走幾步路，到萬梁舖的櫃上去打，要原泡不摻花的，回頭走老何的擔子上，切二兩捆蹄，順捎一包鹽水花生來，揀那煮得透些兒的。」

店舖門朝西，一天陰黯，也祇有黃昏日落前的這段光景，有一方無力的淡淡的夕陽的影子，從門楣下斜射過來，落在黯色牆磚上，彷彿是一張彌留的病臉，在那兒戀戀不捨的斜照著。每到這種辰光，人就無緣無故覺得淒迷，冷黯的沉愁鉛般的灌進人骨縫，手腳都酸閒懶散了。

總有些孩子們在舖外的石板巷中嬉遊著，發出些浪沫般的笑聲，有許多孩子對棺材舖總抱著神秘不祥的預感，彷彿舖裏真的匿著某一種傳說裏的鬼靈，要從黯酒色的黃昏光裏飛出來攫撲誰一樣；他們成群的騎著竹馬，發出嘿唧唧的喊叫，藉人多壯膽，像潮水似的從舖門前湧過去，讓被沖碎的靜寂在遠去的喊聲中重新匯攏。……多少年前也曾這樣叫喊著的孩子們，都已經裝進這長長的匣子裏不再言語了，萬才的喉嚨癢癢的，打酒去的小學徒怎麼還不見回來?!

「你去找找他，小扣兒。」萬才衝著另一個學徒說：「天快落黑了，甭蹲在那門角邊，蝙蝠似的發楞。」

那個叫小扣兒的學徒嗯應著，扭過身拔鞋子，剛拔起一隻鞋，那邊有條瘦小的人影子堵住了門，在石板巷對面長牆之上的蒼茫天光裏，看得見他雙肩抖動著。

「怎麼，黑鎖兒?」萬才說：「你去哪兒這半天?」

那個不說話，哭得咿咿唔唔的。

「你他媽一個活甩熊！好端端哭什麼?——誰欺侮了你?!」萬才轉朝拔鞋的那個說：「你把壁洞裏的油燈替我點上，小扣兒。」

小扣兒應聲過去摸著點燈，萬才又追著黑鎖兒問說：「你替我打的酒，買的菜呢?」

「師……師……師傅，」黑鎖兒帶著哭腔說：「我挨了人家……打了！」

萬才忽楞一翻身，從棺材蓋上坐起來說：「你說，你說，黑鎖兒，到底是怎麼回事？」

壁洞裏的菜油燈點亮了，暈朦的黃光照著跛拐著走過來的黑鎖兒的臉，他的一邊額角上腫得一個杯口大的青紫疙瘩，一條右腿也帶了傷，一跳一跳的使腳尖點著地，想必是護疼。

「我到萬梁舖去打酒，」他說：「誰知那條街兩頭的柵門全叫槍隊封住了，槍隊上的人不准我進柵門，我拎起酒壺給他們瞧看，吵著要進去打酒，一個傢伙劈面搗我一槍托，把我手裏的酒壺奪去踩扁了！您看——」他舉起被踩扁了的酒壺說：「好好一隻錫壺，硬叫他踩成這樣了！師……傅……」

「笨，笨，」萬才說：「你沒跟他們講明白，你是萬才棺材舖裏的學徒，到萬梁舖去打酒嗎?!槍隊是萬家樓的槍隊，又不是防軍裏那些穿二尺半的虎狼，你跟他們說明白，他們怎敢伸出槍托亂搗人?!」

「我全……說了，師傅，」黑鎖兒使袖口抹著眼淚說：「他們祇管攆我走，叫我不囉嗦，我再開口，他們又踢了我的膝彎。」

「真他媽的造了反了！」萬才拍著膝蓋，兩眼直能噴出火星來，漓漓咧咧的迸著口沫罵說：「我的學徒，自己捨不得打罵，反讓他們來打罵?!我倒要自己去瞧看瞧看，看是哪一房族的槍隊敢這麼使蠻?有理便罷了，若是說不出道理來，我要他賠我的酒壺，還得上門替我賠不是，這真是……是他媽的，豈有……此理！」

「我，我說萬才老哥，您幹嘛跟徒弟發這麼大的脾氣?嚷得整條巷子全聽著?」不知什麼時刻，門口又靠了一條黑影子，萬才一陣嚷過去，那黑影子用濃濃的、悶鬱的鼻音說，彷彿患了傷風病似的。

無論那聲音怎麼變法兒，一聽進耳，萬才就知說話的人是誰了。

「我倒不是跟小徒弟嘔氣，我是在氣那蠻不講理的傢伙呢！」萬才說：「你替我評評看，大板牙！──我要黑鎖兒替我到萬梁舖去打酒，他走到街口的柵門邊，叫槍隊上人無緣無故的攔住了，……你有事要封柵門不要緊，你遇人出入，總也得平心靜氣說一聲，不知是哪個不通人性的傢伙，竟把黑鎖兒劈面搗了一槍托，踩扁他手裏的酒壺，還又踢了他的膝彎。……你有種，怎不拉槍去打江防軍？連碰上羊角鎮來的小蠍兒也挺不住，祇知撒腿朝回跑，卻有臉來欺侮一個半樁小小子，這算是什麼玩意?!……噯，我說這話對不?……我萬才決不是存心袒護自己的徒弟，祇是對方太沒道理了！趕明兒，我要自去問牯爺，問他萬家樓究竟出了什麼事？要封住街內的柵門不讓人進出，把槍隊縱容得這麼兇橫法兒?!」

「嗨，也難怪得你發脾氣，老哥。」大板牙說：「你整天窩在黑角裏打製棺材，哪知外面的變化?!……這兩天，萬家樓東面南面，全像落蝗似的，來了上萬難民，牯爺怕他們任意糟蹋青禾，把各房的槍隊全調到鎮外去護禾去了，祇留下老二房的槍隊守圩子，槍枝人手不夠，又怕流匪趁機來搶劫，故此就把裏外柵門全封了，那些槍隊上人晝夜值更，又累又睏，哪有肝火不旺的道理?!」

「嗯，」萬才說：「既是牯爺有吩咐，我算認倒楣了，但則沒有晚酒喝，我從喉嚨癢到心裏。」

「要喝酒我這兒有。」大板牙說：「你瞧這兒！」他拍拍他被腰帶勒著、沒扣扣的長褂兒說：「我總是揣著一壺原泡老酒，有你喝的。」

一聽有原泡老酒可喝，萬才的一心火氣就消了，吩咐小扣兒攙著黑鎖兒躺下歇著，一面手拍棺材蓋兒說：「來來來，大板牙，我的好兄弟，你今晚怎會有空來找我？你不是熱乎乎的侍候著牯爺的嗎？」

「我是吃宗祠的飯，誰主理族事，我就得侍候誰。」大板牙悶聲說：「從長房老爺子起，經保爺、業爺，侍候到牯爺，這是我在你面前講句扒心話，牯爺這個人，可真難侍候，虧得我是個隨和的人，要不然，這份差使我早就辭掉不幹了。」

「咱們先不談這個，」萬才說：「咱們先喝它幾盅如何？你要是不避忌，你就過來；容我把小褥墊兒這麼一捲，咱老哥兒倆，就在這棺材蓋兒上喝。」

「好罷，」大板牙說：「事情弄到這步田地，我就是不願今朝有酒今朝醉也不成了。……我說老哥，怎麼你這舖兒裏，一共才祇有兩口白木棺材?!」

「沒有存料了。」萬才攤開手，苦笑說：「假如我買得著木料打棺材，哪還會閒得想喝老酒?!我這個人，算得上是天生的勞碌命，兩隻手一天到晚閒不得。」

大板牙歪起屁股坐在棺蓋上，打懷裏摸出錫壺來，萬才摸過那壺酒，大嘴套小嘴先喝了一口。

「好酒，真箇兒的，」他把酒壺遞還給大板牙，想起什麼來說：「你沒旁的事罷？」

「也可說沒旁的事，」大板牙也喝了一口悶酒，使手掌抹去酒壺嘴兒上的口涎，遞過壺去說：「牯爺他吩咐我來……先訂兩口棺材……等明晚，宗祠集議過後，牯爺他自會著人來扛……走。」

「要麼，也就是這兩口，沒有挑揀的了。」萬才說：「賣了這兩口棺，我跟徒弟沒處睡，祇好另打地舖啦！棺材舖裏沒存棺，不歇舖兒也得歇舖兒了。」

大板牙又喝了口酒，翹起上唇噓著氣。

「噯，你說，大板牙，牯爺他好好的怎麼又買起棺材來了？」萬才這才突然想起來追問說：「你說，大板牙，鎮上究竟又有誰倒下頭來了？」

大板牙皺著眉毛，眉毛的黑影擋著眼睛。

「問這個幹什麼，」他說：「你喝你的酒罷！」

壁洞裏的小油盞吐著黑色的油煙，燈頭的小火焰像一隻貪婪的紅舌頭似的，舐著壁洞頂上的那塊磚頭，許是年深日久從沒打掃過，黑色的煙痕朝上爬，一直爬到樑頂去，連一截樑柱也叫燻黑了。兩個人對坐在棺材蓋兒上，反覆的遞著壺，一口接一口的喝著悶酒，好半晌都沒再說什麼話了。

外面起霧了，一團團乳白的濃霧，從半敞著的店門外擠了進來，使油燈的燈舌起了暈，但兩人仍然遞壺喝著酒，彷彿沒覺著似的。

巡更的梆子一路敲過來，又敲過去了。

「你不說明了，我總有些不歇心。」萬才說：「到底是什麼人死了，要睡這兩口棺材？」

「我不能替牯爺說話，你知道的，老哥。」大板牙喉管跳動著：「除非我想睡第三口棺材！……你甭再追問我好唄，……你忍心看我大板牙死後用蘆蓆捲屍?!」

萬才怔怔的拿眼望著他。

「我不懂，」他喃喃的說：「我不懂你在說些什麼?你可不是喝醉了罷？」

「我倒巴望喝醉了。」大板牙說。

燈盞裏的油快耗盡了，燈焰撲突撲突的閃跳起來；睡在另一口白木棺裏的黑鎖兒睡著，還不時翻側著，嘰哩咕嚕的說著夢話，棺材蓋上的小扣兒還沒睡，瞪眼望著樑頭，彷彿在那兒想些什麼。……兩人還是在一口遞一口的喝著悶酒，一面喝，一面還搖動錫壺，聽聽壺裏還剩下多少酒。

巡更的梆子再次敲過來，壺裏的酒喝完了，原泡老酒的勁頭就有那麼足，兩人分了一壺酒，眼裏都有些朦朧，萬才怎麼看，大板牙那張臉都是雙的，大板牙怎麼看，萬才那張臉也是兩個。

小燈就在這時刻熄滅了。

酒力發作起來，萬才有些恍惚，大板牙拎著錫壺，歪斜衝倒的走出去，匿進漫天黑霧裏。他竟不知道，就這樣和衣歪在棺材蓋兒上睡著了，恍覺睡夢中有什麼聲音在搖撼著他，醒後才聽得出那是宗祠樓頂上的鐘聲。

躺在萬梁舖套間眠床上的關八爺，也聽見了鐘聲。

昨天急著離床，試扶著一支枴杖繞室而行，自覺左腿的傷勢經過幾天來的服藥和調息，業已好轉了很多，料想祇要傷口腫消膿盡，轉生新肉，不需等它收口，自己就能夠跟著去鹽市赴援的槍隊一道兒上火線搏殺江防軍了！無論如何，能夠扶杖走動是很要緊的，萬一牯爺事忙，自己總可以分往各房族去拜訪拜訪幾位當家作主的長輩，或是走一趟沙河口，請珍爺兄妹出面召聚人槍，……萬家樓跟小蠍兒他們鬧了誤會，死傷一些人固然是事實，但牯爺忙著料理死者的後事，而把去鹽市赴援的大事耽擱下來，也算是打左了算盤……就這樣想著，走著，走著，想著，不知不覺的走多了，夜來一經歇息，就覺傷口之上的筋肉有著一陣陣劇烈的抽痛，這種抽痛弄得人輾轉翻側，難以闔眼入睡。

更聲在黑夜裏繞響著，隔著窗外的小院和一道低矮的花牆，關八爺仍能從格子窗櫺間望得見愛姑居住的小樓上亮著燈火。燈光原本十分柔黯，怯蝶般停落在花級間放置的盆景的葉片上，不論有風無風，都微微顫動著；及至窗外起了大霧，那柔黯的燈光便被濃霧包裹著，化成一些迸閃的、游動的光粒，似有還無的貼在窗間的櫺格上。

他在靜寂的深井般的夜，仰望著這樣的燈光，他用對於一個飽受凌夷的生命的悲憐，來療治自己肉體的疼痛。記不清是在哪一年的落著霧雨的秋天了？老六合幫的鹽車在鮑家河口附近走岔了道兒，黃昏時，歇在一座被眾多參天古樹圍繞著的野店裏。那野店不像一般野店那樣，祇是一些低矮的簡陋的茅屋和苦竹枝編成的圍籬，而是一座古老的青磚灰瓦砌成的大宅子，彷佛是衰落了的大戶人家的住宅；許是連綿秋雨路途泥濘，偌大的野店裏竟沒有其他投宿的客旅，在一條長長黯黯拱廊間，祇亮著一盞陰紅的燈籠。……

如今在霧夜裏望著貼映著窗櫺的燈光，關八爺不知爲什麼竟會想起那夜的光景來。

那天的黃昏是灰褐色的，天頂壓著烏雲，天腳卻塗著一抹紫霾霾的晚霞，人們慣把秋來的陣雨叫做「秋傻子」，有片烏雲就落雨，烏鴉濕頭不濕腳的農諺，正是秋傻子的寫照。晚霞的玄紫光暈裏，疾走著陣雨長長的白色的雨腳，箭鏃般的射在瓦上，響起一片空茫淒冷的瀟瀟……歪身坐在車把上的漢子們，彷佛都被雨聲噤住了，誰也懶得說什麼，有的解下脖頸間圍著的毛巾打拂身上的雨水，有的咬著煙袋嘴兒，想他們自己的心思，額頭上刻著苦寂，眼瞳裏湧著淒遲，而雨在落著，在煙迷的黃昏，鬱綠得變黑的樹梢上舉著人的鄉愁。

一趟鹽走下來，如果途中不丟命，少說也得三五個月的辰光才能回到家根，也祇留幾塊貼著肉，溫得熱燙的銀元，就得又走上長途；家不像家，倒像是無邊冷寂中的一場溫暖又酸辛的遠夢了。……當遠近綠林逐漸迷離時，冷雨業已扯下了夜幕，雙槍羅老大領著一夥弟兄們進屋去用飯，分房安歇了，祇留下自己守著那一排停靠在廊下的鹽車；背倚著牆，坐在一束乾草上，風常把淅瀝的簷雨掃過來，使許多微茫的冰寒撲著人臉。

忽然有一方黃色的窗光亮在廊外的雨地裏，成一幅分明的圖畫——疏疏橫走的淡黑簾影漾動著，簾影一角立著一盞帶笠的煤燈的影子，一個梳著橫髻的年輕婦人的側影對著燈，舉起她纖細的雙手穿著針，引著線，低眉刺繡著什麼，廊下鴿籠中的鴿子們，不時說著的的咕咕的夢話，她刺繡時，也不時發出低沉的幾近無聲的吁嘆。

她吁嘆這淋冷人心的秋來夜雨麼？抑或是惦懷著長途未歸的遠人？第二天他才知道，那寂寞的婦人就是這野舖的主人，她丈夫被北洋官府逼得遠走他鄉了，祇留下一個年老目盲的婆母和她守著這爿野店。鹽車臨上路時，他看見她端著小米扁出來餵鴿子，她用比黑井還深的眼神望著他：「你走長路，不嫌太年輕麼？……早些賣了鹽，回家去罷！」……

如今關八爺回想起來，那溫悒的關注的聲音仍然在身邊縈繞著，但家卻早已飄進雲裏了。人也真是的，像自己這等人，就該時刻在長途上揹著負著什麼，愈是揹得重，負得多，反而愈覺暢然，一旦間歇下來，想什麼全夠淒迷，熱淚滾落在心裏，五臟六腑全是潮濕的。……多少年後，祇怕萬梁舖中的光景，又將成爲使人熱淚滂沱的遠夢罷了?!愛姑的身世，豈不是比那野店的女主人更淒涼麼？

站起來！關東山！一個巨靈般的聲音轟擊著他的腦門，你得捨命去填平這些淒涼的遠夢！不讓它重現在人間！……雞聲在濃霧裏啼叫了，好黑的大五更。一道方燈的光亮又在移動著窗檽的黑影子，儘管步履聲細碎輕微，關八爺也知道愛姑來替自己升火熬藥了。

他睡不著，就將軟枕靠著床架，撐起上身半躺著等候天亮。他打算不管腿傷如何，天亮後，他得扶著枴杖出門去找牯爺和各房族的人，鹽市那樣吃緊，萬家樓拉槍赴援的事情，實在不能再拖延了。

愛姑走至套間外的廊下，把風燈掛在廊柱上，輕悄的燃著泥爐，搧著火，打算替關八爺熬藥；隔著格子窗，她看見屋裏的煤燈捻得很亮，八爺並沒入睡，神態癡癡的半靠在枕上，不知在出神的想些什麼？便驚問說：「八爺，您竟沒睡？您怎不捻黯了燈，躺著養神？」

「外面好大的霧。」關八爺喃喃的：「江防軍……若是趁霧掩殺……鹽市可就糟了！」

「我說，您怎不睡一會兒？」

「妳才該睡一會兒，愛姑。」關八爺說：「妳這樣終夜不闔眼，守候著爲我熬藥，真叫我心裏不安……」

「您可甭這麼說，八爺。……我祇是爲孩子在趕些針線。」愛姑搧著爐子，火苗隨風騰跳起來，在霧氣瀰漫的廊角，染紅一小塊空間。

天也許已經亮了，但夜霧愈到黎明時分愈濃；那些飄浮的霧粒經晨光一壓，全都沉降到地面上來，停滯著，凝鬱著，拉成一張潮濕的浸寒的巨網，使人在幾步之外就看不見任何東西。

這時候，萬家樓宗祠樓頂上的巨鐘敲響了。

鐘聲劈破霧氛傳出來，那聲響是巨大得驚人的，鐘聲初起時，似乎受了濃霧的影響，聲浪傳播得異常緩慢沉遲，帶一股悶鬱的味道。濃霧彷彿有一種魔性的力量，把鐘聲拘禁著；但當持續的鐘聲匯聚在一起，突破那種拘禁時，便彷彿倒牆塌屋般的直撞開去，在四周撞起無數迴音，那些音響縮結起來，往復激盪著，久久不歇，聽在人耳裏，彷彿不單是鐘鳴，而是天和地應的嗡……昂。

「祠堂這麼早就響鐘，該是牯爺召聚各房族議事了！」關八爺說：「我雖是外姓人，多年來不敢或忘萬家對待我們一干兄弟的情誼，我該親去宗祠，替鹽市上受困的萬民請援，無論萬家樓的槍隊能否及時拉出去，至少槍火、糧草方面，也是鹽市亟需的東西……」

愛姑沒答話，她停了手裏的扇子，默默的聽著鐘聲。她想著往時每逢祀期祭祖，宗祠鳴鐘前，照例都要在街頭張告白帖子，就算這一回是臨時集議族事罷，遠在沙河口的珍爺和菡英姑奶奶都是族中的尊長，他們總該早得消息罷？迄至昨夜，老七房的珍爺也沒趕回萬家樓；這些日子，萬家樓的槍隊毫無拉槍出援鹽市的跡象，關八爺心念鹽市有些焦灼成癡的樣子，祇怕牯爺未必那般熱切罷?!

等關八爺服了湯藥，大霧業已逐漸消散了；關八爺扶著枴杖下床，走到前面的客堂去。剛進客堂門，就碰著老賬房程青雲從門外進來，氣喘吁吁的，形色有些倉惶。

「怎麼了，程師爺?」關八爺停住身詫問說：「敢情是外面出了什麼事?」

「我說八爺，」老賬房臉色灰敗的說：「萬梁舖兩邊的柵門全關上了，不單關了門，還加上鐵鍊和羊角大鎖，我也弄不清是怎麼回事？連我要出柵門，也叫槍隊上人給擋了回來。……我在想，這不會是衝著八爺來的罷?」

「哦?!」關八爺略一沉吟，便淡然一笑說：「我想不至於罷？我來萬家樓，祇是替鹽市求援來的，愛伸援手不愛伸援手，那全是萬家各房族自己的事，我又不能強著誰。萬家樓假若不肯拉槍，我就北上柴家堡，北地各大戶假如都怕開罪北洋，我關八隻身匹馬回鹽市，跟那干起事的兄弟共死去，用不著萬家樓來對付我。」

他說著，點動枴杖，踉蹌的朝外走。

老賬房瞧著，趕急奔過來攙扶說：「八爺，您要去哪兒？依我看，您還是先歇著，容我著夥計去探聽消息去，看看究竟是怎麼回事？再來告訴您。」

「我想不用了。」關八爺說：「我這人也許有些冥頑，半生處事爲人，都抱著生死由命，富貴在天的想法。富貴二字，一向與我無緣，祇餘下生死兩個字，我懶得爲它多費心神，……如今我想去趟宗祠，會會牯爺去。我不信槍隊會阻攔我，我祇是個帶著槍傷的人，不是個囚犯！至少牯爺他沒當著我的面說過要軟禁我！」

「話不是這麼說，八爺，」老賬房哀懇說：「萬一牯爺他翻下臉來，您又該如何呢？」

「那倒簡單了，」關八爺固執的說：「牯爺他要是這樣講，我就回到萬梁舖坐等著，任他愛怎麼處斷就怎麼處斷就是了，……不過，事情也許不如您所想的那樣嚴重，您放心罷。」

關八爺執意要出門，一個老賬房怎能扯得轉他？程青雲一鬆手，關八爺就跨出門檻兒，一跛一拐的走到街心去了。

霧後的朗晴天，朝陽灑一街溫暖明亮的銅黃，街心的地面仍帶著些霧露的潮濕，枴杖頭點落下去，地面上便留下一路顯明的圓形凹點兒。

程師爺說得不錯，離萬梁舖七八丈地的街道口凸出的磚牆中間，一道粗大的木柵門真箇是關嚴了，碗粗的光滑的木柱上，盤著三條青蛇似的鐵鍊，每條鐵鍊接頭的地方，都掛了一把巴掌大的頭號羊角鎖。這樣的木柵門不僅是萬家樓有，幾乎所有北地的大小集鎮也都有；當初人們在一條街道的中段造了幾道柵門，大都是爲了防盜匪用的，恐怕萬一有大群明火執杖的盜匪湧來捲劫時，鎮上人便可立即封上柵門抗匪。

關八爺皺著眉頭略一思忖，便覺出在這樣的大天白日裏，又無盜匪捲劫，萬家樓實在沒有封起街內各處柵門的道理，無怪乎程青雲那老頭兒要大驚小怪，疑神疑鬼了。

他扶著枴杖，正對著關閉的柵門走過去，就見原分坐在柵門兩邊長條青石上的兩個端著洋槍的漢子，神色緊張的互使個眼色，緩緩的站起身來，脅下挾著槍，有意無意的把槍枝擺動著，而那兩支黑洞洞的閃光的槍口，總在暗暗的瞄向著自己。

「兩位早啊！」關八爺隔著木柵門，安閒的招呼說。

那兩個漢子又互丟了一個眼色，齊朝關八爺說：「八爺，您早。」

「昨夜起了好大的霧，今早的霧更濃，好像烈火上的蒸籠似的。」關八爺又說：「沒想到退得那麼快，轉眼就見陽光了。」

「是啊，八爺。」一個說：「這多年來，都沒起過這麼濃的大霧了。」

「春來的濃霧主兵凶，不是什麼好兆頭，八爺。」另一個接渣兒說。望清了關八爺孑然一身，沒牽馬，沒帶槍，祇扶著一支枴杖在手上，兩人的神色就鬆弛下來，一句遞一句的跟關八爺聊起天來了。

「外邊起什麼變故嗎？」關八爺說：「我猜假如沒變故，萬家樓不至於落鎖關柵門的。」

「沒……沒什麼變故，八爺，祇是……」

「祇是聽說鎮外的難民湧來太多，」另一個總算比較機伶些，搶著回話說：「牯爺因爲忙著開祠堂門，召各房族集議族事，怕那些良莠不齊的難民趁機一股腦兒湧進來，所以就吩咐咱們關上柵門。」

「嗯，是這麼的？」關八爺隨口稱讚說：「你們的牯爺外表莽壯，誰知竟這麼細心，可真算是粗中有細呢！」

兩人無可奈何的跟著乾笑起來。

「剛剛霧散前響鐘，就是宗祠召人議事的了，」關八爺說：「那麼，牯爺如今是在宗祠裏，對罷？」

「是的，八爺。」兩個當中較矮的一個說。

「沙河口的珍爺也該來了罷？」

「沒聽說珍爺回來。」較高的一個說：「八爺，您的腿傷好轉得真快，咱們全沒料著，一晃眼功夫您就能下床走動了。」

「八爺，您的腿傷既沒復元，還是不宜多走動。」較矮的一個意會到較高的一個岔開話頭的用意，便忙不迭的搶著說：「依我看，您還是回萬梁舖去歇著罷。」

「謝謝兩位關注我，」關八爺指著柵門，目光炯炯的望著那兩個人說：「煩請兩位不嫌舉手之勞，替我開開柵門，帶我去宗祠去見牯爺罷……」

「這個……這個……」較矮的一個後退半步，囁嚅著，一臉的難色。

「牯爺他……他吩咐……」較高的一個在關八爺目光逼視之下，也猶豫起來了。

「牯爺既說防著難民湧進萬家樓，我總不是難民罷，」關八爺說：「我要見的正是牯爺，你兩位放心，牯爺假如因此見責，自有我替你們擔待。」

也就在關八爺說話的當口，柵門外的兩邊街廊下面，人頭慢慢的多起來了，關八爺理直氣壯的言語，引得好些人跟著出聲批斷槍隊上不該這般小心火燭，大白天還不開柵門，這一來，兩個漢子更僵持不下去了。

矮個兒紅著臉，翻開短襖的下襬，就要從肚兜裏掏鎖匙，高個兒拉住他的手說：「等一歇，等一歇，容我再跟八爺告個罪，……我說，八爺，您是有雅量的人，定不會讓咱們底下人爲難，這兒離宗祠不遠，讓我過去稟告牯爺一聲，回頭再來開柵門，攙扶您去宗祠罷。」

關八爺還沒及答話，就見街廊邊有個半老頭兒，身上穿件藍布短襖，腰間繫著一條軟巾，手裏拎著一隻扁扁的酒壺，撥開人群，一路歪斜直撞出來說：「好哇，我道是誰有他娘天大的膽子敢打我的徒弟?!原來是老二房的兩個小子！你們敢打我那外姓徒弟，當然也能打我這旁房的叔叔了！」

「那……那全是誤會，」矮個兒說：「萬才大叔，那是因爲黑鎖兒那小子先出口罵人，我才揍他的。」

「你揍人使槍托?!你揍得真好！」萬才的嗓子更帶火了：「街廊下同族的叔伯大爺們全聽著，牯爺剛主族事這才幾天，老二房是人是鬼，全他娘小船沒舵——整橫了！他使槍托揍我那十來歲的小徒弟的腦袋，差點沒把他那腦袋砸得像這把酒壺一樣的扁！……這話我正要進祠堂去叩頭喊冤，跟牯爺和各房族的執事去講去……」

「我的個好大叔，您先甭嚷嚷好不好？」高個兒急忙上去作揖打躬的賠不是，說：「就算咱們小哥兒倆得罪了您，老二房並沒開罪您，您又何必嚷得這麼難聽，您要咱們叩頭賠禮，咱們照辦就是……」

「誰稀罕你們叩那種臭頭?!」萬才指著那柵門說：「人家關八爺好歹是萬家樓的貴客，上回朱四判官夜捲萬家樓，若沒有八爺他跟六合幫那干漢子挺身相助，你們兩個小子，祇怕早就腦袋通風，躺進我的棺材了！如今你們脫了瘡疤忘記疼，八爺他要進出柵門，也要脫褲子放屁窮磨唆?!鎖匙拿來，我開鎖，有事我擔待著，……八爺他又不是罪犯，怕他跑了?!」

不容矮個兒退縮，撥開高個兒猶疑的阻擋，萬才伸手就從矮個兒的肚兜裏摘出那串鎖匙，把柵門打開了，笑著舉起被踩扁的酒壺說：「昨夜這兩個小子踩扁了我的酒壺，我沒要他們賠壺還算好的，可見我萬才睡了半輩子棺材蓋兒，看得開，容得人，忍得氣，……如今柵門是我萬才開的，我不賴著誰，你們愛喝酒，我請客，咱們到萬梁舖喝早酒去，……誰講我沒錢?!——昨夜牯爺要大板牙到我舖裏去，剛訂了我舖裏的最後兩口棺材！」

關八爺剛走出柵門，聽著萬才這樣嚷叫，不由楞了一楞，再瞅瞅槍隊上那兩個傢伙的臉，全都變了顏色，便溫和的說：「兩位別介意，權且引我到宗祠去見牯爺去罷，有難處，在我身上就是了。」

「是的，八爺。」高個兒苦笑說：「也祇有望您成全了。」

關八爺轉過街口，拐進了宗祠前的方場，太陽業已昇得很高了，從高樓背後斜射在那片寬闊廣大的方場上，使保爺家宅前的那道影壁長牆輝亮著。他一點兒也沒介意兩支長槍像押解犯人般的跟隨著他，他陷在閃電般掠來的感觸之中。……

他不能忘記當面矗立著的石砌的高樓，不能忘記這塊曾經是燈火輝煌，轉瞬又曾血肉橫飛的方場，承平和亂動，歡樂和哀愁，笑聲和血雨之間的界限，全在人心擺動的那一瞬；假如人心沒有私慾，這世上必無恩恩怨怨的糾結和無謂的爭端！

這些日子當中所經歷的風風雨雨，都植源在這裏。在這裏，自己率著六合幫的弟兄義助萬家樓，和朱四判官開始結怨；這裏的怨仇在南道上的小荒舖，在鄔家渡北的枯樹林，在鹽市的廟會中結了血果，使許多親切的人臉歸入黑夢裏，紙剪似的落紛紛！

就算是這場恩怨在羊角鎮的大廟前那般了結了，也祇落得血染青石方坪，一死一傷，能說不夠悲慘？——最使人痛惜的是自己一直錯估了朱四判官，把他目爲世上一等狡獪刁蠻、兇橫暴戾的惡漢，直到最後才發現，他是世上稀有的直性人，是亂世人間從四面八方逼著他，把他硬塑成那樣，他原不該遭到那樣淒慘的下場。……

在這裏開始，激發了自己救民拯世的悲情，才會有鹽市兵起，才會有幾場撼天震地的大攻撲，才會有遍野的難民……但總要有一番終結，不能再讓北洋軍得逞，使自己遺憾終生。

在這裏，是的，在這裏，使自己目睹保爺被族中人花錢買去了一條命，跟著是業爺被暗害，留下一宗使自己耿耿在懷的疑案：自己因不願胡亂猜疑，至少痛心著在這樣莊嚴的宗祠樓影下，仍隱有滿心邪慾的奸人。那夜浴血苦戰的光景，仍在眼前的空幻中紛湧著，亂拋的火把，燃燒著的隨風翻滾的燈籠，歪斜橫倒的亮轎和遍地人屍，那一切雖已在時間的風中遠去，但在一個人的一生中，仍有著更多難以逆料的變化橫在眼前，誰能知道在下一個一刻裏，自己將面臨著什麼?!

姑不論那將是什麼?自己都將必安心的擔承了！一個活著的人，就必得擔承。

他停住心裏的紛繁思緒，轉臉去望著宗祠。一對威武的白石獅子在石座上昂立著，護守著在廿多級長階之上的高樓的正門，那也就是萬家宗祠的正門；如今那兩扇巨大的正門正大開著，有兩排槍隊中精壯的槍手分列在兩邊，長階盡處的平臺上，安放著一尊雕花的鐵鼎，鼎裏燒著火把的香柱，煙篆在陽光裏朝開騰散著。

他借力於脅間的枴杖，緩緩的走上長階……儘管他傷口之上的筋肉，在左腳點地著力時泛著劇痛，但他拒絕攙扶。

關八爺在宗祠裏出現，是小牯爺沒料想到的，當他聽人報說八爺已經進入祠堂時，他的臉色立時就萎頓下來了。人說病虎不脫威，一點也不錯。他默默的想道：料不到一個帶著槍傷而又手無寸鐵的關八，竟有這麼大的潛在的威勢。當關八爺穿過祠堂天井中石砌的通道時，祠堂正殿裏廿一把高背太師椅上，萬家七支房族中所有執事的人全都離座站了起來，帶著一臉虔敬的神情，肅迎著他；這情形使他知道——想利用宗祠集議時誣陷關八的計謀又成了泡影了。

最使人惱恨的是他來得不早不晚，正趕上自己要著人召喚萬振全那幫心腹來指證對方穢行的時候。

爲了誣陷關八爺，牯爺不知在暗地裏打了多少回算盤，花費了多少夜的腦筋；他像蜘蛛網一樣的，細心織就一面交錯的大網，使自己縮伏在網心，等著關八這一隻折翅的飛蛾。

由於他做賊心虛，使他不敢親自出面，直截了當的差幾個亡命徒，帶槍撞進萬梁舖去，像捉拿盜匪一般的把關八爺拎出來打掉。他知道假如這樣做，會干犯眾怒，會成爲眾矢之的；業爺慘死不久，好像一塊還沒脫蓋的新瘡疤，由它自脫還顯不出痕跡來，若如因爲除關八而牽動這塊瘡疤，自己不但主不了族事，祇怕在萬家樓連立腳之地全沒有了。

想來想去，除關八祇有一個法門兒，那就是自己永不動聲色，唆使心腹們在暗中動手，先利用機會，挑動全族憎惡關八，再使各種謠言，繪聲繪色的播傳開去，破壞他的威望和名聲，到最後，巧妙的把保爺業爺的死責轉嫁到他的頭上去，指謫他收編土匪，迫使萬家樓倒下十多條人命，等他爲人所棄，孤立無援時，再應眾議，大明大白的翦除他，那時，即使珍爺想助他，定也無能爲力了。……

利用宗祠集議時，暗召心腹來群控關八，該是翦除他最爲便捷的方法，爲這事行之順手，他也曾暗裏買通老二房、老三房的幾位執事，料想祇要執事們惑於謠言，更加上有人指證，當時就對關八起疑，自己翦除他就容易得多了。故此，他不惜著紅眼萬樹去追殺夜走沙河口的萬小喜兒，他更把十多個放在宗祠廊下的凶死鬼出棺入葬的日子，定在宗祠集議的同一天，想用死難家屬圍棺慟哭的氣氛來撞動人心，好讓萬振全那幫人指陳出這些人是死在關八的手上。

他怕用這些還不能立使全族轉恨關八，就更另差心腹騎牲口直赴縣城，密報塌鼻子師長，說鹽市造亂的元兇關八，帶傷被軟禁在萬家樓，借江防軍之力來剷除他，自己好白領一筆花紅。

他也曾想過：假如塌鼻子師長敗走鹽市，不能利用他來翦除關八，那麼，自己寧可冒結冤於全族的風險廢掉關八，而不願面對著一個像關八這樣危險的仇家；他知道，祇要關八睜著兩眼，終必會追本溯源的踩探出那本老賬來。甭說旁的，單就老六合幫被殲那一宗，關八就不會輕易放過自己的了。……

他算過，無論使用哪種方式翦除關八，都不能讓關八或其他人知道主謀加害的是自己，否則，關八在他處的死黨和自己作起對來，那也是防不勝防，使人頭疼的事情。甭說他那干走鹽闖道的弟兄，就是小蠍兒那撥人再回頭，也是萬家樓的大患，……存心要除掉關八不難，難就難在這點上，關八久歷江湖，能看得出人眼睛和眉毛說些什麼話，萬一自己在動手之前露出蛛絲馬腳，讓他留下話去，那可就後患無窮了。

雖然他業已暗替關八爺和可能爲他傳話的愛姑定妥了兩口棺材，但當關八爺闖出木柵門，扶杖跨進宗祠正殿時，牯爺雖恨得牙癢，表面上也不得不故示殷勤，躬身肅迎著關八爺入內，請關八爺坐在珍爺那把空著的椅位上。

「也許是兄弟心裏憂急，早起聽著祠堂裏響鐘，就冒冒失失的來了。」關八爺朝列成半彎馬蹄形的各房族的執事們欠身說：「關某雖是外姓人，這多年來風雨江湖，屢承萬老爺子父子兩代的照拂，沒以外人看待，故此，我也就把萬家樓看為鄉井。我今天冒失來此，不敢聞問萬氏門中的族事，祇是替鹽市萬民，來哀懇諸位速伸援手……」他的聲音由宏沉轉為黯啞：「我懇求諸位速速拉槍，解他們的困危，我關八雖是槍傷沒癒，也將帶傷臨陣，願……為……前驅……假若諸位集議，認為拉槍赴援有不便之處，也盼能直言相告，容我到別處去連絡人槍。」

關八爺扶著枴杖說話時，態度自然從容，毫無傷病虛弱之態，一番言語說得句句含誠意，字字露真情，把偌大正殿裏壓得鴉雀無聲，使兩邊太師椅上的人都呆得像木頭一樣。

「八爺說的是。」過了許久，牯爺才轉動眼珠，兩邊逡巡著望了望，跟著接話說：「我們各房族，剛剛也正為這事集議著。您知道，援鹽市固然是刻不容緩，但也正因為鹽市舉槍，弄得這一帶地方兵連禍結，到處都是沓雜的難民，……萬家樓雖有少數人槍，但也是為了禦防盜匪、安靖荒鄉用的；若為救援鹽市，把槍隊悉數調離本鎮，萬一遇上亂民匪盜縱火搶劫，伐傷了根本……那可也不是辦法。與其到那時進退失據，所以事先得鄭重商量。」

直至牯爺把話說完，在座那些穿著長袍馬褂的執事們才略為顯出些活氣，交頭接耳的歪著身子，發出些問詢和議論的低音。

即使今天集議中無法除得了關八，我也不能在關八面前讓拉槍赴援的事商議出一個結果來！小牯爺暗自尋思著：我若把槍隊交給關八領了去，萬一抗不住江防軍，潰敗下來，不但蝕光了我的老本，且又開罪了北洋；萬一打退江防軍，關八在萬家樓各房族的眼裏，更成了英雄人物，那時想翦除他可就難上加難了！

當正殿上的人們紛紛集議時，小牯爺的一雙手卻在長案下面狠命的搓著，而同他並肩坐著的關八爺仍然神態安閒，沒把心底裏的憂慮和焦灼放在臉上。他聽過牯爺的話，覺得他所講的不無道理，並非是拖延諉遁之詞，不要說是在萬家樓了，換是在任何地方，當著這種混亂的時刻，若說把防匪禦盜的槍枝悉數調離，去救援遙遠的鹽市，委實也有難處。

他並沒過份企冀，祇盼萬家樓能抽撥出部份人槍來，打起救援鹽市的旗號，一路朝南拉下去，依自己的估量，一路上聞風歸效的零散人槍，必將多過拉出去的人槍數倍，祇要民間紛紛拉槍而起，不論槍多槍少，能否經得陣仗，單就這份民氣，也就足夠把江防軍這支孤軍壓垮的了。

他祇是在等待著萬家樓各房族集議的結果。他相信好歹總會集議出一個結果來的。萬家樓各房族，在萬老爺子理事的當口，一向是以賑救災黎，樂善好施聞名北地，使眾多江湖人物和饑饉的流民仰望，他相信在他們鳴鐘集議的莊嚴場合裏，必能綜觀全局，權衡輕重，不會讓鹽市待援的人們空等，也不會使自己失望。……不錯，當朱四判官圖捲萬家樓那一夜，自己跟六合幫那些弟兄們確曾拚命的出過力，俗說：施恩不索報，何況在當時是義不容辭！他不希望萬家樓因爲關東山的面子才勉力拉槍，祇希望萬家樓這些執事們能分清這事該不該爲?!

正殿上的人們在紛紛集議著，關八爺的眼光卻越過殿前開敞的屏風望到廊外去。在殿外的一列寬闊長廊上，一排十幾具白木棺材整整齊齊的排列著，每具棺前，都有一群披麻戴孝的家人圍在一起，拍地哀泣；有人手捧著倒頭飯，在白燭前禱祝的，有人使鐵鉗夾著紅箔在焚燒，那些黑煙紅火上，浮著生者的哀愁。

他想起這些躺在棺中的死者，就該是在萬家樓北，旱泓西邊的荒地上，跟小蠍兒那群人誤會接火被打死的。早年看死人看得多了，單看遍野人屍並不覺得如何的大淒大慘，如今再看看這些爲人母爲人婦的家屬們哭地呼天，就覺一片慘霧愁雲直襲心底，使人有天昏地暗的感覺。

「今天是？」他轉望著牯爺問說。

「他們出棺歸葬的日子！」牯爺說：「八爺想必知道，這些人全是被小蠍兒那幫人放倒的。這些死者的家屬們，有些很不見諒八爺，無論如何，在目前，那幫人打的是八爺您的旗號。」

關八爺垂下頭，默嘆著。

「我說，牯爺。」過半晌，關八爺才抬頭說：「我知道您這主族事的人的難處。祇怪我那夜帶傷冒雨奔赴萬家樓時，沒能立時跟您把話說明白，所以才有這場誤會；所以——才倒下這多人，我關八是脫不了關係的，您真該落下柵門拘禁我，因爲既是誤會，罪不在小蠍兒他們身上，我不能眼看萬家樓和小蠍兒再因此結仇！」

「八爺說得真夠爽快。」牯爺說：「但您可甭誤會，我吩咐槍隊封住街內各處柵門，絲毫沒有軟禁八爺您的意思；我業已說過，那祇是防著良莠不齊的難民湧進鎮來，弄得一片混亂，我想，八爺您是會體諒這個意思。」

也許牯爺說話的聲音太低，蓋不住殿裏的議論聲和廊間的哀泣聲，關八爺彷彿沒聽著一般的，眼光又落到廊外去了。

黑色的紙灰在棺前飛舞起來，繞著伏地哀泣的人頭打兩個急疾的盤旋，便像是一群帶著鬼氣的黑蝶，飄漾飄漾的飛開去，在方形的天井上空抖著翅膀。兩班瑣吶班兒列在高樓前的平臺上，嗚嗚啦啦的吹著喪樂，幾十個揹著扁擔繩索的抬棺人也湧進了天井。穿繩加槓聲，喪樂聲，孝子扶著哭喪棒的長號聲，接續不斷的「起靈」的叫喊，以及由哀泣的嚎啕，完全把祠堂裏的議論聲打斷了。……

陽光分明在天井裏輝亮著，那種哀慟的哭聲足使陽光在人眼瞳中變成淒慘的顏色；一個白髮蕭蕭的老婆婆哭得死去活來，使她多皺的額頭咚咚有聲的碰擊著棺蓋；一個披頭散髮的婦人像發瘋似的嚎跳著，死死扳住抬棺人肩上的紅漆斑駁的木槓，啞著喉嚨喊著皇天！一群穿著肥大喪服的孩子，木然的攢著哭喪棒，手牽著成人的衣角，也茫然的尖聲的銳嚎著。但那些棺木總是留不住的，在抬棺人的吆喝聲中，引著那些一路哀泣的人群抬出大門去了。

這濃烈的淒慘的畫幅幾乎撕碎關八爺的肺腑，使他眼裏也跟著滴出血來；亂世死在槍頭上的人，多半是年富力強的漢子，上有年邁的雙親待侍奉，下有嗷嗷的妻兒待哺養，他們不該這樣被槍彈撕裂，讓爹娘失去奉養，妻兒失去依靠，這樣的死事實在太淒慘了。自己有勇氣頂著槍口去赴死，卻受不了眼見生者哀慟帶給自己的煎熬，日夜心念著承平，誰知那種想像裏的承平還有多遙？多遠？如今每一時刻，哪兒能聽不見這樣的泣聲?!

正當關八爺凝神默想的時刻，忽然看見兩個兩眼紅腫的漢子，從廊外直撞進來，剛跨進門坎兒就匐下身碰著響頭，朝牯爺哀喊說：「牯爺跟在座的執事尊長作主，容我們扒心剖腹說幾句話罷，……他關八爺，八祖宗，八人王，就算萬家樓前世欠下他的冤孽債，有這十多條人命也該夠償還他的了！我們萬家樓多年不問外事，祇管萬家地面上不生匪盜饑荒，我們不虧欠鹽市什麼！他江防軍要是來犯萬家樓，我們拖腸破肚灑血拋頭的抗他，死傷全沒話說，我們可不能拋開萬家不顧，跟姓關的蹚渾水！」

這兩人潑風潑雨的把關八爺著實損了一頓，弄得關八爺一頭霧水，不知怎樣答話才好，祇好轉臉望著牯爺。

牯爺咳嗽一聲，抹下臉來說：「在宗祠正殿上，有長幼，有輩份，怎容得你們這般不知禮數的胡嚷亂嚷?!……再不替我滾出去，我就要把你們倒吊起來，各抽你們三百皮鞭！滾！滾！」

牯爺嘴裏雖這麼吆喝著，心裏雖暗讚萬振全辦事真不馬虎，在這種時刻當面損關八損得恰到好處；他關八雖沒直接殺害萬家樓這十多條人命，小蠍兒擊殺了人，他關八多少總得沾些血腥味兒，他不能擋著死者的兄弟站出來說話。

那兩個並沒有動，儘管賴在地上碰頭。

這當口，老三房的椅位上，有人出面來緩頰了。

「牯爺您務請息息氣，」老三房的那個捏著旱煙桿兒，伸著頸子說：「他兩個年事輕，不曉事，說話沒輕重，原該受些教訓，可是，這兩個全是死者的弟兄，心裏哀痛；再說，這十多條關天的人命，並不能就此了結，冤有頭，債有主，不論是誤會還是什麼，萬家樓不能放過小蠍兒那幫惡漢！我們理族事的，應該讓生者無怨，死者瞑目，有話容他們陳述罷……」

「我們不敢指責長輩，」那邊又有人站起來附和說：「牯爺您這回看著八爺的面，就這麼輕易的饒過了羊角鎭那幫土匪，實在損及了萬家樓的臉面。我們跟土匪一道兒去援鹽市，不去追究這筆血債，傳聞出去，萬家樓成了什麼?!八爺要我們援鹽市，行！但得請他先交出小蠍兒來！先把血仇了斷了再講。」

牯爺沉默著，——即使關八爺在座，他也不願放棄誣毒他的機會。使他暗自得意的是，由於事先佈妥的執事們相繼發話，已逐漸把話頭轉對著關八了。

他在沉默中轉臉望著關八爺，一臉抱歉和爲難的樣子，彷彿他事先根本沒料著各房族的執事中，會有些人極端不滿自己的處置，——他亟力扮演著一個逃遁的角色，把擔子全卸在關八爺的肩上了。

關八爺對那些來勢洶洶的指責，一一耐心的聽著，等到一陣洶湧激奮的浪花過去之後，才扶杖站起身來，緩緩的說：「當著牯爺跟諸位的面，我覺著慚愧，我那夜冒雨帶傷來到萬家樓，原該先見牯爺，把一切陳明，那樣，誤會就不會發生，這十多條人命……也就不會鬧出來。但因我傷勢重，離不得床，沒法子及時跟牯爺會面，所以才鬧出這樣的岔事來。」

他頓了一頓，接著說：「我覺得諸位假如要追究這十多條人命，不能不追本溯源，追究業爺的死因！——我敢說，業爺決不是死在羊角鎭那幫人手上，我敢說，謀害業爺跟出賣保爺、以及出賣老六合幫的，同是一個人！諸位不加詳察，就拉槍去撲擊羊角鎭，小蠍兒那幫人單爲保命，也決沒有不還槍的道理。若是諸位先能查出那個真兇來，這十多條人命，我關八可以一肩承擔！……可是鹽市遇危，我仍願在這兒叩求，叩求諸位大發惻隱之心。」

關八爺這樣一扭話頭，長房、五房、七房等各個房族裏也都有了和應，一致認爲朱四判官死在業爺之前，小蠍兒既然聽命關八爺，決無暗中加害業爺的道理。老七房更批斷牯爺既然大開祠堂門，鳴鐘集議族事，就應該事先差人到沙河口去請珍爺，珍爺不到，族事不便議決。長房連倒兩位主理族事的長輩，一聽關八爺話中有話，當然鍥而不捨，求族裏能揭出保爺業爺死事的真相。這樣群議紛紜的一囂嚷，反而把二房三房的氣焰壓下去了。

日頭移動著太陽的影子，正殿裏經過一場激辯之後，顯然分成了兩派，二房三房這一派對關八爺抱定憎惡仇視的態度，長房和五七兩房這一派表示尊重關八爺的一切意思，老四房的幾個人沒說話，另有一個不開腔的，就是牯爺自己。

不錯，萬家樓萬姓族中的族規極嚴，正因為族規嚴，所以儘管牯爺在平素統領槍隊時持強把橫，但等祠堂門一開，「理」字擺下來，各房族的執事若無意見，族主才有權處斷族事，若說硬拗著眾議獨斷妄行，還是辦不到的；牯爺在暗中一數算，三個有兩個以上偏袒著關八，所以想在宗祠裏栽倒關八，明擺著是辦不到的了。

他原想把最後一著棋──藉萬振全指控關八爺和萬小娘通姦──收拾起來，誰知萬振全這個冒失鬼，竟在執事的椅位上跟長房嚷開來了。

「你們全死心塌地的信服關八，我萬振全不但不信服，還偏要當面啐他！啐他是個衣冠禽獸！」他恨恨的揎起袖子，把一隻腿高蹺在椅面上嚷說：「我這人講話直通通的，不怕當面得罪誰，除非你們耳朵塞了驢毛，沒聽見街頭巷尾的傳言，……當初珍爺親自提媒，要把菡英姑奶奶許給他他不要，如今，他卻在萬家樓勾搭上萬梁那死鬼的寡婦！」

萬振全這樣嚷著，使許多張驚詫失色的臉都轉望到關八爺的身上來。

關八爺的濃眉微皺著，臉色沉重而威嚴，他像在努力思索著什麼，又彷彿在亟力隱忍著，保持著一貫冷靜沉著的風度；即使這樣，從他青筋暴起的太陽穴上，也能看出他對這種誣毒的憤怒。

「萬振全，我得告訴你！」牯爺望了關八爺一眼，鄭重的開口說：「你雖是本族的執事，有權議論族事，但像這種言語，卻不是隨便說的，八爺是名聞北地的豪士，你決不能捕風捉影的聽信謠傳來污衊他的名聲……那萬小娘雖說當初是風塵打滾的婦人，但在萬梁死後，她也曾在宗祠立過血誓，墳前跳過火坑，這事不但關乎她的貞節，還關乎她的生死……你知道依萬家樓的族規，在宗祠立誓不嫁的寡婦沾著姦字，就得處死她！」

「牯爺跟各房族的兄弟全在座，」萬振全捏著拳頭，朝一邊歪側著身子說：「這話若是沒憑沒據，我萬振全就天大的膽子，也不敢放在宗祠正殿上說；我說出這話來，當然有憑有據。」

「好。」牯爺點點頭，轉朝關八爺淡然一笑說：「八爺，您務請體諒我的難處，我沒料著族裏竟有人以這種污事指控您，您有什麼話好指點我？」

「事既牽在我的頭上，」關八爺朗聲說：「我就是有話，倒也不便先說了，您頂好先讓他拿憑據罷。」

關八爺這樣說完話，牯爺才又離開座椅，站起來說：「萬振全，難得八爺他寬宏大量，沒當時計較你，你若是拿不出真憑實據來，我勸你還是趁早跟八爺叩頭賠禮，再去寡婦門前掛紅放炮，然後吊打你一百皮鞭了事。假如你執意不回頭，污衊到底，族裏任誰也是包庇不了你的了！你先想清楚，再回我的話罷。」

「我有憑據。」萬振全粗脹脖子說：「我早已想過了，我若有意污衊他，我甘心受罰。話又說回來，假如關八他確有其事又當如何?!」

牯爺沒答話，又拿眼去望關八爺。

「我願領死。」關八爺滿含怒意，斬釘截鐵的吐出這四個字來。

這許多年來在江湖上闖盪，自己從沒經歷過這種使人難以忍受的咄咄怪事，關八爺雙手緊抱著枴杖思忖著，怎樣也思忖不出一個道理來？在這之前，自己總抱著人性本善的想法，誰知在萬家樓，在這座古老莊嚴的宗祠裏，才發現人心如鬼域，竟險巇到這種程度?!……這一切的怨毒和栽誣，像一場亂絮糾纏的渾噩的夢境，不知是因何而起？

若說是萬家樓有些生長在荒天一角的漢子自私短見，怕死貪生，自己替鹽市求援，並沒迫著誰定非拉槍去打北洋，他們犯不著這樣無端的栽誣自己。若說是爲了往日有什麼仇隙罷？那也是不可能的！捫心自問，自己多年做事，無一不是捨己爲人，尤其是在萬家樓，除了爲他們捨命夜搏朱四判官之外，簡直就毫無其他瓜葛可言。

最使人痛傷的倒不是他栽誣了、污衊了自己，而是牽上了身世淒慘的無辜弱女愛姑。這決非是單純的一時意氣，這裏面一定藏有深不可測的奸謀……

「你有何憑據？你不妨當著關八爺的面直陳出來！」牯爺冷冷的聲音把關八爺的思緒打斷了。

「請牯爺傳大板牙來問話，」萬振全抗聲說：「他該是個活證，他說是他親眼見著的。」

「傳大板牙來問話！」牯爺朝廊外揚聲喊說。

近午時分，由於廊外的陽光太耀眼，正殿上反而顯得陰黯；幾個袒著關八爺的房族中的執事們，初聽萬振全說話時，還都暗笑老二房這些青皮們，又在耍他們一貫的訛人把戲，想藉此逐客，把八爺逐離萬家樓；及至關八爺立誓，萬振全仍願挺身舉證，大夥兒這才認清事態嚴重，一個個屏住呼吸，在死寂中等著大板牙出現。

等了一晌，沒見著大板牙的影子，一個漢子在廊外喘息著稟說：「跟牯爺回，大板牙今早上，在天沒大亮之前，就騎驢出北門，帶著包裹行囊，說是奉牯爺您的差遣，到北地辦事去……了！」

「他……跑……了?!」牯爺自語說。

「怎麼?!你說……他……他他他……跑了?!」萬振全臉色頓時就變黃了：「他……他……怎麼能跑了就算呢?!」

「他長著兩腿，爲何跑不得？」牯爺硬著頭皮說：「來人，先把萬振全押下去看管起來，等找著大板牙之後再議，……至於他這番污言有辱及八爺的地方，我這主族事的，當眾向八爺賠罪。……老七房責我這回鳴鐘召人集議族事時，沒事先差人通告珍爺，你們可弄岔了！——我早就差萬樹騎牲口星夜趕赴沙河口，但仍沒見回來，萬家樓是否應八爺的囑託，拉槍赴援鹽市，既然眾口紛紜，我也不願獨挑這付擔子，益發等珍爺來後再說罷！」

小牯爺是個有急智的人，即使聽說大板牙不願做僞證，拔腿溜掉了，也能設法轉圜，當著各房族執事的面收押萬振全，又把珍爺沒到場的責任推在萬樹身上；明知沒人通告，珍爺不會及時趕回萬家樓，卻將拉槍赴援的事悄悄拖延下來，他這樣做，不但不使各房族起疑，反而覺得牯爺處置得宜，就連關八爺也不禁敬佩起牯爺斷事公正來了！

宗祠的集議在晌午時分結束。

而關八爺日夜等待著的拉槍赴援鹽市的事，仍然不見眉目。這種懸而不決的事情苦惱著他，鹽市艱危的情況，使他一時一刻也不願拖延下去，但萬家樓並沒斷然拒絕拉槍，他當然未便拂袖而去，他深知這不是逞意氣的時候。

此外，更使他覺得困擾的，是萬振全當眾加給他的污衊，因這種污衊而牽累了愛姑。愛姑如今是萬氏門中的寡婦，她的處境再困苦，再艱難，也輪不著自己去伸援手；固然，萬振全那粗漢當眾污衊自己所依據的不過是些荒誕的流言，而他相信一切流言裏，都潛藏著某種因由！他認定是有人在暗中主使，意圖誣陷自己。

他要在傷癒前這段有限的時間裏弄清真相。

也就在萬家樓鳴鐘集議的這一天，在滔滔滾滾的揚子江南岸，掀起了驚天動地的激變。苦難北國大野上的人們，很少有人知道，在前一年六月間於廣州誓師北伐的大軍，業已在一連串的勝利中攻下湖南，平定湖北，攻克江西，光復了福建、浙江，更在春末克復了南京城。曠野上的和緩春風，並不能立時把這種令人振奮的消息播傳到每塊荒土上去，人們祇能從北洋軍的各種實際跡象上猜測著，判斷著，想像在遙遠的地方所發生的變故。

那些消息，祇被人們當著夢一般游離的故事傳講著，講的人並無自信，聽的人更是將信將疑。事實也是那樣；前清的黃龍旗倒下去已經有十六七個年頭了，人們並沒覺得眼前的日子有什麼樣較好的改變，原先有過的、新異激奮的夢景，經過這十六七年的水旱刀兵交相折磨，早就黯淡得近乎消失了，人們甚而覺得在北洋各系將軍帥爺們褲襠下過日子，比當年更臭更黑。

誰也搞不清什麼奉系，直系，安福系之間反反覆覆的恩怨，誰也數不清什麼張作霖，曹錕，張勳，馮國璋，馮玉祥，齊燮元，孫傳芳，盧永祥……那些魔星的名字，今天你來了，明天他去了！今天兵來了，明天馬去了！他們喝著酒，吃著宴，攫走了金銀財寶和一切他們所要的東西，卻把災荒、瘟疫，和無名無姓的流民同時遺留在荒地上，任另一番兵燹，另一些血與火與飢餓啼號去寫他們自己的故事。

他們生活在那種單一循環著的悲慘的故事裏，太陽照著遍野的荒墳和白骨，長風送著千里萬里的哀啼，使這一代中國歷史的黑暗的篇章，埋入五千年來久遠的荒涼，並與那些前代前朝的血淚融和在一起。

生者們在遭逢苦難時，在忍受饑寒時，在帶血的游蛇般的鞭影下，在悲慘絕望的生離死別中，從不呼喊著人的名字，他們祇是仰首蒼穹，默默的哀禱著蒼天，盼望老天爺睜眼來解救他們；而淚眼裏的蒼天更高更遠，任他們千回萬回的祝禱仍無動於衷，他們就那樣的不甘的死去了！……或可說他們是原始的、愚懞的一群，因他們根本缺乏智識，不知道圓形穹窿之外的世界，不知道在南方的北伐軍究竟會爲他們帶來些什麼？他們祇知道北洋地面上的日子不是人過的日子，他們渴望著能有一種新的改變。

在一些傳流到北地來的消息當中，北伐軍攻下了南京城對他們卻是毫不陌生的。任何一個村嫗農婦都知道南京城，都從古老的傳說裏聽取過太多關於那座城的故事，說秦淮河、燕子磯和雨花臺，說金陵的四十里城牆，她們能像親歷般的輾轉描述它，描述城樓有多高，城門有多寬大，甚且誇說她們知道那城牆在建造時，一共使用了多少塊條石？多少塊磚頭？……從明太祖到韃子兵敗走，從清兵破揚州渡江佔南京逼殺福王，到長毛造反入南京……她們關心著那座城，因那座城彷彿拴繫著天下的興亡。北伐軍攻下南京城，使飽受苦難的人們的心中，張開一隻希望的眼來，使那消息被人相信是真實的，再不是夢了。

和傳說相應的是龍潭戰後，孫傳芳手下的殘兵數萬之眾都退到長江北岸來，像倒了山一般的朝北湧，不幾天的功夫，那些敗兵的先頭部隊，業已開進了鹽市當面的縣城，後續的隊伍還在路上。

「大局好轉了！」

「可不是?!這傢伙孫傳芳再也把不住蘇皖，非要投進山東去依靠張宗昌那個狗肉將軍不可了！」

人們紛紛這樣傳說著。

鹽市上，窩心腿方勝也明知孫傳芳慘敗龍潭，但無論大局怎樣好轉，單就鹽市這塊彈丸之地而言，面對著大量湧來的北洋敗兵，卻是黎明前那一刹最黑暗的時刻。北伐軍沒能立時渡江追擊，這些敗兵還有時間喘息整頓，他們若要拉過蘇北荒野地，投奔魯省督軍張宗昌，勢必要經過鹽市這塊咽喉地不可。以鹽市本身的人手槍枝，合上羊角鎮小蠍兒和萬家樓珍爺這兩支援兵，用來力抗塌鼻子一師之眾，尚能勉力撐持，倘若要跟孫傳芳北潰的全軍相抗，那甭說開火，幾萬人槍裏上前硬擠，也會把鹽市給擠扁了的。

在這種情況之下，究竟是放開鹽市，把人槍朝兩面退開，再零星吞食對方敗退時的小股散兵？或者是緊扼住這塊咽喉地，跟孫傳芳以卵敵石的死拚呢？因為這都是可能影響大局的事情，他不敢獨自擅作主張，幾經思量，認為非得把大夥兒召聚到一起，共拿主意不可。

就在當天的夜晚，馬屯鹽市東北的小蠍兒和各頭目，護著鹽河北岸長堆的萬家樓的珍爺，鹽市上運商岸商，各棧的棧主，六合幫的大狗熊和王大貴，以及扼守各處的戴旺官老爺子、張二花鞋、鐵扇子湯六刮等一干人，全都聚集到原先的兩淮緝私營本部的大廳裏，來商議這宗大事。

鹽市被困後，煤油斷絕很久了，大廳裏的六盞頭號樸燈（一種懸掛的大型煤油燈）點不亮，祇有把各人攜帶來的燈籠放列在長案上，人們圍著長案坐，就著燈籠連結起來的奇幻光暈，靜聽窩心腿方勝講話。

窩心腿方勝坐在長案的一端，用一隻寬如韭葉，燦爛如銀的匕首點劃著一幅平鋪在案端的草圖，沉思有頃，才手扶著案緣，緩緩的站起身來，環望著燈籠碎光中圍列的人臉，沉聲說：

「戴老爺子和方勝師徒幾個，錯承關八爺的力薦和鹽市以重責見託，拉起槍來護鹽保壩，禦匪寇，抗北洋；幾個月來，雖因勢孤力薄，談不上有太大的作爲，但連經幾場奮搏，擊潰了鴨蛋頭整團的防軍，滅煞了塌鼻子的氣焰，總算是開了多年來單以一地的民槍民力反抗北洋的先例。……如今南方消息頻傳，北伐軍業已大敗吳佩孚於汀泗橋，略取長江南岸九江、南昌、蕪湖、南京各地，孫傳芳慘敗龍潭後，精銳盡失，在江南已無立足之地，在這點上，我們不能不拜服八爺他的先見……但則，據蠍爺相告，八爺如今帶了槍傷，在萬家樓養息，而孫傳芳像倒山鬧般的敗兵業已撲到縣城。這些敗兵雖被北伐軍挫了銳氣，但他們定會像一群被窮追的餓狗，不擇一切的奪路奔逃；他們兵敗江南，滿心怨氣沒消，假如在鹽市遇上民槍阻擋，勢必爲洩怨猛撲，濫施殺戮不可！兄弟邀集諸位來這兒，就是要商議這個。打，我們是決意打到底了，要緊的是如何打法，才能盡力削弱孫傳芳手下殘剩的一點兒老本？使北伐軍渡江後，不再遇上龍潭那般的惡火。……珍爺，您的高見如何？」

「珍爺，珍爺！」一位棧主看見珍爺儘管望著長案發楞，便使手肘推推他說：「您在想些什麼？方德先方爺在跟您說話呢！」

「噢，噢！」珍爺這才像如夢初醒似的，推開椅位站起身來說：「我是個不知兵的人，一向弄不清打火是怎麼打法？一切聽憑方爺您作主就是了！」

「蠍爺，您？」方勝擺手說。

「咱們全是些毛鐵匠——祇知揮錘猛打！」小蠍兒說：「關八爺爲我們兄弟指出一條明

路，我們來鹽市就是赴死來的。我們要讓北洋軍知道民不畏死，我們主張一步不退，硬抗到底！」

「諸位的意思如何？」窩心腿方勝轉向大夥兒問說：「有話不妨攤在桌面上，咱們仔細商量。」

「我以為我們護鹽保壩的原意就是在保民，使他們免遭北洋防軍的蹂躪。」鹽務稽核所的前所長說：「如今北洋軍兵敗江南，要由此過境入山東，我們莫如退出鹽市，容他們過去；他們如不濫施殺戮，我們倒不必打它。因為萬一鹽市不守，他們把報復濫施在難民身上，那就……有違我們當初保境安民的原意了！」

戴老爺子原坐在離長案較遠的暗處，這時也推動輪椅上前發話說：「不錯，安民固然要緊，不過北洋軍兇蠻成性，你愈不抵死抗他，他愈會施暴虐民。我以為分開人槍讓他們過境不是辦法，消極死守也不是辦法；我相信孫傳芳手下的那些敗兵不足為患，主要還是江防軍這一師一旅部隊。……假如我們能募得死士入縣城，把江防軍的首腦塌鼻子斃掉，然後遣散沒有洋槍的棚戶，讓他們通告難民，及時朝東西兩面逃離，我們再集聚洋槍死扼鹽市，轟轟烈烈戰至最後一人，說不定就憑這種精神，能把孫傳芳的這點老本賭光。」

「老爹說得對。」大狗熊搶著舉拳振臂說：「方爺也免得麻煩，去募什麼死士了，我他媽願進縣城去刺殺塌鼻子，萬一事敗死了，單望日後有人把我那把野狗啃剩的骨頭撿回來，跟我那好兄弟石二矮子葬在一起。」

「不不！」王大貴急叫說：「大狗熊他是個愛喝酒的渾蟲，三杯落肚，連東西南北也分不清，若叫他衝鋒陷陣，刀對刀槍對槍的硬砍硬殺，他還算得一把手，若叫他進縣城，使心計刺殺場鼻子，那明明是送死，……要去應該我去！」

「你們兩位不用爭，」窩心腿方勝說：「你們辦這事都不適宜，甭說旁的，單就是城門口，你們就絕難帶著短槍混進去。……我想，這事該由張二花鞋他去辦，他多少有些武功的根底，一座城牆還難不倒他。再說，縣城的各條街巷，地形地勢，他都摸得很熟悉，我想，還是由他去比較妥當些。」

「我照辦。」張二花鞋說：「請師兄立即著人接替我扼守小渡口，我今夜就動身。」

「那就煩蠍爺罷，」窩心腿方勝說：「蠍爺可把你的人槍增防小渡口，我們就按照老爺子的意思做；不過，有兩處地方還需得著人去連絡，我想請大貴兄趕赴萬家樓，把咱們的決定通告關八爺，北地有槍援槍，有糧援糧，不必多遣人來共死了！大狗熊您不妨走趟三河南，進大澤地，去告訴民軍的彭爺，盡量收容北洋軍的散勇——我相信鹽市再有一場硬火，拚到咱們死光時，北洋兵至少也會有一半人攜械開差的了！」

集議的時間雖很短暫，但並不匆迫，一旦議決了以洋槍隊死守鹽市，以銃隊和刀隊北赴護送難民時，大夥兒面對著死亡，卻都覺得心裏泰然，無恐無驚。

珍爺默視著那張列滿大小燈籠的長案，整條長案的邊沿，都放列著與會人摘下的手槍、匣槍、攮子；有各號的左輪、八英、大馬牌，有自來得和小蝦蟆，有老二膛、頭膛快機和新三膛，有雙管貓頭鷹和彎把半長筒獨響（**以上均為當時習見的短槍槍名**），這些槍枝，在早先的日子裏，有的是富商大賈用以防身的，有的是地方光棍用它混世的，有的是緝私營官佐佩以亮威的，有的是黑路人物用它闖道的，但在今晚，它們卻並列在一起，顯示了一個意義——對於北洋暴力團結一致的抵死抗爭。

他始終不習慣這些，也不習慣這種預示著血光的氣氛，但他一直強迫著自己習慣它。萬家樓槍枝多、馬匹足，在北地各大戶中是少有的，領著槍隊的小牯爺也向以勇悍自豪，如今連駐馬羊角鎮的朱四判官的手下，都聽信關八爺的召喚，馳來赴援了；若照小蠍兒的說法，關八爺到萬家樓也已有旬月光景了，即算八爺的槍傷沒癒，萬家樓得著鹽市吃緊的消息後，也該先拉出一部份人槍來援。

就算人槍一時沒拉得來，七房族的糧草也該運來，而這些都沒見著影子，使自己不禁為族中感到羞愧，覺得他們未免太短視自私了！如今自己所率來的人裏，除去莊丁之外，論及姓萬的，祇有自己一個人，自己決不能顯示怯懦。一個古老的，久以大明朝武將後裔自炫的氏族，不該有怯懦的子孫，自己也必需以仁為心，以義為膽，在這未來的一戰中，死得跟他們一樣的壯烈蒼涼。

「珍爺！」誰在低聲叫喚著他。

他抬起頭，看是六合幫的王大貴。

「我今夜就得趕往萬家樓了！」王大貴的聲音裏，有著止不住的興奮：「蠍爺沒來前，誰也不知八爺他會帶著槍傷投奔萬家樓，我無日無夜不懸著心記掛著他。真感謝方爺他分給我這個好差使，使我能去見八爺。您要是有口信或是筆信帶給八爺或牯爺，我會替您帶到的。」

「那好極了！」珍爺說：「就讓我到方爺房裏借個紙筆，分別寫兩封信給你帶得去，一封是給牯爺的，盼他速集人槍，來援鹽市，日後北伐軍來了，荒天一角也有一分力抗北洋的光采。一封煩你呈上八爺，問候八爺的傷勢，盼他槍傷早日痊癒，不必為鹽市憂心，我們生死是一回事，孫傳芳垮定了又是一回事，請他寬心養病。」

「信呢，我是照帶。」王大貴笑說：「可是八爺他那種脾性，您是知道的，一旦他能扳鞍爬上馬背，我敢斷定他就不會躺在床上。無論他傷勢痊不痊癒，他都會來鹽市，跟諸位爺們同生共死的！」

「那可好?!」大狗熊苦著臉在一邊咕噥道：「王大貴，你這小子，你去見八爺，跟八爺一道兒回鹽市來赴死，你他娘就吱著狗牙樂意了，是唄?!你可就沒想想，一個熱熱鬧鬧的六合幫，十幾條生龍活虎般的漢子，幾個月不到的時光，左一個右一個的都死了，雷一炮、向老三、石二矮子、加上八爺和你……你們一窩一塊的在陰司作樂，卻把我大狗熊一腳踢開，孤伶伶的放在世上受活罪，你他媽真夠忍心的！」

「生死不由人，」王大貴說：「咱們總也得留一個半個的在世上，要不然，誰替咱們燒紙化箔來？」

「我不管，」大狗熊紅著眼：「我一到大澤地，見過彭老漢，我就他娘急著朝回趕，——要死咱們一道兒死，路上也有個做伴的。」

集議完了，人們紛紛插上槍枝和攮子，拎起燈籠，散進茫茫的夜色裏去。珍爺把兩封信交在王大貴手上，叮嚀復又叮嚀。他們也跟著拎起燈籠走出去，一時偌大的屋子裏，祇留下窩心腿方勝一個人，面對著一盞燈籠和那張毛了邊的草圖，使攮子在草圖上的空裏圈著點著，翻來覆去的比劃著。

他愈想，愈覺得戴老爺子這種看法是對的；鹽市不能輕易棄守，北地的無數難民也需要護持，不能任他們由北洋的潰兵蹂躪。老爺子他不忍讓那赤手空拳、祇持有刀叉棍棒的棚戶們，以及難民當中精壯的漢子們去擋北洋軍的洋槍洋炮，而把保護難民的差使分給他們承當，這是再好沒有的方法，足可使扼守鹽市的洋槍隊再無後顧之憂，安心拚殺來敵！

鹽市決意這樣扼阻孫傳芳的潰兵，最後一戰的時機業已迫在眉睫了，他輕輕的用匕首點著草圖上的一點，那是他和弟兄們選擇的死所，他要在這裏告訴孫傳芳——老民是不可輕侮的，誰輕侮，誰就得付出相等的代價。……一種巨大的絞輪聲在附近的黑裏滾動著，他聽出那是鹽河上在絞合洋橋。

鹽市上凡是沒有洋槍的，都趁黑撤退了。

珍爺和小蠍兒的兩撥人槍塡補進來。

王大貴跟大狗熊分別上路時，張二花鞋業已動身走了。王大貴跟無數棚戶和少數年輕婦道一起朝北走。在那些婦女群中，有著往時的紅妓小餛飩。

夜色沉黑，祇聽見擂鼓般的腳步踩踏橋板的聲音，以及橋柱下鹽河流水的聲音。當她走過洋橋，依依的回望時，她連橋影也看不分明了。「天——佑他們！」她無聲的喃喃著，把祝福投給了她身後死守鹽市的人們。

第十八章・疑雲

王大貴騎的是福昌棧上撥出來的牲口——一匹高大壯實的青灰色的騾子，騾囊裏帶著些乾糧、飲水，腰裏別上一支短槍，一把攮子，貼身揣著珍爺託給他轉呈關八爺和小牯爺的信函。

翻過鹽河北大堆時，他取道朝北走，不到初更，他業已進入廿里沙窩子的中心了；在每年炎夏的日子裏，沙窩子總被一般南來北往的行商客旅們視為畏途，那些荒瀚的金白色的細沙，還是久遠年月中黃河奪淮時留下的遺跡，它們舖展在鹽河北岸正北五里的一塊凹野上，完全掩覆了原有的農田，使那塊凹野成爲寸草難生的不毛之地。

沙窩子會貪婪的吸食雨水，保持著它常年乾燥的面貌，那些流浮的細沙最愛誇張風勢，哪怕是起一絲行人不覺得的微風，沙煙便已一縷縷的從地面上騰跳起來，輕靈的滾逐著，揚向遠處去；若是真的遇著風季，沙煙瀰漫成幾十里的黃霧，更逼得行商客旅們不敢睜眼，鼻孔、牙縫、咽喉裏，都留著鬼靈似的沙粒。……而這些並不算什麼，最使人頭痛的，就該算沙上的那份酷熱和行路的艱難了。

沙窩子裏的酷熱是火毒毒的炎夏的日頭造成的，三伏天的日頭曬在沙上，使人不敢在晌午心停留在那塊凹野裏。毫不誇張的說，沙上的那份熱勁能夠烙餅，隔著千層底的布鞋，也能把人腳心燙出泡來；即使到夜晚，沙面的蘊熱開始發散，也久久不轉涼，像一隻蒸籠一樣。……

說到行路的艱難，更勝於酷熱；因爲那些乾燥的流沙是虛軟鬆浮的，路面就是一條流動的沙河，一般騎驢擔擔兒的行腳，趁清晨或傍晚趕過這廿來里路，倒也不會覺得怎樣，可是推手車、雞公車、六合車，或是放騾車、趕牛車經過，那就得煞費周章了。流沙那樣的咬住車輪，一陷陷下去五六寸深，還沾不著實地，推車趕車人的艱困，那可就不用說了。

在這樣的情形下，一種新興的行業興起了——有許多居住在沙窩子邊緣的農戶們，在這條路南北兩端設有縴棚，專門幫助商旅們拉車，俗說叫做「拉旱縴」；他們幾個人一夥，幾個人一夥，以粗長的繩索曳引著載重的車輛渡越這幾十里陷人的流沙。他們捲著褲管，蹬著蔴鞋，戴著闊邊的竹笠，也正像江河兩岸上替行船拉縴的縴伕一樣，一面費力的跋涉著，一面齊聲吼出粗沉的縴歌，用那樣蒼涼的聲音驅除沙野上的寂寞。

王大貴早年走過這條路，他知道這些。

如今天地黑沉沉的，雖說夜風不大，細細的沙煙仍常從地面上揚起，迷人兩眼。他不知道從鹽市裏撤出的棚戶，和鹽河北大堆上那些沒有洋槍的難民，總共有多少人？他祇覺得凹野當中，到處都是人影，到處都看得見煙頭火，聽得見議論著的人聲。

「我何嘗不懂得方德先方爺的用心？」就在他前面不遠的地方，一個棚戶的首領說：「他不肯棄守鹽市，又不願咱們這些沒有槍的被北洋軍坑殺，他是想拿一部份人槍挺在鹽市上死拚，讓咱們護著北地的難民群，避開那些縱火搶掠的敗兵。……他這份用心，夠苦的，我也告訴過大夥兒，要體諒方爺這種用心，但當我想到北洋軍那幫雜種拉伕、抓丁、催捐逼稅……我就恨得牙根癢，不手扒他們的皮不甘心！」

「就是囉，」另一個抱怨說：「方爺逼我們離鹽市，明說是差咱們護民，實則就是爲咱們放生！……咱們雖說使的是刀叉棍棒，當初助守鹽市，在鹽市南的高堆、洋橋口，鹽市東的谷道，鹽市西的旱泓頭，還不是一樣打得有聲有色？打得鴨蛋頭和塌鼻子喊爹叫娘；我不信沒洋槍就不能頂硬火?!」

「咱們管得了那麼多?!」又有人在一旁嚷說：「祇要攫住機會，咱們就跟北洋軍面對面的捲殺一場，試試看究竟是他們的洋槍洋炮行？還是咱們的刀叉棍棒行?!……方爺他們不畏死，咱們爲何要貪生?!」

「要打北洋軍，沙窩子這兒就是塊好地方。」那首領說：「祇要咱們把老弱的難民先安排妥當，就可掉轉頭來，沿著沙窩子佈陣，……祇消圍住那些老鼠們一吆喝，需不著刀架上他們頸子，他們就會扔槍啦！」

「可惜咱們不熟悉這一帶的地形，」一個說：「要是能找著熟悉地形地勢的人，那就好辦了！」

「你要找熟悉沙窩子的人，那太多了！」路那邊有條歡悅的嗓子說：「咱們從鹽河北大堆上撤下來的人，多半是附近這一帶村莊上的農戶，誰都熟悉這塊凹地，它東連五條溝，西接鄭家大窪兒，西北靠著沙河口和下家圩，北邊直啣漣水縣的南荒，真像是個捕鼠籠兒。」

王大貴兜著騾子的轡繩，捲在人群當中走著，這些人的話語，把他深深的觸動了，他知道這些人，不論是早先受難的棚戶，新近受難的農民，都曾飽受北洋防軍的凌夷，一個個都有著喪家失子的痛傷，可說是血仇深如大海！就算是窩心腿方勝那些死士有心爲他們替死，他們也不願在除大憝、報血仇的機會裏袖手貪生的。……

早年在鄭家大窪、包家渡、鄔家渡，各鹽幫也曾屢次跟緝私營和小股防軍拚殺過，但那祇是小規模的零星搏殺，談不上有太廣大的影響，由於鹽市這幾場驚天動地的大戰，業已使民間燒起燎原的怒火，他可以想得到在即將來到的日子裏，民間全面蜂起，群襲北洋軍的情形。那許多由生存經歷中零星汲取的印象重疊起來，融匯了蠻野的動作和原始的殺喊的聲音，反覆在王大貴的心裏鼓盪著。

假如我及時趕到萬家樓見了關八爺，我還來得及參與圍撲北洋軍，打一場痛痛快快的惡火！王大貴暗自盤算著，便想催著騾子快走。但天是那樣黑法兒，腳下又都是軟塌塌的浮沙，牲口使四蹄划動著浮沙，好像渡河一樣的快不起來，而且有無數人群滾結綿延的擋在前頭，更像包餡兒似的把自己包裹在當中，即使能快也快不了啦。……

那些棚戶們互相在黑裏招呼著，更有人燃起燈籠來，分別聚集著，商議奔投到哪個方向？一些年輕的婦道們恐懼著在黑夜裏散失了，一個牽著一個走，拖拖拽拽的拉好長；也有人迎著風在那兒呼叫著散失的同夥，聲音被夜風刮走，顯得非常的淒涼。……

「貴爺，您騎著牲口去哪兒？」

王大貴的騾子經過一座土阜邊麇集著的人群時，有人招呼著。

「我是奉方爺的差遣，到萬家樓去看望八爺。」王大貴就著火把的亮光，看出對方正是跟自己一同扼守過小鹽莊東面谷道的棚戶，便勒住牲口應說：「你們究竟打算朝東拉？還是朝西拉?!」

「咱們地勢摸不清，正圍在一道兒商議著。」那人說：「方爺既吩咐咱們護著北地的難民，咱們總得朝人煙茂密的地方走。……不過，方爺既打算死守鹽市，單留下洋槍隊，卻把咱們變個名目放生，咱們實在……是心有不甘！北洋兵燒殺搶掠，輪番凌夷咱們老家根，才把咱們逼得離鄉背井，在鹽市上搭蓋蘆棚落腳，這口怨氣積在心裏久了，孫傳芳兵敗，正是咱們算賬的時候！」

「護民歸護民，」另一個粗聲說：「他奶奶個洋熊，咱們攫著機會，就刀叉棍棒的一鬨而上，先打它個稀花爛再講！」

「若論打，腳下就是塊好地方，」王大貴說：「這兒地勢我熟悉，你們若朝西北拉，屯在沙河口附近，等北洋的敗兵經過沙窩子，從側邊攔腰劊殺他們，他們可不就成了沙灰地上的螞蚱？我這一去萬家樓，見了八爺，不定就在這三天兩日，就能拉起北地各大戶的槍隊，迎頭打他們一頓狠拳。若能三面兜著打，也許就能把那幫敗兵整留在這塊地上……」

王大貴這番話，把棚戶們說得個個摩拳擦掌。

「貴爺的主意不錯，」爲首的那人說：「咱們這就朝西拉，屯到沙河口附近去。」

在沙窩子靠北的叉路上，大群大群的人們分開了。天初放亮的時辰，王大貴催著牲口涉過水淺的沙河，把撤離鹽市的人群遠遠的拋在後面。

經過一夜的行程，他一點兒也不覺得睏倦，涉過沙河後，他翻下牲口，讓大青騾兒散韁歇歇氣，自己面對著東天初現的紅霞，舉臂伸拳活動活動血脈，又在沙河潮濕的平岸邊蹲下身，掬了兩捧水喝，順便洗了把臉，將水淋淋的兩手抹了抹敞開的胸脯。他跟六合幫其他的夥伴們一樣，是個板板正正的憨直人，辦起事來半點兒也不含糊；他高興從窩心腿方勝那兒得到這麼個差事，這一路是他走熟了的，萬家樓更是他熟識的地方，何況他跟大狗熊兩個，成天惦記著關八爺，他壓根兒沒想到前路上會有什麼樣的變故？什麼樣的艱難？

平野上的朝陽起得早，當他繞過沙河口田莊時，太陽業已出來了。清晨的藍色淡霧一消，四野就清清楚楚的擺在眼前，西北角不遠的地方，黑煙似的展開一片密林，那正是大荒蕩邊的雜樹林子。他清楚，祇要越過這片雜樹林子，再催著牲口走上兩個時辰，就望得見萬家樓東南的紅土崗，估量著天不過午，就能趕到萬家樓了。

大青騾放單走，腳程夠快的，比起當日推著沉重的響鹽車走長途，真不知快了多少倍。快不說它罷，單講輕鬆愜意，也真愜意得多了。只消一頓飯功夫，遠遠的林梢已經移到了眼前。

春夏初交，正是林木發旺的時刻，這片密密層層的雜樹林子，匯成了一片綠海，看在人眼裏，引得人滿心生涼，精神一爽。若是在往常，和風亮日的天氣走林道，該最是爽心的樂事了，可是在見著關八爺之前，王大貴心裏多少總有些不落實；照八爺他那種脾氣，就算如小蠍兒所說的——在羊角鎮帶了槍傷罷，經過這許多日子的養息，也該收口痊癒了，八爺他是那種人，祇要能動彈，他決不會待在萬家樓；鹽市不見他的人，也該見他的信，既然人信全無，那麼，他的傷勢必然沉重萬分，再不然，就是他在萬家樓遇上什麼岔事了！

在萬家樓那種熟地方，有什麼岔事會落在八爺他的頭上呢？王大貴想不透的正是這個。不！決不會的，老七房的珍爺正在鹽市上，可見萬家樓跟鹽市是聲氣同投。從老六合幫起始，八爺跟萬家就有著深厚的交往情誼，就朝近處說罷，四判官圖捲萬家樓那夜，八爺就是豁著性命幹的，萬家族人即使不將八爺當成一尊生佛供奉著，至少也不會虧待八爺，這麼推算起來，準是八爺他……傷勢極端沉重了。

想到這兒，王大貴的一顆心便像有鉛墜兒牽著似的，越發覺得沉重了。

面對著眼前這片鬱綠的林子，王大貴不由得不想起那幫推鹽車闖江湖的生死弟兄，當年日子再困苦，再艱難，弟兄夥拗起膀子來，總有一份歡樂，有一份安慰，那時刻，一群人就像是眼前的一棵棵比肩併立的叢樹，同享著溫暖的陽光，共擋著來襲的風雨，如今睹物懷人，可真不是滋味，想著想著的，兩眼就凄凄的濕了。

太陽業已昇得很高，人還沒出林道，林子裏忽然有怪聲傳出來，把王大貴游移的思緒打斷了。他聽到一大群烏鴉發狂的鼓噪著。

「啐，倒楣的臭鳥蟲！」

他這麼隨口的咕噥了一句，又啐出一口吐沫。

這是很自然的，不單是王大貴，無論換誰，行路時聽得烏鴉叫，都會發出一聲內心的詛咒，啐它兩口吐沫，藉以破除晦氣。因爲在迷信意味極濃的北國荒野上，人們一向習慣依靠著眾多荒誕的、古老的傳說而生存，彷彿那些傳說中，具有著一種朦朧的、微弱的亮光，能夠給予他們某種暗示或是指引。

王大貴是在這種荒野上長大的人，他對這些是敏感的；他並沒認真探究過何時起始，烏鴉就被人們目爲不吉不祥的鳥蟲？他祇是順隨那些傳說，看見烏鴉就要吐口吐沫，皺著眉毛罵兩聲。

事實上，烏鴉的命運跟與牠同類的三喜鵲兒就完全不同。從形體上看，烏鴉跟三喜鵲兒幾乎是沒有多大分別的，祇不過烏鴉形體較大些，嘴喙和腳爪略顯粗笨，渾身漆黑，沒有雜色的羽毛；三喜鵲兒形體較小，嘴喙較尖細，腳爪亦較纖細靈活，在跳躍和飛翔方面，都比烏鴉靈活些兒罷了！從鳴噪的聲音比較，區別就較爲大些，烏鴉的噪聲極爲刺耳，哇哇，哇哇的，活像嚎喪一樣；而三喜鵲兒祇是唧唧喳喳的發出一串串悅耳的輕語。此外，像烏鴉飛落時，短尾總略朝下扇張著，三喜鵲兒飛落或併腳跳躍時，長而細的尾巴總斜斜的翹得很高。牠們最顯著的區別都還不是這些，使人一眼就能分出牠們哪種鳥蟲的特徵，就該是烏鴉的頸上沒有一道像三喜鵲兒一樣的白圈了。——那道白圈，人們管它叫做喜環。

但人們爲什麼都那樣的喜歡三喜鵲兒，那樣的厭惡著烏鴉呢？當然是和許多傳說有關的。首先是關於顏色的傳說，人們把那種由傳說而產生的對於顏色的觀念，移用到家禽和各種鳥獸的頭上來，從牠們的皮色、毛色、羽色上判別牠們主吉還是主凶。依照通常的習慣，這種判別是以純色的鳥獸作爲對象的，像一場紅的公雞，一場白的狸貓，一場黑的狗和馬……等等的。其次，對於非純色的鳥獸，單祇看牠們是否是白額頭，像沒生白額頭的三喜鵲兒，就被列爲「花的鳥」而不去追究了。三喜鵲兒比烏鴉幸運，主要是幸運在這點上。

依照人們多年執持著的對於顏色的觀念，紅色總被列爲幸運和吉祥的，黃色是神聖威嚴的，白色代表著服孝或舉喪，而黑色最爲人們所厭惡，因爲它象徵著恐怖、神秘、不吉和死亡，這樣一來，周身找不著一根雜色羽毛的烏鴉，就命中註定要遭人唾棄的了。

其次是關於噪叫的聲音的。

人們一向喜歡聽見細碎、輕快、飽含喜悅的鳥鳴聲，聽粗壯、嘹亮、短促有力的獸叫聲，而討厭聽著徐緩、悲涼，或是哀嚎般的鳥鳴，聽著綿續低嗚或尖聲亢嗥的獸吼；故此，像春日的黃鸝，初夏時流鳴的布穀，呢喃的燕語，咕咕的黃悶兒，都被人們喜愛著，由於先愛上了牠們的聲音，人們也喜歡聽牛羊的鳴聲，狗的吠聲，報曉的雞鳴聲；討厭聽病犬的夜哭，豺狼的餓嗥，聽秋間的雁語和子規鳥的啼泣，……這種發自內心的喜惡的情感，在開初，原是極爲自然而單純的，及至加上了許多附會的傳說，情況就不同了。

尤其是出門在外的人，更注重這些，謹記著許多忌諱。像王大貴這種憨直漢子，更是相信著那許多在童年時刻就已經深受感染的古老的傳言了。

很多牽結著的傳言是教條式的，老年人這樣說，年輕人就這樣記著，王大貴正是這樣記取來很多，像：病狗夜哭，是看見了惡鬼；黑叫驢是惹邪的牲口；黑狗血和白馬溺都能驅鬼破邪；白額狗是喪門神，誰家養了白額狗，三年要死兩回人。燕子營巢主吉慶，遇著燕子來營巢，就該在樑上掛一幅慶喜的紅綢，把喜慶迎進家來。

渡河渡江乘舟船，若遇船中鼠奔出來，千萬要下船，因爲船中奔鼠主沉船，是百靈百驗的事情。家禽馴獸若是口吐人言，就是天降的妖孽，應該立即打殺。死了的家畜不能全屍掩埋，即使埋，也得先替牠破身放血，不然就會化成魔魘……等等的。

若是誰反問：「爲什麼呢?!」那，老年人就會告訴你：「我告訴你們這樣，它就是這樣！這還用得著多問嗎?真是——」

另一些傳說的流佈更廣些，因爲它是用極爲順口易誦的童歌、謠歌形式傳播著的。

老年人在講話時，喜歡順口引述它，一般人喜歡在日常生活裏提及它，村野無知的孩童們更喜歡咿咿呀呀的唱著它，像：

「枝頭喜鵲兒叫，村頭遠客到。」

「烏鴉當頂叫三聲，立刻就要遇凶神！」

「老鴰兒迎頭拉泡屎，晦氣三年洗不清。
老聒兒迎頭撒泡溺，楣運一生洗不掉。」

「三喜鵲兒來，三喜鵲兒來，
你早報喜來晚報財，
中前晌午報客來……」

「喜鵲兒登高枝，早早備寒衣，

烏鴉鳴林，必有腐屍……」

這許多謠歌，在遙遠的童稚的日子裏，王大貴沒用誰教，就背了一肚子，而這些謠歌有一種特殊的魔力，不論是誰，一經背誦過它，它就自然而然的爛在你的肚子裏，你想扔扔不開它，想忘忘不掉它，你在路上遇著什麼，你腦子裏就會想著什麼。

王大貴祇要一聽鳴噪聲，就知那是一大群烏鴉，他首先就想到遇著這些臭酸鳥蟲，不是好兆頭，急忙詛咒兩聲，吐口吐沫（北方傳說，遇上烏鴉叫，這樣就可以破除晦氣了）來破它！同時，他又滿懷厭惡的勒住牲口，抬頭看看是不是有烏鴉衝著他頭頂飛過，並且哇哇哇的連著叫三聲，或者臨空拉屎撒溺什麼的。

他等了一會兒，祇聽見那種怪異的鼓噪，以及牠們刷刷的翅膀拍擊的聲音，好像在爭啄著什麼。

怪了?!這群酸臭的傢伙！

他思忖著，在這樣深密的林子裏，牠們爲何要成群大陣的麇聚在一起？難道?!——他忽然想起「烏鴉鳴林」這句謠歌來。

忽而他又搖搖頭，暗笑自己疑神疑鬼；繼而又想到自己走了這麼久的長路，還空著肚子，沒用一點兒乾糧呢，倒不如趁這個機會下騾子來瞧看瞧看，順便靠棵樹幹閉眼歇會兒，用些乾糧再上路。

打定主意，他便翻下牲口，牽了青騾的韁繩，從密扎的林叢中摸索進來，一面使手掌分撥開掃著人臉的低枝朝裏走，一面聽著那些烏鴉叫噪聲是起自何處？

正當他拐進密林之際，他又聽見身後的林道上，由遠而近的響起一片人語，和得得的、雜沓的群馬的蹄聲……由於多年走腿子時養成的一種本能的習慣，使他一聽見馬蹄聲就起了警覺，因爲凡是有大趟的馬匹過路，不是慓悍的馬匪，就該是北洋的官兵，因爲一般老民是決不會聚起這許多馬匹的。

經驗告訴他，單就沓雜的蹄聲判斷，後面路上來的馬匹，至少在十匹以上，馬匹的噴鼻聲，進行時的蹄聲，都和其他牲口有著顯著的區別，這在他，是一聽就判別得出來的。

他急忙撮著騾子，隱到一棵枝葉叢生的矮樹背後去，胡亂把皮韁拴妥，本能的蹲下身子，手搭在懷裏揣著的匣槍把兒上。

馬群正從自己剛剛走過的那條路上來，行程夠快的，轉眼業已到了對面；王大貴沒有時間思索這撥馬隊是從哪兒放下來的，他探手撥開一些枝葉，兩眼從葉隙間窺望著，由於林木阻擋，使他看不清馬背上的人，祇看見一些交叉的撥動的馬蹄，旋風般的踩過去，踩過去，馬蹄翻起潮濕的泥沙，在蹄後迸濺著。

王大貴暗自噓出了一口氣。

馬匹大都越過自己藏匿的地方踩過去了……

在這種極度混亂的局面裏，時時都有料想不到的危險和滿佈的殺機，就拿這撥馬隊來說罷，誰會料著他們會出現在雜樹林子這種荒僻的地方？據自己所知，這條僻路上，平素是極少有人過路的。雖然一時沒弄清這撥人究竟是馬匪還是官兵，至少，自己若不隱匿起來，遇上他們總有一番麻煩，何況自己是帶著匣槍的。

「哦……嘿！」

正當王大貴透過一口氣來，暗自慶幸著沒被那撥人發現的時刻，前面卻響起這麼一聲吆喝。

「哦……嘿！」後面緊跟著遙應一聲。

糟的是一聲應過，所有的馬匹全勒住不再走了。

有一匹馬打著盤旋，嚄嚄的嘶叫起來。

「他媽特個巴子的，祇有陰山背後才有這種荒涼的僻路！」一個粗宏的帶著怨聲的嗓子，打著祇有吃糧老總們常用的語氣，罵著：「過運鹽河時，不該向那個賊頭賊腦的死老百姓問路，咱們算是大睁兩眼，白叫他活整了冤枉啦！——這鬼路，哪像是通往萬家樓的路呀？我操他大妹子加上二妹子！」

王大貴一聽，腦袋頂上有些發麻，把剛剛吐出的一口氣又給吸回去了。

不用說，單聽這嚷罵的口氣，就知林道上這撥人都是北洋軍的馬隊了，他弄不懂這撥馬隊爲何要越荒野，走僻道，抄近趕往萬家樓？……他伏身朝前蛇游了幾步地，在草葉較稀處仔細再看，發現那些漢子又都是穿著便裝的，不但換了裝，連彎機柄的鴨嘴馬槍，鈍重的馬刀、盤索、圖囊之類的裝備也都撤了！每人祇帶著一柄木匣裝的匣槍，肩揹著防雨防日的寬邊大竹笠，上身斜盤著皮質的彈帶。他們究竟是去萬家樓幹什麼呢？

倒楣的臭老鴰子，約莫被馬嘶和人語聲驚動了，哇哇，哇哇的噪得人聽不清小聲言語，那邊的傢伙們也粗聲額氣的罵開了。

「少給老子們惹晦氣！我操你八代的，啐！」

「咱們得小心點，前頭不吉利。」

「這些老鴰子有毛病，怎會好好的麇聚得這麼多？」先一個罵完了，想想又說：「咱們摸到那邊看看去，看那邊林子裏有啥玩意兒，竟會引來這麼多的臭鳥蟲?!」

聽了那人這麼一說，王大貴就橫著心，把懷裏的匣槍摘將出來，在手上掂了一掂，克擦一聲拉起了機頭。

那是很明顯的，那撥人假如要斜進林蔭裏來，必定會走自己所經的地方，林葉再密，大白天捱身過，即算藏得人，也休想匿得住這麼高大的牲口，與其落在他們的手掌心，倒不如痛痛快快的拚殺一場。

既然被逼得藏匿不了，決定跟對方死拚了，就得冷靜的把眼前情勢估量一下，若是在平時遇上這股人，自己匿在暗處，就近先潑出整匣槍火打它個措手不及，少說也會先放倒它五七個人；可就因爲自己懷裏捎帶著珍爺的兩封親筆信，要趕到萬家樓去面陳給八爺和牯爺，而且這一去，跟鹽市的安危大有關聯，小不忍則亂大謀，自己之不敢輕舉妄動的原因在此。

但假如對方硬踏進林子，逼得自己現身，祇有死拚一途。俗話說，雙拳難敵四手，自己一個人，一管槍，就算是先發制人罷，一梭火揍倒對方一半人，那一半就不好對付了；雙方捱得太近，自己難得再有抽匣換火的機會，對方伸槍一蓋，自己就變成了活靶。

我王大貴挺屍斷骨不要緊，他咬著牙想道：我死後，千萬不能讓他們搜去珍爺的兩封信，使他們得悉鹽市的情形，知道八爺帶傷留在萬家樓。時間迫得他不惶多想，急忙探手入懷，掏出那兩封信來，草草搓揉成兩個紙團，像蛤蟆吞蚱蜢似的，瞪眼伸頭整嚥下去。

一嚥掉那兩封信，王大貴就橫心赴死，恁什麼全不怕了。

他緊了緊手裏的匣槍，等待著。

但他的等待落了空。

原來那人空說要進林子，自己並沒下馬，另一個傢伙在一邊打了他的攔頭板，岔說：「你真是沒事找事幹了?!林子裏有啥，關你的臭屁事？你就省些精神罷！咱們還得摸路去萬家樓呢。」

「熊烏鴉！」那個雖不進林去看個究竟，卻仍心有不甘的咕噥著：「哇，哇，噪成這個樣子，弄得老子心驚肉跳，眼皮兒刺刺戳戳的不安靜，真他媽的有鬼，前頭還不知會鬧出什麼岔兒來呢。」

「那你就朝天潑梭火，驚牠們一驚，」一個說：「免得牠們貼著人耳根胡噪聒。」

「我他媽真潑梭火給你瞧！」那個說。

「嘿，你想找死了！」領頭的一個急忙盤馬回頭，大聲叱喝說：「你沒想想，如今是什麼辰光？這兒又是什麼地方?!容得你開槍作耍？……我得告訴你，北地遍野的難民，全都是咱們的剋頭星，萬一聽著動靜聚湧過來，扁擔能把咱們砸成肉泥，你甭以爲你手上有槍！」

那個挨了罵的，沒再吭聲。

「準備著起程罷。」領頭的說：「咱們不能久在這兒待著，就算是摸岔了道兒，也他媽特個巴子朝北邊摸著再講，好歹等著摸出這片鬼林子，也好抓著個人來問路，呆在這兒算啥？……鬼影兒全見不著一個！」

「走哇，夥計嘍，」被罵的傢伙改了腔調了，半嘲半謔的叫說：「萬家樓趕晌午飯去，該修五臟廟了！」

「哦……嘿。」前面叫著。

「哦……嘿。」後面應著。

他們就這樣呼叫著催動馬匹，一陣風似的奔遠了。

他們走後很久，直至得得的馬蹄聲全都消失了，王大貴才像從夢魘中醒轉似的轉動眼珠，把匣槍的機頭放下去，關上保險，重又揣進懷裏。

馬蹄聲消失後，林中的世界重又回復了孤寂，祇有那邊的鴉噪聲，仍然在哇哇的響著。王大貴站起身，拍打去膝頭上黏著的潮濕的敗葉，他有些懊悔剛才不夠沉著，鬼急慌忙的把兩封信給乾嚥掉。經過這陣緊張之後，他覺得有些虛軟疲倦，他不願追躡著那撥人朝北去，免得沾惹上無謂的麻煩，他甚至不願挖空腦子，去推究那撥人爲何要去萬家樓了。

現在，烏鴉的叫聲是那樣吸引著他，使他不自覺的放步朝那邊走過去。他走過一片林木較爲稀落的空處，覺得陽光分外的耀眼，他把一隻手掌平抬在眉上，舉眼朝西望過去，看見西邊的林梢上，像烏雲籠罩一般的，盡是飛翻著的黑翅膀，誰也數不清那些黑老鴰子有多少隻？估量著總有幾百隻以上。

烏鴉的噪叫聲是很宏亮的，尤其是大群烏鴉麇聚在一道兒的時候。王大貴初初聽著鴉叫時，原以爲牠們就麇集在附近，如今看上去，才知道方才估錯了！越過林中那邊空地，到烏鴉麇聚的那片密林，少說還得有半里的路程。好奇心是人人都有的，王大貴自不例外。他想著，既遇上這種不明不白的蹊蹺事兒，就不能不略爲耽擱一點時間，過去瞧看個明白。

他翻上騾背，朝那邊走過去。

那些烏鴉的膽量雖比常鳥要大些兒，假若在平常，馱著人的牲口走到切近時，牠們仍然會哇哇驚叫著飛走的，王大貴騎著騾子走近時，那些在樹梢上飛飛落落的烏鴉雖已見著來人，但祇發狂的鼓噪，卻不肯展翅飛走，顯見在林子下面，有著什麼牠們留戀不捨的東西……照這麼說，烏鴉鳴林……這類謠歌，倒真是有些道理的了！

王大貴走進這塊林子，覺得比那邊的林子更深更密，即使林外的陽光遍野，林子裏卻很黯淡，有幾分陰風習習的味道。

他復又翻下牲口，牽著騾韁朝裏摸索。

烏鴉在他頭頂上鼓噪個不歇。

他撿起一根乾木棒朝牠們擲過去。那些霉鳥蟲被嚇得從左邊飛開去，哇哇哇哇的叫嚎著，兜了半個圈子，又若無其事的落在右邊來了。

當他彎腰撿起另一支較粗的木棒時，他不禁後退一步，睜大兩眼，脫口叫了一個「啊！」字。

原來他發覺那是一支血棒。

從遍體鱗傷的棒身上，可以看得出這支木棒曾經被人用來當作毆擊物，棒面的樹皮全被擊飛了，青白的內皮上面滿佈著一塊塊已經乾了的暗紅色的血跡，更有著一些人的斷落的毛髮黏在上面。

他反覆的看著那支血棒，腳步停躇著。

他想不到在這樣荒僻無人的林子裏，會發生這樣驚人的血案。這血案是由烏鴉狂噪報出的，使自己——一個過路人在無意中發現了它，做了第一個目擊人。

那是一定的，雖然自己還沒跨過去，找到被害人的屍體，但由這支血棒和滿林叫噪的烏鴉，使他相信那屍體就該在附近不遠的地方。

他丟下血棒，轉身去拴繫牲口，在他拴繫牲口的那棵樹上，他也發現了樹皮粗糙的表面上，有幾道曾被重物擊打的痕跡；他低下頭時，發現腳下敗葉間，有許多零亂的被鞋底鞋尖翻弄過的印子。

「是了，是了。」他自個兒喃喃獨語著：「血案的現場就在這裏。」

果然，當他轉過幾棵併立著的樹時，他看見了一切，包括萬樹的屍體。

那一片當時紅眼萬樹追殺萬小喜兒沒成，反被萬小喜兒無意中刺殺的現場，在王大貴的眼裏是夠淒慘的。不論王大貴是什麼樣的人物，不論他經歷過多少風險，參與過多少血戰，如今他是處身局外，心境自不相同。

那一剎，他硬是被驚呆了。

他從沒見到過這樣奇異的場景，這一塊開展在幽林裏的小小的空間，簡直全是人血染成的；一路淋漓的血跡從腳下延伸到那邊去，另一路淋漓的血跡又從那邊迤邐到這邊來；在林幹縱橫的地方，一些長繩這裏那裏拴結著，佈成一面陷人的蛛網，西邊不遠處，有一個小小的下凹的小水塘，一匹死驢橫倒在水塘邊，牠腹間流出的血餅，使半塘的死水面上都浮著赤褐色的血絲。

人屍蹺臥在一處凸露出地面的老樹根旁邊，大群烏鴉停落在他身上，使他像蓋了一床黑絲絨的棉被，有一隻大模大樣的站在他的後腦上，品嚐佳肴美味似的，輕啄著他已經腐爛的耳朵。而另一些貪婪的傢伙，卻在水塘邊爭搶著死驢拖出來的肚腸。

血跡染在地面上，染在脫皮的樹幹上和張起的繩索上，血跡游動著，翻滾著，並且那樣的糾纏著，單從那些血跡，就使人想見當時雙方抵死拚搏的情形。那些像一群老嗜般的烏鴉，正在大快朵頤的時辰，一瞧見這個不相識的人拴住牲口硬闖進來，還以為對方存心要強分一杯羹，便眾口同聲的大嚷起來，擺出一付不甘示弱的樣子，齊齊的伸著喙，抖著翅，護住牠們已經到嘴的食物，大有亮出威風，不惜一戰的氣概。

王大貴火氣上來，又撿起一支斷棒投過去，牠們才無可奈何的飛了上去。還有一些並不是不飛，而是吃爛腸腐肉吃得太飽了，展翅飛不起，祇好連連撲搧翅膀，伸著頸子連飛帶跑的貼地溜開。有一隻跑得太慢，被王大貴一腳踢落在汙血的水塘裏，仰臉朝天掙扎著。

雖說驅開了烏鴉，他卻更忍受不了幾丈方圓麇聚的野蠅子和從腐屍上發出來的惡毒的臭氣。那些可厭的野蠅子原跟烏鴉一樣，都是被那股擴散的屍臭招引來的，不過蠅子們的體積小，遠處見不著，而牠們營營的振翅聲也被宏大的鴉噪蓋住了，可是等王大貴掩著鼻子走近時，牠們就一鬨而起，嗡嗡營營的噪聒不停，甭瞧牠們小得不打眼，牠們的膽氣卻比那夥不中用的專愛虛張聲勢的烏鴉大得多，牠們從各處驚飛起來，直朝王大貴的頭上、臉上、身上亂落，揮也揮不走，逐也逐不開，王大貴被牠們盯得硬是毫無辦法了。

他先強忍著走近那具人屍，俯下臉仔細察看了一番，死人的臉變成灰敗的醬紫色，被風吹掠得乾燥了的一層薄薄的油皮下面，包裹著已經腐臭的爛肉，從他風乾的、痙攣著交抱著胸口刀柄的手指和烏蛇般的手臂看來，他中刀死去少說也有兩三天了。春夏相交的氣節，地上的濕熱之氣上騰，屍首接著地氣，很容易腐爛發臭的。

他用腳把側面跪臥的屍體撥翻過來，使他仰臉朝天，後退兩步，歪著身子端詳著。他發現死人的臉業已腫脹得變了形，鼻子和臉腫得一抹平，眼也腫沒了，極難辨認出死者生前的本來面貌；那屍首一經翻動，就聽呼啦一聲，整盤的腸子連著一些潰爛的腑臟，從被蛆蟲鑽透的肚腹間脫出來，黏黏滑滑的淌了一地。

有經驗的人都說，屍臭不是臭在皮肉，全都是臭在潰爛的腑臟上，單是皮肉臭還臭得使人可以忍受，唯有臭腸子、爛肚子，那股臭氣最難聞。那股臭氣之濃、之烈，是沒有聞嗅過屍臭的人難以想像的，它臭得濃得已經不像是一種氣，而是一塊毒臭的牛皮膠，爛臭的黏漿糊，即使你掩住口鼻，屏住呼吸，你還是避不開它，逃不了它。它會像牛皮膠般的膠住你，黏漿糊樣的貼住你，會像吐火信的妖蛇一樣，從你耳目口鼻甚至一根汗毛孔穴裏鑽到你的體內去。你走，它跟著你走，你跑，它跟著你跑！它像冤魂惡鬼般的纏著你，你就是立即跳下大河去洗它一百把澡，也絲毫洗不脫那種使你淚涕交流，全心作嘔的怪味道。甚至於過了一年半載，你心裏的臭味還不能除盡，你想起它仍會作嘔。

那潰爛了的腑臟和黏乎乎的、熱氣蒸騰的肚腸從死人的腹間直瀉出來，滾了一地，那種又熱又黏瘟毒毒的臭氣，不由使王大貴登登的朝後退，因為在古老的傳說中，相信屍漿濺到人身上，會生五毒疔瘡，永不收口，王大貴不能不避諱這個。

經過這一翻動，死人的臉孔也起了些變化，原已腫合的鼻孔、耳眼、嘴唇被震得迸裂開來，那腦袋點呀點的半懸空，彷彿要跟王大貴打聲招呼。這麼一來，死人腦子裏鬱著的血水又有了出路，緩緩從七竅間流溢出來，使那張原已怕人的臉顯得更怕人了。

最難堪的是滾成團兒的白米粒般的蛆蟲，從牙關、眼縫、耳眼和鼻孔裏，順著血水爬出來，伸縮著肥凸凸、肉聳聳的身子，在那兒泅泳。肚腹間潰爛得較早，所以蛆蟲也生得更多更早，被腑臟壓著的一盤銅盆大的蛆餅兒，化開來何止千千萬萬？牠們大約是屬於綠頭蠅和麻蠅一類，蛆身足有半寸長，每隻肥蛆都拖著針尖似的尾巴，爬動起來一聳一聳的，望在人眼裏，不由使人不渾身上下直豎汗毛……

王大貴強嚥著噁心，再把死屍的臉上和身上端詳一遍，憑著一種本能的直感，他彷彿覺得這死者的臉孔雖算不上熟悉，卻也並不全然陌生，他斷定早先曾經在哪兒見過這個人。究竟在哪兒呢？他就恍惚得無從追憶了。

他離開那具腐屍，又去瞧看那匹死去的毛驢兒；毛驢兒的身上也已經腫脹潰爛，破了的肚腸被烏鴉啄得稀爛，但那隻染著血跡和彈洞的白帆布的驢背囊還是好端端的，仍然拴在死驢的身上。

一瞧見驢背囊上打印的記號，王大貴可就認出來了。他雖認不出毛驢兒，卻認得出驢背囊上印著的萬家鹽槽兒的標記，又從這標記，想起這匹毛驢來。

「不錯！一點也不錯！」他自言自語的說：「這是萬小喜兒常騎的那匹獨眼的毛驢兒。……我猜的不錯，牠的一隻眼果然是瞎的！」

不單是王大貴，但凡常推著鹽車走西道的漢子們，沒有幾個人不認識萬小喜兒的，有很多老鹽梟不單認識他，而且都是眼看他在鹽槽兒裏長大。

王大貴認出萬小喜兒的毛驢後，眼裏就浮起那個斯文白淨的少年的影子來。那匹毛驢確是他的，但那具死屍再變了模樣，也不會是小喜兒的屍首。……他拿眼前的屍體跟印象裏的萬小喜兒作比較，越比越敢斷定死者不是這匹毛驢的主人。

死者的年紀，一眼望去就比萬小喜兒大得多，死者的臉孔雖浮腫變形，但輪廓仍在，那是一張寬闊多稜的螃蟹臉，跟小喜兒的龍長臉臉型全然不同，死者的身材，手腿，都比小喜兒多毛而且粗壯，最明顯的一點，就是死者的兩頰叢生著短短密密的落腮鬍子，這可是萬小喜兒臉上所沒有的玩意兒。

這究竟是怎麼回事呢？他是越弄越迷惑了。

萬小喜兒的獨眼毛驢既然死在這裏，驢身上留著好些彈洞，由此推斷，在這場血案裏，萬小喜兒算是一個角兒，——被人槍擊的角兒，但死者不是萬小喜兒，死者手上又沒見槍，死者胸口插的是攮子。

是死者存心和萬小喜兒為仇呢？

是萬小喜兒跟死者同路，被第三者圍擊毆殺呢？

還是萬小喜兒在這塊僻林裏擊殺仇人呢？

這些……這些……他實在弄不清楚。

他轉臉退回拴繫青騾的地方，抱著腦袋發愁。

他是個直性人，不遇著事情便罷，既遇上這檔子事情，就不能袖手不管。他不敢斷定萬小喜兒是死是活，又弄不清事實真相；他有心要追根刨底，但他急於要趕到萬家樓去見八爺，不能在路上因為這樁事耽擱了太多的時刻。想了一會兒，覺得祇有先繞著這塊染血的地方看一圈兒，看看萬小喜兒的屍首是否也躺在附近？再看看還有沒有兇器留在地上，若是沒有，就使攮子扒些浮土，先把人屍和驢屍虛掩上，免得奇臭四溢，引得鳥獸來糟蹋，然後就去萬家樓，把這事稟告牯爺，他自會設法查明的。

他這樣拿定主意，便繞著林子，一面察看著灑落在地上的血跡，推磨似的繞起圈兒來。

林子既是這般的陰黯，乾了的血跡的顏色和地面敗葉的顏色又相差不遠，王大貴必得耐著性子緩步追尋著；沒有什麼風翻動林葉，腐屍的臭氣在嘲濕、悶鬱的空氣中沉澱著，烏鴉雖不敢朝下落，卻都停棲在樹梢上等待著，繼續牠們那種千篇一律的聒噪。

他沒找到預想中的萬小喜兒的屍體，卻得到許多有利於他判斷的新的跡象。

他搜尋的結果，發現牲口的蹄痕有兩種，一種小而略尖的該是毛驢的，另一種大而略圓的，好像是屬於較大的騾馬的，和現場對照起來，毛驢死在這裏，而那匹騾馬卻不見了，他追覓那圓大的蹄印，發現牠一路朝南，踩過一道潮濕的沙坑，直奔沙河口那個方向去了。

其次，他也發現兩種不同的腳印，像是在鬥毆，由之可以斷定在這林子裏拚殺的祇有兩個人，拚殺的結果是一個死了，另一個帶了重傷，騎著另一匹騾馬跑掉了。不用說，跑掉的那個就是萬小喜兒。

最使王大貴恍然大悟的，是他在草窩裏撿到了那管快機匣槍，匣槍帶著彈匣，抽下彈匣來查看，裏面還有幾粒沒射完的子彈。

他仍不敢斷定死者是否是萬家樓的人，但他把許多跡象連綴起來，卻能朦朧的判明死者是騎著那匹騾馬，帶著快機匣槍來追殺萬小喜兒的，在黑夜的密林裏遇上了，並且動了手，結果他沒殺著小喜兒，卻被小喜兒用攮子戳殺了，小喜兒反而騎著死者的牲口遁走了。

假若萬小喜兒還活著，估量他必定是投奔沙河口去了，萬家的族人，也必會把這宗血案的真相查明，用不著自己在這兒多費心神。可嘆的是自己始終弄不懂，人與人之間哪來的這許多難解難分的糾葛？哪來的這許多非得殺人見血的恩怨?!是否是殺了人，見了血，就算是冤仇化解，有了個了局呢？……

初走江湖道的時辰，心裏含著怨怒，動不動就熱血湧騰，無論是遇上土匪官兵，明裏暗裏的強梁，祇知道橫起支車棒，豁去小褂兒，打字殺字朝前，從沒朝更深更遠處想過。慢慢的，一年年冷雨秋風，一場場血光四迸的搏殺，把人的銳氣磨盡了；與其說是悲憫旁人，不如說悲憫自己，內心常有一種迷濛的淒雨似的聲音，自問著：「王大貴，王大貴？這算是什麼呢?!」

真的，這算是什麼呢?!這世上，有人的地方就沒有清靜，有人的地方就有波瀾。甭說是自己像一粒風裏的沙粒，總是被一陣不可抗拒的狂風牽得在半空打轉，四面八方都那樣的空虛，那樣的沒有依憑；就連關八爺那樣鐵錚錚的漢子，也常起力不從心的慨嘆。光論一個殺字，就好像使快刀芟除原上的野草，除葉不除根，是再難除得盡的了。大智大能的人又在哪裏?

總算懂得一份悲憫了罷；王大貴那樣的望著雙手抱著刀柄的腐屍，搖頭嘆息著；懦弱也罷，強梁也罷，白刀子一進，紅刀子一出，全都是這樣的了，哪天真有人來除暴安良呢？眼前這具死屍，不論他生前如何，就這樣暴屍在荒林裏，任鳥獸爭食，誰看著也於心不忍，自己假如不埋他，轉眼怕就要被烏鴉啄盡了啦。

他靠近一些，用攮子撥起土來。

林土的表層是軟浮的，王大貴很容易就撥起大堆的鬆土來，去掩蓋人屍。他雖然通宵趕夜路，又空著肚子，覺得虛軟疲憊，但是他急著要去萬家樓辦事，不得不振作起精神來，先把這腐屍掩埋掉。

撥土埋屍是樁功德事，在北地，常有些遊方的和尚帶著方便鏟出門，見了死貓死狗，還要剷些土把牠們的屍骸蓋住，莫說是人屍了。王大貴賣力的撥土埋屍，並沒存心行什麼功，積什麼德，他祇是覺得這些都是爲人應盡的本份。

「實在對不住，你這位老哥，」他刨土刨得滿頭掛汗，一面認真的跟那腐屍說：「你沒死之前，咱們也許在哪兒結過緣，碰過面，也許是同一張桌子喝過酒，同一個檯面賭過錢，看上去總有幾分面熟，祇是我的記性差，一時記不起那麼多了……姑不論你生前為善為惡，死後總該掩埋入土，所以烏鴉才招引我來埋你的屍骸。」

他停住嘴，又發力的刨土。

刨著刨著的，他又喃喃的唸咒似的說：「老哥，若是在平常，我沒有急事在身上，也許會替你整出個坑洞，把你埋得像個樣兒，加個墳頂，插個標記，把浮土踏實了，免得風吹雨打弄塌了墳，日後你家人無法收殮你，可是事不湊巧，急事釘在我身上，祇能草草了事，如此這般把你掩一掩，你就委屈些兒罷，等我到了萬家樓，立即稟告牯爺，是好是歹再見分曉，不會讓你這把骸骨，長年久日的拋在荒林裏的！」

單是把人屍和驢屍掩蓋妥當，業已把王大貴累得歪歪的，渾身汗氣蒸騰，估量著總要耗去一兩個時辰，初時還覺得肚餓，如今餓過了頭，再加上屍臭一薰，胸口反而覺得飽脹脹的，不再饑餓了。

他把撿的快機匣槍扔在牲口的背囊裏，把沾著潮泥的攮子在鞋底上擦了擦，入了皮鞘，把兩手拍打拍打，取出盛水的竹筒喝了幾口，挺胸喘了幾口大氣，摸著屁股伸伸腰，表示事兒辦完，這該牽著牲口走了。

騾子的韁繩已經抓在手上正待解疙瘩，忽然聽見林葉那邊有了人聲。

「要不是這群烏鴉，真還不易找呢！」一個聲音說：「這兒若不見屍便罷，若是有屍，那準是他。……他若不是出了岔兒，哪有不回去報信的道理?!」

「我不信。」另一個聲音說：「也許他臨時手軟，沒把事兒辦成，回去又怕牯爺責怪他，所以叔侄倆一道兒開溜掉了！若真是真刀真槍面對面，他就是閉著眼，也不至於栽倒在那小小子的手裏，何況乎他腰裏的家當底兒夠硬扎的！」

「甭先抬槓了。」另一個說：「你們聞聞這股氣味罷，不是屍臭氣是什麼?!」

「這邊，就是在這邊！」人聲是越來越近了。

王大貴最先聽著人聲時，倒是老大的吃了一驚，還以爲是適才那幫騎馬的傢伙們陰魂不散，又好端端的折轉來的呢！及至聽清來人說的話，才把一顆懸起的心重又放將下來，迎著說：「朋友，你們敢情是萬家樓下來找屍首的？這邊有具腐屍，我剛把他撥土掩住。」

他剛把話說完，那邊的人也過來了，一共是三個人，牽著三匹馬，每人全把埶起機頭的匣槍拎在手上，看樣子，全是萬家樓槍隊上的人。

那三個人也許沒料著這荒僻的林子裏先有人在，神色全有些驚異緊張，進來後並不拴馬，全瞪著兩眼從上到下，防賊似的盯視著王大貴，三支匣槍的槍口也跟著瞄住他的胸口。

「你是誰？」爲頭的那個冷冷的問說。

王大貴一點兒也沒介意，他認爲既是萬家樓槍隊上的人，說起來都不算外人，也許在他們眼裏，自己出現得太冒失了，不過，祇消把話說明就得了。

「你是誰?!」沒容王大貴答話，對方又理平匣槍指著他，欺上前幾步，更嚴酷的問說：「林子裏有路你不走，鬼鬼祟祟匿在這兒幹什麼?!」

「我是六合幫的人，我，我叫王大貴。」王大貴笑著臉說：「我是留在鹽市上幫著方爺，奉他的差遣到萬家樓去見八爺的。適才路過這兒，聽見老鴰子噪叫，牽著牲口進來一瞧，就看見了腐屍，喏，」他伸手指著說：「這邊的土堆裏掩著腐屍，那邊的土堆裏，掩著一匹死驢，我認得那匹毛驢是萬小喜兒常騎的。」

那人聽他這麼一說，臉色就略見緩和些了，不過，指著他的槍口仍沒放下來。

「我說，老哥，你說你是六合幫的人，咱們按理不該這麼對待你，不過，咱們幾個眼拙，實在認不得你，你的話，咱們不能全信。」

「那倒不要緊，」王大貴半舉著手說：「我正要動身上路，關八爺既在萬家樓，他曉得我是誰，你們若不放心，我們一道走也成。」

「我也正是這個意思。」那人說：「這兒的屍首是你先見著的？」

「是我。」王大貴說：「你們看，那兩堆土還是我撥了掩住屍首的，我怕烏鴉把它們啄光了，這一陣子，弄得我一身汗，兩手泥。」

「把攮子解下。」那人說。

王大貴就把攮子解下了。

「真對不住。」那人這才笑了一笑說：「你老哥既是六合幫的人，諒必沒有什麼不放心咱們的地方，你說對罷？」

「對。」王大貴說：「你說的不錯，咱們都不算是外人。」

「那好。」那人又不笑了，歪著嘴呶呶兩邊的兩個說：「替我過去搜搜他，身上有傢伙，替我摘下來。」

「我懷裏有一管匣槍。」沒用那兩個搜，王大貴就說：「那邊的牲口背囊裏還有一管快機，是我在這兒的地上撿起來的，正打算到萬家樓時當面呈給牯爺，你們過來一併拿了去，這該放心了罷。」

兩邊兩個過來，分別把槍給摘了去。

「真真對不住，」那人又笑了，王大貴看出這回才是真笑：「槍呢，咱們先代收著，等你跟咱們一道兒到了萬家樓，見過牯爺，咱們再把槍還給你！如今不得不暫時請你受些委屈。」

他說著，把匣槍插回腰眼。

「那邊死的是誰？」王大貴走過來問說：「我是局外人，一點兒也弄不清，這究竟是怎麼回事兒？」

那人從另一隻手裏接過那管快機匣槍，反覆看了看，抬臉朝王大貴說：「說真箇兒的，老哥，你既是局外人，就不必多問這些，這是萬家的族事，這裏頭的是是非非，一向是不用外人多口的。」他又轉朝那兩個說：「取鐵鏟來，把浮土刨開，我要看看腐屍的臉。」

有一個應著，取下馬鞍旁的短柄鐵鏟，把王大貴好不容易才把死屍蓋住的浮土刨開，露出那七竅仍然溢著臭血的頭顱來。

「不錯，」那人看了說：「確是紅眼萬樹。」

「你說是紅眼萬樹?!」王大貴忍不住的驚呼起來。

人雖不甚熟悉，但這名字卻比人要熟悉得多，因爲凡是走西道的推鹽漢子，常經萬家樓的都跟紅眼萬樹在賭檯上見過面，經那人一提，自己就記起來了。好像自己也跟他同桌推過牌九，擲過大骰子（六粒骰子齊擲，俗稱大骰子；三粒骰子齊擲，俗稱小骰子），彷彿記得他的賭品很癩，催骰子時喜歡直著脖子大嚷大叫，贏了錢嘿嘿大笑，輸了錢喜歡扯皮賴賬，輸急了就要花樣，吹碗底，胡罵人，甚至於摔碗，咬骰子，推鹽漢當面叫他樹爺，背後全管他叫紅眼賴皮。

那人沒答他，卻轉臉說：「把土給掩上，咱們該回去報信，說屍首已經找著了！」

「嗨，紅眼萬樹怎會死到這兒來？」四個人一道兒上路時，王大貴猶自回望著烏鴉盤繞的樹梢，這樣喃喃著。

「除非是你殺的，」那人說，王大貴還當他說的是笑話，便笑著說：「我殺萬樹麼？夠不上。——他又沒賴過我的賭債！」

隔了一會兒，王大貴想起什麼來，指著林道中間的蹄印說：「你們適才過來，不知遇著那撥騎馬帶槍的傢伙沒有？」

「什麼騎馬帶槍的傢伙？」

「我也弄不甚清他們的來路，祇知他們也要去萬家樓，說是怕迷了路途。」王大貴說：「他們總有十多匹馬，每人都帶著槍，官不官、匪不匪的打扮，聽口音，我以爲他們是北洋軍裏差來的人。」

「咱們沒見著。」後面的那個插口說：「咱們是在紅土崗上遙望著烏鴉繞林，抄近路翻荒過來的。」

「八爺如今在萬家樓療傷，不知傷勢怎樣了？」王大貴又問說。他心裏有些說不出的惶亂，恐怕那些人是去對付八爺的，如今八爺不比往日，他是個帶著槍傷的人，全靠萬家樓替他擋著風險。雖說萬家樓裏還有聲勢赫赫的槍隊，不至於讓他們白攫了人去，但自己總是忐忑的，放不下這條心。

「能扶杖走路了。」前面的那個說，一面半側過臉，陰鬱的望著他，似乎嫌他太多話的樣子。

王大貴一點兒也不知道，老二房的槍隊，尤其是牯爺左右的心腹，都是對六合幫懷著敵意的。宗祠集議過後，牯爺棋輸一著，沒誣陷得關八爺，掛不下臉面，反而把萬振全羈押起來，暗中就交代過左右，儘量注意著外來的人，尤獨是鹽市來的，得把他們吊著，不讓他們去見關八；假如讓他們跟關八爺聲氣相通，想剷除他就更難了。

王大貴到達萬家樓之後，就被收押在牯爺家的後宅地窨裏，他不明不白的被加上一付牛鐲，弄不清是什麼緣由？他跟看守的人講話，看守的人也不理睬他，他蹲在地窨胡思亂想，還當是自己受了紅眼萬樹這場血案的牽連。嗨！臭老鴰子這種楣氣鳥實在是沾惹不得，他想道：我若是逕管趕路，不理會群鴉的噪叫，豈不是早就見著八爺和牯爺了?!這場麻煩是我自找的，真算是他娘的晦星罩頂，白白的費那麼多力氣撥土埋屍，他們若追查不到萬小喜兒，也許會一口咬定人是我殺的，那豈不是荒乎其唐?……

一會兒，又兀自搖頭想道：不會的，不會的，萬家樓是巨門大族，至少也辨得出是非黑白，不至於冤枉到我王大貴的頭上來的，又不是蠻不講理的兩家村，三家店，可以隨意整人的冤枉。再說，天大的麻煩，還有關八爺一肩扛著呢，八爺他該曉得我王大貴不是那種人，屍腐在先，我祇不過是個過路人，何況萬小喜兒的毛驢死在紅眼萬樹旁邊，任他是誰，也不能隨意拿捏人（拿捏，北方土語，意思就是『修理』人。或說栽誣亦可）的。

地窨是石砌的，又深又冷，裏面一股霉濕氣味，頭頂的石面上凝聚著許多濕氣騰蔚而成的水珠，地窨共分內外兩間，外間靠著甬道入口，一路七八層石級揉升上去，有一道鐵門關閉著，王大貴初被押進來的時候，曾把那地方打量過，那彷彿是一間廢置已久的私設的刑室，作爲老虎凳用的長條石凳兒在兩邊分列著，一端靠著石牆，石牆上懸掛著繩索、梭子、皮鞭、烙鐵、三眼虎等等的刑具，使人一望就覺得心寒。

裏面一間是方形的囚室，祇有一面開著扁窗，窗間有粗壯的鐵柱澆嵌在石壁裏面，使那囚屋變成一座獸籠；王大貴被牛鐲鐲住頸子，鍊頭鎖在鐵柱上面，他墊起腳尖，攀著窗的下緣朝外張望，祇能看見一截看守人在踱步時交叉移動著的褲管。

第十九章・沉冤

他被囚在這種獸籠般的地窨裏，引著他來的那三個全不見了，新換的這個看守人，若不是個啞巴，就該是個聾子，一問再問，問什麼他總是不理不睬，甚且不願彎腰，連個手勢都懶得比劃。

雖說是這樣，王大貴除了困惑和焦急之外，卻並不感到恐懼，他倒不是因爲關八爺在萬家樓，自己有個仗恃，而是覺得自己平白的受了牽累，心裏對誰都大明大白，沒虧沒欠。俗說：人不虧心，不懼鬼神，也許就是這個道理；他在耐心的等待著。

他總以爲或許牯爺沒在鎭上，萬家族裏缺個當家作主的人，等牯爺回鎭後，也許就會立時開釋自己的，珍爺託帶的那兩封信雖叫自己吞了，口信還沒曾忘記，鹽市的情況這般緊迫法兒，自己卻叫囚在這裏見不著八爺，白白的延誤時間，怎不令人焦急？

他等著等著，等到黃昏時分仍不見動靜，他可冒了火了。

「嗳！」他奮力搖撼著鐵窗櫺，朝窗外喊叫說：「你們把我窩在這兒，究竟是怎麼回事兒？」

那兩隻褲管原是在交叉的踱著，任他怎樣問詢，仍然是交叉的踱著，無動於衷。王大貴知道這樣問下去，問到明天他也不會理睬，唯有放開喉嚨大叫，也許還會叫出一些眉目來。

拙人有拙辦法，王大貴拿定主意，再不開口問詢什麼，祇是放大喉嚨，沒言沒字的一頓胡嚷，這一嚷，可把那裝聾作啞的傢伙嚷彎了腰。那人是個身材極爲魁梧的大漢，凸頭凹眼，唇厚濃眉，一臉獰惡之氣，他先使槍托搗著鐵窗櫺，然後把臉貼上來低聲叱喝說：「你甭在那兒胡嚷亂嚷，你要什麼？」

「我要見牯爺！」王大貴啞聲說：「你們不能自作主張把我硬窩在這兒，我是在鹽市上替珍爺捎信來的，我一片好心，入林去撥土埋屍，你們怎能這般不分青紅皂白？把黑鍋扣在我頭上？」

「牯爺如今沒空！」那大漢說，露出一排滿是黃垢得憎人的牙齒。

「可是我有急事在身上。」王大貴近乎懇求的說：「這是宗星急如火的事，實在不容耽擱，求你設法轉告牯爺一聲，容我先能見他一面……」

「你安靜點兒等著，」那人說：「也許你今夜有機會見著牯爺，你若是再嚷嚷，我就要請你坐坐老虎凳，先加你兩塊磚頭了！」

那人說完話，又板板的走動起來。西天還燒著大火般的紅霞，霞光透過扁長的鐵窗，映落在方磚地上，一片淒黯無力的殷紅，王大貴一陣焦灼過去，也廢然的蹲下了。他明知再嚷叫下去，必是自找煩惱，他既已被人窩在這兒當作罪犯看待，還有什麼好說?!祇好等到夜晚再說罷！……

在陰黯的囚室一隅，凝固的死寂中響著無數蚊蚋的細細的嗡鳴，看守人的腳步把黃昏絞渾了，一團一團半透明的暈黑在西天最後一束餘光中湧泛而來，慢慢的，他們從下而上的聚攏，夜幕就降落下來了！

「我總要見著牯爺的……」他抱著頭，這樣重複的，微弱的自語著。

而牯爺正在他的大廳裏，接待著那批由縣城裏下來的騎馬的客人……

龍潭一戰之後，那位愛躺在鴉片煙榻吞雲吐霧，並且時常用煙槍比劃著：誇說要擴充五省聯軍百萬人，同時要發明飛天機，製造回頭炮攻打南軍的孫傳芳大帥，就連最後的美夢也破碎了，他手下那些平時訶諛奉承、極端恭順的將軍，竟會臨陣舉槍，帶著他們的部下，整師整旅的向北伐軍輸誠，掉轉槍口來打自己，等到渡江打龍潭，自己業已把口袋裏僅剩的一大筆賭本押上檯面，原指望擲它一個六的，誰知竟擲了一個倒楣的么。

殘兵退過大江，自己早年曾苦心經營過江南，自己發跡飛騰的閩浙是不堪回首了，一路退到淮上，北伐軍沒再趁勢追擊，照理是該有一個短促的機會整頓殘兵的，無奈這位曾自誇一身是膽的帥爺，竟經不得連番兵敗的折磨，把個鬥志喪失盡了，那些兵在平素不打仗的時刻倒像是個兵，一打了敗仗就不像是兵，卻像一窩夾尾巴的狗了！

黃皮瘦骨的帥爺倒有自知之明，曉得像這種樣的兵再怎麼整頓，也是挽不回敗運的了。而北地混亂的情勢更出乎他的料想：他早在江南時，就聽說鹽市鬧了點兒亂子，估量著也不過是蚤蝨之癢，當時閩中戰火方熾，軍務倥傯，並沒把它放在心上，祇吩咐給當地防軍拍份電報，著即剿平了事，後來聽說防軍不爭氣，才又調動江防軍，令下之後，懶得再爲這事勞神，全把它交給塌鼻子師長處斷去了。

江防軍這師人外加小鬍子一旅，原是自己佈在長江北岸，看守最後窠窟的王牌，當時江南的戰況不利，情勢岌岌可危，趁此把他們北調的用意，原是在掃清退路，以便自己的大軍能順利北撤的，誰知真到危急的當口，把淮上的情勢一看，這蚤蝨之癢已經化成潰爛的膿瘡了。若是在當年，遇有這種煽動人肝火的窩心事，非要拍桌子，砸煙燈、大嚷著斃人不可，可是如今連嚷叫孬人的精神全沒有了，何況自己要先顧命，非拿塌鼻子的江防軍墊後，多少掩護一番呢?!

塌鼻子這個人還算不錯，雖說打鹽市打得有頭無尾，駐軍淮上幾個月一事無成，但他恭順是恭順到了家，卑謙也卑謙得透了頂，聽說大帥到，趕夜騰讓出荷花池巷的小公館來，亦步亦趨的親自伺奉著，沒訴苦、沒嘆難，反倒說了一堆安慰人的話，這也就夠了。

「我說大帥，南軍雖說得了勝，前有大江擋著路，他們也得要喘息整頓的，咱們有時間稍停的撤進魯南去，」塌鼻子這番話，原都是參謀長現教來暖大帥的心的：「如今是大帥您的身子要緊……呃，安全要緊……就是呃，俗說：留得青山在，哪愁沒柴燒……就是呃。」

大帥躺在煙榻，望著煙霧的兩眼有些失神。

「甭說這些好聽的了。」他喘咳著，端起紫沙小壺呷口茶壓了一壓，清清喉嚨說：「如今是恁什麼全完……了！你想想，我在哪方面都在吃狗肉的侉佬之上（**指魯省督軍張宗昌**），如今卻逼得要去投靠他，在他下巴底下等露水吃，唉……唉……這種寄人籬下的日子可是好過的？」

「哪裏，哪裏?!」塌鼻子窮灌迷湯說：「大帥，您沒見世代豪傑，全都是能屈能伸的人物；如今您雖是一時委屈，退進魯省去，但在這東南半邊天，憑您的威望，一朝時來運轉，號召各處游散槍枝，哪成什麼問題？」

那個縮了縮蹺屈的兩腿，使煙槍若有所思的敲打著手掌，黯然沉吟說：「算了罷，你沒跟南軍對陣，不知他們的厲害，他們厲害不單是厲害在打火上，他們比……比咱們……得民心！民心！」他重重的重複著這兩字說：「俗說得民者昌，這話早先我把它扔在一邊多年，如今卻從對方身上看見了。……這種軍隊，甭說我無能爲力，吃狗肉的一樣不成！東南五省的藩籬一撤，他那魯省督軍一樣幹不長，南軍一過江，只怕他兩腿比我更長些兒！」

塌鼻子傻傻的聽著，一時仍轉不過彎兒來，他祇覺得有些奇怪，奇怪大帥變得這樣快，早年那種飛揚跋扈的神氣勁兒全消失得無蹤無影了，滿臉是沒精打采的灰黯的沉愁。

不過，他還是搜盡枯腸，找些話來安慰著。

「你聽著。」大帥有些慍怒了：「鹽市鬧成這樣，你有責任，你該看出這大片地方，民心民氣背離到什麼程度，行軍不能掉隊，掉隊的落在鄉民手裏就沒命！散兵不敢下鄉，下鄉就肉包子打狗——有去無回！各村各鎮起民槍，那些商團、民團、自衛隊、保鄉隊、保衛團……哪股民力是順著咱們的？若說攻一城，佔一地，打一火，我雖兵敗了，自信還有這個力量，但長此以往，咱們還能站得住腳嗎？」

「那……那……大帥您的意思是？……」

「我他媽特個巴子的祇要逃——命！」

這個殘民以逞，混沌了大半輩子的軍閥頭子，以浙督閩督起家，盤據東南五省經年，並且統兵百萬，號稱五省聯軍總司令的北洋主將孫傳芳，終於在龍潭慘敗後，縮在鴉片煙榻上，從自反、自省和懊恨中說出這句人話來，而這句「我他媽特個巴子的祇要逃——命！」的話，他自己並不知道將來會流佈在廣大民間，成爲一句窮兵黷武、殘害老民的人物留給後世的不朽名言！

這句話，充分標明了握有暴力的人途窮的悔恨！

這句話，充分標明了一切黷武者趨向末路時的淒涼！

它說明一切違反人群意願的、槍桿結成的暴力，是極為虛幻不足依憑的；它更透進民族未來的時光，替一切可能出現的暴力所必然遭逢的結局描出一個影像……

但塌鼻子這種匹夫不懂得這個，急忙在一邊大拍著胸脯，擺出一付打算將功贖罪的嘴臉說：「稟大帥，我受您知遇，該在危急時出死力，這一切，包在我身上就是了！容我想辦法，呃呃，想辦……法……」

「你想什麼辦法？」大帥愁眉苦臉的說：「鹽市上人槍雖不算多，但他們劍氣森森的死扼著那塊咽喉地，不硬闖開它，就沒法子朝北撤。你的江防軍，集全軍之力，屢攻不下，你還有什麼辦法？……就算你能攻下鹽市，北地那些手使刀叉棍棒的流民更夠瞧的，若是激怒了他們，你就甭想活了。」

「我的意思是，大帥您不可跟敗兵混在一淘兒，您得牽著一批護勇，星夜翻荒先走，悄悄的不用驚動誰，直奔山東。」塌鼻子壓低聲音說：「正巧，我這邊有北地的來人，來連絡事情，據我所知，出西門，轉向西北，從鄔家渡口轉朝北走，翻四十里大荒，經萬家樓，掠成子湖角（**湖名在洪澤湖之北，與洪澤湖相連**），入魯西，這一路的大戶都跟咱們比較……呃……呃，沒撕破過臉面，您要是覺得可行，我立即著人去打點。」

「你打點罷。」大帥犯了心氣疼，捧著胸口哼說：「要銀洋，我這兒有。」

「至於鹽市這方面，」塌鼻子趁機說：「我可以把西邊那旅人再抽調過來，再收羅些後續的殘兵，告訴他們不攻開鹽市，也是死路一條，他們狗急跳牆，一頓猛壓，也許就攻開了，攻開後，我領著他們奪路入魯，再聽候您的調度……只是，盼大帥能臨時加我個名義什麼的！」

「那行，那行。」大帥急忙點頭說：「你就權充後退總指揮罷！甭覺得這後退兩個字不光采，你若能不讓鹽市咬住你的後腿，活著退到山東，還真不容易呢。」

「謝謝大帥抬舉！」塌鼻子必恭必敬的敬個禮，就暗自得意著退出來了。

塌鼻子之所以得意，正因爲他心裏另有一把算盤，另有一本暗賬，他是鼠目寸光的正牌兒三等小軍閥，他始終迷信著誰的槍桿兒多，誰他娘就是大王爺；大軍敗退時，只要對方不啣尾緊追，殿後實在是一宗肥得朝外滴油的差使，那爲主帥的鞭著馬，翹起屁股飛奔逃命去了，天高皇帝遠，自己可以隨心所欲的擺出小朝廷的面孔，肆無忌憚刮地三尺兜著走。

再說，自己在這兒多駐紮一天，那渡過大江朝北敗逃的散股兒兵勇，必定不在少數，他們恐怕被四鄉民槍吞食掉，必然朝城裏奔匯，自己是張著膀子摟進人槍來。

人槍聚足了，就得吞掉鹽市這塊肥肉，這些日子來，自己攻不下它，反而屢遭挫辱，心裏恨得直咬牙，老早就聽人傳講過，說鹽市的運岸商、十八家鹽棧的底財足，刨起的黃金能打得一座金屋，珍珠瑪瑙、翡翠珊瑚不知能起出多少箱？衹要踹開鹽市，搜得這筆錢財，哪還用愁爾後的日月？機遇好，自己也他娘擁兵自重，獨霸一方，封個過癮的官兒給自己幹幹；機遇不好，帶著這筆錢財一遁了之！

他打的就是這種主意……

如今坐在牯爺客廳裏的這幫不速之客，正是塌鼻子師長跟萬家樓連繫過後，差下來替大帥先行打通退路，並且收買關八爺性命的人，由塌鼻子左右最親信的副官領著，他們便裝打扮，在老二房守柵門的槍隊引領下，逕到了牯爺的宅裏。

姑不論北洋軍的氣數如何，小牯爺打的卻是蝙蝠般的主意——見鳥言鳥，見獸言獸。孫傳芳在江南兵敗，祇是風一般的未可全信的傳聞，但他牽著幾萬人槍北撤卻是事實，依他料想，久被圍困的鹽市在彈盡糧絕的情況下，決計無法固守，一旦鹽市被北洋的官兵攻破，關八的羽翼被翦除，除掉他當然也就容易得多。

但若北洋軍撤離之後，南方的北伐軍渡過大江，知道萬家樓曾經勾結北洋，翦除與民軍互相呼應的鹽市義軍首領關東山，認真追查起來，自己實在不願獨挑這付擔子，所以在這種曖昧難分的混亂局面裏，他不願露骨的當著哪一面，開罪另一方；他祇要抓住這種混亂，利用這個機會，整掉將會危害自己的關八。

受塌鼻子師長差遣，來到萬家樓辦事的副官，是個精明的傢伙，他曉得師長的意思，祇是希望把退路打通，讓大帥帶著護勇和部份殘兵星夜撤走，除了這個，他不願硬強著萬家樓幹什麼，免得把事情鬧僵，雙方都下不了臺，顧不住臉面。所以在那座大廳裏，出現了外弛內張的局面，雙方說話，都夠小心謹慎的。

「師長他的意思祇是……」那個副官說：「祇是吩咐兄弟下來跟貴地連繫，盼望貴地不要拉槍赴援，助長鹽市的氣焰，能讓北上的軍隊平安過境……」

「這是不成問題的事情，」小牯爺笑著說：「歷年來，駐紮兩淮的防軍，全都沒擾過敝地，萬家的地面由萬家自己理事，萬家一向沒短缺過官裏該納的錢糧。」

「是的，是的。」那個副官點頭說。

「事實是西道人人能走，萬家樓也不是老虎口，」牯爺又說：「論起槍隊，也並非萬家樓一地有，北地各大戶，哪處沒有槍？但咱們拉槍隊，祇是防禦盜匪，安靖地方，不至於對官裏為難，鹽市跟官裏接火很久了，萬家樓沒跟著燒起一把火就是明證。」

「對的，對的！」那個副官加重語氣說。

「事實是，」牯爺眼珠轉了一轉，頓一歇說：「萬家樓祇要本身不受擾害，——也就是說：祇要北撤的官兵不闖萬家樓鎮內，咱們不阻誰繞著圩崗過境。」

「那，那就行，那就行！」那副官忙不迭的接口說：「北撤的隊伍呢，說起來祇是一部份，嗯，一部份，不過……走到那兒，這糧草總要地方上供應的。」

「自然，自然。」牯爺說：「這個自然。……官府好歹總是個官府，咱們會如數備辦。」

「還有那個……關八。」副官壓低嗓子說：「咱們師長以爲，這回鹽市舉槍，鬧出這麼大的亂子，他實在是個罪魁禍首；既然您說他在貴鎮，是否方便?!……」

牯爺低下頭，兩手撫著膝蓋，使手指彈著褲子，一時彷彿在盤算著什麼。

「假如方便的話，」那個副官歪過身子，使手掌套在嘴邊說：「您能交出人來，由您開個價錢。……能把關八窩住，鹽市就群龍無首，容易對付了。」他又用較大的聲音補了一句：「這全是師長他的意思。」

小牯爺不是沒想過，能把關八縛交給對方，不但輕而易舉，還能獲得一大筆類似花紅的巨款，但至少在目前，關八在萬家七支房族裏，還有很重的份量，自己不能冒冒失失的差幾支槍，說捆就把他捆來；假如這樣做，目前這筆巨款好拿，日後的麻煩就多了。他蓄意翦除關八，卻不願留下任何蛛絲馬腳來。

因此他搖了搖頭說：「照理說，像關八這種人，應該縛送到官裏去，交由防軍處斷的；不過，萬家樓還有好幾宗懸疑的案子跟他有關聯，需得軟扣著他，查究個水落石出……」

那個在一邊搓了搓手，應了個「噢」字。

「總之，」牯爺說：「關八這次到北地來，試圖游說北地各大戶拉槍，咱們既不願順著他蹚這趟渾水，當然也就不能輕易由得他離開萬家樓！」

「不錯，」對方接口說：「有您這句話，咱們就好跟師長回話了。」

直到把對方送走，牯爺腦子裏始終在思索著如何不著痕跡的翦除關八？關八如今容易對付，全都因爲他槍傷未癒，一旦他傷癒之後，就有十桿八桿槍，也難有把握把他放倒；那就是說，要除關八，祇有趁著他這段養傷的時機下手，而這時機是稍縱即逝的。……

如果著人打黑槍，開槍把關八打死倒很容易，不過，自己如今主族事，關八有這麼多的羽翼，這麼大的聲名，他死後，人們推測議論，難免會把責任推在自己頭上，這麼一來，打黑槍看樣子是行不通的了！栽誣他不成，打黑槍又不成，該怎麼辦呢？他背著手，在大廳裏來回的踱著，越踱越覺得焦躁，越踱越覺得事情棘手。

他忍受不住這種焦躁，不得不把思緒引開來，引到今天老二房槍隊在雜樹林覓得紅眼萬樹的屍首這宗事上來，萬樹原是自己差出去追殺萬小喜兒的，誰知他恁的不中用？小喜兒沒殺著，反而倒貼了一條命！……在萬家樓年輕的小一輩裏，萬小喜兒最是個機伶鬼，自己早就疑惑他會看出業爺的真正死因，果然這小子順著關八，又在尙家茶樓裏風言風語，逼得自己不能不在他騎驢夜往沙河口時追殺他，……如今紅眼萬樹死掉了，不用說，萬小喜兒那小子準是遁到沙河口去了，他若把真相跟珍爺兄妹說明白，那可就糟了。

我要是立刻著人去沙河口，指認他是謀殺紅眼萬樹的兇手，那無異是向珍爺兄妹顯示我心虛，也證實萬小喜兒的話是真的，珍爺準會相信紅眼萬樹是我差出去追殺萬小喜兒的了。這樣一來，珍爺決不會把小喜兒交出來，即使他願交出人來，讓自己藉著族議，坐實了萬小喜兒殺人抵命的罪行，也難保萬小喜兒不說話?!……在萬家樓，一個主理族事的人，可以不經族議，逕行斷處一個外姓人的生死，但若想公開處死一個姓萬的，就非經族議不可，處斷萬小喜兒，難就難在這一關。

小牯爺就這樣鎖著眉毛，鬱鬱的踱著，忽然，他想起已經被收押在地窖裏的王大貴來。也算是碰得巧，槍隊能帶回這個人來；這人既是鹽市上差來見關八的，又是六合幫的人，算是跟關八一夥，他既在雜樹林裏發現萬樹的屍首，又曾動手撥土埋屍，正好把這場血案坐在他身上。這麼一來，萬小喜兒在珍爺面前說的真話也就變成了假話，自己如今放過他，日後自會再找機會整掉他。……把這場案子坐在王大貴頭上極簡單，既無需經過族議，祇要動一動刑，逼他在供狀上劃個十字，打個手模，然後把他拖到紅草坡斃掉就成了！

先把王大貴打發掉，就該輪著整關八了；整倒關八之後，還得緊接著對付兩個逃亡在外的族人——萬小喜兒和大板牙，這一連串的事情把牯爺苦惱著。

他要先在王大貴身上發洩他的苦惱……

王大貴經過一夜的苦熬加上一天的疲累，不明不白的被押進囚屋裏，又使牛鐲鎖上，不單沒人送碗牢飯，就連一口水也沒喝得著；天黑了，囚屋裏黑毒毒的，響著一片蚊蚋的嗡鳴聲，那些蚊蟲久潛在空屋裏沒吸著人血，全都是癟著肚皮的餓蚊，叮起人來像針扎的一樣。王大貴雖然又饑又乏，卻不能不強打精神拍打那些群襲而來的餓蚊，打得手掌都紅腫了。

他一面拍打著蚊蟲，一面在昏昏沉沉的想著；他想著萬家樓就這麼糊裏糊塗收押人，實在沒道理。他想著自己雖已跟住在萬梁舖的八爺近在咫尺，但卻一時無法見面，這真是意想不到的窩心事兒；他又想著那看守人的話，說今夜他會見著牯爺，看光景，他祇有把希望寄託在牯爺的身上了。

天約莫到了起更的時分了，他睏頓成那個樣兒，若不是蚊蟲叮著咬他，也許他真的就盹著了。在似睡非睡的朦朧中，他聽見地窖入口處鐵門響動的聲音，一道燈光射進來，在他頭頂的石壁間旋動一下，緊接著響起一片雜沓的腳步聲。

約莫是牯爺來了？他揉揉眼想道。

腳步聲沿著石級響下來，聽上去，來的不祇是一個人，他睜開眼等待著，總以為牯爺一來，不用費多少唇舌，只消三言兩語，把話給說清楚，自己就會得著洗脫，好去見八爺了。但再那麼一聽來人說話的口氣，彷彿來的並不是牯爺，而且聽那些話音兒，全像要對付自己的樣兒。他暗自搖搖頭，倒抽了一口冷氣。

「把炭火升著，」一個聲音說：「把烙鐵插妥。」

「灌水的玩意兒帶下來。」另一個說。

「帶下來了！」上面有人應著。

「皮鞭濕上水。」一個笑著：「這傢伙皮厚。」

「準備老虎凳上抬腿的槓子！」

我的天！王大貴暗叫著，這是幹什麼？他們當真要把我當作殺人犯來審問嗎？……很快他就覺得這樣的疑問是多餘的，他聽出外間的那些人在七手八腳的舖展那些刑具，那聲音使人聽著心寒。

早年走腿子時，他不止一次歇過萬家樓，萬家樓在長房的萬老爺子理事時，上下一團和睦，從沒聽說對誰施過刑訊，不但對族人、對田莊上佃戶，就是對匪盜也沒有肆意嚴鞫過；一般江湖浪漢們欽服萬老爺子，也正欽服他那種大度，那種仁懷！他沒想得到牯爺會在他的宅裏私設刑房，而且用這些枉加在自己的身上。

他平生最恨的就是這個！

鄉野上的漢子們，多半都有過欠糧欠稅被官裏抓去的經驗，多半都有過被鞭打刑訊的傷痕；不論事隔多久，談論起來猶是心有餘悸，隱隱覺著身上那些老傷疤像發陰天似的疼痛，緊鎖的眉尖壓上一片陰鬱的濕雲！——那些無可奈何的憤怒和痛傷匯結在周圍許多張熟悉的臉子上，那樣地痛刺著人眼，使人眼瞳裏迸起火花，一片像要焚毀什麼似的火花，迸起時是那麼熾熱有力，但總在一刹之後，消失在眼前明明暗暗的空間，好像一個人經過那番憤慨之後，也跟著寂沒了！

誰懂得久遠的日子以來，人對人如此殘忍是爲了什麼呢？誰知道用什麼樣的方法？什麼樣的力量？才能把這種殘忍不平的刑鞫從人間掃除?!

從童年開始，孩子們就從眾多古老的傳說裏，聽取那些歷史上煙迷的事：穿著大紅袍，手執鬼頭刀，面貌猙獰的劊子手能夠活吞人心的故事。講劊子手殺人後，如何啣刀疾奔，匿進城隍廟神案下聽候領賞?……講滅三門誅九族，腰斬棄市，曝屍雲陽，講石灰和糯米汁澆灌的、沉冤難雪的鐵丘墳！

他還記得一些謠歌，諷嘲著前朝黑暗的、充滿銅臭味和血腥味的官府衙門，……一些從生白鬍子的老人嘴裏吐出來的謠歌，總帶著一半憤懣一半哀嘆的調子：

「官軍畏賊如畏狼，
軍行賊後勢難當！」

或者是：

「八字衙門朝南開喲！
有理無錢莫進……來。」
「殺人放火兔勞神，
挑起錢擔兒走後門！」
「窮秀才，富舉人，
舉人有官做，
秀才沒馬騎……」

數不盡的這樣的謠歌，風一樣的播傳著廣大民間的深沉慨嘆，它描出了當時官府的多種面貌，官場中污穢難除的積習，陰風慘慘的鬼域般的大堂，血淋淋虎牙釘滿佈的釘板，紅漆大板黑漆棍，提鐵鎖抖鐵鍊，如狼似虎的官差衙役，梭子、夾棍、拘人的木籠、頭號枷板，那些陳腐得發霉的官勢官威！……

初初聽著這些，黑裏總有形象在浮湧著，心裏覺得萬分驚惶駭懼，也不知怎麼的，自己總覺得這些傳說和謠歌世界中復活的形象，和另一部份有關陰司地獄的描述是大同小異的，兩者常常混淆不分融合在一起，不知是陰司學著人世呢？還是人世學著陰司？單見那些形象把人壓逼著，圍繞著，雖使人驚惶駭懼卻無所遁逃！……

人心似鐵非似鐵，官法如爐果是爐！這樣的謠歌裏，就含著冷眼旁觀的哀嘆，在那座非人忍得受得的爐中，三番五次暈厥，三番五次的冷水澆頭，有冤有屈也祇有招認了罷，三木之下，壓住了多少冤情?!……及至後來聽得多了，也就像網中經過跳躍掙扎的魚一樣的認命了，好像從古到今的官府衙門都是那樣的貪婪狠毒，把道理包在銀子裏當餡兒，橫著心一口吞；好像叩頭見血，口稱青天大老爺，好像明鏡高懸的青天叱喝著，脫屁股打板子是小民該當的，小民若不順服就是不遵王法，也就是逆了天。……清朝換成民國後，換了割據自肥的北洋軍，各地的地方官府更是變本加厲使刑訊的花樣翻新，六合幫裏的一干弟兄，每人全坐過牢，被用刑敲打過，連爲人捨命的關八爺身上，也留下許多塊難以消脫的疤痕。

最可嘆的是民間的一些土豪劣紳，依仗著他們勾結北洋得來的幾分邪惡的權勢，竟也紛紛仿傚官府，私設刑庭，使刑訊之風熾行各地，看光景，萬家樓的權勢落在小牯爺的手裏，他也染上這種惡風了。他用得著對自己這樣無辜的人動刑拷打嗎？

而外間的那幾個漢子們，不理會王大貴腦子裏正在想著些什麼，他們祇管那樣的忙碌著。王大貴看得見，在燈光映亮的眼前的一方石壁上，顯出一隻火爐的龐大的黑影，那黑影時時被穿梭的人影遮擋住，又時時顯露出來，爐口斜插著幾柄烙鐵，搖曳的紅色火光上走著煙霧；他又看見一條高大、奇幻的人影在抖動著一條蛇似的鞭子，把它浸到一隻水桶裏去，那一方映著燈光的石壁，像影畫一般的映出這些形象。

他看著這些，覺得頭皮發麻，脊骨發冷，彷彿那些影子咬住了他的身體，他禁不住的聯想起受刑的滋味來。不管他有多大的膽量，他是有皮有肉的人，面對著這些將要加諸自己的非刑，他實在恐怖得不知怎樣才好。

「好提人了罷？」一個食肉獸般的聲音笑著說：「先提出來抽他三五十鞭，剝他一層皮再說。」

「甭性急，」一個說：「牯爺他還沒來呢！」

「牯爺哪兒去了？」

「噓——」另一個壓低嗓子：「去祠堂裏看被押的萬振全去了。爲了緩和關八，他不得不把振全給收押起來，算是給關八一個面子。」

「甭談這些，牯爺臨走交代過，說是這傢伙若是老老實實的招認，直認他是截殺紅眼萬樹的兇手，就免得用刑，若是不招認，儘管朝死處敲，敲死了，拖出去拉倒！」

「誰審呢？」

「誰審全是一樣，我來審好了！」最先的那個粗喉嚨叫說：「提人罷，我他媽今夜也來過過癮！——開審雜樹林殺人犯，來他個指鹿爲馬——屈打成招！」

跟著那人的話音兒，進來兩個穿皂衣的傢伙，活像牛頭馬面似的，一人一條胳膊，把王大貴叉將起來，後面一個人替他開了鎖，把王大貴就這麼叉到外間來，蛇般的鐵鍊仍然盤繞在他的脖頸上凄鈴噹啷的拖著響，王大貴原待站著，耳邊聽得一聲粗暴的吆喝：

「跪下罷，你！」

不容他再發力掙扎，兩個傢伙反擒著他的胳膊，後面那個照他的腿彎竄上來猛踹一腳，他就身不由己的跪下了。一個拎著孔明燈的傢伙，把燈光照在他的眼皮上。

「你叫什麼名字？」對方粗聲問他說。

「我叫王大貴。」王大貴無可奈何的說：「你們何必這樣存心整我的冤枉？……有什麼話，請容我當著牯爺的面說，好不好?!」

「把這個邪皮的衣裳替我剝掉！」那人說。

王大貴一聽這種口氣，知道對方真的小船沒舵——橫著來了！他欲圖掙扎，但兩條胳膊被擒得更緊，扯肩搭背的劇痛使他額上滾汗。有人伸手搭著他的衣領用力一撕，單聽嗤的一聲，他的上身褂子就被撕脫了。燈光刺著他的眼，使他看不見什麼。

那人問他的年歲和籍貫，他說了。

「我說，王大貴，」那人說：「你既是走腿子闖道兒的人，你兩眼就得放亮點兒，雜樹林那宗案子，你還是點頭坦認的好，你認了，咱們就不爲難你，免得拖延下去，累你自己的皮肉受苦。」

「你們要冤我，儘可冤我。」王大貴說：「何必一定要我招認?!早上我在雜樹林子過路，聽見一片烏鴉叫，我進得林子，就看見萬樹的屍首，你問一千遍，我也變不出第二種話來。」

「萬樹既不是你殺的，你因何要鬼鬼祟祟的意圖埋屍滅跡？」那人說：「事到如今，你還用狡賴?!」

王大貴咬了咬牙說：「當時你們也有人在那兒見著屍首，他們該可作證，——我若截殺萬樹，屍首該不會立時發臭生蛆罷?你們硬牽上我，叫我有什麼辦法?!」

「照這麼說，你是橫著心，不承認你行兇了？」

「我怎麼承認法兒？」王大貴叫說：「人，原不是我殺的。」

「好！」那人說：「我就打你這個不承認。——替我先使濕水的皮鞭，抽他五十鞭試試，……不讓他嚐嚐味道，他不會學乖的。」

燈光略一移轉，擒著他胳膊的兩個傢伙把他叉起來，斜拖到一邊石壁前，使他臉對著牆，將他的腕子引進壁上嵌著的鐵環，使皮筋絞緊，另一個傢伙在他背後揚起了皮鞭。

第一鞭抽下去，王大貴死命地咬牙，渾身像電擊般的顫動一下，那種刺心的疼痛使他的背肉興起一串持續的痙攣，再一鞭抽下去，他的臉色變得焦黃失去了血色，兩臂在鐵環間像受傷的蛇般的扭動著。而皮鞭劈著風，嘶嘶叫的游向他赤裸著的脊背，每一鞭下去，他背上便添一道紅裏帶著青紫的鞭痕。

揮鞭抽擊王大貴的傢伙，一面擰身抽打著，一面喃喃的數數兒。王大貴背脊上的鞭痕也一道道的添多，那些起初是平凹的鞭痕飛快的朝上凸起，變成一些圓形的肉柱，而王大貴也逐漸的陷入暈迷。

明知道一切的哀懇求饒是沒有用的，王大貴在捱受鞭笞時一直緊咬著牙，沒發出半點兒聲音；他在半昏迷中閉著兩眼，叭叭的鞭子落在他的脊背上時，他兩眼的黑裏就跟著迸起橙紅色的火光，有許許多多被痛苦撕裂的過往的記憶化成流星般的血雨，化成紅毒毒的憤怒，重現在他的心裏。

在捱受鞭笞時，他彷彿想到了什麼，但接續的鞭影剝脫了他的思念，把他能聚攏的意識都抽碎了，變成無數飄著、旋著的浮泡，擴大、上升，不斷的破裂，他無法把它連綴成某一種比較顯明的意義。

「他昏……過去了！」

「潑他一瓢水！」

一瓢兒頭澆下的冷水使王大貴從游離飄忽中醒轉，他嘴裏漾著異樣腥甜的血味，四肢軟軟的舒陳著，彷彿連骨頭也被脊背上的創痛熬化了。一聲不能自禁的模糊的呻吟從他咬緊的牙縫中流出來，他的頭萎嚲著，前額抵觸在石壁上面。

「你學點兒乖罷，王大貴，」那個聲音說：「這樣跟你自己的皮肉爲難，何苦呢?!」

王大貴沒說話，他的牙關死死的咬著，有半晌張不開嘴來；當左右把他的腕子從鐵環中鬆脫時，他便像一堆死肉似的踡縮著癱伏在地上。

「我……要見……牯爺……」他緩緩的說。

「你究竟招認不招認？」

王大貴抬起臉，這回燈光沒直刺著他的眼，他看見眼前的石室裏一付地獄般的景象；一爐熾燃的炭火吐著紅舌，像許多分叉的蛇信，舐著幾柄燒紅的烙鐵，問話的那個漢子把一隻腿高搭在石凳一端，歪著身子，雙手抱著膝頭，把伸著的下巴抵在交叉的手背上，兩眼灼灼的，有野狼食肉時那種貪婪的神情；另有幾個皂衣的漢子環列著，兩手叉腰，臉上掛著漠然的冷笑，挽鞭的漢子把那條皮鞭又浸回木桶裏去，一隻大鐵壺裏發出一股難聞的煤油的氣味，一付梭子攢在他的面前。

「我要見牯爺……」他重複著說。

「讓他先坐坐老虎凳，這個潑皮！」

這當口的王大貴，業已變成刀俎上的魚肉，祇有聽由人擺佈的份兒了，兩個傢伙把他叉上石凳時，他軟得像一具尚沒變殭的屍體，祇有凹下去的兩眼還活著。

「人都說走鹽的漢子全像是金剛，」那人說：「原來也不過如此，——吃不住一頓鞭子就抽萎了腦袋！……來罷，替我先加他一塊磚頭。」

老虎凳那種玩意兒算是惡毒的刑具，普通人朝上一坐，三魂就走了二魂；王大貴被拖上石凳，靠牆坐著，兩腿併直平伸在石凳的凳面上，一個人用手指粗的蔴繩，在他膝蓋上部連著凳面捆緊，另一個把木楨從他足踝下面穿過去，然後兩人抓著楨頭朝上猛提，硬扳他的小腿，在他腳跟下面墊上了一塊磚頭。

「滋味怎樣?」那人說，帶著關心的、嘲弄的語調。

王大貴滿臉的皺紋朝一處聚攏，臉孔扭歪著，露出兩排緊咬著的牙齒；很顯然的，這種新的刑罰又像木榨一般的，以另一種痛苦刺入他的神經，把他身體裏面僅剩的精力榨出來。他一會兒咬牙，一會兒張大嘴吞氣，掙扎得像一條離水的魚。

他處在這種絕望中，突然想到這群人這樣存心磨折自己，必定是牯爺授意的，牯爺明知自己是六合幫的人，偏要這般藉機留難，不讓自己跟關八爺碰面，這裏面必定大有文章，照這種情形看來，想活著見到八爺是很難的了!……想到這兒，他眼圈發赤，不勝欷歔的滾下淚來，竟把他正在受刑的疼痛忘了。

「嘿嘿，這才放你一塊磚頭，瞧你那兩泡熊人淚就滾成這個樣兒了!」那個說：「你還是畫供罷。要不然，我叫他們再加你兩塊磚，你的腿骨非斷不可!」

「我沒什麼好供的，」王大貴說：「我業已說過了!……我死活祇要見牯爺一面，問個明……白，究竟爲什麼要這樣折磨我?不讓我去見關八爺?!」

「你甭癡心妄想了，關八如今祇怕是泥菩薩過河——自身難保。你除了死心塌地的認供之外，再沒第二條路可走，你懂罷?」

王大貴軟弱的喘息著，深陷的眼裏含著悲憤。

「你打算熬刑?!」那人剔起眉毛說。

「我不得不熬……」他說：「橫豎命祇一條，你愛怎麼擺佈，就由你怎麼擺佈罷!我認命了!……牯爺他跟北洋防軍有勾結，怕我把消息漏入關八爺的耳朵，你們就安排著這麼整我，我王大貴想通了。」

「你想通了更好，萬樹這條命案，你死活全都賴不掉，來罷，再加他一塊磚頭！」

扳著小腿的槓子朝上抬，王大貴的兩條小腿被屈成弓背形，疼得他骨肉分家，張開嘴，呵呵的斷續的嚎叫。

「畫供罷，」那人的臉在虛空裏搖晃著：「畫了供，你就安逸了！……你想再嚐嚐烙鐵？」

王大貴就覺得那張在虛空裏晃動的人臉，不斷的變形，不斷的擴大，波漾波漾的飄開去，祇留下恫嚇性的聲音，像鐘鳴一般，在空虛裏嗡嗡然的響著。那彷彿又不是聲音，而是一些透明的閃光的箭鏃，從四面八方射過來，穿透他的肌膚，射入他的心臟，那種肉體的劇痛已由局部擴展到全身，他覺得那已經不是熬刑之痛，那是在這塊老蒼天底下做人的苦痛，這苦痛原和自己的生命相連。……

熬著罷，王大貴；是的，我正在熬著……關八爺那樣的人，不也正跟弟兄們一起熬著麼?!……天在旋，地在轉，燈焰拉長，跳起，人臉像浮泡般的上升，這一切全像是醉中所作的噩夢，他不會再跟關八爺見面，也不會再回鹽市去赴死了！他不能跟野火般的難民群捲在一起，自沙窩子中躍起去截擊北洋的敗軍了！……

「他暈過去了！」

「潑水。」

再一瓢水澆下去，使他從噩夢裏醒轉，有一張臉貼近他，他認出那是牯爺。

「緩緩的抽掉一塊磚，我要跟他講話，」牯爺說：「他認了沒有？」

「早得很，」審問的那人說：「他慣會熬刑。」

抽去一塊磚之後，王大貴回過氣來，陰鬱的瞧著小牯爺。

「你甭瞪著瞧我，」牯爺說：「我也知道雜樹林那宗命案不是你幹的，紅眼萬樹原是死在萬小喜兒手裏，不過，你既是關八的人，我就不便留你活著；你認，也是死，不認，也一樣。你認了，我打算給你一口棺材。」

「我寧願餵餓狗！」王大貴說：「生死是另一回事，爲人不能沒是非。你若圖謀八爺，你甭以爲你能得……好……死！」

「罵得好。」牯爺說：「我就是圖謀關八，也不會落得你這樣下場，你已經死到臨頭，犯不著爲我擔憂。你說你有是非？我偏要來他個顛倒是非！……來人抓著他的手，替他在供狀上把指模捺上，日後我要說：王大貴在雜樹林截殺萬樹，——他自己供認了的！」

王大貴狠狠的挫著牙，但牯爺業已拂著袖子走了。臨走回頭交代幾句說：「供狀弄妥後，用不著再留著他，趁黑拖出南柵門，替我打掉。屍首埋妥，不用驚動旁人，這事務必在天亮前辦妥。」

一個更次之後，幾個傢伙回到牯爺宅裏，鐵鏟上面猶自沾著潮濕的新泥……他們並不知道，他們埋下去的不單是一個王大貴，而是鹽市上那一群力抗北洋，渴盼援兵的死士。

王大貴被害後的第二天，萬梁舖裏的關八爺就接到了牯爺差人送來的晚宴帖子，帖子上寫的有「茲有要事，需當面懇商」字樣。

關八爺看了帖子，對來人說：「你回去跟牯爺回稟，就說我準時到府就是了。我的腿傷轉好了許多，正打算轉赴柴家堡和三星寨去，趁這個機會跟牯爺碰碰面，該是再好不過的了。」

來人剛剛一走，老賬房程青雲就踱近關八爺身邊來了；他端著水煙袋，一臉的愁容。

「我說八爺，依我看，牯爺這餐飯，您就是推辭了也罷，您沒仔細瞧瞧萬家樓的光景，在在都對您不利。……這些日子，不堪入耳的謠言這麼多，族議時，他老二房的萬振全當面污辱您，……牯爺雖在面子上敷衍，實則就是軟扣著您，萬家樓在牯爺手上，根本缺欠拉槍援救鹽市的誠意，所以才有這麼多的是非和磨難。如今您腿傷還沒痊癒，最好是少出門，以您的聲名，萬家樓任誰也不敢明明白白的爲難您，……若是施暗箭，那可就不同了。」

「您放心罷，老爹。」關八爺淡淡的說：「甭說在萬家樓我跟誰都向無仇隙，即算有仇隙，我也不避著誰。我能去羊角鎮單會四判官，也就能去會牯爺。我這回來萬家樓，祇是替鹽市求援來的，我想，牯爺他決不至因爲這事記恨我——我沒強著萬家樓定非拉槍不可。您說是不是呢？」

「說是這麼說，」老賬房悶悶的說：「我弄不懂，您難道就不覺得您料事有時太大意了麼？……八爺，我知道，我不該這樣頂撞您。」

關八爺輕嘆了一口氣，他內心異常感謝老賬房對他所抱的那種固執的關心，這些日子來，焦急和悶氣把心裏塞得滿滿的，彷彿因著槍傷，自己便陷進一座黑黑的深井，風暴在井外捲旋著，而井底祇有令人窒息的鬱悶。

他原以爲在羊角鎮收了朱四判官那撥人槍後，北地各大戶都能迅速拉槍赴援，解除鹽市危困的，誰知這些大族大戶，看樣子都缺少遠見，當驚天動地的亂局來臨時，不能一致奮起，掌握機勢，使一方生靈免於塗炭，而祇求自保，甘作縮在硬殼裏的烏龜！……

自己的傷勢雖沒痊癒，但經悉心調治後，業已能扶杖行走，為了早一日打破這種鬱悶，就不能在此地多作停留，趁此見一見牯爺也好，最後把話說明，自己就該走了！如果柴家堡、三星寨也像萬家樓一樣的短視猶疑，自己衹有匹馬赴鹽市，還他們一個「信」字。也許程師爺的掛慮是對的，處身局外的人，多半是心明眼亮；如今自己徒有虛名在外，祇是赤手空拳緊抱著一個「理」字作為依恃，萬一遇上不論理的人，真對自己下手，自己又有什麼辦法？……不過，這些有關本身安危的事情，業已不遑多顧了。

「八爺，您實在要出門，我勸您還是把短槍貼身帶著。」老賬房說：「俗說：欺人之心不可有，防人之心不可無，帶把槍防身，總多一分仗恃。」

「用不著了，老爹。」關八爺笑笑說：「我一生處事，所仗所恃就是不虧理，遇上不論理的人，多把短槍也沒有什麼用處，可不是?!我若是不放心萬家樓的人，還能在這兒療傷？」

老賬房一時語塞了。關八爺是那種人，吐話出口，四稜四角都是理字，有著抬不動的份量，你不能批斷他有什麼不是，但你又不能不為他擔心。他不聲不響的咈著火媚兒去吸水煙，一朵花樣的藍焰映著他緊鎖的眉。

「您甭過份為我掛懷，老爹。」關八爺看在眼裏，深為感動，反拿話安慰說：「我這半生，可算是屢經厄難，凡事我自會如您囑咐，格外當心，遇有人力不能保全的凶險，我相信天會助我。」

「天會助您，是的，天會助您！」老賬房喃喃的，又像是自語，又像是祝禱，忽然，他像獲得什麼似的舒展了愁顏。

天色還早，關八爺扶著杖，在圓門相隔的小院裏閒閒的試了一會兒步，又到馬棚裏去看視他的白馬，白馬一塊玉真是一匹了不得的神駿的牲口，關八爺自從帶傷來到萬家樓之後，這還是初次來看視牠。

略略西斜的日頭照著圓門外的前大院子，陽光麗亮金黃，關八爺緩緩的走在方磚舖成的通道上，寂靜裏，祇聽見他手中拐杖杖頭點地的聲音，篤、篤、篤篤，這聲音聽在關八爺的耳裏，總有些寂寞蕭條的味道。他遲疑了一忽兒，偏過臉去看著自己孤獨的扶杖的影子，在那一剎間，有一陣淒涼的黯影掠過了他的眼眉……

拴在棚陰中的白馬一塊玉，很遠就認出了牠的主人，不安的刨著蹄子，搖著鬃毛，發出一連串短促的、歡悅的噴鼻聲。

關八爺抬臉看著牠，那匹馬經過舖裏照看牲口的夥計悉心調理，渾身不沾半點泥污，更顯得潔白如玉，那些短而密的白毛順著牠的軀幹根根緊貼著，現出一片白漆般的光澤來，彷彿要衝破一棚陰黯，直飛向藍空。

是的，牠是一匹罕見的好馬，在這樣的亂世，正要有豪士騎著牠去除妖靖患，幹一番不負此生的事業，他看著牠，便憶起當初業爺贈馬的厚意，憶起保爺生前澤被江湖的隆情，如今對馬懷人，倍增淒惶之感。

也許是一個人在孤獨傷病中易生感觸罷，滿心的愁情使人豪情銳氣都消減了很多，偶爾念及朝朝代代，有過多少豪傑英雄？更有過多少駿馬名駒？他們有的南征北討，東蕩西除，把半生的歲月消磨在馬背上，有的忠心保主，誓師勤主，血染征袍，效命在荒浩浩的沙場！……他們竟終生之力，究竟爲人們帶來了多少安樂？多少承平？如今，萬里山河依然是滿目瘡痍，前人的愛心，前人的恩澤，卻都蕩然無存了！

由是可知，人心的貪婪慾念不除，愛字無法生根，再多的英雄豪傑也無法在石上栽花！在世道終久得不著真的太平，我關八算是什麼？也不過是狂風中的一粒飛沙罷了！念起拯世救民來熱血湧騰，無法自己，提到奸暴邪淫時目齜欲裂，憤恨塡胸，其實這都是人之常情，也祇是爲人的本質。半生捲在血淵裏，非但沒拯得誰，救得誰，反而使一幫跟隨自己的兄弟慘死在自己的左右，使愛姑那樣的弱女受辱，使得業爺兄弟依舊沉冤。關東山、關東山！你究竟做了些什麼？……鹽市之圍沒解，萬人寄望你拉槍救援，在這黑夜欲去未去，辰光欲臨未臨的時辰，你竟陷在往昔追思的愁情中，祇知向空無感嘆麼？

去罷，真的也該去了！用這帶著傷的殘軀投入鹽市的烽火，那就是你這一生被注定了的模式，在悲慘的抗爭之中，那悲慘的本身就將是唯一無憾的完整義行！好拿它告訴活著的，我是如此生，如此感，如此抗爭，如此慘死的，再沒有比這樣更真實的了！

「我說八爺，您這樣不言不語的呆站著，究竟是在想些什麼？」

關八爺一回頭，原來老賬房程青雲不知在什麼時候來的，正站在自己的背後望著自己呢。

「哦，我祇是來看看白馬罷了！」

「業爺當初贈馬給八爺算是贈對了！」老賬房說：「好馬贈壯士，像一塊玉這樣的馬，也祇有八爺才配騎牠，記得那夜牠在暴雨裏馱著八爺來這兒，渾身盡是泥污和汗氣，那種白茫茫分不清點的暴雨，那樣蓋著人頭頂的焦雷，虧得是牠，若是常馬，非驚得離路不可！」

「不錯，牠確是救了我。」關八爺回憶著說：「那夜牠若是驚蹿，我非在半途上摔馬，依當時的傷勢，一摔馬就再難攀得上鞍……我這條命，算是牠替我撿回來的。」

「您瞧！」老賬房指著白馬說：「牠老遠就認識了你，您瞧牠那種撒歡的樣子。」

「一塊玉的不凡就在這裏，」關八爺說：「牠不但老遠就能認出我，在黑夜裏能嗅出我的氣味，無論何時，即使牠在槽上拴著，祇要我一吹喚馬的唿哨兒，牠就會掙斷韁繩，奔到我的面前……這也許是我跟白馬一塊玉特別投緣罷！」

「啊！這真是稀奇事兒！」老賬房驚說：「不過，飼馬刷馬的夥計就夠慘的了，這牲口大約祇認一個主兒，不認旁人，旁人近牠，牠不單踢，還會咬，上回刷馬，得召好幾個人挾制著牠。」

「其實牠並不十分暴躁，」關八爺說：「遇上懂得馬性的飼馬人，牠還算很溫馴的，祇是不服旁人騎牠罷了，但凡好馬，沒有不認主兒的。」

老賬房兀自在讚嘆著。關八爺緩緩的走進馬棚。

「一塊玉，一塊玉！」他輕輕的撫了撫馬項，那匹白馬便攏過來，無限溫柔的使馬項擦著他的肩膀，更咬弄著環結，親他、嗅他，嚄嚄的噴鼻代替牠心裏的言語。

「一塊玉。」他喚著牠的名字：「那夜你曾救了我，但我卻無法救得你，咱們祇有同生共死，同一命運……明天也許咱們就要離開萬家樓，到別處去了……」

「八爺，您真的打算動身了？」老賬房跟過來說。

「是的。」關八爺說：「我今晚見過牯爺之後，回來就要走，煩您著人先把鞍子給備上，肚帶拴緊，槍替我插在馬囊裏，再煩替我備份乾糧！」

「您不嫌太急促？我是指您的腿傷……」

「腿傷差不多也算是好了。」關八爺說：「我無法再等下去，萬家樓位在荒蕩中央，消息不通，我像被囚困在甕裏，也不知外間情勢變化成什麼樣子了！也許牯爺處消息靈通些，我得聽聽他的看法和說法。」

就因著關八爺急於會見牯爺，故此在那場晚宴當中，關八爺這位主客到得最早。他在黃昏初起時扶著拐杖走過大街，拐進靠近南門的牯爺宅前的橫街，一路上跟街坊上的萬家族人打著招呼。拐進橫街時，有穿皂衣的槍隊上人過來接著他。

「八爺您來得真夠早。」一個漢子過來攙扶說：「瞧您的腿傷，好得多了。」

「多承關注，」關八爺笑說：「著實好得多了！」

「從萬梁舖過來，走有大半條街，您該騎馬的。」

「不，試試步兒，也許好得快些。」

他們這樣閒話著，就走到牯爺的家宅門前。

在萬家樓，七支旁族中的祖宅在建築形式上，都是差不多的，祇是位處萬家樓東南隅的老二房的祖宅曾遭火劫，所以屋頂、大顯門和影壁長牆都是後修的，看上去新舊摻合在一起，顯得很不調和。

「快去通報牯爺，關八爺來了！」

登上石級的關八爺雖沒喘息，卻覺得傷口以上關節部位的筋肉一經費力，仍有著針刺一般的抽痛，由此可知槍傷損及了筋骨，若不經長時的調息，雖然長合了傷口，也談不上真正痊癒。他站在顯門的平臺上，手撫著顯門邊的獅獸的背脊，回臉西向，西天的霞雲璀璨，正燒成火橙色的黃昏，一群盤繞的鴿群飛過那片透明的火紅光，落在萬家宗祠的高樓尖頂上。那彷彿是一種意欲向他顯示什麼的天象；大火般的紅光是整個北方大野的真實處境，那鴿群是人們卑微的渴望承平的意願，在那種處境中，連人們的意願都被大火煎熬著。

他皺著眉，陰影棲息在他的眉間，他不能相信偏處在萬家樓的人們能不感覺到這個，感到這種巨大的煎熬。

「八爺，牯爺來接您來了！」

關八爺轉過身，小牯爺業已跨出高門檻兒，一路上抱拳嚷著奔出來，說：「不知您來得這麼早，八爺，真是得罪得罪，您的腿傷不妨事了？」

「哪裏，哪裏?!」關八爺也還了個揖說：「多承掛念，兄弟的腿也算合了口，勉強行得了。」

經過一番揖讓，關八爺穿過兩進通道，來到牯爺家的大廳裏落了座，沒等關八爺先開口，牯爺就爽快的提起正事來。

「我說八爺，您這回帶傷來到萬家樓，本是來向咱們替鹽市求援的，這許多日子來，因著業爺橫死，族事紛繁，萬家樓實在是有負厚望……不，我這並非謙詞，您先聽我把話說完。我召族人開祠堂門議事，拉槍赴援的大事沒決，萬振全那個粗魯人，反而當眾辱及了您，這都是我的錯失，趁這個機會，容我當面告罪，至於萬振全他無憑無據的信口開河，容我以族規重責他……」

黃昏光落在大廳外寬敞光潔的方磚天井裏，由清澄變爲渾濁，大廳裏也逐漸的沉黯朦朧了。關八爺看不清牯爺背著窗光的臉上的神情，單聽他的語音卻是真誠的，爽直的，並不回避自己心中疑慮的事情。

「算了，牯爺，萬振全你就開釋了他罷，算是看我的薄面，如何？」關八爺說：「萬家樓族議時，兄弟在場，各房族猶疑著不能立時決定拉槍赴援鹽市，這事也怪不得您，鹽市當初張出護鹽保壩的帖子，開罪北洋防軍，我關八卸不脫這付擔子，如今他們陷入危境，等著盼著我，我即使不動此地的人槍，也得隻身回去，對他們算是有一番交代。」

「燃上吊燈。」牯爺叫喚說：「來人，把吊燈燃上。」又轉朝關八爺說：「八爺，您的處境，兄弟知道得夠清楚，不過，請您放心的是——我探聽得消息，老七房的珍爺，業已領著沙河口的壯丁，一路召喚各地零散槍枝赴援鹽市，如今正跟鹽市的方爺在一起！」

「噢，」關八爺被這消息撼動了，旋即讚嘆說：「想不到珍爺那樣文弱的人，到生死關頭，竟能有這份大仁大勇！」

「珍爺既是萬家樓的人，萬家樓可算是業已開罪了防軍，」牯爺說：「人到一撕開臉來，也就顧慮不了那許多了……我打算即時著人運糧草去接濟那邊，……再把這消息傳告族人，也許他們會及早拿定主意，再遣出幾百條槍去協助珍爺。」

「那好！那好！」關八爺帶著興奮和感激說：「既然這樣，我打算今夜就轉道去柴家堡、三星寨和七星灘，儘快邀集人槍拉過去。」

牯爺微微的笑著，自覺過去把關東山估得太精明了，事實正相反，他是個直性得不會轉彎的人，自己從王大貴嘴裏掏得的一點兒消息，再加上幾句不兌現的允諾，就把他給穩住了。——至少日後他關東山遇著什麼意外，不會再疑心到自己頭上。

他這些時處心積慮安排的，也正是這個……

這時候，大廳當中的六盞大吊燈全燃亮了，把偌大的廳房照得通明，牯爺另外束邀的一些族裏的陪客們也都陸續的進屋，暫時打斷了他們的談話。一直到大夥兒入了席，牯爺才又重新拾起話頭來。

「我有宗事，要當著諸位的面跟八爺明說。」他舉起酒盞來，跟關八爺碰了碰杯。

「不知您有什麼事要告訴關八的。」關八爺說。

「您先乾這盞酒，聽我跟您說！」

「好！」關八爺乾了酒，亮了杯說：「您說罷！」

「北洋防軍的馬隊，十來個便裝的漢子，由塌鼻子師長的親信副官領著，就在昨天下午來過這裏。」牯爺說：「你們知道他們要什麼？」

「要什麼？」一個執事伸長了頸子，神色倉惶的問說：「他們要什麼？」

牯爺把眼直望著關八爺，突然大笑起來說：「他們想向我要關八爺他的人——頭！並且還開了高價。我說八爺，您知我怎麼回他？……我說：『咱們萬家樓不是開人頭店的黑舖兒，一向不賣人頭！』……」

「不錯，」老三房一位執事說：「塌鼻子攻鹽市，久攻不下，窘迫萬分，最是把關八爺您給恨透了，聽說在縣城各處大張帖子，懸巨額賞金，祇要捉得關八，不論死的活的，一律有賞呢！」

關八爺一把抓過錫壺，自己斟上酒，又乾了一盞說：「牯爺，您這樣不聲不響的成全我，容我留得殘軀一拚塌鼻子，我關八是銘感五中！」又放下酒盞，拍拍自己的腦袋說：「真想不到，我這顆腦袋也叫人給定了價錢了！若不是在萬家樓，也許真惹人眼紅呢！」

大夥聽了這話，都鬨笑起來，一齊伸過酒杯來，向關八爺敬酒。

但等笑聲落下去時，牯爺說了：

「我說八爺，我是個無能的粗人，您這樣豪勇義氣，頗使我佩服，萬家樓不敢說旁的，至少不會見利忘義，把您給推在北洋防軍手裏，但我得在這兒先忠告八爺，俗話說：一娘生九子，個個不相同；又說：五個指頭平伸出來還有個長短，甭說是人了。……在萬家樓這許多人裏，我不敢包說他們都是輕財重義，這個，還望八爺您善自珍攝，多多留意，您就是去柴家堡、七星灘和三星寨，也請把我這番言語記在心上。」

「這個請牯爺甭掛心。」關八爺笑說。

「我今晚宴請八爺，除了陳明這宗事，另外還有些緊要的事情要跟八爺商量的。」牯爺一面舉杯邀飲，一面緩緩的另提話頭說：「八爺困處在萬梁舖靜養槍傷，也許對近來外事的變化聽的不多，我不得不在這兒把我探聽得的消息奉告您，跟您詳細商議，也求您明眼點撥點撥，看萬家樓在這種亂局中怎樣區處？」

「牯爺，您用不著這樣客氣，」關八爺欠身說：「關八雖是愚拙，出心盡力的事，不敢推辭。」

「這些變化是誰也料不到的，」牯爺說：「如今放眼去看大局，業已不單是鹽市一地得失的事了！近幾天來，風聞孫傳芳的大軍紛紛北撤，有人傳說他在龍潭兵敗，奪路奔逃，有人傳說他準備撤回淮上，再行招兵募勇，但萬家樓這樣荒僻，誰也弄不清確實的情勢。……如今姑不論他奪路奔逃也好，招兵募勇也好，這好幾萬亂兵大陣壓過來，卻是千真萬確的事情！」

關八爺沉吟住了。正如小牯爺所說，這種變化之快，確是出人意外的事情，若真是這樣，孫傳芳兵敗江南是殆無疑問了，但北伐軍是否立即渡江追擊？或容他們有喘息的機會？不能立時判明。而問題正出在這裏：這許多亂兵，顯然是鹽市抗不住的，各地單薄的民槍一時集不攏來，散土擋不住滔滔滾滾的洪水，他們爲患這一方幾乎是必然了。

對付這種局勢，與其死守一地被殲，不若把槍枝分散，在各處零敲他們的散兵比較妥當！亂兵遇著有槍自衛的村鎮，犯不著拚命掠奪，也無法見村破村，遇鎮圍鎮，他們像一陣鬼旋風似的掃過去也就好了。

「牯爺您遇上這種局面，打算如何呢？」他問說。

「我一時還拿不定主意。」牯爺說：「塌鼻子差人下來時，祇說希望這一帶地方不要阻擋他們過境，我告訴他們說：『祇要他們不進鎮，不擾民，繞道鎮外，咱們管不著。』這實在是無可奈何的辦法，因爲咱們若是集槍一抗，他們難免要大肆殺戮無辜……同時，亂兵不定就在這一兩天內過境，萬家樓這些人槍，若不先求自保，再拉出去援鹽市，定是弄得兩敗俱傷了。」

「嗨！天亮前總要黑一黑！」關八爺嘆說：「可就是這一黑最難熬！……當然，遇上這種情勢，各地自衛槍枝，怕難分援鹽市的了。而鹽市首當其衝，又非援不可，真是令人爲難。」

大夥兒在席上駐筷停杯，認真的商議著，無形中把關八爺初初倡議的拉槍援助的事給淡化了，——這正是牯爺所盼望的，因爲當他們把亂兵形容得可能如何燒殺時，在萬家樓東西兩面不遠的地方，孫傳芳所領的敗兵，正像夾尾狗似的，靜悄悄的翻荒踩過去，卻把塌鼻子留下來，專門對付鹽市。

牯爺更知道，到了明晨，關八爺是再也看不見這些的了！

關八爺得知亂兵湧到的消息，越覺得自己不能多作片刻的停留，席還沒終，他就匆匆的帶著醉意起身告辭說：「今夜承牯爺關注，把很多話說明，我既不能勉強北地在這樣的亂局中拉槍赴援，就得立即趕回鹽市去，跟方爺他們生死相共。至於關八療傷期間，深受萬家樓的關照情意，只有記在心裏不敢相忘，我是就此……告辭了！」

牯爺跟族中的執事們一同離席相送，一直送出牯爺家宅的大門，還一再叮嚀著八爺好走！關八爺一點兒也不知道，他扶著木拐，正篤、篤的走向牯爺佈妥的另一座惡毒的陷阱，他一面走著，一面抬眼看天，想從星位和月位上辨識時辰。

那是他最後用眼睛所能看見的東西……一些古老的幽遠的星空和一彎細細的眉月。

當他拐入正街之前，猛覺得眼前一黑，有一宗黑忽忽的東西套住他，沒等他辨明那是什麼時，人影繞著他急速的旋轉，使他變成一隻落在蛛網裏的蒼蠅。那是一條粗而長的軟索，兩個人繞著他奔轉，用那條軟索把他渾身上下箍緊後，用一支長棒把他掃倒在地上，拖進一條既深且黑的斷頭巷裏去了。

若論關八爺的武術和他平素矯捷的身手，莫說這兩個人，就是十條八條漢子也休想近得他，一來他帶著酒意，又陷入忘我的沉思，沒覺著巷端的暗裏伏著人；二來，他肩胛和腿上的創傷沒有痊癒，得不著力，再加上設伏的漢子出其不意先用軟索把他手足旋繞著，使他失去還手的機會，那一棍恰又掃著了他的傷處，使他陷入一刹昏迷。

他的性格使他沒有放聲叫喊。

那兩個人把他拖到巷端的最深最黑的地方。關八爺從一刹昏迷裏醒轉了，他並沒作徒然的可笑的掙扎，祇是用飽含慍怒的聲音喝問對方是誰？斥責他們作事鬼祟，不夠光明磊落。而對方沒有回答他，一晃手之間，一道彩暈迸射的火褶兒亮了，隔著那道光苗，他看見一張恍惚是熟悉的臉子，頰邊掛著獰笑。

那人正是那天在萬家宗祠裏當眾出言污辱自己的萬振全。

「你用不著越獄行兇的，萬振全。」關八爺說：「我業已跟牯爺爲你說項，牯爺明天就會釋你的！」

「嘿嘿，你以爲我會聽信你？」萬振全歪吊起嘴角說：「今夜若不是我這兄弟幫我逃出來，明天也許我就死在皮鞭底下了，你想不到罷？」

「沒想到。」關八爺說：「你打算怎樣呢？」

「我既被逼得在萬家樓立不住腳了！」火褶兒熄滅了，萬振全的聲音飄在黑裏：「我得找你借樣東西，——把雙眼給我，我好找防軍換錢！」他獰惡的說。

「好罷！」關八爺咬咬牙，坦然的說：「我算栽在你的手上了，單望你能稱心如意。」

這種突發的事情是出乎關八爺意料的，他一直自覺跟誰都沒有嫌隙，一個時辰前，他還當著牯爺的面，力求開釋這個人，誰知這個人竟會從收押的地方逃出來，伏在黑巷裏，暗向自己施襲；更被錢財迷住心竅，要挖走自己兩眼，投奔北洋防軍駐紮的縣城去請賞?!……在這座深黑無人的斷頭巷子裏，一個叫軟索纏緊的人，不論他是再大的英雄，再強的好漢，也是無能爲力了！何況自己的肩胛和腿上還帶著沒痊癒的槍傷，腿部的創口又被猛掃了一棍，掙扎也是沒有用的了！

一個人將要被人活活的剮去兩眼，該夠悲慘，夠哀淒了罷?而關八爺所哀嘆的並非是自己，卻是這世上貪婪、疑忌、陰險、惡毒的鬼域般的人心！

人心若不是這般險巇，這世上哪會有這麼多的不平和無休無息的紛爭?!他悲哀著自己若是失了兩眼，再也無法回到鹽市和那些誓共生死的伙伴們同心抗敵了；自己若是失去兩眼，再也無法爲這污穢的人間清掃塵埃了！……半生闖盪在江湖路上，壓一心刻骨的風寒，捱刑毒、受鞭笞、坐大牢、走關東，天所加給一個人的苦難也算夠了，難道連為民效死的窄路也不容自己去走？竟把這樣悲慘的命運安排在自己身上?!

「你越發殺了我算了，萬振全。」他唇角掠過一縷意味淒涼的淡笑，仍然平靜的說：「你若是割了我的頭去領賞，也許更會多得些花……紅。」

「我想用不著，」那個人說：「有你兩眼業已足夠了，我的八爺！」

火褶兒重被晃亮時，萬振全取出一隻經快刀削尖的、比拇指略粗的竹筒，一端用棉布纏成把手，衝著關八爺的眼前一晃說：「對不住，我沒空跟你再多說什麼，你認命罷！」

兩支削尖的犬牙般的竹刺，瞄定了對方的眼眶猛扎進去，即使是關八爺那樣鐵澆的豪士也噴出一聲滴血的長號，慘慘的嚎聲沒落，萬振全一擰腕子，使勁把手一絞，關八爺的第一隻眼珠業已被絞離了眼窩，陷進竹筒；對方一挑一抽，那隻活突突的眼珠便跳落在巷邊的石板上！

活剮人眼的慘毒使豪士關八爺的身軀在軟索的纏捆中蛇游著，一陣劇痛像平地湧起排山，牽著他的心，連著他的腑臟，使他暈厥過去，僅有的一絲意識感覺到這世界是紅的黑的、紅的黑的，……一些由醜惡人心中吹起的邪魔的狂風！由於那一聲驚天動地的慘呼，周圍寂靜的黑夜也被撞動了，近處的犬吠聲撞響遠處的犬吠聲，更夾有銅鑼的敲擊和腳步的奔躍。

「快些，快些！」另一個催著說：「我來晃火。」

火褶兒又一次晃亮，關八爺僵躺著，他的半邊臉全已暴腫，一隻沒了眼珠的眼窩變成了血池，鮮血淋漓一片，染著他的耳、鼻和衣襟，而對方並沒有就此停手，那隻削尖的竹筒，又如法炮製的插進關八爺的另一邊眼窩……這一次，關八爺沒再叫喊，血從他口鼻間流溢出來，他在昏迷中身子一挺，迎接了另一次新的劇痛。

那兩個囊了兩隻鴿蛋大的眼珠，翻過巷端的磚牆逃逸了，不一會功夫，幾盞搖晃著的燈籠奔進斷頭巷子來。

在一群人的前面走著的正是牯爺……

「萬振全逃獄了，他不定會做出什麼樣的事來，你們真是一幫飯桶！」

牯爺嘴裏這樣的罵著，暗裏卻為自己的計謀得逞慶幸著。這是他幾天當中苦想得出的好主意，他利用萬振全兄弟倆出手刨出關八兩眼，告訴他們抗風去縣城，用關八的眼珠換一筆足夠他們遠走高飛的賞金。他要把關八的性命留著作為活證，——用關八自己的嘴證明害他的不是旁人，祇是從宗祠羈押處潛逃的萬振全和放鬆看守他的兄弟。自己呢，既達到除掉關八的心願，又可趁機做好人，一面大拍胸脯，發誓追捕兇手，一面為關八養傷調治，使對方相信自己，感激自己。

當燈光照著躺在血泊裏奄奄一息的人體時，他認出對方正是自己蓄意翦除的關八，毫無差錯時，他心裏幾乎有大笑出聲來的衝動。

「哎呀，了不得，……這是八……爺?!這竟會是八……爺?!」他訝叫著：「是誰有這樣大的膽子，竟敢在萬家樓鎮內對八爺行兇?……快替我集齊槍隊，四處去追捕兇手！封閉四面柵門。」

槍隊上的漢子齊應著去了。

「快些找門板，把八爺抬回我宅裏去，趕急找醫生瞧看。」牯爺又在吼叫著：「天哟！誰竟挑去他的兩眼?……我料想必是萬振全！」

而關八爺一點兒不知道這些，不知道在萬家樓由牯爺一串暴躁的狂叫所掀起的一片混亂，四處落柵門，趕夜緝兇手的同時，萬振全兄弟倆騎著牲口，懷裏揣著牯爺暗中送給他們的路費，和關八爺那雙值錢的眼珠，有恃無恐的走在通向縣城去的路上……也不知道捏著一把汗，在萬梁舖長廊下踱步等候的老賬房程青雲心裏是怎樣焦急，他的那匹業已備妥的白馬也正等著牠的主人……

等他從昏迷中醒轉時，業已是另一天了。實在他也不知那到底是什麼時辰？──他失去眼珠的血窟窿裏所有的祇是永生的黑夜，漫長的黑夜，無法更改的黑夜！那是一種悲慘的確定。

我在哪裏？在哪裏？在哪裏？我是死了？還是活著？陰風吹進他的骨髓，雷聲在他耳裏滾轉，一朵一朵軟軟的雲，黑暗的雲，虛空的雲，裏著他，托著他的身體，一忽兒下降，一忽兒旋昇，而痛苦並不在被棍擊的創口，不在被刨去兩眼的血眶裏，痛苦和他殘存的生命──肉體的和靈魂的──緊緊貼在一起，變成一種東西。……一個人，一個人，一個在古老東方蒼涼邈遠的天空下，時間中活過的人，他的生命就揹負著這個，生命就是痛苦，痛苦就是生命！

他這樣自問著，描摹著，在無邊無際的虛空中遠引，欲自痛苦中掙出，卻仍被痛苦緊緊縛住！他痙攣的手指摸點著身下的軟褥。

是的，我還活著，他想。

但究竟在哪裏呢？在萬梁舖麼？

他艱難的呼吸著，每一呼吸，都能嗅到從自己鼻腔裏流入咽喉的血味，他的咽喉不能跳動，祇有讓血水順著喉管自然的下流。

「八爺，您醒轉了？」

聲音在耳邊飄忽著，空洞、巨大而朦朧，一波一波的在痛苦的感覺上飛泅開去，飛泅開去，每個字音的意義都彷彿被疼痛剷平了，他聽見，卻很難聽出對方是在說些什麼？那聲音是一種波浪。

「您總算醒轉來了，八爺。」那是小牯爺的聲音。

「牯……爺……」他微微噏動著嘴唇。

「八爺，」小牯爺湊近他：「對您所遇的這場意外飛災，我……真不知怎麼說……才好！」

關八爺搖搖手，他很難把那樣波動的語音聚攏。痛苦像是飛蝗般的羽箭，在漆黑中射向他，許多零碎、飄浮、抓不住的亂夢，在他的感覺中起伏著。他從溢著血的虛縫裏迸出一聲呻吟。

「我業已著人關閉柵門，緝捕兇手了，」小牯爺放大聲音說：「八爺您請安心養息著罷，您在萬家樓鎮內，遇上這等的事，萬家闔族的人都卸不了這付擔子。」

他夢見潑墨般的黑夜，在朦朧的語音之外裏住他，火褶子跳動的紅光中，凸露出一張猙獰的人臉，扁大得像磨盤一樣；慾望掛在他的眼眉上，陰毒的笑意展在他歪吊的嘴角，那隻削尖的竹筒在火光裏搖晃一下，瞄定了自己的眼……

這又不是夢境，一絲混亂的意識從劇烈痛苦中喚醒他，他已被惡徒剮去兩眼，變成盲人。……萬振全，是的，那張像磨盤般壓在他心上的人臉，那張猙獰得推不開的人臉，從人心中跳出來的獸一般貪婪的慾望毀了自己！這是他早年未曾料及的，他內心對於有形的暴力充滿憎惡和憤恨，他願爲蕩除這些賭命，但他未曾料及自己竟毀在人心貪婪的慾望上。

說是記恨萬振全麼？實在並不記恨他，像那種自私暴戾而又極爲愚昧的人，這世上太多了，爭色求財估飯碗，處處都顯出人心中的貪婪來。萬振全活剮自己兩眼，無非是爲了貪圖換取北洋防軍懸出的那筆賞金罷了，將來有一天，有形的暴力即使能被推翻，能被掃平，但人心的貪婪慾望不化除，這世上還是得不著真太平。

有什麼流液灌入喉管來，他費力的吞咽著。

「多喝幾口，八爺，這是蔘湯。」小牯爺又在一邊說：「在這種荒僻的地方，很難買著人蔘，這還是宅裏自備的。」

「我在……哪裏？」關八爺這才真的清醒了：「說話的是……牯……爺麼？」

「是的，八爺。」牯爺說：「您究竟怎會遭了小人的暗算的？您見著那是誰？我想那會是萬振全弟兄倆，我沒料著他會買通看守，越牆潛逃！」

我要在牯爺面前指認麼？那不過是以怨報怨罷了！即使牯爺緝獲了萬振全，經族議之後，杖殺或是問吊，對自己卻是絲毫無補了，何況像萬振全那種愚昧自私的人，在世上動把抓，冤冤相報也不是辦法。

「由他去罷，牯爺。」他說：「我沒見著那是誰？也許是我在無意中開罪了人，怨不得誰了。我祇求牯爺您能爲我寫封信，著人捎到鹽市去，免得那邊……空望著我，我關八就夠感激了。」

「這個請八爺放心。」牯爺說：「我一定儘快照辦就是了。」

關八爺被人暗算的消息，一日夜之間就已經傳遍了萬家樓的各條街巷；儘管在這之前，有些蓄意散佈的流言污損著關八爺，但並沒因此使關八爺的聲名受到損傷，對於這樣的豪士被人剮去兩眼，一般的反應不祇是哀憐和嘆息，而是震驚，憤慨和不平。

牯爺預知這些，他用活著的關八當做鎮水石，擋住那些洶湧的狂潮。他在前廳裏接見各房族中前來探視的人，宣稱八爺需要靜養，目前無法見客，把他們分別擋了回去，這樣，關八爺就被孤立在一口深井般的世界裏。他不能不感激著牯爺，牯爺對他的養傷調治可說是竭盡心力，牯爺經常留在他病榻邊，親自伺候著湯藥，無微不至的問暖噓寒，彷彿這回由萬振全那惡徒一手造成的過錯，全都擔在他這族中長輩的身上。

「牯爺，您千萬不用再去追究誰了，」傷勢略爲好轉後，關八爺吐出他心裏的話：「不論誰剮去我的眼，由他去罷！……世道人心變成這樣，我還有什麼話好說？您千萬甭爲我難過。」

「八爺，我可沒有您那樣的寬懷。」

「倒也不是寬懷，」關八爺沉沉的嘆著：「在江湖路上闖盪這麼多年，我遇過強人，鬥過狠漢，做夢也沒想到在我帶著槍傷時，會有人這樣暗算了我，……牯爺，我祇是厭倦了，也許厭倦了我自己。」

「您難道會不記恨剮去你兩眼的人？」牯爺試探著問說：「以您的身手，怎會被他們弄倒的？」

「我說過，我不是什麼樣的英雄，我力求自己不去記恨人，……我祇是掛心著鹽市，痛惜這麼一來，使我失去了一個跟他們共死的機會。我不恨人貪心，祇恨人奸邪，一個奸邪的人活在人世上，要比貪心的人可怕得多了。想拿我兩眼去領賞的人，不過是世上貪心的人罷了。」

牯爺聽著，臉色微微的變了一變。

「我得請問八爺，哪種人算是奸邪呢？」

關八爺仰臉躺在病榻上，沉吟了一會兒說：「就像萬家樓裏潛藏著的那個坑害老六合幫，賣殺保爺，暗害業爺的人，就算是奸邪！因為他做了這許多惡事，至今還沒有人識破他的真面目，論陰險奸邪，這個人可算是老謀深算到了家了。」

牯爺默默的嗯應了一聲，心裏一凜，重又湧動了殺機；他望了望躺在病榻上的關八爺，卻又不禁暗笑起來。他覺得自己沒道理再駭懼這個失去兩眼的盲人，關八自己說的不錯，他原不是什麼樣的英雄，他一樣被槍傷磨折得拐著腿，拖著胳膊，他一樣會被萬振全用軟索纏倒，毫不費力的摘走眼珠。由此可見，一個落魄的江湖好漢也祇有赫赫的名頭嚇人，實際上並沒有什麼威風之處。睜著眼的關八都栽在自己手上了，沒了眼的關八還有什麼地方值得自己害怕的?!

「我說，八爺，我勸您還是靜心養您的傷罷。」牯爺說：「就算您能探聽出誰是那個奸邪的人，您又能怎樣呢?……如今您變成這樣，我正擔心您日後連行路都不方便了……」

「甭看我的眼瞎了，我的心並沒瞎，耳朵卻也沒聾，牯爺。」關八爺平靜的說：「若說我這一生還有什麼牽掛，也就祇這一宗了，……我誓必要言出有信，剷除我畢生所遇的最最奸邪頑惡的人！」

你甭再做夢罷，關八。牯爺望著他，心裏盤算著：等到流言平息了，我用你作完了活證，自會先下手把你除掉，那時刻，你祇是一個無名無姓的瞎子，你的生死也將沒人注目了。

對於關八爺來說，深井般黑暗無光的日子時時使他感受著煎熬；他自兩眼被萬振全剮走後，人間的世界彷彿就被隔斷了，他被安頓在牯爺家宅的第三進院側的廂房裏，除了牯爺和伺候的人，他見不著誰，也聽不著任何外界的消息。

他是那種人，寧可灑血拋頭，也不願盲著雙眼困度殘生；可是命運偏像這樣的安排，使他顧不得鹽市上那些夥伴的生死，在大戰將臨，血肉橫飛的緊要關頭，無法返回鹽市，不生不死的獨活在這裏。也許有一天，他眼傷痊癒了，或可騎著牲口，摸索到柴家堡、七星灘和三星寨去，但誰知那時刻情勢又變得如何？……兩眼被剮，是他有生以來最大的痛苦，不光是肉體的折磨，而是心靈所受的創傷，他必需咬緊牙根，熬度時間，思索著未來的去向。

正如他對牯爺所說的，他的眼雖瞎了，心卻沒有瞎，他雖看不見外間的一切，心裏卻更加澄明，思維卻更加細密了。他不是畏縮怯懦的弱者，他從不逃避任何加在他頭上的、冷酷無情的現實，即使在這樣悲慘的景況中，他也得朝著它活過去。

「八爺，我著人把您的馬跟行囊從萬梁舖取回來了！」牯爺進來對他說。

「噢，噢，」關八爺躺靠在枕上，歉然的說：「勞牯爺費心，我也沒什麼行囊，只是馬囊裏有兩柄匣槍，一些散碎的盤川，如今我也用不著它，煩您替我收著罷，至於那匹馬……嗨！」他嘆息起來，聲音有些哽咽僵涼，彷彿觸動了什麼，久久沒再說話。

「馬您請放心，八爺。」牯爺接口說：「我業已著人牽到槽上寄餵著了，決不會虧著牠。」

「那……太好了！」關八爺感喟說：「這匹好馬，可惜不能長隨一個主人，早年牠從保爺，保爺慘遭橫禍，如今牠從我，牠算盡了本份，而我……今後怕再沒有機會騎著，南北馳騁了。」

「八爺您總算爲人盡了力，」牯爺說：「日後您不方便走動，何必再想著當年？咱們萬家樓不敢把您當外人，您就權把它當著老窩巢，安歇著也罷。」

「也許祇能這樣了。」

也許祇能這樣了！這句話裏仍含著不甘。關八爺知道，至少在目前，自己的眼窩傷重沒癒，說什麼也離不開萬家樓，除了困居之外，再無他法，不得不暫使那匹神駿的白馬一塊玉委屈的伏在槽廄之間。但在自己的內心裏，仍有烈焰在飛騰著，迎向那漫天的烽火，他始終執持著，一個亂世人在沒死之前，是無法從苦難人間獨自遁逃的。

他在耐心的等待著。

他等待著。就像一個盲者坐在一隻餓狼旁邊一樣。小牯爺始終在窺伺著他。

第二十章・反間

孫大帥星夜從僻道逃遁之後，湧塞在縣城裏的敗兵更像是一窩盲目的蛆蟲了。塌鼻子師長雖用後退總指揮的名義，撿糞一般的收容這些臭鬨鬨的散勇，卻無法整頓他們；那些敗兵在龍潭火線上叫北伐軍打垮之後，根本失去了原有的建制，班不成班，排不成排，兵勇們找不著官長，一些光桿官兒又找不著士兵。

在北洋軍中，但凡吃了敗仗，兵勇們發洋財的機會跟打勝仗是相等的，也許比打勝仗時油水還多；打勝仗，固然可以領賞金，得花紅，放賭假，搶富戶，但上頭總有一級一級的官兒壓著分乾份兒，不像打敗仗那樣沒人管，掉轉臉一路搶掠，連他娘槍枝槍火也照樣拿去賣錢；這樣一來，塌鼻子收容到的敗兵，有很多是沒槍的。

他在巡視這夥敗兵時，看見一個揹著迫擊炮炮盤的傢伙，左右卻見不著扛炮筒的人，便好奇的問說：「嗳，你這個迷裏迷糊的傢伙！……炮筒在哪兒？扛炮筒的鄰兵呢？這兩宗玩意兒是不能分家的。」

「跟……跟……總指揮回稟，」那個兵勇說：「自從那天夜晚……冒雨拉上火線，我……我就再沒見過他！」

「笨蛋！」塌鼻子師長罵說：「那一天，那一天！你到底說的是哪一天？」

那個兵勇戰戰兢兢的靠著腿，兩眼朝上翻著，像是在認真的計算著什麼，過了好半晌，才咬著舌頭，口齒不清的說：「報報……報告，我沒見著他，業已有一個月另三天了。」

「你總算不錯，」塌鼻子師長忽然想到了什麼，誇讚說：「你比那些臨陣扔槍的強得多了，看你死心塌地揹炮盤的面上，我升你爲炮班班長，另賞十塊大頭！」

塌鼻子一走，眾人就一鬨圍攏來問長問短。

「你這個傻鳥，你怎知扛炮盤能扛出這等的好處來？把個沒用的東西一路死扛著。」

「我……我……我……」那個粗脹脖子，彆半天才彆出話來：「誰他媽指望有這等好處來著？我他娘扛著這等物事，說扔又捨不得，說賣又賣不掉！」

他這話剛一出口，惹得一圈兒圍攏著的人群，都迸出淒慘嘲謔的鬨笑來。

事實上，那些生命的本身，也都有著淒慘嘲謔的味道。水壺裏裝的是搶來的烈酒，個個都喝得似醒非醒，似醉不醉，想發洋財的到處拉結著想發洋財的，商議著如何開搶；想開差逃遁的到處找鄉親好友，好一道兒開溜；想嫖想賭的好辦事，滿街晃盪著，尖著腦袋去找妓館和賭場，腰裏別著短刀，白嫖賴賭習慣成風。官兒們呢？忙著把窗戶，投門子，遞紅帖，拜門生，誇耀手底下現領的槍枝數目，好從塌鼻子師長那兒領下較大的番號。

成萬的敗兵把縣城蹂躪著……

在敗兵的蹂躪中，古老的縣城改了樣兒了，早先繁盛的城中大道、環河大街和十里長街，家家都關門閉戶，有些人家忙著把金銀財物埋下地去，有些人家紛紛收拾細軟，逃離城區去避亂兵，祇有一些娼戶賭戶靠著江防軍裏有臉面的官兒撐腰，仍然大開著門戶，造成一種淫邪污穢的畸形繁華。

有些亂子鬧得連塌鼻子也覺得太不像樣兒了，一股敗兵開搶十里長街中段的銅元局，把銅元從倉裏一蔴包一蔴包的扛出來，嚷說自己發餉，你爭我奪的，弄得遍地都滾散著銅元。另有兩股敗兵跟守城的江防軍幹架，鬧得雙方都架上了機槍。……塌鼻子不得不四處大張告示，不准在大白天結夥行劫（夜晚沒提），不准行劫官家的行號機關（民間沒提），嫖賭鬧事不准動槍（動刀沒提），又分別派出四撥兒巡邏隊，每隊幾十人，扛著雪亮的鬼頭刀，一二、一二的吆喝著巡街，才算勉強維持著不出太大的亂子，但說是爭風吃醋打破頭，賭場裏外鬧人命這些小小不言的事兒，塌鼻子也就懶得去管了。

他的心思，正用在如何攻破鹽市上。

但從鹽市上來的俠士張二花鞋，也正在東關慈雲寺背後的那座迷宮裏立下腳，紮下根，等候著刺殺塌鼻子的機會。

在東關一帶的茶樓、酒肆、賭場和妓院中，張二花鞋神出鬼沒的活躍著，沒人識出他的真面目。一套嶄新的黃呢軍服，合身的馬褲和擦得照見人臉的紫紅馬靴，使他變成了北洋軍裏的張團附，而他這個團附的威風，遠超過敗兵單位裏很多的光桿團長。

張二花鞋爲了尋找最妥當的機會，公開刺殺塌鼻子師長，在表面上裝得輕鬆愉快，而心裏卻是十分沉重的，眼前的這座城市是戴老爺子跟自己師兄弟幾個生活多年的地方，他熟悉城裏城外的街巷，像練武人熟悉拳腳一樣，終生難忘；春來後，繞城流淌的大運河水漲平堤，正是這古老縣城交易繁盛的時辰，南來北往的客旅行商，使碼頭一帶的客棧家家客滿，上游下游來的大小船隻，從堤岸邊泊起，連綿近十里地，一直泊至河心，巨大的、直指高空的船桅聚集如林，夜晚來時，通明透亮的燈火相接相啣，在閃金的河面上造成一座熱鬧的浮城；碼頭上面，滿堆著集散的貨物，巨大的海魚，成筐的蠶繭，一綹綹的生絲，疊放得比人頭還高的打上印的豆餅，一簍簍豬尿泡封口的豆油，從南方運來的新式軋棉機、深耕鐵犁，從北方運來的羊毛和打捆的皮貨，累壞了碼頭上紮頭巾的搬運伕們。他也還記得那些工廠區林立著的日夜吐火噴煙的煙突，亮著白熱汽油燈的店舖，閘口前龍船競賽時的鼓聲，鞭炮聲和久久不歇的采聲，……但那些景象，都早已消失無蹤了！祇落下一座灰黑的荒城。

在黃昏時分，他常背著手，沿著半頹圮的城牆和大運河的河岸踱步，追念著這荒城的繁華的昔日，在追思著關八爺的言語，關八爺是個先知者，他說的不錯，有北洋防軍盤據一天，北地一天就得不著太平！而今天，在北洋軍敗象畢露的時刻，刺殺塌鼻子師長實在太重要了，若能當眾刺殺掉他，可以造成群龍無首的混亂局面，瓦解他圖取鹽市的如意算盤，也無異拯救了北地眾多的民命。

爲了刺殺塌鼻子，自己早橫了心，打算把命給貼上，自己師徒幾個，多年來專心習武，都單身一人，沒有家小牽掛，貼上一條命也夠本。但塌鼻子這隻狡狐，總是防範得很緊，平常無事不出門，一出門就前呼後擁的帶著幾十名護兵，萬一一擊不中，不能順順當當的得手，那麼，再想找另一次機會怕就更難了。

但他在這座混亂的城裏紮下根來緩圖是很容易的，因爲孫傳芳的部隊一向是又多又亂，亂得連那位帥爺本人也弄不清手下有多少人槍？多少番號？論省份分，有蘇軍、皖軍、浙軍、閩軍、贛軍；論番號分，更亂得一塌糊塗。

那些北撤的官兒們，大半是最厭惡北伐軍的死硬派，也就是最最典型的軍閥官僚，他們過慣了惡吃空缺，剋扣糧餉，窮抽鴉片，猛榨民財，濫嫖女人，昏賭通宵的日子，生怕北伐軍打過來革掉他們這些惡風，革掉他們這個，也就是革掉了他們的老命。他們捲在敗軍中淒淒惶惶的撤退下來，不管部下死活存亡，祇管把自己的家小、箱籠，斂聚來的錢財護得好好兒的。

他們一向抱著「有錢能使鬼推磨」的落伍觀念，認爲部下的人槍被擊潰了沒關係，祇要手底下有銀洋，領個番號下來，張貼子一召一募，「有餉不愁兵」、「有餉就有丁」，是他們喊熟了的口號，因爲一度在飢饉的北方，人們由於熬不過連接的大荒年，閉著兩眼賣命吃糧的現象曾經普遍發生過，但這些官兒們溺在他們自己不醒的迷夢中，尙不知那種時機早已過去了。

張二花鞋成天盤桓在這群失意的小官僚、小政客群中，由於他手面闊綽，捨得花錢，說話圓，處事方，見解又比那群人高明得多，所以在敗軍的那些光桿官兒們當中，張團附這個人很快就有了名聲。他利用這個機會，一面試圖接近塌鼻子師長，一面攫著那群人的恐懼心理，拚命誇張民間反抗北洋的情緒，民間的槍枝實力，離間敗軍和北洋的這支江防軍，勸他們不要替塌鼻子攻鹽市賣命，因爲賣命也得不著絲毫益處。

他在老半齋宴客時，就曾這麼說過：

「塌鼻子這個人，照相法上看他的面貌，就是個成不了大器的樣子，他兩顴太高，主肆意專權，眉垂眼凸，兇光內斂，主內心狠毒陰沉，旁的不說，單就他那條鼻子，就主他不能長亨官運……嘿嘿嘿。」

他有意無意的一提，就把那些傢伙們引動了。

「不錯，張兄說的不錯。」一個留八字鬍兒的過氣團長搖晃著酒杯說：「不過，無論是麻衣，柳莊……哪一種相法，相人總分外五形和內五形。當然囉，單看塌鼻子總指揮的外相，確是不成，不過他這如今兵權在握，見重一方，儼然是大帥的替身，是不是他的內五形?!……嗯，內五形……」

「不錯不錯，」另一個肥豬似的傢伙搖晃著身子，把襟前的勳章搖得叮噹響：「也許他的內五形有什麼主貴的地方。就拿兄弟來說罷，我跟大帥的時間比他長，在北洋軍裏的資歷也不比他短，可是，可是……」他粗脹脖子，像蛤蟆嚇氣似的嚇著口涎說：「可是他團長直升旅長，旅長直升師長，師長沒攻下鹽市，原該殺頭，可是他不但沒掉腦袋，反而搖身一變，變成他娘的總指揮了！可是，可是我，我他娘眼望著旅長升不上去，團長一輩子。龍潭這場惡火，煮化了我的一團人，反要仰他的鼻息，他不是內五形主貴麼?!」

「人各有命，命各不同，」旁邊一個擠眉弄眼的說：「你老兄走的是風流命，八房姨太太一房不缺的撤了下來，且不圖它什麼長，單是沉在脂粉國裏，做個風流的將軍也就夠了！」

一番話說得全席的人都笑謔起來。

「倒不是塌鼻子的內五形有什麼貴處，」在一片笑謔聲稍停時，張二花鞋仍然撿起被打斷的話頭，一本正經的說：「塌鼻子既不像韓信那樣，生著獨子方肛（**按民間傳說，漢淮陰侯韓信有異相，單睪丸，方肛門，所以主貴**），又不像安祿山那樣，雙腳的腳心都生著紅痣，他還有什麼貴處？他不過靠著一個女兒跟大帥做小星，攀著裙帶打鞦韆盪起來的，他哪有獨鎮一方的能耐?!」

「依張兄的看法，咱們想投靠塌鼻子，看樣子是沒什麼發跡的了?」

一群利慾薰心的傢伙，個個伸長頸子，圍聽張二花鞋說話；張二花鞋慢吞吞的說：「諸位想想罷，孫傳芳大帥當年那種威風，五省聯軍幾十萬也沒擋得北伐的南軍，落得個慘敗龍潭，連立腳的地方全沒有了！塌鼻子因緣際會的領了江防軍，並不是個真材實料，他如今毛遂自薦接任這個總指揮，還不是指望趁亂摟一票油水?!……不過，前有鹽市扼著咽喉，各地的民槍士氣極旺，北伐大軍說過江就過江，依我看，這個爛攤子夠他收拾的！」

那些等待什麼似的人臉，一張張黯下去了……

「甭看咱們的張兄年事輕，說話斷事都夠老成的！」過氣的團長說了：「咱們如今手裏沒有人槍，祇是個空架子，假若要重新招兵募勇，就得花大錢，咱們花了錢，募了兵，去替塌鼻子打頭陣，這個貼本生意做不得。」

「您才是看準了呢！」張二花鞋急忙附和說：「塌鼻子這個人不能共事，大局如今活搖活動到這種程度，手裏好不容易積攢幾文，怎能花在冤枉上?!……咱們如今是四面受敵，好像落進瓦罐裏的螺絲，這可不再是升官發財的時候，如何逃命?才是第一要緊……」

老半齋這場酒宴，雖花費了張二花鞋幾十塊銀洋，卻把塌鼻子想利用以招募兵勇的敗軍的官兒們說得心灰意冷，一個個從升官發財變成了逃命要緊了。

這時候，原可找到機會刺殺塌鼻子的，卻被一些民間播傳的傳說壞了事。因為城西一帶人們，若有其事的傳說著，說某月某日某時辰，有一個白了頭髮的老道士，到荷花池巷塌鼻子的公館去替他算命，老道士算出塌鼻子前世是一隻躲過雷火劫的癩蛤蟆精，轉世為人後殺戮太多，上天不願銷賬，仍把一場雷火劫記在他頭上，觀看了塌鼻子的氣色後，告訴他眼下就有凶災，老道士辭出時，就在院子裏化成一股白氣不見了！塌鼻子以為是妖，左右卻說是地仙告警，力勸他不要出門，塌鼻子怕死，也就縮在宅裏不敢露面了。……

姑不論傳說真假，卻使塌鼻子有了更大的戒心，不但在宅前密佈崗位，就連荷花池巷也被多道拒馬封成死巷，嚴禁外人出入了。

張二花鞋仍在東關外一帶出沒著。

縣城裏的敗軍越聚越多了……

灰色的浪潮到處滾湧著，徵糧的，要草的，催逼馬麩馬料的，強佔民房的，強住庵觀寺院的，架鍋設灶、劈了門板當柴燒的，塌鼻子差出的巡邏隊一樣管不了。那些淫邪的公共場所，各式各樣的謠言飛舞著，有的說：塌鼻子雖然不敢出門，但卻在他的公館裏日夜開會，攻破鹽市好撤入魯南去；有的說：塌鼻子野心大得很，他坐鎮一方收容敗軍和各地散勇，想脫離孫傳芳另搞獨立……有的說：他搞個屁的獨立?!鹽市這一關他就過不了，北地的民槍槍口全朝著他，他能保住命就算好的了！

張二花鞋心裏愈焦急，面上裝得愈輕鬆，他知道，光靠發急是沒有用的，以他的身手，若是趁夜上屋，冒險暗刺塌鼻子，雖不能說一舉而中，多少也有三五分希望，但他覺得那樣做，對於江防軍的軍心影響不大，要刺殺他，非要在大庭廣眾、眾目睽睽下動手才夠意思。

他仍然耐著心腸等候機會。

各處城牆上面，早先張貼過的懸賞貼兒，早被風雨淋褪了顏色，新的懸賞貼兒又張貼出來，上回懸賞捉拿的祇是造亂的首領關東山，這回又添了方德先的名字，張二花鞋瞧在眼裏，不禁思念起睽別了好些時的關八爺來。

他在一處小酒館喝了些晚酒，掂著左輪手槍出來時，天色轉陰，竟落起迷濛的晚雨來了。今晚上到哪兒去消磨呢?他把帽沿低低的壓在眉上，沿著石板舖砌的街廊，緩緩的信步踱著。

「嗳，張團附。」誰在招呼著他。

他抬起頭，認出是那位自充老大的過氣團長，帶著個馬弁，也像夜遊神似的逛街呢。

「團座的雅興不淺，」張二花鞋笑笑說：「陰雨天，不在屋裏陪你的如夫人，偏要出來逛街。」

「哪裏是逛街來著?!」那個說：「要不是聽張兄您的勸，我哪會忙成這樣?!……我剛剛從碼頭上回來。」

「這麼晚去碼頭幹啥？」

那個湊過來，壓低嗓子說：「風聲確是很緊，咱們都有意思保全自己，咱們七八個人，拉來了四隻像樣兒的民船，湊合了幾十條槍押船，打起下鄉催糧的名目，先把各人的家小送上船，頭一批家眷和細軟先動身，咱們留下一條船，幾個單身人留在這兒，再別別苗頭。」

「您的如夫人……？」

「也走了！」那個聳聳肩膀說：「今晚上，我可算是無眷一身輕，您要是沒事，就陪我蹓躂蹓躂去罷。」

「去哪兒呢？」張二花鞋說。

「隨便。」那個說；「去那個，那個什麼閣的，去聽聽小娘們唱唱也好。」說著，把多肉的一雙老鼠眼瞇了一瞇，帶著一種曖昧的神情。

「您是說香雲閣？」張二花鞋說。

「哦，不錯，不錯，正他媽巴子叫香雲閣。」那個笑得嘿嘿的：「就是，就是上回您老兄請咱們去過的那個迷人的小地方……祇怕去得晚，沒有位兒了。」

「祇要老大哥您樂意，我在那兒長期留得有廂位。」張二花鞋說：「黃蓮樹底下彈琴，苦中作樂，也未嘗不是樂，您真算是看得開的人。」

在混亂的縣城裏面，由於敗兵麇集，大多數行業都顯出凋零景象，祇有東關一帶格外的繁榮。那些混世的大爺，妓院老鴇，都有一種適應亂世的特殊本領和以毒攻毒的手法，能夠在夾縫間生長；他們靠著奉承、巴結、送禮、塞錢，攏絡了江防軍裏有力的人，使亂兵們略有憚忌，不得不勉強維持著公平交易。所以夜晚來時，慈雲寺後那一帶連綿數里的迷宮，仍然是燈火輝煌，笙歌處處，好像盛開在荒郊的毒花毒草一樣。

張二花鞋不是留連風月的人，但為了刺探塌鼻子的行蹤，分化江防軍即將攻撲鹽市的力量，唆使敗軍裏一些失意官僚逃離，他就不得不混跡其間。

兩個人帶著馬弁，順著街廊朝迷宮的深處走去，一盞盞媚眼似的燈籠從他們頭頂上飄旋過去，燈影交錯著，顏彩混融著。在這樣溫濕微寒的迷濛雨夜，構成一種神秘、媚惑的情致，彷彿這世界真的是一座與世隔絕的迷宮。

當嗚咽的號角破空，咚咚的戰鼓雷鳴的時辰，當田舍為墟，血流遍野的時辰，它卻像花一般的盛放在城東一隅的雨夜之中。微帶淒寒的河上的風，吹不進這街簷相接，迴廊盤曲的街道，絲絲迷雨，也打不濕顏彩繽紛的各式燈籠；這裏彷彿從苦難人間拔起，停留在黑夜的虛空裏，這裏的大氣被各種燻烤的食物，濃郁的酒香，各種脂粉調濃了，變成沉澱著的黏液，黏住了一群群滿心酒色財氣的蒼蠅，使長廊間嗡嗡的盡是人聲。

他們在人群中挨肩擦背的走著。

他們走著，巨大的猜拳聲從擠滿兵勇的小酒樓裏飛迸出來，那些在撤退的路上飽受驚恐饑寒的傢伙們，一旦攫著了酒壺，就忘其所以的大嚷著拚拳鬥酒，喉嚨大得幾乎能把一顆心吐進酒盞去泡上一泡，他們吼叫著，彼此都吼出些民間常用的、以數字象徵吉祥如意的語句：

「一定高升喲！全福壽。」

「四四如意它全福壽！」

「五經魁首它全福壽！六六大順它全福壽……」

隔著一道透亮的玻璃窗，張二花鞋瞟一眼那些摔脫硬帽，敞開風紀扣，今朝有酒今朝醉，不論明朝死與生的敗軍，不禁覺得深深的悲痛，悲痛著那些背井離鄉，滿懷傷痛，而又在戰火中失卻本性的靈魂！那許多以數字象徵吉祥如意的語句，從他們被老酒辣麻了的舌尖上吐出來，顯得與他們真實處境多麼的不調和，希望落進空幻的酒盞，距離越嚷越遠！

那些升高官、騎大馬、睡暖床、擁姬妾的情境飄在雲裏，不定在明天，在後天，當他們從醉中醒來，嗚咽的號角又將把他們逼起，使他們歸入泥濘和饑寒，迎向彈雨和槍林，既非爲國又非爲家，他們祇爲著收買了他們的將軍帥爺拚殺，高升、福壽、如意、滿堂永不是他們所能享有的，埋骨荒郊才是他們共同的真實的被鑄成的命運。

在娼館林立的地方，響著一片吹彈拉唱的聲音，軟而柔的絲弦和淫靡的曲調，有一種拴著人體、繫著人心的魔力，彷彿連謎般的黑夜也被那種風月柔音綰住，不再向前流動了。許多歪戴著帽子，胡亂披著上衣，酒氣醺然的兵勇們，在那些娼戶裏出入著，希望用袋裏僅剩的一點兒銀錢，買一些假意的殷勤和虛情的甜話，即使這樣，在黑暗中散發出來的喘息，也許能勾引起他們一番對於茅屋中往昔的追懷罷！

他們走近了面對著運河岸最大一座碼頭的香雲閣。

香雲閣是數里迷宮盡頭，最豪華、最出名的遊樂的所在，它不是一般的妓院，也不是專門賣唱的地方，更不是普通的酒樓飯館，但它兼具妓院、歌樓、飯館混合的特色。在香雲閣裏獻唱的姑娘，不論色藝都是名壓江淮的尤物；而通常，她們是以賣唱爲主的。

香雲閣的門面高而不闊，歌廳卻非常敞闊，樓下是散座，樓上隔成許多包廂，全彷彿是北地一流海京戲院子的款式，但它獻唱的戲曲並不限於京戲的清唱，有許多地方戲曲，流行的小調，也都把顧客們迷溺著；在香雲閣裏，顧客們可以任意點茶點菜，召幾個雛兒來陪飲。

像這般紙醉金迷的地方，難怪要使北洋軍裏那些高階官佐們任情迷醉了；塌鼻子率軍北上後，香雲閣曾經大肆裝修過，以迎合一般聚斂民間脂膏，囊裏豐足的官爺們。傳說塌鼻子師長不但長年佔有歌臺正面的豪華包廂，更有股東的身份，張二花鞋入城後確實打聽過，塌鼻子師長在公眾場合露面的次數，以香雲閣最多，這也就是他不吝花費，在歌臺側方訂下長期包廂的原因。

由於張二花鞋走得勤，手面又異常闊綽，這一帶歡場上，無人不識張團附的，兩人剛進香雲閣，就有人打著千，過來招呼，從馬弁手上接過衣帽。

「張爺今晚上有朋友？」那個包金牙的茶房說：「您的包廂剛剛收拾過，我著即替您把茶給沏上。」

「好，好。」張二花鞋央客登樓時，轉臉交代說：「待會兒，替我送幾碟時新的下酒菜，兩式細點，原泡的碧色高粱照舊……再叫兩個雛兒來。」

「是了，張爺。」

張二花鞋拾級登樓，轉過扶梯彎處，就見塌鼻子師長的那座舖著猩紅厚氈的包廂，廂門半開著，門邊有兩個全付武裝的護兵列崗，另有一個便衣掛匣槍的馬弁在逡巡著，監視登樓的人。張二花鞋一面跟過氣團長說笑著，有意無意的把那包廂掃了一眼，一瞧見這種光景，心就像火燒般的熱了。

也許塌鼻子今夜命該落在自己槍口上，自己曾在這裏苦等過他好幾個夜晚，而那座包廂總是空著；他曾反覆盤算過，在香雲閣刺殺塌鼻子，雖沒有當街刺殺他那麼轟動，而在香雲閣刺殺他的機會，卻要比別處多得多；他知道，塌鼻子兩番攻撲鹽市不下，江防軍雖屯在前線上，而團營的官兒們，都經常以報事爲名，棧戀在縣城裏滿足淫樂，香雲閣是他們麇聚之處，若能在這兒把塌鼻子放倒，足可使他的部下喪膽亡魂。

他的包廂在塌鼻子包廂的右側略前之處，中間相隔著五六個廂位，相距不過六七丈地，有一盞懸掛在高空的大垂燈，正好把塌鼻子的那座包廂照得非常明亮，祇要塌鼻子出現在他的包廂裏，他就逃不過被擊殺的命運。

爲了確實握緊機會，他選取了槍身短小，攜帶方便的三號左輪。左輪手槍的射距雖比匣槍短，但它每一彈孔塡彈後，發射時沒有吸殼、故障、瞎火等等的顧慮，最是從事行刺的一種利器。萬一槍彈擊不中塌鼻子的要害，他還有機會飛撲過去擲攮子。他曾仔細察看過那盞大垂燈的吊鍊，那是一串比小指略細的銅環扣搭而成的，他祇消飛身上躍，探手抓往燈罩上的銅鍊，就能凌空飛盪過去，他的輕身功夫足有把握這樣做。

直至坐進包廂，他的思緒仍被這宗事情牽引著，他的兩眼仍直直的望著那邊。但樓下的釆聲把他的思緒打斷了，一個抱月琴唱小曲的姑娘，正在出臺。

他轉移視線，朝樓下望去，散座上的來客幾乎滿座了，幾盞漏斗形的大垂燈的黃色光柱，從高空直射到散座上面，隔著茶盞間的熱霧和煙霧，是一片黑鴉鴉的晃動的人頭，十有八九都是敗軍中的官佐和江防軍的官佐。幾盞垂燈的光束籠在臺上，那抱琴唱曲的姑娘穿著粉紅嵌銀線的緊身小襖兒，喇叭袖，荷葉邊，別有一種嫵媚的情致，她踏著翻花的碎步，墨綠的裙浪下泳浮著兩隻鴛鴦似的粉紅色的綾鞋，她的腰肢那樣纖柔，行步中自然的扭動如風中弱柳，她俏白生生的笑臉上，流露出撩撥得人心煩意亂的春情……

「喝，張兄張兄，」過氣團長的一雙色眼瞇成了兩條肉縫，從短而濃的鬍髭裏迸露大而鬆的門牙，沒頭沒腦的誇讚說：「可人！真是他媽的一個可人兒！」

張二花鞋朝他笑了一笑，兩眼又瞥了瞥正面的那座包廂，廂門仍然半敞著，椅位仍然空在那兒。

那姑娘走到臺前，抱著琴向四方行禮後，攏一攏綠裙，退至一隻錦凳邊坐了下來，順著琴略一撩撥，琤琮的音響便壓下四面嘈雜的喧嘩。

「她是誰？」過氣團長扯扯張二花鞋的袖口，依然瞇著那雙色眼問說。

「喏，她身後張著的橫屏上，不是明白的寫著她的藝名兒嗎？」

「敢情是，」過氣團長說：「您要曉得，張兄，我是個睜眼大瞎子，不識得字的。我明明知道那橫屏上寫的是她的名字，可是我怎麼認得來？」

「她就是唱淮曲姑娘當中，頗有名氣的白玉蓉，」張二花鞋說：「藝名叫做白鳳凰。她不但曲兒唱得好，神情韻味極爲迷人，而且還彈得一手好琴，真是餘音嫋嫋，三日繞樑，你聽，你聽那琴音……」

「嘿嘿，妙，妙！」過氣團長雙手托著他那肥得快掉下來的下巴，兩眼饑渴的望著白玉蓉吹彈得破的臉蛋兒，用濃濁的鼻音說：「甭說聽什麼琴了，我的箇張兄，單看她那張小臉就夠了啦！」

臺上的白玉蓉姑娘在調弄著琴弦，從寬大略短的袖口間，生長出一雙裸圓光潔、戴著碧玉雙環的小臂，兩隻嬌小玲瓏的小白手，真像是一對白鴿子，纖細修長的手指就是搧動的鴿羽，她一手虛虛的攏住琴背，一手在琴弦間不經意的撥弄著，那一串奇妙的琤琮，便像柔風般的從她指尖下盪動起來，在人心裏吹出許多漣漪。

可惜她遇不上知音解律的人，在這樣喧囂的夜晚，燈光和煙霧背後，藏著無數風靡的色眼和許多業已把她裸脫的淫心，誰還有那種心去聽琴？沒等她調妥弦索，狂潮般的巴掌和催促的呼喝便已響過兩回了。

張二花鞋再朝正面的包廂望了一眼，塌鼻子還沒有來，椅後卻多了兩個便衣馬弁，一左一右分站著，看那樣戒備的光景，也許他就要來了。

他暗中摸摸腰裏的左輪槍把兒，將它移至最順手的部位。

在這種緊要的關頭，他極端冷靜的思考著一宗他曾反覆想過的難題——他本人還沒有見過塌鼻子師長，他知道，光憑旁人口述的塌鼻子的形象，冒然動手是極爲不智的事情，很可能因此誤刺了人，但對面這個傢伙認得塌鼻子，所以自己每次來這兒，總帶著幾個失意的老官僚。

白玉蓉唱完了一段淮曲，有人送上一盞熱茶給她壓喉，她摘下別在襟上的羅帕包裹茶盞，撮起花朵樣的小小紅唇去吹拂盞面上漂浮的葉梗。

正面那座包廂的廂門背後，響起兩個護兵靠腿敬禮的聲音。在樓下一片復熾的喧嘩中，這種聲音，若非有心人是不會留意的。

來了！他來了！……張二花鞋想。

他用眼角的餘光一瞥那邊包廂。

進來的是一個身材高大、身形扇闊的將軍，他的兩肩聳而微僂，脊背有些彎曲，他穿著一身簇新的深黃的暗色軍裝，佩著全付武裝帶兒，一邊帶鉤上並沒懸刀或佩劍，他軍裝外面罩著一件絲質的黃披風，披風的領上閃亮著銀色的領牌，沒等張二花鞋看清他的軍階，他兩肩一抖，早有馬弁把那披風接了過去。

「這隻白鳳凰名不虛傳罷？團座！」

藉著跟過氣團長閒話的時刻，張二花鞋仔細打量著他的獵物，那人脫去白絲絨的手套打了一下桌角，把一張高背椅拖到案子的一側坐了下來。

「嘿嘿，不錯，不錯，這妞兒嗓子裏有蜜又有糖！」過氣團長把他那肥大的圓顱搖晃著，幾乎把張二花鞋的視線遮斷了。

但他仍仔細看清了那人的面孔，那人生著一張花鼓臉，兩顴很高，臉心卻很平板，鼻孔下面留有一撮鬍子，臉色是白中壓上一層蒼黃，面肌死板，一付冷鬱寡情的樣子從他那薄而下撇的唇上就看得出來。

「這白鳳凰若沒有兩手，咱們的主兒就不會親來爲她捧場啦！」張二花鞋故意朝正面的包廂呶呶嘴，藉機套話說：「瞧你背後的那座包廂，瞧是誰來了！」

過氣團長果真轉過臉去，看了看說：「我當來的真是塌鼻子呢，什麼主兒，主兒的，原來祇是替塌鼻子捧大印兒的咱們那位參座！」

張二花鞋一聽，就知剛剛進來的並不是塌鼻子師長，而是江防軍裏的窩囊貨，那位專門替塌鼻子參贊酒色財氣的參謀長，這種貨色雖然階高，身列少將，但實在不值得自己動手，比起來還不及領兵上陣的團長重要呢。

「咱們這位參座敢情是發了福了，」張二花鞋搭訕說：「比起他前幾年那付模樣改了不少。」

「你……你……張兄，」過氣團長伸手指點著張二花鞋的鼻子，親暱的說：「你壓根兒弄岔了，……那不是胖，那是……虛腫！」

兩人拍手打掌，前仰後合的笑起來。

這時候，茶房推門進來，拎著提盒，奉上四碟時新的菜肴，幾色淮揚細點，一壺碧色原泡高粱和瓜子花生。

「雛兒呢？」

「來了，來了，」茶房打躬說：「她們立刻就到，張爺。」

張二花鞋搓了搓手，從那個參謀長把椅子拖到一側的動作上，他估計塌鼻子師長很可能晚到，要不然，那傢伙大可人模人樣的坐在正中，不會擺出那種恭陪末座的神情了。當然，在這種場合中公然刺殺塌鼻子，自己這條命是逃不了的，自己並沒存脫身的打算，大丈夫幹事，一人做事一人當，自己必需拿出這種氣概來把這幫鼠輩壓倒，藏頭露尾的逃遁了反而不好。

塌鼻子既有來此的模樣，自己就值得等下去，哪怕下一個一剎，自己就面臨生死關頭，且放下心來不去管它，白玉蓉不是又在換唱另一段淮腔了麼？

「張爺的包廂在這邊，」外面傳來茶房引道的聲音：「對了！」

兩個一式扮樣的雛兒手牽著手進來了，兩個一般大的年紀，額前捲著綿羊角般的彎瀏海，朝裏彎曲的髮梢梭著眼眉。兩個進來後，在桌角邊怯生生的道了個萬福，報了花名，張二花鞋聽也沒聽，就說：「過來坐罷，用不著這般多禮了！」

一個文文靜靜的挨著張二花鞋坐下，另一個卻叫色迷迷的過氣團長一把攫住，老鷹抓小雞一樣的牽了過來，摟抱在膝頭上，一面緊偎著她的臉，一面從她脅下抄過一隻手去，揉弄著她的胸脯。

「唷，我的乖乖蛋兒，妳的小奶剛鼓莢兒，倒像是剛發酵的麵餑兒，奶頭兒軟軟的，告訴我，妳和哪個有了情了？嗯？嘿嘿嘿……」

那個扭側的躲閃著，撐拒著，一面央懇說：「老爺，您略爲斯文些兒，讓我騰出手來斟酒您吃。」

「慢慢較，慢慢較，」過氣團長說：「妳總得讓我先親一親，聞一聞！……待會兒我吃了酒，手腳就更不會斯文了啦。」

過氣團長在張二花鞋旁邊和那個雛兒歪纏著，張二花鞋卻在默默的計算著時辰，他沒有留心聽白鳳凰在唱些什麼，但覺她纖指撥出的一弦一索，都含著廣大民間苦於戰亂的淒涼……他跟戴老爺子就是看透了自身力薄，無法拯世救民才相率歸隱的，潛居鹽市有年，豪心俠氣都消減了很多，而關八爺這般看重，臨危相託，剖心瀝膽，使自己師兄弟幾個，不能不跟隨老爺子挺身而出。如今鹽市危況未消，關八爺又北去沒回，自己肩頭這一付重擔，無論如何是卸不脫的了！

初進縣城時，以爲刺殺塌鼻子機會很多，沒想到塌鼻子對他本身安危早具戒心，使自己多次等待落空，假若在今夜刺他不著，他發兵攻撲鹽市，企圖奪路北撤的日子已迫在眉睫，自己所能掌握的機會可就不多了！這責任沉沉的，壓得人透不過氣來。

「張爺，您用杯酒罷。」他身邊的那個雛兒滿斟了一盞酒，雙手奉至張二花鞋的面前。

張二花鞋接過酒，喃喃默祝著。他心裏有一種聲音說：老爺子，承你傳授給我這些身手，關八爺，承您以大義相託，我張二花鞋雖說文不足治世，武不足安邦，總要做一個有用的人，寧可奉義而死，不敢忍辱偷生！但願我能手刃惡賊，但願我這一死，能使江防軍瓦解，免去鹽市將遭的劫難，能讓北地的老民活至北伐軍來到的時辰……這樣，我就雖死無憾了！

「喝罷，張兄，」過氣團長摸不清張二花鞋在想些什麼，嘿嘿的笑著說：「您還在想些什麼？……來罷，我這是借您的酒來敬您，……人生麼，行樂需得及時，咱們是『今朝有酒今朝醉』呀！」

沒等過氣團長舉酒，張二花鞋朝空一晃杯，那一剎間，戴老爺子和關八爺的臉在他眼前晃動，他一仰臉，把那盞酒懸空傾進喉嚨裏去，默默的沒發一言。

過氣團長乾了酒，跟張二花鞋所懷的心情完全兩樣，他把那個雛兒抱著，坐在他自己的膝頭上，一面上下其手，一面纏著那雛兒嗑瓜子他吃，不但嗑，還要使舌尖度給他。張二花鞋瞧著他這種醉生夢死的模樣，心想，這種樣的北洋軍，若不敗滅，頭頂上的蒼生也就沒有天理了。

他在表面上和過氣團長親親暱暱的喝著酒，兩眼卻不斷的逡視著正面的那個包廂，白鳳凰已經唱完幾段淮曲，抱琴下臺了，塌鼻子師長卻始終沒有露面。

忽然他省悟過來，這個刁猾的傢伙可能是故佈疑陣，耍那狡兔三窟的手法，他差出參謀長坐包廂，聽戲曲，擺出親臨的架勢，使意欲刺殺他的人空等，而他也許正在另一個地方作他攻撲鹽市的準備呢！自己早先沒察及，幾幾受了他的矇騙；事實證明他的想法沒錯，直至夜深了，雨大了，散座上的人頭紛紛消散了，仍沒看見塌鼻子師長的影子。

一個決意赴死的人受了對方的欺騙，經過一夕苦待沒能得著拔槍躍擊的機會，心情更顯得沉鬱空茫;張二花鞋別了過氣團長,付賬走出來,有一股說不出的悶氣,他一時不想回到旅館去,和一盞孤燈對守,他看了看沿著河堤的燈影,水泊中閃迸起的千萬道光絲,又抬頭瞅瞅黑毒毒的飄著斜雨的天空,冰冷的雨絲打在他的臉上和額上,使他覺得很舒適,很清醒。

這種感覺,引起他雨中散步的興致來。

順隨著這種興致,他離開香雲閣前面平臺,緩步踏進雨裏;雨夜裏的空氣是清涼濕潤的,雨絲密而細,霏霏之中,又帶著些霧屑般的濛濛,這種雨最適宜漫步,祇要不在雨中停佇太久,還不至濕透衣裳。

他把官帽的帽沿扯得略低些,背起手,低著頭,信步朝西邊踱過去。因爲堤路筆直的朝西伸展,堤邊站立著一座座鎮水的銅牛,互相用鐵鍊鎖搭著,不但夜景很美,而且越過兩道比較熱鬧的街口後,一路都很寬敞清靜,祇有一些古老的、點燃煤油的路燈,在夜雨中形成一團一團的光球點綴在其間。

路面是遠方運來的赭黃色的姑姥石舖成的,積水匯成的小水窪遍佈著,映出倒立的燈影和雨絲的跳躍。他光亮的長筒馬靴踏在石面上,發出踏、踏的聲音;他經過一道橫街的街口,聽見一些拎著酒壺、業已喝得東倒西歪的兵勇們在廊下怨罵著,罵江防軍既收容他們,爲何不給餉?怨左一火右一火越打越窩心……

「倒了他媽的八輩子窮楣才幹北洋兵!」一個說。

「上八輩子,還要加上下八輩子!」

另一個把酒壺砸在廊柱上,連壺全砸扁了。

多少夢幻碎在眼前的水窪裏?張二花鞋每見著這些狼狽的兵勇們就不禁起了憐憫,但他實在沒有時間去拯救他們，他受了西邊閘口的水聲的吸引，朝那邊走過去。

水聲是巨大的，持續的，永不疲倦，永不停歇的響著，響著，從黑夜到天亮，從春天到秋天，它永遠那樣有力的鼓舞著有心人，朝前面去，朝前面去，壓力愈強，抗力愈大，力量也愈強，響聲也愈高！……水聲轟隆隆的滾瀉在黑夜當中，它像獅吼，像虎嘯，像無數無數沙啞了的喉嚨匯合在一起的吶喊，這巨大的、原始的吶喊，使大地都興起了顫震！

他聽著這麼一種聲音，內心的悶鬱和空茫的感覺都消失了，代替那些的，卻是前所未有的安心。不錯，這並非是水聲，它是廣大民間的憤怒的迸發，萬民希望的高揚，從遙遙遠遠的古往，奔歷千年萬載的時空，一直響到了今天！在鹽市上，他已經聽到過相同的吶喊和呼號，他相信這種吶喊，這種呼號，是任何力量阻不住，斷不了的！鹽市可以被攻破，民舍可以被焚燒，方德先、關東山、我張二花鞋，都可拋頭灑血的死在北洋軍的槍口上，而這轟隆隆的巨響不會消失，它將滾流到未來歷史的盡頭！

他經過另一道熱鬧的花街的街口，人力車的車鈴聲把他喚醒了。但他很快又沉入另一種思緒裏來。

不錯，今夜是空等過去了，但明天還得把握著才行；塌鼻子師長既這樣的狡猾，自己就不能再這樣癡貓等瞎窟，長此空等下去，非得另想辦法不成。

他走到一座鎮水銅牛邊，停住了腳步，一手撫著水淋淋的銅牛脊背，朝河面上凝望著，兩岸的燈影落在河面的流水上，流水波漾波漾的拖長那些燈影，變成條條曲折的光柱。因爲離閘口較近，近岸處的流水，不時翻騰起一串串有力的漩渦。

正當他在那兒獨自默想時，他背後的堤路上，傳來牲口的蹄聲和嘶叫聲。他轉臉望過去，看見兩個鄉野打扮的漢子，穿著布衫，腰繫著黑絲絛，頭戴著大竹笠，有馬不騎，都撮著韁繩牽著走路，正經過東邊的另一盞路燈朝西走過來。

張二花鞋瞧在眼裏，心裏怦然一動。

奇呀?!這兩個不知死活的傢伙！他想。

據他所知，塌鼻子師長自從上回被逛丟了幾千大洋以後，就曾囑咐左右遇著可疑的人物，不問三七廿一，就先扣起來再說。……鹽市後來差人進縣城活動，全都改頭換面，扮成城裏的商賈，或是從事各行手藝人的模樣，決不敢以這樣的裝束出現在街頭。

如今這兩人這種打扮法兒，任誰祇要瞅上一眼，就知他們決不是本城的人，而是從北地來的；塌鼻子師長素患疑心病，尤獨患有恐懼北地的病，祇要攫住北地打扮的人，沒有不敲打盤問的，總以為他們若不是大湖澤裏的民軍，就必是勾結鹽市的「叛」民。

這樣看來，這兩個傢伙不是明明找死麼？

他既抱著這種想法，不由就轉過身來，背靠著鎮水的銅牛，仔細瞧看著他們了。

那兩個傢伙牽著兩匹膘壯的好馬，跟他們的衣著相比，顯得有些不倫不類，而這一對不倫不類的土佬，走在縣城的堤路上，非商非賈，更覺得有些不倫不類了。

若說他們倆是一對白癡罷，瞧他們的樣子又一點兒也不癡，若說他們腦瓜子聰明罷，牽著牲口一路走下來，可又笨得可以，他們是什麼樣的人呢？

這些狐疑經過張二花鞋的腦子，比閃電還快的繞了個圈兒，他總覺有幾點是特別奇怪的。第一，他們若真是一般的鄉農，他們就不會有這兩匹備妥鞍蹬的好馬。他們若真是一般的鄉農，聽說敗軍紛紛湧入縣城，他們躲還怕躲不及，哪有這麼大的膽量大明大白進縣城來?!第二，就算他是北方的鄉民，木頭木腦進縣城辦事來的罷，看見滿街的兵勇時，總也該有些畏懼了?!但細看他們的模樣，卻大搖大擺，彷彿有恃無恐的樣子。有一個一面走著，還一面咿咿唔唔的哼著俚俗的小曲兒呢！

會有什麼樣的得意事兒，使他那樣興高采烈呢?!

轉眼之間，那兩人就走過來了。

一雙久歷江湖的眼，雖不敢說是目光如炬，得能穿胸透膚，但至少也具有著辨人的能耐；張二花鞋把那兩個人一瞅，但見他們臉上雖滿佈欣悅之色，眉梢眼角卻隱隱有殺氣沒消。其中年紀稍長，體形略壯的一個，一張蟹殼臉上，生著一付森冷的濃眉和含凶帶怒的豬眼，額頭平板，鼻孔外露，一望而知是個又蠢又橫、缺欠心計的人。年紀略輕的那個，賊裏逡逡的，兩粒瞳仁兒在眼眶裏來回跑，像是有很多主意，嘴裏雖咿唔哼著俚俗的小曲兒，卻尾音顫涼，暗含著半分怯意，也許是平素很少進城，對這陌生的城市，有著一份原始的恐懼罷。

面對著這兩個來歷不明的傢伙，張二花鞋疑竇叢生，他很快斷定了這兩個人，要不是意圖勾結北洋防軍的土匪，就是犯下案子在北地難以存身，試圖進縣城抗風來的。

他正想迎上一步，把他們截住問上一問，但對方當中體形略壯的一個，牽著馬斜行過來。

「請問您這位官長老爺，」那人微仰起臉問說：「這一帶可有客棧沒有?我跟我這兄弟從鄉下來，打算投店，沿河那條街，竟沒找著客館。」

「哦，你是找客棧？」張二花鞋慢條斯理的說。

「不錯，不錯，老爺。」另一個也牽著馬過來了。

「這一帶客棧多得很。」張二花鞋伸手漫指著西邊說：「客棧也分三六九等，不知你們倆想住哪一等？你們說了，我好指路給你們。」

「我說老爺，」那個年紀略輕的搶著說：「咱們鄉下人，睡牛棚睡草垛睡慣了的，哪兒講究得這許多?!祇要有個板舖，躺著好伸腿就成了，咱們祇住小客棧，越小越好，那上等的，咱們花不起那種冤枉錢。」

「不，不，」原先那個瞪了一眼說：「我早就聽說城裏小客棧出名的有三多，蚊蟲多，跳蚤多，臭蟲多，咱們趕長途著著實實的累了一天，哪還經得那麼多的蟲子叮咬?!依我看，找個上等的也就罷了！」

「噯，我說，全哥，你這是怎麼了？」

「我不怎麼，我祇要舒服些兒。」

「你自己說過：在鄉下，我聽你的，進城後，你聽我的。……你自己說過的。」

「我不管，」那個眼瞪得更大了：「你爲了省幾文錢，害我去挨臭蟲叮，跳蚤咬，我不樂意。」

「好！你不管，你不管就好！」另一個脖子也變粗了，衝著張二花鞋說：「有您老爺在這兒做人證；我跟他屢次三番告誡過，說城裏地方大，騙子多，那些惡吃詐騙的人到處都是，他們一個個也都是生的一個鼻子兩隻眼，人模人樣的；他們額頭上又沒寫字，誰能分得出來？……他衝頭衝腦，不聽我的話，要是上了人的當，吃了人的虧，我可不願擔代。」

還沒容張二花鞋答話，那個可又瞪著眼說了：「我說，有老爺您做人證正好，自打進城後，這半老天我全受著他的氣，他把我當成三歲娃兒，動不動拿話恐嚇我，我說這，這也不是；我講那，那也不是，就差要我夾著臀不准放屁！」

「上有天，下有地！」年輕的那個說：「我是怎麼脅制你來著?!我不過拿老人話告訴你，出遠門在外，銀錢不可露白，免得引起歹人紅眼；告訴你，逢人祇說三分話，不可交人一片心！我是一片好心，反遭你的怨毒，你豈不是狗咬呂洞賓嗎？」

「說我狗咬呂洞賓？……你才是狗咬呂洞賓呢！我沒告訴誰，我身上帶的有兩百塊銀洋，……我也從沒跟誰講過真話，難道我要睡得舒坦些兒也不成嗎？」

「兩百銀洋打三折是多少？你還講不說真話呢！」

「可是日後領著那筆花紅，我沒跟誰講，對不對？」

「甭提花紅兩個字好不好？」

「怕什麼？我又沒說那筆花紅是用誰誰誰的兩隻眼珠換來的，如今沒見著塌鼻子師長，錢還沒到手呢！」

「你……你……你到底要怎麼樣?!我的天爺！」年輕的那個急得絕望的嚎叫起來。

「我要怎樣？……我壓根兒不要怎樣！我祇要睡得舒坦些兒就得了！」

「我依你，依你！……求你少說話成不成？」

那人攤攤手說：「事情都是你惹出來的，你要是早依我，我就不會講這許多了。」

張二花鞋起初在一邊聽著，聽出這兩個自以爲聰明的傻蛋，恰像「此地無銀三百兩」那個笑話裏所形容的人物一樣，愈想隱藏心裏的事，一開口就把老底兒全掏出來了。及至他們提到拿眼珠換花紅，他的一顆心就狂跳起來；因爲他清楚，塌鼻子前些時曾懸賞捉拿過化名冒突的毛六和齊小蛇，而那個毛六早已被小餛飩手刃掉了，齊小蛇正是自己的化名，後來他又懸賞捉拿關八爺和師兄方勝，這眼珠難道是他們遇害後被剮出來的？

疑思一起，他就覺得這宗事情絕不尋常，真是無巧不成書，偏偏這宗不尋常的事情叫自己碰上了，自己無論如何也不能把這兩個人輕易放過，非在他們身上追查出真相不可。

依自己的判斷，師兄方勝正在鹽市上指揮若定的揮兵抗敵，不至於遭人陷害，而這兩人並不像從鹽市來的，但單身匹馬去北地的關八爺可就難說了……若依常理而論，八爺的身手，雖不一定能勝過專門習武的人，但，但若說對付眼下這兩個毛人，實在是游刃有餘；而且八爺的膽識超人，槍法又十分神奇，說什麼也不該出這樣的岔事？……不過，聞說他在羊角鎮帶了很重的槍傷，用好手好腳的人去暗算一個傷者，那人再是英雄也不成……如今沒功夫思索這許多，先拿話拴住這兩個傢伙再說。

「你兩個則從鄉下來，也許一時還弄不清城裏的底細。」張二花鞋打定主意後，半陰不陽，慢吞吞的吐話說：「打個比方說：今夜你們若不是遇著我，嘿嘿，你們兩人的虧，可就吃大了！」

「噢！」一個吐了口氣。

「哦？」另一個把個嘴嚇得半張著。

「如今縣城可跟往日的縣城大不相同了，」張二花鞋說：「鹽市喊著保壩護鹽，跟防軍接火之後，但凡是北地來的人，——就像你們倆這等裝束打扮的，——尤獨像你們倆這等年輕力壯的，——更像你們倆這等牽著馬的，……嘿嘿，咱們的師長，他……」

他故意把話頭兒突然頓住，用懷疑的眼色，從上而下，從下而上，反來覆去把兩個傢伙打量著。

「他，他？他怎麼樣？」

「他究竟會?!……」兩個同聲的問說。

「他，他們把你們一律當做鹽市上差來的奸細！」張二花鞋聳聳肩，背著手，拿起北洋防軍高級軍官那種官架子，故意用光刺刺的長筒馬靴用力踏地，沉重的踱著八字形的方步，虎虎的說：「他會吩咐巡邏隊，用鬼頭刀橫架著你們的脖子，先行……」

「我們不是奸細！」一個叫說。

「也不是從鹽市來的！」另一個說。

「不管那麼多，」張二花鞋說：「一律先行扣押！」

「其實扣押也沒有什麼關係，振全哥，」年輕的那個瞅瞅另一個說：「只要有位官長老爺來問話，咱們照實一說，他們就會放了咱們，可不是?」

「可不就是！」那個說：「只要咱們說，是拿東西送給師長，來領花紅獎賞的，說不定還有一餐酒席可吃呢！……」

「你們也甭先把算盤打得太如意了！我是團附，我知道得很清楚。」張二花鞋說：「在江防軍手裏被扣押，夢也夢不著官兒來審問你！一進去，就先鞭抽棍打，狠砸你一頓，然後，每人也有酒席你吃——兩壺老酒，一盤滷菜，吃完了就拉出去斃掉你！」

「您說就不明不白的把人給斃掉?」

「我說團附老爺，他們總不能這樣的不分青紅皂白啊！」

「這年頭，不分青紅皂白的事兒多著呢！」張二花鞋冷丟丟的說：「江防軍斃幾個鄉巴佬算得了什麼?就像伸手捻死一隻螞蟻。」

那兩個呆立著，滿臉泛著猶豫，張二花鞋看在眼裏，知道自己的恫嚇奏了效，便更加嚴厲的說：「你們兩個身份不明的外路人，要是找不著妥當的保人，祇怕這兒的客棧會不容你們落宿；就算能住進去，那巡邏隊也會半夜三更來把你們捉了去。不信，你們就去試試罷？」

說著，故意邁開步子，擺出要走的樣子。

那兩個傢伙好不容易碰上張二花鞋這樣的一個官兒，就像溺在大河心裏的人攀著一塊木板，怎肯輕易把他放走？張二花鞋在前面走著，兩人急急的牽著馬在後面跟著，一面哀哀的求告著。

「我說，團附大老爺，我們實在不知城裏的底細，冒冒失失闖進來，誰曉得這麼緊法兒，您能不能幫幫忙，幫幫……忙……」

「您幫了咱們兄弟的忙，有好處，咱們絕不會忘記您的！」另一個說。

他們趕到張二花鞋的前面，把他軟攔著了。

張二花鞋露出一臉爲難的樣子，聳聳肩，攤開兩手苦笑說：「我把這些厲害，照實告訴你們，因爲我看兩位都不像是鹽市來的奸細，不忍心看你們叫巡邏隊冤枉抓了去，糊裏糊塗就丟了腦袋！……這在我來說，業已算幫了兩位的忙了，再叫我幫忙，我真不知從哪兒幫起？依你們說，是不是呢？」

那兩個面面相覷的互望了一眼。

「我說，團附大老爺，」年輕些的一個說：「俗說：救人一命，勝造七級浮屠，您務請幫幫忙，爲咱們做個保罷！」

「你說做保？」張二花鞋用訝然的聲音說：「這可不是鬧著玩兒的，做保，我看斷斷使不得，你們沒看看城裏的那些商家，哪家不貼著『至親好友，覓保免談』，『本號對外擔保，一概謝絕』，……這年頭，老子連兒子全不敢保，保人的擔子重過被保的，何況咱們萍水相逢，名不知，姓不曉的，哪能談得上保字？」

「那，那咱們可真的是走投無路了，」另一個說：「實在不成呢，就煩您老爺設個法兒，引咱們去見師長，咱們要孝敬他一份禮物，那禮物正是他想要的。」

「想見師長，那可更不容易了，」張二花鞋兜話頭說：「罷了，我看你們兩個著實糊塗得滿可憐的，保，我雖不敢作，但我可跟客棧裏打聲關照，說你們是我新募來的人；你們先投店住下來，我替你們找兩套軍衣給換上，你們要見師長——如今他是總指揮了——我再跟你們慢慢兒的設法安排可好？」

「那敢情是叩頭也來不及的事。」

「團附老爺，您真真是太……好……了！」

「走罷，你們。」張二花鞋說：「我住在花街東角，聯陞客棧，你們兩人跟著我走就是了！」

三個人一前兩後順著堤路走，沉默了一陣兒之後，張二花鞋又說話了：「我說你們兩個人，替我好好兒的聽著！人生面不熟，我就出力維護你們兩個，你們不能說是我張團附對不起你們，可是，你們也得對得起我才行。你們自己說，是不是呢？」

「是的是的，團附老爺！」年輕的那個阿諛著。

「好！」張二花鞋說：「待會兒，你們進了客棧之後，得到我房裏來，我有話要問個清楚，你們若有半句謊話，就是對不起我，到那時，你們休怪我反臉無情，要知道，你倆的命，如今是操在我的手裏。」

「咱們哪敢瞞您來，」另一個說：「到時候，您問什麼，咱們自當照實說什麼。」

「那就得了。」張二花鞋說。

三個人來到規模極大的聯陞客棧，店房裏的夥計一瞧見張二花鞋，便都老遠的迎出來，四面叫著張爺，有人替他使乾巾拂雨珠，有人奉上熱茶，張二花鞋朝背椅上一坐，略一抬腿，就有夥計趕著上來，半跪著替他脫靴，並奉上皮質的拖鞋。

「你們兩個，把牲口交給他們牽上槽去加料，替我進來歇著罷！」張二花鞋朝猶自站在廊下的兩人叫說。兩人交了牲口，拎著布囊進到客屋裏，給強烈耀眼的燈光照得發呆。

聯陞客棧前樓下的大客堂，無論是裝潢擺設都是上海風的，地面舖著褐色厚氈，桌椅條凳，光可鑑人，椅背上鑲著雲母石的石板，屋頂全都嵌著精緻的檀木立雕的山水人物、花卉、珍禽，這些這些，都是兩個傢伙生平從沒見識過的，那樣新異，那樣豪華，超乎他們的夢想，這使得他們站也不是，坐也不是，手和腳怎麼放都覺得放的不是地方。

「這兩個是我新募來的弟兄，」張二花鞋端起專用的紫沙茶壺，呷了口茶說：「替我在側院收拾兩間房，讓他們安歇。」又朝那兩個呆頭呆腦的傢伙招手說：「甭儘楞著，退到一邊坐下去用茶罷！」

「是！是！團附老爺。」兩個齊聲的說。

兩人初跟張二花鞋投宿時，心裏還多少懷著些疑懼，怕對方會攫奪他們可以換領花紅獎賞的寶貝，如今來到這樣豪華的客棧，從燈光下再瞧瞧張二花鞋那種闊綽的氣概和凜凜的威風，連最後一點疑懼也消失了！既然抗風在外，能遇上這種主兒，能換上兩套虎皮似的北洋軍裝，不也是機緣麼？兩人這麼一轉念頭，便對張二花鞋打從心裏服貼起來了。

張二花鞋呷了幾口熱茶，舉手打了個呵欠，吩咐說：「先領他們去洗澡用飯，找兩套軍衣給他們換上，待會兒，領他們到我樓上的套房裏去。」

說著，便端著紫沙壺，踢踢踏踏的上樓去了。

「你們兩位真算是好福氣，能有機會跟上張爺，」張二花鞋走後，一個替張二花鞋擦靴的茶房藉機誇耀說：「你們甭看他這個團附，他可比一般的旅長、團長手面闊得多，神通也大得多！」

「我們不知道。」年輕的一個說。

「在東關一帶地方，張團附是大名鼎鼎的人物。」那茶房說：「好些團營長，全都巴結奉承著他。一旦招兵募勇，他立即就是團長了。」

「團長大似天。」另一個沒頭沒腦的說了一句。

「倒不是這些。」茶房說：「張爺他跟其餘的北洋軍的官兒全不同，他比誰都和氣，待誰都像是弟兄，咱們這些做下人的，沒有一個不佩服他。他最恨人拿謊話騙他，你們若跟他幹，祇是一個訣竅，——不衝著他說假話，包管你們有前程。」

那兩個聽著，又相互望了望，壓低嗓門兒，嘰哩咕嚕的竊議起來。

「嗳，兄弟，你說待會兒，他要是追問起咱們那回事，咱們說是不說？」

「我說，振全哥，我看還是照實說的好。」年輕的一個說：「團附老爺說的不差，——咱倆的命如今是攢在他的手上。凡是幹北洋軍的人，沒有幾個不恨關八的，咱們就是實說，也不該罪，可不是？……連牯爺寫給師長的信，也一併呈給團附老爺過目好了！」

「他不會吞掉咱們應得的花紅罷？」

「我想不會的，」年輕的一個說：「那筆錢在咱們眼裏雖是個大數目，你該看出團附老爺他是個有錢人，就像這樣的客棧，他住套房，一宿該花多少？……我想他不會把那筆花紅看在眼裏的。」

「假如得了錢，咱們幹不幹這個北洋呢？」

「見風轉舵，」年輕的一個說：「到那時再說那時的話罷！」

茶房擦妥了靴，領他們去洗澡用飯。

而張二花鞋歪躺在套間外房的大躺椅上，翹起一條腿，閒閒的悠盪著，一面就著燈光，摘出一把雪白如銀的匕首來，稍停的修整著他的指甲。

今夜雖沒刺著塌鼻子，卻叫自己在無意中發覺這宗奇案，他想：我若從他們身上弄清真相，今夜就算沒白白的耽誤。鐘響十一下，他們該上來了。正當他想著時，茶房業已把那兩個送進套房來，反手把門給掩上，悄悄的退開了。

那兩個雖換上了軍裝，其中一個手裏卻仍拎著一隻布口袋，哈著腰站著，屏住氣等著張二花鞋開口。張二花鞋卻像沒見著他們，仍然悠盪著那隻高翹在椅背上的腿，專心一意的用匕首修整著他的指甲。

那兩個反而茫然的站立在那兒等著他。

等了好一會兒，不見動靜，兩個傢伙便朝一起靠，彼此用手肘互抵著，意思是催促對方開口。抵了幾次，終於那年紀較長的開口了。

「團附老爺……」

「嗯。」張二花鞋眼也沒抬，祇應了一個嗯字。

「不知您有什麼話要傳問的。」年輕的一個鼓起勇氣說：「我們兩個來了，正在伺候著。」

「噢。」張二花鞋又祇應了個噢字，一面繼續的換修另一個指甲，直到那兩人不敢再開口，直到死一般的岑寂籠住一間房，直到他修完最後一個小指，他才緩緩吐出幾個字：「一邊坐下罷！」

那兩個剛剛縮著肩膀在一邊坐下，但見張二花鞋身軀霍的一動，便閃電般的站了起來，兩眼暴射出森森的寒光，逼視那兩個人說：「你兩個不用害怕，我一向有個毛病，就是結識誰，任用誰，都得查明對方的底細！我這一生，最恨人衝著我說半句欺心的謊話！你們最好是照實回我的問話，要不，就得先問你們的腦袋是不是硬如那邊的石壁！」

張二花鞋一揮手，兩人再看，我的天！團附老爺那把用以修整指甲的匕首，不知何時早已嵌進那邊的石壁上，匕首尖端沒入寸許，匕柄還在微微的抖索著。

「我們不敢！」兩個人手撫雙膝，戰戰兢兢的俯下身去，半晌全不敢抬頭。直到張二花鞋回身落座，兩人才敢略略的抬起頭來。

早些時，兩人也曾看過鄉野上的壯漢們練武，像護院的大師傅牛恩，就曾在廣場上當眾揮拳踢腿，練過幾路一般人看不懂的霍霍生風的拳腳，也曾耍過百斤的石擔兒，單臂飛掄過頭號石鎖，但依一般的看法，古遠時日傳聞的國技中的那些絕藝早已失傳了！因爲不論在城市在鄉鎮，人們所見到的，都祇是些防身用的普通拳腳，和江湖浪人們耍出的花刀花槍而已，但想不到在今夜，這位團附老爺竟有飛刀入壁的能耐，不由不使人嚇得心驚膽裂！

抬頭再看，前一刹滿臉冰霜的團附老爺，這一刹又變得和氣起來，若無其事的笑著，端起他的紫沙小茶壺呷著茶，指著兩人問說：「我首先想曉得，你們兩個是從哪兒來的?!」

「萬……萬家樓。」年紀較長的一個說。

「噢，萬家樓，」張二花鞋略皺一眉頭，接著問說：「那，你們兩個都是姓萬了?」

「是的，是的。」兩人齊聲說：「都姓萬。」

「你叫什麼名字?」

「萬振全，團附老爺。他是我堂房兄弟，我們都是老二房那一支的。」

「哦，」張二花鞋說：「怪不得你們牽的不是驢，卻是兩匹極惹眼的好馬。……在北地，若論養馬最多的族戶，就要算是萬家樓了!我要問你，萬振全，萬家樓離縣城這段路不算近，你們老遠的騎馬到縣城來，爲的是什麼?依我想，必定有要緊的事情罷?」

萬振全眨了眨眼，不安的使手指敲打著膝蓋，這個在萬家樓受了牯爺教唆，活剮掉關八爺兩眼的兇徒，一旦進了城，就像是落在網裏的魚，一點兒兇焰全沒了。

張二花鞋深懂鄉巴佬的習性，豪華的氣派，闊綽的手面，場子上那套又陳又濫的官威，都能把一個平素兇蠻的野漢懾服，雖不至嚇得他屎滾尿流，至少也能把他嚇出屁來!……

萬振全正是那種地頭蛇型的人物，在萬家樓時，依仗著牯爺的邪勢，炸鱗抖腮，兇焰逼人，在凶性勃發時，才能暗算到關八爺的頭上，但他自出娘胎，血流裏就注入了一股子「莊稼漢怕見官」的本性，他弄不清張二花鞋這個團附老爺在縣城裏究竟有多大的權勢?單從他衣飾、言語、態度，住處的氣派，下人們爭著奉迎的情形，就直接感到他是個官場中的大人物，又見對方具有飛刀入壁的神奇功夫，更嚇得頭魂出竅，二魂離身，只落下戰戰兢兢的三魂，徘徊在泥丸宮頂，當張二花鞋指名問話時，他舌頭窩團著，像比平時短了半寸，窩里窩囉的，窩囉老半晌都吐不出話來。

「這個……這個就說來話長了！」旁邊的一個也替他著急，試圖接過話來替他解說。誰知剛一開口，張二花鞋就指點著他，沉聲說：「住口，我還沒問你！」

「咱們兩人是受牯……爺的差遣……來的。」萬振全彎了半晌，才彎出這麼一句話來。

「你是說珍爺?!」張二花鞋故意岔說：「嘿，我聽說萬家樓有個萬世珍，集了北地不少的民槍，助守鹽市，師長把他當成叛逆，你們兩個原是鹽市的奸細?」

「啊！不不不，」萬振全急忙分辯說：「老七房的萬世珍早就遷居沙河口，跟咱們一向沒往來。我是說，咱們本房族的長輩，如今統理族事的牯爺。」

「什麼牯呀古的?」

「不，是牯牛的那個牯。」年輕的又插了一句。

「你說，」張二花鞋就此轉問說：「你們的牯爺怎樣?是不是跟鹽市也暗中有什麼勾結?」

「從來沒有，我敢賭咒。」那個說：「上回關八帶傷投奔萬家樓，曾跟咱們牯爺當面懇商，求牯爺答允他聚銃拉槍，來鹽市赴援，叫牯爺回斷了。……咱們牯爺跟師長這邊有往來。」

「牯爺還有封信在這兒，」萬振全從貼身的衫子裏，摸出一封被揉皺了的信來，誠惶誠恐的雙手遞了過去。

張二花鞋並不急於看信，繼續追問說：「照你們這樣說，這回你們進縣城，是爲送信來的了?」

「是的，」萬振全說：「還有領賞。」

「領什麼賞？快說！」

「我們把……把師長懸賞捉拿的關八……的兩隻眼珠，給帶的來了！」

「你，你胡說！」張二花鞋大睜著兩眼說：「那關八是鹽市上的叛軍首領，他有以一當百的身手，憑你們兩人，就能挖得他的兩眼？」

「是……是真的！」萬振全急得額頭滾汗說：「咱們萬萬不敢欺哄您，……兩眼現在這裏，待我取出來，您看了就知是真的了！」

他說著，一面就打開布袋的袋口，探手進去摸索，摸了一會兒，從袋裏取出一個布包；打開布包，裏面幾層全裹著油紙，打開油紙，赫然顯露出兩隻酒盞般圓大的、血淋淋的肉球！他把那雙肉球，小心翼翼的弓著身子捧了過去，放在張二花鞋身邊的平几几面上。

張二花鞋望著這一雙黏血的肉球，他實在不敢相信這對眼珠會是自己心目中最崇敬的豪士關東山的眼珠，但事實擺在眼前，使他無法不信！他萬料不到關八爺隻身北去後，轉眼之間，竟會遭到這樣毒手！他仍記得他北去的那一天的黃昏，白馬騰嘯在古渡的渡頭，歸鳥劃過高天，晚風牽著他的袍角，他背影上滿映著慘淡的夕陽光。如今，失去兩眼的他，是死了？還是活著？這毒手究竟是誰下的？誰是從兇？誰是主謀？他要知道，他一時一刻也不能等待。

他轉過臉，不動聲色的聽著對面的兩個人一敲一搭的講說活剮關八爺兩眼的始末因由，聽萬振全講說剮眼那夜的情形。金星在他眼前飛迸，兩耳也起了嗡嗚，他真恨不能立時過去，把這兩個陷害關八爺的愚兇當場扼殺，但他畢竟強忍住了。

他默默的把兩人的話給聽完。

「嘿，你們這兩個財迷了心竅的東西。」他忽然切斷兩人的話頭說：「你們以爲憑著這番話和兩隻眼珠，以及一封任誰都寫得出來的信，就能在塌鼻子師長面前混得過去？就能順順當當的領得花紅？……你們簡直是在……做夢！做夢！懂罷？」

「團附老爺，這兩隻眼珠確是關八的！」

「千真萬確，一點兒也不假！」

張二花鞋搖搖頭。

「光憑嘴講，師長他會相信嗎？……師長上回被那個冒突詐去幾千銀洋後，對那些無憑無據的話，早就連半句也不相信了！如果他問：『你兩個說這眼珠是關八的，我問你們，你們有什麼憑據?!』你們是怎麼個回法？你們先說說看?!」

「這個，這個……」萬振全支吾說：「咱們還有牯爺的那封信。」

「如果我就是師長，」張二花鞋說：「我會說那封信是假造的，我會說你們挖下死人的眼珠，藉機詐財，……俗說：人嘴兩塊皮，說話有統移，像你們這兩個嘴上無毛的傢伙，說話怎能相信得？」

經張二花鞋這麼一提，那兩個傢伙可真的傻了眼了；人家團附老爺說話，句句在理可不是？眼睛珠兒這玩意，上頭又沒刻字，誰能分出誰是誰的？真真假假既然分不清，難怪團附老爺說師長他會起疑。這年頭，巧言行騙的傢伙不是沒有，萬一師長追究起來，自己一時拿不出真憑實據，祇怕真的也弄成了假的了！

「假若你兩個仍然不死心，你們不妨去碰碰運氣。」張二花鞋稍停又說：「俗說光棍不擋財路，我當然沒道理擋著你們去拿這筆賞錢，不過……到時候，萬一如我所說，鬧出紕漏來，可甭指望誰替你們指屁股就是了！」

「啊，不不！」萬振全急忙叫說：「團附老爺，您既這麼說，咱們就是有斗大的膽子，也不敢去老虎嘴裏拔牙！」

「我看，團附老爺若不嫌咱們手腳蠢笨，」另一個說：「咱們就跟您牽馬執蹬，求個發達罷！」

「嘿嘿嘿……」張二花鞋突然淒淒慘慘的狂笑起來，指著兩個人說：「今晚我收留你們兩個見利忘義、披著人皮的虎狼，等日後我這兩隻眼珠比關東山那兩隻眼珠更值錢的時候，你們豈不會又把斜心眼兒歪主意動到我的頭上了嗎?!」

他從躺椅上站起身來，來回走動著，笑得那麼狂，那麼響亮，那麼悽愴，那笑聲從他生命的底層噴發出來，湧迸出來，像冰冷的嚴霜的降落，像無數把利刃割著人心，使人在無比震懾中，不知他下一刹會做出什麼來。那兩個兇徒聽著那種笑聲，開初還祇是驚愕著，相顧的發楞，忽然，他們從那樣回盪的笑聲中發現了一股不可抗拒的譴責和懲罰的力量，一刹間，彷彿覺得對方像火炬般的兩眼，已經看透了自己的肺腑。但他們不能奔走，不能逃避，在張二花鞋炯炯的目光下，在那種奇異的笑聲中，他們戰慄了！

他們自覺肩頭的罪疚越負越重，越負越重，終於像中了魔魘似的，雙膝一軟，衝著張二花鞋跪了下來，戰戰兢兢的俯著頭，哀告說：「團附老爺，咱們絕對不敢……坑……害您！求……求您開恩！」

張二花鞋沒理會俯伏在他腳下的那兩個人，這種兇殘貪婪的人的生死，在他眼裏僅如蟲蟻，他一點兒也沒慮及這些。他捧起油紙包裹著的那雙血滴滴的眼珠，想著的祇是關八爺這麼一個人！在此時此刻，也祇有這麼一個人，在他思想中傲岸的挺立著。

雨在窗外落著，捲動窗簾的夜風帶來一絲絲初秋的寒意，夜朝深處走，迷宮各處的市聲沉落了，河面上閃晃的燈影也稀疏了，祇有一片雨絲構成的迷霧籠著河，祇有點點滴滴的簷瀝聲把冷和潮濕滴進人心……關八爺這麼一個人挺立著，彷彿這黑夜，這冷雨，這淒風，全裹著他，淋著他，拂著他一個人。

他既不是將軍元帥，又不是應天之命轉世臨凡的天星，在一般人的眼裏，他實在太癡太傻，他不必抗官命，釋走六合幫那些苦哈哈的漢子，賣命去坐大牢；他不必抗聲觸怒辮帥，換得一片血肉模糊的棒傷；他不必遠走關東荒域，熬受風雪嚴寒之苦，他不必重領六合幫，去開罪四判官和五閻王，……但他不管天下人如何看他，他祇聽憑著自己的判斷，爲鹽市奔波，爲老民解危，卻落得這種樣的結局……

萬振全這個人的話是可信的，自己確信已誘使這兩人說出真言語；可是爲何把關八爺這種人孤單單的推入這種污穢的人間?!……千百年來，多少英雄豪士曾立下救民的宏願?!可惜到頭來，不是變得陷民害民，就是叫盲目的貪婪的人群吞噬掉，空留下歷史的悲嘆！關東山是個明智的人，他不是沒看到這一步?!宋代的老民，人人若像關東山，奸相秦檜如何害得岳王爺?宋末的老民，人人若像關東山，怎會讓文文山落得被囚的命運?……關八爺有心爲民捨命，而這些貪婪的人偏要剮出他能換得錢財的兩眼！怨什麼暴力夷凌，虎狼遍野?怨什麼人謀不臧，歲歲饑荒?算來都怨在一般求保全，怕惹事，自私自利，貪婪無厭，慣於欺善怕惡的人心！

面對著這雙血淋淋的眼珠，張二花鞋的心狠硬起來，他覺得，不論在官裏，在民間，不管是那昭彰的顯惡，或是潛隱著的奸邪，其爲害都是同等之烈，而後者尤甚於前者。像眼前這兩個人，在關八爺自己，或可恕他，可是遇著我張二花鞋，他們就算是死有餘辜了！……今夜不是悲嘆的時辰，他必須考量關八爺遭人暗算後北地的新情況，他迅速意識到，關八爺遭此凶險後生死不明，北地各大戶赴援的人槍是無法拉起來了，鹽市的情況更艱危是可以預見的，在這種情況下，謀刺塌鼻子師長，更顯得刻不容緩了。

而他在刺殺塌鼻子師長之前，必先要除掉眼前這兩個兇徒。照他們取出的萬家樓牯爺寫給塌鼻子師長的信看來，那牯爺實是陷害關八爺的主謀，這兩個人不過是被牯爺收買了的兇手而已；事實上，如今自己已經無法抽身，先去萬家樓查訪被害後的關八爺的下落，擊殺那個設計害人的主兇，這一切祇能等自己刺殺塌鼻子之後，萬一留下性命來再辦了！今夜他原可以立使萬振全兄弟伏屍眼前，但這兒總歸是五方雜處的客棧，鄰房又都住著許多敗軍裏的官眷，下手不甚方便，看光景，祇有等到明天再說了。

「你兩個替我起來，」他這才低叱說：「我並沒要你們跪著。」

那兩個抬起上半身，猶自跪在地上。

「依你們所說，這兩隻眼珠確是關八的了？」張二花鞋問說。

「不敢跟您說半句謊。」萬振全說：「關八被我們使軟索纏住，一棍打倒，他那兩眼是我親手剮出來的，哪還錯得了！您務請相信我。」

「我就是相信你才問這個。」張二花鞋點頭說：「不過，我常聽人說起關八，說他是個古道熱腸、捨身救世的俠士，他曾在萬家樓遭逢危難時，出手助過你們！如今，他身帶槍傷投奔萬家樓，你們竟然恩將仇報，為貪圖幾文賞錢，剮去他的兩眼，你們以為天會容得你們麼？」

兩個人說什麼也沒想到，這位團附老爺竟有這麼一問?!張二花鞋問話時，臉色並不嚴厲，語音也並沒咄咄逼人，但幾句問話聽在兩人耳裏，直像焦雷轟頂一般；他們在黑夜裏得著牯爺授意，越牆逃獄，一來有牯爺替自己撐腰壯膽，二來也趁著幾分酒意，幹下這種昧心的案子。逃進縣城後，心裏想的祇是那筆賞金，哪還會回想那宗事該不該幹？哪還想到天理容不容？如今經張二花鞋這麼一提，兩人回頭一想，臉色就變黃了。

「其實這……這全是牯爺的主意，」萬振全惶懼的說：「咱們不過是照……章辦事而已！」

「推諉是沒有用的，」張二花鞋拿眼把兩人瞄了一瞄說：「瞧你們兩個印堂發暗，眉中帶煞，臉色灰敗，如不小心將事，早晚必有殺身之禍！……這也許就是報應將臨的徵兆罷？」

「您……您……是說？……團附老爺?!」

「我學過麻衣相法，從沒相錯過人。」張二花鞋說：「你兩個千萬小心就是了！你兩個既打著我的旗號，凡事就得聽我的吩咐。打明兒起，不得我的吩咐，不要走出這座客棧，一切我自有安排！現在，你兩個替我滾下樓去罷！有事，我自會著茶房招呼你們！」

兩人走後，張二花鞋復又捧起那對眼珠，喃喃的說：「八爺，八爺！我張二花鞋不信鬼神，可是這兩個下手剮你兩眼的兇徒，偏在冥冥中叫我遇上了！我張二花鞋沒有你那樣寬厚的胸襟氣度，這兩個人，我是非殺不可的了！……但願能在刺殺塌鼻子師長之後，活著走一趟萬家樓，把謀害你的主兇手刃掉，假如不幸我落在江防軍手裏，那我可就無法替你報仇了！」

他拉開窗簾去，讓寒霏霏的雨絲拂著他的臉。

他覺得整個世界都裏在黑暗和迷霧裏面……天，也許就要亮了，他必須在孤獨中，痛苦中醒著，咬緊牙關渡過這一段最黑暗的時辰。何時才能刺殺掉塌鼻子，瓦解掉北洋軍閥在淮上的這一股殘餘力量，使久歷兵燹的老民迎得北上的王師呢？他一點兒也不知道。

他默默的站在窗前，祇有偶爾透過寒雨的雞啼聲，遠而迷離，那樣的鼓舞著他。

在沙河口田莊，小姑奶奶萬菡英的寢樓上，這一夜的風雨更是淒其的。萬小喜兒帶來的消息使她惶急得幾度暈厥，醒後不斷的嘔血。她親耳聽著渾身是血的萬小喜兒所說的話，她恨透了人面獸心的牯爺。她判斷出，他既能那樣的害死業爺，他就能在暗中對孤身無援而又帶著槍傷的關八爺下手！

時局這樣的混亂，鹽市的烽火沒息，遍野都是流民，珍爺若在沙河口，也許能及時救得了關八爺，偏偏他又陷身在鹽市去了，環顧田莊，竟找不出一個得力的人！若等萬小喜兒傷勢好轉後，再著他潛回萬家樓去，把牯爺的罪行傳告族人，那祇怕太晚了。而且牯爺的輩份、權勢，都是小喜兒撼不動的，只怕事辦不成，連命都先坑在牯爺的手裏了！

夜來時，簷雨在她耳邊哀泣著，軟軟的沁寒的夜風不時撩撥著她眼前的紗帳，紗帳外是一盞熒熒弄影的孤燈；在昏昏沉沉之中，她仍斷續的想著這些，想著保爺和業爺的慘死，想著牯爺笑臉裏含著的謎團，她沒料到牯爺竟是這般奸惡的人，這種人偏又使全族都受了他的矇混，……若不是病成這樣，自己該親回萬家樓，在族人面前揭穿這宗罪案，以自己的病軀跟小牯爺拚上一拚！不論他怎樣兇橫殘暴，老二房的人也不會那樣不講是非，讓一個殺害族中兄弟謀權奪位的豺狼主理族事，這情形祖代都還不曾有過！何況萬小喜兒本身就是個活證。

但自己是不成了。帆檣飄移過來，一面接著一面，多麼神奇巨大的帆篷啊！彷彿是在河上，在逼得人咽息的風裏，那樣的飄行著，飄過朵朵的雲絮，飄過無盡的藍空，總沒有一個踏腳的地方。……我要死了！我要死了！有一個神秘的聲音繞耳流響著，那明明就是自己的聲音，從自己的內心升起，響進她昏沉的知覺。

她並不畏懼死亡；她在萬家樓無波無浪的日子裏活過，她短短的生命裏曾有過綺麗的風光，但她一點兒也不留戀那些。祇記得她慫恿珍爺逐防軍，護鹽船，集結人槍去鹽市時，曾允過盡力運糧運草，護守著這塊田莊，誰料到在珍爺生死不明的時刻，自己倒要先他而去呢？……至於對關東山的那份情緣，到了這種時刻，反而從刻骨銘心的苦思苦憶，變得淡泊恬靜了！說它是春蠶到死絲方盡也罷，說它是一寸相思一寸灰也罷，總之，她不願再朝深處遠處去思想，去描摹了！她自承在這短短的一生裏，愛過這樣一個配稱得為「人」的漢子，並且深深的懂得他，懂得他所活的世界中感受的痛苦和煎熬，這已經夠安慰的了。如今她唯一記掛著的，不再是她對關東山的戀情，而是關東山目前的危險處境！

照萬小喜兒的那種說法，牯爺為了爭權奪位，暗害了長房的保爺業爺兄弟，他明知關八爺跟長房的淵源，而且八爺那個人明是非，辨黑白，若有一絲風聲刮進他的耳眼，不論他在傷病裏，他也決不會放過小牯爺。牯爺如今的一切手段，都是對著關八爺施為的，關八爺即使有通天的本領，但他卻是個稟性忠厚，不慣疑人的直性漢子，況且帶著一身未曾痊可的槍傷，猶似一隻落難平陽的老虎。恐怕真像俗語所說的：明槍易躲，暗箭難防罷？……自己不能不在死前盡一己所能，去挽救關東山即將面臨的厄運，若是處置得宜，或許能藉著八爺的手，替保爺業爺伸冤解屈，除掉牯爺，一洗萬家樓被他一手污辱了的聲名。

若要解救關八爺的危難，唯一的方法，就是趁著牯爺還沒對他暗下毒手之前，著人捎信到萬家樓去，輾轉傳送到八爺他的手裏，好讓八爺知道牯爺企圖一手遮天的惡行。她想著，祇要能讓關八爺知道這些，他就能預作防範了。

這些這些，都是一些不著邊際的游絲，在半空中飄盪著。即使是這樣，她單薄的生命也覺得不勝負荷了。她急著想召喚誰到她面前來，取過紙筆，讓她跟關八爺寫封信，寫明牯爺的種種惡跡和目下的圖謀；另寫一封信，託人帶給族裏正直的執事，讓他們邀集全族，秉公處斷這宗血腥的公案。……她忽而又想到，在小牯爺的獨斷下，萬家樓已不知變成什麼樣子了，誰還能不畏強暴，仗義執言？也許因爲這封信，使族人受累……那可不是白費了心機?!想來想去，祇有關東山是個可以付託的人，但是，信成之後，由誰去傳送呢？……

黑夜漫漫的流著，冷冷清清的簷瀝，隔著窗滴個不完；孤燈的燈焰飄搖，愈顯得室內的淒清；隔著拂動的帳紗去看帳外，一片黯黯的迷離，恍如幼年時常見的渾噩的夢境。……一片早凋的葉子，一個少女的夭亡，在這滔滔的亂世算得什麼呢？但她卻沒想到生命快要結束時，竟會這樣的落寞，這樣的淒其！祇有那簷瀝在哀哀泣述著許多縹緲的故事，在遠遠的、遠遠的地方，歸根結底總是哀淒的。她在一片虛空中向那夢境飄渡過去，飄渡過去；她的鼻息是衰弱平靜的，一方染著血跡的羅帕從她指間滑落，落在淚痕斑駁的枕角上。

她祇是那樣的睡了……

但在她寢房的外廂，以及前廳萬小喜兒的榻邊，人們卻麇聚著，忙碌著。偌大的田莊上，即使有珍爺在家，菡英姑奶奶也是個真正理事的人，珍爺走後，大小事務更落在萬菡英一人的肩上，甭看她身子弱，又帶著病，她理斷起莊務來，卻爽利分明。如今珍爺帶著田莊上的大部人槍去援鹽市去了，老弱難民千百口人被收留在田莊上，新來的難民還絡繹於途；有菡英姑奶奶在，凡事祇要她吩咐一聲可否，底下祇要照著料理就成了，菡英姑奶奶這麼猝然的發病，而且病情急速惡化，已近彌留，難怪田莊上的人都慌了手腳了。頂要命的是菡英姑奶奶病倒床榻的同時，萬小喜兒的傷勢也業已惡化到藥石罔治的程度了。

人們祇知小姑奶奶這次發病，萬小喜兒夤夜趕來報事實是主因，若能使萬小喜兒的傷勢痊癒，也許小姑奶奶的病還能有一線生機；但在入夜之後，萬小喜兒看樣子更是不成了，他雖然一度清醒，旋即陷入長久的昏迷；他的後腦受震，腫脹不消，耳眼和口鼻仍在溢血，在一陣陣不自然的痙攣中斷續的吐著囈語。

從鹽河南接來的老中醫爲菡英姑奶奶開了藥方，又趕過來替小喜兒搭脈，一面兀自搖頭嘆說：「瞧光景，小姑奶奶業已是不成了！這個更是無望了！……莊上趕緊準備著替他料理後事罷。」

「老先生，您務必救救他！」田莊上的賬房說：「小喜兒是從萬家樓夤夜奔出來，半途遭人追殺的，萬家樓不知鬧出了什麼樣的變故？小姑奶奶聽著了，就急得發了病，他若是有什麼好歹，小姑奶奶更沒指望了！」

「人已到了這步田地了，您就有當無，開帖藥，死馬權當活馬醫罷。」難民裏的金老頭兒說：「他的傷勢雖然極重，但他年事輕，看著沒指望了，也許會有轉機的。」

「藥，我是照開。」老中醫說；「救人救到底是一回事情，準備後事是另一回事情，我是說，依他這種傷勢，實在很少有活下去的希望了！」

一整座大廳裏，祇有兩盞馬燈亮著，燈罩久沒擦拭，染著烏黑的油煙，燈光顯得又黃又黯，還帶著一些影影綽綽的斑痕；田莊上的賬房、管事，佃戶家的小廝，在萬小喜兒的病榻邊照看著，一群婦道聚在另一角，探聽著菡英姑奶奶的消息，有幾個年老的婦人，自管喃喃不休的禱告著。

頂著綿綿夜雨的人不時出入著，把油紙傘和雨簑衣靠在門檻邊，滴滴的滴著水，大廳的方磚地上，也縱橫的印下許多潮濕的腳印；萬小喜兒的眼半睜著，黑眼珠略朝上方斜吊著，他直挺挺的僵躺在鋪了幾層草薦子的繩床上面，高高低低的人頭的影子在他身上晃動，他已經看不見那些圍繞著他的人臉了。

在他見過菡英姑奶奶之後，他就像一個拚盡力氣泅泳過一條急流滾滾的大河的人初達彼岸一樣，一上了沙灘，所有的潛力都消失了，分散了，再也無法聚攏了！雖然他不甘心讓牯爺那樣邪惡的人在世上作威作福，不甘心讓他一向敬佩的關八爺在不知不覺中陷入牯爺事先密佈的羅網，他希望緊緊抓住就要從他體內遁走的生命，希望能在這種緊要關頭挑起他該挑的擔子——在全族人的面前，揭露小牯爺的真面目，但他實在是無能爲力了。

他實在是無能爲力了，在他僅存的一絲感覺中，祇有一些光的晃動，影的晃動，無數穿越黑漫漫空間的帶著火焰的箭羽成群成陣的作無定向的梭流，像隔著一個世界那般遙遠的響聲，胡啦——唿……啦！……黑黝黝的林子裏！陰沉霉濕的氣味，咻咻的喘息，嘿嘿的冷笑。混亂的、零碎的、重疊的、複雜的、魅般的、夢般的，把那點兒僅存的意識靡絆著，漸遠漸遠，祇落下一片虛空……

他哇的吐出一大口鮮血，把頭歪向一邊。

藥釜上的湯藥還在滾沸著……

「小喜兒爺，小喜兒爺！」誰還在試著叫喚他。

金老頭兒伸出手，試了試他的鼻息，後退半步，搖頭說：「他……死了！」

「這怎麼辦？要告訴菡英姑奶奶嗎？」

「噓——」賬房說：「這怎能告訴她?!我們祇好替他營棺落葬，把這事瞞著小姑奶奶，她能好轉些兒時，就是問起，也不能把小喜兒的死訊告訴她。姑奶奶她這回發病，是由小喜兒的話引起的，他醒後，姑奶奶正在他身邊，他不知對她說了些什麼？姑奶奶聽著，就暈靠在圓柱上，大口的吐了血。」

在大夥兒忙著爲死者張羅的時刻，寢樓上的菡英姑娘正做著一場真切的噩夢。她夢見一張恍惚是萬小喜兒的、變了形的、七竅流著血的臉，被燈光照著真亮亮的，飄漾飄漾的來到她的臥榻前，跟她說：「姑奶奶！我這是先來跟您告別……來了！保爺跟業爺，都是牯爺設計謀害的！我雖遭紅眼萬樹的追殺，我一時失手反先殺了他，但我也遭了他的毒手了，這筆賬，都該記在牯爺頭上。姑奶奶，妳有一口氣活在世上，請別忘記保爺業爺的沉冤，妳是知道實情的人，妳若不揭發他，也許萬家樓就沒人揭發他了！……妳可也甭忘記，豪士關八爺，如今正在虎狼的嘴邊，妳不救他，他定會陷入小牯爺張好的羅網……」

那臉令人可怖的血臉，一面說著話，一面朝自己眼前壓過來，壓過來，不斷的變大，變大，變大，燈光仍然真亮亮的映照著那眼，那耳，那鼻，那眉，那滴著血的嘴角……一剎間，它大得像磨盤一樣，急速的旋轉著，旋轉著，天和地也都跟著它旋轉起來。在天旋地轉之中，到處都塞滿了小喜兒那種哀切的說話的聲音，巨大得像響了雷一般，遠近更和應著一片嗡嗡的餘音……

「哦！……哦……唷！」她手撫著胸口，喘息的，從夢中叫出聲來。

「姑娘，姑娘！妳醒醒，醒醒罷！妳是在做惡夢了？」婢女輕輕的用手推著她，那種輕而急促的聲音傳進她的耳鼓，幫助她從夢境中掙脫出來。

「啊！」她呻吟著睜開眼，夢境像日出後的殘霧一樣，一片一片的遁開了，立几上的小座鐘依然的噠的噠的響著，那聲音和簷瀝混合在一起，簡直聽不分明，那盞煢煢的孤燈仍然亮著，雕花的銅爐裏，婢女剛進來添上幾片檀香。

她怔忡了一會兒，回思著適才的夢景。

「妳是在做惡夢了，姑娘。」婢女又一次提醒她說：「妳在夢裏叫出聲來。」

「天到多早晚了？」她軟弱的問說。

「雞叫二遍。」婢女說；「也該快亮了。」

她把一隻洗淨的痰罐捧過來，放在她的枕邊，又順手爲她掖一掖被角。萬菡英這才真的醒轉了，她覺得自從聽著萬小喜兒的話暈厥後，以這一時刻最爲清醒，除了身子感到軟弱虛浮之外，她確是在這個淒清的雨夜裏清醒著，她聽見窗外簷瀝的哀泣，也聽見隨風走過院中蕉葉的沙沙的雨聲，她能夠清晰的思量了。

「藥在外間熬著，適間妳睡了，醫生吩咐不要驚動妳。」婢女在一旁緩緩的說，一面爲她攏起紗帳。

萬菡英低低的嗯應著，她是在思量另一些事情，包括適間所做的、撲朔迷離但又那樣真切的夢。

婢女跟她時日久，深知小姐的脾氣，——當她微鎖著眉頭沉思什麼的時刻，最忌有人打擾她，如今她見著菡英姑奶奶的神情，便忍住了幾句將要出口的話，放輕腳步退到一邊，爲她把煤燈捻亮了些，背轉臉去，無聲無息的吐了呵欠。

萬菡英在疲弱的咳著，惟其她是清醒著，她才緊緊把握住這一點兒能夠思量的時光，她自已知道，自己業已病入膏肓了，臨終前，無論爲著關八爺，爲著萬家樓的子孫後世，爲著保爺業爺的沉冤，她都必須當著關東山和族人，揭露牯爺的罪行。……雖然她適才做了一場可怖的噩夢，但她不相信小喜兒已經死了！小喜兒是個年輕力壯的人，雖然渾身帶著打撲的重傷，他仍能掙扎著，騎上牲口奔來沙河口；他既能奔來沙河口，就不致於死在這兒。小喜兒死不得，因爲他是個活證人，從他身上，找得到牯爺無法狡辯的罪證。

自己能活在世上的時間太短促了，已經無法再掛心赴援鹽市的那些人們的安危，也無法再掛慮難民們生活上的安排，祇好就這樣始終如一的希望著罷，把希望懸在夢想的帆檣上，流過藍空，流過雲絮，在碧色的波濤上駛向遠方，願他們有一天都能像擁著一片金陽般的擁得一份真正的太平。

「替我著人去找賬房跟管家來這兒。」她說：「我有些……要緊的事……等著交代他們。」

「妳還是先喝藥，歇著罷。」婢女說：「醫生交代過，要妳儘量少說話的，姑娘。」

一縷淒絕的笑意浮上她蒼白的臉，她搖搖頭說：「我自覺……不成了！這一向勞累妳時常熬夜守著我，我很不安心，去罷，這算是我最後煩勞妳。」

婢女站起身，背轉臉飲泣起來……

她去不一會兒，田莊上的賬房，宅裏的管家，還有一些婦道人家都來到寢樓的外廂。

「姑奶奶她……她怎樣了？」

「她很清醒，」婢女說：「祇是很疲弱……剛剛還做著惡夢。」

「都請……進來罷。」萬菡英摸回落在枕邊的羅帕說：「不用再拘禮……了。」

一群人悄悄的進屋時，一陣青青黑黑的波浪又湧在她的眼裏，她徐徐閉上眼，等待那陣黑浪湧過去，緩緩退落，才迸力吐話說：「我不成了！但我死前，有宗事情需得辦妥。」

「姑奶奶，妳千萬甭講這樣的話……妳的病，祇不過一時磨難著妳，還是安心調養著……要緊。」

萬菡英搖手止住對方的話，平靜的說：「萬小喜兒來沙河口報信，半途上遭人追殺，揭出一宗驚人的案子來，——保爺業爺，全死在如今主理族事的牯爺手裏。」

這句話聽在田莊上人的耳裏，無異是平地的一聲霹靂，一個個都驚得目瞪口呆，一時答不上話來。對於萬菡英來說，當她初初聽著這種消息時，也曾極度悲痛過，激憤過，但如今她吐述這事時，悲痛和激憤都已經過去了，祇餘下對牯爺的憎恨。

「你們也該知道，對萬家樓有恩的關東山八爺，如今還在牯爺的手掌裏。」她繼續說：「萬小喜兒知道，牯爺是怎樣處心積慮的要設計謀害關八爺……」

這一回，在一片寂默之中，響起了一個婦女猛然迸發出來的啜泣。那正是從鹽市上跟隨最後一撥難民撤出來，投奔沙河口的小餛飩。

她到沙河口田莊後，原沒作長時歇腳的打算，大浪把她從這裏沖激到那裏，從一種生活變換到另一種生活，她是一莖柔細的草沫，身不由主的飄流著，直到毛六被張二花鞋誘擒，交在自己手上，她才在鹽市的人群中紮下根鬚，接觸到一種全新的堅實的生活。

那生活是清苦的、艱難的，但它是那樣的穩實，使人們都像落土的種子，穩植在含孕生命的土層當中；那生活是一支使人永憶的歌，在晨晚的風裏，清越越的播揚著。……在帶著刺鼻鹽腥味的堆棧邊的大廠房裏，大群的姐妹們唱著輕快的歌，迎著天光編蓆結繩。在野曠的空地上架野炊，燒起紅紅的柴火，不管四周的槍聲多麼密集，殺喊多麼騰揚，祇管替那些火線上浴血的人們烙餅燒飯。夜晚提著燈籠，到一排排空棧房中去照顧負傷帶彩的人，爲他們裹傷敷藥，漿洗染血的衣裳。

它是清苦的、艱難的，但她用全部生命的激情，愛著這種新的生活模式，因爲它洗除了自己悲傷屈辱的往日，在拋別了濃濃脂粉，軟軟弦歌後，使她重新自這種堅實生活中獲得自信，相信她能夠單獨在風中站立。她愛著這種新的生活，這使她被當成一個人，也自覺是一個人，追本溯源，這都是關八爺給予她的，他給她的是一種迎向任何生活的勇氣。……她帶著這樣的勇氣離開鹽市，捲在大陣年輕的婦群中撤向北地去，她一時並沒有打算投奔哪裏？或是憑藉什麼去謀生？事實上，遍野都是離家的逃難人，今天不知明天怎樣？根本也無法打算得那麼遠；就這樣穿過黑夜和白天，走過無人的荒村和野煙四起的曠地，她們有七八個人投奔到沙河口來。

風暴中的沙河口田莊，在表面上是靜謐的，好像洶湧激流岸邊一圈兒迴環的水面，許多老弱的難民都麇集在這兒略作短暫的喘息，不知哪一天風暴會突然降臨，把這些沒有掩覆的人群捲噬掉。

她跟同來的姐妹們商議，匆促決定了兩條路，一條是冒險穿過小鬍子那一旅江防軍的封鎖，到彭老漢彭爺所領的民軍地面上去；另一條是北上尋找關八爺，聽說關八爺帶傷住在萬家樓，荒湖蕩北的那塊地方，不但大族大戶多，而且人槍氣勢極旺，大夥總認爲關八爺在哪兒，哪兒一定比較安靖些，就算是各族拉槍援鹽市，年輕的婦道人家也有份事情好做，不至於閒著。

小餛飩比旁人更關心著八爺，但她心裏思想的、懸慮的，跟旁人都不相同。……她祇是朦朧的覺得，人間世上，原就是一片貪與慾匯成的血腥大海，一切的人都在這片廣闊無涯的血海浮沉，直至沒頂。她不相信誰有那麼大的能力，能夠淨化這片血海，更使它永不揚波；甭說古往的那些聖賢豪俠沒能淨化人心，連他們本身也屍浮在這片血海之上了！

她總想，若能早天見著八爺，她要把這片憂心獻上，力勸他脫出這片血海，隱姓埋名以竟終生，要不然，她總怔忡不安的懸慮著，怕八爺那種英風俠骨的人，不死在浴血力抗北洋的火線上，反被坑害在宵小的手裏。她不相信誰能在這樣亂世中護衛得自己，不相信八爺人在哪兒，哪兒就會安靖。八爺他不是神，也祇是個血肉凡人。爲這個，她也該轉投到北地去，她想，她祇要有心，終必能再遇上八爺。

她算是料中了；在她還沒能轉投北地之前，她就從菡英姑奶奶的嘴裏，聽出關八爺處身險境的消息了。無論如何，她總是個年輕柔弱的女人，當她知道自己的恩人身陷險境時，卻不能以身替代他，一時真有柔腸寸斷的感覺，忘記了身在菡英姑奶奶的病榻跟前，嚶嚶的啜泣起來。

萬菡英被那發自肺腑的啜泣聲吸引著，驚奇的抬眼看著她。她不認得眼前啜泣著的這個女人，那女人身上雖祇穿著半新不舊的藍布衣裳，梳著鬆鬆的扁髻，臉上也沒有一絲脂粉的痕跡，但她一眼就看得出來，她有著城裏女人的氣韻和出色的姿容。

「妳貴姓？」她喘息著問說：「爲什麼要這樣的傷心呢？」

「我姓卞，姑奶奶。」小餛飩哽咽著：「關八爺……他是我的恩人。我是剛從鹽市上……撤出來的。」

萬菡英祇是望著她。從她的姿容臉廓，使她想起萬梁舖的愛姑來。在萬家樓，愛姑是最可安心託付的人，她爲何不把寫給族人和關八爺的信，託人先交在愛姑手裏？相信愛姑自會傳信給關八爺和可靠的長房執事的。

「關東山八爺，他對萬家樓，也算是恩深意厚，」她說：「如今牯爺豺狼成性，萬家樓闔族和八爺都有了危……難，妳哭也沒有益處了……」

「我知道……姑奶奶。」小餛飩說：「我身受八爺的恩德，如今是報恩的時候，萬家樓就是刀山劍林，我也該趕得去，盡力幫著八爺。」

「那好，那好，卞姑娘。」萬菡英轉向賬房說：「煩你取個筆墨來，用我的名寫兩封信，一封給八爺，一封給長房執事，……我口誦，你照著寫，……信成後，交卞姑娘帶到萬家樓去。」

賬房應聲去取紙筆，萬菡英就招請小餛飩坐到床沿，牽著她的手，誠懇的吐話說：「卞姑娘，我們雖僅是初識，但妳這種不畏危難，知恩報恩的性情，我真是又羨慕，又喜歡。我的病已到山窮水盡的光景，……不能起來拜妳，一切就這麼託付給妳了。」

天也許真的快亮了，但窗外仍是一片墨黑，風勢變得大了些，一陣一陣的響著雨絲激打玻璃的聲音，雞，在遠遠近近的黑裏淒涼的啼喚著，雞啼聲透過雨，聽在人耳裏，也帶著一股襲人的寒意。萬菡英就那樣的以病弱垂危之身，口述著那兩封信，讓賬房照著寫。她把牯爺的罪行，逐條逐項的說得清清楚楚，使在一旁聽著的人都覺得髮指。

兩封信寫成後，她又叮嚀著說：「卞姑娘，妳能進得萬梁舖，即使見不著八爺，妳也可以把這兩封信交託給愛姑，——人都管她叫萬小娘……妳就說，這是我交託她的，她定會設法把信交到八爺的手上。妳……一……路上，多多保……重！」

「我……知道。」小餛飩哽咽得更兇了：「姑奶奶，妳病體……要多……保重……才是真的。」

光景是那樣慘淡，小餛飩沒有想到她會在今夜一肩挑下這麼一付重有千斤的擔子，她投奔沙河口時，並不知道田莊上有這麼一位菡英姑奶奶，等到進了田莊，才聽著難民提起菡英姑奶奶的名字，提起她對待外地流民的眾多好處。她來後當天就聽說菡英姑奶奶發了病，她自願進宅來幫著料理雜事，盼望能見見她。

她原以為這位姑奶奶是個中年婦人，沒想到，她卻是一位比自己年紀更輕的閨閣千金！她雖然病成這樣，一罐一罐的吐著血，但她清麗的姿容卻仍具有一種吸引人的力量，她語言真摯，態度從容，尤其是斷事的果決，是自己生平從沒見過的。

在這短短的接觸中，她在自己心裏，已留下至深的印象，……早先常聽人說及世間有奇女子，像這位菡英姑奶奶就該是了！但自己始終弄不明白，為什麼她那樣的關心著關八爺的安危？她雖沒明言，但在言談態度中，發現她關心的程度，似比自己更甚，要不然，她決不會在病危時，把這事當著唯一的大事來處置了。

她辭別出來，準備收拾著趕往萬家樓，剛到前廳，賬房卻追出來，急急的說：「姑奶奶適才忘了交代，卞姑娘，盤川、乾糧，都由莊上為妳備妥。萬小娘是萬梁舖的女主人，不用向人打聽，找到萬梁舖也就找到了她。姑奶奶怕妳不識路，單身出門不甚方便，要我請金老爹陪妳一道兒……去。萬一信遞不著，能傳個口信也成。」

當天大早，小餛飩由金老爹陪著離開沙河口，當天下午，菡英姑奶奶就在寢樓上嚥了氣，賬房自己騎了牲口去萬家樓報喪，他卻盤算著如何在牯爺跟前出賣這個最值錢的秘密。連管家的老魏，都被矇在鼓裏。

第二十一章·突破

從鹽市上西去大湖澤連繫民軍的大狗熊，一路上走得很慢，他並不知道在這幾天裏面，他的夥伴王大貴業已在受盡酷刑之後，被牯爺殺害在萬家樓南的紅草坡，不知道萬振全業已剮走了關八爺的兩隻眼珠，使他變成六合幫裏唯一的一個幸運者了。

他所走的那條路，在鹽市一般人心目裏，該是危險最多，也是最難走的一條，因爲一出鹽市地界，一路上都是小鬍子旅拉封鎖的江防軍。那些江防軍以拉封鎖，不准平民入湖澤地，防止民軍拉出來爲名目，任意拉伕、劫財、栽誣受害人爲土匪，就地來它一個槍斃滅口，差不多在沿著三河這一線上，各村鎮每天都有斃土匪的把戲上演著，因此，連窩心腿方勝也暗替他捏了一把汗。

甭看大狗熊是個楞裏楞氣的粗大漢，可是他除了喝醉老酒之外，倒是粗中有細，有著超常的心智和急中變出來的計謀，他用這些對付江防軍裏的那些土牛木馬，簡直有點兒用牛刀殺雞的味道了。

他知道，在北洋防軍地面上，那些生著歪心邪膽的老總們，一個個都是欺善怕惡的傢伙，你越是裝得老實，他們越是騎在頭上欺你；你越是擺出強梁的架勢，他們反而憚忌你三分！一般說來，防軍麇集的地方，真正的土匪強盜，混世的人王，都可以大模大樣的搖著膀子行走，而許多忠厚老實的平民百姓，反而倍受欺壓夷凌。

因爲這樣，所以大狗熊一路上都扮著游手好閒的混世大爺那種角色。他穿的是簇新的藍緞袍子，勒著細絲織成的腰帶，大明大白的插著攮子，帶著匣槍，肩上揹著雙馬子，前後的袋囊裏全裝的是叮噹響的銀洋。

那些江防軍看人，兩眼活得很，看你沒骨沒刺，可欺就欺你，可吃就吃你，像大狗熊這樣的裝束打扮，一望而知這個傢伙是跑碼頭混世的爺字輩人物，而且是行走有仗恃，背後有靠山的！因爲假如沒有靠山，他就不會明插著槍和攮子，就不敢把錢財露白了！……這些硬扎的混世大爺們，依慣例都跟北洋官府聲氣相通的爲多，防軍兵勇一見這類人，兇焰就施不出來了。

他們越是這樣，大狗熊在路上越耍得開！

他吃得飽，喝得足，賭得豪！他專門找防軍麇集的茶樓、酒肆和賭場去吃喝玩樂，跟那些兵勇們混在一起。不過，有一宗他卻切記著不敢或忘——他強忍著，不敢過度的酗酒。早先跟隨關八爺走道兒的辰光，自己跟石二矮子兩個，常因爲酗酒鬧出笑話來，讓關八爺擔心費神，一再以「酒能亂性」告誡自己；那時刻，即使酗酒鬧出紕漏來，還有成群大陣的弟兄扛著，如今，千斛擔子一人挑，再因酗酒誤了大事，可再也沒人幫一把手了。……因此，他在表面上輕快，心裏總是沉甸甸的像墜了鉛！

小鬍子這旅人三面圍著大湖澤，看著好像很鬆，實則暗裏上勁，一個人想混過封鎖過湖去，可真的難上加難！也許他們也知道大帥兵敗龍潭，淮上的風聲轉緊了罷？那些集鎮上面，拉伕、抓兵、捕逃勇的事，時時都有發生，弄得年輕力壯的人都躲得沒了影兒了。

即使他沒酗酒，一路上也遇著不少的麻煩。

有一次麻煩是在賭場上，一個江防軍的連長給他的。那一回，江防軍的那位連長正在賭檯上賭寶，大狗熊在對面的小酒舖裏喝了兩杯，聽見賭場上那種興高采烈的吆喝，以及唱寶的扯長那種記門算注兒的歪腔，不免心癢手癢，便歪著身子蹩了過去，伸著腦袋賭上了。

那張檯子的四邊，一圈兒圈著十來個江防軍的官兒，全都胡亂的穿著軍裝，而那個混號辣子的連長，正是做莊押寶的人。

辣子這個人，正像他的混號一樣的辣，辣得人有吃不消的感覺，由於他早先是個貨真價實的混世大爺出生，設過私窯子，團過小賭，也幹過不少殺人越貨的勾當；這種人，一旦在北洋軍裏有個小小的發跡，那就不得了了！因爲他眼尖耳利，處事的經驗充足，滿肚子的歪心邪膽比別人大，壞水也要比別人多許多。這傢伙一向是對上逢迎，對下施橫，對同僚耍滑頭、施巧計、玩心眼兒弄慣了的，尤獨對欺壓善良，有變不盡的花招兒。

可是大狗熊卻一點兒也弄不清楚。

大狗熊擠上檯面時，正碰上辣子時運不濟猛輸錢的時刻，同一個檯面上的那些官兒們正忙著贏錢，估量著辣子這一寶裝的幾？哪還有閒心腸仔細端詳這新來押寶的人?!其中也有一兩個瞟了大狗熊兩眼，對於這麼個陌生的便裝來客，在開初抱著半分驚異，半分懷疑，因爲在封鎖線上，天大地大，沒有比江防軍的官兒們更大，若是一般小民百姓，哪兒有這麼大的膽子？敢伸著脖子，翹著屁股，大模大樣的靠江防軍官兒們麇集著的賭檯上歪肩亂擠，既敢擠到這邊來的人，不用說，多少總有些苗頭。

本來嘛，在一片呢質軍裝的官佐群中，擠進一個穿藍緞袍子，掖起袍角，肩上揹著鼓凸凸的雙馬子的人，看著也分外的顯眼。但再瞧大狗熊一臉蠻不在乎的樣子，一擠進賭檯，就把滿裝銀洋的雙馬子重重的朝檯邊一撩，發出沉重的銀洋磨擦的響聲，那幾個覺得來人定是地方上的混世大爺，毫無可疑之處，也就懶得過問了。

「老子他娘的皮來押它幾注兒，贏些盤川上路！」

大狗熊這麼一開腔，辣子業已有一分火氣，鼓不住的要朝外迸發了。

一般樂賭的傢伙，十個有八個都談不上什麼賭品，贏了錢笑得見牙不見眼，不單瞧著摟在胳膊彎裏的錢順眼，就是瞧著人臉也都順眼，萬一手氣不順輸了錢，那張臉就變得見眼不見牙了，嘴裏濺濺咧咧的咒著、罵著，瞧著銀洋也不順眼，瞧著人臉更不順眼，恨不得要揮以老拳。

辣子的賭品之賴，是賴出了名的，他仗著有人槍，有權勢，若是小輸，就找人抽他一頓鞭子，打他一頓扁擔；若是大輸，非找兩個人斃一斃消不了氣。大狗熊正在辣子輸得噴煙冒火的辰光擠上來，又偏偏在沒下注之前，直通通的說了幾句使對方喪氣的話，那辣子的火氣被他這麼一撩撥，可就更大了。

「我×他奶奶，老子開寶一向沒輸過，今天準是他媽的遇上了倒楣鬼！」他一面罵著，兩眼卻看著大狗熊，表示這話就是罵給他聽的。

「敢情是！」大狗熊一分不讓的說：「你要是砸了堆，我來做莊家，贏大夥兒！」

「嘿？」辣子連長鼻孔出氣，把大狗熊瞧看一番說：「沒想到你這位仁兒，一上檯兒就想做莊？你能挑得起多大的注兒？」

大狗熊笑瞇瞇的拍拍他那鼓凸凸的雙馬子說：「沒錢不敢空說話，跟你們賭，我做得起沒底莊（下注不受限制，任對方下多少都有得賠的意思），決不讓押注的喝水就是了！」

辣子連長把兩眼突然一瞇，那樣子，就像要在大狗熊身上挑出些把柄似的。

「你從哪兒弄來這許多洋錢?!」他問著，帶著些半真半假的樣子。

「我祇能告訴你，不是偷的，不是搶的，更不是平白撿來的。它是從來處來的！嘿嘿嘿，」大狗熊笑說：「你要有本事贏去，它就是你的！」

大狗熊這一說，其餘的人全笑起來了。

辣子連長看著那袋子銀洋，原想當時扳下臉，找個岔兒整整人的，經大夥兒這麼一笑，才意識到這樣扳下臉，既不是時辰，又不是地方，一來，尚沒弄得清對方的底細，二來，這是在賭檯上，他是個軟硬自如的老油子，念頭一轉，也就跟著笑了起來。

「下注罷，」他說：「我還沒砸堆呢！」

他把空寶盒兒抽回去，壓在他的軍帽底下，雙手伸進去，叼著煙捲兒猛吸著，從煙火頭上騰游起來的煙霧，把他兩眼燻得瞇瞇的。……讓我先耍點兒小手法，脫光這傢伙的褲子再說。

瞇瞇的兩眼透過煙霧沉沉的空間，望的卻是那隻鼓凸凸的錢囊。他雖不是職業賭手，但在賭場裏打了多年的滾，裝寶時的小手法也學了不少，他並沒把寶點子押進寶盒，卻把一隻手反窩著四塊寶牌，朝袖子裏一縮，他想用做鬼的方法贏錢。

「押罷，夥計們！」他說：「寶來了！」

押寶的都在緊張的玩弄著自己檯面上的硬幣，盤算著辣子連長這一寶裝的是什麼點子?上一寶他裝的是二轉三（**裝二之後，又裝出來的三點**），他這一寶該押三轉幾呢?!

通常人們賭寶，都有那麼一種脾性，假如莊家手氣順，連來幾把旺點兒，吃了大注，押輸了的老幾們一冒火，反而放得開手，閉上眼獨沖一門；若是莊家賠的多、吃的少，大夥兒越贏錢，考慮也就越多，互相揣測著，低聲商議起來。誰也不知道蓋在絨布下面的寶盒裏卻是空的。

各人紛紛下注了，寶官又歪扯著嗓子唱起注兒來，單雙撐，紅黑槓，獨沖帶拐彎兒，大狗熊抓出一大把洋錢來，並不忙著下注兒，祇管瞇瞇帶笑的拿眼逡著辣子連長，神情裏透著一股詭秘的味兒，彷彿看透了那方黑絨布底下的秘密。

辣子連長叫他逡得渾身有些不自在了。

「上一寶，他裝的是什麼？」大狗熊使手肘抵抵他旁邊的一個說。

「裝的是二轉三。」

「甭問了，辣子最喜歡吊寶，連著又是一個三！」另一個說：「我他媽押它個獨沖三！」

「我押二。」又一個說：「押二外拐三，——我防著他仙女穿梭，二和三翻覆著來。」

「再上一寶他又裝的是幾？」大狗熊又在慢吞吞的說，露出猶疑不定的樣子。

「你問這麼多幹啥？嘿嘿嘿，」辣子連長嘴角仍叼著殘餘的煙蒂，半邊臉笑著，另半邊卻繃得很緊，把嘴角朝一邊歪吊著。

「我要多多的捉摸捉摸。」大狗熊一本正經的說。

「瞧你塊頭兒大得像隻狗熊，膽子卻像是老鼠。」辣子連長話裏帶刺，明白的譏諷說：「這一寶，你究竟押是不押？旁人等著亮寶呢！」

「不不不，」大狗熊並不光火，仍然慢吞吞的說：「跟不認識的人賭寶，依例該看他亮三寶，摸清他裝寶的路數之後再下注兒，要不然，我好比拿著洋錢朝水裏扔一樣。難就難在這裏，我不得不仔細的考量考量。」

「你押三拐二就不錯，」一個在旁邊替大狗熊拿主意說：「再不然，押二拐三也行！我估定了他這一寶是裝不出么四來的！」

「不一定，」大狗熊把身子朝後仰了一仰，笑著說：「也許寶盒裏會裝出個『五』來！那，咱們可就都輸得慘兮兮了！」

大狗熊這句溫溫吞吞的笑話，把一群人都逗得呵呵哈哈的大笑起來。通常一個人說了一個笑話，都是自己先笑，但大狗熊不然，旁人越笑得厲害，他越祇當沒事人一般，木木訥訥的板著臉，嘰咕說：「寶開五就是寶開五，這有什麼好笑的？」

他不問還好，這一問，更逗得大夥兒笑得直不起腰來了。

有一個穿馬靴的傢伙，伸手指點著他，笑了半晌，強忍著反問他說：「你甭讓咱們笑……斷……肚腸了！天底下還有寶開五的?!」

「你甭擔心肚腸，」大狗熊說：「你們當官的爭著吃空名兒，腸子經常裝著雞魚肉蛋，油水多；這種油腸子韌得很，笑不斷了的。」

「天下當真有寶開五的嗎？」辣子連長伸手壓在寶盒的那塊黑絨上，站起身子，一條腿高蹺在凳頭說。

「我親眼見過。」

「你親眼見過?!」那個追問說。

「當然嘍。」大狗熊說：「早先我跟我那矮子兄弟去賭寶，碰上一個死不要臉的郎中馬五瞎子，他想在寶盒裏做手腳，誰知功夫不到家，一開就開出一隻五來了！……我說，那個賭場的郎中也真是沒有自知之明，功夫既不到家，強做什麼手腳來?!」

就算是大狗熊說者無心罷，辣子連長卻是聽者有意，聽了大狗熊的言語，心裏不由怦的一跳，表面上，卻用一串不相干的哈哈掩蓋著。

「這寶開五還算好的哩，」大狗熊又說：「還有些江湖上專門賭鬼寶的郎中，靠耍手法詐財吃飯的傢伙，你們知道那塊黑絨布底下裝的是啥？嘿嘿嘿……」他一面說著，一面縮著脖子，詭秘的笑了起來，故意勒住話頭，朝四面攤了攤手。

「不是裝著寶牌兒，難道還會裝旁的？」一個說。

「你說裝啥？」另一個催促著。

「他什麼也不裝，」大狗熊搖頭說：「他祇放一隻空寶盒在底下。」

「有趣！真他媽的有趣！」幾個拍掌叫絕說：「他若祇放空寶盒兒，咱們倒要看他怎麼亮寶？要是有這麼一個傢伙，耍這種手法騙咱們的錢，咱們不同心合力的活剝脫他的頭皮才怪呢！他奶奶的。」

辣子連長霎著眼，頭皮有些火辣辣的發麻了！他雖是個兇蠻刁惡的傢伙，如果對付大狗熊一個人，他倒也不甚在乎，可恨的是對方有意無意的這番話，把同桌的十來個同僚都挑動了；自己偏巧業已做了空寶，如果當場叫他揭穿，眾怒難犯，那簡直……簡直他媽箇巴子的糟糕透頂！他一想到這兒，渾身不由微微的抖索起來，但他仍然不動聲色的強忍著。

「各道的注兒押齊了，等著……亮……寶……」

討厭的寶官一點兒也不懂辣子連長暗中遞過去的眼色，偏偏在這種要命的辰光催著亮寶。

「真他媽的有趣！有趣！」他裝著沒聽見寶官的話，也插上一槓兒嚷嚷說：「竟有開寶的人會玩這套手法的，我在賭場上打了這多年的滾，真還沒見過這……等人。當然嘍，他既會耍這套手法，就不至於在亮寶時亮出空寶盒兒來，白白的討打，對吧？」

在辣子連長的心裏是這麼盤算著：這傢伙雖然看起來粗壯魁梧，他看不出他有多麼靈巧的心機，也許他的話不是有意衝著自己說的，但他既然說出這種話來，可見他對賭寶的各種小手法很熟，自己就不能不防著他，……萬一在亮寶時被他瞧出破綻來，事情就不甚好辦了，不如裝著聽他講說這宗事情，等大夥兒迷於聽話時，悄悄的在暗中施點手法兒，把各門不下注兒的冷點子——么和四，任塞一塊到空寶盒裏去，那時又大明大白的吃了各注上的錢，又不必擔心了。

「當然他不會亮出空寶盒兒的了！」大狗熊朝他笑著，吱了吱牙齒說。

「他會變出四塊寶牌兒來，聽他的指使？」另一個說：「我就不知這種手法是怎麼耍的？你能不能說給咱們聽聽，長長見識？」

那人問這話時，辣子連長也在一邊伸長頸子聽著。他聽話是假，在聽話時，右肩略爲一晃，把右胳膊朝後輕輕一縮，用反窩在袖口的手指兜住那四塊寶牌，並且用小拇指的指尖點中了一塊「么」牌。

正當他要利用這個難得的機會，在眾人不注意時偷塞進黑絨布下面那隻空寶盒裏去的時刻，倒楣的是，對面那個傢伙又變出花樣來了。

「諸位請看這隻掩在黑絨布下面的寶盒兒罷！」

大狗熊這句話一出口，把周圍許多隻原本望著他的眼，全在手指的一繞之中，牽到賭檯正中的那塊黑絨布上來了。辣子連長吃了一驚，急忙把那塊「么」牌兒用中指給反推了回去，依然藏縮在袖籠兒裏。

倒楣！……他心裏怨恨著。

「就拿這一寶來說，如果他出的是空寶……」

「你……你……你這是什麼話?!」

大狗熊剛一開口，辣子連長作賊心虛，但在面子上又不能不充硬，直著喉嚨怒叫說：「你這不是……存心欺負人?!假如我亮出的不是假寶怎麼說?!」

「對不住，對不住，我祇是打個比方，——我是在說賭場郎中如何在寶上做手腳的故事。」大狗熊繼續說：「假如這一寶，這位官長他就是個郎中，他出了假寶，這寶盒裏是空的，根本沒有點子，——實在抱歉，我祇是在打比方，——更比方諸位對這種行當都沒經驗，全都受了他的騙，衝著這塊黑絨布，挖空腦子想著莊家在寶盒兒裏裝的是什麼點子？么呢？二呢?三呢？四呢?!……其實誰都沒猜著，這隻寶盒根本就是空的！」

「那麼……寶牌兒呢？」

「寶牌兒?!嘿嘿嘿……」大狗熊又斜乜著兩隻眼睛珠兒，莫測高深的笑起來了。那陣笑聲的聲浪，好像疊塔似的，越翻越高，高到刺耳的程度。

辣子連長被那串笑聲抬著托著，牽著拽著，祇覺得有些暈眩，平素的那股子辣味也不知弄到哪裏去了?!

「嘿嘿嘿嘿，嘿嘿嘿……嘿……」大狗熊笑得過了癮，這才接著說：「那寶牌兒，——一共四塊，全都縮藏在他右邊的袖籠兒裏面呢！……」

這時候，有兩個傢伙跟做莊的辣子連長開起玩笑來了！

「噯，我們的二哥，你得留心學著點兒，剛剛你要會耍那一手，就不至於賠錢了！」

「咱們的辣子焉知不會那一手?不過沒施出來罷了！」另一個扯了扯莊家的袖子說。

「別開玩笑！」辣子連長滿頭滾汗說。

這真是要命的辰光，使得辣子連長不能不疑心對方是有意與自己爲難，也許自己在耍這種小手法的時刻，早已被他看破，但對方故作不知，等到空盒兒送上賭檯，抓著沒亮寶的機會，存心磨折自己！要不然，他的話頭兒決不會一直繞著自己的脖頸打轉，彷彿要把人搦死！……自己自信閱人不少，可沒看出這傢伙整起人來，會有這麼辣刮?!他起初把話頭兒鬆鬆的套到自己頸子上，慢慢的抽緊，慢慢的抽緊，等自己要設法抽冷子把寶牌偷裝進寶盒時，他卻把話頭一岔，把大夥眼睛全摘落在這塊黑絨布上，有意讓自己無計可施。

他那樣用含滿恨意的眼光，瞪著大狗熊的那張笑臉，暗暗的挫著牙，心裏說：好小子！咱們是量小非君子，無毒不丈夫！你若是存心在賭檯上出老子的洋相，揭老子的面皮，讓老子下不了臺，你可得小心著，這附近就是老子的防區，老子會吩咐幾個兵勇扣押你，找到你一點兒邪岔兒，就把你當作逃勇和土匪辦！……咱們走著瞧罷！他娘的你這個潑皮！

「比方說，他把四塊寶牌兒都縮藏在袖子裏，」大狗熊一面說著，一面伸手取了四塊銀洋，權充著四塊寶牌兒，也朝右邊袖子裏一縮，現身說法的比劃起來：「他看著你們押寶，比如像這一寶來說罷，你們都押的是三和二，他就暗中摸出一張『么』來，在掌心裏暗扣著；當他伸手揭這塊黑絨布時，卻先用極快的手法，把那個『么』放進寶盒裏去了，你們遇上這種人，還有不輸錢的?!」

辣子連長的臉顯得更形灰敗了，因爲他看出，大狗熊的一舉一動，都有意的模仿著自己。

「照你說，咱們若遇上這種人，有什麼法子防著他呢？」一個歪著腦袋問說。

「法子是有的。」大狗熊慢吞吞的扯開雙馬子，抓出幾大把銀洋來，又順手把銀洋疊成疊兒，繞著那隻寶盒兒圍成一個圓圈兒。

這個圓圈兒一疊妥，辣子連長的臉更像一具屍首那樣的青白了。——他知道遇上了真正的行家，因爲這個洋錢疊兒圍成的圓圈，是專破上空寶的。他把這個圓圈一圍妥，自己這個筋斗算是栽定了。最可恨的，是對方不但如此，還在那兒得意洋洋的講說著。

「但凡做手腳的賭場郎中，都不外靠著大膽細心，手快眼明，」大狗熊說：「但他們若想把寶牌兒納進寶盒裏去，總得在平滑的賭檯的檯面上行事；可是，若有這一圈兒銀洋隔著，他們就沒那麼方便了！……除非功夫極深的，一般想玩鬼，是再也玩不起來的。」

「你甭一味窮扯蛋了，老兄。」寶官在一邊講話了：「這一寶，你押是不押？你押什麼？快點把碼子打出來（下注時，硬幣擺成某種形狀，俗稱打碼子），咱們這一寶應該亮寶了！」

「怎麼樣？」大狗熊朝辣子連長笑了一笑說：「老哥們，咱們都是世面上混的，你既然手風不順，我要再插上一槓兒砸你的堆，未免太不近人情了，這一寶我不押。」說著，把那一圈兒銀洋伸手朝面前摟過去說：「你亮寶罷！我猜是個么！」

辣子連長何等機伶，一瞅這光景，就知對方有意開脫，替自己顧全面子，急忙噴出口濃煙說：「您老兄神算，可不就是個么?!」

他趁著那股煙霧，手一伸，揭開黑絨布來。

寶盒裏赫然坐著一個紅通通的么點……

當然，辣子連長這一寶來了個包呆，——通吃各注。也就靠了這一把通吃，使他把以前輸去的錢全部贏了回來，不但保了老本，還有得多。

在一片鬨鬨、驚叫和嘆氣聲裏，辣子連長悄悄的飛給大狗熊一個感激的眼神，大狗熊也立即還他個會心的一笑。這一笑，把辣子連長適才那股子怨憤之氣，都笑到九霄雲外去了。

人與人之間，通常都是這樣：在怨某個人的時刻，簡直怨之切骨，看著他，處處不順眼，聽他說話，氣得七竅生煙；但是一旦轉變過來，看著他，處處都順眼，聽他說話，又覺得句句都中聽了。

辣子連長感激著大狗熊留下最後這步路，使他保全了顏面，又贏回一大堆錢來，非但不氣大狗熊戲耍了他，反而存心交結這個朋友。而大狗熊並不知道辣子連長一存這種心，反使他遇上了麻煩。

對於辣子連長這個老奸巨猾、兇殘成性的傢伙來說，他想交結大狗熊，在想法上仍然是自私的，他兩隻耳朵像狗一樣的靈敏，當年從混世流氓的圈兒裏跳出來投身北洋軍的時刻，正是北洋軍閥氣焰高張的時辰，今天這一系打那一系，明天張團又吃掉李營，雖沒有真英雄出來造時勢，而這種亂糟糟的時勢，卻造了不少抽鴉片，留八字鬍，娶姨太太，泡女戲子，發飽了洋財，過足了官癮，花天酒地，聲色犬馬的英雄。……

北洋軍裏的下級官兒們，普通都存著「有一天老子也會發跡」的幻望，既然打扁頭鑽進這個門路，就得忙著投幫入會，弄個身份，有個名號，投個靠山，忙著把酒言歡，拉感情，換帖子，折鞋底，拜把子，你是師傅，他是徒弟，大夥兒都是義結金蘭的好兄弟，人抬人高，水抬船高，不結黨是不成的。……尤其是像辣子連長這類草莽出身，專務邪門而又野心勃勃的人，更是唯恐天下不亂，因為天下不亂，就用不著這許多人耍槍桿，不耍槍桿，哪來的亂世英雄？……

早年豎著兩耳聽那些草莽英雄如何發跡的傳說，越聽越是入迷，像直系的大頭腦瓜兒吳大帥，原是個酸氣十足、窮困聊倒的秀才，山東督軍張宗昌，原是當地的牧牛童，亡命走關東，在小賭場跟人當保鏢，一舉發跡的。馮玉祥吃的是倒戈飯，孫傳芳是隻端旁人熱飯碗起家的黑烏鴉……英雄不論出身低，他們能發達，我辣子不能發達?!……有了這種想法之後，也他娘抱定排除異己，廣交天下英雄的想法，弄它個狐群狗黨混將起來。可惜的是，時勢的狂風沒吹到自己的身上，一混了好幾年，仍然是個小小的連長，在鬍子旅長的腿襠底下端飯碗。

本想耐住性子，稍停再等機會的，誰知轉眼之間，四野的風雲湧動，那種英雄業已被另一種新起的時勢吹得像紙人兒似的，站不住腳了。……他慣於聽風的耳朵，聽到很多消息，那些消息粉碎自己早先的夢幻。

五省聯軍初起，聲勢那麼浩盪法兒，曾幾何時，被一陣狂風刮散了！北伐軍是什麼樣的精兵？難道都是些鐵打的人？把長江南的幾十萬北洋軍打得上天無路，入地無門?!他們分兵幾路，路路皆捷，難道有天兵天將幫著他們？有看不見的神佛在暗中佑護他們?!

懷疑僅管懷疑，事實總歸是事實，就拿龍潭兵敗來說罷，那可是千真萬確的事情，這些日子來，南邊北撤的那些扛著槍的敗軍，奔竄得像一窩翹著尾巴的老鼠！越看越覺得北洋軍的好景不常，轉眼輪到日落西山了！……有人傳說孫傳芳業已撇下淮上的殘兵，自顧逃奔山東去了，憑他塌鼻子那種德行，能獨撐危局嗎？甭說人不信，說給鬼聽，鬼都不信！萬一全部崩潰的日子臨頭，怎麼辦呢？辣子連長首先想到的是摟一筆錢，有了錢再設法保命。要保命，就得在當地脫掉這身二尺半，找個地方上混世的朋友，設法隱瞞隱瞞，幫襯幫襯……祇要當時不叫老百姓攫著殺掉，日後自可緩圖。

因為早有這種念頭，如今一見大狗熊對自己不惡，就勾引起自己的心事來。

從對方的衣著、打扮、懷帶的槍枝和雙馬子裏的銀洋，加上擠進賭局時那種談笑自若的樣子，料必有幾分勢力，假如自己運用軟功，略表奉承，兩下裏有個杯酒頓飯的交情，日後到用得著他幫忙的時刻，多少要好說話些兒。大局既然不妙，除非不得已，頂好少開罪這類走江湖的漢子。

但在大狗熊，可沒想到對方的心思，他混跡在沿途的北洋軍聚集的地方，祇是爲了安全趕路，窩心腿方勝交代過他，要他盡快趕到大湖澤，會見彭老漢，他這是慢中求快，他知道，不然他就過不了河。

大狗熊雖然利用著這些防軍的官兵，但他始終固執的痛恨著他們，關八爺早就說過：披著人皮的豺狼虎豹，終究不是人，祇是空具個人形罷了！他們心窩深處那種升官發財的意識，是一輩子也脫不了的！壓害老民，也弄成了家常便飯似的習慣。歸根結底是一個私字！……

八爺說這些，但並沒痛恨什麼，祇是衷心的感嘆著了，但在自己心裏，卻容不得這些邪皮惡骨的傢伙，雖不能說是趕盡殺絕他們，至少在北伐軍來後，這些投機的傢伙即使投了降，反了正，也不能容得他們再拿槍。

他一點兒也沒有真心交結對方的意思。

可是那個辣子連長，卻在賭局散場之後，像陰魂纏腿似的，拚死拚活的纏住了他。

「噯，我說老哥，你不能這麼不賞臉呀?!兄弟這是一番誠意，備杯水酒，聊表一表感激的心意，在這種荒僻的小地方，沒有美酒佳肴，你就帶諒些兒罷。」

「哪兒的話，我要趕路。」

「趕路也不興餓著肚皮趕呀。」

「再說，咱們萍水相逢，名不知，姓不曉的。」當對方死纏著要請大狗熊吃飯時，大狗熊被他纏不過，祇好又變換話頭推辭說：「張嘴就吃，也太不像話可不是?!咱們若真有緣，下回碰頭再說罷。」

「你岔了！酒飯論交情，一回生，二回熟，不然怎會熱絡得起來?」

「哪裏?山不轉水轉，人不死，總會再碰頭的。」

「我是寧願撞著，不願等著。」

辣子連長那張微生著一些稀黃短髭的薄嘴很會說話，而且說得句句夠江湖，大狗熊怎麼說也說不贏他，被他三拖兩拖，拖到一家小酒館裏「敘交情」去了。

不論那些小鎮店如何寒傖，祇要有防軍紮著，茶樓、酒館和娼戶都是大行其道的行業，因爲那些人像一群饑不擇食的烏鴉，今朝有酒今朝醉。品茶、酗酒、賭濫錢和嫖窯子，是他們主要的生活方式，就好像私賣軍火、拉幫結社，是他們另一種主要的生活方式一樣。辣子連長拖著大狗熊進酒館，在他自以爲這不過是套交情的第一著棋罷了，還有些絕招兒在後頭呢。

兩人碰過杯之後，辣子連長扯開他的話頭。

「我說老哥，你準是練過那一套的，不然怎會看出那寶盒裏……」

「沒有這回事。」大狗熊斜著眼說：「那不過是偶而巧合罷了。」

「你客氣得簡直近乎開玩笑了！」

辣子連長帶著邪氣的肉感的親暱，嘻嘻的笑著。

「總而言之，這一回你實在夠交情，夠朋友！」他又說：「我不願坐失訂交的機會……真的，我這個人，還沒請教你老哥尊姓哩。」

「我應該算是姓大！」大狗熊飛著口沫說。

「達？」辣子連長說：「可是石達開那個達？」

大狗熊搖搖頭。

「不是達官貴人的那個達嗎?!」

「咱們這些窮民百姓，哪有資格沾達官貴人的邊？」大狗熊笑說：「我姓大，大小的那個大，勉強說它是大逆不道的那個大罷，我一瞧著北洋官府就覺得反胃，在你們看，可不是大逆不道嗎？」

「你……你……你老哥真會開玩笑！」辣子連長拍手打掌的笑指著他說：「你甭誆人，翻遍百家姓，從來也沒見姓大的。」

「不錯。這是個怪姓。」大狗熊伸出舌頭舐舐嘴唇說：「所以我他媽的不算『老百姓』……我他媽算是不理會北洋那套王法的化外之民。」

「臺甫呢？」

「你明知故問。」大狗熊說：「剛剛在賭檯上，你曾指名罵過我，我沒跟你窮計較，祇因爲我的涵養好，要不然，管你是個什麼官，我就該揍人了！」

「冤冤冤，」辣子連長說：「兄弟真是不知道，全是無意開罪，您的臺甫是？」

「狗熊。」大狗熊一本正經的說。

辣子連長忍不住，笑得捧著肚皮。

「我這個狗熊，卻不是走江湖的馬戲班裏、被鐵鍊兒鎖著任人作耍的狗熊。」大狗熊解釋說：「我是深山大澤邊的野熊，我就是那麼一種脾性，所以旁人都管我叫大狗熊。至於我原來的名姓，早就扔給狗吃了。」

「豪放！你老哥真夠豪放！」辣子連長擺出一付相見恨晚的樣子，奉承說：「您要是早年投軍，憑你的脾性、身架，少說也該弄個營長……」

「狗×的才幹北洋。」大狗熊說：「我講這話，你老兄可甭生氣，我需得解釋解釋。……我說這話祇是衝著自己說的，並不是存心挖苦你。」

「我沒生氣。」辣子連長說：「我正在這兒候教呢！……兄弟，相信你說的話，必有道理。」

「道理嗎？那很簡單。」大狗熊使手指敲擊著桌子說：「祇要把我剛剛說的那句話倒轉過來就成了！——幹北洋就是狗×的！」

辣子連長雖然剛說過沒生氣，可是大狗熊明明是指著鼻子罵人，他臉上的笑容僵固了，有些光火起來。回想剛才在賭檯上，這人也是這樣，一付喜怒無常的嘴臉，起初明明在整人，把你整到極處時，忽然一兜就轉，給你意想不到的好處。等你請他的客，曲意結識，把他當個朋友看待時，他又回馬一槍，挑得你不上不下。他自承弄不懂他到底是存著什麼心？或者這就是他天生的脾氣？

「我說，人總要識時務，老兄。」大狗熊眼一霎，忽然壓低聲音說了：「人長著兩眼，四周的大勢總能看得清，對不對呢？……」

這一句餘意未盡的話，忽然把辣子連長搖醒了，因爲這正是他早就窩在心裏的意思。

「北洋軍的氣數……盡了！」大狗熊說：「你們的大帥都兩眼漆黑沒前程了，你們的前程在哪兒？塌鼻子如今業已是強弩之末，變成瓦罐裏的螺絲，你們還值得跟他賣命，與大湖澤裏的民軍為敵麼?」

「你老哥是替民軍來當說客的?」辣子連長說。

「我替誰當說客?」大狗熊推了推酒盞說:「你要是明眼人,就該看清楚,江防軍在這一線上,任挺也是挺不久的了!……算他北伐軍打過來,寬懷大量不追究你們,可是你們要保命,就得及早修行。」

「你說修行?像我這類六根不淨的,拿什麼修行?!」辣子連長說。

「我並非要你剃光腦殼去做和尚,」大狗熊笑說:「像你們今天有槍桿兒攢在手裏,欺良民,壓百姓,抓逃勇,捕壯丁,拉伕子,劫財物,你們越貪圖一時的快意,你們的罪行也就越深,日後時局一變,平民百姓就饒不過你們了。我指修行,就是勸你們少幹惡事,廣結善緣。聽不聽在你,與我沒相干。」

辣子連長沉吟了一忽兒,舉起壺來替大狗熊斟酒,岔開話頭,問大狗熊朝哪兒去?大狗熊說是意欲過湖。辣子連長說,過湖必先過河,要經過民軍的地面;大狗熊說,是在世面上混的人,不管哪方哪面全是一樣。

辣子連長說:「老哥,話是這麼說,不過最近風聲極緊,旅長他有嚴令,任何人打算到河南去,都要拿當奸細辦,——就地槍決掉!咱們端著人家的碗,祇怕通融不得。」

「看機會罷,」大狗熊說:「沒有擔風險的心,就不必在這種亂糟糟的辰光跑碼頭混世了!」

「你實在要冒險朝西去呢,兄弟當然沒法子把你攔著。」辣子連長說:「不過得請你暫在這兒待上一兩天,一來是歇息歇息,讓兄弟盡盡地主之誼,二來容兄弟差得力的人到西邊去,先替你鋪條暗路……過河不敢說，至少行走要方便些兒。」

「鋪暗路，你說是?!」

「不錯，西邊一線上，有很多官兒跟我全是一把子，把兄把弟。」辣子連長說：「這兒耳目多，不是說話的地方，容咱們換個地方，深深談，怎樣？」

「行。」大狗熊說：「你說去哪兒？」

「後街。」辣子連長說：「我有個老相好的，諢名叫洋麵口袋，她那兒清靜些。」

大狗熊不說話了，跟著對方走出酒館。河堤背脊上的街道不遮風，天色有些陰沉欲雨的樣子，刮著冷瑟瑟的東風，天約莫到了入暮的時辰了。他跟著對方在街上走著，一心盤算著如何過河入澤地的事情。像辣子連長這種北洋軍裏的下級官兒，大半都像從一個模子裏脫出來的，他衹消一過眼，就看透了他們。不錯，這個典型的老油子一肚子全是壞水，他們翻雲覆雨弄慣了的，笑著臉就能出賣你，但在局勢危急的辰光，他們就決沒那個膽子，他們是吃硬不吃軟的，經不得嚇唬！要想利用他們協助自己過湖，非得扮成一切不在乎的那種角色不可。

自然囉，若按照日程算，自己恨不得三腳兩步就跨過河去，但最近的渡口離腳下也有幾十里路，各處緊要的地方，都有兵勇扼守著，若說硬碰硬強上渡船，那是不成的，也許從這傢伙身上，能得到些方便，因此，留它個一天半日，也就算不得耽誤了。

兩人走到後街的一座深巷裏，辣子連長去敲一處矮屋的門，大狗熊一瞧光景，就知這是一處北地小鎮上半開門的暗娼的住處，那個洋麵口袋，不用說，就是這種貨色了！

「嗳，洋麵口袋，開門罷！」

剝剝的敲門聲傳進去，一時沒見動靜，辣子連長回頭望望大狗熊，又伸手去敲門。

「活見他娘的大頭鬼，耳朵聾了，……我說，洋麵口袋，快開門！」

「也許裏頭還藏著個打野食的呢，」大狗熊說：「你何不大開方便之門，留他個翻後牆的空兒。」

「她要是吃野味，老子就活劈了她！」辣子連長恨恨的說：「老子拿白花花的大洋包她的月，卻讓野小子白佔便宜，老子才不做那個冤種！妳聽見沒有？洋麵口袋，快開門。」

「甭認真，開心逗趣的事兒。」大狗熊說。

「我倒不是認真，又不是結髮夫妻，」辣子連長說：「她它娘笑著臉接我的包銀，我拿她送朋友呢，也落個人情哩，她要真背著我打野，那明明是嫌我……那方面……不行，我是忍不得這個！」說完話，他又去敲門，又敲喊了幾聲，這才敲出個應聲。

「誰這麼發狂癆的？門叫你擂破了呢！」

儘管是那般怨尤著，那尖尖、軟軟、懶懶、甜甜的嫩嗓門兒裏擠出的那種嗲腔，卻把剛剛還在發狠的辣子連長融化了！他聳聳肩膀，用曖昧的聲音說：「還有誰會這麼猴急法兒？妳甭再磨蹭好不好?!」

「你這隻乾辣椒，」裏邊罵說：「我當是索債的呢！應全不敢應聲。你再不來替我還債，我連人全要進當舖去了。」

「我服了妳！」辣子連長說：「妳是裏裏外外榨我的骨髓。前天的包洋剛交給妳，又光了?!」

「我做了衣裳。還不是跟你撐檯面！」聲音越來越近隔著門說。

「咱們不談那些了，妳開開門，」辣子連長說：「我引了個新朋友來談心，不好讓人家在巷裏儘喝風，天又陰又黯，快落雨了！」

裏面響著拔門閂的聲音，門開了，一個白糊糊的女人的影子站在濛黑裏，門外的天光微弱得映不清她的眼眉，但從她那朦朧的身影上，她帶給人的印象是一朵白糊糊的開得萎頓了的殘花。

經過一段曲折的黑暗的室內通道，兩人才走進亮著煤油光盞的洋麵口袋的房裏。房子的頂篷很低，柴蓆上糊了些新得土氣的水紅紙，紙上貼著許多俗不可耐的紙花，五彩大美人兒，吉祥如意什麼的，那間長方形的屋子原不算小，但全叫一些新而粗劣，看上去又極不調和的家具塞滿了，黃澄澄的櫃子，嵌長鏡的立櫥，紅木榻板床，紅綢被面，綠緞枕頭，俚俗而新鮮的淫窟就是這種樣子，大狗熊被央坐在床沿上，女的端上一盞洋糖茶來，盞心還放了一粒煮爛了的紅棗。

「她跟我相好不久。」辣子連長說：「洋糖茶裏加紅棗，是她的主意，仿著新媳婦兒的習俗，在朋友面前意思意思，讓做朋友的分點兒咱們的甜味！嘿嘿嘿，可真他媽的又土又新鮮！」

「唷，人家是一片誠心嘛，有什麼不好？死人！」洋麵口袋像被誰踩了一腳咬了一口似的，就勢滾到辣子連長的懷裏來，嬌嗔的白他一眼，翹著兩片肥厚的嘴唇說：「你當著人，嘲說我好幾回了！總嫌我土，你又洋在哪兒？死人！」

「甭擰我，洋麵口袋，妳這浪貨！」辣子連長猛可的叫將起來。同時響起的，卻是女人肉感的、淫靡的浪笑，兩人就那麼嘻嘻哈哈像揉麵似的揉成一團。

大狗熊也沒想著會遇著這樣的場景，當辣子連長跟洋麵袋兒兩人打情罵俏的時刻，他覺得今晚又空虛又飄浮，鹽市上的人伏在潮濕陰黯的堡裏和壕裏，等待著即將來臨的搏殺，北地的流民蹓縮在風呼呼的曠野中度夜，自己一心念著大湖澤的民軍，身子卻被扔擲在這座淫窟裏，有時候，人生就會碰上這類莫名其妙的情境……那也祇有既來之，則安之罷！

「爲何要叫洋麵口袋呢？」他說：「這名字聽起來很不雅致。」

「你瞧瞧她這對奶！」辣子連長把洋麵口袋斜抱在膝上，虛虛撩一撩她那鼓凸凸的胸脯說：「這不是兩隻貨真價實，如假包換的洋麵口袋？……她能把它撩在肩膀上扛著走路，就憑這個出名，何必改呢？」

「咱們談正經罷。」大狗熊說：「她在這兒不妨事麼？」

「你放心，她不會賣我。」他擰著女人說：「我的心肝，除非妳願意做寡婦？」

「實不瞞你說，我打算過河！」大狗熊立即掏出硬話來了，語音雖沒有恫嚇的味道，但話頭兒卻自然有著恫嚇的意味：「民軍那邊，你不必爲我擔心，我跟他們的司令彭爺很熟——我在北洋軍暗地賣軍火給民軍時幾宗大盤買賣裏，做過搭橋鋪路的人，如今咱們是談條件做買賣，你可以討價，但我會還價的。」

「我呢，倒沒存這個心！」辣子連長說：「我祇是存心交結你這個朋友，咱們在幫的人，講求的就是個義字，爲朋友，兩脅插刀，也是該當的。」

「話呢，頂好說得平實些兒，老兄。」大狗熊淡淡的笑笑說：「這是在你們不景氣的時辰，如果在兩年前，你也許就把這番漂亮話摺摺收起，扳臉逮人了！」

對方的臉紅了一紅，歇一會才接話說：「不錯，我要說，人不自私，天誅地滅，我交結你，指望日後你能拉我一把，這倒是真的。……咱們這兒，有好些人，也都紛紛爲日後的退路作打算，我爲什麼不?!」

「你既這麼真心直言，咱們這個朋友，看樣子，算是交成了！」大狗熊拍著膝蓋說：「我目前是要覓渡過河，在朝東沿路上，所有的船都叫你們使鐵索鍊在北岸，派崗位封掉了！沿河都有兵崗。」

「西邊也是一樣！那是旅長一再吩咐了的。」

「那，你能替我想個什麼法子呢？」

「這個你先別忙，」辣子連長說：「我也得先把我的意思表白表白。你適才說的不錯，——若在兩年前，我遇上你，雖不一定查辦你，至少也不會像今天這樣客氣。那時，我真還想找個機會，在北洋軍裏青雲直上的幹一番，帥爺是不想了，至少也得弄個將軍。如今北洋軍走他媽的大楣運！大帥都他媽的夾著臀逃之夭夭了，咱們還幹個屌毛?!……咱們也聚在一道兒商議過，想跟民軍做幾檔子軍火交易，藉著交易的機會，暗裏拉拉交情，不過民軍硬得很，最近聽說得著長江南的北伐軍的槍枝槍火接濟，不肯差人過來暗收散火，咱們一面熱沒有用，根本搭不上線；所以大夥兒都擔心著，萬一這邊挺不住，北地的咽喉又叫鹽市扼住，萬一江防軍潰掉，咱們性命難保。如今，我肯跟我那一把子兄弟疏通妥當，盡力設法放你過河，你可得在民軍首領那邊，替咱們說項說項，保咱們性命安全，要不然，我可不必爲你擔那麼大的風險。無論如何，江防軍如今還在挺著，小鬍子還是個生殺予奪的人呢！」

辣子連長滔滔的說完這番話，大狗熊邊聽邊點頭，時時露出思索的樣子。

「我也說幾句直話你聽聽。」他說：「我也是草莽出身，但我對你們這一把子沒骨氣吃北洋飯的傢伙夠討厭的！我這些年走江湖闖道兒，死全死過好幾遭，我沒幹北洋軍，也沒比旁人少一塊肉，我不欺民，不搶劫，一樣活著過來了！……照你們平素胡作非爲的惡行來說，死了也是活該，那應算是天報應。你手摸胸口想想，你們這些熬到官兒的，誰沒冤殺過人？取過不義的錢財？我說過，北伐軍饒得你們，老百姓不一定饒得你們。」

「這……這倒是事實！」辣子連長說。緊緊的鎖著眉毛，可見心裏夠沉重的。

「能認罪呢，也許還有機會。」大狗熊說：「我祇能這麼講：我若過了河，當然會在民軍面前盡力替你們說項。不過……不過你們得約束手下人，少拉伕抓勇，少欺民壓眾，民軍來後，自會開脫你們繳槍回籍……要是當地有人具狀申告，罪證確實，那恐怕……恐怕就……要另當別論了。」

「那當然，那當然。」辣子連長說：「西邊有個楊宇成楊連長守渡口，明早我就著人過去鋪路……」

兩人談著，不知不覺間，外面的天就黑下來，也落起不大不小的東風雨來了。他們的話頭兒泛泛的，從孫傳芳棄眾潛逃，談到塌鼻子招收散勇；從鹽市的護鹽保壩，談到北地民間紛紛拉槍的情形；從關八爺談到北伐軍。平素不甚會說話的大狗熊，一談到這些，不知怎的就會變得活絡起來，他趁機誇張了鹽市的實力，形容北地民槍勢力的浩大，把民間傳說中的關八爺比做一條飛龍，更把從各處聽來的、有關北伐軍勇猛善戰，屢現奇蹟的傳聞，一股腦兒講給辣子連長聽，同時力勸他們這幫官兒們，少與民軍爲敵。

正在講得起勁的時刻，一陣猛烈的擂門聲，把他們的話頭兒打斷了。

大狗熊反應很夠機敏，一聽擂門聲，立即翻身閃到床頭，迅速摘出匣槍，拉起機頭，同時儘量貼著窗口，準備在外間有變故時，奪窗跳進黑裏去，免得被人窩住，無法施展。那個洋麵口袋的膽子太小，轉眼的功夫就從大狗熊的腳邊爬進床肚底下去了。

是誰在吆吆喝喝的擂門呢？

「有人替咱們壞了事了！」辣子連長說。

「熄燈！」大狗熊說。

那個過去捏熄了燈。

「先不必開槍，免得把事情鬧大。」辣子連長在黑裏說：「準是出賭場之後，有人踩著你，那是小鬍子旅長差出來巡防的官兒。……你先跳窗子走罷，記著去找楊宇成，他們在這兒搜查不著人，就無法硬朝我頭上套上什麼罪名，你不走，咱倆全沒好處。」

「你呢？」大狗熊抄起他的雙馬子，撩在肩上。

「一切由我頂著。」

大狗熊一拉窗子跳進黑裏去，就聽見辣子連長揚聲說：「誰？誰那麼喳喳呼呼窮擂門？搞的什麼名堂?!」但他沒有心腸再停住身聽動靜，他蹲下身閉了閉眼，留神朝四周掃視一番。

天實在黑得很，斜斜的雨絲從黑裏來，打在他的眼皮上，涼刺刺的。他是孤伶伶的一隻受驚的昏鳥，一時有些暈頭轉向，連東西南北全分不清楚；不過，他終究是個飽有經驗的人，他深知，人一旦遇上這種猝然發生的變故時，第一要緊的就是大膽細心，沉著冷靜，千萬不能心慌意亂，手足無措。愈是惶急，愈不容易度得難關，天雖很黑，他也不能盲目亂奔，必得先蹲身閉眼，把四周的情景看清了再拿主意。

人眼總是那樣！初經黑暗時，瞳孔不習慣，得要經過一忽兒才能見物；等他再睜開眼時，雖不能清楚的看見什麼，但能藉著黑夜裏自然的一絲微光，看見四周天界上的屋脊的墨線，他知道自己是跳落在一家方形的後院子裏，他腳下踏著的，是被雨絲打濕的方磚。

他一面看著，兩耳同時也在聽著。

他聽見一片嘈雜的人聲湧聚在那座深巷裏，連巷頭的後街口也像被他們把住了。嘈雜中迸起辣子連長裝出來的火暴暴的嗓子。

「大夥兒全是自己弟兄，我犯了什麼罪，用得你們來找麻煩？」

聽聲音，祇隔著那邊的一座後屋。

「辣子，你甭他娘的反穿皮襖裝羊（佯）了！」一個冷冷的聲音說：「這是團部差遣來的，咱們私底下是兄弟夥兒，無話不好說，可是這是公事。」

「誰他娘的說你不是公事來？」辣子連長說：「你們儘可公事公辦，你想怎麼樣？你說罷！你先把話說清楚，我難道赤手空拳還能把你抗著？」

那邊的嘈雜聲又一陣湧過來了，而且還有人拎著馬燈，大狗熊看見一絲燈光亮在屋脊的脊線上，晃眼又在旋移中隱沒了。

「那就好！」那個冷冷的聲音從嘈雜裏揚起來問說：「你今天在賭場上，有沒有碰著個來歷不明，穿便裝，揹雙馬子的傢伙？」

「不錯，我碰見過。」

「你有沒有在賭局散後，拍著他的肩膀，拉他進酒館套交情？」

「不錯。我說老哥，你這是怎麼了？」辣子連長尖酸的反嘲說：「團部啥事都管，也未免管得太離譜兒了！難道我放個臭屁，也得先喊報告，讓團部捧了去聞一聞？這真是笑話了！」

「你甭在這兒嘴硬，這不是耍油嘴兒的時刻。」

「我要什麼油嘴？我祇是要你把話說清楚！我好歹還是個連長，不是個逃犯。」

「是這樣的，」那個聲音略略軟了些兒：「有人去旅長那邊報密，說鹽市最近有奸細放出來，……那傢伙在這一線防軍駐地上鬼混好幾天了，旅長出條兒著咱們抓他，你卻跟他套交情，兩人鬼鬼祟祟的談心不算，又拉他來這兒宿娼。」

「我要不看朋友面子，我就先給你一巴掌！」辣子連長的聲音透著火說：「你明知洋麵口袋跟我是露水夫妻，你也喝過她雙手捧著的洋糖棗子茶，老子包了她，她就不算是娼，你說這話是侮辱我！她如今是我的人，也就是你小嫂子，你好拿她開心?!」

「不不不，這全是團部接到的報告，報告上是這麼說的，全……全不是兄弟我的意思。」那個說：「報告說：連你也有私通奸細的嫌疑，團長因為上頭還有旅長壓著，不能不下令著即搜查這兒，並且交代我，若是查獲那個傢伙時，連你也一併扣押。」

「要是查不著呢？」

「查不著，你也得委屈點兒，跟兄弟到團部去走一趟，上頭怎樣查問這宗事兒，你怎麼回話，就不是我的事兒了！」

「我說，那傢伙不在這兒，要查你們儘管查，不過，請甭這麼聲勢洶洶的，把你那細皮白肉的小嫂子給嚇著了！……請罷！」

虧得老奸巨猾的辣子連長有這麼薄而滑的油嘴皮兒，開了門之後，能編排出這麼一大套推太極拳似的話頭兒來，儘量拖延時間，使翻窗逃遁的大狗熊有脫身的機會。

在他們一問一答的空檔兒裏，藉著旋移的燈火的微光，大狗熊業已把自己存身附近的情境看得清楚，也拿定了脫身的主意。

這是一座四合頭的大院子，四邊有屋，前屋共有好幾進院落，和堆脊上的前街相連，後屋就臨著後街，西邊隔著洋麵口袋的娼屋，該是那條擠著拏人兵勇的巷子，祇有東邊是一條唯一的活路。

他順著牆角迅疾的奔投到東面來。

東面是不算矮的磚牆瓦頂的側屋，無法硬翻上去，但，巧的是東南屋角有條窄僅容人的小弄，弄裏放著好幾隻冬天醃東西用的小口罈子。大狗熊摸著那些罈子時，心裏一寬。

嘿，這可派上用場了！

因爲弄頭有丈許高的一截牆擋著，有了這些罈子踏腳，不需費力就能翻過牆去，或是借著牆頭登上瓦面。天這麼黑法兒，又落著不大不小的雨，祇要不當時被他們在娼屋裏窩住，他們再是明火執杖，想在黑裏抓人，可就沒有那麼容易了。

他不能再有一點遲疑，因爲那邊的嘈喝聲，業已湧進背後的那座娼屋，一盞搖晃的馬燈光，也已透過剛剛自己爬出的那隻窗口，在方磚大院子裏閃移著了。大狗熊閃進窄弄一回頭，就見那座娼屋裏窗光黃亮亮的，油紙上顯露出雜亂的人影。

「查罷，你們僅管查罷，橫直就是這麼屁大的一間屋子。」

「去兩個人，去堵後門。」

「嘿嘿，」辣子連長的聲音透著譏諷：「這兒根本沒有後門。」

翻箱倒櫃的聲音乒裏乓啷的響著。

「你們好不好把手腳放輕些兒?!」辣子連長又在用窮嗆呼來打岔了：「不是你們花錢買的家具，你們當然不心疼。」

「這隻立櫥是上了鎖的。」

「你他媽的存心搗亂是怎麼的?!」辣子連長又罵開了：「你他媽烏龜吃大麥——瞎糟蹋糧食，幾年的兵，你算白幹了！」

「甭罵人，連長。」那個說。

「這是公事。」另一個在一邊幫腔說：「您務必帶諒點兒……」

「我偏要罵，罵你兩個一對傻鳥！——你們是在查人嗎?還是在查私槍?搜私土?!這立櫥除去抽斗，總共還沒二尺高，連武大郎的半邊屁股也塞不下，不信我來開鎖，你們要鑽不進去，就是存心找麻煩！」

「沒有。」

「算了，你歇歇氣，立櫥不查。」領頭的那個官兒說：「小院裏有沒有?」

「喝！這床肚底下有人！我看見了。」一個鬼搿脖子似的叫起來。

「對！這兒有條腿在動。」另一個趕急附和。

「替我叉出來！」領頭的那個官兒聽見床肚底下有了人，聲音也就添了精神。

那兩人跪倒身，一人摸著一條腿，倒著朝外一叉，一個女人尖細的惶叫壓住了一切的聲音，原來那兩個兵勇，粗針大蔴線這麼一叉，卻把匿在床肚底下的洋麵口袋倒叉出來了。她的襖子叫釘子咬住，吃不消這麼猛一撕扯，上身的衣服就等於脫光了，祇有兩隻袖子還釘在腕子上，在馬燈光下面，儘管她雙手交合在胸前，也管束不住她那一對沒使胸衣兜住的大奶了！

嘈雜沉靜下來。

祇聽見辣子連長一個人的聲音：「好！這筆賬該記在你頭上，你們假藉名目，搜人就像這等搜法的。再搜呀，怎麼不搜了？你們！」

洋麵口袋從地上爬起來，胡亂的抓住個枕頭布圍著胸脯，連哭帶叫的赤著腳逃出去了。

這時刻，大狗熊業已把罈子拖兩個放在牆腳，藉它搭腳翻上了牆頭，正想蹲身朝那面跳，誰知那邊院子裏有兩條狗猛竄出來，汪汪的狂吠不休。

狗吠聲這麼一起，大狗熊就覺得事情不妙了，狗這玩意兒耳目最靈，黑夜裏即使能逃得過兵勇，卻不容易擺脫牠們的糾纏，狗這麼一叫開來，無異告訴那些拏人的人們：「人在這兒！人在這兒！」

果然，原已失望的那個領頭搜捕大狗熊的官兒一聽見狗叫，心裏就有了數了！他在床榻邊一抬頭，兩眼正對著朝東的那扇窗戶，窗子在床榻背後，兩扇糊著油光紙的窗扇兒大開著，其中有一塊油紙破裂了，而且紙面上還留有一些泥污的痕跡。

他不聲不響的繞著床頭走過去，東風雨的雨絲斜飄在他的臉上，他伸手一摸床裏的被頭，業已叫雨絲掃濕了一大片。

「你甭嚷了！」他冷笑著對辣子連長說：「你的朋友從這兒翻窗子走掉了！」

「那，那，也許是洋麵口袋打開的，」辣子連長支吾說：「窗子高些，那邊又黑，她不敢跳，所以才鑽進床肚底下去，……我猜是這樣的。」

「你聽那狗在說話沒有（雙關語）？」那個冷冷的丟下話來說：「等我捉著人，回頭再說，來人把他軟押著！……嘿，你狡賴也狡賴不了的了！」

「好罷，」辣子連長硬著頭皮說：「你要是捉不著人，也有你瞧的！」

「聽著狗叫沒有?!」那個喝叱他手下的兵勇說：「你們這些蠢貨，還不快些出去循聲拿人，見著人影就替我開槍打，沒有活的，弄個死的回去也好交差！」

大狗熊不敢跳下院子，祇好飛身登上南邊的屋脊，掉頭就朝東邊跑。他的身軀又高大又壯實，至少也有百十來斤的體重，瓦面怎能吃得住他踩踏的？雙馬子後面的洋錢，搧乎搧乎的打著他的脊樑蓋，一個叮噹接著一個叮噹，腳底下不斷響著炸瓦聲，乒裏乓啷像放鞭炮，逗得兩隻狗吠得更兇了！

他仍然是那樣斗歪著身子，一腳高，一腳低，歪歪贅贅的朝前跑著。北方的古老瓦房，瓦面背陽的一面全都長滿了青苔，不巧逢著陰雨天，雨絲把青苔打濕了，滑不溜丟的極不巴腳，一步一滑，全不是傳言中那些夜行人施展輕功，在瓦面上「高來高去」的味道。

在這種要命的辰光，任他大狗熊再怎樣強，也是「英雄無用武之地」了！

狗在院子裏蹦跳著吠，後街上拏人的兵勇們也聽見了動靜，鬧鬨鬨的從兩面圍了過來，大狗熊自己也覺得自己在奔跑時弄出的聲音太響，無奈一隻手提著匣槍，祇有一隻手能派得上用場，他就用那隻空著的手去穩著肩上的雙馬子。他穩住胸前的那個袋口，不讓袋裏的銀洋發出聲音來，但背後那個袋兒跳得更兇，叮噹叮噹的碰得更響；他反手去穩後面那隻袋兒，胸前的那個袋兒又不甘寂寞的唱起叮噹歌來了！

天底下沒有比這種事兒更為難的，正當他被兩隻袋兒困擾著，顧此失彼，顧前失後時，腳底下的炸瓦聲又響得更兇了，那意思是要湊一份熱鬧，讓他「上下也得兼顧一番」呢！

這時候，燈火的紅光跳閃在瓦面上，兵勇們不但圍了過來，更有的發現瓦面上有人了。

「你們聽，人在瓦上跑呢！奶奶的，你們聽那乒乓的瓦響，一路朝東。」

「他帶著啥玩意兒？叮噹叮噹的。」

「管他啥玩意兒，替我開槍——！」那個官兒放開喉嚨，暴聲的嚷著。

大狗熊跑著跑著滑了一跤，一跤雖沒滑倒，卻使他的身子半伏在瓦櫳上，也真算他的命大，這一跤卻救了他，正當他身子一矮的時辰，下面響了槍，兩粒流彈從他頭頂上擦著飛掠過去。他心裏有數——自己若不因滑跤的關係，身子低了那麼一低，那兩粒子彈正該穿過自己一側的胸脅，自己也早該滾下去了。

天靈靈！地靈靈！……他喘息著，默禱說：你是要我過河求救兵呢？還是讓我大狗熊挺屍在這片瓦脊上呢？我沒有張二花鞋他們師徒幾個那種高來高去的輕功，我就是百十斤重的這麼一塊料兒，務乞老天多多保佑，盡力的成全！

默禱完了，他拔起鞋跟，又順著瓦脊朝東跑去。儘管槍響聲和喊叫聲跟隨著他，他卻再也不畏懼什麼了。……

通常人在急難當中，一意脫難求存，是常常想不到畏懼的，大狗熊也正是這樣。但他奔著奔著，忽然看見前面有橫街阻路，瓦面被橫街隔斷，橫街至少有三丈寬，街心擠著不少的兵勇，大都端著槍，槍口朝上瞄著屋頂；至少有三四盞明晃晃的馬燈，把一段街面照得真真亮亮的，燈光已能映出屋面上的人的影子。

「嘿，在那兒了！」

誰這麼一聲吆喝，大狗熊祇有撥轉頭朝南邊跑，幾響亂槍沒有蓋著他，搖晃的馬燈亮在夜雨中，像一陣被旋風吸著的鬼火似的纏著那踩響瓦面的孤單的腳步，迅速的朝南滾過去。

「小子，你朝哪兒跑?!」

「快替我滾下房來受縛罷！」

他越跑越慢，四面八方圍湧過來的兵勇也越聚越多了！無論如何，人在斜斜的黏滑的瓦面上，總跑不贏在地面上的兵勇，大狗熊也知道自己的處境越來越危險，今夜想逃脫是很少有希望的了。

他手裏雖拎的有匣槍，但他一直都沒發槍傷人，自己雖然在瓦面上的行動略為遲緩些，究竟是在夜晚當中，而且祇是單身一個人，不易被盲目施放的亂槍擊中；而對方不同，尤其是那些提著燈，或者是走在燈亮裏的兵勇們，自己祇要一撥火，甭說瞄準，閉上眼瞎碰，他們也得頂上了匣槍呼呼飛淌的子彈。

他沒發槍，還不光是為這個。

那辣子連長雖不是什麼好傢伙，但他還不失為是北洋軍裏有著「自知之明」的人，能苟求活命，少在這種辰光作惡，總算可恕，尤其是能夠釋走自己，獨挑那付擔子，更屬難得了。自己一身挑著連繫民軍的大擔子，遇上危難時，當不能逞著血氣行事，假如不發槍容易脫身，當然還是不發槍為妙；萬一發槍，傷人見血，那辣子連長的罪名可能更為加重，又何必呢！

可是，包圍著他的圈圈兒越縮越緊，亂槍不時蓋過來，四面都喊著拿人，逼得他朝南之後，又轉頭奔西，在這一段瓦面上打轉。而有一些兵勇業已打破民宅的門，衝進院子裏來了。燈籠和馬燈光越來越亮，使瓦面上的大狗熊有末路窮途之感；不過，正當兵勇們看見他奔跑的影子，紛紛舉槍要把他蓋倒的時刻，大狗熊又連著滑跌了兩跤，這兩跤一跌不怎樣，可又解除了他的厄運。

因為他肩上雙馬子的袋口是張開的，每逢他跌跤時，就朝一邊傾側，袋裏的銀洋也就紛紛的順著瓦溝朝下滾，叮鈴噹啷的，滾得遍地都是。

地面上的燈火暈暈晃晃的，銀洋初初順著瓦溝朝下滾落時，雖然叮噹有聲，但因槍聲、人聲過於混雜，沒人覺著，祇看見有東西滾落下來罷了。

直等到有一塊銀洋滾落在一個兵勇的頭上，那兵勇彎身撿起，這才放聲大叫起來。

「甭光在那兒放槍了，夥計們！」他叫說：「瓦面上原來是個活財神！他奶奶的，滾下來的，一塊一塊全是大洋錢啊！」

「洋錢！真他媽全是龍洋！」另一個也發現了。

可憐北洋江防軍裏的那些兵勇，辛苦賣命，祇不過是為了幾文錢的薄餉和一張經年半饑不飽的肚皮，無怪乎他們要錢不要命，一個個都是見錢眼開的貨色。經那兩個傢伙扯開喉嚨這麼一嚷嚷，好！誰他媽直著身子閉起眼朝天放空槍，誰他媽才是傻蛋呢！有錢不搶著撿嗎？何況落下來的並不是小銅板，而都是大洋錢呢！

這是大狗熊從沒意料到的。他跑著跑著，忽然聽見底下的嚷嚷的聲音變了調子，不再狂喊著捉人拿人了，再那麼一瞧，嘿，一個個全把槍放在一邊，翹起屁股扒在院子裏爬著呢！那模樣兒，很像許多在月光下出穴喝露水的蟋蟀。

「他娘的，老子找到一塊鷹洋。」

「我的是鼓肚子龍！」

「我是小人頭（上有黎元洪肖像）兩塊！」

「老子找的是他娘銀色最足的袁大頭！」

「你們這些蠢貨，要你們捉人，你們卻見財起意，光扒著撿錢?!」那官兒走過來罵說：「你們要是把人給放跑了！害得我交不了差，每人要狠揍十扁條！」

他嘴裏雖然發著狠，不過，他也順便撿了兩塊洋錢藏在衣袋裏，就在罵人時，看見一塊朝他滾過來，便暗用伸出去的鞋底把它踩住，然後假藉拔鞋子，蹲身把它撿起來扣在手心裏，同時，他的眼光，也隨著那些滾動的洋錢，從瓦面落在地上了。

大狗熊看在眼裏，暗自伸伸舌頭，自言自語說：「他奶奶的，人常說：有錢能使鬼推磨，這回我可算是開了眼界啦！」說著，伸手從雙馬子裏，又抓出大把的銀洋來，朝南院子撒一把，北院子裏又撒一把，兩把銀洋一撒出手，乖乖隆的咚，你聽罷！

「嘿，夥計，錢又來了！」

「別搶別搶，大家都有得撿！」

「噯，甭爲一塊錢動火，爲搶錢打架是狗操的！」

燈光四面，都是高高翹起並且爬動著的屁股。尤其是那個官兒，在他第二次罵人的時候，已經朝衣兜兒裏裝了七塊，同時，他也跟別人一樣學著狗爬。等地上再撿不著銀洋，他站起來變成個人的時候，瓦面上的人已經跑得無影無蹤了。

受了這次磨難，趁著黑夜脫身的大狗熊，旁的沒受什麼損失，祇不過在瓦面上狠摔了幾跤，跌塌了一些油皮，和耗去了一大半銀洋。

風吹鴨蛋殼，財去人安樂！他這樣的自寬自慰著。

本來這些銀洋，他把它分成子銀和母銀，母銀是窩心腿方勝交給他做盤川或是買路用的，子銀是他自己一路上賭錢贏來的，而那母銀又是死鬼毛六從江防軍塌鼻子師長那兒騙來的，算來算去，全都是「羊毛出在羊身上」，在危難用上它們，正合上「以子之矛，攻子之盾」那句古話，可不是妙哉嗎？

雖然辣子連長沒來得及寫信寫帖子給他，但在匆忙中，他卻記住了楊宇成楊連長的名字，如今他朝西去，非得把腦筋動在姓楊的那位仁兄頭上不可！他這麼一轉念頭不要緊，他又遇上了第二次磨難，其實說起來祇是笑話罷了。

第二天，他趕到那位楊連長的防地時，先找個茶棚兒打算吃些早點，更打算吃飽了肚子去見那位楊連長去，正好抽著吃早點的時刻，動一動腦筋，盤算盤算編一套什麼樣的話，好去跟那傢伙說？哄得他動心，然後送自己渡河去，因爲昨夜在江防軍團部駐紮的集鎭上，業已鬧出事情來，自己成了個被通緝的人犯，無論如何，自己在這一線上是站不住腳的了，所以渡河進入民軍地面，該是愈快愈好。

常在河邊轉，沒有不濕腳的！大狗熊又搖頭晃腦的想出一句俗語來。

他走過一家茶棚，門關著。

他又走過一家茶棚，門閉著。

眞他娘的不湊巧……他想，這個渡口半條街，家家都關門閉戶，好像門外過陰兵似的，是不是天色太早了？扭回頭看看東邊，雖然灰雲層積，也已燒起幾道紅霞來了，哪有日頭出山，早點舖兒還不開門的道理?!

他這樣一想，就立即拐回頭去，試著敲打起那家茶棚的門來。乒乓一陣狠敲，敲出來一個戰戰兢兢、面無人色的老頭兒來，那老頭兒看見是他，腰桿兒才略爲高了這麼幾分。

「我當……當是兵大爺呢！」他說：「原來你……你是外方過路的客人？……」

「不錯，」大狗熊略爲彎彎腰，笑著說：「我正是……嘿嘿……正是外方來的，我想用些早點。」

老頭兒悲苦萬分的搖搖頭。

「你沒看看那邊嗎？」他指著直對渡口的那半條街說：「家家關門……上鎖，早就……不做什麼生意了！這兒好腿好腳，能走能爬的人，都在江防軍開來……佈防時，就逃到河南岸……民軍的地面上去了。」

「是這樣的，我說老爹。」大狗熊說：「我趕了通宵的夜路，實在餓得發慌了，這兒這多戶人家，難道拿錢也買不著什麼吃的嗎？」

「沒有。」老頭兒神情恐怖的說：「像你這樣年紀的客人，又生著這麼橫高豎大的塊頭兒，我勸你趕緊走，甭在這兒打轉了！」

「有老虎會吃人肉嗎？」

「比老虎還厲害些兒，那些江防軍。」老頭兒說：「這兒跟東邊不同，這兒地方荒涼，駐軍又少，駐軍常渡河到民軍的地面上去搶糧，民軍也常常隔河打駐軍，日子過得極不平靖……」

「噢，」大狗熊說：「您說的是這個？這個我覺得不要緊的，我也帶的有槍。」

「我的話還沒說完呢，」老頭兒說：「駐軍的這位姓楊的連長，最先巴望派兵過河去打火，巴望兵叫民軍打死了，他好多吃幾份空缺。」

「好連長！」大狗熊笑說：「他太聰明了，會施出這種絕妙的『借刀殺人』的計謀來！……他的兵大約叫他坑害了不少。」

「你全弄岔了！」老頭兒說：「那些派公差出去搶糧的兵勇，一等攜械過了河，既不跟民軍接火，又不搶糧，都紛紛投過去了！」

「嘿嘿，這可叫做『偷雞不著，反蝕了一把米』，又可叫著『賠了夫人又折兵』！啊，不，不，應該叫『賠了弟兄又賠槍』才對。」大狗熊這種直性漢子，不能太高興，一高興就連饑餓全給忘了。

「不錯，」老頭兒又說：「日子一久，楊連長的空缺越來越多，兵卻越來越少，一個連實則不足一排人，連那排長，三個都跑了兩個。可是，又不能不過河去搶糧！民軍欺他兵少，成天來攻打他，打得他心回意轉，這幾天，又忙著拉壯丁，抓逃勇到他連裏充數去了。」

「嗯，原來是這樣的？」大狗熊一面嗯應著，一面搖頭晃腦的盤算起什麼來。

「這還不夠嗎？」老頭兒推推他的肩膀說：「我說，我勸你趕緊離開，準沒錯的，……你這付肩膀，正是當兵吃糧的好材料，若叫他們碰著，準把你架了去，剃你一個光頭，扔你一套軍裝，那時候，你想不幹？……祇怕你想不幹也不成了。」

「不要緊，不要緊！」大狗熊業已想妥了主意，就笑著對老頭兒說：「老爹，多謝您告訴我這些，這兒既找不著吃的，我想我還是去當兵的好！」

「嘎？」老頭兒瘦臉驚成一團皺，把兩眼翻得跟雞蛋一樣，絕望的叫說：「你想跟他們去賣命？」

大狗熊搖頭，拍拍肚皮，又拍拍兩腿說：「我打個啞謎您猜猜？」

「我……我猜不著，」老頭兒賭了氣，冷淡的說：「你當你的北洋兵去罷！」

「猜不著我告訴你。」大狗熊說：「我拍拍肚皮的意思，是先補個花名把肚皮混飽！我拍拍兩腿的意思是，吃飽之後，就設法過河，藉搶糧的名目『照例辦理』！說得明白點兒，就是混他兩頓飯就開差！」

「啊！喝喝喝喝……」老頭兒笑得蹲在地上了。

大狗熊既然拿定這種主意，他就大模大樣的在街上晃將起來，晃呀晃的晃到連部門口，被衛兵見著了，忙不迭的回臉朝裏嚷叫說：「報告連長，你快來瞧，那邊來了一個，咱們今天可發了利市了！」

「抓！抓！抓！」那位楊連長人沒出來，破鑼嗓子卻響在腳步前頭：「管他媽特個巴子，腦袋瓜子！今兒格，就是旅長的小舅子，我也得委屈他補個名兒，過河替我扛糧去。」

那衛兵正要把大狗熊喝住，那個楊連長卻三腳兩步的搶出來了。

「就是他！就是他！」衛兵說。

那個楊連長的個頭兒小得可憐，望大狗熊時，得把臉朝上仰著，小小尖尖的下巴朝上翹著。他兩手叉腰站在路當中，攔住了大狗熊，就那麼周吳鄭王的看著他，大狗熊也半嘲謔的看著那個神氣活現的小人。

「抓，抓？」楊連長的聲調猶疑著，變得有些近乎自語了。

因為他從沒見著這麼高大壯實的人，再看大狗熊周身那種穿著，那種氣概，越看越不像是個兵勇，他肩上揹著叮噹響的錢袋兒，腰裏又插著簇新的匣槍，若沒幾分來頭，怎會來到這兒？……萬一抓錯了人？萬一他是新到差、便裝巡察的團長？那豈不是大傷感情了！……他楞在那兒好半晌，連話也說不出來了。

「請問你是楊宇成楊連長罷？」大狗熊說：「你甭抓了，我正是要來找你！」

「是，是，兄弟正是楊宇成。」那小人兒這才擺下笑臉說：「你是來？」

「我來補個花名，吃糧拿餉。」大狗熊說：「你看我這付料兒，能幹什麼，你就給我個什麼名目好了！」

「請進來談罷，」楊宇成又把大狗熊上上下下望了兩遍，仍然脫不了那種猶疑說：「好不好請你把匣槍跟攮子交出來，再進我房裏去？」

「好！」大狗熊說著，就把槍和攮子交給了衛兵。

大狗熊一交了槍械，楊連長就忽然長高了一寸。

兩人來到楊宇成的屋子裏，楊宇成坐著，大狗熊站著；這樣，楊宇成在心理上慢慢的自覺威風起來，吐話也就變了腔調了。

「你怎會知道我叫楊宇成？」他問說。

「聽人講的，」大狗熊笑說：「講到西邊的楊宇成楊連長，做人很講義氣，處事很有方圓，……我想，我不如去投他去罷！」

當大狗熊奉承他時，楊宇成是一臉的春風，但忽又皺起眉毛說：「我疑心你的來歷，老實說，看你這付樣子，絕不像是潦倒的，爲何好端端要送上門來投軍？」

大狗熊眼神裏露出曖昧的樣子，語意含混的笑說：「連長，我不說你也該有數，……這多年來，有幾個清清白白的人幹北洋的？」

那個楊連長晃著腦袋一想，竟也笑起來了。

「不過，」笑著笑著臉一冷，令人以爲他是發了神經：「不過，我還是不能相信你。」他說。

「我有哪一點不值得你相信呢？」

「凡是送上門來當兵的，都是些騙子。」楊宇成說：「我叫他們騙過好幾回了。有一回，一個老幾穿得破爛不堪的要頂個名兒吃糧，我允了他，著司務長領他去換衣裳，換了軍衣吃了飯，他說他要剃個頭去，身上沒錢。我一想，他又不是抓來的，截來的，剃頭就讓他出營去剃去罷！就告訴司務長，先借他半月的餉，讓他剃頭洗澡去。誰知他借了餉，一去烏嘟嘟，還拐走了一套新軍裝！」

「你要是把我看成那種人，我拍屁股就走。」大狗熊說：「我可沒借你一文小錢，也沒拐走你的衣裳。」

「啊，不不不，」楊宇成說：「我不是不信你這個，……就因爲你看起來混得很好，爲何要吃這份糧呢？」

大狗熊故意拿眼朝四周巡視了一番，瞧著四下裏沒人，便壓低嗓子說：「實不瞞你，你的事兒犯了！我是辣子的朋友，辣子咋晚被抓了。……有人告密，說你們的那一把兒都私通民軍。」他一面說著，一面看著對方，就見楊宇成的臉越變越黃，黃的跟蠟渣兒一樣。

「是……是真的？」

「你不信麼？」大狗熊說：「不信，你就差人過河打聽罷，昨夜頂著雨拿人，弄得天翻地覆。」

「其實我們並沒真的通敵，」楊宇成不打自招說：「不過……不過實在是集議過，有跟民軍妥協的意思。假如辣子被抓，頭一個受牽連的就是我，我……我怕站不住了。這怎麼辦呢？」

「你也甭擔心，」大狗熊說著，把肩上的雙馬子朝桌上一撩，倒過袋口，嘩嘩的瀉下一大堆光灼灼的銀洋來，抬臉朝楊宇成笑說：「有了這筆錢，你到河南去，富富餘餘夠活好幾年，可不是?!」

楊宇成一看見這許多現洋，兩眼光亮起來，忍不住伸手去摸弄著，不過，卻一臉憂愁的苦笑說：「我跟河南岸的民軍沒聯繫，過了河，他們砍了我的頭，我好拿這筆錢替我自己營葬?!」

大狗熊見他動了心，便緊接著說：「我是在世面上混事走道的人，兩面都夠得上。你有難處，就是辣子的難處，也就是我的難處，……你要是對手下信得過，你就把全連拉過河，我敢包民軍不傷你們一根毫毛，要是信不過，那你就趕緊收拾了，單溜也成，我陪……你一道兒過河就是了！」

「你容我想一想。」楊宇成吃不住大狗熊這一嚇唬，顯得有些茫然無主的樣子。

「沒時間讓你多想了。」大狗熊說：「我相信不出兩個時辰，團部那邊就會派人來抓你，我爲這事奮夜奔的來，你這兒有什麼吃的，趕快張羅些給我填空兒，俟我吃飽了，也好幫你開火！」

「跟誰開火？」

「跟開下來抓你的人啊！」大狗熊說：「他們來抓你，你不開火阻住他，難道讓他們把你捆去不成？……到這時辰，這邊由我頂著，你就得先預備渡船，打開纜索在渡口等著，挺不住就過河。」

果然，在大狗熊吃飽了之後，由東向西，開過來一隊端著槍四處搜人的兵勇，沒等誰先開叫，大狗熊就遠遠喝問說：「你們開下來幹什麼的？」

「咱們……抓人來了！」那邊喊叫著說。

「怎樣？」大狗熊回臉朝楊宇成說：「開火罷！」他掂著匣槍就是一梭火，雙方就糊里糊塗的幹開了。

有個兵勇問大狗熊：「爲什麼要打自己人？」

大狗熊回得夠妙的：「他們訛傳你們叛變了！」

而那個答得更妙：「什麼訛傳不訛傳?!奶奶的，咱們大夥兒早就有意反正過河了！打就打罷！」……

一天之後，楊宇成這個連拉到河南去，使小鬍子旅的防線上開了個缺口。而大狗熊策反的故事，成了流傳的笑話。

但若說磨難並不爲過，因爲在最後，一粒沒有後勁的流彈嵌在他的屁股裏，使這個福將牛皐，帶了個小彩。彷彿不帶點兒彩頭就不夠味兒似的。

第二十二章・白馬

陰雨連綿的天氣。

低而濃的黑雲日夜覆蓋著萬家樓上的天空，從天頂到天腳，找不出一絲裂隙。略帶著寒意的濕風，軟得牽不動雨絲，空氣裏瀰漫著一股濃郁的、霉濕的味道。久居北地的人，都能從這種霉濕寒涼的氣味裏，嗅得出一些悄然而來的秋意。

這種秋意，這種淡淡的悲涼的韻味，祇有際遇坎坷的人在寂寞中才能捕捉，而盲了雙目的關八爺正是這樣的人物——一個被陷害的剛強壯烈的英豪。

他困居在萬家樓，由牯爺的內宅被遷移到外宅，在一座荒曠頹圮的院落裏，鄰近馬棚，有兩間古舊的屋子，被收拾成他新的住所。他初遭萬振全弟兄坑害時，人們確曾驚震過，像浪花湧騰一般的，投給他許多憤怒和嘆息，但天外的烽火，將臨的巨變，更爲人們所矚目。

日子淌流過去，那陣同情和關切的浪花也隨著湧騰過去了，祇留下一些漾動的波紋而已。牯爺不止一次當面安慰過他，發誓要爲他緝捕在逃的疑兇，而萬振全兄弟杳無影訊，天下那樣廣大，時局又動亂無已，官裏行文捕人，猶像海裏撈針一樣的困難，莫說是萬家樓一地的私捕了。關八爺並不知牯爺所云的緝捕，根本祇是一種藉以掩遁的誑語，他祇覺得這是該當的命運，他並沒想到要在這事上報復誰。……能報復誰呢？但見著貪婪的人慾，舉世滔滔。

牯爺叮囑他不必再掛心外界的事，安心在外宅的那座廢園裏靜養，對於他這樣以天下爲家的人，活著被剮去兩眼，其悲慘更過於死亡！經過這番遭遇的關八爺，雖非「日暮途窮」，卻也有著秋深葉墜的淒涼。

那座廢園夠空曠的，院牆邊有幾十棵招風的老樹，園裏遍生著長可沒膝的蒿草，一邊的馬棚裏，養著牯爺宅裏自用的騾馬；八爺困居的那幢房子，原是老二房在多年前遭受火劫時留下的花廳，另建新宅後，原址上的花廳就廢棄了，一度改爲屯糧的倉廪；由於年深月久，那座房子已經顯出一付龍鍾老態，不復有當年的氣派了。

失去雙眼的關八爺不感覺這些，他的世界是漆黑無光的。但他不失爲強者，他在默默的適應著這個世界。在這座廢園裏，他恆常孤獨的默思，外間的一切都和他隔絕了，再沒有新的紛擾煩瀆他的心神。

雨在落著，落著，落著，多少溯憶中的往昔，一些零碎的黑色的心圖從瀟瀟的雨聲中泛起，飄漾飄漾的流過去了……他很想探詢鹽市的光景，但他有很久沒見著牯爺了，每天祇有一個聾老頭兒爲他送飯來。那個人像是一截木頭，一問搖頭三不知，倒是園裏那個飼馬的漢子，有時還會跟他說些眼前的事；說四野的難民越集越多了，說一般傳聞，孫傳芳業已逃奔山東，淮上由塌鼻子師長以總指揮名義收拾殘局，聽說仍要攻取鹽市，目前正在大肆收羅南撤的敗兵……

人在這種光景裏，關心，焦慮，溯憶，悲嘆，都像是多餘的了，自己這半輩子像是一把火，紅熾熾的燒過，光灼灼的亮過，如今已蓋上了一層灰燼了。關心，焦慮，溯憶和悲嘆，又能怎樣呢？但內心總是不甘，這份不甘激發了他內在的狂野的力量，他仍願以這不死的殘軀，爲人間世上盡力的做些什麼！

至少，在萬家樓，查清那個出賣老六合幫、勾結朱四判官害掉保爺、暗地下手翦除業爺的那個真兇，是自己首先要做的事情。自己曾不止一次對天立誓，要除掉這個奸邪萬分的人。

雨總是在落著，落著，落著……

一想起那個一直不曾顯露本來面目的奸邪，關八爺就覺得整個世界就是這般淒寒、潮濕的；他知道，自己即使有通天的本領，在失去兩眼之後，一時也是無法施展的了！而對方手段既如此歹毒，決不是自己單獨能夠除得掉的。爲了這個，他必得要學著適應這個黑暗世界不可，他要學著用耳朵聽音，用鼻子聞嗅，來代替原有的雙眼，彌補這種殘缺。

但，他知道這不是一天的功夫所能習慣得了的，他必須有著極大的忍耐力，慢慢的修磨不可。

廢園裏很少有來人，除了那個爲他送飯的聾老頭兒，以及那個飼馬的漢子一天裏來上幾次之外，餘下來就是一片靜寂，滿耳祇聽得見雨聲、風聲，和偶爾興起的馬匹的嘶叫、噴鼻、刨蹄、搖動環嚼的聲音。他盤膝坐在那張臥榻上，暫時放開一切雜念，使心裏湧動翻騰的思緒靜伏了，專心一致的運用耳力，學著去聽聲辨物，分別物體的種類、形狀、遠近和大小等等，用它作爲他習慣這片黑暗世界的初步階梯。

關八爺雖不像戴老爺子師徒幾個那樣專研國術，但他也曾經苦練過防身的拳腳，有著深厚的武學根基，經過這一段時間的養息，他身上的槍傷和眼窩的新創都已經養好了，除了失去兩眼，不能見物外，他的身體仍然鐵錚錚的，身手和氣力仍然像平時一樣矯健強韌，絲毫沒有改變，故此他運用兩耳去聽聲辨物，進展得十分迅速。

在開初，確然是不甚習慣的，因爲當他諦聽外間的聲音和一切細微的動靜時，常有一些游離的思緒和感觸，不能自禁的飄過來，分了他的心神，也擾亂了他的聽覺，這使他深深體悟到，一個人要適應一個新的生存環境，開始時是多麼的困難。他知道，如果不甘心自認殘廢，終老在萬家樓，他必得克服萬難，使用佛家參禪的方法，來鍛鍊自己的聽力。

慢慢的，他已能控住雜念，渾然進入忘我之境，內心一澄明，兩耳便隨著敏銳起來，即使是一點兒細微的聲響，在一個人空寂的心裏，也會變得無比清晰。最先，他聽辨著雨聲。他覺得，雨點在空隙本無音響，所謂雨聲，都是雨絲雨線激打到物體上產生的，雖然統謂之雨聲，其實是有著千百種不同的聲音。

雨聲從遠處來，掃過前庭的屋瓦，響起一片細微的沙沙聲，從那種細微的聲音的時強時弱，能夠判斷出播弄著雨絲的風勢的強弱來。他聽見趁著風勢的雨點打在院牆邊的木葉上，響起另一種音韻不同的沙沙聲，或高或低，或近或遠，彷彿有無數小小的精靈，在木葉上舞跳一樣。他聽見雨絲激打在通道邊低窪的水泊裏，發出許多泡沫浮泛的聲音，簷瀝滴落在階石上的聲音，一些悲切切的無休的吟唱，淅瀝淅瀝的反覆著。

他這樣的諦聽著雨聲，更從雨聲裏描摹出這座廢園的狀貌；哪兒是高牆？哪兒是園樹？哪兒是馬棚？哪兒是通道？那些墨色的圖像展現在他的心底，恰像眼見一般的清楚。……在黑暗世界中，不分白晝和黑夜，時辰祇像一隻帶傷的毛蟲，極爲緩慢的蠕動著，偶爾，他聽見馬棚裏的馬嘶，便細心辨別著那些不同的嘶聲，從而判別那些馬匹的不同的性格，以及嘶聲所表露的情緒；他覺得，唯有這樣打發黑暗的、冗長的時間，才能養成自己平和的耐心。

每一天，那個送飯的聾老頭兒都會準時來到廢園裏，關八爺能從他踏在通道上的腳步聲，認出他的特徵來。聾老頭兒的腳步有些顛躓，步幅並不小，但在落腳時，總是左腳輕右腳重，輕輕重重甚為分明；以他的腳步聲和飼馬的漢子相比較，兩人之間就有顯著的不同，飼馬的漢子一定是個五短身材的人，他的腳步聲細碎，急促而又沉重，走起路來咚咚的，像踹碓一樣。

說是度日如年麼？對於關八爺來說並不盡然，他既立定志願，要盡力去做妥一宗事，寂寞就無法啃蝕他的心志，反而為他所用了。

他為了實驗他所聽所辨的，便摸索著起身去逐項尋求答案。靠著手上的一根拐杖的幫助，他冒著冷雨，走到寬大的、衰草沒脛的廢園裏去。他用杖尖和腳步試踏著通道、衰草，測定地面上的高低坑阜，他沿著院牆走，觸摸每一棵古老的園樹，從樹幹表皮的糙度、紋質上，去判斷它是哪種樹木？然後再把他的判斷，藉著和飼馬的漢子閒話時吐露出來，從對方嘴裏掏問出真正的答案，證映自己判斷的是非。

他要從這些極細微的地方做起，使自己才能夠習慣沒有兩眼的黑暗的生活。他常常這樣警示自己說：「關八啊！關八！龍游淺水遭蝦戲，虎落平陽被犬欺，又何嘗不是這種景況?!……如今兩腳陷在泥淖裏，光是心高志大，夢想插翅飛天也是空的，祇有把自己當做囚人，定下心來穿透眼前的這片黑暗才是辦法，捨此別無他途的了。」

他是個飽有生活經驗的人，失去兩眼，並不能影響到他對於事物的判斷。比如判斷園中的古樹，當他仔細摸觸著哪一棵樹的樹幹時，他就能立即判定那棵樹是桑是榆，是槐是柳。因為他知道，桑樹的表皮不粗不細，紋質都是橫著走的，紋理緊密細緻，有一種特殊的氣味；而榆樹又自不同；榆樹的樹幹異常修直，高而挺拔，俗有榆樹沖天之說。榆樹的皮質粗糙，裂成「爻」字形的縱紋，皮面很容易撕脫，但它的內皮乾燥柔軟，是無數絨狀纖維組合而成。槐樹的特徵更多，除了有著特異的氣味之外，它的表皮細緻，很少裂紋，皮面上生有無數細小的粒狀的疙瘩，彷彿摸著苦梨疙瘩一樣。柳樹雖然是一種柔媚的樹木，但一般柳樹的樹皮極爲粗糙，俗謂癩皮老柳，也就是指它的皮質而言。柳樹不但皮質粗糙，而且裂紋如龜背，和榆樹又不相同。……

他如此判斷園中樹木，實寓有將樹擬人的深意，自從失去兩眼之後，他才痛切省察自己，由於滿腹義氣，滿腔豪情，通常遇事都沒能反覆詳察，難免有許多錯失，要不然，怎會在鹽市上那些人們渴求解救時失去兩眼？失眼事小，虧負那些兄弟的渴望，才真使自己銘心刻骨，負疚終生。

爲此，他不得不把那股發自生命中的英銳之氣收拾起來，轉朝沉潛養氣方面痛下功夫，明物性，察人心，凡事都深思熟慮，舉一反三，不聞於聲，不形於色；由於環境的囿限，使他祇能從辨認園木和馬棚中的牲口做起。這些雖然細微，卻能夠錘鍊自己的心性和耐力。

他對於園中的樹木辨認得如此精細，對於馬匹更是道地的行家了。

在這座廢園東側的馬棚裏，一共拴著八九匹馬和四五匹壯健的走騾，爲了防止牲口相互咬踢，每匹牲口都有著牠們自己的食槽，槽與槽中間，使橫木排列成木柵遮攔著；關八爺經常在清晨和黃昏時分，扶杖緩步在馬棚前的茅簷下面，聽那些牲口的噴鼻和嘶鳴，也閒閒的跟飼馬人說些家常話。當然，多半是談論著馬匹的事情。

關八爺那匹神駿的白馬一塊玉，也拴在這裏，自南朝北數，第三間馬欄就是一塊玉停身的地方，每逢關八爺走近馬棚時，白馬一塊玉就會不安的刨著前蹄，左右擰轉著身子扯緊韁繩，彷彿連一時一刻也不能等待，渴切的要奔向主人。爲了使牠安靜下來，關八爺強忍著一股酸切切的愁緒，摸著走過去撫摸著牠，從額髭撫到牠的腰背。

「好一匹靈異的牲口……」關八爺常這樣喃喃的自語著，又常把真正的心意咽了回去，……像白馬一塊玉這樣的良駒，實在該有一位真正的英雄人物騎乘牠，讓牠能跋山涉水，咆哮沙場，但牠錯擇了主人，牠愈是深情的戀著故主，自己愈覺得疚歉難當，任千里駒老死櫪下，何嘗不是一種令人難忍的慘劇?!

「一塊玉真箇是一匹好馬，八爺。」飼馬人在一旁插口說：「就是性子太暴烈些兒，實在難以侍候。」

「但凡是良馬，都有些難以駕馭，」關八爺說：「馭良馬不能按照待常馬的法子，必得動之以情，使牠見你得著安心，一塊玉是一匹極通靈的牲口。」

「不瞞八爺說，我照管馬匹也有好幾年了，但我還識不得馬性，更談不上識馬，」飼馬的漢子說：「可是像一塊玉這種馬，誰看上去也該識得是匹了不得的牲口，牠的身材比牯爺的黑馬還要高大得多，前後膊滿是滾結的凸起的筋肉，一身密伏的白毛，像漆刷似的光亮，……自從進棚之後，除了加料，牠就不讓誰觸碰牠一下。」

「嗨，」關八爺長吁了一口氣，感觸萬分的說：「識馬難，識人更難。識馬也像識人一樣，不光看表面，還要看骨格，看心性，看動作，看耐力，……你看一塊玉，祇是粗枝大葉的看了牠的表面罷了。」

「傳說在口外，有人不但識馬，還聽得懂馬語。」飼馬的漢子移過一條木凳來，央請關八爺坐下，問說：「八爺您是見多識廣的人，不知遇著過沒有?」

風擷下幾片掌形的病葉，在冰寒的雨絲中飄墜到關八爺的腳前，其中有一片更多打了一個盤旋，落在他的額頭上。關八爺伸手捏住那片帶著雨珠的早凋的殘葉，緩緩的擰轉著。那片落葉帶給他的不祇是寒冷，還有幾分落寞蕭條的秋意。——人生的秋意。

「口外的販馬商裏，確有很多識馬的行家，他們端詳靜態馬時，能透過皮相，看出馬的骨格來。」他一面撫弄著那片落葉，一面平靜的吐話說：「不過，說是誰真能懂得馬語，那未免也太玄了一點。……也許有些人跟馬群在一道兒生活得久了，能夠從馬匹的各種舉動，以及長短的噴鼻和嘶叫裏，揣測馬匹的意思，……馬跟人一樣的通靈性，也許那些表露情感的嘶叫，就算是『馬語』罷？」

他這樣緩緩的說著，秋風搖打著他長衫的底襬，發出輕微的拍擊聲。他略略仰起臉，彷彿是在聽著什麼，他臉上流露出一種不自然的笑意，瞇起他沒有眼珠的眼洞。

飼馬的漢子叼著小煙袋桿兒，手抱雙膝蹲在棚邊的地上，他頭上戴著寬邊的竹斗篷，身上披著高粱乾葉綴成的簑衣，活像一隻揸毛的大刺蝟。他噴著煙，出神的聽著，竟然忘記關八爺是威名赫赫的人物，卻覺得他出乎意外的平和。他祇是一個瞎子罷了。

「你該聽過馬嘯？」關八爺說。

飼馬的漢子搖搖頭。

「馬嘯？呵呵，我沒聽過馬嘯，八爺。」

「在關東，在那片一望無垠的雪野上面。」關八爺說。他的聲調變得更低沉、更徐緩了，墨色的畫圖在他心底展陳著，那一段亡命關東的日子已經一片煙迷，不堪回首了。——跟誰去說？誰又能懂得那份傷懷呢？姑算是自語罷，是的，在關東，在那片一望無垠的雪野上面，那些群山環抱中的草甸子，正是最好的牧場，當春天來時，冰雪逐漸消解，一片片殘雪之間的濕土上，茁生出無數碧色的草芽，……那些初出溝子的馬群動起來，就像地面上滾騰著的五色斑爛的彩雲，千匹萬匹，連牧馬人也難算出確數來。……

雄勁的佳木斯馬，高大強壯的蒙馬，美麗溫馴的海拉爾馬，很多邊塞地區有名的種馬群處在一起，令人目不暇給。自己初去時，受僱在甸子上爲人牧馬，在冰天雪野裏學得了不少新的生活知識。至少，那段日子使自己懂得了馬群。

墨圖轉換著，在地廣人稀的關東生活了整整五年，雖說是亡命，卻也沒有這許多馱不動的憂愁，……跟馬群生活在一起，是多麼的愉快，多麼的單純！沒有人間這些糾結不清的恩怨，這些掃不盡的滾滾煙塵。回溯一經觸及那段塵封已久的日子，便懶得再訴諸言語了，祇任由思緒在虛空中飄游遠引，引向無際。

飼馬的漢子不知道這位八爺想著些什麼了，明明開口說話，說著說著的，一楞就楞住了好一會兒。他沒敢出聲驚動對方，祇是滿懷好奇的望著他，有一搭沒一搭的叭著他的葉子煙。

……思緒是一線欲連欲斷的游絲，與其說是繫著，不如說是飄著，但仍徘徊在關東的廣大的草野上面。雖說心中那些圖像的墨色已經很濃，但在朦朦中，仍能看得見那些奔逐的、歡躍的、嘶叫的馬群，牠們在囓草，在聽風，在滾沙，在刨蹄，甚且，自己還能依稀憶起一些特殊駿美的馬的名字。

論奔馳的快速和敏活，要數佳木斯種的馬匹最好，那些自幼就在冰雪的大海中滾騰著長大的牲口，每一匹都有著角稜稜的野性，天生的環境使牠們長於奔馳且不畏嚴寒。……從馬匹的體形上看，佳木斯種的馬匹似乎瘦削了一些，牠們的頭姿高昂，馬耳尖削，瘦薄而敏活，凸面窄額，額鬣較長，但全身部位配置得異常勻稱，前後膊鼓凸起隆然成球的強健的筋肉，彷彿要從薄薄的筋脈縱橫的皮層中迸裂出來一樣；牠們的四腿修直堅實，四蹄不像蒙馬那樣寬大，但跤角斜度大，一上眼就知是善於奔馳的馬。……

若論一般騎乘，講求安穩和舒適，海拉爾馬要算最好的了；海拉爾馬是夠強健的，但牠們的強勁都內蓄著，粗看上去並不明顯；自己騎乘過一匹名叫雪雪的海拉爾種白色的母馬，那匹馬真夠跟白馬一塊玉配對兒的，牠有一雙善窺人意的溫柔的大眼，斜斜的馬頸上，散披著原始的、未經修剪的、白雪般光潔的鬣毛，牠是一匹典型的海拉爾種馬，就體形而論，牠是生長得最均勻、最美麗的一種馬，寓雄勁野獷於溫柔。這種溫柔，從牠的舉蹄、奔馳，和一切動作中都可以看得見，覺得出。有人更誇稱海拉爾馬在平地步行時，馬背上能放得住碗，那種言語雖屬誇張，但也能由此推測出牠腰短背平的程度，和平衡勻稱的行姿了。……

蒙馬是以高大、強壯以及高度耐力著稱，蒙馬是粗大野獷的，牠們的美也就美在那種野獷的形質上，牠們不畏山路的崎嶇，更適應草原和沙漠，那些沙漠邊緣的草野和粗糙的沙礫地帶，原本是牠們生長的家鄉。深而闊的胸圍，方形的四膊，堅實粗壯的前後腿，短而實落的拴結部，凸起的髻甲，闊闊的臀部，密密的距毛，都是蒙馬的特徵，而牠們四蹄比海碗口還大，無怪人人都說蒙馬的蹄勁最足了。……

飼馬的漢子蹲在原地吸完了一袋煙，看見坐在長凳上的關八爺，雙手合抱著拐杖頭，還在那兒楞著，便翻過小煙袋，在面前的地上磕煙灰，磕去煙灰，套著煙袋煙兒吹了口氣，把小煙袋別回腰裏去，一面問說：「您是在想著些什麼了?」

也許這句話問得太輕，還沒能把對方從沉思裏拉回來，飼馬的漢子抓抓頭皮，又補上一句說：「您怎的不講話?八爺……」

「啊！啊！」關八爺這才聽著了，笑說：「我剛剛在說些什麼來著?!……真是，我一想到馬，就把到了嘴邊的話也給忘了！」

「您剛剛是在講馬嘯，說是在關東……」

「嗯，馬嘯，對了。」關八爺又從衣兜裏撿回那片落葉來，在指間旋弄著：「我們平常聽著的『夷夷嚄嚄』的聲音，祇是馬的嘶嗚聲，並不是馬嘯，如果說馬嘶是馬匹的言語，那麼，馬嘯就該是馬的歌了。」

「馬也會唱歌兒？八爺？這我倒是頭一遭聽說過。」飼馬的漢子有些興奮，把剛別進腰的小煙袋桿兒又取出來，匆匆忙忙的裝上另一袋煙。——這是他改不掉的老脾氣——每逢聽誰講新鮮事兒時，就非叼著煙不可，好像這樣才真的過癮。

「我說過，通靈的牲畜都像人一樣，人有言語，也有歌，馬爲什麼不能?!」關八爺說：「人是這樣——在快樂的時刻，狂歡的時刻，跟情侶愛戀的時刻，甜蜜安閒的時刻，固然會唱出各種各樣的戲曲和俚俗的歌，在憶起仇敵的時刻，孤身飄泊，背井離鄉的時刻，獨飲著寂寞哀愁的時刻，慷慨赴死的時刻，更會引吭高歌，傾出內心的感情和積鬱……馬，也正是這樣……」

「我這就有些弄不明白了，八爺。」飼馬的漢子說：「固然嘍，淮上不是產馬的地方，但在北地幾個縣份裏面，各大族各大戶全算上，就算萬家樓的馬匹最多。我在西園馬棚裏看管牠們，可也看管有一年多，但我從沒聽過馬嘯，難道這幾百匹馬裏，沒有一匹是會唱歌的嗎？」

關八爺笑著，輕輕的搖搖頭。

「倒不是牠們不會唱歌，而是在這兒被拴著，勒著，被俗手橫虐著，沒有好的調教，沒有騎者關愛，這不是牠們發嘯的時辰，也不是牠們發嘯的地方。……通常在口外，在關東，在馬溝子裏，在新綠的草甸子上，在黃雲滿天，大風呼嗚虎吼的日子，在風輕月明的靜夜，最易聽著馬嘯，因爲多數沒有戴上絡頭的馬，仍帶著山林的野性。……等牠們成群的落到販馬商客的手裏，輾轉販賣到關內來，上了鞍，配了蹬，無論是作走馬，作轅馬，都有一生也走不盡的長路在等著牠們，鞭打，叱罵，供人驅策役使，只怕呻吟還來不及，哪還有發嘯的心情?!」

「不錯。」飼馬的漢子把對方的言語細細咀嚼著說：「您說的句句在理，八爺。……但不知那馬嘯的聲音，是怎麼樣的一種聲音?……」

「馬嘯聲跟馬嘶聲完全不同，」關八爺說：「那是從咽喉和鼻孔裏發出的啣——格，啣——格的聲音。沒有在口外生活過的人，是很難置信的。」

飼馬的漢子縮縮脖頸。

「我說，八爺，像我這樣的土牛木馬，井底之蛙，這輩子再也難得出遠門的了，也許我的運氣好，就在這兒也能聽得見馬嘯……比如您八爺有一天再能騎著一塊玉遠走四方的時候，我相信牠會起嘯的。」

關八爺聽著，一動不動的呆了一會兒；遠引的思緒消失了，關東草野上的春夢，夢裏的馬群也已遠遁了，再也看不見牠們奔逐的形象，聽不見牠們噠噠的、有節奏的蹄聲……這裏祇是一座被秋來冷雨浸淫著的廢園，到處都是寒霏霏濕漉漉的雨聲，風勢似乎猛了些，又有一些飄落的葉子旋過自己的臉，不知落進哪一方的黑裏去了。天也許快落黑了罷?傷心困愁中，和這個飼馬的漢子還能談說些什麼呢?

「我也許再沒有機會騎乘牠了!」關八爺嘆息說：「如果白馬一塊玉的機緣好，也許能遇著『一怒而安天下』的大豪傑，真英雄，但世事茫茫，誰敢逆料呢?!」

說是這麼說著，但自己的一點兒真正的心意，總亟力隱藏著不使人知。那就是——除奸復仇。自己可以饒恕剮去自己雙眼的兇手，卻不能饒過那隱在暗處的奸人。他是誰？他在哪裏？是自己唯一深思著的問題，相信祇要殘軀尚在，終必能追探出來。不過自己曾一再思慮過，當萬家樓裏隱伏著的奸人沒除的時刻，自己仍然處身險境，明槍易躲，暗箭難防，有許多在暗中湧動的激流，不是自己——一個失去兩眼的人所能料及的。如今自己正像白馬一塊玉一樣，空懷嘶風的壯志，但卻落得伏櫪的命運。……飼馬人說的不錯，也許有一天，自己雖不能作「一怒而安天下」的英雄，卻也要把自己這半生的恩仇作一番了斷。在這種王法不行，舉世滔滔的亂局中，是非黑白，祇有憑自己的良心判斷了。

他這樣的聽聲辨物，不幾天功夫，已經把廢園裏的地形地勢弄得一清二楚，能聽憑藉步度，不用拐杖的助力，步步踏在磚舖的通道上，能夠很熟練的散步到馬棚去；耳聽馬匹的動靜，辨認出是哪一匹牲畜來。每逢夜深人靜的時辰，他恆以盤膝靜坐代替睡眠，或者繞室閒步，獨自演練著早先學過的拳腳。

早生的秋蟲子在壁縫中窸窸的吟唱著，雨聲也彷彿一直沒有停歇過，這樣的夜晚真是一口黑黑的深井了，思緒祇要略一牽動，外間的各種牽掛便從四面八方紛沓而來；沙河口的珍爺一直沒回萬家樓，菡英姑娘的病況不知如何了，連近在咫尺的萬梁舖的愛姑都沒通過消息，六合幫裏的幾個活著的老弟兄呢？……自己的兩眼永遠失去了，總不能長此困居在這座廢園裏罷?!

「我得要出門去走走！」他這樣對自己說。

他知道這座廢園的西北角，正當一棵老榆和一棵低枝桑樹之間，有一座小門，卻不知小門外臨著哪一條街巷？也許飼馬的漢子知道，如果雨落得小些兒，他很可以從那扇小門走出去，略略散一會兒步，然後再從原路摸索著回來。

第二天，他在馬棚裏找到那個飼馬的漢子，照例閒閒的聊了一陣兒天。聊天時，他不經意的提到那座小門。

「我不知它通哪兒？」他說：「困住在這兒久了，覺得太冷清，我很想出去走一走。」

「那邊嗎？那邊就是東橫街，離萬梁舖不遠。」飼馬的漢子說：「不過門是鎖著的，八爺要出去走走，該跟那個聾老頭兒先交代一聲，要他到牯爺那邊取鎖匙。再不然，您該找個人引著您，……您一個人摸路，怕不甚……方便……」

關八爺皺了皺眉頭。並非是自己多疑，總覺得飼馬的漢子是個拙訥的人，平常說話雖也慢吞吞的，顯得有些口拙，但卻不像這樣吞吞吐吐。

「其實牯爺不必替那扇小門上鎖的。」他說。

「小門那把鎖，是早就鎖上了的。」飼馬的漢子說：「鎖身經風經雨，祇怕都生了鏽了。當初鎖上它，是怕馬匹散韁竄出去麻煩。」

「就是上鎖，」關八爺仍然不經意的說：「鎖匙也該留給你的。……我聽見你有串鎖匙扣在煙桿袋兒上，你找找看，有沒有鎖小門的那一把……二號羊角銅鎖用的。——銅鎖不像鐵鎖那樣容易生鏽，對罷？」

「您……您可真的像有眼一樣，您怎知我的煙袋桿兒上扣著鎖匙？……又怎知小門上用的是二號銅鎖?!」飼馬的漢子退後一步，訝然的說。

關八爺沒答話，祇是淡淡的笑著。

「銅鎖的鎖匙實在沒在我這兒，八爺。」

「那就……算了，」關八爺仍然不經意：「等我見著牯爺時再說罷。這一晌時，牯爺不知又爲什麼忙著？我有好些時沒見著他了。」

「牯爺嗎?!」飼馬的漢子說：「他忙著到四鄉去看秋稼去了，我替他備的牲口。恐怕要好些時才能夠回來。……怕那些饑餓的難民搶秋稼呀。」

關八爺知道他說的是實話，因爲他聽出牯爺的黑馬不在馬棚裏。他曾零星的聽說過四鄉難民的景況，頗不滿意萬家樓如今的舉措，假如換是萬老爺子，決不至於採取牯爺這種手段，即使不能普遍放賑，也不該如臨大敵一般的把槍隊撤出去對付那些饑民。……若論牯爺那種暴躁專橫的脾性，他這麼做，自己並不驚異，可驚異的倒是他對待自己未免過份殷勤，——這正跟他平素的性格相反。

他一向心高氣傲，沒把任何外姓人放在眼裏，早年自己常經萬家樓，也祇跟保爺兄弟、珍爺等交往，跟牯爺不算有交情，祇有在自己失眼後，他才一反常態的熱絡起來，不但擒保緝兇，更把自己接進宅子，延醫調治，殷勤供養著。即使他離開萬家樓，飲食供奉也非常的豐盛，……可是在另一方面，他卻儘量以養息爲名，軟禁著自己，他爲何不著旁人爲自己送飲食，偏偏要選那個聾老頭兒?!就從這個飼馬人的言語態度上，也能看出他是經過交代的，他這又是存何居心呢？

愈是這樣暗自猜疑著，關八爺在表面上愈是不露聲色了。無論如何，他不能使飼馬人這等做下人的爲難，他要等著見過牯爺再說。

失去兩眼後，關八爺的心思反而更加縝密起來，他從心裏的這點疑念起始，逐步的假設，逐步的推演，愈推演愈覺牯爺可疑。萬家樓房族紛繁，長房主理族事多年，老二房久受壓抑，難免有許多外姓人難解的嫌怨；謀害保爺兄弟後，真能從中獲益的就是牯爺。……假如牯爺就是那個奸人，他在謀算保爺業爺之先，必要消除跟長房一向投契的老六合幫。不過，這祇是推測，苦無證據，在沒覓著充分罪證前，自不能坐實，硬將這些罪名套在牯爺的頭上，……關東山決不枉曲一人，他祇有等著，他要搜尋真實的證據。

接到沙河口那個賬房報信後，小牯爺曾經立即著人到萬梁舖去搜查過，根本沒發現有那麼一個金老頭兒和一個年輕的婦道來投宿。

珍爺去了鹽市，菡英姑奶奶確是咯血病故了，這原可除去牯爺心頭的一塊大病；但那賬房帶來的消息說：萬小喜兒死前，業已掀開了自己的底牌，使沙河口那邊，包括眾多難民，全知道保爺弟兄的真正死因了。姑不論菡英姑奶奶是否差人來向族中報信，這宗事兒終難再隱藏了，萬一有一句風聲漏進關八的耳朵，那可就越發不堪收拾啦！

就因為牯爺那麼一轉念頭，那個特意來邀功報信的賬房，被請進曾關過王大貴的那間地下室去了。

「牯爺，您不能這麼對待我，……這種心腹事，我特意來通報您，您不該把我留著。」那個賬房說。

牯爺卻扳下臉，冷笑說：「你聽信萬小喜兒胡言亂語，認為我是暗害保爺業爺的兇手，你就弄岔了。萬家樓各房族，世代和睦，不容有小人在其中橫加挑撥，惹事生非！」

「您？您……牯爺……」

「我要把你這個小人押在這兒，日後交給珍爺去處斷。」牯爺凜凜的說。

但在另一面，他簡直有些膽寒了。……事情既然壞在萬小喜兒手裏，自己必得一邊防阻著，不讓消息傳來萬家樓，一邊及早下手，把失去兩眼的關八給擺平。

他考量過，關八爺在沒被剮掉兩眼前，正是聲勢喧赫的時刻，但在剮掉兩眼，困居廢園後，人們的注意力已從他身上移開了；各房族一般都議論過，咸認爲自己這樣殷勤對待關八爺，實在是以德報德的做法。如今要想擺平關八很簡單，祇要暗在飲食裏摻進毒藥就行了！即使是一力維護他的長房和七房，也必不會疑心到自己頭上。……就算有些風言風語的猜疑，自己也振振有詞。——我若有心害他，何必要這樣殷勤待他?!關八爺那種剛烈的脾氣，誰不知道?也許他雙眼被剮後，過度鬱憤，放心不下鹽市，又不願困處萬家樓，一時想不開，飲鴆自盡的呢?!

祇要沒有鑿鑿的證據，誰也不能朝自己頭上按罪名！大不了在關八死後，自己多花費一筆錢，替他營喪舉葬的後事辦得體面些兒罷了！祇要這樣拔掉關八這頭病虎，依自己如今的勢力，對付各房族的人可說是游刃有餘，萬小喜兒已死，空言無證，外姓人裏，又有幾個是保爺弟兄的死黨，那麼熱心出面去追本窮源?!幾個月一拖下去，祇怕一場風波轉眼就會煙消雲散了。

但在關八沒除前，阻塞外間消息是最要緊的，自己必得要暗中把老二房的槍隊，像撒網般的四面撒開，查察一切進入萬家樓的陌生臉孔和可疑人物，同時要把重點放在萬梁舖裏。

萬梁舖的老賬房程青雲和守寡的愛姑，在牯爺的眼裏，一直是視爲關八爺的死黨，由這回聽得的消息中，更證實了他的猜想；如果他們不跟關八聲氣相通，菡英姑奶奶臨終前差人投書，爲何要託囑他們交付給萬小娘?!這消息逼使牯爺發了狠，要在毒害關八之前，就先把他們除掉，使關八身上，不再附有半根羽毛。

萬梁舖的那把火就是這樣燒起來的……

恰巧遇上刮大風的夜晚，無名的怪火就焚燒了萬梁舖。沒有人知道火是怎樣燒起來的，火起來時正值深夜，人們都在睡夢當中，等到有人響鑼喊火，把人們從夢中喚醒，披了衣，趿了鞋，推門出屋時，萬梁舖業已變成一片火海，亮一片燭天的紅光了。

萬家樓的人被幾場大火燒破了膽子，一見燭天的紅光，就手足無措的混亂起來，風勢是那樣急法兒，大部份年輕力壯的槍隊上的人，又都奉了牯爺的差遣，到四鄉保護秋稼去了，火勢到了不可收拾的辰光，牯爺才趕到了火場，喊叫著聚集老二房的槍隊，到宗祠的廂房去推水龍，水龍推到火場，發現其中一架斷了搖軸，無法壓水，祇有一架勉強派上用場。

萬梁舖前後都是瓦房，瓦房起火後，炸瓦劈拍亂飛，使人無法靠近施救；許多端盆的、拎桶的，根本無能爲力，想靠唯一的一架手搖的老式水龍去撲救已經成形的大火，那簡直近乎夢想。

「救人，救人要緊！」牯爺那樣暴喊著。

事實上，他比誰都明白，陷身在火窟裏的愛姑、繼子振邦、程青雲以及幾個店夥是再也活不成的了！因爲萬梁舖的前後門的搭扣兒，都被人從外面扣死了的，……即使如今有人冒著煙火和炸瓦擊破腦袋的危險，使巨木撞開門戶，陷在火窟裏的人，怕也已燒得不成人形了。

大火燒到天色破曉，直到萬梁舖變成一片瓦礫時才熄下去，沒有人能在焦黑的炭塊中發現反扣著搭扣兒的陰謀；人們祇看見滿身是灰土、糊斑和血跡的牯爺，看見他跑脫了鞋、赤著腳，親自在壓水龍，聽見他啞啞的呼吼，呼吼著關火巷，斷火路，嚷叫著救……人！

就這樣，他用這把火燒去關八爺身上的兩片羽毛。並且，經由他自己的口，把這消息帶給了關八爺。他到廢園裏去看視關八爺時，話是對方先問起的。

「牯爺，昨夜我聽著屋後響鑼喊火，火是燒著哪兒了?!」

「說來真是慘，八爺。」牯爺用他變啞的嗓子說：「萬梁舖竟在半夜之間，被……燒光了……」

「萬……梁……舖！你說?!」關東山渾身起了明顯的震動：「是……萬……梁……舖……」從他木木的喃喃中，可以看出他受驚的程度。

牯爺瞪視著對面那張臉，他抓得住那張臉上的任何變化，當他聽見關八爺像一匹傷獸般的發出哀嗥時，一縷歹毒的笑意掠過他的唇邊。

「我爲了下鄉辦事，有幾天不在鎮上。」他說：「昨晚才回來，就遇上這種事。等到鑼聲把人敲醒，火勢已成，潑救也潑救……不……及了！」

「人怎樣?!」

牯爺沒答腔，卻用一聲長嘆代替了答覆。過半晌才廢然的說：「人燒得不像人了！我業已撥出存材，著萬才棺舖去趕打棺材。」

關八爺後退一步，跌坐在床沿上。

「祇怪風勢大，火勢猛，灌救又沒能及時。」牯爺說：「萬梁舖裏的人，連一個也沒能活出來。」

「愛……姑……愛……姑，」關八爺叫出聲來：「妳……不該……有這種遭遇……的。」

「我說八爺，這世上難以逆料的事兒，也實在太多了！」牯爺說：「我剛剛接到沙河口來的消息，說咱們家的菡英姑奶奶，也咯血病故……了！她那麼年輕輕的一個人，誰也想不到會這樣早死?!……珍爺又去了鹽市，舉喪落葬的事，又落在我身上，在萬家樓，論輩份，論責任，再怎麼說，我也摔不脫這付擔子。……自從業爺死後，我理族事以來，不斷的舉喪，嗨，……這祇能說萬氏族中該遭不幸罷！」

沒等關八爺再說什麼，牯爺就以有事待理辭出了。但他道出的這兩宗消息，卻在關八爺的心裏久久翻騰著。

生命是一道激流，它必得那樣的淌下去，無論遭逢到怎樣的困苦和悲傷，……這消息說明了什麼呢？無數曾跟自己共同活過的人臉，像一片片帶著雨珠的落葉般的，離枝飄墜下來，落進身後惡毒毒的黑暗，雷一炮、曾常和、魏小眼、胡大侃、倪金揚……那些生龍活虎似的弟兄，病死關東的獄卒秦老爹，如今又加上菡英姑娘、愛姑和程青雲，死是一座充滿血污的大海，所有的人生都流歸那裏去了！

自己是什麼呢？祇是一片在秋日風中抖索著的葉子，孤伶伶的獨掛在枝頭，不知哪一天，一陣風緊，便也將茫茫的飄墜下去，歸入泥濘，化成任人踐踏的泥土。看光景，打探那個隱藏著的奸人，非得加緊進行不可。

可在牯爺那方面，既已用這把無名火焚掉萬梁舖，順順當當的拔除了關八爺身上的兩根羽毛，他的念頭，就直接落到關八爺的身上來了。

這當口，一宗意料不到的變化，卻打斷了他毒殺關八爺的念頭。

原來在沿河一帶小鬍子旅的防線上，自從大狗熊說降了楊宇成連長，使那條防線中段開了個缺口以來，大湖澤裏，彭老漢率領的民軍，就不斷的滲入河北來，日夜夾擊，蠶食著那道單薄的封鎖線，不到幾天功夫，就有四五個連，經楊宇成從中搭線，一一歸降。小鬍子一瞅情勢緊迫，祇好回縣城告急。正好塌鼻子師長準備攻破鹽市，全軍北撤，就著小鬍子旅從西線撤回縣城，待命進擊。

這樣一來，西線上藩籬盡撤，大湖澤裏的民軍紛紛北渡，使北地各處鄉野都入了民軍的掌握。獲得長江南岸北伐大軍接濟的民軍聲勢是浩大的，他們的實際勢力業已包括了荒湖蕩中的萬家樓，而彭老漢派來的專差，也就在萬梁舖火後的當天傍晚，來到牯爺的宅子裏。

民軍裏的消息就有這麼靈通，那專差逕指出萬家樓不該得錢賣路，放脫了孫傳芳那個北洋禍首，不該以護稼爲名，逼使四處流民無以爲依。那專差更明白的指出，北伐大軍渡江北擊已是指顧間的事，塌鼻子師長集結在淮上的人槍，已成爲釜底游魂，萬家樓是這一角的重要集鎮，必須要及早表明態度，不能藉自保爲名，跟北洋軍暗通消息，如果各地鄉鎮有不聽民軍號令，抗拒民軍所頒法令的，民軍就得查明原因，懲處爲首的人……。

「萬家樓自保倒是真的，那是有不得已的苦衷。」牯爺說：「至於得錢賣路，暗通北洋，那全是連影兒也沒有的事，假如閣下要證據，我想爲您引見一個人，他能夠證實萬家樓的態度，何況咱們的珍爺正領著人困守在鹽市上呢！」

「誰？」那專差說：「誰能證實萬家樓跟北洋的江防軍沒有往來？」

「關……東……山八爺。」這時候，牯爺不得不把關八爺給抬了出來：「八爺如今還在宅子裏養傷，是否要我陪您去見見他？……您想想看，咱們敢在北洋的地面上留住他們懸賞緝拿的關八爺，萬家樓怎會跟北洋軍有勾搭？單就『收容要犯』這頂帽子，咱們就吃不了啦！」

「關八爺真的還在萬家樓?!」

「可不是還住在兄弟的老宅子裏。」

「我馬上得去拜見八爺。」那專差恭敬的站起身說：「就煩您引見罷……」

對於外間時局的變動，關八爺是茫然無知的，當然更料不到民軍裏的專差會來看視他；牯爺引著那人到廢園裏來時，細雨仍沒停歇，西邊的天壁雲層較淡，還繞著一線似有還無的晚霞，關八爺正冒著細雨，踏著方磚舖砌成的園中的通道，在緩緩的踱步。樹影之下，他的背影顯得昂藏壯偉，他寬大的袍角牽著風，仍然具有往昔一樣的颯颯的英姿。

兩人剛進園門，關八爺就在傾聽著腳步的聲音了。

「來的是牯爺麼？」他仍然背立著，揚聲招呼說：「還有另一位是誰？」

「是的，」牯爺搶前幾步說：「這位是大湖澤民軍派來的專差，特地來拜見八爺。」

「彭爺這次差我來萬家樓，沒想到八爺您在這兒，」那位專差說：「剛剛牯爺提及您，就立即趕過來……還是上次您下大湖澤時見的面，轉眼都快一年了。」

關八爺在驚詫和喜悅中，緩緩的轉過臉，點點頭說：「是的，是的，彭爺他還好嗎？你怎能穿過封鎖到此地來的？」

「咦！」那人一抬頭，不由驚叫說：「八爺，您的眼?!……天喲!這是怎麼了?」

「有人趁我槍傷未癒暗害了我，……不過事情業已過去了。」

「本房族有個敗類，暗中坑害了八爺。」牯爺在一邊接口說：「他夥同他的族弟，兩人合剮了八爺的兩眼，潛逃無蹤，族裏如今還在追緝著。」

「甭提這事了，」關八爺嘆喟說：「我急於要聽聽民軍那邊的消息，能否告訴我那邊的情形？」

「大狗熊到了彭爺那邊，」那人說：「鹽市跟民軍業已有了聯繫，小鬍子旅拉起的那道封鎖線前幾天撤回縣城，整個西線暢通無阻，全成了民軍的天下。先頭兩大隊人業已過了河，屯在林家大莊、小陸家溝那一帶，彭爺他不日也會過河來的。」

「好，」關八爺的雙眉舞動起來：「塌鼻子撤回小鬍子那旅人，就表示他力謀攻破鹽市後，趁機北遁，這是他唯一的機會，民軍來得正是時候，萬一不及赴援，也可在沙窩子裏圍擊他們。」

「大貴兄沒來見過八爺麼？」那人又說：「據大狗熊跟彭爺說，當時鹽市上方德先方爺差他去大湖澤時，同時也差了王大貴兄來見八爺的。我們全以爲八爺您早已去了鹽市了呢！」

「王……大貴?!」關八爺搖頭說：「我從沒見著他，也沒見著鹽市差來的任何人。」他轉朝牯爺問說：「牯爺，您可聽說有王大貴這麼個人要來見我麼？他是我領腿子時，在六合幫裏跟我走道兒的一個弟兄。」

「沒見著。八爺。」牯爺沉著的應說：「我從沒見著鹽市上來的人。假如有人來找八爺，我當會立即引見的，也許那是誤傳，鹽市離腳下，比大湖澤近得多，要真有人北上，不至稽延這麼多日子。」

「誤傳不至於。」那人說：「也許大貴兄，他……他在半途上出了什麼岔兒了?!」

關八爺沒說話，暗暗的皺了皺眉毛。六合幫裏的那一幫弟兄，每人的性格都是自己熟知的，論及辦事的穩沉幹練，王大貴遠在大狗熊之上，如今大狗熊既能平安到達民軍防地，王大貴是不該在半途上遇著岔事的！但世上事難以逆料的很多，像自己遭人剮去兩眼，萬梁鋪平空被大火焚毀，王大貴失蹤，……都是這樣的突然，怎麼會有這許多不幸的事串連著落在自己頭上，繞著自己身邊的呢?!難道真是有楣運嗎?還是……?

牯爺在宅裏設宴款待那位專差，關八爺在座，那人當場轉達了彭老漢的意思，要求萬家樓應允幾宗要事，第一，向民軍納稅，第二，開放柵門，收容四鄉流民並盡力保護這些流民，不讓他們受北洋敗兵的殘虐，第三，所有槍隊上的自衛槍枝要列冊送呈民軍司令部備案。

這三點，臨機應變的牯爺都一口答允了，並且說：「您回去時，請轉告彭爺，凡民軍提出的，我們悉行照辦，八爺他在這兒，就是個活證人，……不過，萬一北洋軍踹開鹽市，撲打過來，不是一地民槍所能禦得了的，那時刻……」

「那您請放心，民軍自會悉力保護的。」那專差說：「據彭爺估計，塌鼻子即使能攻破鹽市，他也是餘力無多，難逃在沙窩子被殲的命運……了!」

「您回去也請轉告彭爺，」關八爺舉盞說：「就說我關東山除了問候他跟民軍裏所有的弟兄之外，祇求他破除萬難，先解鹽市的危局，若鹽市之圍得解，我這瞎了兩眼的人，死也瞑目……了。」

「我定遵照八爺您的意思，轉達彭爺。」那專差說：「也許過不了幾時，彭爺他就會北上來見八爺的。」

專差走後的當天夜晚，關八爺整夜失眠了。小鬍子旅拉成的封鎖線撤除，使困守在大湖澤裏的民軍源源北上，進一步的和鹽市相呼應，這正是自己久久渴盼的喜訊，他爲這喜訊欣悅著，忘卻了很多的悲苦。

是的，從滿清王朝到北洋各系軍閥，將近兩百七十多年漫長的歲月，這荒落落大塊土地一直是陰濕霉暗的，無數裹在黑夜裏的人心，沒見過一線陽光，多少含冤的盼望，咬牙的苦忍，滴血的煎熬？多少呻吟？多少啼號？多少哀嘆？像條條巨大的黑鐵鎖鍊般的拖動在人們靈魂深處，化成叮噹的巨響，……但到了今天，漫長的黑夜眼看已將流盡了，任何一個飽受北洋軍荼毒的人，都將馨香祝禱，迎接這個日子。一個真正破曉的日子，有著全民的熱望。愈是活著忍受悲苦最多的人，這日子對他更有意義，自己雖然瞎了兩眼，但在摹想中，仍想像得出那種光亮。

可憂的不是黎明前最後一剎黑暗，人們既能熬過如斯漫長的黑夜，就有勇氣撕破這層黑幕，長期的壓迫和長期的煎熬中產生的勇氣，使他們不再畏懼流血和死亡，在北軍環列中的鹽市就是一個顯例。可憂的卻是北伐大軍中的將軍們，誰有鐵肩來承擔全民殷殷的熱望？……這熱望浮自血的大海和淚的汪洋，實有著無比的重量。

夜來的風雨在瓦簷前，在樹葉間細細的泣訴著，彷彿是渾身抖索的弱質少婦，俯伏在刑具羅列的大堂上泣訴著冤情，在民間，這熱望中就含孕著萬千無聲無語的泣訴，從久遠的血跡斑斑的歷史訴起，一直訴至未來，無數綰結的聲音將如雷霆，南來北上的北伐軍為我們帶來了什麼？……關八爺轉側著，思想著，以他有限的了解，他還不能代擬出一幅完整的黎明畫圖。

他這樣儘管為民間設想著，卻不知道另一個失眠者——牯爺，正把念頭整夜迴繞在他的身上。

牯爺既然力求使萬家樓在亂局中自保，就必得觀風望色，看行情的漲落，如今民軍的行情看漲，北洋軍的行情看落了，自己就得見風轉舵，把萬家樓跟民軍牽在一道兒，不過，難也就難在這裏，為求獲得民軍的信任，迫使自己不得不抬出關八來，又明知民軍司令彭老漢，跟關八原是老六合幫的同夥，多年患難之交，也又都是當年設網時，從網縫中漏掉的兩條小魚，也不過幾年的功夫，這兩條小魚都已金鱗閃爍，有化龍之勢了。

民軍的勢力遠伸到蘆葦蕩裏來，關八就不再孤單了，這一回，自己苦心織就的羅網若不把他網住，那，可真是後患無窮，如今逼於形勢，正好利用他的聲名，先跟民軍打上交道，然後再抽機會下手，關八一天不離開萬家樓，自己就有把握暗地裏了結他。

可是在民軍地面上，自己卻無法硬扣住他，要是他心血來潮，要離此他去呢？……他這樣轉側著，思想著，窗外的風雨聲，又都化成纏繞著的憂惶了。

既不能立即下手毒殺關八，那就得從堵塞消息方面下功夫了。說來也夠惱人的，早些時跑了一個熟知自己行徑的大板牙，自己暗裏差人出去追查他，沒見他的蹤跡；萬樹那蠢物敗事，放掉了一個萬小喜兒，在沙河口拆穿了自己的底牌。秘密好像水銀，盛放在一隻毫無縫隙的瓶子裏，決不能有一絲漏洞，一旦瓶子有了裂縫，讓它走漏出去，任你有什麼方法，也收不回它了。但牯爺在無可奈何的境況中，仍圖堵塞這個漏洞，他把注意力全集中在那個懷有菡英姑奶奶信件之人的身上。

一個老頭兒、一個不知名的少婦，他曾一再查察過，在萬家樓各處，並沒發現有這樣的兩個人，除非來此通風報信的賬房撒謊，要不然，這兩個人會插翅飛上天去不成?!……依照民軍方面的囑咐，明天就得開柵門，放任四野流民自由的在萬家樓出入了，到那時，人海滔滔，再到哪兒去訪查這兩個人去?!

頭遍雞聲，在黑裏隔雨啼喚著……

他想到沙河口的那個賬房，他如今還押在這兒，也許利用他，能辨識出那兩個人來……

但，剛泛起的一絲寬慰，轉眼就被另一宗愁緒淹沒了！菡英姑奶奶年紀雖輕，但卻是族裏的尊長，她的死訊雖經自己壓著，沒通告族人，但沙河口離萬家樓如此之近，這喪訊是瞞不過的，在沙河口的那些人，想來很多都聽過萬小喜兒的話，知道保爺兄弟的死因，菡英姑奶奶這一舉喪，一落葬，消息一定會遍傳闔族不可……

煤燈暗暗的照著帳頂，照著樑頭，牯爺勒著雙拳，瞪視著那些巨木橫樑，每一支沉重的樑木，都變成一個恐怖的念頭，排列著，交疊著，洶洶然朝自己額上壓來。他逃不脫這種魔境。他不敢再想下去，偏偏有一種力量，逼使他伸著頭，送進恐懼的繩圈。逐漸地，那些樑木彷彿在眼裏輕輕旋轉起來，都變成一些扭歪的鬼臉，瞪視著他。等他再眨眼時，鬼臉沒有了，卻變成磨盤大的一張人臉，那正是關八……。

二遍雞聲在黑裏啼喚著，雨夜真有幾分鬼氣。

幼年時曾玩過壘沙成塔的遊戲；新雨之後，和保爺業爺同在圩崗上撥弄沙土，賽著壘塔，看誰壘得最高；雨後的沙土是潮濕的，很容易壘起來，當時自己爭強好勝，總想壘得最高，一層又一層的壘上去，越壘越謹慎，越壘越小心，……高上去，更高上去，再高上去，眼看就要贏了，忽然間，它轟然一聲，從根崩塌下來，自己急忙伸手去扶，濕沙觸手皆碎，是再也扶不住的了！

自己曾經爲這事哭過，恨過，哭的是自己苦心經營的，一剎間歸爲烏有；恨的是自己太貪心，不該高了更想高！……爲什麼當自己謀奪族中權位時，竟不曾憶起過這個久遠時日中發生過的事情來?卻要等到事情不可收拾時才想起它?!

自己處心積慮的要從長房手裏，爭得族主的權位，這些年來，正像在壘著沙塔，借官兵的手，盡殲老六合幫；勾結朱四判官，借刀殺人除掉了保爺；踩探業爺獨行的路徑，暗中下手，縛鐵沉屍；差遣萬樹追殺萬小喜兒，刻意剷除異己，唆使萬振全等人力圖污衊關八的名聲，挑撥起族中公憤；張佈眼線，密緝在逃的大板牙；張冠李戴，曲殺了六合幫的王大貴；暗中縱火，焚斃了萬小娘和程青雲，更放脫萬振全，剮去關八的兩眼，……一層疊著一層，一層高過一層，一直到今夜反覆省思，才發覺它已經搖搖欲墜，瀕臨崩塌了。

說懸崖勒馬、回頭是岸麼？那全是空的，除非當初不作這些安排，如今祇有等著，等著這座沙塔崩潰時，另行設法脫身，或者先謀得退身之路，再不顧一切的除掉關八這個死敵。

沒有時間讓自己把這事重作全盤收拾，天已經放亮了。

天已經放亮了，四十里蘆葦蕩子再不是萬家一族的天下，而是民軍的治下了。情勢轉換得非常快速，就在民軍開到之初，祇一夜功夫，曠野上到處都張有民軍安民的榜示，貼有打倒軍閥的標語；河邊的橋柱上，路口土地祠的牆壁上，無人居住的荒村圮牆上，各處大樹的樹身上，都可以看到這令人鼓舞的消息……

曠野上的螺角聲隨風遠走，此起彼落，隱約可聞，民軍裹藍巾的馬隊，也開始在各條荒路上奔馳，揚弄起片片蹄塵，各處橋樑，渡口，高崗，叉路等扼要之處，也可見民軍套藍臂套的步卒在列崗守望，這些改變，使流落在荒野上的人們安心了；這些改變，使他們敢從隱匿處走出來，使冷寂的荒野上充滿生機。許多由渴望和臆想中產生的消息，像生了翅膀一般的在難民群的嘴唇間飛舞著。

「北伐大軍業已渡江了。」

「塌鼻子已經病得不能下床了……」

人心所向，足可使這些不實的消息變成準確的預言，人們樂於聽信這種立可實現的預言。

……萬家樓的四面柵門開放了，當一小隊民軍的哨馬馳過南北大街時，當街的住戶們都欣喜若狂的燃放了成串的鞭炮，這是經年混亂中，萬家樓第一遭被喜悅的氣氛籠罩著。

和這種喜悅的氣氛相比相映，愛姑和程青雲的葬禮就更為冷落了，幾口柩材冒雨抬出南門，草草安葬在紅草坡上，沒有喪樂，沒有哀歌，也沒有送葬的行列；人們似乎已沒有心情關心這些，他們祇關心著眼前這一場巨大的、變化著的風雲。……幾座新墳，朝朝沐風櫛雨，墳裏埋下的冤骨和冤情，也都被轉急的秋風吹散了。

沙河口那邊又有人來報菡英姑奶奶的喪訊，牯爺以局勢緊迫為由，跟老七房商議，決定停靈滿七，暫厝沙河口吉地，待戰亂過後，珍爺回來時再作區處。牯爺這樣處斷了菡英姑奶奶的喪事，明知對堵塞消息來說是極為愚拙的方法，但他不得不這樣，使流言儘慢的接近關八爺的耳朵，同時他亟力籠絡民軍，力使萬家樓槍隊的勢力振作起來，欲以掌握在手裏的權勢和實力威壓族人，暫時保全自己，一方面暗中預備銀洋、車輛和心腹，準備在罪案已被公開揭露時，槍殺關八爺，隨同北洋的江防軍一道兒北遁到山東去。

在這段日子裏，萬家樓在表面上是平靜的，甚至重現了往昔的繁華；似乎沒有任何不利於牯爺的流言在坊間市上傳佈，萬家樓和民軍方面，相處得也極為融洽，而且牯爺還受了民軍的委任，搖身一變，成為萬家樓首任暫設的鎮長。四鄉的流民在萬家樓安棚立戶的為數眾多，市面上各行各業，交易空前繁盛，每逢著集市的日子，大街小巷，熙熙攘攘的滿是人流。萬家樓在短短的日子裏，已經變成民軍收容流民的後方重地了。

偶爾，人們也會看見瞎了兩眼的關八爺，由牯爺親自陪侍著，扶著拐杖出現在街頭，恬淡的微笑著，傾聽牯爺為他講說鹽市的情形，誰都能看得出，他們是和睦的相處著。如今，人們不再關心著別的，唯一關心的是集結在淮上的這股北洋殘兵，到底會在何時攻取鹽市了?!塌鼻子師長真是名符其實的百足之蟲，死而不僵，集結在淮上的江防軍，雖然形勢轉為孤單，而它的槍枝、人數和實力，還遠非民軍、鹽市保衛團和若干零星民槍所能比擬的，它一天不朝北撤，淮上的亂局就不會澄清。

牯爺在這種情況中，一度緊張恐懼的心復又安定下來了；他覺得萬家樓的槍隊，在民軍圍殲江防軍時，是一股深為對方倚畀的實力，自己業已是民軍裏炙手可熱的實力人物，就是有人疑心自己謀害保爺業爺，既無實證，也沒人敢於揭發，即使要揭發，已無從揭發了，如果這樣平靜的過下去，時間愈久，愈難覓著實證，早先那些案情，雖不能說是煙消雲散，蹤跡全無，也該算是明日黃花了！誰還願再提呢?……

更使牯爺安心的是民軍的榜示上，明白的列有：凡自願歸附，共驅北洋者，不究既往。祇要官裏不行查究，他相信自己握有人槍在手，不必再擔心一個瞎了兩眼、空有虛名的關八，更不必擔心旁人會挾怨報復了！當然，事情若無變化，自己倒不必冒險毒殺關八，免得因此開罪彭老漢，若因新案結算起舊案來，那就大大的犯不著了。何況在民軍的眼裏，慫恿鹽市舉義的關八爺的威望，更在民軍司令彭老漢之上呢！就因這個，自己也必得更加殷勤的暫時供奉著他。

看不見的風雲在八方鼓盪著；眾多消息經由大湖西部輾轉傳遞過來，說江南寧漢分裂已成過去了，經過整頓，養精蓄銳的北伐大軍又已集結了，一度下野、威名赫赫的蔣總司令又應中央之請，復行統軍了。……但一般鄉野的人們，並不能深解這些消息的真義，他們祇看得見縣城，看得見塌鼻子一支虐民的殘兵；他們更著重於聽得縣城裏傳來的消息，因為他們要眼見塌鼻子的下場。

有一天，民軍司令彭老漢，偕同他的隨行人員到了萬家樓，在牯爺的宅子裏會見了關八爺。對於失去兩眼的關八爺，彭老漢內心是激動而且沉重的，彷彿承受了對方當時那種失眼的痛苦。他說：

「八爺，在這種殲敵的時辰，民軍這付擔子太重，我德薄無能，實在挑不動它，民軍吃著萬人糧，假如最後這一火，不能把塌鼻子這股殘兵盡殲在淮上，而讓他們北遁山東，去荼毒另一方生靈，那我就沒臉再活了……您還該記得，當初在黑松林，我彭老漢這條命是得自你的手，你若不捨命釋走一干老弟兄，咱們一行人，就無法到大湖澤去創天下，結民軍，……如今我該把司令這職務卸還給你，我彭老漢願爲前驅，但您的眼？……我說八爺，老兄弟，你一身闖盪江湖，行事爲人都爲各方拜服，實在不該落得這樣慘淒……」

「我說老漢，人活著一天，總得憑著良心挑重擔，我當初在黑松林釋放你們，祇不過受幾天牢獄之災罷了！」關八爺說：「如今民軍能有這樣的發展，全是你的勞績，我雖不佔名位，一樣幫你同挑這付擔子，……至於我這眼，既然事已過去，就不必再提了……如今舉世滔滔，哀鴻遍野，比我遭遇更慘百倍的人還多著呢。」

「我這次看八爺，實在有要事跟您相商。」彭老漢說：「據民軍本部打探到的消息，塌鼻子傾全力攻撲鹽市，也就是旦夕間的事了！民軍急欲增援，已經樊家舖以西跟江防軍接了火，他們的人槍多過民軍，一時還無法突破，看光景，他們阻截民軍增援，實在有攻取鹽市、志在必得的樣子，……依您看該怎麼區處呢？」

「是的，」關八爺沉吟著：「塌鼻子爲了求活命，確須在北伐大軍渡江前攻破鹽市，逃往山東的。鹽市正像罈口，把他們扼在一塊死地上，如果北伐軍早來一步，或者民軍勢盛，足以圍攻，很可以把他們圍殲在縣城裏。但若以眼下情勢論斷，方德先方爺集槍死扼鹽市的結果，反而激起江防軍困獸猶鬥，不甘坐以待斃的心。既然鹽市上，人人抱必死之心，不願後撤，民軍當然不能坐視，不過，要是分兵增援不上，沙窩子這一仗，要比鹽市更為緊要了！……因為塌鼻子即使能破鹽市，他手下精銳的江防軍，必然是損失慘重，潰不成軍，……我敢說，鹽市一破，逃生之門一開，那些圖作困獸鬥的殘兵，必然士氣瓦解，鬥志冰消，人人各揣著錢財逃命，這時候，在沙窩子張網捕他們，是萬無一失的，也許方爺他們早已料及，卻願拚一死，來瓦解江防軍，但這樣對扼守鹽市的兄弟來說，實在是太壯烈、太悲慘……了！」

「不錯，」彭老漢說：「方爺託大狗熊帶信，也是這樣立意，囑我儘力突破封鎖，繞至鹽市後方兜擊；但我已經差他重回鹽市，告知方爺，我還是盡力赴援。」

「集聚北地民槍民力，在沙窩子周近佈設陷阱是第一要事，」關八爺說：「至於鹽市首當其衝，慘烈的廝殺是難免的了，……有心援助方爺，能盡力撲下大渡口，佔穩樊家舖，使方爺他們有條退路，當江防軍進入沙窩子時，使鹽市的守軍變成追兵，那當然更好。」

「我該照您的意思，先撲下大渡口再說。」彭老漢說：「至於沙窩子的陷阱，早已預備妥當了！」

彭老漢走後，在大渡口一帶的戰火便熾烈起來。

人們都知道，在淮上規模最大的一場戰事，已經發動了！一向力求自保的牯爺迫於情勢和各房族的壓力，不得不大開糧倉，供輸民軍應用的糧草，萬家樓的部份馬隊，也應了民軍的徵召，牯爺本人督率槍隊朝鹽市北面運糧送草，在忙碌中，幾乎把他自己所曾做過的罪案也淡忘了，但在這當口，他蓄意要緝捕的小餛飩，卻帶著那兩封足以致牯爺於死命的信函，悄悄潛進了萬家樓……。

雜樹林子裏的一條叉道救了那兩個送信的人，耳聾眼花的金老頭兒領岔了路，當他以爲走到了萬家樓時，他卻走到了羊角鎮去了！金老頭兒在羊角鎮的小客店裏生了病，臥床不起，小餛飩爲他延醫調治，花光了隨身所帶的盤川，不得不用彈琴賣唱，積幾文錢來應付客店裏的房飯錢。也就在那座小客館裏，她認識了鄰房的怪客大板牙——也許是神差的，鬼使的，她不能不這樣想了。

金老頭兒初病倒的那一天，她在隔房終夜聽他的呻吟和囈語，他不斷的重複著：沙河口，沙河口和萬家樓……他責怨走經叉路口時，他原可選西道的，恰巧有一陣鬼風旋起來，的溜溜的，引路似的迷了他的眼，使他鬼迷心竅走到東道來了。……一個七老八十的人，平常還沒什麼，一旦寒熱交作發起病來，就有些顛顛倒倒、胡言亂語的扯不清，有時候，他狂叫著關八爺，有時候，他念起萬小喜兒來。

遇上這樣的事，她有些茫茫無主，惶亂和焦急像些毒蟲子，把她一顆心全給蝕空了。兩眼漆黑，無親無故的生地方，一個相識不久但已情逾骨肉的老人。她明知關八爺處身在危境裏，辦這事是急如星火，但她總不能把生了病的金老爹獨棄在這兒待死。

也就在這當口，鄰房的那個怪客出現了。

「這……這……這病倒的是誰？姑娘，是妳老爺爺？」那人上下的門牙全沒有了，說話不關風，聲音極爲難聽：「你們打哪來？人病成這樣了，怎麼還不找醫生？」

「沙河口。」她竭力忍住嗚咽：「我們是難民，原去那邊投靠菡英姑奶奶的，姑奶奶昨天辭世了！我們打算去萬家樓。」

「萬家樓？」那人說：「萬家樓在西邊，妳走岔了路了。」

「可不是，路又深，林子又密。」她說：「我們從沒走過那種難走的路。」

那人站在房門口，反覆打量著她：「妳甭嫌我冒昧，妳在萬家樓有親人嗎？」

「我們去萬梁舖。」小餛飩說。

「妳識得關八爺嗎？——我在隔房聽見老爺爺喊著他的名字。」

她點點頭。從那人的衣著和神情，她一眼就看出他毫無惡意，她在風塵裏打過滾，見過形形式式的人，雖然天生弱質，但眼光還是極爲銳利，談吐還是極爲敏活，知道臨機應變的。

「您是萬家樓來的罷？」她說：「俗說，同車同船，都有緣份，今夜老爺爺病成這樣，您大叔務請幫幫忙……可憐我還不知哪兒有醫生？」

「鎮北大廟邊，有家普濟堂藥舖，藥舖裏有個老中醫，妳請他來瞧看就成。」那人說：「妳不必自己勞動，著茶房去辦就成了！」

「大叔貴姓是？是萬？……」

「不錯，」那人苦笑說：「可是這些時，我叫惡人逼得連萬也不敢姓了！……我這是抗風來的，妳管我叫張大叔罷。」

「那惡人敢情是你們的族主牯爺？」小餛飩半真半假的說：「如今萬家樓的權勢，都在他一人身上。……大叔要是開罪了他，可不是鬧著玩兒的。」

一聽到牯爺兩個字，那人原來就已經夠長的臉拉得更長了，雖然他沒說什麼，但那種剎間變化的神態，早被小餛飩瞧在眼裏了。她如今貼身懷著那兩封菡英姑奶奶臨終前留下的信函，她知道，牯爺的昭昭惡蹟，保爺業爺未白的沉冤，最關緊要的關八爺的安危，好歹都在這兩封信上，這兩封信能否遞到八爺手上就是關鍵！

八爺曾救過自己，使自己的兄仇得雪，如今正是自己還報他所賜恩德的時刻，萬家樓就是龍潭虎穴，她也得設法進去，覓著八爺，把這兩封信交給他。

她眼裏看著的這個人，眉尖上深鎖著一種怪異的愁情，彷彿能在陰黯裏迸出火花來，估量他必然有著一段隱情蓄在心裏，她既要去萬家樓，就必得找機會接近這個人，藉以探聽萬家樓的實情，大板牙恰巧也抱著同樣的心，想藉這個姑娘去萬家樓之便，託她捎個信給關八爺，揭發牯爺的毒計。

金老頭兒經中醫看視過，也吃了幾帖中藥，但病情仍然沉重，毫無起色，小餛飩花盡盤川之後，不得已要去彈琴賣唱，就把這個老病人託給大板牙照護著。金老頭兒一發高燒，就不住嘴的囈語，大板牙拾起一些零碎的話頭一拼一湊，心裏雖沒十分有數，約莫著也八九不離十了。

當小餛飩回來時，他跟她說了掏心的實話。

「我說，姑娘，實不瞞妳，」他說：「我是從萬家樓受了牯爺壓逼逃出來的，跟萬小喜兒那孩子同病相憐，……若說爲什麼？就是我不願跟著他做幫兇！」

「那牯爺就有那麼歹毒麼？」

「早年倒不怎樣，可是不管哪一類人，就是不能迷著貪圖什麼！貪心一起，好人也變壞了！牯爺就是因爲貪圖爭權奪勢，才變得這麼瘋狂。」大板牙張開嘴，回手指著說：「妳瞧，姑娘，妳瞧我爲了逃避他的緝捕，連這一口牙都叫賣野藥的牙醫使鐵鉗子咬掉了！疼得我像口瘟豬，昏迷不醒的哼了三天。」

「那，大叔為何不走得遠些？」小餛飩擔心的說：「牯爺既怕你會壞他的事，他不會放過你的。」

「我麼？……我不死心！」大板牙說：「但我是個沒膽量的人，又不敢潛回萬家樓去，揭發牯爺的惡蹟。這客棧是我一個中表的姨丈開的，牯爺曾差人來羊角鎮踩探過我，我不出去，他們踩不著。」

「可是我得急著趕去萬家樓，八爺是我的恩人。」小餛飩道出心事說：「我受過菡英姑奶奶的託付，這事是不容耽擱的。」

「啊！千萬動不得！」大板牙說：「牯爺那人的城府極深，他在各房族裏，都佈有耳線和眼線！在沙河口，像菡英姑奶奶過世，萬小喜兒因傷死掉，以及你們要去萬家樓做些什麼，全瞞不過他的耳目，……妳若是趁這時趕去，正好像飛蛾蹈火，不但見不著八爺，祇怕還白丟性命！那，反而害了八爺了。」

「那我得等到什麼時刻呢？」

「總得等這陣風刮過去罷。」大板牙嘆說。

小餛飩也考量過，覺得大板牙說得極有道理，自己安危拋在一邊不說，萬一這兩封信被牯爺搜著，失去證據，那，不但保爺兄弟沉冤不白，牯爺發了兇性，真的會牽累到關八爺的頭上。

事實既然如此，那祇有困處在羊角鎮等候機會了，幸好她還有一技在身，可以打發房飯錢，還有些餘錢，勉可供給金老爹治病。亂局中的羊角鎮夠蕭條的，幸好當小鰍兒從這裏拔隊時，留有幾十條槍，勉強維持著市面，也有一些逃難人投向這一方，停留在鎮上，給人一種尚稱安定的印象。

小餛飩離開歡場生涯後，早就洗脫了脂粉鉛華，但她的包袱裏仍帶著一把琴，她心裏仍滿盛著流水般哀嘆的曲調兒，早年在酒席筵前，在燦亮的燈影下，她曾夜夜轉軸撥弦，笑臉迎人，滿心咽淚，爲侑酒彈唱；離得朝朝風月的歡場，祇有這把懂得自己寂寞、滴過自己清淚的弦琴捨不得丟棄，彈琴賣唱雖然是末路江湖上混飯的行當，至少是自食其力，而且自己除了彈唱之外，一時真是無力謀生。

同樣的曲調，同樣的唱詞，早先唱著它時是那樣漠然，那樣無動於衷，如今回首前塵，哀情滿溢，如水漲的秋池，不須檀板，無庸金樽，祇須用通心的微微抖索的指尖輕撥輕撩，心裏的聲音便叮咚流溢出來，滴濕了自己的眼瞳；同樣的曲調，同樣的唱詞，如今一彈一唱，都覺得和自己的生命相連著，那彷彿已不是爲誰彈唱，而是個赤裸裸的被播弄的生命對人間的泣訴……

她就這樣羈留在羊角鎮上。

這其間，牯爺兩度差人來踩探過大板牙，有一回已經查進客棧，全被她支吾掩飾過去了。她雖人在羊角鎮，一顆心始終懸在萬家樓，懸在關八爺的身上。世情的變化好像奇幻的浮雲，這一天和那一天，這一時和那一時都有不同，誰知這些日子來，關八爺的命運如何了呢？

她爲何時得去萬家樓焦慮著。

民軍渡河北上，是她意料之外的一大轉變，大板牙告訴她，萬家樓如今大開柵門，容許四鄉難民進入了，難民群裏多的是婦孺老弱，牯爺就長著三隻眼，也難以分辨誰是涉嫌送信的人。聽說八爺被人剮去雙眼，如今還活著，困居在牯爺家舊宅的廢園裏。聽說萬梁舖已經被大火焚燒了……

「大叔，」她說：「我這可該去萬家樓了。我想把老爺爺託給你，暫時幫忙照看著，我若順順當當見著八爺，一辦完事，立即就趕回來。」

「我也是這麼個意思，不過……」大板牙爲難的說：「妳是個年輕輕的婦道人家，去萬家樓，沒有個妥當的落腳地方，也是不成的。」

「是呀！」她再是心急如火，也不得不猶疑起來。

「這樣罷，」大板牙抓耳撓腮的想了好一陣兒，才說：「那邊族人雖眾，但總缺少可以信託的人，只有個棺材舖的老木匠萬才，人是非常的正直、爽氣，妳潛進萬家樓，可先打聽萬才棺材舖兒在哪裏，逕去找他，跟他說，妳是大板牙叔叔差去的，妳儘可把實話跟他說，求他幫妳，這樣，妳就能碰上八爺了。」

「人生面不熟的，那個萬才老伯，他肯信得過我？」小餛飩說。

「他會的，」大板牙說：「他會相信妳。」

他把去萬家樓的路徑告訴她，她就去了。這條由羊角鎮通向萬家樓的道路真荒得緊，愛誇張秋意的蘆葦，順著秋色，弄著秋色。爲了避人耳目，她特意穿著破舊的藍衫，揹著包袱捲兒，使她看上去就是個趕集市的難民。

按照大板牙的囑咐，她在三里彎的小荒舖投宿一晚，趕著第二天逢集市的日子潛進了萬家樓。

久雨初晴的天，鮮亮的霞雲映在街心的水泊中，叫往來的腳步踩踏成無數碎片，趕集市的人紛紛談論著鹽市以西、大渡口那一帶新起的戰事，運糧的車隊不時從人群當中滾過，押車的人揮著鞭，大聲叱喝著開道兒，車輪輾過，泥漿四外飛濺著。

她跟著挨肩擦背的人群，在街心走著，大陣帶著風哨的鴿子在街道的上空旋過，撒下一片嗡昂的音響。她沒有心情瀏覽萬家樓街市的景色，她急於要到那家棺材舖去，找到那個叫做萬才的老木匠。她盤算過，祇有從老木匠萬才那裏，才能打聽到真實的消息，如果她當街問這問那，難免引起人的疑竇，自露馬腳。……她走著，她心裏有著無法自抑的惶亂，關八爺被人剮去兩眼，萬梁舖被大火焚毀……她不敢相信那些都是真的，她恰巧經過萬梁舖，親眼看見了那片廢墟，由此可見，關八爺失眼的事也會是真實的了。

老天！她心裏響著這麼一種喊叫：像八爺那樣的人，你怎麼忍見他被人剮走兩眼?!難道這世上一切的好人都該受磨難?!……她記得那夜，記得關八爺挺拔的英姿，他溫和的眼神，滿是悲憫的聲音和慨然的允諾，那記憶中的影子，簡直就是降落在人間的司賞司罰的神；而今天，出自邪魔的、不公平的責罰卻竟落在他自己的頭上，這是怎樣的人間?!

當然她不會知道，也就在她怨責著蒼天的時辰，古老的蒼天已經把它自然的律法放在人心裏面，讓懂得這種律法精神的仁人志士去施行了，並非是造物者有意的安排，並非是冥冥中的律數和因果循環，原始的是非本存於人的良心，當這種罰責來臨，它是嚴苛的，自然的，公平的，當張二花鞋在鞋底上擦去戳人匕首上的血跡時，曾剮走關八爺兩眼的兇徒萬振全的屍體，業已趁著黑夜，隨水東流了。

第二十三章·大刺殺

在縣城裏密謀刺殺塌鼻子的死士張二花鞋，就處境而言，實在要比在萬家樓的小餛飩更爲艱困，更爲孤單。小餛飩雖是個弱質女子，至少還有個老木匠萬才可以作爲依靠，而張二花鞋不但毫無依靠，身邊還多兩個絆腿的傢伙——萬振全弟兄。

張二花鞋雖是精嫻武術的俠士，但他練了多年的拳腳，並沒殺過人，對於萬振全弟兄倆兒，他既經審斷明白，知道他們畏邪勢、貪錢財，剮去關八爺的雙眼屬實，在這種緊要關頭，坑害了關八爺不怎樣，也就是坑害了扼守鹽市的人們，斷送了他們的一線生機，無論從哪方面著想，這兩個邪皮是斷斷留不得的了！即使到了這步田地，他一想到動手做掉這兩人時，內心還是不忍，故此一再的猶豫著，直等到小鬍子旅撤回縣城，民軍渡河北上，北地戰雲密佈，縣城的風聲轉緊，他才痛下決心，要把這兩人去掉，因爲留他們在身邊，好像養著兩隻豺狼，自己密謀刺殺塌鼻子事關重大，不容他們敗壞！

殺他們的前一夜，他曾獨自關起房門來，把那柄用作殺人的匕首供在長案中間，焚香跪拜，行拜刀大禮，同時仰臉對天，喃喃祝禱說：「光照環宇，牧養萬民，有好生之德的蒼天！張二花鞋自幼投身習藝，奉師命，守戒律，以行俠仗義，彰顯天道爲念，以崇禮、尙德、敬孝、憐貧爲心，……如今王法不行，是非不辨，人間滿是戾氣，奸邪橫行，暗如鬼域，仁者如關東山，仍遭奸人荼毒，請恕我張二花鞋明朝將以此刀破戒了！」

殺他們，得要選定一個冷僻的地方，把一切因由當面道出，要他們甘心伏罪，挺胸認死，這才是合乎道理的做法；對於這種邪貨，必得要他們死得明白，死得無怨無尤，因爲這不是人殺他，而是天殺他。

他曾經仔細思量過，蒼天有天道，人間有王法。這人間的王法，原是依天道而行的，可惜的是歷朝歷代，那些掌權執勢的人，不能善體天德，以日月爲懷，秉義行仁，祇是憑一時血氣，濫用權柄；人慾滔滔，一如昏煙黑霧，有的是役人如犬馬，橫征丁伕，暴斂民財，供其好大喜功的揮霍，爲爭一名美女動眾，爲貪一份貢品興兵，弄得干戈滾滾，民不聊生；有的是貪贓受賄，曲庇奸邪，畏懼權勢，凌害善良，使懸掛著堂皇匾額的公堂，變成人間地獄，向南開放的六扇門裏，鐐銬叮噹；官官相護的結果，使司法變成玩法，因此才有著表露民怨的「八字衙門朝南開，有理無錢莫進來」，「有錢能使鬼推磨」，「你有理也不成，不如挑起錢擔兒走後門」等等流諺的傳佈。尤當這種亂世，北洋將帥早已無視法條，弄得邪魔紛起，人若不直接奉行天道去懲奸除惡，那更不知伊於胡底了？

他想到了城西的禹王臺，想到了被塌鼻子坑殺後，埋骨在禹王臺側的俠女小菊花，她雖然在表面上委身事敵，卻能冒粉身碎骨的大險，運用機智，在暗中協助鹽市；如今她埋骨荒郊，歷經淒風苦雨，祇怕已難在一片蔓生的秋草中覓得她埋骸的地方了；自己用石灰囊浸起的關八爺那雙眼，也該覓一處地方埋葬起來了。

他必得儘快把這些事情辦完，因爲從各種跡象上推斷，塌鼻子攻破鹽市北遁的圖謀越來越加明顯，時限也迫在眉睫，他須在塌鼻子攻打鹽市前刺殺他，所以可用的時間也極爲有限了。……就拿這兩個邪貨試刀開彩，一方面圖個吉利，一方面聊算祭奠死難的亡魂罷！

禹王臺在城西五里地，老淮河的河灣裏，面臨著一片荒煙橫浮的淺沼，縣城裏的人管它叫野蒲塘。禹王臺的本身，祇是一座高約十餘丈的大土丘，這座土丘雖不能算高，但它奇特的拔起在一片平野上，形勢像一條欲飛的巨龍。土丘的一面，全是壁立的斷壁，成懸崖狀，壁面上顯示出各種顏色不同的土層，寸草不生，越發顯得壯觀，人們把這道斷壁比成龍的嘴，傳說是當初大禹王治天下洪水時，曾役使此龍張開巨口，吞飲淮上的洪峰。這座土丘上建有禹王臺，有青石方壇，壇上立有巨碑，以古篆記載著大禹王治水的事蹟；禹王臺之南半里處，有一座滿植鐵樹的道觀，叫做鐵樹觀。

由於鐵樹觀是香火勝地，禹王臺又是有名的古蹟，在往昔的承平年月裏，它曾經吸引過不少的遊人，後來北洋軍盤據縣城，在城西築校場，營建了西大營，又把禹王臺一麓當成槍殺囚犯的地方，一時血污遍地，怨氣沖天，使禹王臺大好的風光為之失色，逐漸的，它就變成人煙稀少，鬼氣森森的刑場了。

太陽斜西時分，張二花鞋揮著一支白藤的衛生棍，沿著城牆下的堤路朝西踱著，穿著一身新軍裝，連脖頸也像上過漿似的萬振全弟兄，一個替張二花鞋牽著馬，另一個拎著一隻口袋，口袋裏盛放著一些杯盤碗筷和祭品雜物，團附老爺說過，說他要到禹王臺下去祭奠個亡友。

萬振全雖是個兇蠻的傢伙，但他一旦遇上了張二花鞋，就不由得他不服服貼貼的了。鄉巴佬怕見官，固然是原因之一，主要的，還是因為張二花鞋對付這些邪貨，自有一套高明的手段。張二花鞋深懂得對方的心理，知道他們之能剮取關八爺的兩眼，並非是這兩個傢伙有勇氣，有膽識，而是由許多因素促成的。

他知道，這類地頭蛇般的人物，通常祇是在家鄉那塊小地方——他們自己的地盤上，才會自以爲大，自以爲強，逞得起兇，行得起暴來，實則他們全是膽小如鼠，欺善怕惡，假如八爺不是單身一人，假如他身上不帶著槍傷，他們絕不敢動他一根汗毛；假如沒有巨額花紅，激起他們的貪慾，他們也不至於想盡歹毒的法子挺身冒險……甭看這兩個人做下這種事，可是等到他們一離了巢窟，跑到縣城裏來，他們就沒門兒了。

「天生一物降一物，惡人單怕惡人降。」對付這種傢伙，決不能有一絲和氣的面孔給他，一開始，張二花鞋也就扳下一付極難侍候的惡人嘴臉，說陰就陰，說晴就晴，陰晴不定，使對方根本摸不清自己，而且呼來叱去，把他們當成理所當然的奴才指使。愈是這樣，在萬振全的眼裏，愈把這位有錢有勢的團附老爺，看成不知有多麼大的一位人物了。

張二花鞋悠閒的邁著步子，但他心裏卻沒有一時一刻的閒情，北洋軍盤踞的縣城，原是通都大邑，塌鼻子禁壓得愈兇，暗中的消息傳播得愈盛。他已經知道遠在大江南岸的北伐大軍，已經集結妥當，祇消一聲令下，立可渡江北進。塌鼻子師長收攬的這股殘餘的兵力，不過像一陣朝陽昇起前掩障人眼的霧雾罷了！……事實上，這陣即將消散的毒霧，也有著它的厲害，至少鹽市的千百條人命，就與它息息相關。

人心總是肉做的，誰不朝夕引頸盼望，盼望有一天干戈平息，四野豐歌，天下從此太平呢?!總想著，戴老爺子年事高了，雖然隱姓埋名的活了好些年，但始終放不下忡忡的憂心，一旦日子太平了，他該生活得好些；窩心腿方勝也跟自己商議過，認爲如今槍炮發達了，中國傳統的武術已逐漸式微，一般都抱著秘不輕傳的宗旨，不能使它普傳民間，作爲強身強種的根基，實在極爲可惜。要是北伐軍能在短期內統一全國，師兄弟幾個，打算去武校去任國術教習，把國術這一門普及起來。

但這祇是一場遠夢罷了。滿漲的秋河在眼前流著，如今但盼下一代的有心人，能撿拾起自己遺落的夢。事實是這樣的無可更易，師徒幾個雖不敢說是「仁者爲天下憂」，但在北洋江防軍沒除之前，也不能處身局外，看光景，十有八九要應上這一場浩劫，心裏雖想著太平，眼裏卻看不見太平了。

塌鼻子攻鹽市，照理說，應該召集敗軍的將校，一道兒集會商討的，自己曾等候過這種機會，這樣，自己這個冒牌團附，當可混身入內，趁集會時動手刺殺他。事實很明顯，塌鼻子一死，不怕這群殘兵不作鳥獸散，他們再沒有攻破鹽市的膽量了。……可是塌鼻子也夠狠的，他雖然廣收敗兵，加以編練，卻委派了江防軍出身的官佐直接領帶，把敗軍的將校撇在一邊不聞不問，那用意好像是說：祇要我攻破鹽市北撤，不怕你們這些破瓶子、爛罐子不跟著滾蛋！故此，有關部署攻撲鹽市的一切行動，都諱莫如深，獨在暗中進行著，任自己千方百計的去打聽，一時也摸不出頭緒來。

至於塌鼻子本人，彷彿預料到有人會在這時動手行刺他，不但荷花池巷一帶地方警衛森嚴，連他如今到底是匿在哪兒？也使人撲朔迷離。自己並不擔心賣上一條命，卻擔心賣了命仍然刺不著他，那就有負萬民的寄望和重託了。

城齒在緩緩的腳步中朝後推移，一個時辰過後，他已經走過城腳，到了城郊的岔道口了。岔道口路分兩條，一條沿河逕向西指，通到禹王臺，另一條斜向南伸，直通西大營。張二花鞋行經岔路口時，發現通達西大營去的那條路，已經被多重拒馬封死，有一小隊江防軍如臨大敵似的把守著，路心架上兩挺機關炮，一挺槍口朝外，看樣子是防著外間生變，一挺槍口指著校場那邊的營盤，好像是阻止散兵游勇外出。

西斜的日頭穿過薄雲，陽光映照在遠遠的校場的草地上，他聽見號音在嗚響著，無數兵勇們小如黑蟻，正列成方陣，在那兒聆聽著什麼？由於相距太遠，又迎著太陽，光刺照耀著人眼，一時不易看得清楚。

他若無其事的走過去了。

但他身後那兩個傢伙，卻嘰嘰喳喳的議論起來。

「準是又要攻撲鹽市了，你瞧這種陣勢！」

「團附老爺一定知道。」

「這一火是最肥的火。」做兄弟的把口袋換隻手拎著，低聲的，貪婪的說：「北地一帶鎮市，論油水，以鹽市最多。」

「可不是，」牽著馬的萬振全動起心來：「旁的不說，單講那十八家鹽棧的浮財就夠瞧的了，人說金銀財寶動擔挑，真是不錯。……你聽說過當年復昌棧的老棧主裝了一牛車的銀洋進縣城宴客的事麼？說是車到半路上，蔴袋綻開了口，銀洋一路朝下溜，趕車的見了，要勒住牲口，把蔴袋撮好，老棧主動火說：『你任它溜好了，撒不了多少的，你甭耽擱了我宴客的時辰……』姑不論是真是假，單從這宗事上，你就該想出他們的財富了！」

那個聽了話，喉嚨突突的跳，只管朝肚裏嚥吐沫。

「我說，振全哥，」那個說：「要是這回踹開鹽市來，按人頭點數，每人也輪著不少大銀錢呢！……咱們祇要用心侍候團附老爺，他一高興，說不定放個官兒給咱們當當，那才神氣著咧。」

「你甭在那兒迷迷盹盹的做大頭夢了！」萬振全說：「咱們可沒生那個命，弄得好，也許撈個班長什麼的，帶著幾支槍，人五人六的像個樣兒，這就已經不錯了，哪還夢想當什麼官。」

「啊！你說那個芝麻綠豆，我才不幹呢！」那個說：「論餉錢，實在多不了幾文，可是一開起火來，得領著頭賣命，不知要多擔多少風險，還不如……還不如跟著團附老爺掛炮子盒，當馬弁強。」

「我說你是個傻蛋，你果真就是個傻蛋，」萬振全說：「當馬弁有什麼好？團附老爺他坐下來，兩腿一伸，你得要趕過去，跪著擦靴；團附老爺他一起身，你得要見眼生情，遞過他的大氅、軍帽、衛生棍！團附老爺一歪身躺上煙舖，你得趕急趕忙的替他脫靴，爲他端上紫沙壺，奉上聽子煙，煮土燒泡兒，連倒洗腳水，沖洗夜壺都是你的事兒，弄得不好，你那屁股就變團附老爺的腳凳兒，踢得你筋酸骨痛，連睡覺也不能仰著臉。你說說看，這種營生好在哪兒？」

「嗨，你還說我傻蛋呢！」那個說：「你這祇是祇知其一的說法兒！俗說：一人有福，拖帶滿屋，人家團附老爺正是鴻運當頭，花錢活動，一放就是團長！……兩軍戰陣上，你祇聽說死兵，你聽過幾回死團長的？他是大命人，大命護小命，他得大油水，咱們沾著邊兒，他得小油水，咱們也挨得著門兒，甭說吃油水了，單說那股油腥味，也可比班長那撈什子強得多了。」

「你甭瞧不起班長，」萬振全說：「班長雖小，卻是個兵王。你以爲我不懂？……班長管老兵，老兵管新勇，新勇管炭球（**北洋軍中，兵勇們有收初成年童子任雜役者，不列花名，無糧餉，通稱炭球兵**）。炭球還管得民伕呢！……」

城角遠了，面前的道路越走越荒，遠處的禹王臺橫在人的眼眉上。禹王臺正面的崗坡上，種植著許多清奇的老樹，樹杪參天，曲盡古意，由於斜陽的襯托，使那些姿態紛呈的樹影，被勾勒得異常清楚，但在樹影重疊處，現出深深的墨黑，籠著一片蒼茫。

已經接近黃昏了，風吹在人身上，有些寒意。

兩人經河面上拂來的晚風兜面一吹，全從利慾的夢裏醒了過來，帶點兒悵然若失的迷惘，暫時噤住聲，朝四下裏環顧著。

「那邊就是禹王臺了！」萬振全指著說。

「離城並不甚遠，」那個回轉頭，望了望染著陽光的遠遠的城齒說：「你看，那邊還看得見城牆呢！但怎麼這等的荒涼法兒！」

萬振全沒答腔，可不知怎麼的，自從他活剮了關八爺的兩眼之後，他就一直心緒不寧。在萬家樓祠堂裏，接受牯爺慫恿的那一天，動手前曾喝過壯膽的酒，那時滿心氣焰，並沒有一絲膽怯的感覺，甚至於低頭去看酒盞，盞心都晃動著一塊塊幻覺中的大洋錢！……但等糊里糊塗把事情幹出來，就覺得暗室虧心，脊樑背上老是涼颼颼的，好像有什麼玩意兒跟在自己的後頭?!

開始時，他深爲自己膽怯苦惱著，常常半自寬慰，半自解嘲的說：萬振全，萬振全！你可甭犯上疑心病，全是心虛膽怯罷了，哪兒會真有什麼玩意兒跟在你的後頭呢?!……又轉念想過：也許事情去得久些，就會好起來的。不是嗎！縣城這麼大法兒，人煙這樣稠密，真的會有誰爲那事追踩著自己？難道還怕瞎了眼的自來報仇不成?!就算有誰一路追踩過來，須知今天的萬振全兄弟，不再是勢孤力薄的亡命徒，而是團附張老爺的貼身馬弁了！誰又能奈何得自己?!

寬慰儘管寬慰著，膽怯的心卻越來越忐忑不安了，無緣無故的恐怖常常突如其來的侵襲自己，冰冷的、箭鏃般的射進自己的骨縫。常常大睜兩眼做起白日夢來，夢見許多不幸的幻象，夢見迷宮般的空空的屋宇，蛛網般的通向四方的甬道，千重萬重的門戶和門戶，自己一個人，被困在蛛網當中，身前身後，身左身右，全是會說話的骷髏頭，像擂鼓般的喊呼著自己的名字，跳擲著，骰粒兒似的旋轉著，旋轉出嗨嗨嗨嗨的詭異的笑聲……

在夜晚的夢裏，他夢過一樹灼灼的紅花，等他經過時，千萬花朵紛紛從枝頭落下來，變成許多染血的鬼臉，把他壓在下面。偶爾，又夢見自己失足，跌落在一座黑黑的枯井裏，藉井口投射來的一點兒微弱的天光，他看見身下堆積著的，全是一塊塊發光的大洋錢，憑空得著這許多銀洋，該是喜從天降了罷！……怪就怪在伸手去摸時，摸著的不是什麼銀洋，而是一條條冷冰冰、滑膩膩的東西！再看看，天喲！那是蛇，那全是蛇！一條一條的扭動著，糾結著，盤繞著，一經驚動，便從四面八方昂起頭來，嘶嘶的吐聲出氣，打閃一般的吐出火信來，直刺向自己的七竅……彷彿魂魄離了身，輕飄飄的從蛇窩般的枯井裏飛出來，煙似的貼地騰游著，天昏地黑，冷雨打在身上，像火灼般的疼痛！

從夢裏醒來，一心說不上是猜疑，是驚恘，還是悔恨，祇覺得脊樑後面空空的，沒有一絲護持，好像隨時都有飛刀扔擲過來，刀刃直貫心腹，使自己透不出氣來。

慢慢的，那魔魘的境界擴散開來，無論朝哪兒想，都走不出，衝不破它，它是一面軟而密的羅網，它是無門無戶的黑屋，它是一片陷人的流沙，……在白天，在人群喧嚷的街道上，有時還不覺得怎樣，或者在聯陞客棧裏，跟那些茶房們聚在一起吃酒賭錢，也還想不起來，最怕的是眼看黑暗，嘴邊沉默，一怔忡間，就會陷進噩夢裏去，苦不堪言。

「你在想什麼?振全哥?」那個問說。

萬振全打了個寒噤。

真還虧對方有這一問，把他從陷阱般的噩夢邊緣拉了回來。

「天不早了。」他夢囈著。

「嗯。」那個應著，也顯得有些心不在焉。

「都燒起晚霞來了……」他又說。

「嗯。」那個的聲音有些鬱鬱的味道。

一個通明透亮的怕字，寫在兩個人中間，白日夢就在他們的眼皮前招著手，不過兩人都不願意把它點破罷了。兩人心裏都希望團附老爺能走得快些，早點兒到禹王臺下，焚紙化箔，把他那個不知是張王李趙的朋友奠祭完，好趁著薄暮的天光回城去。

在兩人的眼裏，河上業已夠荒涼的了。

河堤上是空盪的，沒遮攔的晚風很猛，不斷的振人衣袂，霞雲落在流水上，從天上到地下都在燃燒著，一些越燒越暗的殘火，一些逐漸乾凝的血跡，一些令人不由得不如此聯想的怪異的晚霞，有歸宿的鴉群迎頭哀叫著……。天色漸漸的晚了。

有一種似煙非煙，似霧非霧的朦朧，拉成一片極薄極淡的網幕，把河面籠罩著，斜陽眼看著朝下掉，幾乎就要墜到禹王臺林齒的背後去了。

而前面的團附老爺竟越走越慢了。

兩個傢伙祇管心裏著急，卻都不敢催促這位極難侍候的主子，又不敢出聲埋怨，祇能抬著那個怕字朝前走著，不知不覺的，就捱到張二花鞋的身後來了。

張二花鞋雖然走在前面，但對於身後兩個人的一言一語，一舉一動，全都瞭如指掌，他有意這樣安排，好激起他們的恐懼心。當那兩人沒話找話說，越走越捱近他身邊來的時候，他知道，他這番安排，業已逐漸的收效了；他祇當不知道，依然緩緩的踱著。

他要知道，這兩人心裏正想著些什麼？

兩人原跟著團附老爺出來祭奠亡靈的，當時祇說是城西郊，沒想到城西郊的禹王臺有這麼遠?!團附老爺也真有點兒發神經，有馬不騎，偏交人牽著走，看樣子他是寧願走路的。要走路，你就走快些罷了，偏又走路不像走路樣，一搖二擺的閒踱著，把半下午的時間都踱掉了。

兩人心裏發毛，處境夠尷尬的。——最尷尬是在沒話也要找話講上，不講罷，沉默像鬼卒手裏的鐵鍊似的鎖著人；講罷，搜遍枯腸，可又沒什麼好講。

「禹王臺快到了！」那個把口袋又換換手，找出一句話來說。

「望山跑倒馬！還早呢。」另一個說。說了自覺又沒有什麼意思。可是剛一停口，沉默又挾著千鈞重量，泰山壓頂似著罩下來了，恐懼都藏在沉默裏，祇要兩人一閉嘴，它就朝人心裏落，這無因無由的恐懼，簡直能使人發狂。終於，萬振全忍不住了。

「我說，團附老爺，您要到哪兒去祭奠您那個亡友呀？」

「跟我說話，不要忘記加上報告！」張二花鞋說：「你再說一遍，你說些什麼？」

「報……報告！我說……團附老爺……」那個硬著頭皮把話說了。

「嗯，這還像是馬弁對上官說話的樣子！」張二花鞋揮動手杖，朝前面隨意一指說：「就在前面。……前面專門殺人的刑場上。」

「您是說刑場？老爺？」

「報告。」張二花鞋糾正說。

「是，是，報告老爺，那咱們腳下，得……放快些兒才好。」萬振全幾乎哀告的說。

「你急什麼？」張二花鞋故意反問說。

「我……我……我……」萬振全有些訥訥的：「我不是急，是……是怕！」

「怕？」張二花鞋這才轉過臉，微皺起眉頭：「這就奇了？你好好的橫高豎大的一個人，你怕什麼？禹王臺不是深山，又沒有豺狼虎豹來吃人。」

「報告團附，他是怕鬼。」另一個接口說：「老爺您想必聽人傳說過，這刑場成天的殺人，冤魂孽鬼多得很，天陰雨濕，常常有人聽見鬼哭。……白天還好，這如今，天色眼看就轉黑了……」

「噢，原來這樣的。」張二花鞋說：「俗說，人不心虛，不畏鬼神，你兩個幹下虧心事，才會怕鬼，像我，我爲何不怕鬼來?!」

「您……您……是福份大，火焰高，」那個大灌迷湯說：「您又在運頭上，官星高照！報告團附老爺，您當然是不用怕鬼的了！」

「也許連鬼全避著您呢！……報告，我說。」

「那就得了！」張二花鞋說：「你兩個若說的是真話，你們還怕什麼？一切有我呢！你們既是我的隨從，就是有冤魂孽鬼，諒也找不到你們頭上了。」

那兩個小心翼翼的兜著圈兒說話，原想說動團附老爺快走的，誰知對方把兩人話頭輕輕一綰，反把自己給套上了，無可奈何的彼此苦笑笑，回說了一個「是」字。而這位一路上沒開口說話的團附老爺，一旦引起了說話的興致，反找著自己聊起天來了。

「你們兩個傢伙不談鬼，我倒想不起來，你們這一提，我可想到了。」張二花鞋說：「禹王臺在早年，確是個名勝古蹟，遊人的好去處，可惜這幾年，殺了成千的人，真把這一帶變成鬼窩了。」

「是的，是的，老爺。」萬振全硬著頭皮應說。

「你們看，」張二花鞋朝西南指點著說：「那邊的崗坡下面，全是沒頂兒的亂塚，等一歇，我們就要經過那些亂塚堆……，可憐那些野墳沒人添土，經不得雨打風吹，都塌陷了。有的叫野狗刨開，拖了屍去；有的盡是大大小小的狐窠鼠穴；有的崩去積土，露出薄薄的白木棺材蓋兒，這些含冤帶屈的人死在一堆，哪有不作祟的道理?!……遇上爲人正直的，那還好些，若是遇著世上暴徒，不兇滔滔的圍上來，啖去他們的生魂才怪了呢！」

兩人聽著，都打起寒噤來了。

那條路在茫茫蒼蒼的暮色中，像一條白糊糊的河，彎彎曲曲的通進那片亂塚堆裏去；座落在西北角的野蒲塘，被夕照染得一片殷紅，把半壁西天日暮的沉愁都給映了出來。

一隻野狗，在墳塚遊竄著，瘟生生的夾著尾巴，活像是在荒湖蕩裏打食的野狼。沾在草葉上的燐火，也已隱隱的發亮了！

三個人走到禹王臺腳下，大樹的濃蔭把人罩著，愈發顯得昏黑，祇有高高的樹梢上，還隱約的繫著一絲殘存的微弱的霞光。

「把馬給我拴在這兒。」張二花鞋吩咐說。

萬振全把馬給拴了。

「我那個亡友死了不少日子了，我得要到鐵樹觀裏去，向老道士打聽打聽，看她的骸骨葬在哪兒？你們兩個跟我來罷！」

說著，他就走在前面，循著石級爬上那座土丘去。他們登上丘頂之後，順著滿是落葉的林道南行，幾經曲折，林木豁然開朗，已經來到鐵樹觀的門前了。

鐵樹觀原是一座遠近聞名的大道觀，無論是建築的規模、氣勢，都極爲宏大壯觀，觀裏的石壇上，有一棵巨大的鐵樹，傳說還是北宋年間栽植的，算來已有近千年的歷史，在淮上一帶人們的傳說裏，盛傳著那棵鐵樹曾經屢顯靈異，內心都崇之爲神，但凡是國之祥瑞、不吉等，它都會預先開花兆示。滿清宣統退位，民國初肇的那一年，它曾開出一樹金花；前年春天，孫總理病逝北京城，它卻開出一樹白花，彷彿是服喪一樣。……

除了這棵神異的鐵樹之外，鐵樹觀裏還有著一個頭戴鐵冠的老道，自號「鐵冠道人」，他的年紀已逾百歲，道法高深，能預先卜知人們未來的禍福，如今，這個當家的老道人還活著，祇是他對於一般入觀的遊人問話，漠不置答罷了。

張二花鞋還記得當年曾遊過鐵樹觀，那時鐵樹觀裏的香火未衰，殿飾輝煌，縣城西郊也成天車水馬龍，全不似今天這樣的冷落蕭條……如今這座享譽四方的道觀，在西天欲盡的殘霞影裏，在颯颯的秋風蔓草之中，已明顯的像老人一樣的衰頽了。沒有當年那種遊人如織，香煙不絕的盛況，沒人關心那些五色的殿飾，任它們沐雨經風。觀前的石級縫隙間，已滋生草葉，連觀門的油漆，也都剝落不堪了。

他跨步走近觀內來，陰黯之中，並沒見有小道士前來迎客，祇見影壁牆背後，隱隱的透出一絲絲燈火的光亮，同時在暮風中嗅出一些異樣的香味。

轉過影壁牆，遠遠的看見那個白眉白髮的鐵冠道人，袍袖飄飄的站立在石壇旁邊，他身邊圍著兩三個梳道髻的小道童，其中一個，正高舉著馬燈，就著那棵鐵樹照看著什麼呢。——鐵樹開花了！

是的，鐵樹開花了！

這一棵矗立在石壇上的千年鐵樹，佔地數丈方圓，樹身高拔丈許，莖莖劍葉，四面僨張，莊穆雄偉，堅挺不拔，有一種令人崇仰的氣概。在鐵樹的樹心當中，茁出千百條黃燦燦的金色長穗，外緣的長穗，像一些搖曳的瓔珞，從劍葉間拖垂下來，隨風微盪。內緣初吐的花穗，簇簇蓬蓬，互擁互托的朝空探起，彷彿仍未吐盡似的爭發著，恰像一蓬怒勃勃的、透明的金色焰火，經燈光一照，更顯得金光燦爛，耀人眼目。

多少年來，走南到北的走過不少地方，也見過不少新奇的事物，但鐵樹開花，在北方卻是沒曾見過，甭說是千年鐵樹了！這蓬蓬的花穗開放在初臨的夜色中，真是人生罕見的奇景，它的花穗是如此繁密，如此蔚然，如此神奇，如此光燦！它開在冷僻的道觀裏，它開在初臨的夜色中，彷彿是苦難大地上人們的代言，用那種發自生命的花朵，宣述出無數共同的祈冀，無數共同的願望！……想到傳說所稱——金色花朵象徵國族極大的祥瑞，張二花鞋自覺在這一刹間，自身的生死榮辱都祇是一陣輕煙了。

他屏住呼吸，肅然靜立在前殿的廊間，目不瞬視的凝望著那棵發花的鐵樹，他的心，似已為樹心噴濺出來的金色火焰所點燃，充滿狂熱，充滿激情，充滿溫暖，充滿光亮！……他不能不相信這種傳說，鐵樹植根於更古老的大地，一如中華子民們依大地而存，而大地永遠是沉默的，在沉默中展示它的先知！一看見鐵樹樹心間怒放的花穗，他已經知道那是象徵著什麼了。

但他身後的萬振全兄弟倆，卻在饒舌著。

「嘿，振全哥！鐵樹開花了！」做兄弟的低聲訝叫說：「鐵樹開花，無奇不有的事兒！」
「奇什麼？——這是咱們的好采頭呀！」
「咱們的團附老爺碰上這種吉利事，立即準會升任團長！」
「咱們也會攻破鹽市，大摟銀洋了！」
雖然經張二花鞋回過頭去怒瞪了一眼，但兩人說話的聲音，業已把小道童驚動了；小道童一瞅張二花鞋那身北洋軍軍官的打扮，立刻就變得有些驚慌無措，他們弄不清這個北洋軍的軍官老爺，為什麼要夤夜趕到城郊的鐵樹觀裏來？恰又當著他們為鐵樹放花暗自慶幸的時刻，這軍官身後還跟著兩個猴頭猴腦的馬弁，他們會不會替觀裏帶來什麼麻煩？
這時刻，張二花鞋業已踏上石級，緩步走過來了。
那個年老的鐵冠道人仍然緩步繞壇，出神的望著一樹金花，並沒理會來人，彷彿在他眼裏，並沒看見來人一樣。但等張二花鞋走近時，他卻先說話了。
「施主駕臨荒觀，失迎，失迎！」他並沒轉臉回頭，祇用蒼老的聲音，冷漠的說：「請殿裏坐罷。」
那個提馬燈的道童聽了話，急忙轉過馬燈在一側引路，揖請張二花鞋到大殿裏去，萬振全兄弟兩個拿開架勢，一左一右把張二花鞋簇擁著，真像是當了團附老爺的馬弁一般。
進了大殿，道童央請張二花鞋在殿側的客几邊落座，流水般奉上茶來，那鐵冠老道人方才由殿外踱進來，手裏捧著一隻木製的托盤，盤心放著一莖鐵樹的花穗兒。
「施主，您可是來問吉凶禍福的麼？」他說，聲音雖仍充溢著冷漠，但卻夾進一些悲憫的僵涼。

張二花鞋搖搖頭。

「古人說，君子不問休咎，」他淡笑說：「我雖不敢自認是君子，但卻從沒關心過自身的命運……我早就自知歸宿的了。我今夜來這兒，不是爲這個來的，卻另外有事相煩道爺……」

「噢。」鐵冠道人忽然睜開眼來，湛湛的眼光透過他雪白的長眉，射在張二花鞋的臉上，反覆端詳著，過了一晌，才緩緩的開口說：「你不是幹北洋的人，我一看就知你不是幹北洋的人。你既不問吉凶禍福，來找我還有什麼事呢？」

「我是來打聽一個人。」張二花鞋說：「我想道爺也許……知道。」他轉臉朝萬振全兄弟說：「你們權且退開，我有事要跟道爺清清靜靜的談一會兒。」

「是的，團附老爺。」

兩人得了吩咐，忙不迭的退下去了。

「咱們這位團附老爺也真是怪，」萬振全說：「他來祭奠亡魂，不早點兒燒紙化箔，早點兒趕回城去，卻自甘餓著肚子，跟這個老棺材穰子閒話？這老道酸不拉嘰的，能談出什麼名目來？！」

「管它呢！咱們不像團附老爺那樣，不關心吉凶禍福，咱們碰著鐵樹開花這等的好采頭，不如一道兒去擲卜求籤去，問問運氣。」

「你想打聽誰呢？」等兩人退去之後，鐵冠老道人問說。

「一個被江防軍殺害掉的女人。」張二花鞋說。

老道人搖搖頭，苦笑著，顯出愛莫能助的樣子。

「您該曉得，這幾年裏，江防軍在禹王臺下的刑場上坑殺了多少人？！……男的、女的、老的、少的，大都是不知名姓的人，縣城的慈善堂最初還捐棺助葬，後來祇捐得起蘆蓆，禹王臺腳下，原都是道觀裏的香火田，也都捐做義塚堆了，……我這把年紀，記性差了，你要是打聽義塚裏的人，我實在記不清……了。」

「我要是提起來，道爺也許會記得……」張二花鞋說：「她的案子發生時，曾經轟動整個縣城，她就是塌鼻子師長、鴨蛋頭團長寵幸過的花旦小菊花。」

「啊！啊！那不同，」鐵冠老道人說：「她葬在禹王臺頂北端，土丘的丘頂上，臨著崖塹，祇有那一座孤墳。……她是個俠女，她的棺木是縣城裏的萬家出錢買的，我記得她。」

「謝謝道爺的指點，」張二花鞋站起身，告辭說：「也祇這一件事打擾您，我不再久留了。」

對方望著他，神色有些慘淡，捧過那隻托盤說：「施主，恕我直言，這鐵樹迸發金花，原是瑞兆，但金色的花穗當中，卻夾有些白色花穗，也就在施主入觀時，一莖白色花穗無風自落。你得多多珍重。」

「我知道，道爺。」張二花鞋說：「既是天數，珍重無益，我祇求個『死得其所』，也就安心了。」他說著，伸手從托盤中拈起那莖花穗，捻弄著，凝視著，然後，仍把它放回托盤裏，轉身走了出去。

正當他要招呼萬振全兄弟時，那兩個傢伙卻先自正殿另一側的籤房裏跑出來，每人手上抓著一紙籤語，顯出興致勃勃的樣子，央求團附老爺把籤上的詞句唸給他們聽聽。張二花鞋接過他們送上來的籤語，心想：這兩個死到臨頭的邪貨，馬上就要挨刀了，還不自知，要在這兒求籤擲卜，你們當初要不負義貪財，剮去八爺的兩眼，今天何用求籤?!……即使求了籤，擲了卜，神也不會庇護你們的了！

「央煩團附老爺解一解，我們兩個，全是睜眼大瞎子，認不得字的。」

「你們問的是什麼？」張二花鞋沒看籤語時，先自問說。

「報告，老爺，我們問的是命運。」

「是的，還有財運。」他兄弟跟著說。

張二花鞋淡淡的笑了笑說：「好罷，我跟你們唸唸，也許籤語很靈，那就看你們求籤時，一顆心誠與不誠了！誠心則靈，你先聽著。」

他指了指萬振全，回身迎向殿頂垂懸的燈火，打開上面那紙籤來，唸說：「這支籤是戌午籤，是支下下籤。四句詩是：『鏡花水月枉圖謀，負義貪財困厄多，禹王臺前神不佑，今宵即將見閻羅。』……解起來簡直是明明白白，這第一句是『鏡花水月枉圖謀』，指你曾挖空心眼兒，要圖謀別人，孰不知圖謀的結果，算盤不按算盤來，全都像鏡中的花，水中的月——都是空的。這第二句是『負義貪財困厄多』，指你幹了那宗事，既負義，又貪財，是一宗天怒人怨的缺德事兒，不但圖謀落空，還要受些折磨。」

「晦氣，晦氣！」萬振全啐了一口，好像要把釘在身上的楣運吐掉似的，接著問說：「但不知那後兩句怎麼解法兒？什麼神保佑（神不佑）？金少（今宵）什麼……現錢多（見閻羅）?!……嘿嘿！我說，報告老爺，我這個人還算不錯，可不是？神看我誠心，一保佑，就要轉好運了，這回再不貪心，金子少點不要緊，既然是現錢多……嘿嘿，祇要現錢多就好！」

「你弄岔了，」張二花鞋說：「你抽的這支籤，是支下下籤，下下籤從來沒有這麼好的籤語。」

「弄岔了?!老爺。」那個一臉灰敗的說。

「弄岔了！」張二花鞋說：「待我逐句解給你聽聽。……這第三句原文是『禹王臺前神不佑』，指你幹下虧心事之後，仍然不知悔悟，一心貪求錢財，到禹王臺上來求神保佑你轉運發財，神瞧著你這人空自披一身人皮，心裏卻比禽獸更骯髒，業已到了十惡不赦的程度，兩眼一閉，不肯保佑你了。……籤上明明寫著『不』佑，可不是『保佑』，你可要聽清楚了。」

「其實佑與不佑都不要緊，」萬振全說：「錢能通神，但望那句現錢多沒弄錯，也就罷了！」

「更錯得離了譜兒啦，」張二花鞋說：「這句裏的『今宵』，不是『金少』，『今宵』的意思，就指『今天晚上』，『即將』就是『馬上』；『見閻羅』，不是『現錢多』！這句話的全意是：就在『今天晚上』，你『馬上』就要『見閻羅王老爺』去了！」

「哇！我的老天！」萬振全絕望的叫說：「這是怎樣一支倒楣的籤，最倒楣的就是『今天晚上』，我說，報告團附老爺，這今天晚上，可不就是現在麼?!」

「一點兒也不錯！」張二花鞋說：「不過……也許你還能多活一兩個時辰。神既明明白白的要你死，你難道還想賴著活?那樣，你的罪就更大了。」

「要是世上真有神，我要說這鐵樹觀裏的神是個騙子，……鐵樹開金花，明明主祥瑞，祂偏偏咒我今晚上就要死。」萬振全怨毒的說：「我要是今晚不死，團附老爺您做個證人，我要拿著這支籤，放把火，燒掉這個道觀，讓這些牛鼻子討飯去。」

「這話你該留到明天說，」張二花鞋冷峻的望了他一眼：「今天說，未免太早。……你怎知你還能活到明天?!」跟著，他換看第二紙籤語，不聲不響的皺起眉頭，瞧著他這麼一皺眉，那個就跟著發了慌了。

「團附老爺，我的籤上怎麼說？」

「這就奇了?!」張二花鞋也自驚詫著，忽又嘆息說：「你們兩人在世上一狼一狽，求的竟是同一支籤！我想無須我再費一番唇舌了……走罷！」

他領著那兩個邪貨走出鐵樹觀時，天已經完全落黑了，古樹的黑影在星光下狀至猙獰，像一些作勢攫人的魔怪，伸出鉤曲的巨指罩著人頭。

尖而冷的風在樹枝間吟嘯著。

兩個傢伙再是兇頑成性，也禁不得籤語這般恫嚇，假如一支籤如此，也還好些，偏生兩人一前一後，竟抽出同一支籤來，而且籤語說得明明白白，一絲也不含混，若說是因緣湊巧，世上哪有這等湊巧的事?信與不信，業已由不得自己了。

張二花鞋也正在一路上默默的尋思著，尋思著這樣靈異的籤語；他跟八爺的性格不同，對於這世上的邪人邪勢，他力主懲罰，不主寬容，按照人間律例，剮人兩眼，罪不至死，但得弄清他們害的是誰?他們雖沒置關八爺於死，卻因此斷了鹽市的援兵，間接坑害了鹽市上若干人的性命，這種人若再寬容，天道何存?!

繞過禹王臺的巨碑，他已經走到土丘的一端，正如鐵冠老道人所說的，藉著微弱的星光，他找到了那座孤獨的、沒立碑石的墳墓。

「好。」他說：「就是在這兒了！把口袋打開罷，先打火把馬燈點上。」

兩個傢伙蹲下身，打開袋口，取出馬燈來，圍著點火；土丘頂端面臨深峭的斷壁，斷壁下就是打彎兒奔流的河水，風勢沒有遮攔，更顯得猛烈，黑裏仍聽得見河上波濤的嗚咽，以及擊打崖壁的聲音……好不容易點燃燈，掛在一枝老松樹的橫枝上，一盞晃動不停的小號馬燈，搖出些暈黯的碎光，簡直照不亮什麼，奇幻的人影和樹影重疊著，在黑夜當中，給人一種異樣的感覺。

張二花鞋吩咐他們取出香燭紙馬，各式祭品，使短柄鏟兒挖出個紙箔坑，把祭品一一擺妥，又把石灰袋兒擲給萬振全說：「你在墳旁再挖個坑，把這個一併埋妥。這就是你們剮來的關八爺的眼珠。」

「老爺，您……您……」張二花鞋這一開口，一絲不幸的感覺立即鑽到萬振全的心裏來了。

「我說把它埋掉，你這個執迷不悟的傢伙！」張二花鞋叱斥說：「姑不論關東山怎樣，至少他對他們萬家樓不薄，你們爲了貪得錢財，不怕傷天害理，幹出這種事來，……不把它埋掉，你們難道還想用它去換錢不成?!」

「您說的是！您說的是，老爺。」做兄弟的趕急接口說：「這雙眼珠實在不吉利，要不是爲它受累，籤語就不會那樣不吉利了。」

萬振全猶疑的望了張二花鞋一眼，提了短柄鏟子，想過去刨坑。他的兄弟按照張二花鞋的吩咐，在墳前擺起紙箔來，空氣裏泛起一種死沉沉的味道。

萬振全拍平新土，埋妥了那對眼珠，張二花鞋便面對著祭物，臨風跪下了。風頭刷打著他的衣裳，顯出他瘦削的挺直的身形，一朵朵帶著紅火焰的紙箔被風吹起，紅燈籠般的凌空滾旋而去，消失在遠處的黑裏。

在這一剎，張二花鞋的心空著，納入萬古的悲情，他喃喃默禱說：遭奸人陷害，被剮去雙眼，生死不明的關東山八爺，我師徒蒙八爺重託，力揹這一方的亂局，總期竭盡心力，灑血拋頭，不負所期，……百年難得一相知，張二花鞋在這兒拜您了。八爺若死，我張二花鞋權算奠祭；八爺若生，我張二花鞋在這兒先行拜別了。

他默禱完了，納頭便拜下去。拜完了，起身略整衣裳，又轉朝小菊花的墳墓跪下，照前默祝說：小菊花姑娘，妳雖年事較輕，但先死爲大，妳含悲事敵，一心不忘殺國賊，拯民命，事雖不成，已足千古流芳，使我們後死的深覺羞愧，更感悲淒，但願有一天，普天康泰了，民間能有有心人爲妳修墳葺墓，容妳泉下相安，更有人將妳的事蹟刊傳，留佈萬方……請受我張二花鞋一拜！

拜畢後，退在一邊，加添了一些紙箔，傾了些酒在紙箔上，使紅火在閃搖中明亮起來。

「你兩個也甭像木頭似的，在那兒楞著。」他揮手說：「替我過來叩頭禱告罷！」

「是的，老爺。」

「報告，團附老爺，這頭麼，我們是該叩的，但我們跟您這位亡友，素不相識，該怎麼禱告呢？」

「容我告訴你們罷，」張二花鞋說：「這座墳裏，葬著的是一個俠女，她是因爲替鹽市通消息，在藥劑裏摻巴豆，使塌鼻子師長離不了病床的罪名，被江防軍槍殺在這兒的。……那邊是關八爺的兩隻眼珠，——你兩人親手剮下來的，面對著它，你們該怎麼禱告法兒？你們剛才抽的籤靈驗了，這兒正是你們的死地！」

張二花鞋的話，冷冰冰像塊凍鐵似的，把兩個傢伙從迷糊中敲醒了，兩人這才明白，他們的衣食飯碗，未來依靠的團附老爺，原來正是個追魂索命的神。張二花鞋的身手，在他們初來的那夜就已經領略過了，莫講自己祇是兩個人，就是十個八個，也未必是他的對手，兩人既抱著同樣的想法，臉一長，就嘭通一聲，齊齊的做了矮人。

「團附老爺……您……您手下留情……」萬振全額頭碰得咚咚響，哀告著。

「您不會真的見罪我們的……」那個更甩，竟然一把鼻涕一把淚的哭出聲來了。

「我討厭哀求，」張二花鞋緩緩的摘出那柄匕首，放在掌心閒閒的掂動說：「大凡人的生死哀榮，都由自擇，也都早定在一念初起的時辰，你兩人這個死字，是在你們剮取關八爺兩眼時就已經注定了的，即使不落在我張二花鞋手裏，也有人來收拾你們，……啼哭哀求，滿把熊人淚，救不得你們的命，報應臨頭，絕無僥倖……你們還有什麼話好講?!」

兩人活簌簌的抖索著，牙齒碰著牙齒，非但面無人色，竟連半句話也吐不出來了。

「是漢子，一人做事一人當，死也該死得爽快些，」張二花鞋說：「橫豎也不過是一刀之苦，你們若真是心慌膽怯，就把那些祭品給吃了，酒給喝了罷……但得要放快些兒，我沒有那麼多的功夫等候你們。」

到了這種辰光，萬振全成了一泡牛屎，他兄弟化成了一攤爛泥，當初使軟索拖倒關八爺時的那種心機，用竹筒剮眼時的那股子狠勁，全不知扔到哪兒去了?!說死也不肯起來，賴在地上抱頭哀哭，聽說要他們吃祭品，哭得更兇了。還是張二花鞋彎下身，把錫酒壺塞到萬振全手裏，他才嗚嗚咽咽的喝起酒來。

「菜也吃點兒罷，」張二花鞋說：「做個飽死鬼，總比餓死鬼要強些。」

「我……我……怕……老爺。」

「甭怕，」張二花鞋說：「人生難免這一遭，一筆寫不出兩個死字，你們如今該知道，像小菊花這樣的弱女，臨死反比你們有氣概、有威風，因為她樂死，那死，是她自己選的。古往今來的那些仁人志士，平素都沒見持強把橫，到死時才顯出英雄本色來。而你們兩個傢伙，平素潑皮，臨死卻都是虎頭蛇尾，快刀還沒加頸，小腿就轉了筋，這算得什麼?!祇因爲你們心裏沒有仗恃，那股邪氣一離身，你們就祇落下一個『怕』字，實在不成，那祇有多喝點兒酒罷！」

「我說，老爺，您……甭再在那兒狠著心說風涼話了！咱們的皮肉不是長在您身上……」

「振全哥，全是你坑的我！」那個這才想起抱怨來：「剮八爺的兩眼，原是你慫恿我，我才幹的，如今你該死，卻不該拖上我……」

「你還怨我呢?!我該怨誰去?……沒有牯爺逼著我，我會存心幹那事?!最該死的，還是牯爺。」

「也甭叫嚷，傷了你們兄弟倆的和氣，」張二花鞋說：「黃泉路上陰風慘慘的，你們要做伴呢！關八爺兩眼是你們剮的，合該一個死字；至於你們之間誰的罪大罪小，到閻羅殿上分辯去罷。……我殺人最是爽快，不會讓你們多受苦的。」

一陣急風起處，原已搖曳著的馬燈，更的溜溜的打起旋來；一隻夜遊的梟鳥發出哇哇的怪噪，擊著翅飛過去了。

「起來罷，你們領死的時刻到了！」

「我……我說，當真沒轉圜了麼，老爺?」萬振全淚痕滿面的挫著牙說。

「沒有！」張二花鞋說：「明年今天就是你們兩人的周忌……起來罷！」

萬振全確是先站起來了，當他起身前的那一剎，他先擲出那把酒壺，隨後他充滿恨意的發出一聲長長非人的怪吼，抄起他挖坑時所用的短柄鐵鏟，拿出一個人在狗急跳牆時的所有能耐，雙臂一擰，把鐵鏟端平，鏟刃橫指向張二花鞋的心窩，同時，他那個兄弟也骨碌爬起，一時抓不著得心應手的東西，又不願錯過這刹間即逝的活命的機會，便大張雙臂，一蹬兩腳，把整個身子憑空躍起，朝張二花鞋的下三路橫撲過去，指望藉這一撲，抱牢張二花鞋的兩腿，讓萬振全的鐵鏟，在對方無可躲避的情況下，鏟中對方的心窩……

這一著絕招兒，是他們在相互傳壺遞酒時，彼此使眼色，挖手心決定了的。兩人的心性原極兇暴，祇不過暫時被張二花鞋的身手、氣度、威儀懾服而已，到了真要取他們性命的最後一刹，他們兇性勃發，不動則已，一動就聯成一氣，反要奪取對方的性命了。

而張二花鞋半晌猶疑，遲遲不肯動手，就是想藉著各種言語，激起他們這一著兒。

他想過，他們若不來上這一著兒，他是否能下得了手還成問題。

自己雖然是堂堂正正的本良知，行天道，懲處奸邪，但自己並非是以殺人爲樂的劊子手，難辦的不是殺不殺他們，而是要在怎樣的情形下才動得了手？假如自己當面揭數出他們的罪狀後，他們誠心認罪，馴如羔羊，引頸就戮，那準會使人無法下手，也不忍下手的。

按照江湖上一般的規矩，除非是有著殺父之仇、奪妻之恨，或是對付欺師滅祖之徒，否則，對方祇要俯首認罪，空著兩手不加反抗，你就無法把他們置於死地，……如今這兩個坑害八爺的兇徒，即使罪大惡極，想著萬無可恕了，他們若光是跪地哀泣，你也不能把他們像牽牲口似的牽過來開膛破腹，那樣做，未免太殘忍些了。

所以，他故意用種種冷酷的言語來試煉這兩個邪貨，同時也擲給他們一線不可自見的生機，他曾暗暗決定，如果這兩人在心裏認死在先，能夠痛心悔改，他就留下他們一命，祇取下他們的雙眼，卻把天道好還放在他們心裏；如果他們仍然貪生，不在心上認罪，必然會俟機而動，那麼，自己就可以趁機除惡了。

如今，他等待著的畢竟來臨了！

這兩個兇徒雖沒專練過拳腳，但也都是身強力壯、孔武有力的傢伙，平時還不怎樣，一到要命的時辰，他們橫著心發起潑來，那威勢確實夠瞧的，甚至連張二花鞋本身，也並沒料到他們的來勢竟會這樣的兇猛，這樣的快速，這樣的上下交攻，使人難以應付。

萬振全端平鐵鏟撲出時，張二花鞋正站在土丘頂端的峭壁之前，離開峭壁邊緣不過三五步地，背後是一棵臨崖生長的老松樹，馬燈也正掛在那棵樹的橫枝上面。

雙方的距離是這樣貼近法兒，飛擲的酒壺，橫胸的短柄鐵鏟，鐵箍般撲來的臂膀，正好把上、中、下三路都佔全了，而且幾乎是同時撲到，若說是後退罷，可以說是身後已無退路；若說是閃避罷，兩邊又都有橫枝把人擋著，真正是危險萬狀的一個地形，虧得受襲的是張二花鞋，若換旁人，即算不死，也會傷在這樣突發的暗算中，而讓對方從容的逃遁了。

說他們快，張二花鞋卻比他們更快。

當他發現一宗黑乎乎的東西迎面飛來時，他立即偏頭蹲身，閃讓過去，就聽那把酒壺先撞著樹身，再落地飛滾，嘭的一聲落進十丈之下的河心去了。緊跟著，萬振全的短柄鐵鏟和他兄弟的雙臂同時撲到，他卻正好借適才蹲身之勢朝上一竄，一手捏著高處的松枝，另一手使攮子作了比閃電還快的反擊，然後落回原地。

任誰也分不清他做了些什麼，也就在這一縱一落間，情勢卻完全變了樣兒了。最先是萬振全的那一聲長長的怪吼，中途卻變成哀切的長號，其次是他飄身下落時，恰恰把一隻腳踏在萬振全那個兄弟的脊背上。

馬燈又轉了一個圈兒，微微跳動著。

萬振全也許撲殺的來勢太猛，一時仍收不住腳步，帶著他那變了音的長號，踉踉蹌蹌端著那柄鐵鏟，一直撞落到崖下去了。

長號聲突然寂滅。

河面上傳來一聲重物破水的聲音。——清清楚楚的一聲——嘭通！

迴音從各處跟著傳來。

嘭——通！嘭——通！嘭——通！

那些連接著的、巨大而空幻的音響，就是萬振全生命結束的訊號。

而另一個的哀求比方才更哀慘了。

「我的……老爺……我……該死！」

張二花鞋這才有空就著燈光檢視他的匕首，鮮血不沾那光滑的刃面，一綹綹露珠般的鮮紅的血滴，正朝下垂的匕尖滑動，匯成一條細細的血線，朝下滴落，落在他腳下那個兇徒的頸子上。

「我的天爺，您已經……把……把他給殺了？」那個扭歪著臉，哀呼說。

「何止是殺了他?!」張二花鞋腕子一揚說：「看罷，這是他的狼心！你瞧瞧是什麼顏色！」

也就在他的匕首閃電一吐的當口，他祇消一擰腕子，已經把萬振全的那顆血淋淋的、活蹦活跳的心，連筋帶肉的給挑了出來，繞釘在攮柄上面了；他兄弟這才知道萬振全長吼變成長號的原因——他撲過張二花鞋之後，雖然步履踉蹌的端著鐵鏟，噱著朝前奔，但那已經不是活人，祇是一具沒了心的屍體罷了！

他活在荒曠蠻野的萬家樓，自幼也曾常聽各種傳說裏的殺人的故事，想像過各種人物在殺人時的動作和情境，包括江湖人物殺人、兇犯殺人、前朝披紅衫的劊子手殺人、土匪殺人、馬賊殺人、官兵殺人、鹽梟殺人……等等；聽過首懸高竿，暴屍示眾，聽過人頭落地，還會讚嘆劊子手好快刀，聽過古時腰斬棄市的人，死前還蘸著自己的鮮血，在地上歪歪斜斜一連寫了七個慘字，聽過更多更多……但沒有像今夜目擊的情形更使人驚絕，眨眼的功夫，他竟能在閃避來襲的同時挖出人心。

「你還是起來的好，」張二花鞋說：「你儘可再撲上來，我會讓你嚐嚐這種味道——在你覺得疼痛之前，你已經死了。」他在鞋底上擦抹著攮子。

「啊，不不！我認命！」那個絕望的叫說：「我是祇求投河自盡，求您留給我一具全屍！我不是在哀求，您必得要看在首從的份上，留給我一顆還沒黑透的良心！……我祇是一時被錢財蒙住兩眼，才糊里糊塗作上幫……兇……的，您留我一具全屍，不為過份罷？」

張二花鞋捧著從萬振全腔子裏挑出的人心，癡癡的凝視著，在燈光之下，那顆心仍在突突的跳動著，它並不是黑的，它跟所有的人心一樣的鮮紅，一樣的沒有什麼明顯的罪惡的標記，它祇是人心而已。

他望著，望著，雖然臉上凝固著一種笑容，但他的兩眼卻滿含著明亮的濕潤。忽然他放鬆腳下踩著的人，朝河心扔去那顆心和那柄匕首，向腳下那人說：「起來罷，我不殺你了！……我想起另一種救你的法子，用來成全你。你可願意？」

「我……我的命在您手裏！老爺。」那個仍然兢戰著，不能相信張二花鞋真的會饒過他。

「我既不打算殺你，就對你實說了罷。」張二花鞋退開一步，語調緩和的說：「你們帶著關八爺的兩眼進縣城，旁人沒遇上，偏偏撞在我的手裏，我不是什麼團附，我卻是八爺最要好的朋友，這不能不說是天網恢恢！……我一直打算殺你們兩人，如今突然覺得你還有一分可宥之處，臨時決定不殺你，你這條命是在刀口上撿來的……不必謝我，你謝上蒼罷！」

「我沒……沒……打算再活，團……噢，不不……張老爺！」那人這才抬起上半個身子說：「您該怎麼懲處我，您就怎麼懲處我罷。」

「我說，你受人利誘，幫著人剜掉八爺的兩眼，無論你怎樣圓說，你業已犯了幫兇的罪了！……跟我說實話，你剜掉八爺兩眼後，暗地裏，不覺得負疚麼？」

「有的。」那個看出張二花鞋真沒有再殺他的意思，神色才緩緩的改變過來：「但事情既已做出來了，好像騎著老虎走山脊，——路再窄也得走。每當我覺得疚歉時，我就想著錢財來打岔。」

「錢財祇是麻藥，救不得你的心病。」張二花鞋說：「要是我換一帖藥方兒治你，也許你會安心瞑目。……不過，這得要你自願才行，你若是不願意，我不打算逼你去做，那樣仍舊治不得你。」

「您說罷，張老爺！」那個埋頭伏地說。

「說來你也許會大失所望的，」張二花鞋背起手，仰臉望著高高遠遠的星空，緩緩踱步說：「我是盼你從今夜起，洗心革面，跟我同進退，共生死……說穿了，也不過是一個死字，祇是死法不同罷……了……」

「我願意！」那個抬起臉，實實在在的吐出這三個字來。

「如今誰都看得出，北洋的氣數盡了，」張二花鞋說：「在這一方，祇有一個場鼻子膽敢逆天！……要是報應不顯在他身上，會使更多的奸頑得不著警示，所以我打算刺殺他！天道仍要假人心來彰顯。俗說：放下屠刀，立地成佛，你若真能立這種心願，助我除這惡賊，不論事成事敗，你都會覺得罪愆已贖，心裏平安，即使不幸事敗被捕，快刀加頸，你也會覺得死不足畏了！」

「我願意！我願意！蒼……天！」他叫說：「在今夜，我業已看出您的報應，您的恩澤了……」

「你誠意如此，業已再生了！」張二花鞋說：「讓我送你一個新的名字，就叫萬再生罷。」

「謝謝老爺。」

「不用謝我，你懂得謝天也已夠了！我說，咱們回縣城去罷，萬再生，真該謝天的是我，因為在這之前，我從沒想過饒恕和寬容！」

萬再生胡亂的收拾了祭品，張二花鞋摘下松枝上懸掛的燈籠，離開這個地方。這埋著關八爺雙眼和小菊花遺骸的地方，也正是主兇之一萬振全的死地。正如張二花鞋所說：天道是藉人心顯陳的。人們遭逢著亂世，遭逢著災荒饑饉，遭逢著兵燹的摧殘，祇知抱怨著天道迷矇，卻不去揭露人謀不臧的真相。他們尚沒深切體認到人心不改，天道自然會在物慾中消失無蹤。……

在這裏，人間的恩怨曾糾結不分，懲罰與寬容一度交戰，咒罵過，激鬥過，也寬諒過，天道滲入人心，正好像明礬滲入渾濁的污水，愈攪愈覺得清澄了。經過這一番靈與慾的爭鬥，落下來的卻是兩顆得勝了的靈魂，非但萬再生的心被天心洗過，連俠士張二花鞋，也由此獲得了更深一層的體認……體認出：天道即人道，天心即世心的真意。

他們循著來時的路徑朝回走著，夜風搖響一些乾葉，窸窣的碰擊著，河水仍在身後的黑夜裏嗚咽，冷冷的露水，無聲無息的降落下來，透過人的衣裳，使人覺得肌膚冰寒。樹林中，土窟裏，無數秋蟲子在爭鳴著，自然，安謐，略略有些悲涼的感覺。

不知什麼時刻起，月亮已經昇起來，如水的清光照著眼前這一片幽古的林叢。

「張老爺，您要謀刺塌鼻子師長，自覺有把握嗎？」萬再生說。

「沒把握。」張二花鞋說：「我雖是練武術的人，但我這一身血肉，仍然搪不得子彈，因此力量畢竟有限。假如遇上機會，我成事的把握當然大過常人，不過，塌鼻子防得太緊，始終得不著機會，但時限又極爲迫促，說不定就在這幾天，他就要全力猛撲鹽市了！」

「早遲幾天會怎樣呢？」

「那不同。」張二花鞋斷然的說：「祇能早，不能遲。因爲江防軍的鬥志業已瀕臨瓦解，全靠塌鼻子用一股逆天的邪氣支撐著，我若在他攻撲鹽市前當眾殺他，拿死事慘烈來搖撼他的部眾，鹽市就可免去一劫。」

「啊！」那個嘆說：「您要我助您什麼呢？我實在是個沒用的人，沙裏紅果子——上不得檯盤。」

「甭小看了自己，再生。」張二花鞋說：「出心爲壯士的人，懦夫一樣當得壯士，壯士怒，天下驚！人人都有莫大的用處。我不是要你答謝我的私恩，仍做個懦夫，陪著我去受死，我是要你立壯士之心，本殺賊的宏願，分頭辦事，俾得多一次成事的把握。」

「好，老爺。」萬再生又問說：「你讓我怎樣做呢？」

「咱們回城之後，我給你一支廿響快槍，另加一支左輪，」張二花鞋說：「北門外，通向鹽市去的那條大路一邊，有個順安客棧，我早在那邊訂有房間，房間在二樓西邊，有扇寬大的窗子正臨著路，……我在城裏另謀機會動手，假如事成，那就沒有你的事，假如事敗，你還有一次機會。——我估定塌鼻子必定經由那裏北遁，你雖不一定能刺著他，但多一次機會總是好的。」

在回城去的路上，張二花鞋把一切細節，凡是對方所應知道的，全都一一交代得一清二楚。最後他說：「我今天從刀口上還你一命，這不是我的私恩，而是……天……意……，我相信你能悔改，才這樣交託你，你怎麼做，全都在你自己了。」

「我是個愚人，」萬再生流淚說：「我既撿回這條命，就該好好的用它。雖不能一定刺殺塌鼻子，一陣亂槍，蓋倒那些惡官惡吏一大片，也該夠本了！」

有一宗突發的情況，卻是張二花鞋萬萬沒有料到的——當他們回程路過西大營時，才發現西大營的兵勇們正在漏夜開拔到火線上去，隊伍過了多久不知道，但在北面，聽來就在鹽市那邊，已經接了火，槍聲持久不絕，密得像連珠砲一樣。

他立刻意識到，這正是塌鼻子這隻老狡狐的最大密謀——他已在人們出其不意的時辰，發動這次企圖北遁的猛烈攻撲了。

現在，他不關心別的，祇關心塌鼻子的師部是不是也隨同開拔？使縣城變成一座混亂的空城。

由於軍裝在身的關係，他跟萬再生兩個，很容易的混進開拔的行列裏去，他立即找到了一個排長級的小軍官，跟他攀談起來。那軍官是隸屬江防軍的。

「這次攻撲，我怎麼不知道呢？」他用上官的語調，略帶點兒憤懣的說：「難道咱們真的過氣了?!」

「您約莫不在城裏罷？」

「嗯，不在，」張二花鞋說：「我帶著馬弁到西郊禹王臺去了。」

「縣城裏，聽說凡是不在編的官長，都跟師部一起動，天黑前，業已通告過了。」

「師部不一道兒開拔嗎？」張二花鞋試探著問說：「師長本人也留在城裏？」

「師部要等攻破鹽市後才會動，」那軍官說：「我不過是這樣猜想——那些大頭腦瓜兒們，無論如何，也是不肯頂著槍子兒上火線的，咱們想逃命，得先賣命；咱們賣了命，卻方便了他們逃命，塌鼻子老闆慣會打這樣的如意算盤的，但我弄不清如今他匿在哪兒？」

月光很黯淡，隊伍在城牆的陰影裏朝洋橋那邊淌過去，萬再生雖拎著一盞馬燈在前面走，但燈火卻叫他的背影擋住了。

張二花鞋聽出對方的話裏滿含著對塌鼻子等人的怨懟，也反映出江防軍低落、沮喪的士氣，而他卻看不清對方低埋在胸前的臉。……他要探聽的祇是師部動沒動，塌鼻子是否仍在城裏?因此，他必得儘快回去，準備應付這突來的亂局。

當他回到東關外的聯陸客棧時，亂兵在各處湧塞著，縷縷的朝北開，攻打鹽市的第一批傷兵，都已經運回來了。而塌鼻子到底在哪兒匿著，卻還是一個謎。

第二十四章・決戰日

在清冽的秋日的風中，久被煙塵的鹽市屹立著。淡灰褐色的原野上，有一股初臨的肅殺的氣味，和整條火線上超常的沉寂相比映，更形索落，這一角土地，彷彿已經死去了。

但，彷彿已經死去的土地仍然活著。

一條條日夜揮汗挖出的深壕，是它的脈管，無數死士們的呼吸匯合成它巨大的呼吸；在這一角土地上，土地的苦難和人們的苦難已經密契在一起，人們的等待就是土地的等待，人們的願望，也正是土地的願望。它和它背脊上的人們同樣的固守著沉默，而沉默的本身就是一種顯示，一種挺立，一種抗爭，沒有人敢漠視由沉默所蘊蓄的力量，由沉默所鑄成的意志，由沉默所迸放的火花！……

由於窩心腿方勝、鐵扇子湯六刮、小蠍兒、萬世珍珍爺等苦心經營，這種盤曲的深壕已像蛛網般的密佈在鹽市的防區中；高堆外、河岸邊、平野和曲徑，都被密密層層的鹿砦佈滿了，刺馬樁、絆馬索、陷坑、火雷陣，各種障礙雜佈在層層鹿砦之間，構成對方馬、步兵攻撲時致命的阻障。在這裏，一向習慣於蒙受踐踏的土地，也變成一種戰鬥體，步步都是陷阱，步步都是死亡……唯有熱愛土地的人們，土地才會像保姆般擁抱著他們，給他們最後的依憑。

在這裏，每一隻燃燒的眼，每一顆憤怒的心，都在等待著；在多風多露的深壕中，在冷暗潮濕的壕塹裏，在黑黑的堡孔背後，在掛著衰老野藤的鐵絲網的縫隙間，一些暗伏的臉在時時窺伺，一些眼睛在刻刻逡巡。

他們所等待的時刻，似乎已經來臨了。

鹽市以西，大渡口一帶的槍聲就是大戰的序幕，防守鹽市的人，都知道前來應援的民軍，業已仰攻樊家舖，準備和鹽市匯合了。

樊家舖的戰事惡得緊，雙方在反覆的拉著大鋸兒。民軍散佈在灌木稀疏、溝泓遍佈的凹地上，頂著江防軍密集的槍火，仰攻河堆的樊家舖，而扼守樊家舖的江防軍曾經迭奉塌鼻子的嚴令，至死不准後撤。

那種嚴令也許未必有用，使他們不肯後撤的原因，祇有他們自己明白——如果他們撤出了辛苦攻佔的樊家高地，敞開大渡口，讓從澤地氾濫而來的潮水匯入鹽市的話，整個縣城就會變爲死地了！他們要求活，就必得扼住這個制高點，把鹽市和民軍隔開，使當面有一線裂隙，萬一江防軍撲不開鹽市，他們仍有從這一缺口中冒險北撤的機會。

因此，他們浴血死守著能夠封鎖大渡口的、鹽河北岸的這一塊高地。

就人數而言，民軍的人數遠過於北洋守軍，但民軍的槍械，火力比不上北洋守軍，雙方相差很多，把人數和火力相抵，雙方正是旗鼓相當，民軍爲了解救鹽市，企圖合圍殲敵，北洋的江防軍爲了自保，雙方都使出全力搏擊，便造成了幾個月來最激烈的、血雨橫飛的惡戰。

據守在樊家舖的，是江防軍劉團經過整補後的一個營，他們憑藉樊家舖險要的地形佈陣，鳥瞰著西邊的窪野，在樊家舖背後的鹽河上，他們用巨型鐵索鎖住渡船，渡船兩邊連以巨木搭成一座穩定的浮橋，和南岸的團本部互爲呼應。

樊家舖高踞堆頂，兩邊都是壁立的沙塹，下臨通向渡船口的凹道，祇有正面的坡脊上，有一條斜升的道路可通堆頂，這個防守的營長揣忖四周的形勢，認爲民軍要攻樊家舖，祇有循著正面的斜坡硬撲，所以他就把大部份快槍和機關炮用到正面來，鎖住這個凸出部位；兵勇們日夜構工，挖去了這條進路兩邊所有的樹木，將木段兒橫壘成一道道的防禦物，更在這種防禦物後築壕，構成了極爲堅固的外緣陣地，使樊家舖在實際上成爲一座要塞。

士氣高漲的民軍最能打濫仗，但多缺乏攻堅的經驗，他們在澤地裏成長壯大，少有攻城拔寨、斬關奪旗的機會，而且沒有犀利的攻堅火器，仰攻樊家舖時，唯一可憑藉的，祇有不吝灑血擲顱的勇氣。

攻撲樊家舖的民軍，用一個大隊爲先頭，擔任正面主攻；兩個大隊爲兩翼，擔任兩翼掩護和相機助攻，但當攻撲之時，各處難民們如潮湧至，零星槍枝加上原始武器，使攻撲人數超出計畫數倍。但在地形上陷於不利的地位，攻撲一開始，擔任主攻的大隊的先頭，就被對方的熾盛槍火封鎖在凹野上，那些散開的民軍被機關炮掃得抬不起頭來，祇好紛紛覓取溝泓、墳包暫時掩蔽身形，雖然僵持不退，可也寸步難前。

正面既無進展，兩翼的進展也就困難了，樊家舖的地形險要，在缺乏攻堅武器的情形下，可說是易守難攻的，民軍人數雖眾，一時卻無法冒著熾烈的敵火，翻越凹道，攀登兩側壁立的沙塹，所以第一天，雙方都祇是相持著，彼此施行槍戰而已。

從清晨到黃昏，民軍正面的傷亡頗重，而民軍的司令彭老漢本人，恰在這時趕到了火線上。擔任主攻的那個大隊長向他報告一天來攻撲的情形，描述窪地上掩蔽如何的少，敵方工事如何堅強，敵火如何猛烈，自己弟兄們傷亡如何慘重，……不等他說完，彭老漢就打斷了他。

「你說的，全是事實，我知道。」他說：「你可曾想到，咱們當年沒槍沒械，兩腿快過北洋馬隊，包鐵的扁擔一樣勝過他們的馬力斯快槍!……民軍初出大湖澤，這是第一場硬仗，千萬隻眼睛，都看在咱們身上，塌鼻子也正拿這一火估量民軍!小小的樊家舖拔它不掉，民軍這旗號就算白打了!」

趁著黃昏的夕照，他舉起手搭在眉上，朝東邊仔細眺望著;殘陽的金輝正落在江防軍扼守的河堆上，使他們散佈的陣地，異常清晰的呈現眼底。敵陣中射出來的槍彈，在窪地上揚起片片的沙煙，密集的程度實在是少見的，那些踡伏在溝壑中的弟兄，如果抬起頭來，十有八九就要飲彈傷亡。他不能用「作戰不力」這種字眼兒去斥責部下，他要攻下樊家舖，但卻非逞血氣之勇的時候。

「我要澈夜攻它!」他說。

入夜時，他的決心化成了行動，攻撲真的澈夜進行著，使自以爲固若金湯的樊家舖北洋守軍，飽嚐到這一種原始攻撲的味道。

在夜撲樊家舖的這一場惡戰中，彭老漢所採取的，是他自己獨創的戰法——以心理恫嚇爲基礎，以本身實力作本錢的聲勢戰。他深知當面的這一營江防軍火器精良，又抱有死守鹽河北岸這個突出據點的決心，如果按照通常的戰法，從正面分波硬撲，無論在白晝或是在夜晚，都免不了極大的傷亡，祇有以浩大的聲勢，使對方懾伏、動搖，然後，趁對方驚怖慌亂時，施以突襲，才能在不受無謂損傷的狀況下克敵致果。

攻撲前，民軍擺出的聲勢夠驚人的，他們伐木爲薪，用牛車運上火線，日落後，夜幕初張，他們就在曠野的各方燃起一堆堆野火來，圍繞著樊家舖堆頭，東、北、西三個方向，至少有千百堆熊熊的野火，從陣前一直迤邐到數里開外的遠方，火線上的民軍，加上火線後的民眾，但凡有火的地方，就有大群的人影在活動著。

幾十支牛角，彎彎的角管朝著夜空，嗚嗚的吹響著，那聲音在風中流咽，在火上哀泣，在夜色中擴散，鋪滿了地，蓋滿了天，聽在那些北洋防軍的耳裏，簡直就是無數索命的冤魂的嚎叫，真有使天地陰慘、風雲變色的味道。

但他們看得見火焰騰揚，那並非是虛無縹緲的冤魂，而是活在世上，久受壓迫，久受淩夷的一群，如今他們已經這樣的站立起來，結成了百里聯營。

在整條火線的後方，無數民眾們整夜活躍著，他們用牛車、手車、雞公車、走騾、驢子……各種各樣的運輸工具，爲火線上的民軍運送糧草和戰飯。滾燙的烙餅和熱粥，大包的窩窩頭和酸菜，鍋貼兒和肉食，可說是罄其所能有的送上來。民軍從來不拉伕，也根本不用拉伕，各村的住戶，各地的流民，不問男丁和婦女，他們自動的爲民軍送補、運傷患，他們的人數十倍於擔任攻撲的民軍。

攻撲在鼎沸的角聲中開始了！

那不是真正的攻撲，祇是陣前演練。這堆火與那堆火之間，影影綽綽的不知有多少隊人，反覆的躍起搏殺著，蠻野可怖，令人心悸的吶喊聲遠近相連，匯成一種千層相疊的巨浪，激打著黑夜的曠野。

野火的光亮，沸騰的殺喊，流咽的角聲，使憑險頑抗的北洋守軍，個個都有天旋地轉的感覺，再加上夜暗本身所含孕著的神秘和恐怖的色彩，已足使人產生草木皆兵的幻覺，何況夜暗中突然出現這種前所未見的巨大的場景，使人心悸神顫，恐懼猶疑。

他們的彈藥有限，臨時奉命不准亂放空槍，這樣一來，在四面殺喊聲中，樊家舖高堆上祇留下一片沉寂，彷彿死去那樣的沉寂中，恐懼和猶疑像落入水中的墨跡一樣，不斷擴大它的暈痕……

「乖乖隆冬……這到底來了多少人?!」

「少說也有上萬人罷？」

在一條土壕中間，巨木和積土背後，幾條怯懼的黑影抖索著，平常點燃在壕底的馬燈全捻滅了，遠處的火光落在積土和木段兒上，變成一絲絲微弱的跳動的紅色幻影，魔似的，偶或閃過人的眼眉。

「上萬人怕也沒有這等氣勢罷？」一個嘆說：「看光景，咱們準是凶多吉少了！」

「守下去，死路一條。」一個在另一面搭腔說：「就算它一粒槍火打中一個人罷，咱們手邊的槍火還沒有民軍的人頭多，……咱們賣命，讓塌鼻子那干腦滿腸肥的傢伙逃命？這本賬是怎麼個算法兒?!」

死寂像一條索子，把人的咽喉鎖得緊緊的。每個人的心裏，都沉沉甸甸的壓著什麼！……日子漸漸的不同了，在往昔，幹北洋的人能跟隨孫傳芳大帥，腰桿兒自然而然的要比旁人挺得高些，槍新馬壯的五省聯軍氣焰逼人，何況江防軍是大帥的嫡系軍隊，一直都被當著隨扈的親兵，甭說這些做老民的軟骨蟲，就是其它各系的軍隊，有什麼爭執時，也得憚讓三分，但如今那些，都像風似的刮過去了！當初做夢也沒夢到過，這些湖澤地裏祇有些破銅爛鐵的槍枝的民軍，轉眼就壯大到這種程度?舉眼四顧，大帥的百萬大軍都已煙消雲散了，整個淮上，祇有這一支殘兵，被陷在重重圍困之中，誰能預斷明天將會怎樣?!即算能如塌鼻子的願，衝破鹽市的阻擋，敗走山東，誰又能料定張宗昌能盤據山東多麼久？

殺喊聲在陣外反覆騰揚著，那已經不是喊聲，而是憤怒的潮水，從廣大的民間，從四方八面呼嘯而來，原始而野蠻的嘩笑，無窮積怨的昇騰，匯成了轟隆隆、轟隆隆的巨響，一個浪頭高過一個浪頭，一道水花緊接著一道水花，不可抗拒的直擊著人心。

突然之間，牛角聲停歇了，殺喊聲停歇了，千百堆野火也跟著熄滅了！陣外悄無聲息，祇留下一片惡毒毒的黑暗。慌成一團的北洋守軍們立刻意識到，這種反常的沉寂中，滿含著重重的殺機，意識到民軍的攻撲就要開始了！這種反常的沉寂，比殺聲四起更為可怕。

出乎意外的是：這種反常的沉寂久久的延續著，沒有人能猜得透民軍在黑暗中準備做些什麼？

驚慌、疑懼、焦灼和等待，把人心繃得緊緊的，緊緊的。這時候，他們聽見了鼓聲……他們聽見了鼓聲！那樣沉重，那樣緩慢，那樣奇異的鼓聲。

咚！勒勒咚！

咚！勒勒咚！

咚！勒勒勒咚咚咚咚！

滿天世下，祇聽見這麼一面鼓，在沉沉的敲響著，那聲音彷彿是從地心發出來的，迴音卻在高空的雲層中發出和應來。開始時，誰都聽出祇是一面鼓，逐漸的變成兩面鼓，接著又變成三面鼓，跟著又變成四面鼓……越響鼓越多，越響聲音越近。……即使能熬過一百場廝殺，也難以忍受這種追魂奪命似的單調的鼓聲了！

不容那些北洋守軍們改變思索，緩慢的鼓聲忽然急驟起來，恍如突臨的暴雨，咚咚咚咚的分不清點兒。

也就在守軍的猶疑震撼中，攻撲隨著來臨，殺聲突突，轉眼臨頭，那些端著槍的防軍剛放完排槍，攻撲者業已滾進守軍的陣中，展開白刃博殺了。

這一輪急攻，戰況的慘烈是江防軍從沒遇到過的，每一個滾殺進陣來的民軍似乎已不是人，而是深山裏怪嘯著的餓虎。黑夜使江防軍的火器威力大減，那種鼓聲更把一分恐怖變成了十分，首批衝進陣來的民軍全掄著單刀，他們摸著壕沿朝下跳，摸著人頭動刀砍，混亂中響起一片哀嚎。

「殺呀，兄弟夥！殺那些戴硬帽的！」

不知是誰這樣暴聲的吆喝著。這一吆喝不打緊，害得那些守軍沒命的扔掉帽子。可是，剛等他們扔掉那要命的硬帽，誰又在那邊喳呼著了。

「殺呀，兄弟夥！殺那些銅鈕扣兒！」

天黑成那樣，誰也看不清誰，雙方在溝心裏擠成一團，互相摸索著。江防軍穿的是制服，銅鈕扣兒是最顯著的標記，被摸著了就得挨刀，吃里克嚓的一頓砍殺，外圍陣地上的那些守軍十有七八挨了刀，民軍們不時踢著被單刀砍下的人頭，球似的亂滾。餘下的守軍嚇軟了腿，哪還敢爭抗?!一個個爭著朝回爬，偏偏後面陣裏的守軍驚碎心膽，六親不認，聽著聲音，以爲是民軍撲到，閉著眼亂開槍，乒乒乓乓，打得前面逃回的守軍上天無路，入地無門，及至雙方弄清楚了，歇了槍，衝上去卻換成了煞神似的民軍。

這種慘烈的白刃相搏，真是驚天地，泣鬼神；民軍司令彭老漢親自率隊，霍霍生風的掄動單刀，爭先奮搏，殺得那些江防軍心膽俱寒。民軍剛剛衝過兩道深壕，據守在堆頂的守軍就動搖了，黑裏摸不清退路，有些就冒險跳進鹽河，四更不到，民軍業已把樊家舖的餘敵掃清了。

天亮後，江防軍獲得增援，又掉轉頭來渡河進擊，火力之猛烈，使樊家舖靠河那面的沙塹上，處處都留下蜂窩似的彈孔，但民軍死守不退，並且用眾多的木桿，懸起江防軍被割下的頭顱；江防軍使用炮擊，使樊家舖的木屋起火焚燒，民軍就以牙還牙，用整罈火藥炸毀鹽河上的浮橋，截斷了江防軍北擊的道路……

至於雙方激烈的槍戰，整天都在進行著。

樊家舖的戰火，祇是全面大戰的序幕，這邊正在浴血酣戰的時辰，鹽市那邊也跟著響起了槍聲……江防軍的這次撲打鹽市，是跟前兩次大不相同的，前兩次攻撲，祇是奉命辦理，兩眼看在花紅賞格上，所以略遇堅強的抵抗，大夥兒就沒有戀戰的心情了；這次攻撲的規模，遠較前次宏大，除了江防軍一師加上小鬍子一旅之外，還有塌鼻子以敗兵改編的四個混成團，一個炮隊，合計約有一萬六七千兵員，用這些兵力指向鹽市，真可說是浩浩蕩蕩、勢如泰山壓頂了。

塌鼻子不止一次把北洋軍在淮上的處境曉諭部眾，萬一攻不開鹽市，讓北伐大軍從後背捲襲而來，那麼這支殘兵，就要在縣城裏嚐受背腹受敵的滋味，歸入覆沒的命運了。「唯有踹開鹽市，奪路北遁才是辦法！」他反覆的把他的心意灌輸著：「以咱們這許多人槍，拔根毫毛，也粗過鹽市的腰桿，如今不攻破它，等北伐軍追過江，那就晚了！……」在這樣的反覆灌輸之下，他們抱著死拚後北上逃命的心，趁夜開拔到火線上去。

橫亙在鹽市當面的戰場是無比荒涼的；幾個月來，無論是在大小渡口，黃河堆和洋橋口，以及小鹽莊前的幾條狹谷，都歷經慘烈的戰鬥，雖然經過一秋雨水的沖刷，但仍掩藏不了戰爭所烙印下的痕跡，而這些荒涼的痕跡，都被黑暗暫時覆蓋著，致使開拔到火線上來的兵勇們一無所睹。

他們都清楚的聽得見西北角的槍聲密響著，——樊家舖的戰鬥，在他們攻撲鹽市前已經進行了一天一夜了，而他們誰也弄不清楚槍聲是怎樣的緣由？弄不清攻撲鹽市是在何時開始？……黑夜是一盆混混沌沌的魔液，把他們一股一股的分浸在裏面，雖然每個人心裏總混亂的意識到己方人多氣盛，但舉眼四顧，並不能發現太多活動著的人影，甚且怨毒、詛咒、議論的聲音，也很少聽得到，彷彿另一些人都被鬼怪妖靈無情的吞噬掉了！

在戰場上面，兵勇們的心理確是這樣的，尤其是習慣仗勢欺人的江防軍，更有這樣的敏感。他們喜歡白晝，喜歡看得見壯大的行列，眾多的戰馬和人群，用那些來替自己壯膽，而如今，他們的眼前祇有黑暗。他們開拔到老黃河堆附近，就分成若干股兒散開了，在沉悶而冗長的、等待著攻撲的時辰，他們都祇是抱著冰冷的槍枝，三三五五聚在一堆，勾著頭默坐著，每個人的內心深處都覺得異常的恐懼，異常的孤單。

不論塌鼻子的法螺吹得如何響，事實上，在幾次攻撲當中，兵勇們都已測出鹽市的力量，那力量是具有韌性的，攻撲的力量有多強，它就變得有多強。江防軍裏，不乏有曾經攻撲過鹽市的兵勇，他們每一回想起當時的情況來，就會不寒而慄；那不是塌鼻子幾句輕鬆寫意的話頭兒就能消除得了的，恐懼的經歷對於人心，永遠是一種深刻的、無法消除的烙印。

秋夜的曠野是單寒的，尖而冷的西風一陣陣吹拂著，透過他們單薄薄的軍裝，直逼他們的肌膚；濃濃的、無聲降落的冷露，一樣的刻骨如霜，如塌鼻子所說，夢想著衝破鹽市後北撤求生麼？不但遙遠，而且已淡薄無味了！祇要能不被民間截殺，得機逃回老家根去就夠幸運的了，即算能夠那樣的倖存下來，老家根還有些什麼呢？田荒屋塌，家人還不知怎樣了呢?!……懊悔罷，懊悔也太遲了，而且當兵吃糧，爲孫傳芳賣命，壓根兒就非出於自願，不是抓來就是鎖來的，只悔在往昔糊塗，渾渾噩噩拖延歲月，沒能早點兒拔腿開差。

西北角的槍聲像炸豆似的。

「劉團不知跟誰接火？槍聲這麼緊密法兒？」

「澤地裏的民軍。」一個猜說：「小鬍子旅一撤，他們還不就像潮水般的漫過來了?!……你們瞧罷，這回就是能攻破鹽市，北地千里也都是民槍民團的天下，決計沒一步好路你走，啊，讓咱們輕易退進山東?!——甭做那種洋夢啦！」

「咱們天生是他媽的蝗蟲命！」一個坐在田坎兒邊的傢伙自怨自艾的，尾音顫索得有如哭泣：「一張貪油的嘴，一隻吃不飽的肚皮，飛哪兒吃哪兒，……到頭來，死在一個烈火坑裏。」

「甭談那些罷，老夥計噯，事到如今，還談那些窩心事兒做什麼？」

「談談明天罷，」另一個說：「明天咱們這一連撲打哪兒?!」

「那邊就是要命的洋橋口，上回馬隊就在這兒栽了筋斗的。」一個說：「鹽市裏面，最厲害的就是那些單刀隊了，……個個精赤著胳膊，掄著纏了紅布的單刀，嗬嗬叫的頂著槍煙朝上衝，吞了硃沙符水的刀會也沒有那麼兇法兒。」

夜朝深處走，許多單薄的沾露的衣裳全變成脆而薄的寒冰，但淒寒的秋夜仍然暫時慈心的庇護著他們，容他們脆弱顫動的生命在安靜的夜色中互相吐述，互相悲憐。一股一股的人影，在微弱星光下、暗色的煙迷裏，祇是一些微小如蟻的黑點，深沉的思索，長遠的追懷，一些走動著的零星的幻圖，滿塞在他們的心裏，而他們各個靈魂卻被一種莫名其妙的邪力魘禁著，像無數微塵被揚於不可抗的狂風。而這種最後的魔禁，久已被他們懷疑著了！

許多零碎的低語，震動不了圍繞在他們周遭的、沉遲的大氣，而那些語音彷彿是無數無數極端微弱的螢光，在夜原上尋覓什麼似的飛舞著，摸索著，總冀求能穿透那種惡魔般的魔境，飛落到久已失落的遠夢之中。

時間流過，人人都叫冰結在全面開戰前的寂默中，雖然有一搭沒一搭的講著些什麼，而心頭冰結不溶，寒冷仍壓迫著呼吸；三更天，沒有譙樓更鼓：那一聲而安天下的溫暖的餘音。一隻夜遊神似的惡鳥，急速的拍著翼子，從一簇斷折後橫倒路邊的白楊葉叢中飛起，落到遠處一些朦朧凸露的亂塚堆裏去了。

一粒曳光的槍彈嘶嘶的發出啞蟬的鳴叫聲，筆直的升到天頂去，再突然反折著，搖搖的下墜而寂滅。黑夜顯得特別特別的漫長，彷彿流不盡似的。

然而，天終於緩緩的轉亮了。

在灰藍色煙霧籠罩下的秋日的黎明，在初臨時是模糊而黯淡的，朦朧顫動的微光從淡藍如水的天幕上反射下來，影影綽綽的描出一些物體的輪廓，那些輪廓逐漸清晰起來，隔著半透明的橫浮的煙霧，呈現出冰結的灰沉的色調；一些蹲伏在老黃河南岸高堆上的兵勇們，能夠看得見原是直通鹽市洋橋口的斷路，障礙滿積的橋面和巨大的橋身鐵架，網絡般的迤邐在波濤之上，北岸的高堆在眼前橫走，恍似一條灰綠色的斑斕巨蟒，密插的鹿砦是它腹線間粗糙的鱗甲，堆頂上處處都是新堆的積土，可以猜想到守者所挖掘的深壕，但看上去不見人影，彷彿闃無一人，有一種死沉沉的味道。

晨光愈來愈亮了。洶湧的霞雲翅展著伸向天頂，使清晨淡藍的顏色中揉進橙亮的霞紅，在黑夜當中一度被兵勇們臆想為無比空曠的野地上，也已差不多擠滿了疲累、萎頓的人群，這些擁擠的、雜亂的隊伍，使鹽市當面的曠野也顯得狹隘起來，這些人群匯成一片灰色的潮水，緩緩的流動著，有些在土堆背後的掩蔽處集結，有些在溝泓或凹地中蠕行，有些取出構工的圓鍬，略略修改自然地形，利用自然地物蔽住自己，一些馬隊，在那條像剝了皮的死蛇般的路上踢騰著。

道路兩邊，原生長著很多樹木，大都被草草的砍伐掉了，有一些連枝帶葉的斷木橫倒在路心，在某一地段，簡直積成了一座木材堆子，另一些低矮的灌木被馬群踐踏和隊伍蹂躪，也都殘碎不堪，有些分裂開枝條，四周都是捲曲的殘葉，有些連皮都被扯下，東倒西歪，枝葉上滿印著泥痕。

隊伍是零散的，看上去不像是打攻撲戰的樣子，倒像在忙忙碌碌的遷徙，成千上百的民伕夾在隊伍中間，牽著載滿雜物的騾子、毛驢，推著坐有婦人孩子的手車，挑著敗軍軍官們捲帶的傢私、用具和箱籠，一些臨時打捆的花緞被子，被面兒朝外，高高疊放在車子上，顏色鮮艷得刺眼，跟眼前的曠野比襯起來，半點兒也不調和。……在火線略後的地方，輜重隊為爭道路叱喝著，叫罵著，一些帶篷的騾草在路頸間擁塞著，幾個裝著行軍灶的擔子放在路邊上，挑擔子的伙伕不管官太太瞧不瞧著，就蹲在路邊不遠的荒田裏出起野恭來了。

而縷縷不絕的隊伍牽有好幾里路長，正跟著朝北開過來，遠遠望過去，真像是逃大荒的流民。

攻撲就在這時開始了。

這回攻撲是兇猛惡毒的，沒有什麼既定的部署，沒有什麼樣顯著的計劃，沒有什麼人明確的指揮，一開始就是全面性的拚命開槍，拚命朝前擠壓，那情形，就像是海京戲院子裏來了名角兒，大夥圍在票棚前胡七八糟的擠票一樣。

軍號嗚嘟嗚嘟的吹著，槍聲已密得不像是槍聲，而是一陣唿喇喇的疾風，把整個原野撼盪著。在江防軍的意識裏，以為用這種鋼鐵的火流就可把鹽市在剎間制倒了，故此，每個端槍的兵勇祇管拚命放槍；槍響後不久，炮隊也開始發炮了，一些奇特的煙柱從鹽市的後方昇起，化成灰色的煙，白色的雲，一些嬝嬝騰散的鴿羽，一些翻滾舖陳的綠棉球。

而鹽市那邊在受擊之後，依然沉寂如故，沒有一絲聲息。沒有慘慘的呼號，沒有驚惶的奔跑，甚至沒有開始還槍。

窩心腿方勝料到對方會有這樣的開始，但他心裏早有盤算——在攻撲的兵勇們涉渡老黃河前，第一線上，一律不准開槍。

如今，他正親自率著一支精悍的槍隊，伏身在洋橋口一側的巨堡裏，耐心的守候著。他知道鹽市在這場大風暴中，有首當其衝的處境和沉重的肩負，北地是否再受敗兵荼毒？端看鹽市爭抗的程度如何了。他也知道鹽市終將被北洋敗軍擠扁，但橫走的老黃河把他們阻擋著，雖然他們能夠擇地搭架浮橋，施行強渡，而這正是殲敵的良機。

從江防軍在陣前曠地上蜂湧的情形看來，可以判明他們已經放棄久久盤踞的縣城巢穴，傾巢而出了，跟著聯想到獨赴縣城謀刺塌鼻子的張二花鞋，迄無音訊；也許謀刺已經失手了，假如塌鼻子已死，也許就不會有今天這樣的光景……張二花鞋、王大貴……這些臨危受命的兄弟們的生死存亡，自己無時不在深深的繫念著，而這不是悼亡懷舊的時刻，江防軍的炮火正翻掘著這塊不屈的土地。

對方的企圖很明顯，他們想藉著槍炮的猛力制壓，搶渡老黃河，一舉攻佔河北岸的高堆，祇要高堆一下，鹽市的險要盡失，就無法頑抗了。窩心腿方勝是知兵的人，他早已看準這一點，所以日夜構工，在高堆後方的掩蔽處，連挑數道橫走的深壕，把備用的人槍全聚伏在那裏，準備在北洋軍擇定渡河點後，包圍衝擊，殲敵於水際。

萬一江防軍人槍太多，高堆不守，他已經準備把人槍分爲兩隊，一隊東退小鹽莊，扼住那邊的丘陵和狹谷，一隊西退樊家舖東的河堤，和民軍呼應，把鹽市的市街讓出來，但卻炸毀鹽河的洋橋，等江防軍撲進市街時，東西兩邊回軍夾擊，並且舉火，使那一片繁華的市街在大火中與敵軍同歸於盡。……

至於老黃河上的這道洋橋，曾被老羞成怒的江防軍炸過，變成一道危橋，這一回，正面攻撲的江防軍也許會循前次他們的馬隊所使用過的方法——夢想掃除橋面所佈的重重障礙，利用這座橋樑作爲攻撲的跳板，但他們不會知道，在整個橋身的鐵架裏面，都已經埋妥了許多桶黑火藥，這些火藥桶中牽出的引線，就牽進這座巨堡的堡口，祇要點火引發它，就會把橋面炸飛。

即使部署周全，當江防軍槍炮齊發的時刻，鹽市上的死士們仍然被震撼著。

從東面的小渡口到西面的大渡口，劃出一道馬蹄形的守衛半弧，整個都被罩在密密的彈網之下，無數槍彈的火流交織著，銳嘯著並且騰跳著，劈開壕頂的積土，同時揚起塵沙如小小的黃色雲朵，它們是一些啃食一切生靈的飛蝗；它們鑽透土層，掀翻叢草，擊折灌木的細枝，飛進隱密的射口，冀圖吸食血腥，有一些從碉頂跳起的流彈，反射向半空去，發出必溜必溜的、令人昏眩迷盪的枯削的亢音。

這些灼熱的黃銅尖子，通紅的圓頭和尙（子彈之一種，以鉛作成，圓頂，俗稱圓頭和尚）所發出的死亡的吶喊，所匯成的撼地的狂風也是夠嘈雜的，有的像用雞毛帚兒拍打衣裳，悶悶的鈍響，有的像夜深時寺院深處敲響的木魚，空洞、短促而連續不絕，有的一飛沖天，一味的銳響到底，有的開始時響如裂帛，卻愈來愈啞，帶著和人聲一般的、怪厲的抑揚頓挫，尤其是那種瀕行寂沒的尾音，直如從一支被割斷的喉管中擠出餘氣一樣，布嚕布嚕，令人聽在耳裏，就要反胃作嘔。

槍聲嘩嘩如飛瀑，在十餘里寬的火線上流瀉著，而炮聲偶或蓋過槍聲，發佈出那粗濁的牛吼似的雷鳴。那些炮彈多半落在鹽市的市街外緣，滿生灌木的緩斜坡上，每一顆炮彈迸裂後，都湧起一股奇形怪狀的煙柱，彷彿是一把把煙霧蓬鬆的雨傘，旋轉著，震嘩著，忽然抖散開來，銀紅色的火羽混合在煙霧垂成的瓔珞之中，噴濺出一些多觸鬚的雲球，旋又被風抖亂，擴大成一些絲狀的、羽狀的煙簇，乳白的、灰綠的、濃黑的或者橙黃的，從容的乘風飄墜，籠住了灌木的梢頭。……震嘩著，眩異的閃光在種植著一些黑色的魔樹，勢欲噬人的濃濃的煙影飄過來，罩在深壕中掩伏著的死士們的頭頂，成一陣擴大高昇的淡紫的硝雲，……然後才是聲音。

在遍地的琉磺硝石氣味和物體燒焦的氣味之中，聲音迸發著，那聲音撞擊著無形的透明的大氣，波動的大氣彷彿是一堵倒塌的牆，一直撞擊到人的耳門上，猶似獷悍的獅吼，憤鬱的虎嘯，粗沉的牛鳴，轟……嘩，轟……嘩，嘩，嘩……彷彿要從人的耳孔中鑽進人的心底去。

死士們在深壕中靜伏著，必死的心志極力控制著肉身的驚恐反應，他們有些眩迷，卻並沒感到危疑震撼，因為這些鋼鐵所揚起的狂飆，永不能征服沉默的土地，扼守鹽市的死士們，幾乎每人的身後，都有著久遠的血腥斑斕的記憶；記憶之中，有更多慘痛尤勝於如今加之於他們的炮火，而今日的炮火，使他們記憶中的影像一一重呈。……這就是北洋軍盤據北方多年的真正面貌：黑煙滾滾，張牙舞爪的一條巨大的孽龍。

如今，這條孽龍正攪起波浪，作垂死的掙扎，舞爪張牙，使出牠所有的兇暴；死士們據守的高堆，被罩在一片迷眼的煙塵之下，彷彿起了灰黃的大霧，連新鮮的清晨也被染得陰黯慘愁了，每一角落的土地都在顫震，金鐵的狂怒的鏦錚，蠶食著已經殘毀的地面，有增無已的旋流捲動沉重的空氣，硝煙磺霧使得人胸塞頭昏。

一大隊江防軍的兵勇，鼓噪著搶攻洋橋口南端；在那塊全是坑窪的斷路兩邊，全是一忽兒匍匐，一忽兒奔躍的人影。

「他們撲過來了，方爺。」一張臉從射口邊側轉來，朝窩心腿方勝叫說：「他們正圖清除橋那邊的頭一道鹿砦！」

「不用理會他！」方勝說：「讓他們衝上橋面再說，兩面關照下去，無須開槍。」

在煙氣蒸騰的地堡的另一扇射口邊，窩心腿方勝蹲伏著，他穿著沾有泥污的灰緞夾衫，衫襬斜對角掖起，攔腰勒著黑絲的絲帶，肩上斜揹著彈袋，手裏端著馬槍，腰上還插著兩支匣槍和一把攮子，全身都迸著殺氣。他說話時，那條通向洋橋下火藥桶中的引線，正牽在他的面前。……他知道無須浪擲槍彈，祇要對方移除障礙，湧上橋面，他們即將被炸成碎塊。

那些兵勇們可沒想到這些，——他們拔除重重的鹿砦時，沒見鹽市那邊響槍，膽子便大了起來。

他們以爲鹽市的保衛團，業已被這一頓炮火轟擊得逃遁無蹤了，要不然，隔河的兩座碉堡和高堆兩側，絕不會迄無一絲動靜。……他們像一群爭扛著食物的螞蟻，從掩蔽的凹處翻上來，湧集在橋面上，剪斷鐵網，把拒馬推落到河心去，灰色的潮水緊跟著湧流過來，那些脆弱顫動、遲滯得近乎麻木的兵勇們，發出一種原始的本能的殺喊聲，盲目的朝前湧匯，把半截洋橋全都塞滿了。

這當口，窩心腿方勝燃著了引線。

一陣惡魔般的狂吼陡然的爆發出來，聲浪隨著河波朝四方擴散，空洞巨大的迴音有如平地迸發的沉雷；大地在這種巨音的搖撼中驚震著，扇形的黑雲像山一樣的湧起，泥沙、碎木、橋柱、翻滾的人體，都隨著這一片黑雲騰起，一些觸目驚心的紅色火柱筆直的上昇。也就在這一刹之間，整座橋樑自行掀起，復又塌陷下去，閃電連接閃電，河兩岸的土地都被這一串閃光燦爛的覆蓋著，一刹之後，黑雲便被抖散成障人眼目的灰白的薄霧……這一陣轟轟隆隆的猛力搖撼，把數以百計的攻撲者撕成碎片，紛紛落進河中，也使他們利用這座危橋的夢想粉碎了。

但在鹽河下游，一大隊江防軍卻渡過河來，開始攻撲小渡口南的土崗和險峽的谷道了。在上游的兩處河彎處，他們也正在進行搶渡，仰攻高堆的中段——那正是從前鐵扇子湯六刮退敵的老地方。

被煙塵和戰火隔著的太陽，也似乎失卻了光彩，了無生氣的照射在各處火線上，有一種微風，彷彿不斷的把罩住人頭頂的那一層稀薄迷離的煙霧推起，變成一些淡淡的無定局的流盪的煙峰，直朝高空騰揚。……

江防軍第一次搶渡，是在傍午的光景，他們利用從民間徵得的牛車，將車上載滿沙包，把它們從高坡上疾推到河心去，然後再用長木搭架簡陋的浮橋，有一些善泅泳的兵勇們紛紛趟水涉渡，有些抱著木板木塊漂渡，一剎時，幾里長的一段河面上，到處都是人潮，從這端到那端，捲起了山巒崩圮、人號獸吼的狂飆。

他們搶渡的正面上，仍然是由那尊氣勢虎虎的戰神——鐵扇子湯六刮率隊據守著，湯六刮經過左一場右一場的血戰，變得更為憤怒，更為粗蠻了；他知道如今這一場火，才是雙方生死相搏的時刻，江防軍以及敗軍的人數十倍於鹽市上守衛的民團，以民團有限的人力和火力，實難阻得住這群狼奔豕突的殘軍。

「咱們能打多少算多少。總得拚夠老本！」

他這樣的吼叫著。

既先存死拚到底的心，所以他就採用了以硬打硬的方式，把多尊紅衣子母炮佈在上面的各座地堡裏，炮口壓低，直衝著河面，更在多層鹿砦間，密佈上土雷、陷阱，使攻撲者嚐嚐步步死亡的滋味。

攻撲的兵勇們一涉水登岸，就塡進了死亡的陷阱，子母炮的轟擊，在近距離中所產生的威勢是夠驚人的，火和鐵沙的蓮蓬和令人窒息的熱霧，在單調的癲狂中迎頭潑過來，使人肉顫的哀嚎聲在迴盪中，復被另一陣土雷暴吼切斷，殘碎的肢體和沙石齊飛，在煙塵之上打著盤旋……

桃紅色的火樹是一些地獄的幻景，火光裏勾描出的奇異景象也是一些混亂的幻圖，一些進退維谷的生物在死亡的巨齒中掙扎著，一排鹿砦被雷火拔起，翻滾著拋進河心，有一些起火燃燒起來，紅毒毒的火齒咬住一群亂蹦亂跳的兵勇，他們掙扎在鹿砦展佈的斜坡上，正像某些圖景裏掙扎在刀山上的鬼靈。

一個被雷火拋起的殘屍盤旋著，落在鹿砦上的尖牙上，屍身整個被鹿砦洞穿，另一個被子母炮的鐵沙擊中，渾身都是火焰，順著斜坡朝著下滾，嗷嗷的慘號高過槍炮的聲音。大群的屍首橫七豎八的躺在那兒，而銳嘯的槍彈仍不時切割著他們，改變他們死時的姿勢，被轟成黑炭的，被壓成肉餅的，被劈成兩片，被炸成腑臟飛迸的碎塊的，或者天靈蓋被掀掉後腦漿塗染胸背的……全成為初度攻撲的祭品。

鐵扇子湯六刮仍然豁光了上衣，精赤著胳膊，在子母炮發射後餘煙未盡，餘熱猶存的地堡中，掄著清掃炮膛的木棒，在替子母炮清膛。

「裝藥快些兒裝！」他喊說：「龜孫們又爬過來……了……放排槍阻住他們！」

攻撲就有這麼慘烈法兒，前面一批，十有八九橫屍陣前了，少數倖存的傢伙還沒來得及後撤，河南岸又有千百人像被趕鴨子下河似的趕了過來，在屍堆中向前爬過去，沒等子母炮裝藥裝妥，一部份攻撲的兵勇便已經撲到了堆頂。

雙方就在滾滾煙塵中膠著上了。

槍彈的尖嘯聲在這一角空間沉寂下來，震天的殺喊又復在堆脊上、深壕中、地堡口各處騰揚了。在雙方機械的白刃搏殺中，鐵扇子湯六刮像一陣旋風似的滾殺出來，他掄著一把刀身略闊的單刀，風車樣的疾揮著，砍殺那些撲來的兵勇，刀砍腳踢，所向披靡。

那些穿過一度死亡，衝上堆脊的北洋軍，在一絲殘存的清醒意識裏，全以為一衝上堆脊便可以佔住這條高堆，誰知堆脊上搏殺得更為激烈，民團是以逸待勞，白刃相搏時，身手遠較北洋兵勇們矯健，士氣也比對方高昂，有許多都經過湯六刮親自指點，砍劈得可圈可點。由於衝上高堆的人數不多，很快就被民團圍吞掉了，跟著又上來了一批，正好遇上湯六刮這麼一位兇神。……

在那些兵勇們的眼中，湯六刮真是個活煞神，七尺來高的個頭兒，碗粗的巨臂，胸毛黑毿毿的，渾身肉球滾凸著，六個人，六把刺刀一齊伸向他，被他掄刀一盪就盪得人仰馬翻，緊跟著刀花一抖，兩個立時被他一刀砍翻，另一個被他一腳踢得飛有六七尺高，不等那人落地，他一掄刀，那人就在半空被他活劈成兩個半邊。

「不怕死的就拿命來！」他闊闊的怪吼著：「我湯六刮全領著！」

他在煙塵激盪中屹立在高堆上，威風凜凜的殺氣滿身，他的渾身濺迸著鮮血、硝灰和沙上，他的腳下全是攻撲者殘破的屍首。

由於他這樣的捨命奮搏，使一度瀕危的高堆，暫時穩定了下來。但在東面的小渡口附近，由於江防軍順利渡河，大量的湧集，卻使小蠍兒率領的馬隊，陷入更艱難的苦戰。

小蠍兒所率的這撥人，全都是跟隨朱四判官踩黑道的人物，他們習慣在黑夜裏行動，突然竄擊，突然消匿，但他們從沒有白晝臨陣，死守溝壕的經驗，他們跟隨四判官多年，卻沒見過北洋軍攻撲這般浩大的陣勢；他們有勇氣，有膽力，有智機，但卻缺乏彼此間的協同，在固守陣地時，這種弱點就暴露出來，小蠍兒無法調撥他們，號令他們，所以一開始就打上了濫仗。

渡過老黃河轉朝西湧的江防軍，有小鬍子旅一個旅，加上敗軍混編的一個團，他們以小鹽莊前的圓頂丘陵爲目標，以半疏散的態勢分路撲進，槍炮的火力密聚在丘頂上，使那一帶的丘陵上空，盪起陣陣黃雲，小蠍兒手下的人，分成爲馬、步兩隊，步隊扼守著那一帶迤邐的丘陵地帶，一直到小鹽莊爲止，馬隊多聚在最北面的那條狹谷裏，他們難以忍受那種激烈的長時期的槍炮火力的制壓，難以忍受固守一地等待敵軍來襲的躁悶，……所以沒等到江防軍逼近丘陵，他們的馬隊就從凹道中馳出，斜刺裏插進對方的側腹，去作一場自殺式的衝鋒。

按照常理來說，少數馬隊在綿延數里的敵群中所作的側面衝擊，——尤其是白晝衝擊，效果是微弱的，而損失將會是慘重的；在白晝的戰場上，無法欺敵，更少能造成神秘、恐怖的色彩，去搖撼敵方的心理，馬群出動，反而暴露了本身的實力。

正因爲常理如此，所以當小蠍兒手下的馬隊掃入敵陣時，眾多的兵勇都對民團的潑辣和大膽感到意外的震驚，他們慌忙錯亂的伏身閃避，舉槍亂射，但潑風般的馬蹄已經踩過去了，那些磕馬飛竄的死士們搖著馬刀，逕朝人群麇集的地方闖過去。越是這樣不要命的蠻衝，江防軍愈是張皇失措，他們開槍亂射，殺傷的不是旋風般的馬隊，卻都是自己人。這樣一來，馬隊首次衝擊，造成了一部份猛銳突襲的效果，但當他們退入另一條谷道時，損失了將近三十個弟兄。

匿伏在丘陵中的小蠍兒看得很清楚，在一片闊野上面，江防軍像大陣的蟻群，朝前蠕動著，到處都是人影，到處都是車輛捲起的塵霧，連綿到遠天的林叢中去，窩心腿方勝曾一再叮囑他，與這樣眾多的敵軍對陣，切忌心浮氣躁，唯有沉著固守，因爲這一回江防軍傾巢出動，志在奪路北遁，一切攻撲舉措，絕非是一時的。馬隊和步隊，是自己手上捏著的兩張僅有的牌，必得謹慎使用，應付日夜反覆的攻撲，方守得住鹽市上的要地小鹽莊，假如馬隊仍像這樣貪求陣前力拚，恐怕熬不到天黑，這些弟兄就會死傷殆盡了。

但在眼前半原始的血戰中，他實在沒有制衡全局的力量，馬隊又從谷道中劃一道斜弧，吶喊著奔殺過去，這一回，敵軍已經警覺了，機關炮激起點點沙煙，在奔馳的馬群前後揚起，中彈的馬匹在奔騰中忽然顛躓，失蹄般的摔倒下去，摔馬的弟兄還不及滾身站起，便被密密的彈雨射中，陳屍陣前了。……這一次奔襲並沒能深入敵軍，那些馬隊因當面的敵火太猛，便撥轉馬頭，在敵軍陣前朝北橫掠過去，敵方的機關炮移動著槍口掃射，把他們當成了活靶。

馬隊的兩番衝擊，並不能阻遏江防軍的大舉攻撲，日頭一打斜，激烈的攻撲戰便已在各條谷道口附近展開了。由於馬隊在北面所使的壓力，使敵軍的攻撲重心略向南移，他們的主力放開了那一帶丘陵，正指在珍爺所率隊防守的地方。

無論從哪方面看來，這都是鹽市在防禦部署上最弱的一環，珍爺防守的這一段地方，在小鹽莊之南，護住小鹽莊的丘陵順勢斜走，到這兒已變成一片平陽，唯一的險要，就是一道彎曲的大溝泓以及兩座亂塚堆，珍爺所率的幾百人槍，就依著這些亂塚堆佈防，鎖住這條溝泓。這段地方並不太寬，正面不過半里的樣子，但它卻是鹽市防務的軟腹，最經不住打擊的軟腹。

而小鬍子旅攻撲的矛頭，恰巧指向了這塊地方。

當小蠍兒的步隊憑險力抗時，珍爺的防線已被洶湧而來的灰色人潮壓碎，孤立成兩塊頑石似的半馬蹄形的據點；這兩個築於亂塚間的據點，好像挺立在一道激流中的兩塊峭石，激起一些泡沫怒騰的水花，卻不能擋住敵軍的突入。

靠北邊的一座亂塚堆，由大狗熊率領著一部份人槍扼守著。不論他是如何的驍勇善戰，防線一經敵軍突破，他就無能爲力了。事實上，那條寬闊的溝泓也無法阻住敵方，他們在狹處併長木爲跳板，很容易的湧過泓西來，使用少數人槍包圍了兩座亂塚，其餘的便紛紛湧向鹽市的市街，天黑後不久，市街便陷落了。

市街的陷落對於江防軍來說，並無顯著的好處，因爲鹽市外圍的各道防線，各處據點，都仍在民團的掌握之中，珍爺防線上的這個狹小的缺口，幾個時辰之內流進去約有一團人，這些人一突破防線，就不再有絲毫戀戰之心，並不回頭夾擊，一窩蜂的爭著湧向市街去，希望大肆搶劫一番，然後逃命，這樣，反而削弱了火線上的攻撲力量。

那些雜亂的突入鹽市的兵勇們一撲進市街，才發現那裏是一座空城，並沒有幻想中的財寶金銀，也沒有酒食美女，卻有一些要命的狙擊手，匿在瓦面上放冷槍，而在各鹽棧、各碼頭、橋船口、大王廟各地，仍有民軍死死扼守著，他們這才發覺，所謂突破，不過是一頭鑽進另一個死窟窿罷了。

兩軍作戰，不在乎各方的人數多寡，突入市街的江防軍人數雖多，但在奔突中失去了建制，加上地形不熟悉，天色又黑了下來，一進市街，且聽滿耳槍聲，也不知誰在打誰?!也不辨方向，祇是東奔西跑，盲目放槍而已，這一來，他們就越打越迷糊，甚至窩裏人打窩裏人，哪還談得上發揮戰力?!

這時刻，戴老爺子得以從容炸毀北面的洋橋。

在黑夜裏，亂兵湧突的市街也起了大火，燭天的火光引起了更大的混亂。從小渡口到大渡口，這一塊土地被反覆的蹂躪著，尖嘯的子彈將它毀裂，擁起，掏空，琉磺烈火將它燒黑，灰化，弄得面目全非，光弧在沉黑中流舞，像無定風中的飛螢，殺喊聲滿塞在這裏那裏的大氣中，互相糾結，互相激盪。

每一個民團扼守的據點，都被蠶蝕著。

「夥計們，鹽市業已被踹開來啦！」

「早點兒進去發財罷。……頭水清，二水渾，三水四水黑醬油……越到後尾越撈不著油水……」

「能留條命就……夠了，還想什麼糊塗心思?!」

而這些嘈嚷，都逐次的分別被彈嘯敉平了，鐵與火才是這塊地上的君主，它們征服了某些貪婪的冀求和慾望……在每一個一刹之間。

「殺……喲，殺……啊！」

無論是哪道壕溝，哪座地堡中，民團的處境都夠艱難的，慘烈的實際景象雖被黑夜裹住，不在人們的眼瞳裏，但那些景象卻在人們的心裏陳顯著，以窩心腿方勝那樣穩沉縝密，而情況的發展，也遠遠超出了他的料想，守衛的民團，人槍實力和對方相比顯然萬分薄弱，當敵軍潮湧而來之際，除了以槍火卻敵外，別無它法可行，儘管每支槍的槍管都打得透紅，每個地堡前伏屍纍纍，而人潮還是湧過去了。

所有民團的防線，在黑夜來臨後，都被洶湧的人潮切斷，變成一些孤嶼，彼此之間失卻連繫，也無法再行連繫，這一來，使方勝原有的打算都成爲泡影。

「既到了這步田地，祇有盡力而爲罷！」

洋橋口兩側的那兩座巨堡，正是江防軍攻撲的重心，他們一意要吞噬掉那兩隻把門的獅獸，好朝鹽市的市區暢湧；他們圍攻那兩座巨大的磚堡，像一窩蜎聚在柳斗上的蜜蜂，從射口朝外望，黑幢幢全是人影，被槍彈洞穿的人體堆佈在河灘上、溝壕裏、鹿砦上、鐵網邊，大都難分是死的還是活的了，有一些竟從堡頂上翻越過去，更有一些死屍疊在一起，封住了射口，得用槍托把他們搗開。

巨堡裏邊也夠慘的，窩心腿方勝扼守的那座堡子，堡門已被攻撲者的屍體封住，汩汩的鮮血從門縫間朝裏流溢，入夜後，堡裏沒有燈火，一片漆黑，全靠槍枝發射時青綠色的幻光和從射口間流進來的時明時暗的火光，依稀照出周遭的慘景；差不多有一半以上的弟兄非死即傷，死屍都被拖到堡壁一隅去疊著，傷者忍著呻吟，自行撕下衫子裹創，有的已經兩度中彈，仍然守住射口朝外放槍，有的帶了致命的重傷，靜躺在血泊中等著嚥氣。

射口外的不斷攻撲，使每個活著的弟兄無暇他顧，戰鬥就在血泊中，在半痲木的狀態中進行，硝煙的氣味，霉濕的氣味，腥甜的血味在堡中沉澱著，生命在刀口上掙扎，無盡的病苦的禪續，在折磨著死士們瀝血的靈魂……

一陣劇烈的攻撲過後，幾個重傷的弟兄們叫喚著：

「方爺……保重，咱們不……行……了！」

「補我一槍罷，方爺……」一個微弱的、斷續的，顯然是一面吐話一面咯血的聲音，在他身邊不遠處響著，還沒等他回答，那聲音便寂然了。——他已經死了。

窩心腿方勝朝槍膛裏裝塡著子彈。

「挺著，兄弟們，我還活著呢！」

當洋橋口兩側還在方勝的堅守中的時刻，鐵扇子湯六刮卻陣亡了。他過份的勇猛殺敵，一時忘卻了自己的血肉組成的身體，他陣亡時，渾身遍是傷痕……湯六刮雖然浴血死去，但那條血染的高堆仍在進行著白刃爭奪，雙方都是一些血人，一簇一簇，一團一團的使用槍托和刺刀互撲，殺喊聲澈夜不停，到後來，人聲都變成瘋狂的獸吼。

在珍爺扼守的那座荒塚陣地上，遭遇最爲淒慘，小鬍子旅的大部份都從他防守的正面突進，珍爺所率的兩百來桿槍，一開始就大受損傷，入夜後，江防軍的馬隊跟著捲襲，那陣地上的民團整個覆沒了，野蠻的江防軍爲了洩憤，使馬刀亂砍那些橫倒陣內的人屍。

但在另一座荒塚陣地上，大狗熊仍在死守著，雖然他左右祇落下廿八桿槍，但他卻越戰越有精神。

「慢慢較，甭慌張，」他跟他左右的弟兄說：「一槍一個，瞄準了放。甭學『娃兒沒眼，見血就喊』！……咱們弟兄，個個都死得夠本了！——你們沒見溝泓裏全壘著死屍?!咱們死了，該在閻王殿上坐，雜種們死了還得下地獄眼兒，怕啥?!」

「咱們人槍太少，阻不住他們。」一個弟兄說：「市裏的大街起火了，方爺跟湯爺他們不知怎樣了？」

「管不得那麼多，」大狗熊說：「北面的洋橋已被戴老爺子炸掉了，他們衝進市區去，正合上那句老話——飛蛾撲火罷了。何況沙窩子那邊，早有民軍佈陣，他們過得了頭關過不得二關，衝殺到末尾，還不是死路一條?!」

正由於珍爺扼守的那座荒塚陣地的覆沒，使後續的江防軍可以循著那個缺口湧進，才使得大狗熊領著的廿八桿槍能守住他們的地堡，因爲那些北洋兵勇之所以拚命攻撲，祇是企圖奪路，一旦有了進路，他們哪還顧得開火，在這種情形下，大狗熊他們落得打偏火——用他們的槍，像瞄兔似的打一個算一個，打一雙算一雙。

每一波江防軍湧過那個缺口時，都有些兵勇被側面射來的槍火攞平。

在所有鹽市的各處防地上，損失得最輕微的，仍是小蠍兒據守的小鹽莊和小渡口一側的丘陵，那一帶地形複雜，地勢高亢險峻，敵軍白晝幾番攻撲不下，都把重心南移，一旦在珍爺的陣地上造成缺口後，小渡口那一帶的壓力頓然消失，各條谷道也都在完固的封鎖之中。

混戰仍在持續著，又經過一個更次，江防軍的本身卻在混亂中起了變化。先湧進鹽市的上千兵勇，沒搶得一絲財物，也沒能北渡鹽河，在黑暗裏和市街上守衛的民團發生槍戰，頗有損傷，大街的大火是民團有計劃施放的，大火一起，逼使那些湧進鹽市的兵勇不得不倉惶退出市區。那時天色已經落黑，混亂中敵我難分，後湧進來的江防軍，誤把當面退出市街的江防軍當成鹽市的援軍，昏天黑地的互戰起來，最後從高堆上湧來的兵勇不知哪個方向是敵？哪個方向是友？竟也隔著荷花池開火——兩面都打。

還沒有湧進鹽市的兵勇以為鹽市來了生力軍的也有，以為鹽市已經陷落的也有，他們放棄了朝向大火的攻撲，繞還朝西，和大渡口的劉團匯合去了。

但在縣城的江防軍師部裏面，所得的報告卻是：「我軍整日猛攻，業已攻佔鹽市，現正肅清殘敵中……」依照參謀長的意思：是等到天亮之後，待火線上的戰況澄清時，師部再行北移，但塌鼻子師長不以為然，他主張趁夜行動，早一點北遁。

「我早知道，憑鹽市那股人，是成不了氣候的。」他自鳴得意的說。

江防軍傾巢出動攻撲鹽市那夜，張二花鞋在聯陞客棧裏就整夜未曾闔眼，掐指計算起來，自己獨赴縣城謀刺塌鼻子師長，已經有不少時日了。對於謀刺這宗事情，自己是日夜籌思，耿耿在懷，不能算不用心機，但凡平素塌鼻子常到的地方，自己都想盡方法混跡其間，冀求能夠得手，但總是一撲一個空，連對方的影子也沒見著。

塌鼻子這隻狡狐，竟然活著發動全軍，對鹽市這座孤城施行猛撲了，如今自己祇有最後一線機會使他授首了！……如何把握這一線機會，實在是太重要太棘手的難題。他背著手，澈夜在室中踱步苦思著。

臥室外面，澈夜不眠的人更多，吵吵嚷嚷的整夜不停，那些過氣的官兒們為了打點逃命，差了跟班的馬弁和護勇出去亂抓伕，抓了好些手車、牲口、擔子，擠滿了一院子，上上下下，螞蟻搬家似的搬運箱籠，準備在江防軍撲開鹽市時，跟隨塌鼻子一道兒北遁。

毛病出在傢私太多，民伕太少上。張團長的馬弁跟李團長的護兵就潑婦罵街似的爭吵起來，兩個團長揉著眼，趿著鞋，彼此都死要面子，互相客氣，而兩位團長太太卻針尖對麥芒，一個話裏帶刺，一個反脣相譏，竟自演起鐵公雞來，就在樓梯上大打出手，天津腔對上揚州調，不知是在哭？還是在唱唱?!

偏生這臺鬧劇，就在張二花鞋的房間外面上演著。

「就是妳這騷貨要逃命？我的命就不是命咯?!妳有五掛車，三匹騾子，還不知足，連我們的一付筐籮一頭小驢也要爭，……妳不是要驢，妳是愛上了驢×！」

「妳這張×嘴會罵人，老娘就撕豁了妳的！」

「小賣×的，妳打人？妳竟打人？」一個尖聲尖氣的喊著，兩下裏就撕扭起來了。女人打架，不外是撕扭擰捏抓咬哭罵，弄得木製的樓梯乒乒嘭嘭像擂鼓助威似的響個不歇。

雙方的太太一幹了架，兩邊的馬弁不好拉，祇好由兩個做先生的過氣團長自己處理。兩個團長被阻在樓梯口，想拉架也上不去，又不敢責難自己家的母大蟲，祇好互相哀懇著對方的太太消消氣，手下留情。而兩個太太原指望做先生的幫打的，誰知自己的先生白揹著武裝帶兒，竟都是軟骨蟲，祇懂得向對方哀求。

越打火氣越大，一個罵說：「你這個沒脊樑蓋兒的，還有臉站在那兒看架嗎？騷×她撕掉我的褲子，你還在求她?!」另一個也罵說：「你這個天殺的賊，你這種德性竟能當上北洋的團長?!無怪你那些蝦兵蟹將望見北伐軍的影子就拔腿跑光，你連一個老婆都護不得呀?!」

「張兄，張兄，您開門出來勸勸罷，」其中一位做先生的說：「火線上正在開戰，她們竟有心腸爲爭腳伕運東西打架?……命能不能逃得出，還在未定之天，何況那些身外之物。」

張二花鞋正在滿腔鬱憤之中，哪還受得這些蠢物的吵嚷?開門出來後，就見兩個太太打在一團，一個上身衣裳全被撕成碎布條兒掛在肩上，肚兜兒也叫扯脫了，搧活搧活的盪著兩隻白奶，另一個簪環全叫撕落了，臉頰上也留著條條血痕，亂髮蓬蓬的直像披毛五鬼，下身的褲子被扯脫了掛在腳脖兒上，裸露出大白屁股，猶在那兒蹦跳不休呢。

「這場架，我也沒法兒拉，」張二花鞋攤開手說：「這已經打得精赤著，不成個話了，你們還是找旁的太太出馬罷。」

「她們全在忙著搬東西呢，誰肯來管這檔子閒事?!」一個說。

「好哇，你這個一心向外的死忘八，我被這小私巢子欺侮成這樣，你還說是『閒事』?!」光屁股的太太哭罵著說。

「妳罵誰是私巢子?妳才是萬人壓的淫貨!」搧奶子的奮力一推，光屁股朝後便倒，但在半空把搧奶子的頭髮揪住，兩個人便像滾桶般的順著樓梯，吉哩嘭隆的滾下去了。

兩個趿著鞋的男人湧至梯口，各接各的老婆，誰知忙中有錯，張團長接的是李太太，李團長接的是張太太，不便過份拉扯，這兩個半裸的婆娘便打到全是民伕和兵勇的大院子裏去了。

「糟，糟，我想不到她們竟這樣的不知羞。」

「嗨，把咱們的臉皮全給丟盡啦!」

兩個叫苦不迭的說。

而大院子裏出出進進的全是馬燈和搖曳的燈籠，人們雜沓的忙碌著，一心都用到逃命上面去了。車架上，騾背上，細軟箱籠能堆好高就堆好高，彷彿並不是逃命，而是在搬家，連鍋盆碗盞全捨不得扔掉。

在黑夜當中，整個縣城的情況都在極端混亂中嘈嚷翻騰，能上火線的隊伍，都陸續開拔了，留下來的全是隨軍的眷屬，敗軍的過氣官佐——一窩沒生翅膀的蝗蟲秧兒，天還沒亮呢，鹽市那邊的槍炮聲就掀起來了，張二花鞋擺脫了院子裏雜事的牽絆，懷著槍和攮子出門，在慌亂的車馬人群中，沿著慈雲寺側的迷宮朝城裏走。

那座一向在畸形繁華中成長著的迷宮，也叫敗兵們弄得烏煙瘴氣，亂七八糟；那些五顏六色的紗燈就被摘得遍地皆是，有的被馬弁們拎了去照路，有的叫踩扁在街心，全是污泥腳印兒，有的像是爛西瓜，被踢得亂滾；很多家妓院的門板被卸掉，吃食店的玻璃櫥窗叫砸得稀花爛，所有的燻烤食物全叫搶個精光；一些喝醉酒的馬弁，師部的雜兵，趁機會攫著姑娘白嫖一頓，更有的像老鷹抓小雞似的，當街追逐著那些衣衫不整、花容失色的妓女，大喊著要帶她們到山東去。

張二花鞋無法理會這麼多的紛亂，他要在這種極大的混亂中，摸清師部何時北撤？弄清塌鼻子如今藏匿在哪兒?!他更大的焦慮，落在鹽市那干兄弟們的身上，此時此刻，他不知鹽市的命運怎樣？而鹽市的命運，有一半是挑在自己的肩上。

他走近東關的城門時，遇上了塌鼻子的一隊護兵，由一個官兒統率著，朝敗軍官眷聚集的東關碼頭開過去。

「師部何時開拔？」他捱上去問說。

「要等攻開鹽市後才能動。」

「鹽市不是接火了嗎？」

「接火了！」那官兒邊走邊說：「你們得把隨身帶的東西準備妥當，等著通告，在這段時間，千萬甭亂走動，人又多，又亂得緊，跟不上隊就慘了。」

「師長他如今在哪兒？」張二花鞋不願放過機會，緊跟著問說。

「不知道。」那官兒說：「誰也弄不清他在哪兒?! 參謀長卻在師部裏，總之，咱們的師座不會這麼早上火線的，也許還在公館裏喝酒呢。」

他們走過去了……

張二花鞋通過已經戒了嚴的城門，蕩進城裏去，進了城，立時就覺得黑暗陰森了。天還沒放亮，被冷露潤濕了的石板街上難見一絲燈火，那彷彿是一條死街，鬱著一團鬼氣。張二花鞋沿著街廊下走，祇有自己的腳步聲打破一街的沉寂。

他很愛這條空盪盪的夜街，容他獨醒著靜靜深思。他知道，人在這種混亂中極容易犯上浮躁不安的毛病，過度的焦灼鬱化成一股難抑的憤怒，幾乎使自己無法冷靜下來。聯陞客棧中那些食民脂自肥的敗軍官佐，失意政客，蠢豕般的官眷，在準備逃竄的囂嚷，日夜把人煩擾著。他必須要單獨沉思，抓住這最後一剎時光。……他順著東街西行，走到空心街分叉處的影壁牆下，便停住了。

他知道這條叉街，一條是通向江防軍的師部——前朝的縣署，另一條指向西大街——正是塌鼻子的公館，荷花池巷的進口。

憑他的這身軍裝，他可以進出城門，在東關一帶逛蕩，但若想在深夜闖進江防軍師部和那條警衛重重的斷巷，那就難了；因爲塌鼻子師長對於臨時收容的敗軍官佐，一向不加信任，即使一級之差，由於那些敗軍官佐沒有人槍實力，故而在塌鼻子的眼裏也就不值幾文大錢了。他謀攻鹽市也好，整編敗軍也好，召開會議也好，祇有江防軍直系軍官可以參與，各部的敗軍過氣軍官，祇有冷眼旁觀的份兒。城西的街巷對於敗軍官佐而言，已成爲禁地。張二花鞋扮成敗軍官佐中的一個團附，算是比上不足比下有餘的中等角色，在行動上要比一般平民略爲方便，但在接觸塌鼻子的機會上說，實在微乎其微。

他明知這樣硬闖禁地不是辦法，可是事到急處，不得不冒險一試了。

張二花鞋判斷過，塌鼻子既不在師部，一定仍留在荷花池巷的公館裏，不如取道向西，到他公館附近去守候著，也許就在天亮後，鹽市那邊一有消息傳來，他就會出現；同時他又判定，無論塌鼻子匿在城西哪個地方，在他北遁時，他必定經西大街，出北門，自己要是潛伏在北門左近鵠候著他，一定可以得手。

他走出空心街，踏上西大街時，天色已經微微放亮了。北邊半邊天，槍炮聲如沸，可以想見鹽市正在全面激戰中。西大街各處的岔街和橫巷入口，都仍亮著防勇的巡防馬燈，佈有荷槍實彈的崗哨，尤獨是荷花池巷左右，佈崗的人數竟在一排以上，一挺歪把兒機關炮衝著巷子，槍口朝外架設著，完全是如臨大敵的模樣。

若不是塌鼻子這狡狐故弄玄虛，就是他作賊心虛，張二花鞋想：總之，他擺出這種架勢，反顯出了「此地無銀三百兩」，明白的告訴人，他就匿在城西這一角。

他若無其事的經過那些崗哨的面前。

「我是從東關聯陞客棧來的，」他對那個領班的官兒說：「我是想打聽打聽，師長他到底準備在什麼時刻動身北上？」

那官兒把張二花鞋一打量，便一臉和氣的說：「這個，呃，這個，實在抱歉，我們祇是奉命佈崗來的，兄弟官卑職小，哪知道師長何時動身?!……他何時動身，祇有他自己知道。」

張二花鞋噓了口氣。

「並不是我們多問，祇因爲師部昨晚就差人去傳告，要咱們把細軟物件收拾妥當，聽命跟著師部一道兒行動，咱們差出人去，到處拉伕，如今牲口、車子都已裝滿了東西，民伕們全在等著上路……」

「那得看火線上打得如何了，」那官兒苦笑說：「天色轉眼就放亮了，等一忽兒，您就會等得著前方回來報信的人。……假如鹽市很快就被攻破，我想師長他走得比誰都快；假如攻不下鹽市來，咱們誰都不能插翅飛天，您說對不對呢?!」

張二花鞋正待說什麼，北門那邊傳來一陣急驟的馬蹄聲，那官兒伸手指著說：「瞧罷，那不是馬隊上遺人回城報信來了?!您問問他們，就知今天走不走得成了。……噯，我說，夥計，前面的攻撲，打得如何？」

張二花鞋掉臉一瞧，北門通道那邊來了兩騎馬，兩個騎馬的兵勇也許一路奔馳過急，人背上、馬身上都蒸騰著白霧般的汗氣，在凌晨的尖風裏發散著。他們進了城門，便兜住轡繩，按轡徐行，但仍難平復他們劇烈的喘息。

「剛剛接火，八字還沒見一撇呢！……光是……高堆一帶的正面上，就大遍的栽人……他們炸斷洋橋，至少有一個整排，被雷火轟碎……」

「東邊已搭了浮橋，晌午時就能攻撲小渡口了。」另一個說：「鹽市這一火打得真慘烈，咱們若不是人多，真難抗得住。」

張二花鞋聽了話，心裏略感寬鬆，精神也跟著爲之一振，他相信鹽市在窩心腿方勝的佈置安排下，定能打一場驚天動地的仗，勝敗暫不列論，至少在精神上可以搖撼這幫執迷不悟的殘軍。

「師部今天能動嗎？」他試探著問說。

「看樣子動不了。」前一匹馬上的人說：「依我看，鹽市不是三天兩日就能解決掉的地方……咱們在攻撲鹽市，但從大湖澤湧上來的民軍，正反撲著樊家舖那一線，……鹽市眼前雖險，假如他們跟民軍匯合，那，事兒就更難辦……了！」

「對不住，」另一個說：「咱們得到師部報信去了，等歇再聊聒好吧?!」

張二花鞋在他們倆騎馬走後，便又信步朝北門踱過去。這一帶地方，他曾多次勘察過，他自信祇要塌鼻子經西大街，出北門，他就有把握刺殺掉這個巨奸。

西大街的街道南北走，不過因爲偏在城西，所以民間俗稱西大街。這條街極爲寬廣，但在接近城門處又突然變狹，形如一隻漏斗，這一段靠近城門處的狹街，兩邊又都是密接著的高樓，簷翅相啣，僅留天光一線而已，人在樓廊上吐口痰，都能擊中街心的人頭，所以這個狹窄的街口，是謀刺塌鼻子最方便的地方。

祇要塌鼻子經過這裏，自己可以伏身在屋背的隱密處瞄準了開槍，無論他是乘車或是乘馬，在這樣的窄街上突然遇襲，他必然張惶失措，而且車馬連迴旋的餘地全沒有。左輪槍連續發射，即使沒能槍槍命中他的要害，使他立即斃命，至少也足以使他身負重創。這時候，自己可以縱身躍下，用匕首結果他的性命。

萬一塌鼻子不走北門，使自己的等待落空，那麼，他也難逃脫北門外順安客棧那一關。

這樣打定了主意後，他便逕出北門，跨過洋橋，到順安客棧去會晤萬再生，他想把這宗大事，再詳詳細細的叮囑他一番。這時候天色已經大亮，河面上霞影璀璨，好像鋪上一層光華奪目的錦毯。那樣的光景落在張二花鞋的眼裏，彷彿也成爲一種暗示，暗示著他這次謀刺，必能順利得手。

可是，等他一踏過洋橋，他就發現眼前有了劇變了。環河的大馬路上，十里長街上，全是大崗，有一隊殺氣騰騰的兵勇，把路邊的順安客棧包圍著。

「壞事了，」他心裏一驚，自言自語的說：「難道是萬再生露了馬腳？」

但他表面上仍然不露聲色，緩步朝那邊踱將過去。

「喝，大清早上，這是幹啥？」

經過一道崗位時，他閒閒的朝那邊一指，帶幾分瞧熱鬧的神情問說。

「聽說是在搜捕刺客。」那崗位說。

「刺客？你是說?!……」張二花鞋說：「哪兒來的刺客呀?!」

「也許是鹽市上差來行刺師長的，客棧裏有師長差出來的眼線，說他們露了馬腳了！」那崗位說：「從荷花池巷起，直到北門外，沿路都佈有眼線，尤獨是茶樓客棧，日夜都有巡防查緝的人。您瞧，那個刺客可不是被叉出來了?!」

幾道崗位平端著槍，如臨大敵似的把順安客棧前門封住，幾個拎著墊起機頭匣槍的護兵，硬把一個漢子從客棧裏拖了出來。

張二花鞋一眼望過去，就看出他們抓錯了人——那人根本不是萬再生，卻是個全然陌生的面孔。他的個頭兒生的比萬再生結實些，高大些，年紀可比萬再生大上一倍，約莫總有五十好幾了，鬢髮和腮邊的短髭都已灰白，臉上皺褶縱橫，浴滿風塵，一望而知是久在江湖上行腳的人物。

那人被拖出客棧大門之後，臉額上立即被匣槍管、皮腰帶打出一片青腫的傷痕，同時叫幾個抖著蔴繩的護兵捆縛起來。端平上了刺刀的長槍的兵勇一路吆喝著開道，拎匣槍的兵勇就把那人像拽牲口似的朝前拖拽。

「拽個什麼玩意兒？」那人挺了挺身子說：「老子自己會走！」

「你他媽甭再充人熊了！」一個江防軍歪卡著硬帽的官兒罵說：「等你夾屁熬刑的時刻再逞好漢罷！如今還早著呢！」

「一塊肉上了砧板，愛砍愛剁全由著你。」那人說：「不過我得告訴你們，甕中之鱉也沒什麼好神氣，你們的報應也就在眼前了！」

張二花鞋站在碼頭邊的石堤上，透過淡淡的清晨的藍霧，目睹著那個被錯當著刺客的漢子，在刺蝟般的槍叢下押經他的面前。那一刹，人道的悲情塞滿他的胸臆，他很想拔槍躍撲過去，用雙槍交叉潑火，撂倒那些虎狼般的兵勇，從他們手中把那人解救出來，至少，他有著這樣的激動。

爲什麼見死不救呢?!他知道那人是個受屈者，知道他並不是謀刺塌鼻子的人，他不該被押解到城裏，去忍受百般嚴刑烤逼，忍受横掠的楚毒，讓血跡斑斑的牢牆上，平白的添一層新的血雨。可是當他轉念及鹽市上更多待救的人時，他依舊隱忍了！雖然這隱忍的苦痛是巨大的，幾乎和埋下關八爺雙眼時的苦痛相等，他卻不能不隱忍。他不知道萬再生是否仍留在順安客棧裏，不知道他的安危如何？至少他自己這條命已經定下了唯一的用途——刺殺元兇塌鼻子，他不能因爲一時血性去解救這人，使自己錯過刺殺元兇的機會。

那閃著寒光的刀刺去遠了，那些咚咚的腳步踩響洋橋的橋面，張二花鞋卻寂寞的轉過臉，面朝著藍霧中的大運河的流水，久久無言。他跟那人從無交誼，也從無一面之緣，甚且不知他的名姓，但就在那一剎悲壯的景象中，他投入一個英雄的愴懷……河水波流著，人生也總要過逝的，也許在下一個時辰，自己即將和那人同歸劫運，他卻覺得生存的苦痛，遠超過本身的死亡。

這樣究竟怔忡了多麼久，竟連自己也恍然不覺，直到陽光碎在水波上，藍色的霧雰全都退隱，他才從怔忡裏醒過來，轉朝順安客棧蹓過去。

張二花鞋是極爲細心、極爲機敏的人，他不會忘記剛才那個崗位無心道出的秘密，由於塌鼻子到處都佈有耳線和眼線，更由於他穿的是北洋軍官的軍服，他自不能在人前露出一絲破綻來。

他裝出一付趾高氣揚的樣子，大步跨進順安客棧去，故意在腳下著力，弄出一片皮靴的聲響。

「老爺，您可是要找房間？」茶房餘悸猶存的怯笑著，一張臉仰呈在張二花鞋的鼻孔下面。

「我是在找人。」張二花鞋說：「樓上有位姓萬的客人，他答允替我接洽一條大點兒的船隻，他說了話卻不算數！我得找他索回定金，另外雇車了！」他的聲音很宏沉，響得連樓上全聽得清楚，他的話音兒裏透出憤懣和焦急的意味，一點兒也不像是裝成的。

果然，他的話音方落，樓梯登登的一陣急響，萬再生急急的趕了下來。

「團……團……團附老爺……」

萬再生乍看見張二花鞋隻身趕來這剛出事的地方，不禁又驚又喜，正待說什麼，誰知卻被張二花鞋劈胸一把揪住了。

「你這個人好沒信用！前天你大拍胸脯，說包能弄到一條像樣的船，收了定金去，非但船不見船，連個人影兒全見不著，……大夥兒全在捲行李，整箱籠，你卻把我擱在一邊不管，那怎麼成?!」

「我……我還在多方想辦法呢，我的老爺！」萬再生在對方丟來的一個眼色下，這才會過意來，順著張二花鞋的話音兒回說：「這些時，你們這些老爺，人人想雇船，江防軍也逼著徵船，滿河連一條船也找不到了，您得給我點時限呀！」

「還談寬容時限？師長他明早一走，難道我一個人在縣城留守？鹽市一踹開，我一時一刻也不能留了。」

「您老爺剛剛是見著了的，官裏鬧著抓刺客，刺客頭上又沒標上字，這兩天，走動全不甚方便呀，團附老爺！」萬再生做出一付懇求的樣子：「若如沒東沒西的亂走動，官裏拿我當奸細，繩捆索綁的弄了我去，我就是說替你老爺洽船的，他們也不肯相信的……」

「我跟你一道兒去！」張二花鞋揪住他朝外走，一面說：「今天若還覓不得船，我非取回定金，另打主意設法雇車不可了！」

就這樣，他把萬再生揪了出來。

兩人沿著牽有粗壯鐵索的繫船石柱朝東走，張二花鞋一面留神暗瞅著身後有沒有追蹤的人？也許由於他身份的關係，使他能避過了那些藏在暗中的爪牙的耳目，他走了一段路，發現身後沒人追蹤著他們，這才放下心來，對萬再生說：

「好險，好險！我原以爲你敗露行藏被捕了呢！」

「說來也夠險的，老爺。」萬再生忍不住噓了口氣說：「也許他們要搜捕的是我，可是，在查房時，突然殺出個程咬金來，……那人跟我說：『兄弟，我早看出你來了，你留條命，安心去刺塌鼻子吧，他們查上樓時，我替你頂著。』實在是他救了我。」

「一條使人欽服的漢子！」張二花鞋從內心深處發出讚嘆說。

「可惜名也不知，姓也不曉。」

「你弄岔了！」張二花鞋說：「像這樣的人，既願替你挺身代死，焉是求名之輩?!……他所以願意這樣，祇是看重你謀刺塌鼻子的壯舉，他真是個奇人。」

萬再生由這個人拯救自己的舉動，回憶到那夜在禹王臺上，張二花鞋那樣寬恕自己的一幕，更憶及自己受萬振全煽惑，活剮去義士關東山雙眼的往事，不禁眼眶一赤，潸潸滴下淚來。

張二花鞋望了他一眼，然後從容的仰起頭來，去凝望天頂上飄盪的秋日的浮雲，彷彿洞燭什麼似的說：「這不再是傷心流淚的時刻了！你要對得起那挺身救你的人，祇有體仰他的用心，全力刺殺那萬民深恨的惡賊，那就是最好的報答。」

他把萬再生引進一條僻巷，又低聲告訴他說：「依我料想，塌鼻子早則今夜，遲則明晨，必然會離開縣城北竄，我如今仍捉摸不定他究竟是出東門，或是出北門，祇能說他出北門的機會較大，所以我打算伏在北門邊守候著他！……但他無論出東門或是出北門，都要經過順安客棧。如今時機已萬分緊迫了，我必得再叮嚀你，從這一刻起始，咱們分頭舉事，一切由你見機而作，萬一塌鼻子不出北門，或是我沒能得手，這付千斤擔子，得由你一人獨挑了！」

「你……老爺……」萬再生的聲音有些哽咽。

「苟能不死，我會來幫助你的。」張二花鞋說：「假如我到明晨還沒消息，咱們就祇有約見來生罷了。」

萬再生抬眼去看張二花鞋，覺得他在準備赴死時，顯得跟平素一樣的從容。渾身上下，沒有半點顫硬緊張之態，但從他湛湛的眼光裏，看得到一絲英風颯颯的森寒，在他說話那一刹，劍芒般的暴射出來，旋即收斂了，轉身踏步，拋下自己，踏踏的轉過巷角，巷角的牆磚遮斷了他的背影。

這時候，縣城各處都在翻天覆地的大混亂當中，沒有誰想得到在這條小小的僻巷中，正有著同樣蕭蕭的風與同樣森寒的易水，同時起自兩個人的心上。

西風不斷的送過來火線上鼎沸的槍聲，城裏的人們不需親眼去看那場血腥的屠殺，全能想像到鹽市上浴血抗敵的人們，遭遇是多麼慘烈，境況是多麼艱難！他們不是官軍，不是什麼隊伍，祇是一群群爲著守鄉保土、反抗軍閥凌夷的平民百姓，用他們卓絕的堅守引來了大湖澤裏的民軍……但在塌鼻子江防軍傾巢重壓下，他們是凶多吉少的了。

縣城中的兵勇忙著北撤，簡直變成了一幫橫掠的匪眾。塌鼻子壓根兒沒想再回來，所以乾脆扯下那付假臉，縱容部下姦淫擄掠，幾乎想把城裏所有財富席捲精光。早就被鍊住的差船上，載滿了掠來的京貨、布匹，各式箱籠櫃匣，各式車輛和強行集聚的牲口上，全是糧食、軍械、貨品、錢財。亂兵當街搶掠，布疋、磁器、古董、字畫，拋得遍地都是。街梢一些民宅，更被一些肆毒的兵勇放火焚燒，施救無人。

黃昏時分，鹽市那邊的槍聲更趨猛烈，彷彿要把天角掀塌一般。有人謠傳說：鹽市業已被江防軍攻破了，但各處的保衛團隊，仍然拚死命的跟他們周旋著。又有人說：窩心腿方勝已經戰死了，但北面的洋橋也已被鹽市炸斷，江防軍雖搶下鹽市，但仍麇集一處，無法渡河，……西面的樊家舖仍握在民軍手裏，槍火鎖住河面。

無論謠傳如何，塌鼻子的師部在日落後就已經陸續朝北方開拔了，那已經不像是隊伍，卻像是大擄掠的股匪，他們掠走了城裏一切值錢的貨品，——除了沒搬走城牆上的磚頭。

人們衹見到他們開拔，但塌鼻子師長本人在哪兒？卻仍然是個黑洞洞的、難解的謎。

江防軍撤離縣城時，黃昏的天色突呈異象，從西邊的半邊天壁，到東邊的半邊天壁，以及南北兩邊的天腳，所有的層雲、捲雲、積雲和天頂的浮雲，高空的翅翼雲，全都被燒成紅的。

「這種天，簡直像一隻哭紅的眼。」有人爲這慘慘的黃昏景象感到不安了。

「天心民氣是連著的，」一個拖鬍子的老人也瞇起眼，四面環望著，預言什麼似的說：「江防軍狼奔豕突的衝破鹽市，這是百年來最慘的浩劫，民怨……騰天，連天也……哭……了……」

「這不是燒霞麼？」一個女娃兒問說。

「燒霞？妳見過天有這樣燒霞的麼?!」

這不是霞，該是一把熾烈的火，這裏那裏，天上地下，凡目之所及，沒有別的顏色，紅的，紅的，什麼都是紅的；透明的紅，燦亮的紅，奇異的紅，陰慘的紅，凄怖的紅，炭火般的紅，滴血的紅。在天上，在雲中，在歸鳥的翅翼下，在屋頂的壓脊瓦間，跳動著，塗染著，流溢著，凝固著。

這是從來沒見過的異象，透過人們驚怔的瞳孔和疑懼的心靈，它被牽引到古遠的歷史傳說中去，和那些神話般荒緲的故事綰連在一起。

直至有人失聲的叫出來：

「火！火!!……鹽市起大火了！」

議論紛紜的人們這才驚覺到天呈異象的原因：晚霞加上鹽市燎原的大火，才會使天地呈現出這樣慘紅的景象。多少年代以來，鹽市上的人們艱辛的創業，點滴的建樹，才累積成那樣一座繁盛的鎮市，才具有那樣宏壯的規模，這一把火燒紅了它近百年的歷史，這把火將多少苦辛，多少血汗，化成灰燼……

從古遠的日子起始，火在原始的人們的心目中，就是那樣的神奇；它是進步的動力，溫暖和光明的象徵，它也是恐怖之神手中的魔杖；當它落入強權的掌握時，就變成了毀滅的利器。如今，鹽市正遭逢著這樣毀滅性的大火，幾十里周圍，都看得見紅光。

「鹽市究竟怎樣了呢？」

眾多的問詢是徒然的，誰也不知道陷落後的鹽市的詳情。——這詳情，祇有在大火中奔突著的人們知道。

天黑了，北面半邊天的火光衝開夜幕，更清楚的映在人們的眼裏。唯一使人們覺得鼓舞的，就是代表著爭抗的槍聲，並沒因燭天火起而稀落，那正表示出，江防軍雖已突入鹽市，而守衛鹽市的人槍並沒瓦解。激戰，仍在黑夜的大火中進行著。

也就在天黑的時辰，俠士張二花鞋竄上了北門裏面那一段窄街的樓頂。爲了避免城樓上守望的兵勇發覺，他匿伏在兩樓交接處的陰影中，眈眈的虎視著眼下的街道。他把一支塡滿子彈的左輪槍，一支裝了彈匣，打開保險的快機匣槍全摘了出來，放在手邊預備著，更將原已藏在皮靴夾層裏的七八支匕首也都摘出來，排列在脊頂順手的地方。他像是一隻壁虎，在專心的等待著飛蛾。

鹽市的大火燒起來，火光把城門樓的黑影勾畫得異常清楚，他極爲敏銳的兩耳也聽得清激烈的槍聲。他知道，這把火正是窩心腿方勝防守計畫的一部份，——如果攻撲的人數太多，各陣地已被重重困住，應付艱難時，就先行炸毀江防軍北遁的進路——鹽河上的洋橋和浮橋。然後放北洋軍直撲鹽市的市街，藉以減輕陣地的壓力；等北洋軍湧進市街，發現前面進路已斷，而鹽市的街道祇是絕地空城時，即行舉火，猛燒那些夢想發財的兵勇。

而繼續不斷的槍聲，就是一種說明……

即使這一切都按著計劃進行，他也不能不在這最後的時辰，懷想著自己的恩師戴老爺子，同師習藝的方勝和湯六刮，以及那一干與自己血肉相連、同一命運的漢子們。生離連著死別，不由不使人滿心黯然，滿腹愴懷。

一般人都愛把習國術的人誇張成武俠，更愛在傳說和通俗坊本中繪聲繪色，寫成一些虛無縹緲、不著邊際的傳奇，……當然，世上不能說絕無那種人，但至少，那種被過份渲染了的神話英雄不屬人間。也許傳說是可見諒的，因爲那些囿於現實的人們總有著超越阱穴般現實的臆想……自己是習武的人，確也具有幾分常人所不能的身手和靈巧的技藝，自己卻深知在大的生存環境裏，自己師徒和常人毫無兩樣——沒有人能在潑天大火中像神一樣的站立，沒有人能以血肉之身抵擋槍彈的侵襲。

說是死別，也該是時候了！

說來總有些不甘，因自己從沒夢想過要做什麼樣視死如歸、轟轟烈烈的英雄，——假如這世上，沒有野心，沒有掠奪，人人忍讓相安，誰不願按照自身的意願，無慮無憂的活著，安享天年?!歷朝歷代，多少英雄歸入黃土，爲什麼這人間還要逼出什麼英雄？關東山八爺，您也太傻了，但您總是對的。雖說不甘，卻應死而無怨，說怨麼？也衹怨這世人太愚昧，怨往昔的歷史……太荒涼。要是軍閥不橫行，各人能活得，自己師徒幾個也不至於這樣，爲一個「義」字硬挺，落得這麼個結局。師父、師兄師弟，咱們衹怕是不死不相逢了。

一陣滾地而來的嘈雜的聲音，打斷了他游絲般浮盪的思緒。從南邊荷花池巷的出口處，藉著馬燈的碎光，他看見有一隊制服鮮明，槍械精良，一個個身形碩壯的護兵開了出來，沿街撒崗，明晃晃的刀刺上挑著片片燈影，反射出耀眼的寒光。

緊跟著，幾十個拎著匣槍的親兵出現了。他們一踏上街頭，便現出無比緊張的神色，賊眼溜溜的四處搜尋著，把槍口瞄指著街廊兩邊所有的暗處，以及那些緊閉著的當街的窗口。

「嘿嘿，」張二花鞋心裏冷笑著：「塌鼻子，你這隻老狡狐，你終有出頭露面的時候！」

按照下面的情景判斷，塌鼻子師長想趁黑夜北遁，是非常明顯的，他生恐有人會在暗中放冷槍截殺他，才擺出這樣森嚴的警衛。

他屏息等待著。

另有四盞新經擦拭的頭號馬燈出現了，緩緩的引出兩輛黑色軟篷的四輪馬車來，前一輛馬車的裝飾比較考究些，軟篷兩邊，開著軟玻璃護住的方窗，滾行比較輕快，顯然是載著人的車子，極可能是塌鼻子本人的座車。後一輛有篷無窗，行來遲緩沉重，不用說，那是裝載貨物用的車子，車上可能有著塌鼻子歷年來搜刮得的金銀。

它們一路滾行過來了。

張二花鞋這才雙手抓起槍來，掂了一掂，朝下面的窄街瞄準。

「唔？不成?!」在這一刹，他忽又生出奇異的想法來了。我謀刺這隻老狡狐，這是唯一的機會，絕不可錯過。塌鼻子既以狡詐聞名，絕不會輕易讓自己得手，他這些排場，焉知不是空的？我不能光憑判斷，就認定塌鼻子本人坐在前一輛車裏，貿然放槍，驚動滿街護衛，反弄得自己難以脫身，那時，祇怕懊悔也來不及了。……馬車的鐵輪滾輾過街心橫舖的石板，發出轟隆隆的聲響，轉眼已進入街道的狹窄的頸部。張二花鞋不再遲疑，他放下右手的快機匣槍，抓起一支匕首，右臂划一道圓弧，朝前一輛馬車前的轅馬身上猛擲過去。

他的擲刀術不但迅速準確，而且力量驚人，街道下面的扈從們並沒見到飛擲的匕首，祇看見那匹轅馬在奔馳中，突然發出一聲不尋常的嘶叫，捲蹄騰起，旋即失蹄般的摜向一旁。這樣一來，馬車的車輛變了方向，使前進的車身朝一邊橫斜過去，轅角觸撞到一面牆壁上，另一匹馬也無法負荷全車傾側的重量，登登的後退，使那輛停頓了的馬車，把街頸橫死。

張二花鞋棄槍改用匕首，因為他計算著，在不知不覺間使前車遇變停頓，同時塞住後路；假如塌鼻子真的在這輛車上，他必然會離車逃遁，當他被人扶掖下車時，那可是刺殺他的最好的機會。如果那祇是一輛空車，在這樣的變化中也不難看得出來。

「馬匹受驚失蹄了！」駕車的兵勇慌嚷著。

「快些換馬！」

「糟！」一個扈從的軍官趕過去，突然揮手叫嚷起來：「有人……行……行刺……後撤啊！」

而窄街上的車輛根本沒有迴圜的餘地，前一輛車把進路阻塞了，後一輛車就陷入進退維谷的窘境。

「報……報……報告師長！有人行刺，您快點兒下車，到街廊下避一避吧！」

張二花鞋一舉手之間，底下就形成一片極大的混亂；有些兵勇抽刀割斷那匹中刀的轅馬的皮帶，另一些忙著推正那輛橫斜的馬車，幾十個兵勇一條聲的喊著捉拏刺客，更有些已經朝著一些緊閉的窗戶發槍了。

形勢逼使張二花鞋不能等到塌鼻子露面，他扯起快機匣槍，整整的一梭火潑下去，使前一輛馬車的黑色布篷上，平添了兩排密密的彈孔。一個身著簇新黃呢制服的人影，踉蹌的從一邊車門處爬了出來，張二花鞋一張雙臂，就從高高的樓頂上，凌空躍撲下來。

「該死的傢伙，拿命來吧！」

那人影還沒奔至廊邊，業已伏屍在地了。也就在張二花鞋躍落的那一瞬，後一輛車的布篷掀開，廿來支刀刺從後面湧撲上來，四面八方的刀尖，把張二花鞋架住了。張二花鞋沒有動，臉上帶著笑容，在幾盞高挑的馬燈光下，露出他一排整齊潔白的牙齒。

他左輪槍的槍口，尙裊繞著餘煙。

「你們以爲我還會跑麼？」他鎭定得令人吃驚：「我告訴你們罷……我等著這一天，等得久了！我要大喊著告訴全城，塌鼻子是我手刃了的，一人做事一人當，我不跑，因爲我不希望連累無辜！」

「你的氣概是夠了！」那個扈從的官兒用手指著他說：「祇是腦殼裏紋路差兩條，沒有咱們的師長聰明，你這番心機算是枉費了！……看看你槍殺的是誰罷？」

他走過去，用靴尖撥翻那具穿著黃呢將軍服的死屍，張二花鞋便低下了頭。他做夢也沒想到，被他親手射殺的人，不但不是塌鼻子師長，反而是那位挺身而出，義拯萬再生的那位多髯的豪士；在極爲短暫的一瞥之中，他已經看清那屍身的形象，他咬著牙盤，恨著塌鼻子的詭謀。

很顯然的，這一切都是塌鼻子師長有意安排的陷阱，他本人並不在車上，卻把一個有謀刺之嫌的死囚放在車上，替他擋著行刺的槍彈；自己費了這樣大的苦心，安排得這樣的周密，到頭來，仍然墜進對方預佈的陷阱，……人落在密密的刀叢裏，懊悔已經晚了！他知道在這種情況下，萬無脫身的機會，祇要略一掙扎，四面的刀尖必然會把自己戳成蜂窩。

「扔槍！」那官兒嘲笑說：「你認命罷，你這個膽大包天的飛賊！」

張二花鞋把左輪槍扔在地上。

「師長早就接到密報，說是鹽市上有個飛賊張二花鞋，潛進縣城來，欲圖謀刺！」那官兒說：「你這廝想必就是了?!……人全把張二花鞋傳說得像張了翅的鳥，如今看起來，也沒什麼了不得的能爲?!你能飛？——你怎麼不飛呀？」

「你甭小瞧了張二花鞋，」張二花鞋苦笑笑：「我連替張二花鞋跟班提鞋都不夠料兒，我祇是一個敗軍的官佐罷了。」

「無論你是誰，你這謀刺的罪名是擺不脫的了！」那官兒跨步過來，伸手去搜查張二花鞋的身體，四面的刀刺便略爲後退一步。

也就在這一刹的功夫，端平刀刺的兵勇們一花眼，祇見黃呢的披風忽地抖開，一閃之下，就疾風般的打起轉來，兩個人不知怎樣的糾纏在一起，團團急轉，像飛滾著的車輪，分不清誰是那謀刺者？誰是搜身的軍官？在這種情況下，槍口和刀刺都失了作用，那些兵勇們祇能佈成一座圓陣，吶喊著，吆喝著，卻沒有一個人敢冒冒失失的放槍，怕萬一打傷了自己人。

夜色是這樣的沉黯，淒冷的秋風搖打著城樓飛簷角上的銅鈴，幾盞馬燈照耀著靠近城門通道的那一段狹街，在橫斜的馬車、受傷的轅馬與流血的屍體之前，張二花鞋展開了醒獅般迅捷而猛勇的奮搏。

若以身材而論，那官兒原也生得異常壯實，算得孔武有力，但他的腕子經張二花鞋扣住，便失去了爭抗的力量；他不但整條臂膀變得麻木，連半邊身體都陷入酸軟麻痺之中，張二花鞋抓住這一剎機會，牽著對方旋風疾轉，把對方當成了一面盾牌。

轉著轉著，一蹲身，兵勇們就聽見有人發出一聲既長且慘的哀嚎，定睛再瞅，那個謀刺者不見了，而他們的隊長卻殭伏在一個兵勇的刀刺上，刀尖穿透他的胸脯，從他脊背上突出數寸來，可見對方在把他擲出時用力之猛，……而這一切，也是塌鼻子師長沒曾料到的。

最可怕的是這人自承不是張二花鞋。

「天喲！」接到消息的塌鼻子雙手抱頭叫說：「若果真遇著張二花鞋，我這腦袋還夠他拎的麼？」後來，他又朝護兵的官兒大發雷霆，拍著桌子吼叫說：「無論如何，今夜得替我把張二花鞋給逮住！……我不能在臨撤退的時辰，把性命給賠上。」

二更天他這樣關照，三更天就有人來報說：「張二花鞋在順安客棧刺殺了先行撤往鹽市的參謀長，事發後不及遁走，業已被護兵捉到了！」

「趕急把他帶得來，我要親審他！」塌鼻子師長說：「我倒要瞧瞧他是什麼變的?!」

鹽市那邊的槍聲仍未沉寂，火光仍沒轉黯，這些未定的紛亂都使得塌鼻子師長心煩。不久之前，孫傳芳帥爺敗經淮上時，他請命收拾殘局，還懷有一顆勃勃的野心，認爲收容敗軍之後，大張實力，猶可以獨豎一幟，稱霸一方；但北伐軍渡江北擊的消息頻傳，民怨如沸，形勢日非，淮上實在立腳不住了，北撤途中，還不知有多少荆棘，多少險阻?!是否能像早竄的孫傳芳大帥那樣，平安抵達山東都成了問題，哪還經得住眼前的這些煩擾?!

他不由把滿腔鬱悶蔚成的無名憤恨，都移到這個張二花鞋的頭上來，明朝的死活可以暫時不管，今夜非極力折磨這個人洩恨不可！

爲了打起精神夜審張二花鞋，他躺上鴉片煙榻，一口氣連著先燒了五個泡兒。

「報……報告！張二花鞋帶到了！」

「好，把他帶進來。」

塌鼻子師長抽完手上的一筒煙，使手帕抹抹猶沾著口涎的煙嘴兒，呷了口燙茶潤潤喉管，透過昇騰的煙霧去望那個被帶進來的人，只瞅上一眼，就皺起了眉頭。……因爲來人完全不像他所想的那個樣子，他一點兒也沒有久走江湖、精通擊技的人物的那種氣質。他平臉寬額，一股鄉土上的泥巴味，越看越像是耕田種地的人。他雖然被雙道蔴索緊緊捆住，反翦的雙手上又加了一付鐵銬，但他卻挺胸昂首，一無畏怯的神情。

「你叫什麼名字？你可是張二花鞋?!」

「就算是吧！——你祇認謀刺的，我刺錯了，業已便宜了你，何必問名道姓?!敢情是想敘敘親戚？」

「你站過來一點。」塌鼻子師長捏著鴉片煙籤兒，略略的欠起身子說：「讓我仔細瞧瞧，你是否像密報裏所傳的那種厲害法兒?!」

「動不得，師長，」一個官兒趕急過來報告說：「據傳這個人不但渾身武術驚人，而且還練有邪法。從抓住他的時刻起，五管匣槍始終抵在他的脊樑上，一時一刻都不敢離開，您萬不可大意，讓他欺近您。」

「邪法?你說他竟會邪法?!」塌鼻子捏著煙籤兒的手有些顫抖了。

「是的，他確練的有邪法！」

塌鼻子師長可真的恐懼起來了。他是那種人：在綠火熒熒的煙榻上，神秘的煙霧裏，常掛在嘴邊的，不外是緋聞、奇案、或蛇神牛鬼之類的古老傳奇，他聽過太多關於邪術、茅山道、白蓮教、紅蓮教、祝由科之類的事情，對這些事，他無法剖析，無法斥拒，在將信將疑中，始終抱有原始的懼怖。……

他記得，邪法裏有一種叫「解縛法」，會使法術的人，任你在他身上捆上千百道蔴索或是牛筋，他祇要暗唸一遍咒語，那些牛筋、繩索，就會一寸寸的斷裂在地上。另有一種「開銬法」，也是如此，有人說曾親眼見到有這種人；五行遁法、奇門遁法、大搬挪法，也都有人經常說起，說捉住這等人，你就有鐵窗鐵鎖，一樣囚不住他。多少年來，這些傳說一層一層的疊砌在他的靈魂裏，使他原多疑懼的心更增重壓。

他忽然記憶起當年在閩省跟隨老督軍的當口，督軍府槍斃過兩個修煉茅山道法的漢子，那兩人一個是師兄，一個是師弟，一個渾號叫大黑，另一個渾號叫小黑；兩人是因爲召人去南方，被加上妖言惑眾的罪名收押的，當時在督軍府管人犯的傢伙，後來親對自己講述過大黑和小黑在監房裏的異聞……

監房西側的一座死囚房裏，一共關著六個死囚，那四個死囚也知道新來的大黑兄弟會邪法，便央請他兩個露兩手。小黑先伸出兩個指頭，朝牆磚一點，那牆磚便陷進去兩個深黑的指洞。那四個見了說：「功夫實在是好，可惜不是法術。」

小黑朝那邊呶嘴說：「想瞧法術，你們得找我這師兄。」大黑瞅見窗楣上有顆已經釘沒在木框裏的大鐵釘，便伸出手掌去，把鐵釘黏住，朝外一拖，掌心彷彿有一具吸力極大的磁鐵似的，硬把鐵釘吸了出來。

「這是功夫。」大黑說。他把那隻足有三寸長的鐵釘吸在掌心，朝自己的大腿上一拍，那鐵釘便釘進他的大腿裏去了。他一點兒也沒有疼痛的樣子，讓人看那隻鐵釘確是釘在大腿裏，然後又拍一掌，把鐵釘黏了出來。奇的是他那條腿仍然好端端的，不見釘眼，沒留創痕，更沒流一滴血。

「這就是法術！」他說。……

故事是很長的，由於對方講得神氣活現，再加上故事本身鑿鑿有據，使自己時至今日，仍能清楚的記得每一情節。……以那兩個人，原可以輕鬆越獄的，不過到後來，孫督軍還是把他們押到刑場去槍斃掉了！

聽說槍斃時，師兄弟倆挺胸迎面受槍，大黑中了十三槍，仍然直挺挺的站著不倒，渾身沒有一滴血流出來。行刑的要發第十四槍，大黑擺手說：「對不住，省下你那粒子彈吧！孫傳芳禍國殃民，我們師兄弟是陰司的證人，就讓我釘著這渾身的窿洞眼兒，先去陰司等著他吧！」說完話，他才閉上眼倒下去。

臨到小黑受槍，小黑笑瞇瞇的說：「我的法術不及我師兄，但我總得多領幾槍，下到陰間，作起證來得力些，……你們這些吃糧的弟兄夥放心，你們雖說是『人在矮簷下』，祇要良心不泯，我不怪你們，這本賬，全都記在孫傳芳頭上。」……

當時聽著這些，真觳觫心驚，畏懼著有一天殺孽太重，會像孫傳芳大帥那樣的獲致天譴。不過眼前這個人不除，自己的性命堪慮，今世總比不可見的來生要著重些兒。他眼珠兒一轉，便想起老督軍當初剋制會邪術的大黑小黑的方法來了。

「先把他叉到外間去，用黑狗血潑他！」他說：「替他把頂心髮剃光，再來個火燒四門（即將頭髮的前額、腦後、左右兩鬢燒去）！別讓他遁掉，容我慢慢的來審問他。」

四更天，塌鼻子站在那個自認是張二花鞋的漢子面前。那人被架在一隻太師椅上，大叉著兩腿，渾身的鐵鍊、繩索，捆有十七八道之多，五管拉起機頭的匣槍，仍然一動不動的抵在他的後背上。他的頂心髮已被剃去，四面髮角也留著火燒的痕跡，臉上和胸前的衣襟上，都塗著涔涔的黑狗血，兩眼灼灼的瞪著人。

「我跟你沒冤沒仇，我說，張二花鞋，你為何苦苦的謀算著，刻意要刺殺我呢？」塌鼻子師長背著手，捻著他的煙籤兒，裝出心平氣和的樣子問說。

「問道理嗎？」那人慘慘的笑起來：「與其問我，不如問你自己罷！你在淮上所作所為，還不夠使人切齒憤恨的嗎？」

「今夜你總落在我的手上了！我要你說，你就得說，你要放明白點兒。」

「我明白得很！」那人說：「我雖沒刺中你，也算刺中了那個幫兇作惡的參謀長，我這條命，勉強算是夠了本了！如今脫不了是一個死字！我沒什麼好說的。」

「你究竟受誰的主使呢？」

那人挺了挺被捆縛的胸膛說：「就是這顆良心！你要開膛，就摘去瞧瞧吧。」

「我沒那麼爽快，」塌鼻子師長仍然來回的踱著步，緩緩的說：「你不爽快的吐實，我就不讓你爽快的死；你既不講，就準備著熬刑罷。」

那人不說話，把兩眼徐徐的閉上了。

「萬再生，萬再生，」那人在心裏呼喚著自己的名字，「張爺他賜給你的這條命，你得珍重它，今夜就是你贖罪的時候了！」

「你說是不說?!」塌鼻子猛可的暴喝起來。

萬再生咬咬牙，一口痰啐上對方的臉，塌鼻子師長無名火起，便用燒鴉片的煙籤兒狠戳對方的兩腮，戳得血珠兒直冒。

「替我備刑具！」他大叫著，變得暴躁如雷，好像一隻瘋獸。

四更天敲到五更天，萬再生被各式狠毒的刑具磨折得死去活來好幾遭，獰笑著的變形的臉似乎在霧中閃晃，好像這世界所有的痛楚都加在他殘餘的感覺上。他叫喊，他呼號，他喘息和呻吟傳進自己的耳裏，變成一種非人的怪聲，一把把搭向虛空的鉤子，永遠搭不住什麼！……

這些劇烈的痛楚逼向他的喉嚨，使他不能不扮成那種卑微的角色，換得對方輕蔑的獰笑。頭一回，他發現自身的皮肉竟是這樣的軟弱，任何一種刑具，都使他心膽俱碎。……說出來，招出來，一千一萬次反覆的聲音在耳邊嗡嗡的擴大，變成一種攀援，一種反而可親的誘引。……說出來罷，招出來罷，萬再生，橫豎是一個死字，何必這般折磨自己?!

痛楚的本身就是一隻魔手，緊緊扼住自己的喉管，逼著想要吐實，想要乞憐……我不是英雄好漢，不是張二花鞋，我祇是一個鄉下人，皮肉不慣熬刑！……這不成！萬再生，另一種聲音立刻從內心深處迸發出來：你今天所受的楚毒，難道更勝過平白被剮掉兩眼的關八爺麼？用今夜來贖罪罷，這是你當受的，這就是成全！在禹王臺上，若不是張二爺恕了自己，這條命早該了結了，從死裏再生的恩德，還能因貪生出賣麼？……就這樣，無論那隻魔手再怎樣用力的緊扼自己，自己仍然鎖住了喉嚨。

「算了，算了！」當各種毒刑輪替著施盡的時刻，塌鼻子師長懶洋洋的打著呵欠交代說：「這個邪皮也真算有邪術，慣會熬刑，咱們無法再在他頭上白耗時間，替我把他拖出去，插上標兒，當街斃掉，……師部立即準備響號開拔。」

嗚咽的號角吹響的時辰，死囚萬再生也被押出北門。秋日的清晨，帶濕意的晨風尖而冷，在一片淒艷的霞影裏吹拂著。死囚的上身精赤著，脊背上全是青紫的傷痕，找不出一塊好皮好肉，胸前遍佈焦糊的烙鐵留下的烙印，下身穿著的那條褲子，沾著便溺和熬刑時擠出的糞汁，以及死囚的每一滴流過他自己痛苦感覺的鮮血；他的身上，依然捆縛著好多道牛筋和粗細不同的兩根蔴索，反剪的手背上，透過五心結，豎著一支染血的白旛，寫的是「謀刺犯張二花鞋」幾個墨漬未乾的粗率的大字。

經過一個更次的酷刑，他已經狼狽得不成人形；他的雙腿已被敲斷，根本無法舉步，全靠兩個兵勇架著胳膊朝前拖，他那兩隻腳跟朝前的腳，拖出一路深淺不同的血印；他的頭朝前萎顫著，略略偏向一邊，由肩膀勉強承托著，拖動時不住的點晃；他的白眼翳朝上翻，一望而知早已陷入昏迷。

他被這樣拖過洋橋，拖到順安客棧前的方場上，——那兒是他刺殺江防軍參謀長的地方，在許多匿在門窗背後的窺視的眼中，挨亂刀捅死了。

但自以爲處決了謀刺犯張二花鞋的塌鼻子師長，終在沒撤入鹽市前，死在真正的張二花鞋的手裏！——他的馬車翻過縣城與鹽市中間的老黃河河堆時，被一個著黃呢披風，騎著一匹快馬的北洋軍官以快機潑火射殺，直至臨死，他還不知道是死在誰的手裏……？當然，謀刺得手的張二花鞋並沒有逃遁，直到他身中數發亂槍，落馬爲止。

第二十五章・烈 火

大火黯下去的時候，鹽市的戰爭算是結束了！

從保鹽護霸起始，這彈丸之地一直陷在狂暴的風雨之中，那些無名的、爲捍衛生存而戰的勇士們，以他們的鮮血，在這一段時光中寫出這一段壯烈的民間歷史，——儘管在傳統性的東方這一民族的史家意識中，民間歷史總被摒諸於正史之外，任它湮荒，任它散入荒緲的傳說，而那些當事者們卻從沒念及這些。他們不追求歷史的芳香，他們祇要合理的生存；而爭抗、死亡，這悲劇正是另一種生存的形式，起始的形式。它的一切難以言宣的道理，都蘊含在這種悲劇性的形式當中，留待後世人們去思想，去發現，或是去遺忘。

他們的愛和憎，卻是極爲分明的。

從這一民族遠古的風中，吹來千千萬萬的傳言，暴力的、血腥的、特權的、把橫的、逞慾的、盲行的，從夏桀到商紂，從黃巢到李闖，再是無知的人們，也懂得恐懼，懂得憎惡，懂得厭倦，懂得摒棄。但儘管萬千人們恐懼、憎惡、厭倦、摒棄，他們卻仍一代代的被捲入這種不息的風暴中。無論是戰爭也罷，保衛也罷，報復也罷，他們都從沒想要這些，但他們卻必須穿過這悲慘的時空混合的大的荒涼……

由誰去追思呢?!大火後的鹽市，已經是那種生存形式的一部份了；晨光照在崗脊的十里市街上，那裏曾有過如錦的繁華，如夢的笙歌；十八家鹽棧的棧屋中，堆積過大湖兩岸百萬人們食用的海鹽，十里相啣的各處碼頭邊，停泊過千百艘航行各地的船隻。但那些都已過逝了！如今，火燒的鹽市已變成一座血窟，在黎明的略帶雨意的紅霞中，裸陳著。

這城市沿著堆脊東西走向的大街，所有的街房店屋都被大火焚燒過，露出嶙嶙的骨骼，一根根已燒成焦黑魚鱗狀的樑木，肋骨似的斜張著，猶自吐著餘煙；街心和橫巷中，到處都是殘圮的沙包與鹽包壘成的防彈壁，堆積著大量的碎瓦殘磚，一塊塊都帶著火烤煙燻的痕跡，數不清有多少具屍體，點綴著大火後的街道。

沒有一處地面是平坦的，總被一些血跡，一些炭灰，一些屍體，一些破裂慘愁的東西堆塞著。……較偏僻之處，激烈的巷戰曾不斷進行過，那是火起後，湧入市街的兵勇們反奔避火時，民團撲襲所造成的白刃拚搏，阻止他們奔離火場。

大部份的江防軍，凡是陷在火場中的，沒有幾個活得出來，不論他生前是否已經掛彩帶傷，或是好腿好腳的，全都七縱八橫的葬身在那裏。在十字街頭的大王廟前面，以及「風月堂」、「如意堂」等原先妓館的圮牆外面，都有一道四五尺高的，以人屍堆成的屍牆，可見在火起之前，江防軍就有著嚴重的傷亡。

太陽昇起時，地面上由溫濕之氣淫鬱成的霧雰上揚，絞入火後的藍黑色餘煙中，到處瀰漫著，變成陽光也逐不散的霧幕，彷彿存心掩覆這市街全面的慘象。

而這些分散在各個角落上的、奇異淒慘的場景，是根本無法掩覆的，當北洋軍逞威耀武，不可一世的時辰，沒有誰會想到他們終有這樣的了結。

在大王廟一側的巷頭，一座炭灰瓦礫滿佈的圮牆背後，立著一具江防軍軍官的屍體，屍體曾被大火焚燒過，變成鍋煙般的焦黑色，一支斷折的樑木恰巧支撐住他的脊背，使他那樣的站立著，略帶著半分後傾的姿勢。

他的衣裳雖已灰化了，但仍黏在他的身上，祇有背脊一塊盆口大的圓洞裸露著，現出烤焦的脊肉；他的硬帽滾離他的頭顱，落在街心的碎瓦堆上，和一柄銅鞘的指揮刀落在一起。

至少有廿多具兵勇的屍體，伏在他背後的雜物下面，另有五六具沒被火燒，卻爲流彈擊斃的，勉強保持原有色調的屍體，伏在巷子出口處，一座較爲完整的灰磚長牆腳下。

在那一個戰團附近，地面是骯髒枯燥的，一些茅簷上落下的結成餅狀的草灰，油漆尙沒落盡的橫倒街心的廊柱；無人理會的行軍鍋灶的擔子；摔碎的碗盤、軍器；染血的刀刺、皮革，從奔逃的腳上脫落的鞋子；被倒塌的牆磚劈裂的木材；裹傷用的碎布、裹腿；一些燒變了形的鐵皮；不知從哪家門前落下的燒殘的招牌，……雜亂的，襯景似的紛陳著。

那些屍體，各以不同樣式自然的陳列在那裏，彷彿他們從歷史的傳說中奔匯而來，重新顯示那些傳說，活化那些傳說，在秋天的蒼涼高緲的天空下，在火燒的廢墟間，把這一世代也同樣的歸入歷史的墓穴。——他們的慘死，與無定河邊、古長城外，一千年前或數百年前的那些陰魂沒有兩樣，沒有人知道他們爲何要死在這裏？這原是一場不屬於每個兵勇的戰爭！

他們這樣陳列著的時候，他們已不再是北洋軍閥揑在手上的棋子了。無數野蠅子嗡嗡的振著翅，在煙霧裏漫天流舞著，貪婪的叮吮屍身赤裸的部份。

有幾具屍體，在死前曾經極力掙扎過，他們想必是渴欲衝出烈焰蒸騰的房子，但當倉惶奔突之際，卻被倒塌的樑木和碎瓦壓住，每個人都把手臂向前伸著，手指蜷曲，狀如鷹爪，彷彿要在面前抓住什麼，而結果卻什麼全沒抓住，他們的臉上，刻著同一種受驚的神情。

另一個戰團橫陳在「如意堂」後院牆外面，靠近荷花汪的水邊。這些兵勇們最先從著了火的市街邊緣翻牆出來，想沿著那片汪塘繞路撤回，誰知一出院牆，就遇上民團的截擊；有些死在岸上，有些躺在塘邊的淺水裏，凹地上匯成許多血泊，更散佈著一些零亂的、帶有血跡的腳印。……

一個突出在塘邊水面上的頭顱，臉額已經露出發霉的樣子，皮膚上面，像生鏽般的生著黃黑交錯的斑點，岸邊的一棵老柳樹臨水的曲幹上，橫擔著另一具大仰著身軀的屍體，那人在中彈前曾負過火創，滿身的衣裳都是烔窟窿，臉上留著一綹綹的黑色的炭灰，嘴唇腫脹，朝外翻凸著，手臂和胸膛上都叫火舌燒烤出許多斑疹狀的膿疱，額頭已經潰爛了，凝出黏黏的黃水。

被大火焚過的鹽棧的棧房已經完全不成棧房的形象了，祇有幾棍燒剩的烔木柱，像一些長短不齊的鏽錐子似的立在地上，勉強還可辨得出來；鬼神壇前的石碑卻仍好端端的立在那裏，很像一個驚呆了的漢子，在愕然環視四周的景象。

風原是輕快的，一經過這兒，就變得沉遲了，好像被什麼一種黏性的東西扯住似的。如今這兒已不再是城市，不再是人煙密集的街道，祇是一座荒蕪污穢、雜亂無章的廢墟。不但地面如此，連空氣也都充滿了垃圾般難聞的氣味，令人作嘔的空氣被風搖曳著，在屍身、血衣、殘牆、碎瓦間緩緩飄浮。血腥的氣味、烔木的氣味、腐肉的氣味、腐敗或硬化了的破布的氣味、仍未散盡的硝煙的氣味，都傾倒進停滯不去的風中。

離開鹽市中心的火場，屍體和血跡仍然不斷的迤邐開去，不論是鹽市南面的高堆，或是洋橋口兩座巨堡附近，大渡口南的平野上，沿著大溝泓的兩座墳場中間的馬蹄形陣地裏，小渡口正面的谷道中，小鹽莊的數道鐵網內外，無一處不是遍橫著人屍，無一處不是塗染著血跡，無一處不是黏著碎裂的肉片。

尤其是大狗熊率眾防守的那座墳場的四周，已經築起一道高高的重疊著的屍牆，而大狗熊、小蠍兒的那一股民團，經過殲敵的激戰後，都率著餘眾，趁黑由小渡口北渡，拉向沙窩子去了。

抗爭並沒有結束，更大的戰雲，捲壓在鹽市北的沙原上。經過鹽市的阻塞和大火圍殲，江防軍損失了一半以上的人槍，餘眾仍然繞過火場，設法在鹽河上架設浮橋，爭先搶渡，他們付出這樣慘重的代價，才奪取了鹽市，通過這道狹窄的瓶頸，所以一旦浮橋架妥，他們就像一窩驚鳥，沒命的各自飛逃了。

昇起的太陽普照著這塊曾遭反覆蹂躪的土地，渡河的江防軍在小渡口東西兩側所搭建的浮橋上，川流不息的朝北方奔竄，灰藍色的人潮翻翻滾滾；有的一個人揹著兩三桿步槍，有的一切都丟失了，空著兩隻手，一些無主的空鞍馬跟著隊伍跑，大部份由縣城拉來的民伕都潛遁了；殘餘的隊伍早已失去了原有的建制，不是隊伍，祇是一些疏疏密密的人團，你不知他是張三，他不知你是李四，大夥兒祇朦朧覺著——人多可以壯膽。

在活著的江防軍餘眾祇顧活命的情況下，火後鹽市的千百具人屍就沒人敢來收拾了；率眾守衛鹽市的幾個首領人物，像鐵扇子湯六刮、窩心腿方勝、戴旺官戴老爺子、沙河口來的萬世珍珍爺，也都混進無名的屍堆。而這仍然不是結束——是另一場更原始、更蠻悍的；對於北洋殘軍的圍殲行動，正在沙窩子四周開展著……

鍠鍠的銅鑼在風裏走，響遍一個村落又一個村落，那可能是往昔行賽會時，鑼鼓班子所用的鑼，也可能是江湖賣藝的人們所使用的開場用的鑼。或許是乾燥季節，深夜敲打著，告訴人們小心火燭的鑼。那種鍠鍠震耳的金屬的激盪聲中，原已包含著某種亢奮，某種傳呼和吶喊，而今，無數面大的小的，新的舊的銅鑼，在同一個日子裏，傳呼同一個消息。

「北洋軍北竄啦！抄傢伙去沙窩子堵殺喲！」

「替鹽市的民團報仇喲！」

銅鑼聲在秋風裏擴散著，在荒野上迴盪著；那些龜伏的寒傖的小茅舍，被高天映扁了的小村莊，都被這種急響的鑼聲震醒了，在許多看上去已經人煙稀少的地方，竟會在一轉眼間湧聚起群群簇簇的人來。這些終年扶犁站耙的人，在官府眼中一向是卑微順服的人，那樣的在一聲簡單的呼喊中匯聚了，沒有誰對誰去說什麼道理，沒有誰對誰去解釋什麼，闡明什麼。

「走罷，哥兒們！」

「走！到沙窩子去啊！」

道理不在談論中，不在言語上，那些從不會談論道理的人，祇把道理埋藏在直感當中，烙印在心靈深處。每個人不需交談一言一字，全都會從對方的眼神裏，看出彼此從內心直感中迸發出的痛苦，仇恨的記憶所化成的、憤怒的火焰。

「走吧，抄傢伙！」

「抄傢伙去殺那些龜孫！」

就憑著這種簡單的直接的言語，在大片的荒涼中，把人們像筋脈般的連結起來，結成無數在地平線上捲動的襤褸的雲。不分你是李家莊，我是五里集，他是三叉河，祇知道大夥兒都是命運相同的人。在往日，連聽著土匪毛賊都哆嗦的，連殺隻雞都手抖心驚的，也都捲了進來……。

沒有壯威的鼓號，沒有善奔馳的戰馬，沒有軍械，也沒有什麼樣的旗幟，因他們從不是戰士，祇是最原始的圍獵者，他們不是開赴火線去作戰，祇是去圍獵一隻曾經噬人無數的虎狼，他們沒有什麼樣的戰歌，祇有直通歷史的如沸如騰的吶喊，每一朝代的暴君，都曾恐懼過的吶喊，從四面八方的遠處，直向沙窩子滾撲而來。

「他們在哪裏？」

「他們正在渡河！民軍在前面頂著，雙方都還沒響槍呢。」

沿著沙窩子外緣幾十里地面，在民軍的後方，都是這些襤褸的雲彩，三股長叉，齒形鐵叉，曾生滿黃鏽新經擦拭的單刀，長柄大刀，單面巨斧，熟銅棍和鐵棍，帶著可怖紅纓的銳矛，大芟刀，短斧，鏈錘……甚至連門門的門子，槓門的方形木槓，屠戶使用的牛耳尖刀，都出現在人群當中。

而搶渡的江防軍的殘部，一點兒也不知道這些，不知道幾十里寬長，閃著耀眼金光的沙窩子，就是他們的葬身之處，在他們的心目中，一直把鹽市當成一座要命的關隘，祇要能活著闖過這座關隘，就應該前途無阻，一直撤入山東。

鹽市上最多千把條槍，經過幾晝夜的拚戰，已經使人心悸，再加上那把大火，更燒寒了人膽；殘部中的兵勇們，都曾踩過血泊，踏過屍體，從那座餘煙嬝繞的荒墟中走出，對於那樣悲慘壯烈的民間所興起的抗爭，留下極深的印象，但他們一經搶渡鹽河後，恨不得把身後的一切全都扔在記憶之外，永世不再去回思。

「老天，甭讓咱們再碰上這種事兒了！」誰說：「讓咱們活著走路吧！」

「我走不動，想必是陰魂纏住腿了！」

「今夜不知能趕到哪個集鎮宿營？」

「飯還不知怎麼開呢?!——伙伕翹了，行軍鍋灶全沒了！」

那些灰藍色的點線在風裏牽開，一條，兩條，無數條，但他們在達到沙窩子的邊沿時，卻都停踟了，躊躇不定的簇聚在那兒，他們其中有人在沙地上發現了眾多腳印，還有雜亂的馬蹄踐踏的痕跡。

「鹽市的民團先撤過這兒，也許會趁機捲襲咱們！」有人說：「你們瞧，眼前這片流沙地，一眼望不到邊，不先探清了底細，進去容易，撤出來難。」

「還是等師部罷。」

「等師部幹嘛？你還指望它發餉錢？……橫豎有人在前面擋頭陣，管它呢，咱們閉著眼跟著走就是了！」

「蛇無頭不行啊！」

議論是議論著，停踟仍停踟著，兵勇們沿著鹽河北岸的長堆分別麇聚著，在灌木叢背後，散落的林蔭下面，一些傍著淺沼的野蘆蕩邊，躺著、臥著，毫無意識的用刀刺砍著泥塊，或是大睜兩眼，灰心絕望的看著雲；有些人扳開水壺塞兒，大口的喝著在縣城裏帶來的酒，有些人在淺沼邊濯足，細心的使舊棉花纏在草鞋的絆帶上，準備走長路。一個上了年紀的兵勇叼著煙捲兒，兩手抱著膝頭，呆呆的望著那片沙原。

「不用打賭，我也知道。」他對他身邊的人說：「咱們打鹽市時，雖然僥倖沒碰著槍子兒，假如跟著塌鼻子走，咱們也絕活不到山東。」

沒有人答話，那人的言語把他們推進更深的思索；說話的人也沒等著誰答覆什麼，他仍然那樣皺著眉，叼著煙捲兒，透過眼前的煙霧去望那片在陽光下閃燦的金沙……「也許咱們迷裏馬虎的，作的孽太多了……」他又在自言自語的說。

另一些圍坐在樹下的，打開乾糧袋兒，捏些乾果（果形小硬餅），放在嘴裏費力的咬著，去塡塞轆轆的饑腸，帶著油污和汗漬的槍枝仍夾在兩膝間，木托上部，隔著衣裳，仍傳來鐵質的冷硬的感覺；突然他們覺得，這些曾經被他們視爲唯一依恃的軍器，變得分外可厭，往昔的依恃，反成爲今天的累贅，……假如當初不那樣，用刀尖指向那些彎起的脊樑，用腰皮帶痛抽那些乞憐的笑臉，不殺豬牽牛，不逼使那些村姑投井懸樑，不仗恃槍桿兒去胡作非爲，今天也就不會這樣的孤絕無助了！

每個人差不多都聽過南方的革命軍的故事，聽過他們平亂時的無畏，東征時的勇猛，聽過各地老民對於他們的殷望……開初總不能相信這些，歷朝歷代也他娘少有那種樣的隊伍，難道當兵吃糧還能當出兩種樣式來?!流傳各地的古老謠歌該不是新編出來的：「好鐵不打釘，好男不當兵」、「鐵打的營盤流水兵」，誰能拿捏這些話頭呢？

在北洋，從小站練兵起始，誰不是由招兵募勇帖子引來的亡命漢？不是流氓，就是地痞，不是青皮二流子，就是搖膀子吃閒飯的窮光棍，再不然，是那些開山立寨，攔路劫財的強盜，想過過官癮的混世大爺，當然，其中也夾有極少數由於饑荒、水旱、兵燹，逼得流落外鄉，走投無路的農民——在一般意識裏，總把他們看成可憐兮兮的傻鳥。

拿北洋的副爺（北洋軍閥時期，當兵的別稱）的眼光去摹想南方的北伐軍，沒人想得透他們究竟是怎樣的一支隊伍?!祇聽說他們個頭兒生得又矮又小，全是南方的小蠻子居多，臆想中，原該不是五省聯軍的對手的。孫大帥手裏的王牌軍，個個橫高豎大，典型的北方大漢，不單個個練得一手好刀法，論擒拿縱蹦也是一等一的，爲什麼兩邊一對上火，北洋兵壓根兒不是價錢呢?!

無論如何，北伐軍就要渡江追擊了，後有追兵的滋味夠受的；如果前無阻擋，那也許還有苟延殘喘的機會，可是照眼前的光景看來，誰敢說面前就是坦途?!

「瞧，小鬍子來了！」

「連咱們旅長大人，竟也帶了傷啦！」

小鬍子旅長的胳膊上裹著繃帶，帶端吊在他的頸子上，在一班護衛的簇擁下，以視察的姿態邁上河堆來，——當塌鼻子師長不在時，他是江防軍殘部的頭領，他雖然改不脫他那種故作威嚴的僵硬的姿態，但誰都看得出，他已經失了往常的那種鎮靜。

「師長……他……他在撤出縣城時，遭人……擊殺了！參謀長沒出城就遭了刺，陳屍在洋橋北的廣場上。」他朝簇聚來的兵勇們說：「這真是楣星照頂，……聽說北伐軍已經由浦口北渡，也許會抄近路，先拿下北徐州。拿下徐州城，就封了咱們北撤的大門。瞧光景，咱們非速退不可了，真他媽特個巴子，一個鹽市就損了咱們一半兵，北撤，北撤，說得好聽，……我真不知該怎麼個撤法？我一個人挑不起這付壓死人的擔子。」

「各團打散了撤也行！」一個校級軍官說：「免得惹眼，大夥兒各碰運氣罷。」

「甭再說風涼話了，老哥！」一個紅麻臉軍官說：「咱們如今是筷頭兒翻過的拼盤，——整亂了它的丈人，誰還有心腸在這種辰光，在這種地方重新整編隊伍來?!我看，祇有請旅座帶頭，一把錐子朝北攮，攮到哪兒是哪兒，要不然，大家趁早散夥。」

「散夥行不得，」另一個嚷嚷說：「一散夥，零散人槍朝哪兒去?遇上民槍就被吃掉，板上釘釘——挨的，與其叫人捉去活剝皮，不如閉上眼朝前闖。」

「對！」小鬍子旅長暗地裏盤算盤算他所帶的錢財，覺得不散夥他還可以保有它，一散夥可就慘了，便主張說：「一把筷子折不斷，好在咱們還有這許多人槍，前頭難道會再有一個鹽市不成?!」

「人槍確實不少，」紅麻子臉苦笑說：「可是旅座，你要知道——缺少子彈的洋槍，使用起來還不及燒火棍靈活呢！咱們的兵亂放槍放慣了的，這回打鹽市，每槍不足兩排火，經這麼日夜一放，祇怕每支槍都成了空槍啦，您要不及早拿主意，槍枝祇是空架子罷了。」

「我知道。」小鬍子旅長說：「祇要再不遇上鹽市這般的硬火，空槍一樣唬得住人。……那號手，替我響號，準備在午前橫過這塊沙窩子。」

天還沒近傍午，日頭就叫陰雲壓下去，風勢同時轉緊，吹得那些樹木紛紛飄墜著葉子，野蘆發出巫女般預言某種不吉時的嘆息聲，沙窩子上，那種耀眼的金光也跟著黯了下去，濃霧似的沙煙，黃沌沌的罩住了眼前的半邊天……這時刻，嗚咽的號音吹響了。

號音在遼闊的野地的風中播盪著，帶著一種空洞慘切的韻味，忽強忽弱，忽高忽低，它使得一群群的灰影前蠕，逐漸埋進了沙煙。……雖說那些提心吊膽的兵勇們初進沙窩子時，並沒發現可疑慮的跡象，但他們心裏總覺得灰黯無光；曾經當眾誇下海口，大拍胸脯保證江防軍能北撤的塌鼻子師長，算是泥菩薩過江——連他自己也沒保住；嘴舌能翻花的參謀長，也跟著白賠一命，消息一經傳開，私底下，大夥兒更有葉落知秋的感覺，誰知一陣風會把這群人朝哪兒吹刮?!

人一落在那種寸草不生的平闊的沙野上，人也就顯得分外渺小了。一步一個深深的腳印子，一步一縷輕靈逐撲的沙煙，不見艱難也見艱難；若依人數而論，至少也有好幾團人，影影連連拉有好幾里寬長，論槍枝，確也不在少數，可不知怎麼的，人人全覺得惶恐孤單，這邊一小堆，那邊一小簇，隔著沙煙的黃幕，祇是些在感覺極遠遙的影子，彷彿於己無關，——即算是開差也不會同路的了！

小鬍子旅長揣摸得這一層，故此，他用他親信的隊伍押住陣腳，把那些混亂的兵勇驅在前面，使他們和民伕們隔離。他深知在這種緊急混亂的時刻，江防軍等於一隻破桶，若不用鐵箍箍緊，讓它脫掉一塊板，那，所有的桶板就會散光了！

一般兵勇們祇要抽著機會，沒有幾個不想開差的，不過到了這種辰光，民間積怨太深，單獨開差是宗極為冒險的事情，他們想開差，首先得要秘密結夥，找到一個熟悉當地情勢、地形、道路，飽具經驗的帶頭，一夥兒全都跟著他走，同時，他們得跟當地老百姓取得連繫，得到保證他們安全的許諾才行，而那些看上去異常順服的民伕，正是江防軍崩潰的媒介。

他不能不防著這些，塌鼻子師長死後，他更惶恐小心了，尤其是從縣城拉來的這些民伕，走不到廿里地，趁著鹽市攻撲戰正烈的時辰，紛紛潛逃，不但帶走了軍械物品，而且還誘引著甚多的兵勇開了差。

捲進風沙的兵勇們，無不用盡各種淫穢的、怨毒的言語咒罵著小鬍子，說他跟塌鼻子一樣得不著好報應，也許轉眼之間就會報應臨頭，死得比塌鼻子更慘。其實這些詛咒，早就鬱在心裏，不過沒像今天這樣，化成言語攤晾在嘴上罷了。

「小鬍子防著咱們溜號，使出這種斷子絕孫的主意，自以為他的計謀得售了？……我早就盤算準了——遇上民軍就扔槍，這比開差還爽快些。」

「能遇上民軍還有什麼話說？！祇怕遇著那些舞著釘鈀、鋤頭的鄉巴佬，不管三七二十一，先把你鈀個稀花爛，那你可就慘了！」

這類的談論在跋涉中進行著，不光是兵勇，一些官長、什麼長全都參加議論了；塌鼻子生時，北撤祇是替他護送錢財，塌鼻子死後，小鬍子還把這批殘眾當作賭本。是他那個旅的，像押解人犯似的殿後，不是他那個旅的，全都驅在前頭，讓他們在突發的情況下伸著頭試刀。

雜編的隊伍甭談，單祇江防軍這幫人就不願意了！隊伍一進沙窩子，就一團一簇的分散了，沒有誰能控制得了這種離心離德的混亂情勢，小鬍子旅長雖先有安排，可是到了時候，誰也不聽誰的，——就連他自己的隊伍在內。

風勢那樣猛法兒，其實若換在別的地方，也不見得怎樣猛，風一刮進沙窩子，經過愛誇張的沙粒一渲染，原不甚猛的風也就聲勢驚人了。那些算不得是隊伍的人群，越走越散，越走越稀，既沒有誰管轄著，又沒有誰帶領著，祇好大略瞄著個方向朝前走。走到近午時分，舉眼再望，四周除了一些縱橫的溝泓地裂子，一些馱著雲、揚著煙的圓頂沙丘之外，連人影也變得稀落起來。

「你們瞧著罷，這樣走下去，不出三天，人就會走沒了！」

「北伐軍要是抄近路北上，沿著津浦線直撲徐州，也許會走在咱們前頭。」

「我就巴望這個，」一個一直沉默著的年輕的兵勇說：「聽說北伐軍最寬厚，沒什麼俘虜不俘虜的，一反正，一受編，掉轉槍口打北洋的就是好弟兄。在南方好些省份，成千上萬的反了正，受了編，……咱們還朝哪兒逃？能跟小鬍子去當土匪去?!」

「聽，聽前面的槍聲，可不是又幹上了?!」誰這樣尖聲的叫著，他們一點兒也不知道，在廣闊的沙窩子周圍，有多少憤怒的人群在圍困著他們?!從正午開始，雙方就接上了火，沿著每一方向的天腳，到處全響著密密的槍聲；……正因爲江防軍的建制混亂，號令不行，正因爲沒人摸得清沙窩子周圍設伏的情狀，槍聲一響，江防軍就變成一隻在熱沙上爬不動的烏龜。

若按雙方真正的人槍實力，按照古往的戰例，民軍在沙窩子設伏，雖然居於絕對有利形勢，它使江防軍再遭重創是可能的，但還談不上圍殲。如果小鬍子調度靈活，把兵力集中，指向一點，民軍不可能擋受這種衝擊的壓力，必然會造成缺口，任他們大部份負創突圍。

但從鹽市竄出的江防軍殘部，每個人在心理上早已成爲驚弓之鳥，哪還有冒險突圍的戰志？聽著槍聲一響，前面的反向後竄，後面的紛紛就地藏匿，把龜頭也縮進甲殼裏來了。沿著沙窩子邊緣，也不知形成多少孤立的戰團，在分別的進行著槍戰，風沙構成自然的黃色煙幕，遮蔽了民軍的真面目，唯其如此，江防軍的兵勇們就更加驚慌，彷彿自己已經落進一座神秘可怖的陷阱。

光從攻撲鹽市的經驗中，兵勇們就已經受到教訓，那時仗著人多勢眾，還有些依恃，有些銳氣，這如今，依恃沒有了，銳氣消蝕了，被圍的恐懼感經過風一般的耳語相傳，無形中增加了對方的聲勢，甚至在雙方接戰之前，民軍尙沒露面，江防軍殘部精神上已自行崩潰。

民軍雖然在沙窩子周圍撒佈下一面巨大的羅網，但他們祇是把江防軍殘部軟軟的兜截著，並沒有立即吊起網角，收網撈魚。因爲彭老漢司令不願用過激的行動，刺激那些兵勇冒險反撲，他願使用比較和緩的方式，分別瓦解這支殘軍。

「我們不懂彭司令您的意思？」憤怒的群眾興起質問了：「北洋軍盤據這多年，我們哪筆賬上不帶血？這如今，正是他們惡貫滿盈，該遭活報的時刻，您當真還要放他們北上，去糟蹋山東?!」

彭老漢正在大渡口北面的窪野上，一座小村落側面的林子裏率隊防堵江防軍西竄，幾天來大渡口的惡戰，使他滿臉憔悴，耳下全是鬍渣兒。

「我不想放過他們其中的任何一個，」他說，他的眼有些紅，有些濕：「我為什麼要放過他們？」他用手指點著遠遠的鹽河：鹽河那岸的荒墟，緩緩的說：「我親眼看見那座鎮市的大火，我身上、心裏，全帶著許多塊脫不掉的傷疤，北洋軍欠下這一方的血債，太……多……了！若依我自己的性子，絕不會饒過他們！……民軍不是官府，血債血償還它個公平。可是俗語說得好，『冤有頭，債有主』，欺凌人的並不是那些兵勇，我想，能招降他們，就不必大肆殺戮了！」

不錯，散置在西線上的民軍，確是按照彭老漢的意思，差人進沙窩子去說降，但在東線上，從鹽市撤出的小蠍兒的馬隊，卻衝進沙霧裏去，展開了兇猛的搏殺，整整一下午，雙方的情勢都在極度的混亂中。

小蠍兒和大狗熊分率著的那股人槍，曾被大股的江防軍壓至鹽市一角，在防守小鹽莊丘陵地的血戰中，親眼看著鹽市起火和陷落。而在那塊彈雨橫飛的狹隘地形中，小蠍兒的馬隊毫無用武之地，江防軍蜂湧而來的壓力，更逼使他無力救援長堆那一面危困的陣地，所以，當他們轉移到鹽河北岸開曠的平野上的時候，這一股帶著燃燒的烈火般憤怒的人槍，對著屠殺鹽市民團的江防軍殘部，表現出銳不可當的報復力量。

風沙是那樣的猛法兒，在一片陰霾的雲層下面，行魔法似的吹刮著，那些鬆浮細碎的流沙受了風，形成一道一道肉眼可見的飛流的沙浪，貼地疾滾著，由地面揚向天空，和另一種從半空降落的黃雲相啣相逐，使江防軍的兵勇們無法睜眼，即使一部份兵勇扯下了風鏡，但那些匿在鏡片後面的眼，也很難望得見什麼。

這種使人詛咒的天氣！

濕氣化成的悶熱，在過午後的沙層中蒸蔚著，尤獨在那些刀劈的沙塹底下和水沖的溝泓裏，連呼吸都受著壓迫；沙煙是黃沌沌的旱雨，刷刷鞭打著人臉和帶汗的衣裳，沙粒遇上汗水，便黏濡著，黏在人的汗毛間和皮膚的凹處，耳眼、鼻孔和牙盤裏，彷彿是另一種不潔的油垢。不鬆不緊的槍聲隨風走，和巨大的迴音相連，嘩啷、嘩啷的，既難辨明方向，也難判定遠近。

差不多所有縱橫在沙野中間的溝壕地裂子裏，所有大小高低不一的沙丘背後，都被灰色的人潮塞滿了，那些彼此陌生的臉子，都陷在冷漠和沉鬱中；有些人勾著頭，拖著槍，一動不動的呆著，彷彿在等待著什麼，——一種渺不可知的結束的命運。有些憂心忡忡的竊議著，議論當面的民軍實力和對待俘虜的方法。有些乾脆扯下帽殼兒遮住臉孔，任風沙落遍他們的身體，任槍音在他們頭頂上長嘯，他們就在半饑餓半麻木的疲乏狀態中，忍受汗漬、濕熱和黏濡，忍受那些不舒服的刺激，昏然睡去。

一些在攻撲鹽市時帶了輕傷的兵勇，咬著牙重新裹傷，當他們伸出微顫的手掌，細心的揭下那被血漿染紅，乾後變成黯紅而硬化了的裹傷的破布時，面對著自己赤裸的、經無情子彈撕裂的肉體時，悲情的眼淚凝聚在眼角了，是痛惜？是不甘？是自我的悲憐？……沒有人說得出那種道理，沒有人能透澈的指陳這是爲了什麼？爲什麼要離別遠得扔進黑窟去的家鄉，隨著將軍帥爺們走南到北的浪跡？爲什麼要把一條命看得那麼輕，那麼廉價，隨便扔在酒壺、骰子碗、寶盒裏，……自暴自棄的摟著娼女叫親娘?!站班值崗出大操挨板子，吃苦吃得不甘，卻又不敢抱怨，任自己的心叫那些捆縛弄得遲鈍麻木，懶得再去思想！

而傷口的血紅喚醒了這份久潛的不甘！

另一些圖作困獸鬥的兵勇們，卻在倉惶中抓起槍來，迎著撲面而來的沙風，伏到沙丘上端和溝脊上去，盲目的朝遠處開槍；他們並非存心要抗拒什麼，祇是由於過度的恐懼而興起的，原始的，本能的，從潛在意識直接推動下發生的，近乎半催眠性的行為，這樣於實際無補的抗拒，更證實了他們內心高度的迷亂。

小蠍兒的馬隊，就在這種情形下捲進沙窩子來；馬蹄撥起的濃煙飄過那些縮伏的人臉，一匹馬就會被猜成十匹馬，一個人也會被猜成十個人，巨大的殺喊聲像條魔鍊，把這一面的沉默鎖得更緊了。

「退呀！退喲！」不知是誰這樣叫喊著。

「夥計！民軍殺過來了！」

有許多兵勇伏在溝泓裏，連頭都沒伸一伸，一聽見雜亂的嘈叫，拖著槍就朝西遁，這些沒見對方像什麼樣子的傢伙，祇要遇著人，就喊說：「快！快退！東邊……殺過……來……了！」結果就弄成「一個連環叮噹響，九個連環響叮噹」了。

若說是「兵敗如山倒」，這種迅速崩潰的情況，並非由於單純的戰鬥本身的勝負，而是這一群人內在的心理因素所造成的。一群驚惶逃竄，口口聲聲喊著「民軍殺來了」的傢伙，十有八九都還跟對方打過照面，經他們這麼驚呼駭叫的一渲染，就造成了一種可怕的氣氛，逼得在後面的人不得不拔腿先跑，這樣節節返奔，可說是自己追逐著自己，使一些原想挺住的人也挺不住了。

北路上，無數聞風湧匯的民眾一聽見沙窩子裏的殺聲，便發聲吶喊著，不理會民軍的勸告，直撲了過去，這些由數十個鄉村千百處村落上湧來的人群何止萬人?!他們不是作戰，祇是圍獵，吶喊聲是瘋狂、亢奮而野蠻的，久久以來，他們就等待著這一時刻，在這一時刻，他們才吐出內心的原始憤怒……襤褸的雲層捲動著，千萬喉嚨放出的已不是單純的吶喊，而是虎虎的風雷。他們的身軀裏全是熾烈的火焰，這些人形的火焰一經燃燒，便不可遏止，在這時，人人都已忘卻槍彈的危害，忘卻生死，甚至忘卻了己身的存在，屍身、鮮血、槍炮，都不會使他們略有停躕，沒有什麼力量能抑平這把火焰的了！

這卻是連彭老漢也沒有料想得到的。

北路上的民眾這一捲殺，東路和西路上的人群也都不顧民軍的阻力，跟著殺撲進去。不知是誰聽了誤傳，說是鄉野知名的關東山八爺已死在鹽市上，他們便哀聲的喊出：「替關八爺報仇！趕盡殺絕那些傢伙！啊！」

「殺……啊！」

沉重的悲哀，扭歪了那些臉孔，也嘶啞了那些喉嚨；江防軍盤據的那些丘谷，偶爾也有稀疏的槍彈劃過來，但這樣的抵抗一點兒也阻遏不了人群的蜂湧，吶喊著的人群仍然直撞過去。近晚的天色更轉沉黯了，在沙霧裏滾動的人影幢幢不絕的滾壓過來，誰知那將有多少人？世界彷彿在遠方開了個窟窿，滾不盡的人頭，聽不盡的喊聲。

在前面的人影清晰起來，頭上纏紮著青巾的，戴著寬邊竹笠的，精赤著胳膊的，豁開半邊衣袖，露出半邊胸脯和一條臂膀的，捲起褲管露出多毛的腿肚的，跣著腳黏著泥污的，他們揮舞著單刀，緊攢著點晃的纓槍，以極端笨拙的姿態舉著他們各式原始的武器，直衝向當面的丘谷。

這裏再不是荒瀚的沙原，而是一道難渡的激流，江防軍殘部——北洋孫傳芳留在淮上的殘餘，正像是一條古老破爛的賊船，它北渡的希望完全被沖碎了！

這場戰事，在形式上，完全和鹽市的幾場戰事相同，祇不過當初的黷武者，氣焰業已消盡，而民間的氣勢，較前更爲威壯罷了。

在西線上，彭老漢在黃昏前就開始收容江防軍攜械來歸的散勇，不到天黑，經民軍繳械收留的就有近千人，那算是極端幸運的一群，他們由於一個人的仁懷，免除了這次巨大的劫難。其餘的數千兵勇，就沒有這樣的幸運，在暴怒中的民眾是盲目的，直感驅迫的人們從來不懂得寬恕，——悲劇展現在這片流沙遍佈的曠野上，既非是起始，亦非是終結，在這一民族的歷史當中，它祇是一度輪流不息的循環中的一度循環。

殺聲整夜不歇的滾沸在沙原上，無論是哪一個方向，哪一處地方，從遠至近，由近而遠，自天至地，都憂塞著這樣單調得令人厭倦的喊殺聲，而喊殺的人，正是那些一向厭倦喊殺的人。

夢魅般的循環，不可解的循環，彷彿地面的浮沙一樣，總想把人們長久的溺陷下去；在那些被擊殺成碎塊的兵勇的屍身中，有一些也是從荒圯的荒野中來的，除了那套衣裳，他們跟那些報復者的生命經歷完全相同，同樣是悲劇，祇是他們鍥入得更深些，因他們終結在無理性的枉曲中。最可悲嘆的是當另一層沙煙覆蓋了這裏所留下的腳印和血跡時，連這點兒枉曲都將被人們從記憶中剔出，歸入遺忘。

「我沒想到各地拉聚的鄉團鄉隊會像這樣橫衝直撞的胡來?!」當彭老漢接到報告時，蠻野的械鬥早已深入沙窩子的中心地帶，難以挽回了。他不得不跺著腳嘆說：「這樣打是最蠢的打法，……其實祇消軟困他們一兩天，要他們交出幾個禍首來，讓他們丟下槍，開回縣城去，等著北伐軍來後受編，原是行得通的。」

「既已打起來了，民軍如何處置呢？」

彭老漢苦笑著：「盡力收容散勇，免得屠殺太甚，……瞧光景，也祇好這樣了。你們燃上火把，跟我到前面去，我要告訴那些鄉團，祇要對方扔槍，就不能憑一時血氣亂砍殺。」

即使彭老漢到了前面，那種滾沸的殺聲仍然是止不住的，殺紅了眼的人們根本不理會來的是誰？殺戮的本身，到後來已經變得毫無意義，若有，也祇是一種原始的快意的慾望。

火把在各處閃亮著，燈籠在其中晃盪，人是血人，地是血地，觸目都是飛迸的鮮紅。那些被驚掉了魂的兵勇們雖然抗爭著，洋槍加上刀刺，全不及原始刀叉靈活，他們的舉動遲鈍笨拙，完全陷入挨打狀態。

一個挺著尖木的漢子，怪嘯如雷，端著那支尖木在灰色人群來回亂撞，至少有十幾個兵勇，被他的尖木洞穿胸腹。有一個丟了硬帽的兵勇從側面來，先射了他一槍，跟著又補了他一刀，那人彷彿沒覺著一般，橫起尖木祇一掃，便把那兵勇掃得直跪在地上，丟開槍枝，雙手摀著斷折了的胸肋，嘴角和鼻孔一起朝外滴血。……另一個兵勇已經乖乖的扔開槍，被三四把單刀逼得跪地求饒，哀叫說：「諸位在鄉在里的叔伯大爺們，我當兵吃糧幹北洋，全是被……逼……的呀！」

「你哀告得晚了。」一個說。

「鹽市那些人誰又該死在你槍口上?!」另一個說：「可惜今夜你沒遇著放生大士，你認了罷！」

及至彭老漢喊叫著，搶上前去攔阻，亂刀閃動中，那人已經變成幾大塊鮮血淋漓的碎肉了。

彭老漢急了，便在混亂的蟻戰般的人團中放聲暴喊說：「那各地來的鄉隊民團全聽著！我是民軍司令彭老漢！……江防軍祇要丟槍受編，請甭枉……殺！」

好不容易才把這一角說服了，而在沙窩子中央，至少有六七里方圓的地方，至少有百數十團兒人，都在絞鬥之中，其中尤以小蠍兒的馬隊，搏殺得最爲瘋狂。

小蠍兒捉住一些扔槍的，用槍口指著他們，逼他們供出江防軍的塌鼻子師長在什麼地方？

「他……他業已在半路上被人截殺了……參謀長沒出縣城就遭了刺……聽說是張二花鞋幹的。」

「你們如今由誰領著？」

「小鬍子旅長。」

「我要斃光你們，」小蠍兒說：「然後再殺小鬍子，他是逃不掉的！」

正當他要舉槍潑火，把那群人坑殺在一處沙溝裏時，他的胳膊卻叫人扳住了。

「看我彭老漢的份上，你就饒過他們罷。」背後的聲音透著緩和：「今夜在沙窩子裏，這一火可算是打完了！……江防軍散勇，大都丟槍了。」

「你是誰？」小蠍兒怔忡著，聲音裏帶著不服的火性，彷彿惱恨著對方的阻攔。

「我是關八爺的朋友，如今我領著民軍。」彭老漢說：「若是……八爺他在這裏，也許今夜的局面就不同了！今夜該死的，祇該是小鬍子一個人，塌鼻子師長死後，他就該向民軍洽降的，……我從收容的散勇那兒問得這些，北洋的這些兄弟，習性差，風紀亂是真的，但他們也夠……可憐。」

彭老漢一提到關八爺，小蠍兒的手就軟了，不自覺的垂下了欲射的槍口。但這已經夠晚了，沙窩子中央的這片土地上，經過糾纏搏殺，到處都橫倒著血淋淋的人屍。大部份的江防軍殘眾在西線投誠，一部份彈盡被俘，另一部份離開大隊，趁夜朝其他地區捲遁，但其中精銳，早在鄉團隊攻撲外圍時，由小鬍子率著，撤過鹽河，仍然退守縣城去了。

沙窩子殺聲撼野的這一戰，不但震動了江淮，也震動了更遠的地方；也許史頁上不會記載著這些，這些無名勇者爲擊破軍閥殘餘所灑的碧血，卻化成眾多新的傳聞，像風一般走南到北的擴散著。至少，它說明了民不可侮，黷武殘民者終必敗亡。

但這祇是理性的概念，唯有身歷的人，才會體味到實境的悲慘。……沙窩子戰後，民軍進圍縣城，彭老漢把清理鹽市和沙窩子兩處戰場的差事，託請大狗熊糾合民眾去料理，凡是去料理那兩處戰場的人，都能道出它的情境……。

在帶著病象的污穢的地面上，埋屍是一宗最棘手的事情。在眾多已經開始腐爛的、面貌模糊或是腫脹變形，甚至四肢殘缺的屍體中間，想辨認出一些必須辨認的死者，如戴旺官老爺子、窩心腿方勝、鐵扇子湯六刮、各家鹽棧的棧主、沙河口的珍爺……等人，尤其是煞費周章。離開這兩處地方老遠，無論在上風或下風處，都嗅得著一股令人胸脹的腐爛的屍臭，更走近一些，便會覺得頭暈目眩。但這些屍體必需及早料理，大夥兒祇有搖著頭，忍耐著，去做這些搬運、掩埋的事情。

祇有大狗熊，彷佛不覺著一般。

這個在六合幫裏走腿子的江湖野漢，原有著大而化之的脾性，永遠不認真把什麼當做什麼，有著愚拙樸訥的一面，也有著機智諧趣的一面，但是這一年來，繞在他身邊進行的巨變，已重複的，連續的，把這個野漢磨變了形。

尤其是沙窩子戰後，他變得沉默深沉了。人活在世上算是什麼呢？他不能不苦苦的思索這個，人走在江湖上，見過的人臉多過山根的石頭，……神道嘴裏的因果循環是欺世愚人的，自己就敢這麼說，就像八爺那樣的漢子，講義氣，論仁懷，普天世下能找出幾個來？人人若肯信得他，及早拉槍援鹽市，方德先方爺他們也不會死得這樣慘了！……

八爺那樣一個鐵錚錚的豪雄，甭說仁心救世了，護住六合幫這麼一小撮兒他所深知的弟兄總能行得吧？結果怎樣了呢？那些弟兄們如同風裏的煙，說散，轉眼就散得無蹤無影了，一些生龍活虎般的人，死在路上就像死掉牲畜，你佔一個野坑，他佔一座荒墳，沒有墓碑，沒有姓氏，沒人再會念著他們，更不會翻掘那些埋下去的故事。……

記憶喲，冷得像深秋夜的寒霜，哪還能覓得著一些溫熱來著?!常在寂默中喃喃著一些空空洞洞的名字，雷一炮、石二矮子、向老三、曾常和、魏小眼、胡大侃、倪金揚……再是仰臉朝天，千呼萬喚，也喚不回什麼來了，這一年抵得十年過，人也該老了十年啦！

從不善道出心底悲哀的人，悲哀來時一陣潮，就像患胃病的人受了飢，又空空兒的，又有些兒牽心連肺的疼，說不出空在哪兒？疼在哪兒？想抓點什麼來塡塞塡塞，急切中卻又抓不著什麼；每當這種淒酸蝕進人骨縫，隱痛牽著人心腑的時辰，想不透的朦朧霧浮在遠處，人就楞傻得像一隻黑夜中的昏鳥，飛在毒意深濃的墨黑中，東西南北都沒有個落處，祇巴望有一天能見著關八爺，抱著他大哭一場，然而就連一個八爺，也不知弄到哪陣煙、哪塊雲裏去了！

「你真的也該死了，大狗熊，大夥兒全已抱著亂世當棺材，淒淒切切的入土爲安了，留你一個人，頭頂漿糊盆獨活著，有什麼意味呢？……連自己最投契、最相知的石二矮子也先走了，你還能活出什麼花樣來?!」

常這麼哭笑無常的自問著，偏偏想死比想活還難，活著算得是福麼？誰要這麼說，不摑他兩隻耳括子也得啐他兩口唾沫。

人這樣活著不是活受折磨麼？

就拿這回料理沙窩子和鹽市的後事來說吧，方德先方爺、戴老爺子師徒幾個、珍爺，這都是自己打心眼兒裏佩服的人，一個個求仁得仁，照理講，對他們，自己倒沒什麼，可是自家總覺得他們不該落得如此下場，……仁人全是該死的麼？仁人若能警頑化世，爲什麼這世上代代仍有奸邪?!也許他們是對的，自己也不該斷定他們太傻，至少，讓我大狗熊在屍堆裏尋找他們的遺骸，破了腸、爛了肚的那種慘景，可嘆總是可嘆，傷心總是傷心的罷？人雖是幽冥異路了，誰敢說生時那份情義，少有毛髮之損呢？……些許屍臭，又算得了什麼？……

從鄉野趕來抬屍的人，多半是掛心鹽市的漢子，在防守鹽市的人中，有著他們的親朋戚友，鄰里相知，他們一面搬運屍體，一面留心尋找和辨認他們所熟悉的死者。

惡臭的空氣是一堵立在空間的無形的牆，透明又有幾多渾濁，那種腐爛的屍臭又彷彿摻有芥末似的，刺激著人的鼻孔和眼球，使人又打噴嚏又流眼淚。……

在鹽市火後的荒墟裏，大狗熊領著百十個鄉民在分別的忙碌著；最先，他們得把那些屍體，按照他們所使用的軍械，所穿著的服色，仔細辨明他們是民團？還是北洋防軍？有些經火燒焦的屍體極難辨認，祇有根據他周圍的屍群，他身邊落散的遺物去細心判別；辨明之後，再把他們分別排列在兩處不同的地方，等待另一群人以牛車、手推車、繩床、鐵絲兜網、門板等，把這些屍體運到荒郊去歸葬。如果是民團的屍體，就得經過洗刷和包紮，每屍單葬一穴，如果死者是北洋軍，那祇好草草的堆進一座座事先掘妥的大坑了。

憑著記憶，大狗熊首先在老黃河當面的長堆上，覓著了鐵扇子湯六刮的屍首，經過風吹、日曬和雨淋，那屍身已變成醬色，皮膚潰裂，正像一層叫陽光晒捲了的醬皮一樣；但遍體被槍彈和刀刺洞穿的傷痕仍在，傷口的皮膚翻捲，肌裏暴凸，垂垂纍纍的，像新剖開的石榴。……湯六刮，這個猛虎般豪勇機智的人物，在幾次抗敵時，都有著不尋常的表現，使敵方聞名喪膽，但結局也就是這樣的了！大狗熊從他身邊，撿起他那柄單刀。

「彭司令關照過，戴老爺子師徒的遺體，暫時浮厝在一處，立上木牌，等日後解決掉小鬍子，再正式歸葬。」他交代說：「先把湯爺移開去罷。我得去找方爺的遺體去了。」

若說鐵扇子湯六刮死得夠慘，窩心腿方勝可死得更爲壯烈了；從江防軍猛撲洋橋口起始，方勝就沒離開過那座死扼著洋橋的巨堡，直到最後，堡後的鐵門仍然是緊緊鎖著，沒有被江防軍攻開，而堡裏的人卻都中彈死光了。大狗熊從那座巨堡的周圍，掃除了幾百具江防軍兵勇的屍體，卻仍有若干殘肢碎肉懸掛在堡外的鹿砦和鐵絲網上，任鳥雀啄食，更餵肥了那些嚶嚶作聲的野蠅子。……

方勝雖然在緊要關頭，炸斷了老黃河上的洋橋，使湧上橋面的江防軍送命，但他深知洋橋口是江防軍必攻之地，洋橋口的得失，關乎鹽市的存亡太大，他雖不敢說一定能守得住鹽市，至少死守這兩座巨堡，互爲呼應，可以吸住當面的防軍，減輕東西兩側的壓力，同時，正面死守不退，可使兩側安心，藉以換取時間，好在鹽市放火殲敵時，反撲進去，不讓火場中的敵兵有奪路遁逃的機會。

窩心腿方勝這種計算，大體說來是對了的，江防軍雖改從東側渡過老黃河，先攻東面的側翼陣地，並且突破珍爺扼守的那一線，湧入鹽市的市街，但他們對洋橋口兩座巨堡的攻撲，卻一時一刻也沒放鬆過。

任誰也可從那些跡象上判斷出來，江防軍對於這兩座巨堡的攻撲，最少使用一團以上的兵力，但至少也有半數被殲於陣地外圍，可見攻撲的猛烈和防守者力拚到底的決心。

不管那些野蠅子飛起來亂碰人臉，他們仍使汗巾兜著口鼻，從殘肢碎肉遍佈的鹿砦缺口處走進去，先清除江防軍陣前的屍體，再掘開磚堡，去處理民團中陣亡勇士的遺骸。……最先跳進堡裏的大狗熊，發現方勝率眾據守的那座堡子裏，曾被手擲的炸彈多次轟擊過，內壁多處崩裂，上半壁全是黑色的灰化物沾染的痕跡，下半壁全是血斑血點和濃黏的血餅，上面沾著碎布、碎肉、人體的毛髮，差不多每塊的磚面上，都留有子彈和彈片摧缺的傷痕。……

一些最先陣亡的弟兄們的遺骸，被拖來碼在堡角和堡門入口處，幾乎高至堡頂，殷殷的血水已經使堡中的地下沒有插腳的地方；有許多裹著數處傷的弟兄，拖著一路血印，仍然爬到射口那邊去舉槍禦敵，大狗熊查察過那些槍枝，——全是耗光了子彈的。不用說，每個守禦巨堡的弟兄們，當敵軍蜂湧進犯的時刻，都曾盡到最大的力量，抱定必死的心志，在伙伴們中彈死去時，一再裹創禦敵，直到堡中存彈耗光，才被對方向射口中塞進無數炮彈炸死，至死仍緊握著槍枝，不離射口一步。……世上再沒有比這種情境再悲慘壯烈的了！

窩心腿方勝就是這樣死去的。

從死屍的情狀推測，他在被炸死之前，腿上、臂上、額上，已經連續三次受創，腿、臂是被子彈流貫的洞穿傷，曾以數道細布緊裹，但仍血殷體外，可見傷勢之重，流血之多，額部偏右受過中度擦傷，耳根破裂，部份頭皮及角髮撕脫，反垂在耳上，可能其時情況已萬分緊迫，根本沒有再行裹傷的機會，所以頭部傷痕沒經包紮，迸灑的血跡，像雨點似的落在他的前胸、肩膀和後背上，使他身上穿著的藍色長衫變成紫衫。

而致命的傷痕卻在前額正中，一塊蠶豆大小，月牙形的鐵片嵌進他的腦門，連半滴血也沒流，那傷痕使他昏迷的扭身半跪著，鬆開他手裏的匣槍，靠身在射口邊的牆上，他嘴角微微牽動的神態那樣僵化的呈顯著，彷彿要對誰交代什麼。……有一個漢子死在他的背上，那人大張兩臂，用身子翼護著他，好幾塊彈片劃破他的脊背，使他衣衫破裂，背脊凝血，狀如倒掛的紅珊瑚……

大狗熊在他身邊的血泊中跌跪下去，半晌，才低低的顫索著吐話說：「方爺……方……爺……你死得真像個……人！我大狗熊折服了！」

同一天的黃昏，大狗熊在北面鹽河上斷橋的橋口，認出那具端坐在輪椅上的戴旺官老爺子的屍體，他率著幾個鄉民抬著繩床去時，一隻癩鷹從那老人屍體的肩上飛起，一個鄉民喊出：「看，那輪椅上的，就該是戴老爺子了！」

不錯，大狗熊立既分辨出那確是老人戴旺官。那老人的頭顱仍然是完整的，微微歪仰著，後腦骨枕在椅背上，也許因爲大量失血的緣故，他臉額上的血肉都已乾涸凝縮，使他的頭蓋和面骨越發凸露出來，好像被風乾一般的，縮小了很多。他下巴上的灰白鬍子仍顫掛著，鬍梢兒隨風抖動；從他高捲的短衫的袖管中，分垂下兩條枯瘦皺縮的手臂，一支短煙桿落在他身邊的地上。屍首的上半身被寬大的藍衫蓋住，但整個肚腹，卻被貪饞的癩鷹啄空了，祇有一條泛黑塊的大腸，像一條游竄的白色斑蛇般的從肚腹的潰爛處游出來，一端絞纏在椅側的滾輪間。——所以有這樣的情形，是因爲他肚腹上全是蜂窩般的槍洞，容易引起潰爛的緣故。

「不是聽人說過，戴老爺子的武術很高的麼？」沉寂了一陣兒，一個鄉民說：「亂兵怎會一下子就把他打死的呢？」

「武術能搪得了槍彈麼?!」另一個說：「老爺子的腿不方便，行步全靠輪椅，亂兵恨他炸毀洋橋，斷了他們的進路，拚命放槍蓋他，他又不能飛走。」

「快將老人推開吧，」大狗熊說：「老爺子若是畏死，他就不會守在這兒炸橋了。……把這邊屍首清理了，咱們還得去找珍爺呢。」

而珍爺的屍體，雖經整天的搜尋，仍然無法找到，因爲珍爺率眾據守的那座亂塚堆，最先被江防軍突破，在那兒，民軍的損失最慘，死事最烈。江防軍突破那兒之後，深恨民團力抗他們，便將那座陣地上的人，不論死活，一律用亂刀砍劈成碎塊，大狗熊能找到的，祇是一些腐爛的碎肉、布塊而已。

把外緣陣地收拾之後，轉去清理火窟中的市街，那份差事可就更苦了，因爲那裏面江防軍的死屍太多，抬不勝抬，祇好放牛車去拉；而滿街的木材，木段兒，磚塊，瓦礫，必先逐一清除掉，才能放進牛車；有些橫陳在地面上的屍體，清理還較爲容易，有些被埋在磚瓦木石下的屍首，必得要各處搜尋、挖掘不可。

也就在他們清理鹽市上這些屍骸的時候，有成百的老人和婦孺，不管混亂的局勢如何，仍從各地跋涉而來，到排列的屍場上去認屍；跺著足，搥著胸，喊天呼地的號啕著的也有；因認得親人，伏地哀泣得眼目盡赤的也有；部份體弱的老婦，受不得一路跋涉的勞頓和那種惡臭的屍氣的燻逼，幾度暈厥的也有；認屍落了空，變成半瘋癲，一路自說自話的也有；……千百種不同形色的哀痛，那樣的折磨著那些生者，使人見著了，便有著禁不住的辛酸和迷惘。

「您說罷，」一個鄉民忍受不了，扯著大狗熊問說：「這些北洋兵，究竟是爲了什麼呢？……明知氣數盡了，還要逞兇攻撲鹽市，造成這場殺戮，不過轉眼功夫，他們又埋進烈火堆裏，那脫得身的，也大半死在沙窩子裏了，……爲的是什麼呢？」

一隊民軍開進來清理槍械，列隊行經他們的面前。

大狗熊垂頭跌坐在一塊青條石上，一雙手夾在膝間，不安的搓動著。

「我祇是個渾漢子，」他苦著臉說：「我也弄不懂。……總覺這些吃糧的死得有些冤，他們生時惹厭，死後再瞧，一個個真都夠可憐的！我想，該死的祇是塌鼻子、小鬍子等少數人。」

「可是小鬍子卻跑掉了！」另一個怨說：「該死的卻沒讓他死掉，不該死的卻死了一大片，這話……可又該怎麼說呢？」

「我說過我不懂的。」大狗熊憂悶的說：「有一天，我若再找到八爺，我必得問問他！假如小鬍子這類人，等北伐軍來了就反正投誠了，是否也會給他個番號，換湯不換藥，還讓他當旅長?!……我總覺得，天下總叫少數幾個人弄壞了的時刻居多，一泡雞屎壞一缸醬，永遠沒錯兒的，可不是?!」

儘管這樣的憂悶著，但他還得領著那些鄉民渡過鹽河，到沙窩子裏去，收拾那座更大的戰場和更多的屍體。他一時還沒有功夫去尋找那位在他心眼裏唯一能回答他心底疑問，並能解開他心頭憂悶的人。

有更多的鄉民到沙窩子來，幫著大狗熊收拾這些死屍，他們帶來更多北地的消息，說是從沙窩子遁脫的一部份北洋兵，多則走了百里，少則走了十來里，全被各地的鄉團鄉隊解決掉了。有些鄉鎮上，業已燒掉北洋軍制定的五色旗，換掛青天白日旗，聽說北伐軍很快就會推到淮上來了。那些鄉民一面忙著抬運北洋兵勇的屍體，一面嘆著說：「每亂一回，總要大火焚城，遍野橫屍，弄得淒淒慘慘的，這一回，北伐軍上來，朝後的日子……也許就會好過些……了……，多少人日夜望著承平啊！」

「承……平?!」大狗熊囈語似的咀嚼著這個久久以來，常旋轉心裏的字眼兒，渾身便覺悲酸無力，一心的苦味朝喉間湧泛，眼也跟著濕了。

這會是真的麼?

這還是一場空空的夢呢?!

他這樣反覆的自問著，心裏總有一份解不脫的猶疑。自己這把年歲，不能說是怎樣老，也該不算年輕了。幾十年裏，雖也聽過很多鄉野的傳說，也刻意描摹過由那些傳說舖陳的歷史中承平的夢景……無荒無旱的年歲，邊鼓沉寂，更鼓遲漫，豐收季，遍地黃金，家家滿甕，清廉的官兒治府縣，捐稅田賦一再輕減，各地都那麼安謐，幾乎是無亂無刑。……

也想過賽會，想過上元夜的燈會，想過周流的佳節，在遠遠的光著臀的日子裏，多少次的美夢，多少回半迷半惘的細細的描摹?!啃過那些花燈的名字，夢過那些鰲山采樓，可惜一是生就沒見過那些，連一季不餓得吐嘔酸水的春天也沒有過。……人長大了，夢也稀了，空想既不能塡飽肚皮，彷彿承平祇該在雲裏，祇該讓不飲不食的仙人們獨享的，在地上過的人麼，就該餐風飲露，忍饑挨餓，多受辛苦的了！真的，那怨得誰呢?

年景不好呀！怨天麼，——天總是怨不得的。

那麼就出去走走罷，推鹽雖苦，也得推呀！人，就是這麼的，爲了活命麼，再苦的事兒也得咬著牙去幹；總不能昧著良心，殺人放火作強人呀！好，幾年鹽車推下來，見識多了，才知世上不那麼單純，世上有兩種人，一種是人，一種卻是專門吃人的人。……把夢連渣兒全給掀翻了也罷，兩眼不看天，祇看眼面前，總想積些掙些兒，回家安穩一冬天，煮麥糠，烤紅薯也行，沒木柴，一盆牛屎火暖暖手腳也行，祇要不再去冒命迎風踏雪闖關卡，養歇它十朝半月就夠了。可是這多少年了，連那點兒心願都是鏡花水月，哪還敢侈談什麼承平?!

並非是自己愛狐疑，——這會是真的麼？這聲音是一生淒苦的經歷逼過來的，自己真是個渾人，也許有些事，還不及石二矮子聰明；自己從沒見過那些在遠遠的南方舉旗的革命軍，不知道那些領軍的人，是不是會像自己敬佩的關八爺那樣，都有著黑白分明的大義？都有著一顆顆滴血的仁心？風聞他們一路上勢如破竹朝北進，一路上收編了成千上萬的北洋兵，假如不能使這幫吃北洋飯升遷的傢伙們脫胎換骨，會不會也弄成「一泡雞屎壞一缸醬」呢！……那也許就難說了！……至少有一面新旗子，飄起一番新希望吧，路也不是一天踩出來的，可不是?!

然而，這畢竟是明天以後的事了！

「抬屍罷！」

「來了，夥計！……」

今天仍然是滴著血的，千百具那樣的屍體，使數里地都刮著一股惡臭的風，這種瀰天的屍氣，把遠近的癩鷹全引來了，一隻，兩隻……又是一隻，兩隻……平伸著翅膀，安然自得的在高天上鳴叫著，那不像是鳴叫，卻像是一串從空中拋擲下來的、邪氣的笑聲。不知什麼時候清醒過來，看看每個抬屍的人，又低頭看看自己，渾身上下全都被屍身上的臭血染遍了，除了嘴上多口氣，簡直就跟那些腐屍沒兩樣了。

「真是……」誰講了半句話，卻狠狠的吐了一唾沫，彷彿在埋怨什麼似的。

「死人沒罪啊！」誰接口說：「任誰死了都該入土的，沒有便宜鷹啄狗啃的道理。」

「活人總該多受罪的！」

「我倒不覺著，」另一個年輕點的說：「這場大劫難，沒死的全都該算有福的了，北伐軍來後，日子眼看轉太……平啦。」

「我祇是說這種屍臭和髒血，弄得人直是想吐，胃裏攪得厲害，腦殼又暈暈的，可偏吐不出什麼來！」原先說話的那人說：「真是難受死了！」

「那倒沒什麼，等到把這些屍首清完，跳下河去，好生洗把澡，敢情就聞不著了。」

「說得好聽?!」一個飽有經歷的中年漢子掀了掀竹斗蓬：「這種屍氣，不聞著則已，一旦聞著，任你一天洗八遍，它仍然釘在你身上，沒有兩三個月，你休想擺脫得掉它。」

年輕人轉向大狗熊，扯著他的衣袖，認真卻又略帶幾分信不過的神情問說：「您說，屍氣當真有這麼兇嗎？竟會幾個月不離鼻孔?!」

「也許會更久些，」一直沉默著的大狗熊點點頭，總有些心不在焉的樣子；不過立即轉過臉來，指著眼前一大片縱橫狼藉的屍體，緩緩沉沉的說：「你看著這些人屍罷，夥計！……即算是隔上十年八載，日子真的太……平……了，你能忘記今天，忘記眼前這種慘景麼？……至少，我這一輩子，是忘……不……了的……了！」

沙煙在溝泓的脊背上貼地飛溜著，好尖好緊的秋風，不單一縷一縷的沙煙貼著地面啣尾追逐，連遼闊的高空的雲片也一片片的流逐著，迎接什麼似的，朝著南方。

這兒沒有血泊，幾乎所有的血跡，都被慘切的沙風掩蓋了。乾燥的浮動的流沙最是貪婪，它們飽飽的吸飲了無名的人血，然後再隨著長風去半空流浪，一面飛逐旋舞，一面細聲的、鬼魂低泣般的唱著那樣的幽歌。

虛——無，虛……無……

虛——無，虛……無……

也許是屬於亙古的自然的悲哀罷，祇有經歷過劫難的人們才配領略罷？或者，至少是尚在呼吸著的目擊的人們才能懂得吧？——這片沙野原不屬淮上，它在千百年前，隨著奪淮的古老黃河流浪而來。每一把沙中，都有著歷史外的歷史，都有著騰捲如雲的問天的悲歌，它經歷千年萬載的歷史，從遠古的荒涼到今日的荒涼，……虛無……虛……無。

祇要在風緊的時辰，小小的沙粒們就會這樣的唱著，唱著它們世代相傳的，它們自己世界裏的歌。細細的悲吟，尖尖的哀嘯，禪續無休，輪迴無已，就是那支歌的節奏。它們那樣的唱過，在遙遙的往昔，遠遠的龍城，在古長城外，無定河邊，它們歌唱在戍樓的簷角，戰馬的鬣間，在貂錦重裘上，在餘光幽冥的眼睫中，同一樣的節拍，同一樣的聲音：

虛……無……虛……無……

虛——無……啊！……

沒有誰悉心的傳授它們，小小的沙粒們起始就會這樣的唱著，他們屬於那種世界，從內到外，實質上就祇有著荒涼。……從漢唐到遼宋，它們像餓蚊般貪婪的吸飲人血，它們祇會像飄泊的江湖藝人那樣，流浪著，歌唱著，從天蒼蒼野茫茫的邊塞外，流浪到人煙稠密的關中，到繁花如錦，草長鶯飛的江南。它們停駐在古老頹圮的荒宅裏唱著，又細聲吟唱於閨中怨婦的髮鬟，唱在夕陽的殘紅中，悽瞇的淚眼前；但頻頻征戍，年年戰伐依然，從沒有什麼人被那種歌聲唱醒。

如今，它們仍在風裏流浪著，且唱著走過縱橫的屍身，走過那些把痛苦迷茫凝刻在額頭上的人臉，——那該是一部份人類歷史的真容，而沙風的吟聲就是配樂，說它淒愴也罷，哀愁也罷，它總是被確定了，再也無法挽回，無法更改的了。虛——無，虛——無……亙古的悲哀永續著，從過往直貫當今，更通向未來。它不祇是一種空虛的哀嘆，無補於事的同情，它不是乞憐，不是哀呼，而是一種真實的昭示，人們必須懂得這種歌聲，並痛切深思，思想它的意義。

民軍的小隊在檢查和搬運戰場上的遺械和各種散碎的物質，他們偶爾談及被困在縣城的小鬍子。

「又是一個夠狡獪的傢伙。」一個隊長模樣的說：「最先他不向民軍洽降，因爲他不願放棄撤往山東的機會，一心還想著升官發財，爭權奪勢的夢。結果才弄得這些吃糧的北洋老總，一個個進了枉死城。……如今他已跟民軍撕破了臉，又一手造出鹽市這本血賬，更不敢跟民軍再打交道，卻帶著餘部堅守在縣城裏，想等北伐軍來後，直接向北伐軍請降，真是一等的如意算盤！」

「彭司令不會讓他消遙法外的，他會在北伐軍來前，先攻破縣城，把禍首解決掉的！」另一個自信的說：「他是個有計算的人。」

「你弄岔了，……正因司令有計算，他就不會爲解決小鬍子去攻打縣城，你想想，縣城的平民百姓有多少？一場火打下來，會有多少傷亡?!咱們全是受過兵燹的人，人命總不是蟻命啊！」

他們跟著收拾軍械的車輛去遠了。

穿過雲層的陽光一忽兒亮，一忽兒暗，雲的影子像碩大無朋的鷹翼，在曠野上疾速的飛移著。運屍的牛車在鬆軟的沙地上滾得很慢，車上像豐收季積草般的，高高疊著那些屍體；但更多的屍體彷彿是運不完似的，左一堆，右一灘的亂陳著。運屍的鄉民們為了便於裝車，就倒拎起那起屍首的足踝，把他們像拖黃包車似的拖來放列在一起。

有些屍體潰爛後的水漬印在沙上，雖經拖離，但沙上仍然有著一塊因潮濕而變成深色的、人形的痕跡，血水被沙粒吸收後，而一些較濃的血餅仍乾結在沙面上，變成深赭色，又蓋上一層糖粉似的風沙，看來很像一塊塊新製成的帶著糖霜的柿餅兒；有些屍體成了在沙中活動著的食屍蟲的新巢，屍體一經拖動，食屍蟲便驚惶無措的從死屍的髮茨間、耳孔裏、衣服中逃迸出來，拚命竄逸；有些貼伏在較窪處的屍體，臉頰上、毛髮上、背脊上，都已滿蓋一層厚厚的風沙，那些細小的沙粒，被濕氣、血跡黏濡住了，雖經拖動也不散落，使那些屍體像裝了金似的。

虛——無，虛……無，

虛——無……無……啊！

但願日後世上不再有這種劫難了！大狗熊捏著雙拳，在放列的屍陣前緩緩踱著步，等待另一輛空車來運走另一些陌生的人臉。……「人命總不是蟻命啊！」那民軍軍官的話又在耳邊飄響了，他憶起在鹽市的保衛戰中，曾經瘋狂的殺過犯敵，在沙窩子的進迫時辰，也曾手刃過好幾個不肯扔槍的北洋兵勇，但那時自己所殺的，彷彿都不是這樣安靜的、僵硬的人形，而是一群灰毛的饑獸；那時的自己也不像如今的自己，而是另一個血氣填胸的人。當時那樣憎惡，那樣仇恨，都被沙風帶走了，消失在不知何處的遠方，很難說當時是對呢？還是錯呢？總是隨風而逝了……如今想起來，既無興奮，又無悔愧，祇留下一份平靜的感傷，感傷於那一場已經消失的渾噩的亂夢。

在一瞬移來的陽光之下去審視那些人屍，他的感傷才真是屬於自己的。人這玩意兒，一面渴盼太平治世，卻又緊抱著貪婪和血氣在製造著亂世。細看這些血氣已經離身的人臉，一張張不是滿安靜的麼?!雖說死前驚怖和痛苦的遺痕尚沒脫盡，至少他們都那樣本本份份的睡著了！不再圓睜兩眼，用盡粗卑俚俗的髒話責罵民伕；不再仗恃槍桿和刀刺，濫行捕殺善良；不再慾望著高門裏的財富，將軍高懸的賞格，慾望著矮屋的土娼，燈影昏黃的小賭局，和酒樓上的劣酒；更不再懷著驚懼走上火線，嗬嗬的從顫直的喉管裏擠出一份乾啞的殺聲，去刺殺那些和他們原是同根並蒂的鄉民。

他望著他們的面孔，他知道，也許就在這一方屍陣中，在兩天之前，有著他親手殺死的人在內，但如今，他一點兒也不恨他們，祇覺得他們和自己一樣，都值得悲憐。

風聲仍在吟嘯著。

太陽又逐漸西斜了，他望得見自己孤獨的、洪洪然的影子，在屍陣中間獨舉著。這兒是單調荒涼的沙野，食血的流沙會隨風飛走，也沒有任何痕跡能在風中永遠的存留，自己的腳印很快就會消失，這兒沒有一莖綠草，沒有一棵樹，周圍更沒有一樣直舉著的、有生命的東西，祇有自己的宏大得有些奇幻的影子，一株植物般的獨舉著。

他突然有一種想喝醉酒的慾望，因而伸出舌尖，舔舔他被濃黑鬍渣兒圍住的乾裂了的嘴唇。

活著多難啊！癩鷹的啼叫聲喚得他仰起臉，從風，從雲塊，從更高的雲後的澄藍，他看見了馱在鷹翅上的秋天，世上彷彿祇有那塊澄藍是美好的，永無更變的！

他這才想起來，當初這樣仰著頭，靜靜看天，實在是看得太少了！……活著多難啊！流沙走過他的影子，他想：我該去找尋八爺了！

第二十六章・落難英雄

廢園裏的關八爺，對於鹽市和沙窩子這場戰爭，開始是一無所知的，沒有什麼風，能把戰事的始末情狀吹進他的耳中。在廢園裏生活著，關八爺深深體悟到，人間的暴力有兩種不同的形態：一種是凝合外力，掌握權柄，胸無仁懷，祇逞私慾造成的；多年來盤踞北方，紛爭不已的北洋軍閥就是這一種。這一種暴力的鎖鍊，把廣大民間鍊鎖著，強征暴斂，作威作福，縱容匪眾的結果，使民窮財盡，存活艱難。

而這種有形的暴力，雖然來勢洶洶，其存在的時限終究是短暫的，過緊的捆縛和壓逼，必會使人們興起原始的、憤怒的抗爭。

另一種則是起諸人類內心的貪婪物慾，這種慾望的興起，使人陷在透明的捆縛中，欲掙無力，這實在是一切暴力的根源；有形的暴力容易崩潰，盤踞人心的物慾極難化除，如果人們不先化除這個，光是責怨干戈不息，苦難重重是極不實際的，因爲罪因全種在人心裏。有些人責難匪寇，憎惡暴君，痛恨奸邪，對於暴秦、李闖、歷代的奸人表露出深惡痛絕的樣子，但事實如何呢?祇是沒有那種時勢，那種機遇而已，若有，當人掌握權力，每個人都將會變成奸邪、流寇和暴君!……這才是真實世界上的原始樣式，祇是被一層虛僞外表浮掩著罷了。

參悟了這些又如何呢?!自己常興起這樣的自問，彷彿思想得愈多，反而愈陷進迷茫了。

如果說，人心的原惡是可悲憐，可寬恕的，那，世上就無極惡的人了!在佛家的眼中，對於愚懞的世人著重悲憐與寬恕，使他們有回頭是岸的澈悟，但在因緣果報的天律上，是非善惡，仍然點滴分明；俗說：善有善報，惡有惡報，若有未報，時辰未到，就是世人對天律所懷的信心的顯示。但人人若坐待天律，天律假誰以行？當真如荒緲傳說裏所云的神奇怪誕的因素促成的麼？就夠縹緲的了。

關東山雖不是智者，卻也不是愚人，總盼人能一手握著天道，一手握著公平；公平的懲處中，就該含有寬恕與悲憐了。……但總走不出這片昏黯的迷茫，總覺得這世上的殺孽太重，血腥太多，無論是邪惡枉殺善良也罷，善良懲處邪惡也罷，都使人有著深深的倦意，有著穿不透的沉愴。這也許就是做人的難處，——這付壓在心頭的擔子，永沒有卸脫的一天。

秋，也在廢園中嘆噫著……秋風先摘盡了柳葉，緊跟著，園桑和老榆也落葉子了，白晝粗聽上去是沉靜的，但沉靜裏總響著窸窸窣窣的微音。

即使是再輕微的跫音，祇要是起在廢園裏，總逃不過關八爺敏銳的兩耳，他不但能辨得清落葉，更能從風捲落葉的聲息中，分辨出那是桑葉？還是楡葉！……凋零總是可哀嘆的，而每年總有秋風，每年總有凋零，老葉子落在地上，經風吹雪壓，化成泥土，新的葉簇自會迎向另一陣活潑潑的春風。

人生也就是這樣的了！

在這個意態蕭索的盲人的心裏，彷彿落下的並非是一張張枯了的葉子，卻是歷史的雨，時間的雨，每一滴冰寒，又都是一張飄墜的人臉，在玄黑之中，劃出一道道眼眉依稀可辨的、急速的斜線。

雖然失去兩眼，他仍能回觀心底曾存有的記憶的景象，白糊糊又黑幽幽的，飄著，落著，無止，無休……追不回那邈遠年代落葉了，傳聞已風逝，落葉已化爲泥土，但總能自身邊撿拾一些臉子，付一腔悲懷。有些人的一生，彷彿就被囿在某種慘境裏，從沒經春風吹過，春雨潤過；亂世裏的人們所存活的世界，本就充滿了蕭條肅殺的秋情。

鄉窩裏的人們總是那麼固執的依戀著家根那二畝老地，能在地裏搶碗飯吃，絕不願到路上去取；「出門總帶三分險」、「在家千日好，出外一時難」，這些言語是令人咀嚼不盡的，田不荒，地不老，願意離鄉背井，拋卻那塊抬不動的烏金麼？……而他們都被逼到走不完的路上來，用酸麻的腳步量著他們短促的一生。北洋官府的法網編得密，凡能使人活下去的行當都觸法，除了去幹北洋兵，把一生賣給那份微薄的薪糧。

走鹽人麇集在濱海的荒村和那些吹鹹風的小集鎮上，一群沒有根鬚的浪人，袒胸露膊，把往昔的淒酸都擲在酒盞裏，再隨著那股辛辣吞嚥回去。——好漢子不消沉緬往日，做一行，幹一業，絕不回頭。嘴頭上，大夥兒都習慣吐出那種野稜稜的剛強話，世上沒有難人事，落了人頭碗大的疤！聽上去多夠豪邁啊！事實上，那種茫然的悲酸祇有各人自己知道，儘管用滿不在乎的動作，扯下頸間的污穢的毛巾大把的抹著汗，儘管用粗大的海碗舀著能醉得死人的烈酒牛飲，從掛著餘瀝的唇邊盪出闊闊的哈哈，但總掩不住潮的心和濕的眼，那顆心被鹽醃久了，回嚥的淚也帶著一股鹽味。

哪天人能活得下去，子孫萬代，再也不幹這種行當了！埋死人的風沙野路，飄一群嘎嘎的飢雁，爲避一座關卡，得挑上三天五日的路，夜來落宿在荒村的畜棚裏，草垛邊，舖蓋著地和天。拉胡琴也罷，唱俚曲也罷，說故事也罷，賭小錢也罷，都祇爲驅趕心裏那份永也乾不了的潮濕，唯一的尤怨祇有那句話了：

「犯法?!娘個×,法是天定的麼?」

鹽市所以舉槍自保,也就是基於這樣的尤怨,即使我關東山不加慫恿,他們也自會走上這條狹路的了。而此時此刻,鹽市怎樣了呢?在落葉的雨裏,他踱到馬棚去,去問那個飼馬的漢子。

「城裏的江防軍北撤,槍火幾幾乎把那座鎮市煮化了,八爺。」那飼馬的漢子說:「如今民軍把住沙窩子西邊,聽說東鄉到處響鑼,各鄉鎮的漢子,全抄起傢伙去沙窩子堵攔了!」

「你還聽著些旁的消息麼?」

「祇聽說北伐軍過了長江。——誰知離這兒有多麼遠呀?八爺。」

關八爺點點頭,怔怔的沉吟了一會兒。

說是寬慰尚嫌過早些,假如飼馬的漢子說得不錯,他就已估量得出江防軍這回猛犯鹽市,是以潰堤之勢全力撲竄的一役,任他方德先再怎樣穩沉幹練,也難保得住那個市鎮了,而鹽市是否確保,端看戰火初燃的兩三晝夜;江防軍既存心北竄,自必盡傾精銳以求速戰速決,在各鄉各鎮赴援的人群還沒拉赴沙窩子之前,鹽市的命運就該決定了。

「萬家樓的槍隊出動了?」經過一陣沉思之後,他問飼馬的漢子說。

「出動了!……北地各大莊大戶,全都拉了槍。」飼馬的漢子說:「近千條槍拉成的聯鄉隊,公推牯爺率領著,不過都列在沙河西,沒有渡河朝前推,據說是防著散股兒殘兵朝西流竄,焚掠西北角一帶地方。」

該跺腳咬牙吧,關東山!至少該緊皺眉頭了!……這真是令人惱恨的一宗渾賬事情,他牯爺原該清楚的;在鹽市北方各貧窮的鄉鎮上,若說真能拉得出實力充沛的槍隊的,祇有萬家樓、三星寨、七星灘、柴家堡……西北角上這幾處大戶，他們平時就有槍隊組織，拉槍出去，不消浪擲時辰；鹽市最初拉槍之際，自己就曾把這支人槍實力計算過，如果他們能齊心合力，適時馳援，一定能保住鹽市，使淮上的北洋軍難脫陷阱，……如果這支聯鄉隊由自己率領著，合入民軍，從大渡口斜著直攻江防軍側背，也能解得鹽市之圍，絕不至變成縮頭烏龜，蹲伏在沙河西的荒野上隔岸觀火，自顧曬牠的太陽?!……

儘管心裏起著劇烈的煎熬，關八爺卻沒動聲色，自從失眼之後，他經常保持著冷漠的外表，這已經成爲一種習慣了。

他背起手，沿著馬棚外磚舖的通道，閒閒的踱著，白馬一塊玉在他身後發出長嘶。一陣風貼地而起，倒捲向半空去，無數落葉便在空間發出無數細微的碰擊聲。

是的，自己一直擔心著的變化已經來臨了，也許就在此時此刻，扼守鹽市的一千死士，也正凋落於這樣一陣疾起的秋風，瞎了眼的關東山卻仍如一片病葉，無可奈何的依連著殘枝。……一想到這裏，就不能不痛惡唆使兇徒，剮去自己雙眼的奸人，焦急如暴雷滾動，使自己的五臟翻騰，假如牯爺領著的這支人槍在自己手裏，鹽市原可熬過這場劫運的。

飼馬的漢子不願驚動他，悄悄的走了，偌大的廢園裏，祇有他一個人徘徊著。這世界彷佛祇是一座黑黑的空洞，無底的空洞，眾多透明的、無形的蛛絲把人捆縛著，千千萬萬的無頭結，使人無法去舒解它。他試著伸張兩臂，用力的勒起雙拳，他覺得因失去雙眼而遭受囿困的身體，更爲健壯，充沛著一股潛凝的巨大的活力，他滿身鋼鐵般的骨骼，在筋肉的活動中，發出格格的響聲，他仍能清晰的思想，他仍能靈活的行動，當然能再做些什麼！

他思想的疑點，仍落在牯爺的身上。

甚且連自己也有些厭煩了；假如在逐一印證中，確定牯爺就是那個戴著假臉的奸人，自己是殺他呢？還是恕他呢？這思想一直困惑著他，雖然他一再決定要除去這個奸惡的人，而在內心深處，總有一絲意念在搖曳著——他不忍過早的堅持那份「固執」，唯恐這固執中再有一絲錯失，因為這是他後半生唯一的一宗大事了。

「我不能枉屈他，」他最後在心裏自語說：「無論那人是誰，我要給他自行辯解的機會……」

而在實際準備上，關八爺卻一時一刻也沒放鬆過自己，他知道，一個全盲的人若想除奸破敵，必需以耳代眼，打破這座黑色空洞的禁錮，鍛鍊耳力的要訣，首重心性澄明，所以每當夜晚，他就壓抑住使人恍惚的思潮，用打坐代替睡眠。……開始時，他祇著重聽取廢園中的一切音響動靜，草語、葉語、蟲鳴、風吟、雨唱，馬匹的嘶叫、搖環、噴鼻和刨蹄，漸漸的，透過周近的各種音響動靜，他把聽覺放遠了。

他把精神貫注在長牆外面，去聽夜晚往來的行人的腳步，輕輕的，微微的腳步聲起自遠處，逐漸響了過來，響過園角那道橫鋪著三塊石板的溝渠，——那是最清楚的三步，乍乍聽起來，祇是同一種單調空洞的叮咚，但這是不夠的，這和常人的聽覺沒有什麼不同；他必須要從幾乎難以分辨的單調音響中，找出眾多不同的特徵和變化來，聲響對於他，是一種全新的、耐人尋味的世界，他不單使用兩耳，還得及時使用細如毫髮的理性的思維，聽清，並且立刻辨明。

腳步聲響過來，一，二，三，四，他開始從心裏默數著，估量著來人的步度和步幅，從而判別來人的體格強弱，身材的高矮，甚且依據落腳的輕重緩急，能猜測出來人的性格。……按照一般計算，行人從正街的巷角拐彎，沿著廢園的長牆東行，到踏上溝渠的石板爲止，通常是在六十七步到七十五步之間，經過石板後，再有三十到三十七步的樣子，就到了自己所住的老屋的直對面，然後逐漸遠去，……有兩個巡更的人，經常經過長牆外的巷子，前一個總是每走十來步，敲一聲破了的啞鑼，後一個總是迷迷盹盹的跟著；前一個的步幅不大，步度急促，聲聲沉重有力，顯見他是個矮壯結實，精神充沛的人；後一個步伐散亂，落腳輕重不一，經常碰著什麼或絆著什麼，並發出槍帶環碰擊的聲音，抖肩移帶的聲音，可見他是個黃瘦孱弱的人，每到夜來就顯得精神不濟，揹著槍，拎著馬燈跟著敲鑼的漢子走，邊走邊打瞌盹。

黃昏時，行經小巷的人比較多些，關八爺從腳步的聲音上，聽辨出他們大都清早或白天由西向東的人，傍晚再採相反的方向，從鎮外回來。有幾個肩著犁耙的，常牽著牛走，一個拎瓦罐的老婦人是個外八字腳，走起路來像踹碓一樣，咚咚咚咚地，總是腳跟先著地，他判斷她準是一雙小腳。負重人的腳步總是一邊輕，一邊重，換了肩之後，輕輕重重仍是一樣。

有一個青年人一定染了癆病，空咳無痰是虧咳，同時，他走路總把頸子朝前伸，身子前傾著，腳尖擦地，使他的腳步發出與眾不同的擦擦、擦擦的聲音。——依相法而論，這種人多半主壽促，活不了太久的了。

這巷子的兩端，兩面都是高牆，不用親手去摸觸，單從腳步聲就能判定，人來人往，腳步聲響在巷子兩端時，聲音空空洞洞的，那是由腳步聲與接近的回聲綰合而產生的一種音響，但一走至巷子中段，回聲就消失了，可見得巷子中段，祇有廢園這邊有一道長牆，而對面是一座空場子，場邊積有草垛子，常有婦人在垛腳扯草，有雞群在垛邊翻撥蟲子，黃昏前後，有孩子在場心嬉逐的聲音。

「想到遠處罷，關東山，無論外間起多大的巨變，你先得定下心神，焦急總是空的，它幫不了你！」

他心裏總重複著這種寬慰的聲音。

黑暗是一座山，他必須先費盡全力，翻越它！幾個月來，他已經從聽覺中看見一絲微光，能從複雜的聲音裏闢開一個判測出的天地，他要更進一步的擴大這個天地，使他像失去兩眼前一樣。

事實上，他的天地也時時刻刻的在擴大著，最先，他在靜夜的岑寂中聽聲辨物，慢慢進展的結果，使他的兩耳能在眾多聲響中單獨聽取某一種聲音，不但辨識音響，更判明事態物態，以及和其它音響的關連，凌晨，他聽得見正街上的車輛聲，雜沓的人聲，萬家宗祠樓頂上鴿群的擊翅聲，兒童的奔躍聲，他能根據那些音響，摹想出空間、人物的動態和顏色，就像眼見一般。

在這些音響中，祇有兩個人的腳步聲常令自己懷疑，依照自己的判斷，一個是個半老頭兒，有著木訥、迂緩的性格，有時清醒著，有時薄帶三分酒意；另一個該是個年輕的婦人，腳步輕柔，步幅不甚穩沉，彷彿帶著幾分輕恐的戰慄，這兩個人幾乎是每一天都到小巷裏來，不經巷頭，也不經巷尾，全不是一般行人的模樣，祇是沿著長牆緩緩徘徊著，彷彿在張望些什麼？

這樣的一座廢園，有什麼好張望的呢?!而每天每天，連著聽見他們的腳步聲，祇隔著屋後的那道長牆來往徘徊著，又好像在尋覓什麼遺落了的東西。

「喏，牆那邊就是……了！」那老頭兒用低啞的嗓音，指點著說：「就是隔著這道高牆……」

「夜晚有人看守麼?」婦人說。

「有人巡更。」

祇有一回，隱約聽見過這樣的對話。一兩句之後，聲音便突然的黯下去了。

而那婦人的聲音，自己恍惚在哪兒聽過，是的，一定在哪兒聽過，究竟在哪兒呢?!……說也奇怪，在自己半生經歷中，不知遇到過多少驚險劫難，多少平地風波，明槍明箭攤在桌面上，從也沒起過絲毫疑慮，唯有在萬家樓，在這塊自己一向關愛的鎮市上，自己的身前身後，總覺有什麼樣怪異的眼睛時刻窺伺著，有綠慘慘寒森森的迷霧包裹著;失眼前，一時還沒覺著，失眼之後，無論再怎樣思想，總測不透爲什麼會有這種異樣的感覺?……

一重一重的疑竇，像飛蛾抖落的幻影，繞著自己旋轉，一重一重的神秘，紗網似的展佈在自己四周，使自己對任何人，任何事，都動了反覆追索，細心玩味的興致。——也許它們祇是表面上無關緊要，而總會有一縷游絲，和隱在幕後的那個奸人有著關聯。

這兩個人該是從高牆對面的空場上走過來的，聽他們說話的口風，是要在這座廢園裏尋找什麼人，或是什麼東西!那絕非是普通的人或物，不然，他們就不會探聽巡更的人了。他們出現時，多半是在黃昏時分，秋風從西北方捲來他們的步履聲，異常清晰的撞響廊壁，但在黃昏前，從眾多音響中，從沒找出他們的蹤跡來。

正當關八爺打算探究這事的時刻，另一道浪潮直捲過來，分散了他的心神。

那浪潮是晝間眾多喧騰的聲音堆湧而成的，先自西面的正街起始，逐漸迤邐到巷端來。

「鹽市起火了!……好大的火……」

「壩上叫江防軍攻佔了！」

「昨夜保衛團炸掉了鹽河上的洋橋，……四野的鄉隊都在朝上拉。咱們的槍隊還屯在沙河西。」

除了自這些驚異、訝然的雜亂嘈嚷中聽得一星半點關於鹽市陷落的消息之外，一團一簇的人們的議論就聽不分明了。無可諱言的，鹽市正如自己所料，在江防軍全力撲壓下陷落了，但光知道這些是不夠的，自己必得從一些人的嘴裏，去追詢更詳細更真實的情形。

他必得要出去走走才行。

從廢園的側門出去，穿過小巷朝西面的正街走，幾個奔竄的孩子從他身後逐撲過去，擦著了他的袍角。運送糧草的車輛，轔轔的滾過街心。

他摸著一根廊柱，便悄悄停立在正街轉角處的長廊下面，廊間正有一大簇人，圍聽著一個押車的民軍的講述，那民軍的口齒較爲木訥，說話都很篤實，聽不出有什麼誇張的口氣來。

「民軍先攻大渡口，佔了樊家舖，原指望把鹽市西北角撐穩的，誰知江防軍打東邊朝西撲，民軍援不上。……押糧草滾過鄭家大窪兒，風就是腥臭的，……單就樊家舖一個地方，江防軍就死了好幾百人……」

「你見著鹽市大火嗎？」人群裏有人急著問了。

「沙河東，人全看得見紅光。夜晚看得更清爽。」他咂著嘴唇說：「哪個娃娃幫幫忙，舀瓢涼水我喝。……聽說那把火是鹽市上的人自己放的，把大隊的江防軍困在火場裏。」

空氣緩緩的沉靜下來，渾濁的嘈音逐漸低沉了，那個人不知從誰的手裏接過瓢來，咕咕的喝著水。

「他們是從東邊撲進市街的。」他說。

「照這麼說，鹽市算是完……了？」

「前面亂得很，誰也沒去過那邊……江防軍在鹽河東段架浮橋，一股一股竄進沙窩子裏，有人攀樹眺看過，黃沙連著雲，光見塵頭動，看不見人影。估量著，在沙窩子裏，更有一場纏鬥是免不了的。……鄉團鄉隊不知有多少，遍野滾著人頭，就算一個個伸著頸子任他殺，江防軍怕也沒有那麼多的子彈。」

「咱們珍爺可不也在鹽市上?!」有人想起來叫說：「你知道，鹽市起火後，保衛團裏沒有退出來的人嗎？」

「聽說東西兩邊，都有人槍退過河。」對方說：「也許這回再押車過去，咱們就會弄清楚了。」

關八爺獨留在廊柱背後的陰影中，默默的聽著那個民軍的談話，他雖不能繪聲繪色，至少也依照他所聽所見的情形，替這一戰描出一方輪廓來，他沒有講及鹽市激戰中雙方死傷的情形，但他知道，這種拚死命的惡火，死傷的慘重是可以預料的。

他看不見那個民軍的形體，聽他在講述這些時，語音裏並沒有若何的驚疑駭懼，卻有著一份由沉著、悲憤化成的輕微興奮的戰慄，正如他所說的那樣：

「他娘的，若在早幾年裏，誰敢抓著刀矛槍銃打北洋來?!……那可不是雞蛋硬找石頭碰——不自量麼?……路上還有人抓著我問：『上火線怕不怕呀？』我說：『你祇消看看那些流著滾著的人頭，當怕你便也不怕了！……你不是挺著脊樑的漢子麼？不是有名有姓的人麼？白髮老頭兒掄著扁擔，兩眼暴出火來跑在你前頭！十幾歲的半椿小子也跟了去打北洋！四野的牛角聲迎風長號著，你一身的血都教它吹得滾熱，哪還有個怕字？』……真哪，如今覺著北洋軍反變成雞蛋，咱們反變成石頭了！」

有什麼樣的一種情緒，在關八爺的腑內翻滾著，那是一直潛壓在靈魂深處的，原始的戰意，鄉野靈魂中反抗的火種，一代一代的衍傳下來，奔流在人們的血脈裏。在平常時日，它們潛藏得那樣深，深到連人們自己也難以發覺，他們溫馴順服，如同任何官府所飼養的家禽，芝蔴綠豆大的亂子都會使人驚駭萬端，差役捕快等任何沾著官氣的公人放個屁，也都拿當聖旨看，小民百姓是自枯自榮無足輕重的野草，將軍帥爺都是上界臨凡的天星，——至少也該是天魔吧！……祇要歷代不出暴君，這樣自認卑微的人群還能說不好治理麼？祇要魔頭、暴君不使用超常的高壓，使人們在絕望中興起久潛的野性，他們都能長享宴樂，久坐江山。北洋各系的軍閥頭子們應該懂得這個，而且早該懂得，如今已經是太晚了！

民如潮水，可以載舟，可以覆舟！古聖先賢這句話算是說得至深，說得至切，任何掌權握勢的，都該先時時銘習，反覆思量，如果孫傳芳當日不窮兵黷武，今天怎會有沙窩子這一陣血湧的狂潮，……這正是種瓜得瓜，種豆得豆的因果。莫說血染黃沙，屍身橫野的悲慘，這結果祇起因於當初的一念罷了。

他沒有再向那個民軍追詢什麼，因爲那人所知道的，已全講說了。除非等到明天，才能聽到更新的消息。使人悲哀的不是這場已成的劫難，而是自己在這場劫難中，由於意外的被摘去兩眼，無法爲挽救它盡力。

在自己臆想中，祇要民軍拉出大湖澤，塌鼻子並非說不降，鹽市免去一劫，北洋軍也就免去沙窩子這一場可以預見的劫難了。儘管事實發展不至於如預想這樣順當，總也不會有太大的差池。……死得其所，雖是爲人當求的，可也得看機緣，假如自己不失去雙眼，寧可死在說降不成這宗大事上，任他塌鼻子剜砍，那時就可以不必再爲除奸一事傷神了，如今浩劫已成，自己獨活在事外，面對著潛藏在萬家樓內的奸人，勢必要血染雙手，想恕也恕不了了！……這已全非私怨，而是公仇。

有關鹽市陷落和沙窩子圍敵的消息，這一天祇是第一道大浪，這浪潮一波接著一波的湧來，搖撼著荒天野湖中的萬家樓。從來沒有見過那樣多的人，張張全是陌生的臉，不知是從哪個荒窟裏鑽出來的？他們成群結隊的越過荒野，踩過萬家樓朝東面去，他們是成百朵襤褸的雲中的數朵雲。

多少年來第一遭，萬家樓被這種外來的新異力量從根搖撼過，柵門全部打開了，正街的店家爲這些陌生的客人日夜忙碌著，牯爺所訂的外人禁入此鎮的禁令，再沒有理由攔阻著這群人，他們既不是匪寇，又不是流民，他們卻是整個北方鄉野的結合，是八方吹向沙窩子去的殲敵的狂風！……

那些奇形怪狀的獰猛的野漢子們，表露出他們各自野獷多稜的性格，渾身騰出一股渴求戰伐的殺氣，有些人騎著他們自備的牲口，——不像樣的毛驢兒和褪毛的走騾，人和牲口的身上都潑著汗水；有些人上半截身子蒙上一層厚厚的飛沙，下半身趟過渾濁的水，跋涉過泥濘，全是泥污和水漬，有些人在草野上宿夜，髮上、竹笠上、衣衫上，都滿釘著雜草的草刺，細碎的飛絮的蘆花，有些人高捲起褲管，把上衣豁掉，打濕了水圍在脖頸上，有些人用打了結的長褲裝著乾糧烙餅之類的食物揹在肩上，大砍刀、牛角、銃槍的帶子更多花樣，有的是新的蔴繩，有的是花色不同的破布條兒混搓的布繩，有的是擰成股兒的細牛筋，有的竟是幾根從野田中現摘得的薯藤，……在那些人群之中，散發出一般貧瘠農村人們身上特有的那種氣味，乾沙、濕土、堆肥、煙草、棉紗浸過酸汗和人身油垢等混合成的氣味，經秋陽一蒸，氣味便更爲強烈了。

不管他們外形上如何獰猛，內心在赴戰前的一段時間中如何的野悍，但在和當地商家的交易上，他們個個都是那樣誠實，沒忘記他們平素固執又略帶點兒慳吝的老習慣，——買東西的時候，細心的，反覆的挑揀，不厭其煩的抱怨貨品，抱怨價格，還了又還，仍然有受了欺，上了當的表情。輪到付錢的當口，小心翼翼的摸出荷包，那麼珍視他們辛苦的所值，——彷彿用它買下世界上任何東西都還有些委屈似的，不甚甘心的手指有點兒不知所措的顫慄，一個子兒一個子兒朝外捏，……多麼古老笨拙的心疼啊！

荒涼中的萬家樓，所有街坊的店戶們都看熟了這些，不但習慣任由對方挑揀、抱怨和責難，而且在安心中特別企盼著做這一類的交易，覺得祇有經過這種形式，才能享受做完一宗無論巨細的公平交易後所獲得的喜悅，好像對方若不那樣挑揀，就不會發現自家店裏的貨品有多麼精美紮實，好像對方不抱怨這、抱怨那，賣方就無法藉這個機會費盡唇舌對顧客講說自家貨品的好處——一種痛快淋漓的誇耀的滿足。

車襻啊，煙絲和煙桿啊，黑火藥，鐵蓮子，鐵沙子和紫銅的銃用的槍泡兒啊，新草鞋和土釀的酒啊，發麵饅頭，吊爐餅和大張烙餅啊，各種簡單的吃食和粗糙的糕餅啊，斗笠、汗巾、繩索、筐籮啊，……這些都成了最熱門的生意了。

正因爲北方鄉野上這種特殊的交易習慣——在貨品交易的同時也交換了人情，無論哪家店舖，在買賣時，總由討價還價的單純對話之外，夾雜上一些與生意本身毫無關聯的寒喧言語，這樣，雙方的陌生感很快就消失了，情感也就很快的融洽起來，在鄉野同根的基礎意識上，變成「不是外人」。

「打哪嘿來的啊？你們總爺。」

「什麼總爺，咱們全是耕田耙地的，——從沒吃過糧，披過虎皮。」

「嘿，老百姓，對麼？」

「正是，彼此一樣。」

「那你們不是也打著旗號麼？」

「你們瞧，那是什麼旗號?!……咱們從廟裏借來的神幔兒，紮在竹竿上，權算替天行道的杏黃旗。……殺北洋總算有個旗號啊！……真滑稽不是？」

「那邊還有黑旗！」

「巫人用的巫旛，洗掉符咒就是了！」

「聽口音，你們是?!……」

「咱們是上八縣趕得來的。」

「上八縣？好遠的路啊！」

「遠麼？——走起來就不遠了，腳下離沙窩子還有多少路？」

「翻過沙河，還有一天的路。」從店舖的黝黯中伸出手去，概略的指了個方向，奉出貨品，收了錢，仍意猶未盡的岔開話頭：「上八縣好地方，漢高祖劉邦在那兒斬的蛇，可不是？」明知故問那麼一種搭訕，還是把人給留住了。

「那是在邙碭山，咱們該算是楚項羽的老鄉了。」

「喝，出英雄的地方。」

「可惜風水早叫漢代的兩位英雄出盡了，如今祇出莊稼漢，既不想舞文弄墨，又不想要槍弄刀，……除開這一回，旁人可以不救，像關東山關八爺那樣人，能忍心讓他死在鹽市麼?!」

「你們是爲救關八爺來的?」

「可不是?! 北地都風傳著八爺以江湖在野之身，帶著一股人槍扼著鹽市，獨抗北洋的，……咱們誰沒受飽了北洋防軍的氣，吃足了苦頭，趁這個機會打它個攔頭棍，讓他們也嚐嚐自作孽不可活的味道。」

「你們可知道……八爺他不在鹽市，……他叫咱們族中兩個不成材的傢伙剜掉兩眼，如今仍困在……萬家樓啦?」不管對方怎樣訝異，說話的人仍然說下去，由高亢的聲調變成神秘的耳語。

這耳語疾風般的在這群漢子中間播傳開去，立即有無數人要謁見名震北地的關八爺；終於在宗祠高樓一側的尙家茶樓裏，他們找著了這位遭遇慘淒的人物了。

成千的野漢子圍聚在萬家宗祠前的廣場上，等著聆聽關東山八爺的講話，很多人伸長頸項，渴欲瞧瞧這位傳奇性的英雄人物的真面目，他們是那樣渴切的等待著，在心靈深處，他們已等待得很久了。……大部份人仍然陷在極大的困惑裏，不懂得以八爺這樣的身手，這樣的威名，爲什麼在萬家樓遭人陷害?竟至失去雙眼。爲什麼八爺遭人陷害的消息，一直沒傳到北方去?

「瞧，八爺他出來……了!」

「啊!他的眼!他的眼……真的瞎……了!」

人群裏起了一陣輕微的不安的騷動，隔著一道低矮的石牆，他們看見了那個人的臉和肩背。

在一個漢子的攙扶下，關八爺由祠堂一側的石牆斷處彎進廣場來。近午的陽光沐在他的肩背上。他穿著一領半舊的寬大的藍夾袍兒，薄底布鞋，秋風把他的袍角扯得飄飄的，使他高大健碩的身影，帶著些剛勁而又蕭瑟的情味，彷彿是一棵披霜壓雪的蒼松，使人敬凜，又使人有些悲惜，……悲惜他的孤伶。但當他踏上石臺，緩緩的轉面抬頭朝向人群的當口，陽光照亮他的臉額，石塑般的光燦的笑容出現在他的臉上。

「這……一天，」他用宏大的聲音說：「這一天終於……來了，我關東山雖然沒了眼，我仍樂於聽到北洋防軍潰竄的消息，……沙窩子這一火，防軍是敗定了的，不過，我實在盼望諸位父老，儘量少殺戮，——能降的，受迫的，那些吃糧賣命的，能不受枉殺，我關八也就心安……了……你們聽，聽這些鴿鈴，」他指著鴿群翔旋的天空，頓了一歇，又指著地面說：「你們會相信，這兒也曾起過殺戮嗎？……地上的殺孽太……重了！」

笑容從他臉上消失了，他眉頭仍鎖著冷冷的冰霜。

「祇有幾個真正的兇徒該見血！」他說：「濫施仁懷，仍是見不著公平。」

襤褸的雲是浮流不盡的，幾乎所有從西路來的人，都知道曾在鹽市倡義的豪士關東山困居在萬家樓，他們整天都有人要求八爺跟他們講些什麼，但從東來的消息使他搖頭了。

「沙窩子的戰事已經完……了！再沒有諸位的事了。」他說：「我還是勸諸位多走一天的路，去看看那些……屍堆！……記著那血染的地方，全是爭權奪勢的貪慾造出來的……慘事，記著它吧！」

這一夜，從東面傳來的消息，擾亂了他。

消息是詳盡的，說是從縣城出動的上萬的北洋殘眾，經過攻撲鹽市的血戰，大火的圍焚，以及沙窩子的殲殺，除了少數零星散股北竄和小鬍子率眾退守縣城外，大部份都叫殲殺了。傳話來的人又形容說：「那些運糧的牛車都沒放回來，留在鹽市和沙窩子兩地拖運死屍。一車又一車的，簡直多得忘了拖運的趟數……。」

自己是個從不呼天的人，到此也不得不仰面呼天了！難道這就是萬民長久等待的日子麼？除卻一場暴力，要刮多少日子的腥風？人們若真有那種聰明，那份穎悟，就早該人人及早自惕，不讓貪慾在心裏滋長，不去依附權勢，權勢何由而生？……暴君也全是愚眾自己抬出來的！與其到後來醒覺，怎如醒在當初?!說是領悟也罷，看穿了也罷，——哪一代人的人心淡泊，哪一代才會真有太平。關東山！祇有那種依稀的遠夢才是最值得珍惜，值得追懷的，一聲聲悠悠緩緩的更鼓譙樓……明月下無驚無恐的萬里江山。

而這一夜卻是長而曲折的，在三更之後，他敏銳的兩耳聽見了長牆外的聲音……

最先他聽見的，是由遠而近的腳步聲，踩得極輕極慢，穿過長牆對面的空場一側，停頓了一忽兒，然後又動作起來，反覆的逡巡什麼的橫走著。

是他！對了！……關八爺一想到多日來懸疑未決的那個窺伺這座廢園的人，不由心裏一動，因為這腳步聲告訴自己，來人正是那個老頭兒。

他仍然枯坐在那張敞榻上沒有動彈，他覺得若想弄清這老頭兒為什麼要窺伺這座廢園，枯坐等候是最好的法子，若由自己先動作，打草驚蛇嚇著了他，他也許就不會再來了。

腳步聲反覆響了好一會兒，折回去，又重新走了回來。這一回，腳步細碎沉重而又急速，顯係荷負著重物，落葉颼颼的飄刮著，正是風勢轉緊的月黑天，自己料得不錯，克嚓一聲磚木的碰擊，有一架長梯搭上了牆頭。

緊跟著，那人沿著梯子爬上牆來。

他的動作是紆緩笨拙的，完全是那麼一個平時缺欠走動的老年人的動作，無論對方在哪一種緊張的情緒裏，也是無法掩蓋得住的，越是想動得機敏些，兩條腿越是不肯聽話；他笨重的體態，更是可以想見的，還沒爬上三級，就推倒了一塊壓在牆頭上的磚頭。

幸好廢園裏沒有畜養雞犬，要不然，他還沒爬上牆頭，就該把人給驚動了。

關八爺仍然一動不動的靜坐在敞榻上，他一時可真料不透這個笨拙的老頭兒鬼祟的行蹤！說他是尋找什麼失落的東西嗎？那是根本說不通的！……廢園是牯爺家的產業，平時向無外人進入，園裏的角門經常上閂落鎖，外人不可能有什麼東西遺落在這裏。……說他是來偷竊吧？廢園除了馬匹，並無金銀財寶，而且這個人的動作，一點兒也不像是幹那一行的。

那麼，他究竟想幹些什麼呢？在這樣黑暗的，秋風颯颯的深夜?!……忽然他不再狐疑了，因爲那人已經抽取長梯反搭在牆內，悄悄的爬了下來，並且一路摸索到自己所住的倉屋門前了。他這才豁然想到，——這人正是爲自己來的。

「八爺……八爺……」

那人使用比耳語較大的聲音，那樣急促的、微帶著兢戰的叫了兩聲。

「誰？你是?!……」

關八爺不能不答他了，雖然他並不知來人是懷著怎樣的心意，但他總是坦然的。

那人咻咻的喘息著……

「門是開著的，老爹。」關八爺的聲音從黑裏發出來，平靜而溫和：「我知道您找我很久了，還有那位年輕的姑娘，您不必在這樣黑的夜裏爬牆來的。白天我常逛街，您隨時都可找我。……我的兩眼業已叫人剜走了，一條命還在這裏，……對不住，我實在不知您的來意？」

「八爺，我是萬家棺材舖的老木匠萬才，」那人說：「我祇是受人之託，來找您通個信的。」

「是那位姑娘嗎？她……」

「是，是的！」萬才摸了進來，反手把門給掩上了。

關八爺沉吟著。

「她找我這沒眼的人，有什麼事呢？」

「八爺，您真是個神人，您怎會知道她來到萬家樓的?!」老木匠自言自語的說：「她說她是經您搭救過的人，從沙河口珍爺的田莊上來的。……可憐珍爺已死在鹽市了，落得個屍骸無存……」

「我知道。」關八爺說：「您可知她叫什麼？」

「她化名姓金……她說她叫小餛飩。嗯，小餛飩，她說我祇要跟您一提這名字，您就會知道的。」

「小餛飩，她在哪兒？」

「在我的舖子裏。」老木匠說：「如果她從沙河口來時，不摸岔了路，如果她早見著您，八爺，您如今也許就不會失去兩眼了！……她是受了咱們族裏菡英姑奶奶臨終重託來的，我這麼說，您就該知道我為什麼要賁夜單獨來見您的原因了吧？……萬家樓對您是一個陷阱啊！八爺……」

老木匠挨著床沿站著，一屋子漆黑，有眼人也成了沒眼人，在黑裏，關八爺摸著了老木匠那隻滿是裂紋和繭結的粗糙的手。

他不能也不願在此時此刻打破這份靜默，他是一片獨留在枯枝上的葉子，眼看著一樹所生的葉子紛紛被秋風擷走，連夢裏也該有著刻骨的霜寒……珍爺兄妹死了，可憐的愛姑死了！六合幫的一干弟兄都死了，散了！連那般俠義的戴老爺子師徒幾個，也都灑血拋頭，死在這場劫難裏了！關東山，你翼護得了誰呢?!——連你本身的兩眼也護不住，祇有任人取去，這人世簡直就是一場不醒的噩夢，充滿了重複，禪續，令人厭倦的魔性。儘管你厭倦這些，憎嫌這些，你活著就必需忍受這些，因爲真實人世原就是這麼一種樣式！

「那小餛飩，不，那卞姑娘，她要跟我說什麼呢？」關八爺說。

「她沒跟我詳說，八爺。——除去見您之外，她是不會吐露的了。」

關八爺徐徐鬆開那握著老木匠的手，去摸自己的額頭，幫助他進入沉思。

巡更的啞鑼聲一路響了過來，爲這樣略帶淒寒的秋夜，加上一層神秘、輕恐的意味……

「鹽市有人來過，」老木匠說：「那人卻沒見得著您。……這，我是從槍隊上一個酒鬼嘴裏套出來的。從那時，我就躺在棺材裏頭，費盡心血想猜破這個啞謎了！……您甭見怪，棺材裏搭的有臨時鋪蓋，咱們幹這一行的人，不忌諱這些。……」

「噢！那人結果怎樣了呢？」

老木匠幽幽的吐了一口氣。

「據說是叫拖到紅草坡去，埋了！」老木匠說。

「您探聽過那人的姓名麼？」關八爺在難耐的沉寂中追問說。

「老六合幫裏，一度跟您走道兒的人。」老木匠說：「那醉鬼說他姓……姓什麼來著？……啊！對了！……說他姓王，叫王大……貴！不錯，他確是叫王大貴！」

巡更的啞鑼一路響過去了……

老木匠吐出王大貴三個字的時候，關八爺的肩胛就猛可的聳動一下，一縷看不見的獰猛的慘笑出現在他的唇邊。

「是誰殺了王大貴的呢？」

「是……牯爺！」

一片更難忍的寂默又湧了過來。

「就在這座園子的那邊，牯爺後宅裏，就有一處石砌的地牢。那醉鬼說，王大貴死前曾被關在那裏動刑，那醉鬼動手用刑，他親眼看見過，看見過王大貴是怎麼來？怎麼死的?!」

「……有天，我跟他一道兒在萬梁舖裏喝酒，酒甕的黑影落在他的桌角上，他避到我的桌角邊，扯著我的袖子發了酒瘋，指說舖裏有鬼……」

一經追述起那宗往事，老木匠就有些神經質的嘮叨，自顧那樣瑣瑣碎碎的說下去，說下去，……儘管他的所說是有些錯亂的，同時，王大貴意外的死因確實使關八爺受了猛烈的打擊，而他仍得以極大的耐心，抑平心頭翻湧的情感，一句一句仔細的聽著。

他覺得，早些時自己朦朧的料想並沒弄岔，眾多複雜的、多方進行的事象，是一捆無頭的亂絲，絕不是一時就能理出眉目來的，老木匠的話，正是一根線索，從王大貴的死爲起頭，逐漸伸入亂絲的堆裏去，他就要順著這根線索，逐步的清理下去，他慢慢發現，這根神秘的線索，總隱隱約約的圍著牯爺打轉，他心裏的疑慮，逐漸的澄清了……

「他說：那個王大貴是他們在雜樹林子遇上的，他騎著一匹青騍，帶著槍，正在林裏埋屍。」

「埋屍？」

「嗯，一具腐屍，——正是萬家樓槍隊上人要找的，失蹤了好些時的紅眼萬樹。……王大貴當時說是要找八爺，他們就帶他到牯爺那裏。」

「牯爺從沒跟我提過……」關八爺忖著，頓一歇說：「他沒道理殺掉王大貴的。」

「除非存心隔絕，不讓外間跟您一通消息。」老木匠說：「牯爺把王大貴跟紅眼萬樹的案子連在一起，硬指他是殺人兇犯。」

「一個過路人殺一具腐屍?!」

「所以我說：王大貴是冤枉的，他們寫好供狀，硬抓著他的手把指模給捺上，……這事就是牯爺指撥著那醉鬼幹的，埋人的差事也有他一份兒！……心虛著，就整天那樣疑神疑鬼了。」

關八爺朝空裏抬起臉，雖然他根本不會再看見什麼，但總覺無邊的黑暗裏，有著冥冥的神靈。有些事是微妙得難以解釋的；就拿王大貴屈死這宗事來說罷，無論做案的人設想得怎樣周密，到頭來仍由老木匠嘴裏傳到自己耳裏了！

牯爺是個心計極深而又極善潛藏的人，他若沒別的存心，絕不會把這宗事這樣糊塗的處斷，——硬把一個過路人和一具久已腐爛的死屍牽連在一起。假如他心是實的，事後也該跟自己說個明白，這就是一個最大的疑點，說明他這樣處斷王大貴，不祇存心枉屈，而且還別有詭謀，這詭謀是針對著自己而發的。

「我的疑心就是從這兒起的，」老木匠說：「回去之後，我想了又想，……我想到有一天，大板牙在天快落黑的時辰，揣著酒，來到我的舖子裏，提起牯爺著我準備兩口棺材的事。」

「兩口棺材?!」關八爺困惑的說。

「是了，」老木匠說：「那時八爺您腿傷沒癒，住在萬梁舖兒裏，牯爺正準備著行族議，宗祠聚議前，他們設柵門，把您軟禁在舖兒裏，……您該記得，老二房槍隊攔著您，柵門是我開的。」

「不……錯。」關八爺意味著說。

「我想得到，那兩口棺材，至少有一口，是留給八爺您睡的！……牯爺跟老二房，都想在各房族面前栽誣您，萬振全端的是牯爺的飯碗，不得牯爺示意，他敢在各房族面前那樣栽誣您？再說，您跟萬振全向無仇隙啊！」

「照您這麼說，是牯爺?……」

「再沒有旁人了，八爺。」老木匠說：「我甚至懷疑萬家樓所有壞事全是他幹的！最早，他們老二房就起過怨聲，埋怨長房主領族事太久，牯爺又是個不肯服人的人，即使他沒有爭權的意思，也叫老二房裏那些邪皮抬舉壞了，唆弄壞了！……他要爭主族事，就得拖倒長房這幾根擎天柱子，若想拖倒長房，又必先除去長房的朋友，……老六合幫裏的雙槍羅老大那一把子人，十有八九是他陷害的。」

「老爺子死後，老六合幫叫他拔除了，他的膽子更大起來，於是，他就借刀殺人，勾引朱四判官來殺保爺，再在暗中下手，翦除了業爺！……雖則這件事都辦成了，他心裏卻更不安，因爲有您八爺在世上……」老木匠越說，聲音裏越帶著深沉的怨憤：「朝後，牯爺百般施爲，像逼殺萬小喜兒，坑殺王大貴，氣殺小姑奶奶，嚇走大板牙，斷送了珍爺，唆使萬振全兄弟剮您兩眼，捕拿小餛飩，火焚萬粱鋪，無一不是對著您八爺來的！」

「有證據麼？」關八爺嘆說：「你說這些，都祇是猜測之詞罷了！……我也曾這樣反覆推斷過，也曾探聽過五千現洋和那匹黑疊叉的騾子！……但也抓不著一點兒實據，我不願憑一己推斷，枉屈牯爺。」

「您真是個大好人，八爺！」老木匠說。

「還有些事，是我弄不清的。」關八爺頗費一番思索說：「就算他牯爺真的要怎樣我，他原可以黑裏伸槍，要了我的命去的，他卻祇剮去我的兩眼，又這樣養活著我，究竟是什麼用意呢？……去我兩眼並不能算除掉關八，這是很顯然的。」

「牯爺毒就毒在這裏了，八爺。」老木匠說：「他若在萬家樓著人使黑槍打掉您，人死無對證，一次把您了結掉，原夠爽利的不是?!……可是，就因人死無對證，就難保其它房族不起疑，您想想，假如流言蜚語傳開去，說關八爺是死在牯爺手裏的，他牯爺是主領族事的，能得脫身麼?……憑您八爺在外的名聲，跟鹽市那干人，跟民軍，跟北地江湖道上諸多人物的關係，牯爺吃不住他們一人一口咬的！……他牯爺剜您雙眼，反做了現成的好人，爲您緝兇，又這般奉養著您，是要留下您這張活口替他做護身的靈符！如今他握著槍隊，還怕您這瞎了眼的人麼?……他是在審時度勢，等到江防軍破鹽市，除去那班能替您報仇的人，然後，他洽北伐軍，請領民軍的番號，把彭爺擠回大湖澤去，使西北這一角荒天，成他牯爺的天下，那時候，他不用再使黑槍打您，只消一碗毒藥，就要了您的命了！……您倒下之後，他自會替您大張旗鼓的經喪營葬，從頭到尾都扮成好人，誰還敢再疑他？」

夢魘！真是一場渾渾噩噩的夢魘！

自己多日來想不透的疑團，想不到在今夜竟爲一個老木匠的一番言語指破了！老木匠娓娓的述說著這些，聲音是粗嘎低啞的，過度的憤慨常使他停頓下來喘息。

「我打了一輩子棺材，八爺，我手打的棺材，也不知睡過多少人了！我常常躺在棺材裏，想著人的生和死，論世上的邪人惡漢，很少見牯爺這樣狠毒的！就是她卞姑娘不來，我也打算把這些告訴您……您祇要知道這些，就不會被他的陷阱陷住了，我相信，您雖沒了眼，可是在這世上，唯有您能除得掉他！」

「我仍然要有證據！」關八爺說。

「好吧，卞姑娘就是個活證據，八爺，您得儘快見她才好！……最好就在牯爺回萬家樓之前。如今牯爺還沒著意毒害您，等到那時，他佈妥耳線眼線，見面可就更危險啦。」

「我該怎麼見呢？」

「她在北街的巷口彈琴唱曲兒，您不妨藉散心聽曲兒爲名，先跟她碰個面；人散後，您沿巷子東拐，再折向南走，我自會接您到我舖子裏去，讓她把詳情告訴您！……最好是明天，晚飯後您就去見她。」

「好罷！」關八爺說。

「那，我得走了，八爺。」

老木匠說著，悄悄的站起來，輕輕拉開一角門，隱進滿園的濛黑裏去。

雞在不遠的地方啼叫著……

天還沒有亮。也許就快亮了！

江防軍殘部在沙窩子大半被殲的消息，北伐大軍已經渡江北上的消息，革命軍先頭某部已克湖西的消息，飛蝗般的遍落在整個北方荒涼的野地上，新的希望彌補了舊的創痕，鄉野的人們都鼓舞起來了！原先隱伏地下的革命黨人，紛紛出現在人群裏，使各地的鄉團鄉隊，都成了維護地方安靖、迎接北伐軍的民間力量。匯聚在沙窩子周圍，參與沙窩子殲敵之役的鄉人們，硬是以軟困困垮了縮在縣城的小鬍子，使他在北伐軍來到淮上之前就換了旗幟，並且被他的部眾逐走。

九月十六那一天，整個江淮地區全部光復了，人們祇是準備著盛大歡迎，歡迎北伐大軍過境罷了！這是一場在深秋時分吹起的春風，使人忘記了饑餓和寒冷。一日夜之間，春風便吹過了古老的萬家樓……

牯爺率著槍隊沒有回來，反而開拔到縣城外的長街去了，名是防止江防軍降眾再生變化，實是去做一做萬人仰望的順水英雄，去接受各界的恭維、抬舉和日夜無休的歡宴。……萬家樓更是一番昇平的景象，從縣城外圍撤回的鄉勇民團，逃難在西返回舊地的民眾，一一流經這裏，使這個荒湖蕩子裏的集鎮，成爲一個大的棧口，不但白天交易盛繁，人煙茂密，夜來時，更是滿街燈影，別有繁華光景。……昔年少見的夜市鋪陳在繁燈裏，大鼓場子，說書場子，都在尚家茶樓一帶擊鼓開鑼，客棧生意成了各宗行業中最吃香的行業，正街橫巷，有幾家新粉刷開張的棧館擠得像淺塘的鴨陣。

質樸老民是習慣地把舊創遺忘的。

「北伐軍總算打過來了！」

「可不是，天下不久就會統一了。」

「老天爺終算睜眼啦！兵荒……馬亂……翻雲覆雨的鬧了這許多年，荒地上鏽了多少沒人埋的戰骨?!這一回，日子總該承平了吧？」也許叫諸多人馬的禍患折磨得太多太久了，一個乾瘦的老婦人說話時，希望中總固執的帶有半分不肯全信的猶疑，彷彿安樂和幸福，老天一向是吝於賜給鄉野黎民的。

儘管多數人都或多或少的懷著這麼一份自然的猶疑，——鄉野上無知人們一旦面對著一種新的浪潮，都會有這樣迷茫的、輕恐和欣悅混融的，微微戰慄的情緒。——但他們仍然那樣虔誠的感謝上蒼，抬出古老的少見陽光的供桌來，沿街起貢，並且晝夜鳴響爆竹，使整條街都飄盪著年夜般的熱烈的情緒。

「茶樓聽書去罷！」

「小地方都這般熱鬧，縣城可不知熱鬧到什麼程度了呢！」

「你若跟牯爺的槍隊走，可不就瞧著那份熱鬧了，老夥計！」

「我兒子倒湊合上了！」那人說：「我五十五啦，骨頭硬啦，槍隊早沒我的份啦。」

「咱們牯爺真算是因緣際會——叫他遇上了！」另一個望著鬧市的燈火，平白的發起感慨來：「人生際遇，真是難說啊！……就拿牯爺跟關八爺來比照吧；人家八爺闖盪江湖，受了半生辛苦，一隻肩膀挑重擔，獨抗北洋，從小辮子張勳，到五省聯帥孫傳芳，進大牢，走關東，從沒懼怯過，年前說動鹽市拉槍，實在該居首功；像這等人，北伐軍來了，原該吐氣揚眉的，可是事實如何？……反遭不爭氣的萬振全挑去雙眼，變成個瞎子，……牯爺呢，當初鹽市吃緊，坐不赴援，硬把珍爺葬送掉了！等到大勢已定，他一拉槍，仗是沒打，反而耀武揚威進了縣城，如今他有人槍在手上，又打的是抗北洋的旗號，北伐軍一來，你瞧吧，一放就是個現成的司令，這不硬是際遇造成的嗎？」

「甭信口批斷牯爺了，好歹他是咱們萬家的族主呀，兄弟，……再說，這話讓老二房聽了去，豈不是招惹麻煩嗎？……還是聽書去吧！八爺就像書裏唱的落難英雄，好漢秦瓊，還不是照樣貧病賣馬?!歷朝歷代，真英雄，大豪傑，都是際遇坎坷的呀！……」

第二十七章・玲瓏

和人群圍湧的一些熱鬧的書場比較起來，設在北街巷口的金姑娘的彈琴賣唱的場子前，就顯得有些冷清，扁圓的秋月從巷子背後的牆缺處照過來，牆裏有棵落葉稀疏、枝柯彎曲的狗芽兒樹，墨畫兒似的樹影正落在她穿著月白布衣衫的背上，這樣漆寒的秋深夜色中，她淺色的月白色的衫子，總顯得過份單薄了一點，因爲那顏色是屬於溫熱天氣的。

那一丸秋月，若在冷寂處看，倒不顯得怎樣，若以它跟滿街有著喧嘩感覺的繁燈相比相映，就顯得格外的冷，白，玲瓏了。而彈琴的姑娘更冷，更白，更玲瓏；她手上攏著的，彷彿不是一把琴，而是攏了一懷幾乎被人完全扔棄的秋情……

她坐在一塊粗糙的青白色的冷石上，斜著腿，併著雙膝，緩緩撥動琴弦，細細碎碎的叮咚便從她蔥般的尖指下飛迸起來，急驟時，彷彿有一股浪花沖擊著嵯峨的石岸，徐緩時，彷彿是一線點滴的涓流從柔葉的葉尖上滴落在溪心，無論是急驟或是徐緩，琴音裏都有一股哀怨的秋色秋聲，祇有風懂得，月亮懂得。

也許就因爲這種過份冷怯的琴音，把貪熱鬧的人群驅走的罷？她這樣彈了一段開場前的琴曲，場子四周的人已經寥寥可數了！祇餘下幾個不愛熱鬧，而且習慣了這種寂寞哀遲情味的老頭子、老婆婆，一些愛替弱者、落難人，或者遭劫英雄等等歷史人物流淚的婦人，以及幾個不解事的孩子，留在如水的月光中，在等待著什麼。

也許她就那樣永夜輕輕彈撥著琴，把琴音溶在月光的水裏，把人心給軟軟的浸潤著，就夠美的了！她端坐的姿影給月光描出一圈兒帶有朦朧光熠的輪廓，美得簡直難以描摹，在萬家樓，沒人看過比她更美更沉靜的姑娘，她算是菡英姑娘和萬小娘的混合，這樣出色的姑娘竟在亂世裏流落街頭，依靠彈琴賣唱爲活？更使人分外的憐惜著。

人們在等待著什麼。

也許是她悲淒的身世的吐述吧？

然而，像石破天驚似的，她卻以拔出琴聲的尖亢無比的高音，近乎絕望的哀啼，或是攔輿訴冤般的唱了出來，她的聲音是千年不斷的悲憤的狂風：

「說什麼安樂?!

道什麼承……平……喲！

亂世的悲情吐……不……清……

收拾起

落難公子團圓夢，也休提那

後花園月夜……訂終身……啦……

諸君若放眼去觀亂局啊，

英雄的際遇呀，

最堪……哪……憐……」

她這樣激憤哀切的唱著，在秋色的風裏，月裏，她的唱詞是通俗的，純樸的，極易喚起人們對於歷史煙雲的懷想，她唱著，唱著，淚水也潤濕了她的兩眼，她唱的雖是歷史，她想著卻是八爺。隻身闖盪的八爺，視死如歸的八爺，見義勇為的八爺，……她一生所遇的人中，無人能和他相比的八爺，想著他的傷痛，想著他的淒涼，他遭遇的坎坷，她不能幫助他什麼，卻願用真誠的聲音覆護著他，覆護那個瞎了眼的人。

初聽到關八爺被人剮掉雙眼的消息，她幾乎不能相信那會是真的！可不是麼？那樣豪勇的人，怎會輕易遭上歹人的毒手?!慢慢的，她不能不相信了，不單是老木匠萬才詳細述說著八爺來到萬家樓的經過，萬家樓所有的人，都知道八爺他是怎樣叫人剮去兩眼的！……萬才告訴她，沒了眼的八爺如今困居在牯爺家舊宅的廢園裏，已經變成個殘廢的人了！他帶著她到那座廢園外看望過，她想得到關八爺失眼後落寞的光景。

萬家樓的人，也許弄不清關八爺失眼的始末緣由，她卻知道剮眼事件背後的魔影！這之前，她從沒見過牯爺，她卻想到：暗地跟八爺作對並能使八爺失眼的人，可不知比朱四判官和毛六那干人厲害多少倍了！……她雖渴望能會見八爺，但她不容易得到單獨見面的機會，對八爺揭露牯爺的罪行，這消息祇要洩露一絲半點，就會因之斷送八爺的性命……

高高的長牆矗立著，她夢也夢得到那座廢園裏索落的光景，秋深葉落，白露成霜，困處的盲人哪還是什麼英雄？什麼豪傑?!若不及早告訴他處境孤危，早晚是牯爺翦除的人。

琴弦因她指尖的顫索，彈迸出來的琴音也是僵涼的，一弦一索充滿了悲楚，那餘音，在夜色裏緩緩的縈迴，縈迴，探進人心的深處。

該感謝老木匠萬才寧冒風險收留了自己，並且在黑夜攀牆去面見八爺，替自己鋪妥跟八爺會面的路，如今，八爺也該快來了吧？

她一面撥弄著琴，一面沉沉的思想著。

逐漸昇高的月亮穿過流雲，穿過流雲，月光越變越白，越變越冷了，眼前這些聽琴聽曲的人，有幾個聽得懂琴中的咽語？曲裏的傷懷?!燈芒在遠處躍動，人聲在遠處喧騰，祇留下北街巷角的這一小角空間，浸沉在她淒絕的琴聲裏，真顯得不甚調和了。

日子起了變化了，她朦朧的覺出這些，她也聽過許多有關縣城、鹽市和沙窩子的傳言，那些由火線下來的漢子們，臉上帶著尙未褪盡的餘悸，形容著他們所曾經歷過的情境，炮火，煙霧，人屍，血漬，殺戮的吶喊，也形容起鹽市在潑天大火中陷落的光景……但這些都已經過去了，久久被人傳說著，被人等待著的北伐軍就快來了！

她說不出內心有著怎樣的感覺，祇覺得有些眩迷。她在鹽市上生活過，並且經歷過兩種截然不同的生活，關東山八爺沒去鹽市前，她過著淫靡的賣笑生活，她並不淫靡，而社會的風氣淫靡，她沒有力量抗拒那重重的束縛，無論是毛六或那些荷花大少，任何一個柔弱的女性，都含著眼淚和冤屈，被鑄成那種樣式，——不屬於自己的自己。

八爺來到鹽市後，猶似一陣撼野的烈風，把鹽市上淫靡的醉夢，豪華的宴飲，不輟的弦歌全都掃空了！把那些有苦無處投訴的姊妹淘所受的捆束解除了。她在鹽市上後一段生活，清苦淡泊的人的生活，全是八爺賜予的，有那樣一段日子，人就不算枉活了！

如今北伐軍來了怎樣呢？沒有人洞悉牯爺那種詭詐的心計，沒有人洞悉他藏在心眼裏的陰謀，北伐軍能救萬民，但他們救不了陷在豺狼窟裏的關東山！……眾人的歡欣離她很遠，她祇記得，在北伐軍沒來前，關東山八爺已經給了她一個世界，無論是甜是苦，那總是一個「人」的世界。從淫靡的捆束中拔脫出來，她已經有勇氣保有那個世界，從她醒覺的人性尊嚴中，永恆的保有。她不爲鹽市上那些血肉橫飛的死者們流淚，因他們同樣爲完全的擁有那個世界而死去。她擔心著的祇有一個八爺!

微風拂動她額前的彎瀏海，飄漾飄漾的走著軟柔的小浪，她徐徐的曲兒越唱越深沉。她唱著歷代忠臣遭陷的故事，唱出正直之士常遭冤誣的故事，當她唱至：

「全都是有慾無仁爲禍患……喲!

普……天下，無私無隱才見……公平……」的時候，煙一樣的嘆息起在她的身邊，也許這些聽唱的人也被觸動了吧?在這有慾無仁的人世，關東山八爺的仁心換得的，就祇是殘廢的身軀，世道人心不改變，北伐軍又能做些什麼呢?!

也就在她唱完這一曲，撥弦轉調的時候，瞎了眼的關八爺沿著黯黑的長廊摸索過來，佇立在人群之後，一支月光照不到的圓形廊柱下面。

沒有誰注意到他，他祇是寂寞的站立在那裏，跟古老的廊柱一樣的默立，彷彿不願意驚觸什麼。……很久很久沒聽過這樣凄涼的琴聲了!江湖道上，腳步匆匆，歲月如流，連塵封的記憶也都無暇拂拭了，若不是失去兩眼，祇怕還難得有機會回首前塵呢!

也不知流去多麼遙遠了?幼年那一段日子，黑濛濛的堆在心裏發霉的角落上，月光是一片朦朧的乳霧，把世界浸沉在近乎懶散的溫柔裏面。溫柔，可又帶點兒沉鬱的哀情，無風的夏夜，蟬聲初歇，蛙鼓如雷，在麥場邊老柳的散髮般的枝影下歇著，到處都聽得那種低啞的胡琴聲，沒有什麼樣的風起沙揚，什麼樣的高山流水，鄉野人們不愛變化，也怕想像天外的風雲，琴聲還是那麼原始，那麼平板，那麼蒼涼哀怨，那麼徐緩沉遲……

咿胡呀胡，咿胡呀胡，就那樣安心，認命的哭泣著，悲嘆著，或傻傻的笑著，千百年前的祖先們就是這樣，世世衍傳，毫無更變的日子是一塊刻妥了的版畫，印出來的是同樣的畫面；

春耕、夏作、秋收、冬藏……舊的一張煙黃了，新的一張換上，新的一張灰黯了，再換上更新的一張。拉胡琴的人心裏裝的是這些，手上拉的是這些，嘆五更，四季彈梅，梅花三弄……簡單俚俗的小曲兒，像他們所過的日子一樣，一樣咿胡呀胡的平靜的流水……

就是那樣的日子，就有那樣的琴聲，使人想睡在裏面，甚至死在裏面。有時候，月亮穿雲走，滿天的繁星在疲倦的眼瞳中搖漾著，大地像船，被那樣的琴聲浮托起來，不知要朝何處飄流？……人在船上波搖波搖的，自覺月光和琴聲融混起來，難分哪是琴咽？哪是月光？拉琴的人倚著老柳根，搖頭晃腦的配合著樂聲，自顧沉醉著，略有一日的安閒，他們就懶得去掛慮明天！而那樣的樂聲，正顯示出鄉野人們生活的願望。

胡琴聲黯啞時，碎夢踩在腳底下，很多漢子都走上了江湖，有一些人似乎還改不脫那種老習慣，車後的匣子裏，還帶著一把破胡琴，夜晚靠了腿子，就取出它來，咿胡呀胡的拉上一陣，開心談不上，破悶倒是真的，同樣的胡琴，拉出來的聲音可就不同了！也許是由於那些荒村野店的寒傖背景的映襯吧？總覺一弦一索，都飽蘊著吐不盡的淒涼……今夜的琴聲正是這樣，使人憶起那些野店、荒村、憂鬱的月芽兒，吐黑煙的小油盞，以及沉沉悒悒，續續連連的胡琴聲裏鎖眉的人臉。

他看不見小餛飩，但仍能從她唱曲的聲音裏，喚回一些對於她的記憶，自己在鹽市初見她時，就覺出她那份出污泥而不染的氣質，不是一般風塵女子所能具有的，比起她兄長卞三來，更有天淵之別，真是：一娘生九子，個個不相同了。

「八……爺……」

這一聲悄悄的低喚起在身後，把關八爺的思緒打斷了，他聽出那是老木匠萬才的聲音。

「淮上光復……了，八爺。您聽，您聽那些爆竹的聲音。」老木匠的聲音帶著一股激奮，一種單純的，原始的欣悅，他也許並不怎樣明瞭天外的那些事象，但他執持著一種單純直感——北伐軍來後，世道不會再起大的變亂，各地老民總該稍稍舒口氣了。

「光……復……了……」關八爺扭過身子，朝天仰起臉來，緩緩的，囈語般的喃喃著：「是的，光……復……了！」

也有一絲近乎欣悅的情緒，正如一陣掠過眉際的微風，悄悄吹來又悄悄遠去。他重複這話時，心頭是極端沉重的，因爲這簡單的三個字裏，包含有太多太多的東西，太多太多的盼望，太多太多無語的酸辛，太多在十餘年黑暗中枉曲的民命，太多被軍閥蕩平了的保衛人權的抗爭，光……復……了！光……復……了！汀泗橋頭，龍潭江岸，多少北伐壯士的鮮血染紅了大江南北的泥土？多少既壯美又慘烈的悲涼事蹟搖撼著不死的人心？這，實在已經夠多了！

但說欣悅仍嫌太早，這祇是開始罷了！光復了，是的，光復後又該怎樣呢？這是一塊沉甸甸的壓在人心頭的巨石，這千瘡百孔的社會，沉睡多年的北方，北伐軍拿什麼來補起這一角天荒地老的蒼涼？多少冤屈要扯直？多少界限要打破？多少私怨要處斷？多少嫌隙要彌縫？……千萬的災民等待賑濟，千萬黎庶等待安頓，游勇散兵，江湖匪類，等待安撫收拾，更北方的陰霾仍需北進清掃……最主要的，還在於敦民俗，正人心，在於無私無隱的公平，這樣的擔子不用說挑，想著也就夠沉重的了！

光……復……了！在這百廢待舉的時辰，靠軍力，靠法條，實在辦不了什麼，單寄望官方如何如何獨挑這付擔子，也不近情理，所謂「不在其位，不謀其政」也者，實在是一種荒謬的遁詞，爲國謀也好，爲民謀也好，應該是每個人的本份，天下滔滔，已不容有自命清高的隱士了！……

爆竹聲在遠遠近近的地方密密迸響，自己雖失去雙眼，仍能想像得出那千萬朵開放在黑夜裏的火樹銀花，光華璀璨，橫空垂流，象徵著人們心中朦朧的歡悅，無論如何，這一夕總是值得記取的，這萬分美好的光陰……

而琴聲是一道哀怨的流水，曲曲細述著，細述著一段極易被人們忘卻的幽情。

「八爺，您權且跟我到小舖裏去吧，」老木匠說：「這兒不是說話的地……方……」

「那卞姑娘……」

「我業已告訴了她，八爺，她會儘快收拾了來見您的。我來扶掖您，八爺。」

「不用了。」關八爺掖起袍角說：「您領路吧。」

琴音漸遠，巷子是曲折深幽的；老木匠的腳步聲撞響巷子兩面的高牆。關八爺僅藉著那腳步聲的引領，就一路跟了下來。不知是哪家園子裏植著的雛菊？飄散出一些幽香，浮郁著，漾進人的呼吸；兩面的牆磚古老又陰濕，同時散發出一股濃烈的嚴霜、苔衣、濕粉混合的霉濕氣味。秋夜的一絲了無聲息的小風從身後來，兜捲起他的長袍下襬，輕輕刷打著；另有一種深巷的情味，落在他的敏銳的感覺之中。

由於意外的失去兩眼，使他在天翻地覆的劇變中，換得一段困居於廢園的平靜的日月，雖說爲時短暫，但在他終歲奔波的生平，業已算得一段悠長的時光；如今，這該是平靜時光中最後的一夜，他預想得到，在今夜，見過小餛飩這姑娘之後，必有一番巨大的變化捲地而來。這一回，再沒有那一幫義氣的漢子來協助了，自己必得一個人，單獨的和萬家樓的邪勢抗爭。

自己並不是一個宿命論者，但必須單獨走向這自擇的命運，即使那方式曾是自己厭倦和憎惡的，——流血五步的江湖式的火拚。而這又是面對最大邪惡者時，一種最後的手段，施行這手段，秉命於天心。

「依我看，時辰不多了，八爺。」老木匠的聲音在黑裏飄著：「就算卞姑娘她把事實真相告訴您，我倒不敢慫恿您跟那邪勢拚鬥去，無論您心志怎樣，您失去兩眼後，已比不得當年……了！」

「我……知……道。」關八爺說。

「您至少可以酌量著，我勸您能避開就避開吧！您管萬家樓的事，也管得夠多了！您孤單一個人，力量有限，萬一抗爭起來，也是白丟性命，我們不忍……再眼見您把性命扔在……萬家樓。」

「這可不單是萬家樓的事，老爹……」關八爺說：「除開保爺、業爺兄弟的死，還有老六合幫的沉冤，還有愛姑的慘死，這些事做得之狠之毒，真可說是人神共憤，天理不容……再是孤身力弱，我也不能避得這些。」

「拐彎了，八爺。」老木匠提醒說。

但連他自己也有些意亂心慌起來，若說關八爺有些固執到底的脾性，可一點兒也沒錯，不把事實真相告訴他吧，又擔心他處身危境，怕他毫無防備就遭了牯爺的毒手；把事實真相告訴他，又擔心他脾性上來，不惜性命作孤注一擲的力拚。

依目前的情勢看來，八爺他雖有能爲，也太嫌單薄了，即使民軍首領彭老漢是他的故交，祇怕也難應付得了牯爺多變的詭謀！……慌亂中不小心碰著一塊石子，差點兒滑倒在地上。

「您可甭顧惜我，老爹。」關八爺說：「我不是血氣方剛的那種人，事來了，總要辦不是？至於……至於怎樣去辦？我自會審情度勢，細加考量的。」

「這……這就好了，八爺。」老木匠說：「我是個信天的人，天道好還可是沒錯兒的，行兇作惡的人，你不去治他，自然還會有人去治他。像八爺您這樣的人，真哪，八爺……你不必一定急著怎樣的。」

老木匠的話很木訥，彷彿有滿心的意思，嘴上卻總說不出什麼來，關八爺自信懂得它，懂得那些木訥語言中所含有的關懷。

當然，他深深的感激著，雖然他不能如對方所想的那樣，畏避萬家樓的邪勢，把世間的「理」字倒著貼。……腳步聲停了，一股濃郁的木屑的香味撲面而來，他知道，已經來到萬才棺材舖裏了。

「您跟我到後屋去坐一會兒，」老木匠說：「卞姑娘不久就會來的。」

關八爺答應著，又跟著老木匠穿過幾重門戶，他熟練的邁著步子，跨過穿堂的門階，走過簷前的石級，這使得回頭盼顧的老木匠感到驚愕起來。

這之前，他從沒見過世上有像關八爺這樣的盲人，能夠不用引路杖越戶穿庭，而且走得這樣靈巧快捷，跟有眼的人一樣。實在說來，關八爺失去雙眼的時間並不久，他怎樣能練出這等功夫的呢？這樣想著，腳步便不覺的停住了。

「我說八爺，您不用引路杖，怎會？……」

「這個麼？說來也沒什麼，」關八爺手扶著後堂的門框兒，微微嘆喟說：「人遇上意外，總得克服橫在面前的困難，因為失去兩眼，就做了廢人，換誰也不甘心，不是嗎？……我看不見什麼，連一點光也覺不著了，祇有靠兩耳的聽力……」

「單靠聽力？」

「不。」關八爺說：「一方面靠聽力，聽您的腳步，一方面還得靠計算。」

「計算？……您怎樣計算呢？」

「這計算是靠聽音和摸觸得來的。」關八爺說話時，臉上帶著一絲凄迷的笑意，這笑意被後堂壁洞中昏黯的燈光勾描出來，平添幾許神秘的意味：

「我聽著您的腳步起落，估量著您距我幾步遠近？您走在平地上，和您跨門檻兒，踏石級，上高下低時的聲音迥不相同，靠這個，我多少能覺出您是走在什麼地方？……當然，單憑聽力是不夠的，還得靠摸觸、聞嗅去判別，幫助計算；比如說：適才走在狹巷裏，我由您的腳步和兩面高牆傳出的回聲，由高牆上嚴霜苔跡的氣味，腳下的石板的音響，就想得出那是怎樣的一條巷子?!我聞著木屑的香味，乾漆的氣味，就知已到了您的舖前，由風向判知您舖子的門是朝西；我摸著門沿的磚角，知道這是幢普通的磚瓦宅子，依據萬家樓一般建宅的情形，一丈三四開間，七至九根樑柱，四尺五斜面一根樑柱，算得出它的縱深約合多少塊方磚？多少步數？再拿這些跟您的腳步聲一比映，就錯不到哪兒去啦！老爹……這是瞎眼人不得已的法子。」

「噢，我的天！」老木匠嘆著叫說：「虧得八爺您有這麼的細心！您不提醒我，我可是連做夢也做不到的，這要用多少心神？」

「其實這並不稀奇，」關八爺說：「世上凡事都有事理，祇要想穿了，再加上苦練就成。古話說：熟能生巧，是一點兒也沒錯的；您是學木匠手藝的人，一定也有過體驗，當初您學鋸，學鑿，學鉋，學鑽，哪一樣是容易的？使得久了，就熟練了。」

「是了，是了！您說的句句在理，八爺！」老木匠不得不這樣的嘆服了。他拖過一把木椅，央關八爺坐下，一面又招喚小學徒黑鑽兒替八爺泡茶。

關八爺剛剛落座，一盞熱茶還沒沾唇，就聽見有急促的腳步聲，一路響過前面的穿堂和院落，朝後奔來。

「什麼事？小扣兒？」老木匠向他的徒弟說。

「鎮上的槍隊開拔回來……了！」小扣兒說：「大街上全是人，鬧著接馬隊呢。」

「噢，你跟黑鑽兒兩個，到前院去吧。」老木匠怔了怔說。

這樣支走了兩個學徒，後堂裏的空氣便靜默下來，有半晌，老木匠沒再說話，祇聽見他就著燈火吸煙的聲音，他用力的叭著煙，可見他心裏的緊張和煩悶。

秋夜，在這一角上，像是一口極深的黑井，又古老，又霉黯，染著小油燈光影的污斑；老木匠瞇著眼，透過從眼前騰起的煙霧，環顧著這座陰沉破落的老屋，以及雙手撫膝，默然端坐著的關八爺，他心裏不單是煩惱，而且有著說不盡的委屈。……

像八爺這樣的人物，原是傳說中的一條神龍，他這半輩子，幹過多少驚天動地的大事？走南到北，跑過多少水陸碼頭？見過多少世面？經過多少磨難？旁的擱在一邊不說了，單就這回鹽市舉槍抗暴，盤光塌鼻子這股人槍，使北伐軍兵不血刃光復淮上，他就是頭一個舉火的人；世事太不平，竟使這條神龍窩困在萬家樓這一角荒土上，像牯爺這類平時投機取巧，力求保全的地頭蛇一般的人物，牆頭一棵草，風吹兩面倒，全是趁風趁浪，竟然在縣城裏神氣起來了，兩相比較，能說八爺您不委屈麼?!

他拚命的叭著煙，使煙鍋裏的煙油發出吱吱的響聲，把滿心的辛辣吐出來，化成陣陣濃霧；……要真照小扣兒剛才所說——萬家樓的槍隊業已從縣城開拔回來，那麼，牯爺勢必也就在日內就要回到萬家樓了！要是長袖善舞的牯爺逢迎北伐軍，領了個民軍的番號下來，至少在天下亂局沒定之前，這四十里荒天裏面，他更是個霸主，還不知有多少惡事排在後頭，像如今八爺這樣，怎能對付得了牯爺呢？祇怕牯爺回來後，第一著棋就……

想到這兒，他不禁又抬眼去望著八爺。

「您甭……為我耽心，老爹。」關八爺仍然那樣說：「也許……我還不算是廢人。」

老木匠古怪的緘默著，兀自搖了搖頭。

關八爺並不知道對方的表情。

「我還不能算是廢人，」關八爺重複說：「我相信我還能辦些該辦的事情。……儘管我的那些好兄弟都紛紛離世了，我關東山還一個人活著。」

「您也許還能辦些該辦的事，八爺。」老木匠說：「可是，您如今怎樣去惹牯爺呢？……您甭忘記，您連飯食都抓在牯爺手裏，他要是存心怎樣，飯食裏隨意摻進些毒鼠藥或是……您防得了麼？……您甚至連疑心都起不得，當牯爺覺出您疑心他的時刻，也就是……他對您下毒手的時刻！」

「奇怪，您為何一口咬定那人是……牯爺呢？」

「卞姑娘來……了，」老木匠說：「您問她罷。」

小餛飩提著一隻琴匣，細碎急促的走過半是月色，半是暗影的後院子當中的通道，她已經從開著的門裏，看見坐在後堂當間木椅上的八爺；小油盞的光暈從他背後昇起，黃糊糊的閃搖著，勾勒出他的影廓來；也不知怎麼的，這影廓竟勾起她的聯想。……彷彿在遙遠的往昔的某一時辰，在北地，她曾看見過那樣寒傖的、頹落又湮荒的小廟堂，座落於無人的荒野中，獨頂著沉沉欲墜的殘陽……廟堂是狹小的，沒有綠瓦，沒有紅牆，沒有鐘磬，沒有梵音，沒有一絲莊嚴和輝煌的氣派，它的脊頂早已圮殘了，瓦簷也已零落了，變成野生的鳥雀的窩巢，它的每一塊牆磚，每一片脊瓦，都呈傷心的黯色，和黃昏時遍佈四野的灰煙融成一片，廟堂裏面，滿是灰塵蛛網，黑得幾乎辨不清人的眼眉，神龕上，香灰半積在香爐中，幾支未曾燃盡而斷折的殘香垂掛在爐緣。

而變了形的木燭臺上，淚蠟猶存，彷彿爲幔後的爲人冷落、爲世遺忘的神祇傷泣過。如今這後屋彷彿就是那座廟堂，八爺就是那樣的神祇，燈色黯如黃昏，萬家樓外，不是一片湮荒?!……說它破落也罷，寒傖也罷，他總是一尊神，她心目裏的神，在她的淚眼中兀立並且昇起，他曾改變過她無主飄流和被人凌辱的命運……如今他雖處身在荒煙蔓草中，一樣能接受她的哀泣，吐述，一樣能成全她的願望，她知道他能夠！

「哦！八爺！」她丟下琴囊，跌跪在他面前的方磚地上：「八爺您還記得我麼?」

「是卞姑娘?」關八爺站起身，朝發聲處伸出雙手說：「妳起來，……妳千萬甭這樣……妳起來好說話呀！」

「我是受了菡英姑娘臨終之託來的，八爺！」小餛飩咽哽說：「我來得晚……了！才累您失去兩眼。」

「過去的事，姑娘，妳不用再提它……了！」關八爺說，聲音出奇的平靜。小餛飩這才爬起身，站在他面前。

「我是從鹽市逃難到沙河口去的，」小餛飩說：「很多逃難人都逃到那邊，經菡英姑娘一一收容，……鹽市上有位王大貴王爺，曾跟我們一道兒出來，說是來萬家樓見八爺……萬才老爹說，他並沒見著您。」

「他……死……了！」關八爺說。

「萬家樓有個年輕的漢子——萬小喜兒也死了！」小餛飩說：「我親眼看見他渾身是血被抬進田莊的，從他嘴裏，才聽說萬家樓主族事的牯爺要坑害八爺。」

「萬小喜兒他怎麼說呢？」

「他說，他說族主牯爺圖陷八爺，不願拉槍援鹽市，曾在族議前，買通萬振全一干人，僞證八爺跟萬梁舖的愛姑有姦情，使萬家族人厭棄八爺，再下毒手斷送您！……他連夜騎驢去沙河口報訊，卻遭紅眼萬樹追殺。」

「妳說下去，我在聽著。」

「他說他反把萬樹殺……了！」

「就是這些麼？」

「不。」小餛飩說：「他說萬樹死前走漏，說是保爺業爺兄弟，全死在牯爺手裏。」

「嗯。」關八爺若有所思的點了點頭。

雜亂的游絲經過逐步綰結，使若干跡象越加顯明，也證實了自己當初的推想，這暗裏下刀的元兇是牯爺，大體上是沒錯的了！

「萬小喜兒不是早年跟著萬梁，在槽子裏幫忙的那個小小子麼？老爹？」他向萬才說。

「可不是！八爺……」老木匠說，他的眼眶突然變紅變濕了。

關八爺仍能依稀記得起萬小喜兒當初的影像——一個白淨清秀的孩童，跟鹽幫裏的弟兄廝混得極熟，尤其愛聽那些漢子們講述的各種故事，他當不至於無端的捏造事實，冒險趕奔沙河口去，在受傷瀕死的時辰，去反誣牯爺的；再說，紅眼萬樹追殺小喜兒，已是不爭的事實，小喜兒渾身致死的傷痕，卞姑娘曾經目睹，小喜兒所言殺死萬樹，也非謬語，因爲王大貴曾爲發現萬樹的屍首丟命！……這一串早先裹在濛霧中的事象，到此已經明明白白了，拋卻老六合幫和愛姑那兩重公案，單就牯爺謀殺保爺弟兄來說，也已夠得上一個「死」字了！

「我這兒還有兩封菡英姑娘臨死時留的信。」小餛飩說：「一封是寫給您的，八爺。另一封是託您轉給萬家樓闔族執事的，……這該算是牯爺罪行的證物。」

「信在哪兒？在哪兒？卞姑娘？」

「在這兒，八爺。」

她回身拾起地上的琴囊，打開囊口，取出那把琴來，伸出兩指，從琴腹裏摘出那兩封捲緊的信函，遞在關八爺的手裏。

「要我打開它，唸給您聽麼？」

「不用了！」關八爺搖搖頭，把兩封信貼身揣起說：「改天我自會找人唸它的。」

「其實寫信時我在旁邊，」小餛飩說：「菡英姑娘臨終前，大口的咯著血，信是老賬房代寫的，她唸，他寫，信尾蓋著她雞血石的圖記。……她一點也不知八爺您變成這樣，她求您主持公道，替保爺業爺申冤！如今，……八爺，您既已叫人坑害……成……這樣，祇怕不能了……」她說著，便嗚嗚咽咽的哭泣起來。

「我，會，的！」關八爺雙眉揚動，用斬釘截鐵的聲音說：「妳等著，這日子不會久的！我要從頭到尾，把這本賬算清！……不要再哭了，姑娘。」他改用一種溫和的語調安慰說：

「讓我們暫時放下這宗事罷，妳來萬家樓多久了？」

「來萬家樓並不算久，在羊角鎮可耽誤了不少日子。」小餛飩說。

「離了鹽市，朝後日子怎樣安排呢？」關八爺說：「妳年輕輕的，總不成也成日在浪頭上飄著，……這樣下去不是辦法啊！……」

「誰能替朝後的日子作安排呢？八爺，朝後也祇能走一步算一步罷了。」小餛飩說：「卞三死後，我已是舉目無親，也許命定要到東到西的飄流吧?!……您可也甭爲我擔心，八爺，我還有這把琴……」她的聲音越說越緩，越說越低，聽上去，彷彿在細聲的咽泣。

關八爺聽得出來，這蚊蚋般的嚶嚀從真正內心的淒楚中流溢出來，實在是使人哀憐的，一粒被狂風揚起的細小沙塵，即使風停了，它也還在半空浮盪，她正是這樣。自己說服鹽市鄉紳散了妓館，固然搭救了很多人，但在生活上，卻沒給她們分別作一妥善的安排；不錯，如今淮上雖已光復了，可是北方的亂局一時仍難得平靖，誰有餘力顧得到卞姑娘這樣一個弱女？思來想去，自己仍得分挑這付擔子，萬不能逃遁或是袖手的了。

忽然，他想起老友陸小菩薩來。

「我在萬家樓留不了多久，卞姑娘。」他說：「我等著牯爺回來，把事情辦完就走。在北徐州，我有個姓陸的老朋友，我可以把妳託給他，他會設法替妳安頓的，……妳總得先有個棲身的地方。」

「我願意在這兒等著八爺，不過……」她猶疑說：「不過，牯爺如今正在掌權握勢的時辰，您……您還是先離萬家樓，再作徐圖比較妥當……」

「卞姑娘說得是，」老木匠在一邊附和著：「八爺，您還是讓卞姑娘照顧著，趁牯爺回來之前，先避一避吧，祇要把證據抓在手上，有一天他會伏罪的。」

「我想，」關八爺沉吟說：「那倒……用不著了！我辦事，一是一，二是二，是從來不拐彎兒的。……也許，也許事情辦不成，會煩您給我一口薄皮棺材，如今先請您幫個忙，替我找兩件趁手的傢伙。」

「我的八爺，您要用刀?!」老木匠訝叫說。

「用來防身罷了！……去了柄的鋼鑿兒也行，我帶著方便些。」

「也好。」老木匠又點頭說：「帶著它防身，總比空著兩手要強些兒，我這就去找給您罷。」

他踅到作房去，找來兩把簇新的去了柄的小號鑿兒，鑿身不過四寸來長，交在關八爺手上，對方把它們在掌心掂了一掂，又用拇指試了試鑿口的鋒稜，笑著點頭說：「好！好！這玩意兒，至少可當得鏢使了。」

不管老木匠和小餛飩是怎樣想法，關八爺的決定卻仍有著一股魔人的魔力，他沉著淡漠的外表使人覺得，他的一切決定都是經過熟慮深思的，絕無輕率衝動的成份在內，彷彿任何挫折都囿困不了他，從他身上，表露了一個超乎常人的凝蓄的力量。

「師傅，師傅！」

小扣兒又在前院一路喊叫進來：「鎮上的槍隊真的回來了！牯爺……他也回萬家樓來了！」

「牯爺回來了？」老木匠重複著，轉臉去望著關八爺，顯出驚怖遲疑的樣子。

「那，我想，我該走了！」關八爺站起身來，習慣的撣撣衣袖。

「八爺……」小餛飩欲言又止的緊捏著關八爺的一隻衣袖，叮嚀說：「留心……保重，八爺。」她彷彿不是在叮嚀著一位她所敬重的豪士，而是在關切著一位她所熱愛的親人，無限的關切，無盡的淒楚，都化爲這一聲保重，從她唇間迸出來，擊打著關八爺負創的心懷。

他朝外摸索著，小餛飩與其說扶掖著他，不如說緊緊的依傍著，隔著略嫌單薄的秋衫，他能隱約感觸到她偎在他脅間的肩膀的抖索和溫涼。關東山不是個魯男子，也並非不解溫情，祇是多年來飄泊著，闖盪江湖，從沒爲自己打算過，風暴沒停，干戈不息，他不願作一隻縮在柔情網裏的蜘蛛，以萬菡英那樣柔情俠性的姑娘，那樣一片掛念的情絲，他都從其中遁脫了，——雖然明知這樣會害了菡英姑娘，也苦惱了自己，但風暴催逼著他的腳步，不能有片刻的停留。……

愛姑是他生命裏的另一個女人，無論她對他懷著多少愛意，他始終對她懷著一個叔輩能有的關愛，無私情，無慾念，但卻帶有報恩受託的心情；可嘆的是命運弄人，他覓著她時，爲時已晚了，她歷盡人世的滄桑，並已深墜入悲劇的陷阱，成爲萬梁舖披著黑紗的未亡人。他不但無法彌縫她心靈的破洞，不但無法照看她的生活，反使她平白蒙受牽累，慘遭火焚……

而小餛飩不同，她被逼在風月場中打滾，委屈含恨的跟著殺害她兄長的仇人，從她後來有勇氣凌遲毛六，就能看得出她內心深處始終執持著的俠性。她能不避艱危，隻身奔來萬家樓報信，更顯出她可貴的真情……她是從滄桑歲月裏找到自己的人，她纖柔中獨現著堅毅和女性特有的韌性的剛強！……這之前，他從沒被兒女之情深深觸動過，如今，他才初初領略這種柔情。

他緩緩的踏下後堂的門階，走在曠涼的院子裏，滿天柔柔亮亮的秋星結成一面亙古不變的大網，穿過薄雲的月亮迎著另一片薄雲，滑動著，映出偎倚前行的一雙人影，但他卻看不見這些情景，他的世界是一片無光的漆黑，漆黑中仍然騰湧著這世上邪惡四方逼近的，惡意的喧嘩。太多的失落，太多的追懷，太多的痛憤，太多的沉愴，使得他再度收斂了自己，他幾乎對於自己的未來，不敢懷有一絲夢想……

「八爺，我知道您的脾性，我不勸您逃避那……將要來的事情，保全您事小，累您難做人事大，」小餛飩低聲的說：「不是麼？八爺？」

「妳算是知道我了！」關八爺說，有一分為人諒解的欣慰的感嘆。

「但則辦完這事之後呢？」

「生死難料，」關八爺噓口氣說：「我不能自知，卞姑娘，連我自己也不知道為什麼總覺得過了今天，就保不了明天?!在江湖上是這樣，如今還是這樣……我實在疲乏了！好像這世上祇多我關……東……山！」

「要是您還活著呢？八爺？」

「哦……」關八爺默然語塞了。

這一問問醒了他，這是他從來沒有深想過的。是的！自己這一次在萬家樓辦完了事，了斷了多年牽結，日夕思想著的新舊冤仇，一身無寄，正該是入土為安的時候。

死，是一扇安靜的黑門，多少豪雄，多少奸佞，多少無名無姓的無辜百姓，在一場場亂離的風中，紛紛走進去了，自己怎能例外呢？至少，在黑門的那一邊，有著自己那一干誓同生死的好兄弟，有著自己崇愛著的，像戴老爺子師徒，像珍爺兄妹，以及一幫扼守鹽市的無名勇士們。死，對於自己來說，並不可懼，並不孤單！……卞姑娘問得對，假如還活著呢?!

假如還活著呢？

假如還活著呢？

這低低的一聲問詢，細細的一聲問詢，晨鐘暮鼓似的，從耳際盪響，一直撞向天邊；一剎時，恍覺天上地下，都波漾起這樣空洞的，巨大的，嗡嗡不息的回聲！黑裏有一道閃電般的光翼，刷地平空掠起，使人忘記外事，一意返觀自己，自己赤裸裸的半生，那情境，就彷彿自己帶著槍傷，騎著白馬馳赴萬家樓當時，暴雨中所見的閃光景象一樣……

陰綠的閃光蛇游著，慘白的閃光抖動著，赤紅的閃光夾在其中，巨雷在四面八方滾響，關東山不是什麼了不得的漢子，祇是憂患逼壓中生長的一個生靈，揹著長鞭一般的索繩初闖道兒，心頭就劃出一道道滴血的傷痕……吞飲那些血淚交織的故事長大，教育自己的不是書本，卻是遍野餓殍的喊叫，哀鴻的泣聲……

這樣朝前走著，肩頭的背負越加沉重了！然而，用得著你以天下安危爲己任，去獨自肩承麼？不能像孫悟空那樣七十二變，祇有在肩背上留下多過七十二道的鞭痕！……那段時空，幾乎是人血染成的。

關東山好像祇配做一個亂世人。

如今北伐軍已光復了淮上，當不乏治世的能人，如果自己了斷了這半世的恩仇，離開這座已被自己視爲鄉土的集鎭，瞎眼人又該到何處去飄泊？何處去覓地棲身？關八不稀罕去北伐軍中表功領賞，不稀罕在地方上掛采披紅，……就算是一隻倦鳥吧，也該有一處小而黯黑的，可供棲止的舊巢，而關東山，你連一處那樣的窩巢也沒有！

假如還活著呢？

假如還活著呢?……

這嗡嗡不息，天和地應的鐘聲，你早就該想到的，即使你願意去敲打死亡的黑門，以求安息，或許那扇門不開，連死亡也對你無份，你又該怎樣呢?!

這樣走著，通道彷彿變得很長很長，黑裏再沒有別的，祇有卞姑娘這麼一個人，微微顫索而溫涼的肩膀，她不再說什麼，卻爲他留下一片適於深思的靜寂。

「八爺，」跟隨著他的老木匠過了半晌，才悶聲的說：「卞姑娘她的心意，連我都懂得，您其實……也該有個照應的人，您日後離開萬家樓，最好能帶她一道兒走……世上最難得的就是真情份……您甭見怪，也許我把話說左了!」

「日後的話，還是留到日後再說罷!」關八爺無可奈何的苦笑說：「卞姑娘對我一片關切的情意，我全知道，可是今夜讓我說些什麼，卻不是說話的時辰!……也許，也許明天，我關東山，就會橫屍萬家樓……容我把話留到明天以後罷。」

他說著，柔柔的拍了拍小餛飩的肩膀，就孤伶伶的朝前走去了。他那宏大的背影，很快就被夜色吞噬了。

祇有蕭索的秋的夜風，抖動小餛飩的衣袂。

祇有秋夜的星月，落進她仰天的淚眼……

率領著萬家樓，柴家堡，三星寨，七星灘各處槍隊歸來的小牯爺，到處被人群圍湧著，使他渾然有「衣錦榮歸」之感。在縣城裏，他很容易就領得了民軍的新番號，坐享其成的弄了個司令的銜號。

這銜號對他來說，超過論車裝、論斗量的金銀財寶，有了這個銜頭，他可以大明大白的和彭老漢分庭抗禮，甚至於可以藉分區安靖地方爲由，把大湖澤來的那支民軍再推回大湖澤去，使西北角一帶地方，以萬家樓馬首是瞻；有了這個銜頭，他就不怕有人掀他的尾巴根兒，告發他一度私自勾結軍閥！甚至連當初那一串惡事，也可一筆勾銷，——除去一個人，那人活著仍然使他苦惱。那人就是關八。

不錯，鹽市這一戰，使那些可能成爲關八羽翼的人全都戰死了，祇落下關八一個人！可是彭老漢在北伐軍軍方極力推崇關八爺，列舉北伐軍光復淮上之前，論策動抗暴，奮勇抗敵，關東山應居首功。

事實既不容否認，萬家樓就無法長期鎖住這一條困頓的蛟龍，關八祇要入縣城，不用說，他不但是北伐軍的上賓，更是江淮地帶萬人仰望的豪雄，到那時，他祇消隨意吐出一句話，便會威脅到自己的地位和性命，所以要除掉關八，非得在他沒走出萬家樓之前動手不可！

若想順利得手，又非得先把對方穩住不可！

回來第二天，他就安排了一項慶賀淮上光復的盛大宴會，以萬家樓地主的身份，借宗祠的正廳和側廳宴請大湖澤民軍駐鄉的代表，柴家堡、三星寨、七星灘各地鄉團首領，地方紳士，以及萬家各房族的執事，耆齡長者，總計被邀的有兩百多人。

而關八爺正是這項盛大宴會的主客。

小牯爺計算過，關八爲人外表剛毅，內心卻極爲寬厚柔軟，祇要恭謙對待他，就能暫時把他給穩住，藉著這回在宴會對關八的尊崇和禮遇，正好替日後毒殺他鋪路，以杜人閒言。……

宴會前，牯爺特地親自到廢園去拜望關八爺，奉上從縣城帶回的珍貴禮物——銀貂的皮筒子一件，前朝古物，雙耳碎瓷瓶一對，蛇皮手杖一支，德造騎馬人十五鑽懷錶一隻，並且殷殷問候八爺的起居。

這對牯爺來說，祇是觀察對方的顏色。使他放心的是：關八的心幾乎跟他的眼一般的瞎了，聽他的言談，彷彿對外事一無所知，說話繁複，瑣碎，一如土生土長的鄉翁。

兩人站立廢園一角的通道上，關八爺背著手，緩緩的來回踱步，而牯爺半斜著身體，一隻腳蹬在一塊薑黃的臥石上，手捏著下巴瞧著對方。

秋天清晨的微風，在他們之間流盪著。

「這一向局勢不寧，我也是裏外奔忙，實在慢待了八爺。」牯爺說：「如今，大局粗定，我一時也不會離開萬家樓，在照應上，也許會方便些的。您有什麼不便處，八爺，您儘管吩咐就是……了！」

「關八一直是個飄流命，牯爺，我失眼後，能有這麼座園子安身，業已夠好的了。」

「那座倉屋太古舊了些。」牯爺說：「容我著人來修葺修葺，馬廄設在園裏，氣味不好，改天我要人把它移出去，草圃，園樹，也都好好兒的整頓整頓，務使八爺您住得安心……」

關八爺表面上不動聲色，心裏卻暗笑一笑：你想移開馬棚？連一塊玉那匹白馬也替我移走?!不過，他立即謝著推辭說：「用不著您這樣爲我費心的，牯爺。這座園子，就是這樣……就好！馬棚移走了，反而會覺得冷清，屋子修葺了，住著也許就不習慣了。」

「隨八爺您的意思罷，」小牯爺轉口說：「但望這荒僻地方，能留得住八爺。」

接著，他零星的提起一些縣城裏的事情，再邀請關八爺赴今天舉行的晚宴。

「彭司令他在縣城裏，對北伐軍軍方推崇八爺，也許日後北伐軍的將軍們會來拜訪您，再說，北地各處，無人不敬仰著您，所以適才我說：祇怕日後這荒僻的地方留不住八爺……了！」

「嗨，你弄岔了，牯爺。」關八爺感慨的說：「這世上，有些人太看重名利，爭權勢，爭產業，爭銜爵，有的引狼入室，有的兄弟鬩牆，……我關八旁的不敢自誇，在這點上，卻一向極爲淡泊，什麼功臣樓畫影，凌煙閣標名，即使有，我也沒拿正眼看過那些，如今淮上光復了！我這瞎了眼的人可有可無，世人忘了我也罷。」

牯爺轉一轉眼珠，笑著，微吊起半邊嘴角，有一句話蘊在心裏沒吐出口——你等著罷，關八，我會讓你在世人心裏被淡忘的。

「至少，今兒這個宴會您得賞臉，」頓了一忽兒，牯爺說：「這是兄弟遵照眾議，特意爲您設的席，這一角上赴席的人，都是仰慕您的人。……柴家堡、三星寨那邊的請帖，兄弟業已著人騎馬去發了。」

關八爺倒是非常爽快，滿口的答應了。有一句話蘊在他心裏，同樣沒吐出口——好罷，這機會算是你送來的，我要當眾跟你把一本老賬從頭算清。

牯爺一點兒也沒料到這些，他總以爲關八爺即使對自己所做所爲微有所聞，一來，他單身獨處萬家樓，二來，他手上握不住任何證據，就有不滿之處，也必難當眾揭發；事實上，關八可能並不知道什麼，他觀顏察色的結果，使他具有這樣的自信。

他帶著這樣的自信辭了關八爺，離開那座廢園子，幾乎立即就沉進他自己造成的洋洋喜氣中去了。

牯爺這種人，就有這樣一種空無的、妄自尊大的自炫，他並不明白這些年來，遠在南方的革命軍曾標示過一些什麼，又做了一些什麼，不明白青天白日的旗號和他們所稱的主義的內涵，北洋既倒了，總得有個新的官府，在他眼裏，北伐軍就是這麼一種新的官府，他從官府裏領了番號，當然就是個官。

「我算是替萬家後世開個例兒了！」他說。

萬家的族人多半也夠懵懂的，正因爲他們懵懂，牯爺在他們眼裏才高大起來，威嚴起來；他高大威嚴，不光是由於他那身耀眼的新的裝束，——簇新黑色大英嗶嘰呢的民軍官服，閃光的銅扣，高筒紋皮帶純銀距輪的馬靴，白籐馬鞭和藍緞的披風……而是由於他真的打破了若干年來萬姓族人不入仕的傳統，同時民軍司令這銜頭，在荒野鄉愚的心眼兒裏，是個了不得的、威嚴赫赫的高官。

牯爺說的沒錯，他確是替萬家後世開了個例兒，至少，擺在眼前的是柴家堡、三星寨、七星灘這一干大族大戶的槍隊組成的鄉團，名義上都成了他的治下。……空無的，盲目的自炫，是很容易在懵懂人群中肆行傳染的，其中雖然有些人不滿牯爺的爲人，也都因驚怔於他那新的使人眩迷的權勢，暗暗的低頭，俯認這回牯爺回鎭，實在是萬家樓闔族的光榮，不但使古老沉黯的一族宗祠生輝熠耀，更可說是光耀了族裏的先人。

甚至於族裏比較明智的幾個房份的執事，明明從眾多跡象上，隱約懷疑到保爺業爺的死，萬小喜兒，萬樹的死，關八爺的失眼，萬振全兄弟的遁逃，似乎都和牯爺有關，萬梁舖那把火也起得夠蹊蹺，但由於了無證據，而且連關八爺也沒見反應，也就僅止於暗中猜疑，沒人敢明白的鬆口放話，把心頭的疑慮澄清，一個個都抱著等待的心理，等著日後再說。

在這種情形下，牯爺宴客，也就是萬家樓闔族宴客，牯爺開祠堂門祭告祖先，闔族也必得跟著祭告祖先！

這些，都是拿當著喜事辦的……至少在表面上，萬家樓戶戶張燈結采，鞭炮連天，造成一片滿溢的喜氣。

祠堂的大鐘，清早就已敲響了，祠堂裏外，經過連夜的打掃粉飾，弄得煥然一新，從高樓的二十四層石級起，經過樓前方場，一直到影壁長牆兩端的街口，打掃得光亮敞潔，揑不出一莖草刺。

去四鄉散請帖的鄉勇，騎著汗蒸蒸的馬匹，一早就出了柵門；宗祠的正門，大殿的一條長簷下面，都懸起五色的大號燈籠，白晝雖沒燃亮，光看秋風拂動的燈籠的角穗兒，就能覺得出宴會的氣派了。

「二十四桌席，並不算多。」牯爺說：「不過，多少年來，這還是頭一遭大宴外客，所請的，又都是些地方上有頭有臉的人物，咱們可不能馬虎。」

談到宴會時的餘興，有人就提起萬家樓的拿手好戲——賽亮轎來。不過，牯爺一想到當初賽亮轎時那種亂勁，關八攔腰殺出的往事，便搖頭表示拒絕了。

「那玩意兒練起來太麻煩，老班底兒又不全，新手又配不上，弄得草草率率，反而會出笑話，」他說：「爲了湊熱鬧，多找幾班吹鼓手，宗祠兩側搭起布棚來，輪換著吹打就行了，……要是鎭上找得到唱的，一併替我找幾個來，宴後聽聽也好。中晌時祭祖，這些都不用，祇要挑一班細樂。」

像小牯爺這種井底之蛙，是很容易躊躇滿志的，費盡心機，到如今四十里作主稱王，已經是足慰生平了！祭告祖先原是他一手安排的儀式，但當他得意洋洋的踏上宗祠石級時，他仰望著這座先人營建的高樓和所懸的匾額，忽然覺得內心隱微之處，有著負疚於神明的灼痛，反呈出一塊塊自察的霉斑。

不錯，這階石盡處的平臺，正是當初保爺橫屍的地方；這殿廊兩邊，也曾停放過萬梁等一排排黑漆的棺材，這些族人的鮮血曾染紅過宗祠裏外，而自己，正是殺人奪命的真兇，……他不願相信祖宗有靈的傳說，不願相信世間真會有什麼樣的循環果報，但他卻無法忘卻由自己造成的血淋淋的往事，那一幕一幕的慘景，從一剎無由的強烈凜懼中昇起，使他兩腿沉滯，脊骨有些發冷，更有一種心驚肉跳的感覺。

心一虛，神一亂，一切的感覺就都有些異樣了，也不知怎麼的，總覺今天的陽光有些帶綠——陰森的、鬼氣的慘綠，穿堂的過道也過份沉黯，冷颼颼的走著幽風，上香時，鼎狀香爐裏的煙篆繞著人頭頸盤迴打轉，細樂也不像是細樂，那些音色原極柔美的笙、簫、管、笛，都變成了含冤帶屈的厲鬼的哭聲……

在這種疑神疑鬼的心情下，他有些騰雲駕霧般的暈眩，但仍亟力裝出鎮定的樣子，機械的奉香，獻果，上花，獻爵，機械的祝禱著，談說著，叩拜著，周旋在眾多的長袍馬褂之間。更有一種異樣的感覺是前所未有的，他覺著談著說著，行著動著的人不是自己，祇是一付行屍，而真正的自己，恰像一隻被垂在蜘蛛網上的飛蛾，瑟縮於宗祠一隅的黑角上。

「真的會有鬼麼？」他這樣凜懼的自問著。

他仍然不相信這些，自幼他就是個野性的人，不願意受囿於傳說造成的恐怖的藩籬，他的身體是健碩的，不耽於酒色，有著充沛的元氣，多少年來，從沒產生過像今天這樣恍惚迷離，疑幻疑真的感覺。

「呸！」不過他搖搖頭，咬咬牙，又否認了他所疑懼的：「全是這些日子應酬太多，太疲累了！世上哪來這多的鬼?!何況又出著太陽……」

說也奇，正當他自寬自慰的抬眼去望太陽時，太陽突然的隱沒了，滿天的霾雲朝天頂匯集，使一上午晴朗的天色變得陰黯起來，頗有起霾的味道。

他明知按照季節推算，時序已近深秋，四十里蘆葦蕩子上，又到了風季，常會飛沙落霾，但也正因為心裏疑惑作怪，總覺不太順當，不太舒坦，尤其令人憎惡的是，老六合幫的鹽車陣，從早年起始，就愛在這種天色裏淌進萬家樓，……瞇人雙眼的大風沙滔滔滾滾的撲打過街道，六合車（即雞公車）的輪軸吱……唷，吱……唷的銳響著，劈破風沙滾過來，當時就有一種厭惡之感，總覺那群跟長房相契的野漢子，會在日後自己謀主族事時出來拖腿！

事實也正如此，去年冬頭上平空殺出關八，險些破壞了自己的設計，險些救了保爺！……他的新六合幫來時，可不正是霾天?!

霾天宴客，不怎麼妥當吧？

牯爺祭祠完畢，步下石階時，覺有一股不幸不吉的預感，細細黏黏的，像蛛絲般的纏繞著他，使他真的想改變主意，把已經準備妥當的宴會改期了。

「帖子都發到了吧？」他恍惚了一忽兒，停下身來向左右說。

「啊，早發到了，」左右有人回話說：「柴家堡的客人，業已備牲口動身來了……啦。」

「哦——」

他萎頓的隨口哦了一聲，心想，請帖既已發到了，而且部份客人業已動身前來萬家樓，如果拿不出適當的道理，就這麼沒頭沒腦的決定把宴會改期，非但不妥當，簡直就是個笑話了。既不改期，那就得格外小心提防著，到底看看有鬼沒鬼？若是有鬼，也要看看它能慫弄著赴席的人，做出什麼樣怪異的事情來?!

回到宅子之後，他洗了一把臉，著著實實的睡了個午覺，為了培養精神，驅走那份怪異的恍惚疑懼的感覺，同時在睡前，摘出他壓在枕下的那柄小號自來得手槍，用蘸油的絲絨布細心擦拭了一陣，塡滿子彈，閉了保險，才安心的入夢。

一覺醒來時，已近黃昏時分了，最先他聽見一陣陣激盪如濤的風吼，震得窗上的玻璃格格有聲，彷彿是一個面臨死亡的駭懼者，擊打著抖索的牙齒一樣。他揉了揉睡眼，睜開眼來一看，窗外的天色濃黑得可以，一屋子的怪異的陰森。

「天又起霾了！」他自言自語的說。

蹬上長靴起來，招呼外間的跟差說：「時辰不早了，各地赴席的客人，陸續來了吧？」

「柴家堡，三星寨的都到了，車馬停在宗祠前，客人也都在那邊。」跟差說：「見您睡得沉酣，沒敢叫您……您早該……去了。」

「你先趕過去，告訴各房族的執事，招呼著遠客，」牯爺說：「我到老宅去接八爺，一會兒就去。」

跟差走後，牯爺對著鏡子，把自己整頓一番，沒忘記把他那支用來得心應手的小號自來得塞進右邊的衣袋，一種不吉的直感，使他特意預備了這支防身的槍枝。

雖然這一天下午突然變了天色，風勢陣陣轉緊，使萬家樓遇上今年第一度霾天，但在正街各處，宗祠入口，並沒因為風緊天昏，就減少了那份熱鬧。

沿著保爺家宅前影壁長牆那一綹兒背風的地方，臨時張起四五處布棚，每處棚下設有桌凳，有四五班吹鼓班子，鼓著兩腮，突著乾裂的厚唇，紫漲著一張張黏滿塵灰的臉，費力的輪番吹奏著，熱鬧的，雜亂而又帶著原始喜樂的鄉俚的曲子，赴席的客人騎著牲口，搖著手杖，瞇眼穿過沙風經過方場，到祠堂裏去。……

柴家堡來的，那個留八字黑鬍兒的族主，是個煙癮很大的人，他慣吸水煙，他在前頭走著，專門有個跟差的跟著他，肩上揹著盛水煙袋的布囊兒，裏頭裝著六七隻形式不同，擦拭得晶亮的水煙袋兒；長柄的，彎嘴兒的，大號的，小號的，帶絨球的，繫銀鍊兒的，一大把搓妥的火紙媚兒，總有胳膊粗，叫風頭掃得亂抖。……三星寨的族主是個跛老頭兒，這老頭兒是以急公好義，直來直往出名的，他老遠就下了牲口，由跟班拽著牲口跟著他走，他扶著一支紫色閃光的檀木拐杖，杖頭落地的聲音，比他的腳步更響，篤呀篤的，一路響上了石階。

「八爺不知來了沒有？」他用宏大微啞的嗓子，幾乎是喊叫著說：「我這老頭子，一生就佩服過他這麼一個漢子！我拐著腿走路算什麼？能見著這位豪士，我叩個頭都行。」

七星灘那邊靠湖角，路程較遠些，一直到燈籠點亮時，陸續才見著騎牲口來的人。

燈籠點得比較早，是因為霾天的天色黑得快的緣故；在平常，也許黃昏沒盡，可是天色說黑就黑下來了！百十來盞大燈籠亮在風中，那氣勢夠瞧的，風把燈籠不停的推轉著，使光影交錯，互嬉互逐，互碰互擊，變成一長串光耀的，幾乎是時時舞動的長龍，光的長龍在上空，影的長龍在地下，互相映襯，並行並逐。

正殿和宗祠兩邊的廂房裏，明亮而穩定的大樸燈高燃著，亮藍的焰舌吐著清水池塘上漾動著的那種藍波。萬家宗祠的建築原極宏偉敞闊，正因時日久遠，更有一種肅穆莊嚴的氣氛，愈經輝煌的燈色的映襯，這氣氛愈見深濃了……

萬姓族中的各房執事們，冒著沙風，齊集在正門前高高的平臺上，代替族主牯爺迎客，笑著和遠客們寒暄。經過這一場混亂的劫難之後，鄉野間的承平氣氛又以超常的速度恢復了，大部份賓客都在慶幸著淮上的光復，亟盼明春能有一季好收成，讓鄉野人們免受春荒飢餓的囿困，都抱著翻過年年景就會轉好的朦朧的憧憬，祇有一些年事較長，習慣悲嘆的人，仍懷著猶存的餘悸，談論著已經過去的鹽市和沙窩子等處的災劫。

可是，有一點卻是一致的，那就是對於豪士關東山八爺的悲慘遭遇，莫不深感悲痛和不平的憤懣。這些年來，關東山的事蹟傳遍北方的城鎮和鄉野，可說是婦孺皆知，傳說裏常有著一種哀沉的感嘆……「嗨，世上多有幾個關八爺……就好了！」……偏偏世上並沒如他們的意願，多生出幾個有稜有角的大豪士，所以，關東山總顯得那樣的孤單……

一般總以爲他會在重重挫折中跌倒下去的，關東山總是一個人，肩膀上扛不得山，但他從張勳到馮國璋，到孫傳芳，仍然站立著，力抗著，災劫和困厄一直繞著他盤旋，他的影子是那樣的孤單而又傲岸。

無論如何，這樣的英雄人物，在各人心目裏，總認爲不該有這樣悲慘的遭逢的。

狂風在黑夜裏虎吼著，沙粒像無數鬼靈，擊打在宗祠內廊的玻璃格扇上，礫礫有聲，三星寨的跛腳老爺子手拄著那支沉重的木拐，顯得有些焦灼，在內廊的格扇邊往覆踱著；柴家堡的小鬍子堡主，也捧著他的長管兒水煙袋，在人群中來回的踱著。

他們都急切的等著關八爺。

「八爺來……了！」

「牯爺也一道兒來了！」

玻璃格扇外面，有人這樣大聲的傳告著，一剎時，正廳和兩邊廂房中所有的喧嘩都寂落了，萬家的族人、三星寨、柴家堡、七星灘等各大戶的來客，紛紛離座肅立，迎候著關八爺。正廳中央的格扇拉開，狂風直竄樑頂，掃得大吊燈格格作響，廊間那一串燈籠也翻起一陣躍舞的光浪，彷彿它們都懂得人意一樣。

第二十八章・千里走單騎

走在前面的關八爺手拄著一支木杖，另一隻手微拎起一邊的袍叉兒，緩緩的邁著步子，舉止穩定從容，一點兒也不像失去雙眼的樣子，他宏大的身子裹在寬寬的長袍中，顯得高而瘦削，狂風飛絞著他的袍袖，使他顯出意興飛揚。穿著民軍黑色官服的小牯爺，一步一趨的緊隨在關八爺的身後，他簇新的長靴敲打在方磚地上，老遠就聽得見篤篤的靴聲。

「您看八爺他那雙眼……」三星寨老爺子身邊，有人低聲的說。

能有比那樣的情境更使人覺得慘然的麼？當豪士關八爺走進萬家宗祠的正殿，微微抬起頭來，聽辨竊議著的人聲時，大樸燈的抖動的光輝，就直射在他的眼窩上了；差不多每一個人，都能清清楚楚的看見他那雙失去眼珠的眼窩，——終生難以平復的創痕，那眼窩失去眼球的支撐，朝裏面深陷下去，變成兩隻窩藏陰影的洞穴，上下眼皮朝外翻凸著，紅赤赤的，遍佈粒狀的痂疹，活像剝掉皮的爛石榴，眼角堆著膿塊，流著黏濕的黃水。……

這樣的創痕留在他那張肅殺的臉子上，顯得份外的觸目，份外的不調和，更飽含著一股迫人呼吸的、沉重的壓力，在人群之中，壓出一陣驚駭的絕望的低吁。

是的，人們無法不驚駭於這種慘烈的活剜雙眼的事實，由於這種事實，摧毀了關東山這樣人豪的半生。誰也不敢相信，失去雙眼的豪士關八還能做些什麼？他再不能搏殺賊寇，安靖一方，再不能吐氣如雲，召喚八方的風雨，甚至他更難目睹即將來到的承平了。

但這樣的低吁是多餘的，很快就被關八爺的笑容懾伏了。那笑容出現在他的臉上，正如一輪紅日出現在重重疊疊的愁雲中，他從來不曾顯露過江湖人物粗獷蠻悍的野性，他的笑聲雖是宏亮剛陽的，他的笑容卻顯得那樣溫和、敦厚、誠實，以及綜合了開朗和深沉的果決；他這樣的笑著，大步跨進敞開的格扇，抱拳拱手說：

「累諸位尊長爺們、諸位兄臺久等，關東山，沒了眼的人，在這廂誠心致候諸位。」

「哪兒的話？八爺，您……您……太客氣了！」三星寨的跛腳老爺子說：「咱們蕩子裏各族，一向敬服八爺，咱們沒能早聆八爺您的教誨，及時拉槍赴援鹽市……虧負太多，內疚神明，您不深責就已經夠寬宏了。」

關八爺聽了話，把臉轉向著牯爺問說：

「這位是？……」

「噢，噢，我忘了先給您引見了！」牯爺說：「這是蕩西三星寨的族主良老爺子，這是柴家堡的唐爺。」

「柴少唐，」小鬍子族主躬身說：「難得能在今夜，一瞻八爺的風釆，……您請落座罷，八爺，大夥兒都還在站著呢。」

有人挪過一把金漆太師椅，柴少唐強央著關八爺坐定了，四面才跟著響起落座的聲音。由於廳外的狂風太大，廳裏的談話都必需放大喉嚨，所以話聲一起，滿室都是熱鬧的氣氛。

小牯爺談著他在縣城裏的一些觀感，對萬姓族中的各房執事們誇述他在宴會上曾見過哪些北伐軍的將領，有人立即附和著，說起縣城裏歡迎北伐軍入城時的場面如何熱烈，北伐軍的軍威如何壯盛，紀律何等嚴明，關八爺雙手扶著杖端，衹是默默的聽著，不時的點頭，但他一直沒有再說什麼話。

牯爺雖在人群中周旋著，談論著，但他兩眼的餘光，仍不時掃過關東山的臉。

他從縣城的混亂中接了新差，心膽俱壯，正在躊躇滿志的時刻，一時並沒把關八爺這隻甕中之鱉放在眼裏，再說，他那幾宗出賣保爺、暗殺業爺、激走珍爺的舊案，業已逐漸在這一串時局的風雲變化中消泯，這份新差的影響，使他在族中有了新的威望，使他這個族主的地位更形穩固，無論如何，這個紅臉關瞎子是搖撼不了的了，但這些感覺，祇有獨處時才有，一旦跟關八爺面對面，感覺就大不相同了。

甭看關東山已經沒了眼，即使他不言語，也有虎虎的威凌在，他看得出，對方是怎樣的熬受苦痛，他那張原是光輝飽滿的棗紅色的臉子，業已逐漸的瘦削焦黃，顯出骨稜稜的斧劈的痕跡，他原是軒昂的眉宇，也因失眼而變形，眉尖深鎖著一份潛藏不露的愁情。

牯爺是個極精明的人，他覺得自己當初未免把關東山看輕了些，總以為剜去他的雙眼後，會使他英銳盡失，生氣全消，但那是錯了！如今的關東山，並沒被失眼之痛壓倒，反把那些苦痛轉化為他深不可測的笑容。

他實在駭懼著對方這種笑容。

關八爺處身在喧嘩的賓客群中，顯得異常的沉靜堅定，穩坐如山，他總是像一般盲人那樣的微側著頭，略揚著臉，運用他敏銳的兩耳，專心一意的傾聽著各方的談論，他臉上的笑容總久久的凝固在唇角，每條皺褶都彷彿看穿了什麼，或是堅信著什麼。那微笑把他這個人舉著，顯呈他堅強不倒的生命潛力，那微笑正如屋外烈烈的狂風，撼地驚天！

要除掉他！要除掉他！牯爺在與賓客周旋時想著：在這次宴會上，自己不妨盡力做出對關八崇敬的姿態來，贏取各族的信任，宴會之後，下手毒殺他時，眾人自不會疑心到自己頭上。……我說，關八關八，即使你看透了我的隱私，也許你並沒知道你即將來到的死期罷?!

他靴聲踏踏地轉過去了。

關八爺仍然那樣——彷彿無動於衷似的微笑著，但他絲毫沒放過牯爺的腳步聲。早先曾聽過關雲長單刀赴會或是漢高祖赴鴻門宴的故事，說歷史的人掬一把遙遠的雲煙，儘情的誇張它，使人覺得離奇怪誕，彷彿不是真的，在今天，自己才體會到處身險境的心情。卞姑娘仍在那兒等待著，等待著蒼天彰顯它的律法，多少屈死的冤魂，在黑毒毒的半虛空裏吶喊，要自己手刃這個陰毒的惡漢，當著這荒天一角的人群，正是難得的機會，但迄至最後的辰光，自己仍然猶疑著，不願斷絕對方悔罪之路。

天下沒有十惡不赦的人，這話不知是何年何月聽誰對自己說過，不管它是誰說的了，總覺一句平常的話裏，深含著禪機佛意，……假如自己當著眾人的面，直指牯爺的罪狀，使他俯首認罪，把他的生死命運，交由萬姓族人公斷，自己就可以不必兩手沾血，這該是最好的處斷！

事實上，自己明知這樣做，本身要冒著九死一生的危險，因爲萬家樓的人槍實力，全握在牯爺手上，甭以爲眾人會爲一個「理」字捨死力爭，人的習性如此，正如俗語所說的：人在矮簷下，誰肯不低頭?……萬一牯爺反臉，一聲吆喝下來，關東山準是滿身的槍眼了。

還是留給他最後的一線機會罷，關東山！

關八爺的心裏，仍然響著這種聲音。但也覺得自己並沒能肯定什麼，反而有著一種寂寂的空蕩和無邊無際的悲涼。

想想你這奔波無歇的半生罷，瞎了兩眼的關八，你竭盡全力，爲這不平的人世做了些什麼呢?!你在黑松林釋放了彭老漢和那幫苦哈哈的兄弟，挺身進牢房，金瘡迸發，踡臥如一隻傷狗，你這番豪舉所博得的虛名，卻拖累了善心的獄卒秦老爹，跟著你毀家亡命走關東，害了愛姑的一生；你並沒能按照許諾，回來後及時拯救愛姑，眼見她葬身在萬梁舖的火場，你的悲痛，就是你對老獄卒的報償?!

想想那些迷信般崇奉著關東山這名字的新六合幫的兄弟罷！即使你頓足捶胸，又與事何補?!你並沒能翼護他們，使他們平安溫飽，反讓他們在僅僅的一次千里長途上，一個個塡身溝壑。……不錯，你鼓舞鹽市舉槍自保，按情按理，這著棋都是走對了，但你並不能和那些壯士共死，尤其愧對戴老爺子師徒。

這人世是一張密結的蛛網，處處是險惡的陷阱，你不知那噬人的黑影將來自何處？你有再強的心志，再強的翅翼，你也難擺脫那黏性的纏繞！這些這些，不光是由於一個小牯爺，而是源於人心的惡慾，這惡慾，才是普世動亂的本源……

留給他最後一次認罪的機會，即使自身甘冒大險，也是磊落光明的事情，關東山不能以牙還牙，以眼還眼，更不能像莽夫報私怨那樣，血氣湧動，以一牙還十牙，一眼還十眼，讓他不明不白的死在黑刀之下。

他在深深的躊思著……

但牯爺的聲浪打斷了他的躊思。

「諸位賓客尊長兄弟們，天下多年戰亂，民不聊生的日月……過去了。」在肅客入座之際，牯爺朗聲的說：「從長毛之亂以後，各地就沒算平靖過，兵災、匪患，再加上鬧荒鬧旱，也把人磨折得夠了。……野蘆蕩子這一角荒天，雖然比較好一些，也沒好到哪兒去。就拿萬家樓來說，先有鐵頭李士坤，後有朱四判官這幫股匪來擾劫，事雖沒成，損失可也夠重的。幾年裏，萬家連倒三位族主，更合上了『禍不單行』的話，這其間，若不是關八爺大力撐持，開不出這樣的局面，飲水思源，咱們不能不感恩於八爺。今夜晚，諸位賞臉，冒風而來，兄弟也知諸位的心意，全是想來看望八爺，……」

他跨前幾步，來到關八爺的身邊，恭敬的伸手攙扶說：

「八爺，您才真是今晚宴會的主客，這首席，您非坐不可的了。」

「八爺理當首座。」

「您萬萬不可推辭，八爺。」

眾人齊聲附和著，連三星寨的老族主也趕過來，把關八爺給簇擁著。關八爺手扶著椅背站起身來，仍然沉默著，舉起手來做了個發話的手勢。

「承諸位盛意，關八不敢推辭。」他徐緩的說：「適間牯爺把開一方太平局面之功歸諸關八，這一點，萬不敢當。我遭人活剜了兩眼，此身半廢，困居在萬家樓，一沒能與鹽市諸兄弟共死，二沒能率眾痛擊北洋軍，鹽市叫北洋殘軍攻破，千百人死事慘烈，我祇有羞……愧的份兒，哪還敢談什麼功勞?!」

呼——嗚，呼——嗚的狂風搖撼著屋瓦，含一股深秋肅殺的氣氛，關八爺徐緩的話裏，也充滿了一股無邊落木蕭蕭下的淒涼……

「即使諸位這樣誠心盛意，關八也得把首位虛設著，算是咱們這些歷劫餘生，活在世上的人，對鹽市死難英靈的崇敬，我是……厚顏叨居次位好了！」

他堅持不居首位，硬在次位上落了座。

有了關八爺的這番話，其餘的人不好再央，便容他把正中一席的首位空下，各各謙讓著，按照輩份、年齒的順序落座。正中這一席，由三星寨、七星灘、柴家堡的三位族主作陪，牯爺及萬家族裏各房執事打橫，牯爺坐在一角的主位上，正跟關八爺併肩。

開席時，牯爺以慶祝淮上光復爲詞，吩咐外間吹打、鳴鞭，又著令樂手們在廊間吹奏細樂，力圖使今夜的宴會，造成一種笙歌不歇、安享太平的意味；事實上，絕大多數的赴宴者，也都懷有這樣的心境。

這些質樸魯鈍的鄉野人們，是最易自滿於現實的，祇要炮聲一歇，現實能容人存活下去，他們就懶得再去思想什麼，憂慮什麼，更不必說改進什麼。他們力圖使自己脫出過往——哪怕是昨日的痛苦和驚悸，力圖用這種熱鬧的、喜樂安詳的氣氛，使自己痛飲忘憂，把噩夢般的過往全數遺忘……所以宴開數十席，每個席面都是熱鬧的，猜拳行令和鬨騰的笑聲不絕於耳，祇有正中這一席，有著微妙奇異的氣氛。

這氣氛是由關八爺的沉默引起來的。

從開席起始，關八爺臉上那種笑容就收斂了，眉間鎖凝著某種沉重的神情，彷彿在悼思或是在惦念著什麼。陪客們雖沒說明，心裏可都知道那是什麼了。……鹽市城破，腥風十里，那絕不同於縹緲的傳言，渴欲遺忘，但卻無法遺忘，那些陳屍陣上的人們，都曾是八爺的良友和伙伴，他在鹽市最吃緊的辰光失去兩眼，但他的心沒瞎，耳沒聾，當他聽著沙窩子和鹽市這兩場戰劫後的消息時，心頭又該是何等滋味?!

說是勸慰罷，可不是幾句安慰的言語所能勸慰得了的，任何言語都難療治這樣巨大的創傷。然而在這樣的宴席上，人人都覺得實在難以長久沉默下去，必得要設法開口，打破這沉默的僵局不可。

「八爺，這還是頭一遭見面拜識您，」三星寨的跛腳老爺子恭敬的站起身，微欠著身子，舉杯過頂說：「野蘆蕩各族，今夜都聚集在這裏，我們幾個代表各族，誠心向八爺敬酒，……煩八爺爲我們說一番話罷！」

「關八惶恐乾杯！」關八爺也即席站起身來，舉酒過頂，痛快的浮一大白，翻杯瀝酒說：「至於說話，我倒有幾句不合時宜，又不甚中聽的話，要當眾說個明白。也許我這番出自肺腑的言語，會出口傷人，但求諸位本著良心，替我……作個見證！」

關八爺這幾句話，說得沉宏爽朗，斬釘截鐵，也頗出一般人的意外，誰也弄不清他究竟要說些什麼?誰都亟欲要聽聽他究竟說些什麼?!一刹時，除了屋外的狂風怒號外，正廳各處，全都是一片沉寂，鴉雀無聲。

「您儘說罷，八爺！」

「咱們極爲誠服八爺，願聽您的教訓。」

各族的族主都這樣舉酒站立說。

「關八飄萍四海，爲一群苦哈哈的朋友薄盡棉力，結果是一事無成，反貼上了兩眼。」關八爺推動椅背，離席而立，揚聲四顧說：「辛苦半生，深知路道艱難，早年蒙受萬家樓萬老爺子恩德，久思圖報，可一直沒得著機會，如今機會來了，也許又是我這瞎了眼的殘廢人處斷不了的……了！不過，人走江湖，學的祇是是非二字，我仍打算在離開萬家樓之前，袒胸剖腹，把事兒給交代清楚，這裏邊，公怨私仇，實在是混雜難分，我說出它來，相信公道自在人心就是了！」說著，又微微扭轉身子，用他那兩隻紅塗塗的眼眶朝著一邊的牯爺，冷冷的說：「您說是麼？牯爺？」

面對著關八爺那對雙眼無珠的眼眶兒，牯爺忽然心頭一凜，脊背上彷彿掠過一陣森冷的陰風，這使他忽然從根不安起來，因爲他機敏的覺著，關八爺的這番話是對他而發的，雖說這個瞎了眼的人，不會直接由動武來傷害自己，可是事先自己卻疏忽了這一點，——他不是啞巴，他能用言語來揭出自己的傷疤！

今夜的宴席，原是自己吩咐擺設的，三星寨、七星灘、柴家堡各族的賓客，原也是自己邀聚來的，本打算慶賀淮上光復，一方太平，同時爲自己新接的差事榮耀一番，誰知叫關八捉著機會，反弄成作繭自縛的局面了！這可是自己始未料及的。

如今當著睽睽眾目，說立時翻臉麼？未免太早了一點，因爲關八雖有揭發自己隱私之意，究竟尚沒到指名道姓的程度，說是立加阻攔麼？又不能過去塞住他的嘴，祇好硬著頭皮忍耐著，裝出事不干己的神情說：

「八爺說的是，不過，萬家樓的那兩個不肖的族人，剜走八爺兩眼，這可是萬家闔族對您的虧負，雖說既成事實，無法追償，但兄弟對這事耿耿在心，無時或忘，總盼八爺您寬大仁厚，不追舊惡，能在萬家樓長久居處，讓咱們族裏有個贖罪補報的機會……聽您的話，彷彿有離此他去的意思，那，您就見外了。」

牯爺說著話，一旁有人執壺過來，替關八爺以及席面的盞中斟上了酒。

「牯爺，諸位朋友，請乾這杯酒。」關八爺重又舉盞環邀說：「容關八把這番話曲折說完！」

正廳裏，側廊上，人們全站立舉酒，一起乾了杯，在一片沉寂中，等著八爺說話。

「諸位也許還都記得多年前，雙槍羅老大領著的老六合鹽幫，在萬家樓北七棵柳樹，被北洋軍緝私營一舉圍殲的舊事罷？……那是發生在萬老爺子引發安葬的夜晚。」

「不錯，咱們記得那回事。」有人說。

「那時，八爺您？……」

「我是那場血案裏倖存的人。」關八爺啞聲的說。也許由於內心過份激動的關係，他舉杯的手有些控制不住的輕微的顫慄，兩腮在牙盤挫動中，發出一陣憤怒的痙攣，也祇一瞬的功夫，就完全平復了。

他繼續說下去，沒有人吭聲，許是由於好奇，站立在遠處的人群，紛紛離席圍攏過來，人頭在燈光下不停的晃動著，每張臉上，都有著錯愕、驚異、亟欲探究的表情。誰也難以測出，關八爺他爲何在今夜的酒席筵前，重提這一樁時日久遠、幾已湮沒的往事？也正因爲難以測出關八爺提及此事的用心，大夥兒便更加渴切的希望立即能打破這個謎團。

「後來我追究過，」關八爺平靜的說：「廿多條人命葬送在七棵柳樹，絕非事出無因。天下沒有那樣的巧事，——緝私營從沒在萬家地面上做過血案，他們趁著萬老爺子送葬那夜圍殲老六合幫，顯然有人在暗中牽線！我斷定這趨炎附勢、呵奉北洋，絕滅民命、坑害善良的內奸，就潛藏在萬家樓……」

關八爺這樣說話時，站立在一旁的小牯爺唇間掠起一絲陰惻惻的冷笑。

「來人，替八爺把酒給斟上！」他說。

趁從人替關八爺斟酒的機會，牯爺從關八爺身後踱了出來，朝眾人打了個手勢。

「幫有幫規，族有族法，」牯爺說：「萬家樓從明末南移，歷經有清一代若干朝，兩百多年來，族法嚴謹，遠近皆知，八爺既斷定本族有這等內奸，還請拿出證據，指出姓名來，本人主理族事，當邀各房執事，按族法明斷。……要不然，祇怕有污族中清白，族人不得安心了！」

「請牯爺容關八把話說完！」關八爺說。

「八爺有話，不妨稍停再說，」牯爺陪笑說：「何必讓酒冷了，菜涼了！——來人替各席上菜！咱們大夥兒且熱熱鬧鬧的喝酒罷！」

關八爺話沒說完，就被牯爺攔頭一板把話頭打斷了，祇好重新入席喝酒，牯爺朝外間一招手，那班細樂便又吹奏起來，一派細細的樂聲，掩住了各席間竊竊的私語，同時也遮掩了牯爺一時情急的窘態。

你瞧著罷，瞎眼的關八，祇要我能熬過這場宴會，你就活不到明晨日出了！這思緒飄在牯爺唇間的微笑裏面，慢慢的在一片加濃的恨意中凝固了。

儘管他採取拖延的方法，暫時打斷了關八爺的話頭，可是，他想熬過這場宴會卻非易事，一分一寸的時間，都彷彿帶著尖稜稜的針刺，刺得他坐立不安。他祇覺得，頭頂上的大樸燈從沒這般亮過，無數亮晶晶的光刺得人頭暈目眩，桌面上的杯盤碗盞，全都青中帶黑。這些青黑的、浮盪的幻光，織成一片密密的巨網，錯綜交纏的把自己網罩在裏面，他不能畏縮和逃遁，也無法畏縮和逃遁，除了懷有掙扎的僥倖，在對方揭發自己隱私時，抓緊他話中的弱點，——關八祇是猜測，——至少自己希望如此，他不可能有什麼樣的真實憑據，這樣，他便能挑起族人對關八的敵意，使自己掙出網外。而這場唇舌之戰，無異是自己生死成敗的最後關頭。

正當牯爺這樣默想著的時辰，意外的，因著三星寨的跛腳老爺子一句問話，把話題給引遠了。

「八爺，您當真打算離開萬家樓？」

「是的，老爹。」弄著酒盞的關八爺話音兒有些感傷的味道：「俗說：盛世詩書亂世刀，我關某祇不過是亂世裏一個莽夫，祇配在槍頭上刀口上過日子，如今，北伐軍砥定江淮，一方承平了，再不用我這個殘廢人多管閒事了，江湖路上，處處無家處處家，與其坐享萬家樓的衣食恩情，還不若飄流四方，倒能了無牽掛。」

「八爺可是嫌我招待不周麼？」牯爺試探著插口說：「您是爽快人，諒不至因此見罪罷？」

「您說的哪兒的話，牯爺。」關八爺說：「我之所以要離開萬家樓，是因爲這兒的傷心事太多，瞎眼的人，不堪回首罷了！我半生慣受飢寒，長餐風露，牯爺您待我這番隆遇，受之唯恐太多，哪有嫌招待不周的道理？」

「您是指……老六合幫被圍殲的事麼？」柴家堡的族主柴少唐摸不清內情，祇是輕描淡寫的一句話，又把牯爺切斷的話題給引了回來。

這可是牯爺無法阻攔的。

「傷心事何祇這一宗？」關八爺搖頭慨嘆說：「比方保爺的橫死，——就在這飲酒歡宴的宗祠平臺上，能不使人觸景傷情，切齒痛恨麼？」

「不錯，八爺。」鄰席有人插口說：「保爺爲人處事，都令人欽服，像他那樣正直的人，實在不該橫死在朱四判官那夥人槍口底下的。」

「這不能怪八爺您傷心，」牯爺急忙接著說：「保爺跟您相交極深，向來投契，……可是果報不爽，殺人的悍賊朱四判官，業已陳屍在八爺您的面前，您多少總換得回一分安慰了罷？」

「據我所知，真正殺死保爺的主兇，卻不是朱四判官那夥人！」關八爺緩緩吐話說：「萬家樓裏，有人出五千大洋，唆使朱四判官下手，……那人騎著一匹白疊叉的走騾，深夜到過三里灣的小荒舖，四判官捲進萬家樓那夜，他們就在這宗祠的屋後石板巷裏成交！我痛恨的，是這個借刀殺人的奸徒！」

關八爺把這番話一說出口，鄰近的幾個席面上就起了一陣驚吁，不單長房如此震愕，就連幾個同長房相處得投契的房族，也都起了議論。

「八爺，您既然知道保爺死得枉屈，就請抖露真相，替我們長房申冤理屈。」長房的執事離席而起，走至關八爺身邊，屈膝跌跪下來，哀哀求告說：「我們房族裏，原也疑心朱四判官之來，是有內線勾搭在先，苦無證據在手，未便虛聲張揚，……但望八爺指出真兇，我們好替死去的保爺報仇雪怨。」

「我們想先聽聽八爺這話，是親眼所見呢？還是聽人輾轉傳說呢？」牯爺說：「我們要的是真憑實據，不能光憑臆測就斷定是非。」

「嘿嘿，」關八爺笑了笑，伸手把長房那位執事攙扶起來，揚聲對眾人說：「伸手接錢的五閻王業已死了，這話，我是聽小蠍兒親口相告的。俗說：清官難斷家務事，何況我不是執法的官府，我們不妨把保爺身死列爲疑案，讓那個真兇多匿一個時辰，……就算保爺這宗疑案，沒有活口爲證罷，那麼，業爺叫人縛鐵沉屍，又該怎麼說？——難道又賴在已死的四判官頭上不成？」

「八爺您這麼說來，我這主理族事的人該羞愧了！」牯爺臉色微變，但亟力忍住不發，帶著些反詰的意味說：「您是有意幫我管萬家門裏事情？……我實在弄不清您的意思。」

「我不管貴族的事情，牯爺。」關八爺解釋說：「我祇是處在一個報恩的地位，追究保爺業爺的冤屈。我總在想，有一個奸惡的人匿在萬家樓，他為了要爭權勢，不吝同室操戈，兄弟鬩牆，先剷除了跟長房交誼深厚的老六合幫，翦掉長房外間的翼護，再趁亂勾結土匪，殺掉保爺，更進一步的去掉業爺，……牯爺，原諒我關八直言，在我的臆測中，這些事，都是一個人幹的！……接著是野林裏死了紅眼萬樹，沙河口死了萬小喜兒，縱火焚燒萬梁舖，坑害了六合幫的王大貴，您都要證據麼？」

牯爺的臉色越變越白，朝後退了半步，那隻端著酒盞的手，也止不住的微微顫索起來，點點滴滴的酒溢出杯緣，撒潑在地上。

「所以我說，人若不能從心底拔掉貪邪的慾念，天下永難得享真太平！……即使北伐軍平定北洋，太平年還得靠人心維繫才得久長。」關八爺說：「我雖瞎了眼，仍然知道這些，俗說：要得人不知，除非己莫為！真是古今顛撲不破的。」

「八爺，您就指出那人是誰罷！」

「祇要您指出是誰，咱們牯爺定會依族法辦人的！」

萬家的幾個房族的執事，都這樣說。——雖然他們已從關八爺的話音中，聽出那番話是對誰而發的了。

也祇有牯爺有這種能耐，事情到了這步田地，他臉上還能強擠出一絲冷冷的微笑。

「我跟八爺說過，甭光用臆測來斷定是非。」牯爺用激動的語氣說：「我相信咱們族裏，還沒有這等奸惡刁頑的人，要是八爺真能拿出真憑實據來，族法絕不會輕饒的，——即使八爺指的是我。」

「對不住，牯爺。」關八爺當真手指著牯爺說：「那個人，本來就是你！」

嘩朗一聲，酒盞從牯爺手中滑落下去了……

這變化是萬分突兀的，當關八爺直指牯爺那一刹，何止是滿席皆驚?!每一張驚呆了的臉上，都有駭絕的神情，久久的凝固著；正廳裏的空氣，也在一刹凝固中死去；尤其是從野蘆蕩子西北角來的賓客們，更沒曾想到關八爺指陳的奸徒，竟會是一向被認爲剛直的牯爺。

「那人就是你，牯爺。」關八爺重複的說。

「這……這不公平，八爺。」牯爺嘴唇蠕動著：「我要您攤出證據來，……我自會向族人認罪，假如沒有證據，顯然祇是栽誣。——您不該把被人剜掉兩眼的怨氣，發洩在我的頭上。」

關八爺沒再說話，卻從身上掏出一封信來，交在柴家堡年輕的族主柴少唐手上。

「柴爺，你們傳看這封信就明白了，……這是病歿沙河口的菡英姑娘，臨終前留給萬家闔族的遺書，指控牯爺是真兇，……我沒有道理要栽誣誰，更沒要向誰討還兩眼，我活著，終把這封信輾轉傳到諸位手上了！……你認罪罷，牯爺，萬家有族法，世上有天理，爲人有良心！我想，用不著我這外姓人再來插手了！」

關八爺在周圍一片死寂中說完了這番話，小牯爺仍然在他對面呆立著，書信從柴少唐手裏，傳遞到萬家各房族執事的手裏。不用說，小牯爺這宗罪案已由這封信證實了，對於關八爺所提的指控，沒有人再生懷疑，在小姑奶奶留下的遺書上，業已把萬小喜兒的話、業爺的死因，一一列明。……各房族裏，原已有人疑及牯爺，祇因缺乏實據，不敢說明，怕惹風波，如今，關八爺挺身而出，一棒打出一隻虎來，族人們回想當年，深懷保爺業爺的遺澤，不禁激憤的交語起來。

「七棵柳樹還在那兒，族裏就鬧出這種事情？……這能算先人無德麼？」

「這看牯爺怎麼辯說罷！」

然而一向威勢虎虎的牯爺，顯然被關八爺這種直刺心臟的指控擊倒了，祇是白著臉呆站在那兒，一言沒發，彷彿有一圈僵冷的空氣，在他和關八爺中間橫隔著。他墜落在渾渾噩噩的夢魘裏，周身都像被一面絕望的巨網網住，痲痲木木的不能動彈。他平時的機智和辯詞，都不知到哪裏去了，一個聲音，急促而重複的在他心裏響著：這都是真的！都是真的！是真的！……

一陣風把屏風搖晃得叮叮作聲，關八爺的袍袖拂拂的飄揚著，在牯爺的眼裏，這個瞎了眼的人，就是活生生的果報神，他從陰森冷黯的地獄裏來，燒起一把慘紅的報應的烈火。……一切的計謀都施不上了，牯爺懂得自己的處境，他在一串不斷殺戮中取得的權勢，耗盡心血接來的新差，都在這一瞬間被烈火化為灰燼。

最可悲的是在這一剎之前，自己誤把權力信賴過深，以為自己握有槍隊在手，就不會畏懼什麼，事實完全相反，那些加入槍隊的族人，有一半都在席面上，卻沒有一個人肯為自己說話，任自己陷在這面巨網中，獨自掙扎。

權力竟是這樣的虛浮……

即使陷身在孤絕之中，牯爺卻不甘就此低頭認罪，在怔忡半晌之後，他說話了。

「我不信那封信是菡英親筆寫的，有活證麼？」

關八爺笑了笑：「你不會忘記族裏的大板牙罷？這人還在羊角鎮上，隨時可來作證，你賴不了的，牯爺。」

一提起大板牙來，牯爺就連掙扎的勇氣全喪失了，他曾多次差人去追搜大板牙，唯恐日後事發，那人是個重要的活口，大板牙跟隨自己，知道的秘事極多，想不到連他都被關八控在手裏，可見對方早就疑心自己，著手查察。一向自認機靈的自己，竟仍蒙在鼓裏，這不能不向關八的耐力低頭。

「這算是遂了你報私仇的宿願了，關八爺。」牯爺激憤的說：「我若是早動念頭殺你，你以為你還會活到今天麼？」

「這不是私仇！」關八爺說：「這該算是天理昭彰，我明明白白的來，也得明明白白的走！把清白兩字，送還給萬家圍族。」

「你打算怎樣？就動手罷，」牯爺微微挪動身子，朝一側的立柱邊退過去，臉上也出現了猙獰的殺機。

老二房的槍隊和他積下的銀錢，使他還有抗風他走的機會，他不能放棄這個機會，而甘心受縛，在同族晚輩面前受審。

「我說，牯爺，我既然說過不願插手管事，你就甭逼我再動手。你還是向族裏認罪妥當些。……你還想多殺我這個瞎子麼？」

「是的，我要先殺你！」牯爺挫著牙盤說。

在人群湧動的正廳中，牯爺變成了一匹力圖作垂死掙扎的狂獸，他兩眼變得赤紅，半哈著腰桿，微屈著雙臂，緊張而又恐懼的面對著關八爺，他那黑色的腰帶邊，凸露出那支象牙柄、拖垂編花皮穗子的德製馬牌手槍。

俗說：一人發了狂，百人都驚惶，何況牯爺的勇力、身手和槍法，在族中都是一等一的，虎威雖失，虎力猶存，萬家族人久爲牯爺挾制，一時除了驚悚駭絕外，尙不敢出面阻攔，眼看著這場火拚就要發生，如果牯爺摘槍開火，死傷的恐怕不祇是關八爺，而且還要牽累無辜，所以，當牯爺一聲吼出，外面已自先亂了。

兩側的廂房裏，參與宴會的人群紛紛奪門而出，細樂班子也倉皇退避，有些膽子大些的利用廊柱的掩擋，隔著玻璃屏風探首張望，一部份湧出宗祠，驚惶噪叫地喊著：「牯爺跟八爺在宴席間對上了！」

正廳的情形也混亂不堪，有人爲了趁早脫身，擠開了幾扇屏風，響起嘩啷啷的玻璃碎裂聲，有人嚇呆了，屏息揑靠在兩邊牆角上，部份房族的漢子，雖說身上帶有槍枝，也不敢冒然發槍。——牯爺雖有該死的罪名，但他仍是族中唯一輩份最長的人，同時仍是萬家的族主，依例族主有罪，即使經人揭發，倘若沒經闔族執事舉行正式族議，免去其族主的職份，做晚輩的人，絕無權開槍擊殺他，牯爺這一反臉，除去外族的幾位族主還能出面拉彎兒講話之外，自然就形成了牯爺和揭發者——關東山八爺敵對的場面，其中雖有十多個老二房出身的牯爺的心腹，有意幫著牯爺，但畢竟是理虧膽怯，不敢在睽睽眾目下動手。

假如關東山八爺沒失去兩眼，情勢至少不會像這樣令人擔心，如今，以牯爺這樣的猛漢，又懷有短槍，去對付一個瞎了眼的人，關八爺顯然處在極危急的情勢當中，牯爺祇要一拔槍，關八爺非要丟命不可。

這時，三星寨的老族主說話了。

「息息火氣罷，牯爺，這原是論理的事情，他八爺指控你雖是事實，他可並沒找著你動手。」

柴少唐也跨前一步，來拉這個彎子：

「萬家樓是一方望族，千萬不能鬧大笑話，牯爺，您跟八爺都是有頭有臉的人物，有理不怕講，道理是愈辯愈明的……來，您不妨把槍交給我，雙方論理，我們願作證人。」

柴少唐陪著笑臉朝前跨步，牯爺答覆柴少唐的不是言語，卻是一聲槍聲，柴少唐應著這一響槍聲，身子踉蹌一下，朝斜裏直撞過去約有五六步的樣子，一直到被一張檯面擋住，他一隻胳膊推向席面，杯盤叮叮撞擊，酒盞滾動跌落，另一隻手反捂前胸一側，手指間冒突出一片鮮紅。

牯爺這一槍，正打在柴少唐的左胸上方，子彈經第四、五支肋骨射進心肺，柴少唐臉色蠟白，口吐血沫，連哼都沒哼出一聲，就翻了眼，他的屍體從桌面上寸寸萎落，痙攣的手指勾動一隻酒盞，終於壓翻了圓桌的桌面，任一大堆杯盤，傾瀉在他的身上。

「誰要再管我跟關八的閒事，柴少唐就是例子！」牯爺怪聲的吼叫著。

他距離關八爺立腳處不過四五步地，背靠著一支粗大的朱漆立柱，開槍擊殺了柴少唐後，他的面貌更顯得猙獰可畏，狀如癲虎。

沒了眼的關八爺雖然無法看著什麼，但他對於身邊所發生的事情全都明白了，他把臉轉朝著牯爺。

「又多了一重血案！」他朝牯爺說：「你何不開槍擊殺我？……你以爲殺了柴爺，你就能脫身麼？」

牯爺掂了掂槍把兒，目注著關八爺：

「你甭道貌岸然的裝聖賢，關八，你跟我一樣不是聖賢！你掄著槍走江湖，闖道兒，渾身上下全是血腥味兒，敢說沒枉殺過人？我恁情一對一，火拚不贏死在你手上，也不會向你這種渾身血腥的人認罪！……我沒伸黑槍打死你，已經夠了！」

「我不是聖賢，」關八爺仍站在原地說：「也正如你所說，確是滿身血腥，至少我沒像你這樣用心卑劣奸詐，謀害兄弟爭權，火燒寡婦滅口，追殺族孫尋仇。我關八殺匪徒，驅盜賊，抗北洋，懲兇頑，就算渾身帶血，也是磊落光明的！你伸槍打死我不算什麼，也不過死後多落個罵名！」

「用不著你來教訓，」牯爺說：「看你趕盡殺絕的份上，我跟你單對單。我卑劣一輩子也好，毒如蛇蠍也好，咱們臨死也來『磊落光明』一次，先拚殺你再說，……我恨你，關八。」

「你該恨你自己！……你持槍施暴，槍殺調人不算，又要殺我這沒了眼的瞎子，這也算是『磊落光明』？」

「我容你先動手！」牯爺的聲音冷冷傳來：「這該算公平了罷？」

一個迅如閃電般的思緒掠入關八爺的腦際，化成一種難以更易的決定，自己面對著的，早已不是一個尚存一絲人性的兇犯，而是一隻渴飲人血的豺狼，自己平生閱人不少，還沒見過這種樣的人，在他的隱藏罪行全被揭露的時刻，仍不肯低頭認罪，反而想持械逞兇，撕開法網，對他的一切悲憫同情均歸無用，唯一的方法就是了結掉他，要不然，還不知要有多少無辜，立時就要死傷在他的槍口下面。

「來罷，關八！」

牯爺的聲音，又在冷冷的催促著他。

實在沒有什麼可猶疑的了，從敞開的玻璃屏風處吹來的狂風，直捲到高高的樑頂上去，再從樑頂反拂下來，陰寒撲著人臉；在關八爺的感覺裏，這是黃泉路上，鬼門關前，無比悽慘的陰風，他毫無把握一擊而中，刺殺這隻失卻人性的豺狼，而自身卻有著葬身槍下的預感。這事並非是自己能做的，但卻是自己該做的，……死難的陰魂在地，容我擊殺這個人罷！他心頭閃電交動著：我這半殘廢的身體，已活在世上熬得見太平初到的時辰了！我擊殺這個奸徒，算是對太平世道的獻禮罷！

他摸準了聲音發出的方向，上身沒動，伸腿一掃，掃中了身邊的一隻桌角，伸手抄住斜翻的檯面，朝對面猛擊過去，砰砰兩響槍聲驚樑震瓦，牯爺發槍擊穿了那張檯面，但關八爺已從一側飛撲過來。

兩人祇是一錯身的功夫，就結束了這場搏鬥。

牯爺悶哼一聲，扔掉他手裏的短槍，關八爺轉過身來，反挽住對方的胳膊，牯爺的雙手不斷的痙攣著。人們祇看見關八爺飛竄時雙腕一翻，誰也沒看清八爺他做了些什麼，牯爺便扔了短槍。

牯爺扔槍後，在關八爺反身扶持中並沒倒下，反而有一縷僵冷的苦笑掛在唇邊。

「我栽了！」牯爺說：「我……要……酒……」

「給他點兒酒！」

有人惶惑的端過一壺酒來，牯爺掙脫關八爺的手臂，獨自踉蹌走過去接酒。驚惶的人群喧嘩著，復行圍攏來，莫知所措的瞧看著適才那一刹究竟發生過什麼?!

牯爺手扶著那支立柱，喝著酒。

他兩脅下湧冒出縷縷的鮮紅……

人們這才看出，就在他新的黑衫外面，露出兩把染滿油污的小號鏨兒，隨著他的呼吸顫動著，原來關八爺在出手的剎間，將兩把準備妥當的去了柄的鋼鏨兒，全送進了牯爺的兩脅。牯爺上面喝著酒，脅間卻開始骨嘟骨嘟的朝外放血，鮮血染濕了他的馬褲和靴筒，使他的腳下變成一汪血泊。這結果是他未曾想到的，那張飛輪般撞來的桌面，使他發槍失去準頭，沒容他再次動手，關八爺的雙刀就插進了他的兩脅，中刀之後，他的兇焰寂滅了，他意欲遁脫的希望，也如浮雲散去。

結束瀕臨，他哺哺的喘息著，血沫從他鼻孔和嘴角直噴出來，他失去控制力的手掌再難抓穩酒壺，大量的失血，使他緩緩的屈膝跌跪下去，終至蹺臥在身下的血泊裏面……。正廳內外輝煌的燈火，並不能掩蓋秋夜肅殺之氣，這一場噩夢似的爭搏的結果，就留下兩個血人，誰也沒料到，今夜的繁華宴飲，會有這樣的終局。

「蒼天……有眼，八爺！」幾個房族的執事呼叫著，噙著滿眶的熱淚，跪倒在關八爺的面前。

關八爺卻無限疲乏的搖著頭：

「好生料理善後罷！我沒有什麼好說的了。」

「您得替我們作主，八爺，」從柴家堡來的人說：「咱們族主唐爺，死得這樣慘……」

「嗨……」關八爺長嘆著：「行兇的牯爺已死，柴爺的喪事，權由萬家樓料理罷，我說過，我不忍再留在這塊傷心地上，請著人牽我的白馬來，關八，就此跟諸位告……別了。」

不再理會身後的一切議論，混雜和忙亂，在狂風虎吼，淒寒蓋野的秋夜，豪士關八爺伴著小餛飩離開了萬家樓，白馬一塊玉和小餛飩騎乘的走騾，一前一後出了北柵門，取道七棵柳樹轉向羊角鎮去。一路上，兩人都沒說什麼話，卻把心緒都投在這樣深沉黯黑的夜色之中。

風勢是這樣的猛烈，夜色是這樣的深沉，天頂上不見星月，曠野上不見燈火，沙粒吟嘯著，噓打著人的臉、人的衣裳，任什麼全看不見的關八爺趁著白馬一塊玉走動時鞍背形成的波浪，耳聽著幾十里野蘆蕩子上的風濤，彷彿幻疑置身在無邊際、無涯岸的黑暗的怒海上，一塊玉就是扁舟一葉，在湍急騰奔的大浪裏浮沉，哪還有什麼樣的壯志？什麼樣的豪情？寒意把人包裹著，恍惚連心也跟著僵冷了！

不要感嘆說人生祇不過數十寒暑，半百經霜罷，流光當真是如此平穩迅速，如此爽心快意的麼？算年歲，自己恰當壯年，而這顆心，早叫江湖路上一分一寸難挨的歲月磨老了，磨寒了。這變幻莫測的人間，慾望難填的人心，可不就是一片風濤險惡的黑海？一年年存活下去，要穿過多少他人的苦痛，掙扎，死滅和沉淪？

白馬一塊玉揚鬣嗚嘯，嚄嚄的鳴聲隨風捲揚，和天地呼應，別有一番蕭蕭的意韻，不知何時見過一付聯語，古色斑斑的字跡如灰雲。

「莫說英雄生虎膽

幾經變故減雄心！」

他噏動嘴唇，喃喃默誦著這樣的句子，真有不堪回首的愁緒。

不錯，古老陰暗的北方，久遭各系軍閥們割奪的土地，久受那些黷武者侵凌魚肉的人群，都長久等待著北伐軍招展的大旗，如今，這支吊民伐罪的王師北上，一舉光復了江淮，正該是萬民歡慶的時辰，而自己卻祇有離離索索，渺渺茫茫，不知所歸何處的哀感。說是標名道姓，進縣城去領功受賞麼？從根就不是內心所願的，野生野長的關八從非是封官受爵的人物。說是效法雅士，歸隱田園麼？夢裏的田園又在何處？

這一場驚天撼地的巨變，成就了萬千死士，安定了萬千黎庶，但卻埋葬了自己的世界。長途吞日，荒草離離的江湖不能再闖了，自己一窩一塊的弟兄死絕了，一向壓在人心頭的重軛解除了，苦忍苦熬的盼望淡化成縷縷隨風而逝的沙煙……還有什麼好繫得住自己呢？除了身邊這位卞姑娘的出處還得替她安排外，朝後的自己，就成了一面斷線的風箏了罷？

散了韁繩的白馬循著野蘆蕩邊的荒路東行，騾和馬的蹄聲全被狂風立時捲走了，他們經過三里彎的小荒舖前，並沒停留。

「八爺，您打算去哪兒呢？」小餛飩伸手按按她包頭的青布帕，淒婉的問著。

「我打算經羊角鎮，探詢那位金老爹的病況，再送妳進縣城去，先暫住幾天，我在北徐州有個老友陸小菩薩，我打算託他安頓妳，讓妳有個落腳……的地方。」

「不，八爺，您甭為我掛心。」小餛飩說了：「我問的是您自己呀。」

「噢，我自己麼？」關八爺的聲音裏飽蘊著前所未有的迷惘：「我自己麼？……」

無數沙粒在狂風黑夜裏唱著，虛無虛無，虛無虛無……自己是那萬千沙粒中的一粒，自己究竟在何處呢？這樣的莽莽長風該從遠遠的塞外來，吹過無邊的漠地，廣大的草野，亂石滾滾的河岸，處處都不是自己存身的地方，……那是什麼一種聲音？吱吱唷唷的響著，那是一長列滴血揮汗的轡鹽車麼？不！那祇是小荒舖後土丘頂上的老樹在風裏互擦著枝椏。那又是什麼一種聲音？類若鄉野小酒肆裏雜亂的喧嘩，那祇是蘆葉的交擊紛飛，是曠盪野原上凜冽的秋聲。

鹽市上那一夕宴飲，抱琴的風塵女曾唱過的那支曲子，以「狂風沙」爲曲名，和著淒遲的弦索，風急天高的嗓子唱出來的詞意，真是唱盡了江湖落寞，可不並就是自身的寫照麼？無論時隔多麼久遠，那曲聲仍常在人心頭迴盪著，緩緩的捲進風中，捲入雲中：

「披星戴月　以路為家
一人一馬
他走遍海角天涯
天起黃雲不降雨
滿眼祇見風沙刮
沙煙鞭馬
野路無涯
轉眼又……夕……陽……西下……」

我自己？我自己？不經卞姑娘這一問，自己還沒認真爲自身追想過，等到認真追想時，又覺心也寒了，眼也瞎了，一切都已隨風而逝了。

關八，能隱姓埋名就隱姓埋名，能飄泊一天就飄泊一天，能覓一角低簷矮屋呢，就終生在暗裏過下去罷，太平世道，理法俱備，用不著你這瞎眼人去歌功頌德，更用不著你去作杞人之憂，茫茫人海，並不少你一人，未來儘管遙遠，自己這一生，也就是這樣罷……了！

「您……您怎不說話？八爺。」

「我能說什麼呢？姑娘。」

「人麼，總得有處窩巢安歇呀，八爺。」小餛飩的聲音總是悲悲惻惻的：「您叫人剜了眼，怎能再到江湖上去，一浪東，一浪西的，到處飄流？」

關八爺沒言語，一條鐵錚錚的漢子，從沒受人悲憐過，如今，他卻想不出理由拒絕這位弱女的悲憐，她雖孤弱，卻有仁俠的心腸，她這份關切之情是出於本心的，使他更覺爲難。

「妳不必掛念這些，」他溫和懇切的說：「我會照應得了自己的。我倒盼望妳到北徐州，能有個好安頓，陸小菩薩，他是個熱心腸的人。」

夜朝深處走，風勢愈來愈烈，不管人間有多少變化，有多少滄桑，季節總是那樣刻板的輪替著，這不又到了落霾的季節了麼？小餛飩抖抖韁繩，讓走騾趕上前去，跟關八爺並肩趕路。

她衷心感激八爺的照拂，以及爲她覓求安頓所費的心，但這並非是如她意願的安排，風沙挾著宇宙洪荒的厲聲，排山倒海般的撲面而來，她領受著眼前的情景，同時也領會到此時此地，像這樣一位豪士內心的悲情，因此便嚥回了更多喧呶的言語，任兩粒清淚，去潤濕一些流落在她頰上的風沙……

在洪洪的墨黑中，他們遠去了。

偶爾有白馬的怒鳴聲，激盪著遠遠近近的狂風……

尾聲

民國十六年的深秋，霜白風寒的日子。

整個縣城爲了一項隆重的慶典忙碌著；人們在一片歡欣中互相奔走傳告，說是北伐軍中，寰宇知名的何將軍，將代表　蔣總司令責臨淮上，祭奠光復戰役裏成仁的烈士，宣慰光復地區的萬千黎民。

淮上的人們，甚至連三尺孩童，都熟知何應欽將軍的名字，熟悉他在北伐前後輝煌的戰績，對於這位儒雅敦厚，但臨陣時卻又勇猛無敵的將軍，無不萬分崇敬，人們更傳誦著他爲革命而吟的：

「將軍偏不解風流，

棄馬躍舟向下游！」

那種豪氣干雲的詩章和他的陣前軼事。

在何將軍蒞臨前夕，居民們就歡聲雷動的準備著，縣城的數十里城牆上、每一條大街上，數不盡的歡迎牆字，五色標語，以及大幅的紅布橫招，四面的城門箭樓，油漆一新，分懸上國父及　蔣總司令的畫像，並繞以十丈彩環。

北門外的大洋橋，是何將軍入城的通路，橋面鋪展開長幅的紅毯，每一橋墩附近，都交豎著黨國的旗幟，迎風耀日，刷刷的飄動著……那該是人間最鮮麗、最溫暖的祥雲。

宣慰臺搭在城西的大校場中央，臺高近丈，除了設有古色古香的雕花木欄外，並以無數鮮花和長青柏的綠枝裝飾著，四周圍上象徵青天白日滿地紅的藍、白、紅三色彩布，這些鮮花和無數柏枝，都是四鄉民眾主動放車送來的，柏枝更是採自無數族系的祖塋，不單是生者獻上這份虔敬的誠心，連死者都將感懷北伐軍拯民救難的革命壯舉，他們將因國土統一、子孫安享盛世而含笑長眠。

北伐軍淮上駐軍的鼓號隊，很早便勤加練習著，準備在慶典之夜，引導慶祝淮上光復的大遊行行列，無論是雲霞初動的清晨，或是虹彩滿天的黃昏，人們都能聽得見悠揚嘹喨的號角和聲勢如雷的鼓聲。

一向荒涼冷落的禹王臺也熱鬧起來，萬千無名烈士和死難義民的碑石，在古樹參天的丘頂豎立起來，人們所豎立的，不僅祇是一方鏤有輝煌詞語的巨石，而是在他們心中、眼中、最深的記憶中，鏤下了一頁永難更易、永難忘懷的真實歷史，這歷史將像長風一般的代代傳揚，為後世子孫所記取，並且參悟。

「何總指揮入城了！」

「總指揮……他真的入城了！」

慶典的那一天，雖然秋風略緊，但卻是碧空如洗，萬里無雲，無數無數的人群，從鄰近鄉鎮，各處鄰縣聞風麇聚而來，縣城內外各處，金陽普照著，街頭巷尾都擠滿了鬧鬨鬨的人流。

迎接何總指揮入城的場景，實在是萬分熱烈感人的，居民們慣以傳統的、原始的方式，表達他們對北伐王師的歡迎和感念，從晨至夕，整天就沒斷過鞭炮聲、串兒鞭、大龍鞭、對子炮、沖天炮、昂貴的歡慶焰火，此起彼落，連續不斷的迸響著，使人根本無法聽得清小聲的言語，鞭炮所迸揚的煙霧，從各方嬝嬝升起，籠罩在縣城上空，變成一片吉慶的淡藍霧幕，久久不散的凝結著。

人流踩踏著一層層軟軟的爆屑兒走著，爆竹屑多得整個地掩蓋了石板舖成的街道，無論人們走到哪兒，都看得見家家門前所擺設的香案，有些人家使用金漆的長案，案面上設有細瓷的、古銅的、或鼎狀的大香爐，純銀的，鏤有龍鳳花式的燭臺，更擺滿了大盤大碗，花樣繁多、內容豐富的供品，龍捲蠟，大紅蠟，亮著明晃晃的光舌，線香和沉檀的氣味，使人有久遠時日大年夜的聯想。有些人家孤門小戶，香案也比較寒傖，紅窯土香爐，白木小燭臺，一柱小香，一對細蠟，一碗清水，也表示了他們赤誠的心意了。

還有比這更例外的嗎？

花子堂裏成百的叫花子們，執著新漆妥的紅漆棍，滿街唱著流行各地、歌頌仁者之師的民謠和他們新編的蓮花落兒，茶樓酒肆大敞著門，把酒甕和茶桌抬到大街邊，任人免費喫茶飲酒，爲了爭睹何將軍的丰采，隨處都有擠失了的帽子和擠脫了的鞋。

大白天情況如此，黃昏之後，可就更熱鬧了。

「走啊！看遊行去啊！」

「看燈會去啊！」

「先聽何總指揮演說才是真的。」

通過一路明亮的繁燈和初升的月色，在皎潔光明、歡情騰越的初夜時，數萬人群擠向大校場去，把那樣廣闊的平野圍成疊疊層層的人山。

宣慰臺上，亮著數十支吐長焰的桐油嬭火，那種帶喜氣的、明亮微紅、生意盎然的躍動火光，照亮了挺立臺前的何總指揮的形象，和圍繞在他四周千百層開花的笑臉，即使揚聲器勸告著人們安靜，也壓不下發自無數心靈的、激奮歡狂的吼聲。

「……兄弟謹代表　蔣總司令，履歷江淮，以惶恐之心，接受同胞們鼓舞鞭策，奮力北進，誓以必死決心，剷除軍閥禍亂，完成北伐，統一我中華疆土！」何總指揮的語音是那樣的堅定，氣度是那樣從容，但他的演說，屢次被雷動的掌聲打斷，使他不得不佇立等待著。

這樣的掌聲，已使他等待多次了。

這時候，河對岸一條狹窄的臨河小街中段，一家小客棧前廊邊的暗影中，一個拋擲掉自己名姓的瞎子——昨日的豪士關八爺，靜靜的站立著，小餛飩姑娘在一邊攙扶著他，他也微揚著臉，面對著隔著河的宣慰臺，悉心聆聽著何將軍真摯感人的演說。

將軍用深入淺出的比喻，流利通俗的字句，闡釋著全民宗奉的三民主義的主要內容，並且以肯定的、充滿信心的語氣結論說：

「偉大的主義，保證了革命的無限前途！即使在未來的革命進程中，遭遇到列強的阻撓，以及任何障害與嚴重的折挫，但主義的光輝不滅，吾人堅信必得最後的成功與勝利！」

關八爺聽著聽著，他風塵滿佈的臉子泛出了安慰的笑容，何將軍每講一段，他就頻頻的脫出沉思，自個兒點著頭，他自語般的噏動嘴唇，喃喃著：

「道理確是不錯的，朝後麼？該看怎樣去行了！」

演說之後，緊接著就是大遊行開始，行列從大校場經鼓樂前導，緩緩的引出來，數十里迤邐的行列，數十里各式各樣的彩燈，行列從城根東走，燈影倒映在河面上，閃搖起千萬道五彩的虹波，使人目不暇給。

縣城裏無數機關、民間團體，准北運商學校、三農、六師、鄰縣各學校師生代表，都參加提燈遊行大會，他們分別高呼著口號，並且唱起民間熟悉的歌來：

「打倒北洋，除軍閥，除軍閥……」

這樣亢奮的歌聲，迸發著揚起，恰如一道溫暖人心的火流，在群眾夾道的長路上流淌，詞意是一些明朗騰躍的火花，迸落到哪裏，就燃燒到哪裏，一隊人唱著，一群人跟著唱了，大群人也跟著唱了，所有聽得見這種歌聲的人，不分男女老幼，都含著亮晶晶的、歡欣和激奮交感而迸湧的淚粒，齊聲的，如醉如癡的唱了，一遍不夠，重複的再唱，隔著淚光，他們看見了雲一般上升的希望。

但站立在廊間暗處的盲者關東山，祇是悉心的聽著，群聲壯闊如海濤，他甚至聽不清詞意，他卻感到這是一種全新的，歡樂的，升騰的聲音，他說不出它有多使人感動。

是的，舊的時代已逝，新的時代到來了！他並不懷疑，不懷疑一切可闡明的道理，他覺得有生以來，從沒像今夜這樣感到安慰過，這一夜，單祇是這一夜，就已使他半生遭逢的不幸和苦痛，得到足夠的補償。

一群幼童在廊前嬉逐著，有的學燃鞭炮，有的指著河對岸的燈火，數著花燈的名字。

「喏，一條大鯉魚！」

「又是一條大鯉魚呢。」

「看，那邊好高的一隻紅公雞啊！」

「瞧，瞎子也在伸長脖頸看燈呢。」誰看見關八爺站在那兒諦聽，便叫嚷著，接著，他們便聚在廊邊，唱起好奇的、真稚又頑皮的謠歌來：

「瞎子瞎啊，過燈節啊，
聽得見啊，看不著……啊！」

「嗨，娃兒家，不興這樣嘲弄人的，」一個婦人說：「別處去看燈去，甭圍在這兒亂嚷嚷了！」

「孩子沒唱錯，」關八爺轉朝小餛飩說：「我真是兩眼漆黑，什麼都看不著。」

「好多好多的燈，八爺。」小餛飩湊近關八爺的耳邊，低聲的說：「從來賽會，燈會上出的燈，全沒有今夜的燈多，……數不清，總有萬盞罷。燈火把河面都映得通明……八爺。」

「嗯，嗯，」關八爺點著頭：「真好，卞姑娘，妳覺得高興麼？」

「是的，八……爺。」她的聲音顫抖著，帶著過份欣悅所產生的哽咽：「您呢，八爺？」

「我也是……也是……」他說：「可惜那些死去的……像我這樣受創的人……是看不見的……了。」

從江湖縱橫到歸入無人注意的平凡，關八爺自覺甘之如飴，毫無怨尤，不過，退身在這廊角的暗處，使他能以於群眾歡狂時獨持著一份淡然的冷靜，對於這新的時代，新的潮聲，他雖不懷疑，卻有著一份隱憂——也許祇是過份關切，過度期望所致罷，他不耽憂一切有形的外力，祇耽憂著人心深處。牯爺的事件使他觸及到這點經驗，誰敢說在北伐陣營中，沒有牯爺那種披著人皮的慾獸？

人，活著艱難，做一個純淨點兒的人，更是難上加難了……人心若不能清洗清洗，再好的道理，祇怕也是成空的罷？……總是看人怎麼去行了。

確然是這樣的，對於面前這個新的時代的來臨，恰像自己初歷長途時所感受的狂風，他能憑著敏銳的聽覺，描摹出自己看不見的景象；旋轉的，閃光的笑臉，環形的燐火，龍一樣蜿蜒的繁燈，帶著火花的歌聲，以那樣粗沉宏大的巨音撞擊過來，那彷彿不單是人聲，而是一股火熱的、從地心湧突的噴泉，把人群的嘈聲全掩沒了。

就這樣的，這樣的祝禱著罷，願一切掌權人，敞開仁懷，被覆萬民，使他們從夢中徐徐醒轉，再睜眼已是一片春風；願這樣燈火，不單是亮在地上，更要亮在人人的心底，……鄉野人群總是這樣，萬世承平不會嫌多，而一場亂世的慘淒劫難，便使他們不堪其痛了。且不論全國各地情勢如何，單就淮上這場浩劫，便永創人心，無法挽回了，願北伐軍好自爲之罷……

「風轉緊了，八爺，您該回店去歇歇了。」

關八爺轉過臉，一陣風來，把一片落葉兜上他的臉，有一棵孤獨的櫸樹，立在廊外的牆邊，細枝劃著風，發出幽幽的低吟，他這才意識到，秋已將殘了。

「我不要緊，卞姑娘，」他說：「妳倒該早些歇，……明兒大早上，還得上路呢。」

「我……八爺。我決意不走了！」她咬了幾次唇，終於這樣說：「容我留在身邊照應您罷，……」她的話沒能說完，便被咽泣聲鎖住了。

他廢然的嘆著，握住她微帶潮濕的、沁涼的手。

「您答允了？」

「我是……我是在想……」他徐徐的聲音有些蒼涼瘖啞，答非所問的：「我該送掉那匹……白馬了！」

何將軍要動身到更前方去，離淮前夕，他在教場馬欄外徘徊著，觀賞著這一匹據說是無名無姓的人獻上的良駒，白馬一塊玉的身段、神態、毛色，以及牠宏亮的嘶鳴，都使他衷心激賞。

「白馬獻於王師，是激勵行仁的意思！」他說：「這該是最佳的鼓舞，最重的鞭策了。我要把獻馬者的心意，轉達給我們的 總司令……」

「據傳這是淮上的民間豪士關東山騎乘的，」他的左右說：「北伐軍順利光復淮上，他是主要助力。」

「要追他來晤見將軍麼？」另一位駐軍將領建議說：「論功行賞，是極該的。」

「太俗。」將軍說：「像這樣胸襟的豪士，你以為他會意在『功』與『賞』麼？……人各有志，不可相強，他賞給我們的，倒是太多了，秉義行仁，就是我們最好的答禮了！由他去罷……」

正如將軍所說，當將軍觀賞白馬的時辰，關東山業已離開了縣城，黃昏光照鹽市的廢墟，他在那些埋骨的長堆上呆立著，小餛飩仍繫著壓風的青布頭巾，蹲在蔓蔓的荒草叢中焚燃祭奠的香燭。

入夜時，他們經過沙窩子，一道殘陽照射在一具半埋在沙中的骷髏頭上，那骷髏也許是收屍人當時未曾發覺而遺下的，骷髏的肉血早已盡化為泥土了，口裏半含著潮濕的沙粒，圓睜黑窟似的眶洞，彷彿在凝望什麼，又彷彿在告訴行商客旅們：一個世代的承平，是穿經一場極端苦痛的亂世而產生的。而那苦痛的影子，就留在我的白骨圓顱上。

可當關八爺經過時，天已黑了，他祇聽見一縷風，被激出一縷微弱的怪異的悲吟，彷彿是幽靈在呼喊一樣。

他們走過去了。

兩天之後，有一個滿臉生著亂鬍渣兒的野漢子，從萬家樓那個方向斜經沙窩子，那人垂頭喪氣，顯得有些神經兮兮的樣子。

忽然他看見沙中半埋的骷髏頭，便把它撿了起來，托在掌上端詳著，又端詳著。

「我去了，他可又走了！天下這麼大法兒，叫我到哪兒去找呢？」他自言自語的喃喃著。「實在對不住，老哥兒，也許你當初就死在我的槍口上，我埋屍時又把你給漏了，讓你獨留在這兒吹風曬太陽，確是我大狗熊的不是，……不過，我他媽的活著也不好受，還不是孤魂野鬼似的吹風曬太陽？我多口氣爲人，你缺口氣爲鬼，咱們倆是爹兒倆比吊——一個樣兒；過去那本賬甭提了，你得告訴我，你看見咱們的八爺沒有？」

骷髏頭不答話。

「我把你埋掉罷，老哥兒。你不說我也曉得，咱們八爺那種人，就算沒了眼，他也隱不了的！」

他取出攮子，在沙上刨坑，把那個骷髏頭埋了下去，拍拍手上的沙粒，又迎著風沙，有點兒顛躓似的，朝北走過去，直到沙霧遮斷了他宏大的背影。

狂風是年年都有的，每當落霾如雨的風季，江淮一帶的人們便會追懷曩昔，想念起那位不世的豪俠關八爺來。狂風捲沙成雲，瀰漫天頂，關八爺呢？卻杳無影訊了。

有一種沒經證實的傳言在抗戰時興起，說是八爺他仍然活著，並且在連雲港某處開香堂，發血誓，要擊破日寇的封鎖，偷運海鹽到後方去。

又有人繪聲繪色，說是親見鬼子在北徐州貼出的緝捕告示，上面首先列著關東山的名字，他們發狠說：假如捉著這個人，定要把他送進電磨。

但他們終沒捉著他。

無論傳說如何，抗戰期間，甘冒封鎖，偷運私鹽供給後方人們食用卻是事實，有一支鹽車隊，仍打著六合幫的旗號，他們雖是下一代的人了，但他們的俠義行徑，勇悍雄風，仍和上一代一樣；所不同的，上一代拚搏的是北洋軍，下一代卻換成了東洋鬼子罷了。

無數無數的關東山，曾在民族的苦難中繼起，迎向更大的暴力，更狂的風沙！

全書完

司馬中原經典復刻版

狂風沙(卷下)

作者：司馬中原
發行人：陳曉林
出版所：風雲時代出版股份有限公司
地址：10576台北市民生東路五段178號7樓之3
電話：(02) 2756-0949
傳真：(02) 2765-3799
執行主編：朱墨菲
美術設計：吳宗潔
行銷企劃：林安莉
業務總監：張瑋鳳

版權授權：司馬中原
初版日期：2018年7月
ISBN：978-986-352-569-1

風雲書網：http://www.eastbooks.com.tw
官方部落格：http://eastbooks.pixnet.net/blog
Facebook：http://www.facebook.com/h7560949
E-mail：h7560949@ms15.hinet.net
劃撥帳號：12043291
戶名：風雲時代出版股份有限公司

風雲發行所：33373桃園市龜山區公西村2鄰復興街304巷96號
電話：(03) 318-1378
傳真：(03) 318-1378
法律顧問：永然法律事務所 李永然律師
北辰著作權事務所 蕭雄淋律師

行政院新聞局局版台業字第3595號 營利事業統一編號22759935

定價 ：480元

國家圖書館出版品預行編目資料

狂風沙 / 司馬中原著. -- 臺北市：風雲時代, 2018.03
冊； 公分. (司馬中原經典復刻版)

ISBN 978-986-352-569-1 (下冊：平裝)

857.7 107003593